btb

Aus Freude am Lesen

Håkan Bravinger · Ein unversöhnliches Herz

Håkan Bravinger

Ein unversöhnliches Herz

Roman

Aus dem Schwedischen
von Paul Berf

btb

Die schwedische Originalausgabe erschien 2008
unter dem Titel »Bära bud«
bei Wahlström & Widstrand, Stockholm.

Die Übersetzung wurde von The Swedish Arts
Council gefördert. Der Verlag bedankt sich dafür.

Mix
Produktgruppe aus vorbildlich bewirtschafteten
Wäldern und anderen kontrollierten Herkünften
www.fsc.org Zert.-Nr. GFA-COC-001278
© 1996 Forest Stewardship Council
FSC

Verlagsgruppe Random House FSC-DEU-0100
Das FSC-zertifizierte Papier *Munken Premium* für dieses Buch
liefert Arctic Paper Munkedals AB, Schweden.

1. Auflage

Satz: Uhl + Massopust, Aalen
Druck und Einband: CPI – Ebner & Spiegel, Ulm
Printed in Germany
ISBN 978-3-442-75237-9

www.btb-verlag.de

Sie schob sich auf die Matratze und legte sich hinter ihn. Das Bett war schmal und wackelig, stand auf gestutzten Kieferbeinen und knarrte bei jeder kleinsten Bewegung. Sie hörte noch seine Atemzüge – fast schnarchend – und versuchte im gleichen Takt zu atmen wie er, aber es fiel ihr zunehmend schwerer, denn sie zogen sich immer länger hin, wurden verschluckt, setzten zwischenzeitlich aus. Dann verließ er sie. Einfach so. Ein letztes Ausatmen, und er war fort.

Andreas Bjerre hatte im Alter von sechsundvierzig Jahren in einer Pension in Tyringe Selbstmord begangen. Man schrieb das Jahr 1925. Hinter ihm lag seine Ehefrau Madeleine. Auf Schreibtisch und Fußboden lagen Blätter verstreut, Korrekturfahnen und Notizen für die anstehende Vorlesungsreihe. An einem kleinen Spiegel lehnten säuberlich aufgestellt Umschläge. *Für Madeleine* stand auf dem einen, *Für Mutter* auf dem anderen.

Die Abschiedsbriefe.

Madeleine Bjerre hatte an diesem alles entscheidenden Novembertag 1925 keine Wahl gehabt. Sie hatte sich ins Bett geschoben und hinter ihn gelegt, seinen Atemzügen gelauscht, den langen, gedehnten, hatte ihn, der ganz klein und reglos lag wie ein schutzbedürftiges Kind, gestreichelt. So lagen sie noch, als sie ein letztes Mal seine Augen schloss.

Ja, er hatte sie verlassen.

Und sie hatte immer gewusst, dass er es eines Tages tun würde.

Sein Selbstmord war alles andere als unumstritten. Poul Bjerre ging am weitesten. Er weigerte sich zu akzeptieren, dass Andreas absichtlich eine Überdosis Veronal genommen haben sollte. Poul Bjerre, der Bruder, der Arzt, der berühmte Psychoanalytiker und Schriftsteller, von dem Andreas stets behauptet hatte, er habe dem Hass Zugang zu seinem Körper verschafft. Dem beispiellosen Hass. In seinem Tagebuch notierte Andreas am 12. März 1915: »Poul war, nach Mutter, der erste Mensch, durch den mir in meinem Leben das Böse persönlich nahe kam.«

Ihm zufolge handelte es sich um einen unaussprechlichen Hass, den Poul in sich trug, einen Hass, der sich nur beschwichtigen ließ, wenn Andreas ihn *sich vom Leib* schrieb. Und er schrieb – sein Tagebuch enthielt Tausende verzweifelter Ansätze, die Bedeutung dieses Hasses zu verstehen. Allerdings auch Beispiele für seine Sorge, diese Grübeleien könnten ihn zugrunde richten, und ein endloses Sezieren seiner eigenen Unzulänglichkeit, seiner Arbeiten, die unvollendet blieben.

Madeleine, die den Bruderzwist so lange aus nächster Nähe verfolgt hatte, sah in diesem Hass ebenso sehr einen Ausdruck von Liebe und das Bestreben, einander trotz allen Übels noch nahe zu sein.

Wenn es etwas gab, was sie nachvollziehen konnte, dann dieses: die Furcht, zu verlassen und verlassen zu werden. Kurz nach Andreas' Tod fiel sie eine Treppe hinab. Es war nichts Ernstes, ein Beinbruch, wenn auch nicht ganz unkompliziert. Aber der Bruch verheilte nicht, wie er sollte. Die Wunde wollte sich nicht schließen und entzündete sich, die nachfolgende Infektion breitete sich im ganzen Körper aus. Die Ärzte, die ihr eigentlich schon einen Gips anlegen und sie nach Hause schicken wollten, standen vor einem Rätsel.

Als Madeleine in Katrineholm im Kullbergschen Krankenhaus lag, sah sie, sobald sie die Augen schloss, Pouls eiskalten Blick vor sich, der sie getroffen hatte, als sie ihm von Andreas' Tod erzählte.

Mörderin!, hatte er sie angebrüllt. Du verdammte, dreckige Mörderin!

Diese Worte verzieh sie ihm nie. Niemals würde sie ihm verzeihen, dass diese Worte den Weg zu ihrem wundesten Punkt gefunden hatten.

Sieh mich an, ich habe alles verloren.

Das war es, was Poul bei ihrer letzten Begegnung hatte verstehen sollen. Wie es war, wenn man einen Menschen verloren hatte, den man liebte und über zehn Jahre umhegt und gepflegt hatte. Andreas zuliebe hatte sie ihre einstige Familie aufgegeben, ihre Kinder, die Freunde, ihre beste Jugendfreundin, ihre Künstlerträume.

Alles hatte sie aufgegeben.

Sie wiegte ihn wie ein Kind, wenn seine Kräfte schwanden, lauschte seinen endlosen Tiraden über die Menschen, die ihm Unrecht getan hatten, denen er Unrecht getan hatte, streichelte seine Wange, wenn er nicht schlafen konnte, half ihm, Medikamente gegen die starken Schmerzen zu nehmen, schrieb seine Briefe, wenn er nicht mehr gegen sie ankämpfen konnte, versuchte seinem Sohn zu helfen und ließ ihn weiterschlafen, als er immer tiefer in die Bewusstlosigkeit sank, ließ zu, dass er aufhörte zu leben …

Wozu man aus Liebe fähig ist, dafür gibt es keine Grenzen.

Und nichts von all dem wollte Poul begreifen.

Das ist doch Wahnsinn, dachte sie, als sie mit hochgelagertem Bein in ihrem Krankenbett lag und die Stunden sich dahinschleppten. Das Zimmer war in jeder Hinsicht trist: drei Betten an jeder Längsseite, ein zusätzliches Bett an der Stirnwand zum Korridor, weiße Laken und braune Decken in straff bezogenen Betten, eine hohe Decke, seelenlos, braun, grau und weiß. Die Krankenschwestern waren stets missmutig, als fürchteten sie, bei etwas ertappt zu werden, das sie entweder getan oder unterlassen hatten. Eine Sorge, die sie zu überspielen schienen, indem sie schimpften und polterten. Einen Hauch von guter Laune verbreiteten sie nur morgens um Viertel nach fünf, wenn das ganze Zimmer mit kampflustigen Rufen geweckt wurde.

Das praktisch ununterbrochene Tropfen von den Fallrohren in die Regentonnen, eine eigentümliche Mischung aus Schlafen und Wachen. So vergingen ihre Tage im Krankenbett. In der ersten Nacht starb ihr gegenüber eine Frau. Madeleine merkte es nicht, erfuhr erst am nächsten Tag, dass sie an Magenkrebs im Endstadium gelitten hatte. Es war zu erwarten gewesen, sagten die Frauen in den Nachbarbetten, woraufhin Schweigen herrschte, als wäre diesen Worten nichts mehr hinzuzufügen. Und Madeleine stand vor Augen, wie die Frau in einer versteckten Klause gewaschen und hergerichtet wurde, um anschließend, neben ihrem ausgemergelten Körper eine brennende Kerze, der Familie präsentiert werden zu können. Wir sind nur Frauen in diesem Zimmer, dachte sie, Frauen, die sich auf Grund ihrer Einsamkeit, ihres Grauens und ihrer Verzweiflung innerlich zerfleischen.

Danach lauschte sie weiter dem ewigen Tropfen in die Regentonnen.

Alles hatte sie aufgegeben.

Und Poul nannte sie eine Mörderin.

Dieser Bruderhass, dachte sie, der einem durch Mark und Bein ging, der alles, was ihm in die Quere kam, zerstörte. Jetzt wollte er in ihren Körper eindringen und ihn zersetzen und verzehren. Nichts konnte ihm trotzen, er wälzte sich voran wie eine unaufhaltbare Springflut.

Andreas und Poul waren zwei Seiten derselben Medaille, dachte sie weiter. Nein, das klang zu platt, zu *alltäglich*. Andreas und Poul waren wie ein zweigeteilter Mensch, bei dem die Eigenschaften der einen Hälfte spiegelverkehrt in der anderen Hälfte existierten. Die Wahrnehmung, die aus dieser Spiegelung entstand, erinnerte in manchem an Hass, war jedoch etwas ganz anderes, vielleicht Selbstverachtung. Eine Form von Herablassung, wie sie entstand, wenn man sein Spiegelbild in einer sich dunkel kräuselnden und verzerrenden Wasseroberfläche betrachtete.

So wie man in der Antike meinte, im Spiegelbild des Wassers seine Seele zu erblicken – und wenn jemand Kiesel ins Wasser streute und das Bild in den Ringen verschwand, wurde im selben Moment auch die Seele ausgelöscht.

Genau darin lag der Widerspruch. Erst gemeinsam bildeten Andreas und Poul ein Ganzes, ein von der Umgebung abgetrenntes Wesen. Ihre Verabscheuung des jeweils anderen, dachte sie, glich dem Gefühl, das einen ereilt, wenn ein Muskel schmerzt oder einen Magenkrämpfe plagen: So sehr es auch schmerzen mochte, man konnte dem Körperteil nicht böse sein. Er war immerhin *ein Teil von einem selbst.* Man wollte, dass er wiederhergestellt und nicht etwa amputiert oder herausoperiert werden musste – bildete er doch mit den anderen Körperteilen den ganzen Menschen.

So war ihr gegenseitiger Hass, dachte Madeleine, als sie im Krankenbett lag und die Stunden sich dahinschleppten.

Wie Selbstverachtung.

Das Versprechen, das Andreas ihr einst gegeben hatte: Ich werde dich niemals verlassen. Sie hatte seine Worte noch im Ohr, und wenn sie die Augen schloss, war er da, ganz nah. Sie erinnerte sich so gut – es war mitten im Winter, im Januar 1914, gewesen und sie hatten auf Heleneborg, dem alten Anwesen der Familie Nobel im Stockholmer Stadtteil Södermalm gewohnt –, Andreas legte seine Arme um sie, stand hinter ihr, sog ihren Duft ein, vergrub sein Gesicht in ihrem Haar und küsste sie.

Dann sagte er es: Ich werde dich niemals verlassen, Madeleine, niemals.

Es war das Sinnbild ihrer Liebe, und sie konnte die Erinnerung innerlich heraufbeschwören. Als läge sie im Entwickler, der die Silberbromidkristalle sacht in kleine, winzig kleine, schwarze Silberkörner verwandelte. So erwachte das Bild zum Leben, fügte sich Schicht auf Schicht zusammen, bis ihre Gesamtheit ein Gesicht ergab. Der besondere Augenblick, als sie in der Küche stand und Zwiebeln schnitt, ihn nicht kommen hörte und dachte, er säße noch im Arbeitszimmer und schriebe. Dann spürte sie plötzlich seinen Körper an ihrem, seine tiefen Atemzüge und wie er sein Gesicht in ihren Haaren vergrub, seine Atemzüge an ihrem Hals.

Manchmal dachte sie, wenn Poul sie damals gesehen hätte, als sie in der kleinen Küche standen, würde er verstehen. Dann würde er nachgeben und sie nicht verurteilen und seinen Bruder nicht mehr hassen. Dann fände dieser Bruderhass ein Ende, und ihr bliebe erspart, ihn vor Augen zu haben, als er sie Mörderin nannte und mit seinem eiskalten Blick strafte.

Stattdessen fehlte ihr die Kraft, gegen die Infektionen anzukämpfen, die in ihrem Körper wüteten. Die Wunde weigerte sich zu heilen, und so starb sie im Alter von dreiundvierzig Jahren an den Folgen ihres Beinbruchs. Möglicherweise starb sie letztlich doch an einem gebrochenen Herzen, schrieb Poul seiner Mutter, als ihn die Nachricht von ihrem Ableben erreichte.

I Waffenbrüder (1913)

Traum: »Gemeinsam mit meinem älteren Bruder sollte ich eine Brücke überqueren, die hoch über dem Erdboden verlief und kein Geländer hatte. Mir wurde immer schwindliger. Gegen meinen Willen zog es mich zum Brückenrand. Am Ende musste ich auf allen vieren kriechen, um nicht in die Tiefe gezogen zu werden. In der Zwischenzeit war mein Bruder mir vorausgeeilt. Er nahm keine Notiz von mir.«

Die in diesem Traum geschilderte Situation ist weit verbreitet [...] Wir alle tragen den Abgrund in uns, und der Anblick der gefährlichen Tiefe vergegenwärtigt diese Tatsache – zumindest tragen wir den Tod als Endziel in uns. Der Traum stammt von einem jungen Studenten, der auf Grund einer perversen Veranlagung große Vertrautheit mit Vernichtungsgefühlen erlangt hatte. Charakteristisch ist, dass er in seiner beängstigenden Lage selbst von dem Menschen allein gelassen wird, der ihm am nächsten steht. Was die Wanderung über die Brücke des Lebens mehr als alles andere so schwierig macht und uns zwingt, auf allen vieren zu kriechen, ist die Einsamkeit.

Poul Bjerre, aus *Das Träumen als Heilungsweg der Seele*

Lieber Bruder…

Du denkst, dass dich jetzt, in der Nacht zum 28. November 1925, niemand sieht. Während du im Bett liegst, dich auf den Ellbogen gestützt aufrichtest, die Augen zu Schlitzen verengst und in die undurchdringliche Finsternis blinzelst. Du glaubst, in dieser frostigen Nacht ganz allein zu sein und dass niemand weiß, wie schutzlos und verletzlich, im Schüttelfrost der Migräne zitternd, du in deinem Bett liegst. Du glaubst, dass keiner die charakteristische Sorgenfalte zwischen deinen Augenbrauen sieht, die du immer dann der Kamera gezeigt hast, wenn du darauf bedacht warst, einen möglichst stilvollen Eindruck zu hinterlassen, »einen Hauch von Genialität«.

Es ist die gleiche Falte, die man auch beobachten kann, wenn dich der Schmerz im Unterleib trifft und mitten in der Nacht aufweckt.

Du glaubst, dass dich jetzt niemand sieht.

Aber du irrst dich, Bruder. Ich sehe dich.

Endlich, *endlich*, denkst du, wenn die Kopfschmerzen für eine Sekunde nachlassen.

Das Haus kommt dir verändert vor. Deine Augen haben sich allmählich an die Dunkelheit gewöhnt, und du kannst größere Teile des Zimmers erkennen. Trotzdem bist du immer noch schlaftrunken und weißt nicht, wie viel Uhr es ist, nur, dass es noch Nacht ist und das ganze Haus in die Stille der Winterdunkelheit getaucht ist. Das eigentümliche Säuseln der Kiefern im Freien, wenn der Wind in ihre kargen und bittenden Äste fährt und sie wiegt. Das Säuseln, das in den wogenden Bewegungen immer wiederkehrt, fast einlullend, um dann plötzlich so aufzuheulen, dass die Fensterleisten pfeifen, als versuchte der Wind, ins Haus einzudringen und sich durch die zahlreichen Ritzen hineinzuschleichen, die ohne Wachposten geblieben sind. Jenes Haus, das deine Burg ist, in der Unwillkommenen kein Einlass gewährt wird.

Dann wird dir bewusst: Sie ist abgereist.

Und auf einmal stehst du in deinem Nachthemd kerzengerade im Zimmer und möchtest schreien. Es ist, als würde dein ganzer Körper geschüttelt, und das Gefühl bricht sich Bahn, sodass du gestikulieren musst, um die Wut herauszulassen. Nie wieder wird sie über die Schwelle dieses Hauses treten, denkst du und fuchtelst mit den Armen, nie wieder.

Nur über meine Leiche!

Dann aber setzt du dich auf den Holzstuhl und musst schwer seufzen. Deine Schultern fallen herab, und du senkst den Kopf. Schon als Kind hast du alles Anspruchslose geschätzt. Als du nun jedoch den Blick durch das schlicht möblierte Zimmer schweifen lässt, sieht es einfach nur trist aus. Ein Raum aus angesammelten, übrig gebliebenen Bruchstücken eines früheren Lebens.

In diesem Moment denkst du allerdings nicht an mich und meinen Untergang, sondern an sie. Madeleine. Meine Frau. Meine liebe, liebe Frau, die ich für immer verlassen habe. Du denkst, dass sie dir einen Dolch in den Rücken gerammt hat. Dass sie an allem schuld ist. An meinem Tod und an deinen höllischen Kopfschmerzen. Alles ist einzig und allein ihre Schuld.

Du überlegst, ob du nach Signhild klingeln sollst, aber die Ärmste schläft bestimmt. Stunden bevor das übrige Haus erwacht, ist sie auf den Beinen und geht immer als Letzte zu Bett. Wenn andere sehen könnten, wie liebenswürdig du deine Angestellten behandelst, würden sie ihre Meinung über dich ändern. Der Gedanke ist dir schon oft gekommen. Stattdessen sehen sie sich mit dem Choleriker konfrontiert, der jede noch so kleine Kritik persönlich nimmt und nie zögert, zum Gegenschlag auszuholen.

Der kleine, wütende Seelenklempner. So hört sich die Sache dann an.

Heute Nacht kommst du nicht so leicht davon, die Migräne nimmt einen neuen Anlauf, du spürst es am Pulsieren in deinen Schläfen.

Du bist wie der Hund, der das Wasser auf seinem Weg durchs Gebäude in den Rohren rauschen hört. Andere Menschen spüren den Schmerz, sobald er zu einer Tatsache geworden ist. Aber du, Poul, du spürst ihn bereits auf seinem wirbelnden Weg durch die Nervenfasern.

Das ist eine der Lehren für jemanden, der sein Leben lang kränklich und schwächlich gewesen ist.

Verdammtes Weib! Dass sie es wagt!

So denkst du jetzt, und es schreit förmlich in deinem Kopf. *Eine verdammte Mörderin ist sie! Eine Mörderin!*

Ja, lass es abgründig brüllen in deinem Kopf.

Du lehnst dich vor, versuchst die richtige Balance zu finden, um das Klappern zu lindern, das zu scharfen Klauen geworden ist, die sich schubweise in deine Schläfen krallen. Du kannst dir ein Lächeln nicht verkneifen, ein beißendes, höhnisches Lächeln, als wolltest du so den Schmerz stillen, dich in der Pein suhlen, ein Teil von ihr werden und sie so aufheben. Dann legst du dich, ganz vorsichtig, aufs Bett.

Wie immer, wenn man am Gleichgewicht rüttelt, kommt der Schmerz in einer Sturzflut.

Mit etwas Glück ebbt er jedoch bald wieder ab, sodass du die Augen schließen kannst. Die Zuckungen in deiner Hand zeigen, wie sehr du versucht bist, ein bisschen mehr von jenem Pulver zu nehmen, aber du weißt, es würde dir nicht helfen, auch diesmal nicht.

Wenn du in diesem Moment die Wahl hättest, würdest du sie der Polizei übergeben. Aber du besinnst dich und denkst, dass es ja keine Rolle mehr spielt. Es ist ohnehin zu spät. Die Leiche ist aufgebahrt, obduziert und beigesetzt worden.

Ansonsten strahlte sein Gesicht Ruhe aus,
der kurze Hals, die eng stehenden Augen.

Stockholm, 10. September 1913

Nie war die Welt moderner als 1913. Ganz Stockholm war vom Geist der Erneuerung erfüllt, fort mit dem Alten und Antiquierten, her mit dem Neuen und Frischen. Alles sollte hell sein und nicht mehr morsch und stickig. Fort mit beschränkten Moralvorstellungen, her mit gesundem Denken. In London demonstrierten Suffragetten und forderten das Wahlrecht für Frauen, hielten Großdemonstrationen und gut besuchte Versammlungen ab – es kam allerdings auch zu öffentlichen Aktionen wie dem Einschlagen von Fensterscheiben, der Verwüstung öffentlicher Plätze, zu Zwischenrufen und Steinwürfen. *We won't take No for an answer*, riefen sie zu Tausenden im Chor. Sylvia Pankhurst, eine der führenden Aktivistinnen, kam auf Einladung Frigga Carlbergs und des Vereins für das politische Wahlrecht der Frau nach Schweden und hielt einen bejubelten Vortrag.

Die größte Wirkung erzielte jedoch Emily Davison, die sich bei den Pferderennen in Epsom Downs vor das Pferd George V. warf. Sie fiel ins Koma und starb wenige Tage später als die Märtyrerin, die der Kampf der Frauen in ihren Augen benötigte. Vielleicht hatte sie Recht: Mehr als zweitausend Frauen geleiteten sie zu ihrer letzten Ruhestätte, und ihr Sarg war von einer Fahne in den Farben der Suffragetten, violett, weiß und grün, bedeckt.

Der gleiche Aufruhr gegen das Establishment ereignete sich in der Kunst. Nur ein paar Tage, bevor Davison zu Tode stürzte, wurde in Paris Strawinskijs Ballett *Le Sacre du prin-*

temps uraufgeführt. Bei jeder Probe gab es Streit, weil Strawinskij das Orchester nicht dazu bringen konnte, seinen eigenwilligen Rhythmen zu folgen. »Ihr seid ein Haufen musikalischer Analphabeten«, schnauzte er die Musiker an. Und Djagilews Ballets Russes mit Nijinsky als Choreographen schockierten das gesamte Premierenpublikum, als es barfuß auftrat und barbarische Riten in ihrer ganzen Brutalität und Erotik anschaulich machte. Am Abend der Premiere schrie das Publikum so laut, dass die in seltsame Volkstrachten gehüllten Tänzer am Ende die Musik nicht mehr hören konnten. Strawinskij verließ das Parkett, lief hinter die Bühne und eilte Nijinsky zu Hilfe, der auf einem Schemel stand, sich auf die Bühne hinauslehnte und die Taktschläge rief. Der Dirigent, den Djagilew ermahnt hatte, weiterzumachen, ganz gleich, was auch geschehen würde, dirigierte die schreckensstarren Musiker im Orchestergraben mit immer weiter ausholenden Armbewegungen. Es herrschte vollkommenes Chaos, Vergleichbares hatte man nie zuvor gesehen. Die Kritiker übertrafen sich gegenseitig bei dem Versuch, die Aufführung möglichst brachial zu verreißen: Irrenhausmusik, Pornographie, Primitivismus.

Doch das spielte alles keine Rolle – her mit dem Neuen, fort mit dem Alten.

Der italienische Maler und Komponist Luigi Russolo veröffentlichte sein futuristisches Manifest »Die Kunst der Geräusche«, in dem er erklärte, man müsse sich von den rein musikalischen Lauten lösen und die unendliche Variationsbreite der Geräusche erobern.

Kein Weg führte mehr zurück. Die Welt würde für immer eine andere sein. Laufend wurden Erfindungen vorgestellt, die der Menschheit neue wichtige Schritte nach vorn ermöglichen sollten. In Amerika führte man das Fließband ein, und der schwedische Reißverschluss wurde weltweit patentiert. Ivar Kreuger gründete den schwedischen Streichholztrust, und man sprach von einer neuen Ära des Finanzmarkts, die auf dem simplen, aber genialen Sicherheitsstreichholz basierte. Nur ein Krieg würde die Zukunftsvisionen zerschlagen können. Aber außer im Süden des Kontinents, wo der zweite Balkankrieg im Herbst seinen Höhepunkt erreichte, herrschte in ganz Europa Frieden.

Frieden und Zukunftsglaube. Es lag in der Luft, als wäre es greifbar. Und nicht nur Kunst und Wissenschaft waren mitten in ihren spannendsten Phasen. Andreas Bjerre war sich durchaus bewusst, dass seine Arbeit im Strafrecht revolutionär war und sich perfekt in die Zeit fügte, er wusste, nun war es möglich, Dinge durchzusetzen, die wenige Jahre zuvor noch als völlig unangemessen gegolten hätten. Jetzt bestand die Möglichkeit, mit alten Auffassungen von Schuld und Sühne aufzuräumen – und, nicht zuletzt, den Blick auf die Chancen des Menschen zu lenken, seine Schuld tatsächlich zu sühnen. Noch hatte er sich nicht von dem anfänglichen Schock erholt, den er erlitten hatte, als er seine Interviews mit den Insassen des Gefängnisses auf der Insel Långholmen geführt hatte, die zu langjährigen Haftstrafen verurteilt worden waren. Er erkannte, dass sie sich im Großen und Ganzen in nichts von anderen Menschen unterschieden. Sicher, es gab welche unter ihnen, die zweifelsohne psychisch krank waren und von denen die extremsten Fälle vermutlich als »bösartig« beschrieben werden konnten, seiner Meinung nach ließen sich diese jedoch an einer Hand abzählen.

Die meisten waren ganz normale Jünglinge und Männer, die vielleicht nicht die aufgewecktesten waren, sich aber keinesfalls von Grund auf als bösartig abstempeln ließen. Bei ihren Verbrechen war es häufig um Geld gegangen. Für Andreas stand außer Frage, dass arme Menschen eher dazu neigten, ein Verbrechen zu begehen, weil sie so wenig zu verlieren hatten. Wenn man darum kämpfte, zu überleben oder sich eine leidliche Existenz aufzubauen, um Essen auf dem Tisch und ein Dach über dem Kopf zu bekommen, erschien einem das Verbrechen verlockender als einem Menschen, der bereits alles besaß, was er zum Leben benötigte, und noch viel mehr.

Bis zum jetzigen Tag hatte man diese Straffälligen ein für allemal wegsperren wollen. Man glaubte, dass sie für die Gesellschaft verloren waren. Doch selbst wenn es so war, wurden doch einige von ihnen irgendwann wieder auf die Menschheit losgelassen: Oft wurden sie begnadigt oder hatten ihre Strafen abgesessen. Nachdem sie jahrzehntelang hinter Schloss und Riegel gesessen hatten, waren nur wenige von ihnen dem harten Leben außerhalb der Gefängnismauern gewachsen. Wenn es dann keine barmherzige Familie gab, die sich um diese Menschen kümmerte, gingen sie fast immer unter oder begingen neue Verbrechen und mussten an den schützenden, aber züchtigenden Busen des Strafvollzugs zurückkehren.

Als Andreas die Vasagatan hinabeilte, dachte er, wenn es ihm nur gelänge, sich zu konzentrieren und das Vorwort zu vollenden und einige der Interviews zu bearbeiten, so wäre sein Projekt beendet, das Buch fertig. Er hatte Jahre harter Arbeit auf diese Interviews verwandt, und der Vertrag mit dem Verlag Norstedts über den Druck des Werks war bereits unterzeichnet. Tatsächlich waren mittlerweile zwei Jahre vergangen, seit die Vereinbarung geschlossen worden war. Damals hatte er geglaubt, nur noch einen Monat zu benötigen, um das Vorwort zu vollenden, aber seither war nichts so gekommen, wie er es erwartet hatte.

Ständig kamen ihm seine Grübeleien in die Quere. Eine Woche lief alles, wie es sein sollte: Er las, schrieb und bearbeitete, und sein Vorgehen hatte eine Richtung. Dann aber brach er ohne jede Vorwarnung zusammen. Morgens kam er kaum aus dem Bett, so sehr lähmte ihn seine Schreibblockade. Und die Arbeit der Vorwoche, auf die er gerade noch so stolz gewesen war, erschien ihm nunmehr wie eine Anhäufung von Sinnlosigkeiten. Wie der Versuch eines Idioten, sich als etwas Besonderes aufzuspielen, war sie ohne Substanz oder Wert. Oft warf er alles fort oder räumte das Material in einem Umschlag weg, den er auf all die anderen Umschläge mit verworfenen Versionen legte. Die Arbeit am Vorwort zu seinem Buch vermittelte ihm mittlerweile das Gefühl, dass er die Sache nie zu Ende bringen würde.

Obwohl es bereits Mitte September war, herrschte in Stockholm hochsommerliche Hitze. Das Wetter war nach einem wunderschönen Frühling den Sommer über unbeständig gewesen. In der vorigen Woche hatte es ununterbrochen geregnet, aus Gewitterwolken rollte der Donner, und es goss in dicken Tropfen, die auf das Straßenpflaster klatschten, und wo das Wasser nicht abgelaufen war, standen immer noch große Pfützen. Die Ulmen, an denen Andreas vorbeikam, zeigten allerdings kaum Anzeichen, sich verfärben zu wollen, und für die Linden am Norra Bantorget galt das Gleiche.

Wenn er pünktlich sein wollte, musste er sich beeilen. Er beabsichtigte, Poul abzuholen, der mit dem Nachtzug aus Hamburg heimkehrte, nachdem er beim Psychoanalytischen Kongress in München einen Vortrag gehalten hatte. Wie vor jeder Begegnung mit seinem Bruder war Andreas nervös. Er hätte sich gewünscht, mehr Interesse für Pouls Forschungen aufbringen zu können, schon allein, weil er sich vorstellte, dass es ihm dann leichter fiele, sich mit seinem Bruder zu unterhalten. Aber es wollte ihm einfach nicht gelingen. Er fand, dass Pouls Schriften in letzter Zeit immer austauschbarer und hochtrabender geworden waren.

Er passierte die neugebaute Kungsgatan, für die man sich durch den Stockholmer Felsrücken gegraben hatte. Überall wurden neue Häuser errichtet, und er musste von Brett zu Brett springen, um nicht in den wässrigen Lehm und Morast zu treten, den die unvermeidlichen Baukarren an den verregneten Tagen verteilt hatten. Es wurde eng, als sich alle balancierend vorwärtsbewegten, und er musste seine Schritte verlangsamen. Er zog die Uhr aus seiner Westentasche. Aber ja, er würde pünktlich sein, er brauchte sich nicht hetzen. Stattdessen lobte er sich dafür, dass er ausnahmsweise einmal rechtzeitig losgegangen war.

Auf Höhe der wuchtigen Zentralpost bekam er endlich wieder genügend Platz, um schnelleren Schritts voranzukommen. Ihm war bewusst, dass die Leute, denen er begegnete, einen jungen Mann um die dreißig sahen, der alles hatte, was man sich nur wünschen konnte. Er stammte aus einer wohlhabenden Familie, wenn auch neureich und aus Dänemark kommend, und hatte noch nie um sein täglich Brot kämpfen müssen. Obwohl es, überlegte er, ganz darauf ankam, was man mit dem täglichen Brot meinte. Es stimmte natürlich, er hatte niemals hungern müssen – wenn er in einer Krise gewesen war, hatte er stets seinem Vater schreiben können, der daraufhin für finanzielle Unterstützung gesorgt hatte. Darüber hinaus hatte er in Paris und Berlin studiert und die besten Schulen besucht.

Aber dennoch …

Was die Menschen, denen er begegnete, nicht sahen, waren seine ständigen Qualen, vor allem nach der Scheidung von Amelie im Vorjahr, die Schreibblockade, die ihn oft hinterrücks überfiel und ihn in einen Zustand vollkommener Arbeitsunfähigkeit versetzte. Er hätte nie geglaubt, dass er den Tag überleben würde, an dem Amelie ihn schließlich verließ.

Seine Rettung hieß Madeleine. Ohne sie wäre er untergegangen, das wusste er genau. Sie hatte ihm die Geborgenheit gegeben, die er so dringend benötigte. Sie opferte sich für ihn auf, dessen war er sich bewusst, aber er hätte sie nie, niemals dazu gezwungen, wenn sie es nicht selbst gewollt hätte. Es war sein größter Wunsch, dass diese glückliche Phase in seinem Leben eine Versöhnung in seiner Familie herbeiführen würde. Wenn sie doch nur die schrecklichen Dinge hinter sich lassen könnten, den Verrat und die Wutanfälle, die Anschuldigungen und Kleinlichkeiten.

Es war an der Zeit, den Blick nach vorn zu richten, in eine neue Zeit, die von Zuversicht und Zukunftsglauben geprägt war. Er wollte, dass Poul dies verstand. Deshalb war die Begegnung mit ihm so wichtig. Poul sollte einsehen, dass er ein neuer Mensch war. Er war ein hart arbeitender Mann, der gelernt hatte, Verantwortung zu übernehmen, und der willens war, um Verzeihung für seine Taten zu bitten und zu verzeihen, was andere ihm angetan hatten.

Zum ersten Mal seit Jahren bestand die Möglichkeit, den Kontakt wieder aufzunehmen. Leicht würde es allerdings nicht werden, das wusste er. Poul und seine Frau Gunhild hatten ihn systematisch von ihrem Zuhause ferngehalten. Offensichtlich war es eher Gunhild als Poul gewesen, die sich widersetzte. Sie wirkte so zurückhaltend und sanftmütig, aber wenn jemand sie verletzte, wurde sie zu einer wahren Gorgo. Und sie fühlte sich von ihm gekränkt, seit er aus seinen Flitterwochen mit Amelie heimgekehrt war.

Seit *ihrem* Verrat an ihm und Amelie.

Er fand noch immer, dass Gunhild sich bei ihm dafür entschuldigen sollte, was sie durch ihre widerwärtige Ehe mit Poul ausgelöst hatte. Widerwärtig, weil sie seine eigene mit Amelie, ihrer eigenen Tochter, der Lächerlichkeit preisgegeben hatte. Er rief sich die zahllosen Gelegenheiten in Erinnerung, bei denen er gehört hatte, wie sich die Leute über Amelie und ihn lustig machten, wenn sie Feste und Empfänge besuchten.

Zwar hatte man ihnen nicht offen ins Gesicht gelacht, aber hinter seinem Rücken hörte er die Verachtung und spitzfindigen Bemerkungen und erahnte das höhnische Grinsen. Der eine Bruder mit der Tochter verheiratet, der andere mit der Mutter.

Aber wenn er Gunhild vorwarf, Amelie zu manipulieren, fand sie ihn ungerecht. Er wusste, seine aufbrausende Art hatte zur Folge, dass seine Worte giftiger ausfielen als beabsichtigt, trotzdem wollte es ihm nicht in den Kopf, dass eine kluge und erfahrene Frau tun konnte, was sie getan hatte. Poul traute er alles zu, aber dass Gunhild ihre Tochter einer solchen Situation aussetzte, ging über seinen Verstand.

Und dann, als seine Ehe mit Amelie zu zerbrechen drohte, stellte sich Gunhild ohne Wenn und Aber auf die Seite ihrer Tochter, verstieß ihn und zwang Poul, dasselbe zu tun. Ihr Entschluss war durch nichts zu erschüttern gewesen.

In dieser aufgeheizten Situation waren die Blicke aller auf Andreas gerichtet gewesen. Alles Schlechte, was sich ereignet hatte, war seine Schuld. Seine Versuche, sich zu verteidigen, waren völlig zwecklos gewesen, seine Sicht der Dinge wollte niemand hören. Sie hatten ihre Entscheidung getroffen.

Mittlerweile lebte Amelie jedoch in Rom und er war in zweiter Ehe mit Madeleine verheiratet. Sollte es unter diesen Umständen wirklich keine Möglichkeit zu einer Versöhnung geben? Er stellte sich die Frage, während er die Straße überquerte, vor dem Hauptbahnhof stehen blieb und den Gruß eines älteren Mannes erwiderte, der sein »Guten Tag« regelrecht salutierte. Was sah dieser Mann, bei dem sich Andreas fast sicher war, ihm nie zuvor begegnet zu sein, in ihm? Und warum grüßte er so übertrieben?

Wahrscheinlich hat er gesehen, was alle anderen auch sehen, dachte Andreas. Den angespannten Mund, dessen Winkel leicht hochgezogen wurden, was manch einer zeit seines Lebens als verschlagenes Lächeln fehlinterpretieren würde. Als würde sich dahinter ein Geheimnis, etwas Unbekanntes, vielleicht sogar Furchterregendes verbergen, von dem nur er etwas wusste. Ansonsten schienen die Menschen zu finden, dass sein Äußeres Ruhe ausstrahlte: der kurze Hals, die eng stehenden Augen mit ihrem durchdringenden Blick, die kräftige, aber wohlgeformte Nase, der betonte Unterbiss. Alles deutete auf eine Art von innerer Ausgeglichenheit hin, wic man sie bei erfolgreichen Bankiers oder geachteten Unternehmern fand. Bei Männern, die man als eher zuverlässig denn risikofreudig einstufte.

Ein letzter Blick auf die Uhr, bevor er den Bahnhof durch den Haupteingang betrat. Unabhängig davon, wie er auf andere wirkte – in diesem Augenblick fühlte Andreas sich wie jemand, der ein Risiko einging. Er hatte die Absicht, seinem Bruder die Hand zu reichen und sich um Einklang und Vergebung zu bemühen. Er mochte in den schweren Jahren darauf gewartet haben, dass Poul den ersten Schritt machte, hatte nun aber beschlossen, selbst aktiv zu werden. Es war an der Zeit, einen Schlussstrich unter die Vergangenheit zu ziehen und den Blick nach vorn zu richten. Fort mit dem Alten und Vermoderten, her mit dem Neuen und Frischen.

Der Zug aus Deutschland war fast auf die Minute pünktlich und rollte gemächlich am Bahnsteig ein. Er stampfte das letzte Stück heran, knurrte und zischte. Der Duft stieg allen Wartenden in die Nase. Der Geruch von Reise, Heimkehr, Abschied und Begegnung. Welch unerhörte Verlockung doch in diesen widersprüchlichen Düften liegt, dachte Andreas und postierte sich in der Nähe der Bahnhofshalle, um einen besseren Überblick zu haben.

Dicht gedrängt standen erwartungsvolle Menschen auf dem Bahnsteig und harrten der ersten Reisenden, die aus dem Zug stiegen. Gepäckkarren quietschten, als sie über den gepflasterten Untergrund gerollt wurden, jemand pfiff durchdringend auf einer Trillerpfeife. Und zu allem Überfluss der Dampf und die kreischenden Bremsen. Alle Bahnhofsrequisiten waren vorhanden, jeder aufdringliche Ton und Geruch. Aber nach einem letzten Aufheulen der Dampfpfeife stand der Zug, Türen wurden geöffnet, die ersten Füße lugten heraus und fanden den Weg zu den Trittleitern herab, die man auf den Bahnsteig gestellt hatte.

Das war der Moment, in dem Andreas Zweifel beschlichen. Er spürte, wie das Herz in seiner Brust einen Satz machte und hart schlug. Die Symptome waren ihm vertraut.

War das wirklich ein kluger Entschluss? Was um Himmels willen hatte er hier zu suchen?

Seine Gedanken wurden jedoch schlagartig unterbrochen, als er Poul erblickte. Für Zweifel ist jetzt keine Zeit, dachte er und zwängte sich durch die Menschenmengen. Jeder schien in irgendeine Richtung unterwegs zu sein, und es kam ihm vor, als liefen mehrere gleichzeitige Bewegungen auf dem Bahnsteig in verschiedene Richtungen ab. Jemand suchte nach seinem Koffer, ein anderer wollte sich möglichst rasch ins Bahnhofsgebäude begeben, ein Mann beschwerte sich, als er nicht aussteigen konnte, weil ihm Leute im Weg standen. Seltsamerweise fand Andreas das Gewühl ringsum beruhigend, als befände er sich an einem sicheren Ort, im Auge des Orkans. Schließlich gelang es ihm, sich zu Poul vorzukämpfen und ihm die Hand auf die Schulter zu legen.

»Guten Tag, Poul.«

»Andreas! Was machst du denn hier?«

Es war die erwartete Reaktion. Poul betrachtete ihn eher misstrauisch als überrascht. Dann merkte er, dass Poul über seine Schulter hinwegschaute und den Blick besorgt über den Bahnsteig schweifen ließ.

»Ich bin gekommen, um dich abzuholen.«

Er griff nach Pouls Reisetasche, wollte auf gar keinen Fall seine Unschlüssigkeit zeigen. Sonst wäre alles vergebens.

»Komm, lass mich die Tasche tragen«, sagte er. »Den Koffer lässt du dir sicher nach Hause schicken, oder?«

Aber Poul legte augenblicklich seine Hand auf Andreas' und hielt ihn zurück. Die Rücken leicht über die Tasche gekrümmt, blieben sie stehen.

»Nein, lass sie stehen. Ich warte auf Gunhild.«

»Gunhild kommt nicht.«

»Sic kommt nicht?«

»Nein, ich habe Amelie gebeten, Gunhild auszurichten, dass ich es ihr abnehmen kann, dich abzuholen.«

Poul blieb scheinbar fassungslos stehen und schüttelte mit kurzen, kleinen Rucken den Kopf. Er fuhr noch eine Weile fort, den Blick über den Bahnsteig schweifen zu lassen, ehe er seufzte und seine Aufmerksamkeit Andreas zuwandte.

»Willst du damit sagen, dass du meinetwegen hergekommen bist? Und dass du Gunhild gefragt hast?«

»Ja.«

Poul ließ die Tasche los, als wiche alle Kraft aus ihm, und Andreas hob sie an. So blieben sie einen Moment stehen, bis Andreas sich Richtung Ausgang in Bewegung setzte. Poul folgte ihm mit langsamen Schritten und nahm erneut die Suche nach Gunhild auf dem Bahnsteig auf.

Andreas wusste, dass es keine Rolle mehr spielte, ob es richtig oder falsch gewesen war, Poul zu treffen. Nun führte kein Weg mehr zurück. Jetzt hieß es alles oder nichts.

»Wie war der Kongress?«, fragte er, ohne sich umzudrehen, und durchquerte mit entschlossenen Schritten das Bahnhofsgebäude. Wegen der vielen Menschen war es immer noch eng, auch wenn sich die Menge allmählich verlief. Er war froh, dass Poul nur die leichte Reisetasche dabei hatte und es ihnen erspart blieb, einen Gepäckträger aufzutreiben.

»Sehr gut, sehr gut«, hörte er hinter seinem Rücken.

»Freud ist auf dem besten Weg, die Kontrolle zu verlieren, jedenfalls wenn man dem Glauben schenken darf, was hier in den Zeitungen stand. Aber es ist wahrscheinlich Zeit für eine Veränderung, meinst du nicht?«

»Die psychoanalytische Bewegung wird sich vermutlich in mehrere Richtungen aufspalten. Das war zu erwarten, nicht mehr und nicht weniger.«

Pouls Stimme war seltsam abwesend, als sie durch die Bahnhofshalle gingen und ihren Weg zu dem kleinen Vorplatz an der Vasagatan fortsetzten. Erst dort blieb Andreas stehen und drehte sich um. Er stellte die Tasche ab und zeigte auf ein Hotelrestaurant auf der anderen Straßenseite.

»Sollen wir dort kurz hineingehen?«

»Und warum?«

Poul zog ein Taschentuch heraus und wischte sich die tränenden Augen ab. Er blieb kurz so stehen, schüttelte den Kopf, ehe er das Taschentuch ausschlug, um es anschließend zu falten und seufzend in die Brusttasche zurückzustecken.

»Mir ist bewusst, dass du müde bist von der Reise«, sagte Andreas. »Aber es gibt etwas, worüber ich mit dir sprechen muss.«

»Du kannst natürlich reingehen«, erwiderte Poul und zuckte mit den Schultern. »Ich mache mich jedenfalls auf den Heimweg.«

Er reckte sich nach der Tasche. Diesmal war es Andreas, der die Hand ausstreckte und sie auf der Erde hielt.

»Poul«, sagte Andreas und sah seinem Bruder in die Augen, »ich würde dich nicht bitten, wenn ich mich nicht dazu gezwungen sähe.«

»Wie gesagt, ich bin müde und möchte nach Hause.«

»Wenn du jetzt fährst, sehen wir uns heute zum letzten Mal«, erklärte Andreas, ohne Pouls Blick auszuweichen. Er erhob nicht die Stimme, merkte jedoch selbst, wie gepresst er klang.

»Du willst mich erpressen? Darum geht es hier? Um eine Erpressung?«

Poul zischte die Worte förmlich heraus, und sein Blick unter den hochgezogenen Augenbrauen wurde messerscharf.

»Nenn es, wie du willst«, antwortete Andreas mit sachlicher Stimme. »Ich würde es eine Chance für zwei Brüder nennen, eine Stunde zusammenzusitzen und sich über gewisse Dinge auszusprechen. Eine Stunde, Poul, das ist alles, was ich von dir verlange.«

»Weiß Gunhild, dass du mich deshalb treffen wolltest?«

»Wie meinst du das?«

»Nun ja, weiß sie, dass du ihre Freundlichkeit ausgenutzt hast?«

»Ich verstehe nicht, wovon du sprichst, Poul. Wenn du wissen willst, ob ihr klar ist, worüber ich mit dir sprechen möchte, dann lautet die Antwort: ja.«

»Also *hast* du mit Gunhild gesprochen? Verdammt noch mal, was denkst du eigentlich, wer du bist!«

Poul verlor endgültig die Beherrschung. Sein Gesicht lief hochrot an, er fuchtelte mit den Armen. Ein vorübergehendes Paar drehte sich um und musterte ihn, ohne stehen zu bleiben. Etwas weiter entfernt stand ein Mann und verfolgte interessiert ihr Gespräch, und eine Frau mit einem aufgespannten Sonnenschirm wandte sich hastig von ihnen ab.

»Wenn du mir hier eine Szene machen willst, bitte, ich habe nichts dagegen«, sagte Andreas.

Poul griff nach der Tasche und riss sie hoch, aber Andreas hielt dagegen, sodass sie eine Weile stehen blieben und beide an ihr zerrten.

Das Ganze sah aus wie die Parodie eines Tauziehens, was beiden immer deutlicher bewusst wurde. Zu guter Letzt ließ Poul los, stampfte mit dem Fuß im Schotter auf und drehte sich um. Er verschränkte die Arme vor der Brust und wandte Andreas den Rücken zu.

»Gunhild meinte, ich sollte so bald wie möglich mit dir sprechen«, sagte Andreas, erneut mit beherrschter Stimme, aber nach dem Kampf um die Reisetasche ein wenig außer Atem.

Poul drehte sich um und trat ganz nahe an Andreas heran, so nahe, dass sich fast ihre Nasen berührten.

»Wir machen jetzt Folgendes«, erklärte er und atmete tief durch. »Ich setze mich für eine Stunde mit dir zusammen, wenn du mir versprichst, dass du nie, *nie wieder*, mit Gunhild oder einem anderen in unserer Familie über Dinge redest, die mich betreffen, ohne dass du *vorher* mit mir sprichst. Und wenn du dieses Versprechen brichst, werde ich dich auf jede denkbare Art verstoßen. Ich werde nie mehr mit dir sprechen, ich werde dir niemals finanziell zur Seite stehen, ich werde nie wieder auch nur deinen Namen erwähnen. Hast du mich verstanden?«

Andreas nahm die Tasche und ging in das Hotelrestaurant.

Restaurants, die eben erst ihre Pforten geöffnet haben, verströmen einen ganz bestimmten Geruch. Man nimmt ihn nur zu diesem Zeitpunkt wahr, denn wenn der Abend fortschreitet, vermischt er sich mit Zigarren- und Zigarettenrauch, der schwer über den Tischen hängt, und mit den Ausdünstungen der Menschen, mit Alkohol und Kaffeesatz.

Nun aber roch man ihn deutlich, beim Eintreten schlug er Andreas und Poul entgegen. Eine gewisse Säuerlichkeit, als hätten sich Bier und Wein mit eingefressenen Essensgerüchen und Seife vermischt, wären dann aber dennoch verschimmelt und hätten sich in Böden und Wänden, Tischen und Stühlen festgesetzt. Der Geruch ist erstickend, hat nichts Einladendes.

»Was macht dein Buch?«, erkundigte sich Poul und setzte sich Andreas gegenüber.

Sie saßen in einer schummrig beleuchteten Nische; bis auf einen einsamen trinkenden Herren und zwei junge Männer, die vertraulich miteinander flüsterten, waren sie allein in dem Lokal. Hinter der Theke stand der Oberkellner, trocknete Gläser ab und behielt dabei den Schankraum im Auge.

»Ich meine mich erinnern zu können«, fuhr er fort, »dass du es vor zwei Jahren dem Verlag geschickt hast. Das hast du doch, oder?«

»Nein, das habe ich nicht. Und das weißt du auch ganz genau.«

»*Studien zur Psychologie des Mörders* ist ein ambitionierter Titel, das muss ich schon sagen.«

»*Zur Psychologie des Mordes.*«

»Nichtsdestotrotz. Aber ist es nun fertig?«

Andreas wandte das Gesicht ab und schaute mit leerem Blick zum Fenster hinaus. Pouls Art, das Kommando zu übernehmen, war für ihn nichts Neues. In diesen Momenten verlor er in der Regel die Beherrschung, wurde reizbar und vergaß all das, was er eigentlich hatte sagen wollen.

Der Ober kam zu ihnen, und Poul bestellte schnell zwei Gläser Portwein. Erst nach längerer Zeit kehrten Andreas' Augen zu Poul zurück.

»Willst du es wirklich wissen, Poul? Das Buch ist fast fertig. Aber eine der Monographien ist noch nicht ganz abgeschlossen.«

»Natürlich. Die Sache ist sicher sehr anspruchsvoll.«

»Es ist der Teil des Buchs, in dem der Fall eines bestimmten Mörders aufgegriffen wird. Ich habe das Kapitel ›Angst‹ überschrieben… du hast das sicher auch schon einmal erlebt… wenn man spürt, dass man einen Menschen nicht richtig versteht, obwohl man weiß, dass man ihn eigentlich verstehen müsste. Wenn es etwas gibt, was man nicht zu greifen bekommt.«

Poul überblickte den Raum und schwieg. Dann lächelte er zweimal kurz, sodass sein Schnurrbart auf und ab wippte. Der Ober stellte die Gläser auf den Tisch, und sie prosteten sich andeutungsweise zu. Pouls Schnurrbart war plötzlich das Einzige, was Andreas sah. Er fand, dass er größer geworden war, fast grotesk wirkte. Bald, dachte er, ist das Ding größer als er selbst. Diesen Nietzsche-Komplex seines Bruders würde er wohl nie verstehen.

Poul ließ den Portwein einen Moment im Mund rollen, ehe er schluckte, sich zurücklehnte und die Arme verschränkte.

»Du hast mir etwas zu sagen?«

Andreas nickte, obwohl er jetzt in Gedanken bei seiner Arbeit war, bei allem, was im Laufe der Jahre schiefgegangen war. Dieses Gefühl flößte Poul ihm immer ein.

»Ich habe dir vor geraumer Zeit einen Brief geschickt«, begann er zögernd.

»So?«

»Hast du ihn schon gelesen?«

»Nein …«

Es entstand eine kurze Pause.

»… er muss nach meiner Abreise nach München gekommen sein«, sagte Poul.

»Dann muss er verspätet zugestellt worden sein, was natürlich möglich ist, das macht nichts.«

»Aber du kannst mir ja erzählen, was du geschrieben hast. Ich meine, wenn es das ist, worüber du sprechen willst, das, was in ihm steht, in dem Brief.«

»Wenn du ihn noch nicht gelesen hast, möchte ich dich vielmehr darum bitten, ihn nicht zu öffnen, wenn du nach Hause kommst. Ich habe in ihm nämlich etwas sehr Persönliches über dich und mich geschrieben. Meine Worte waren als versöhnliche Geste gedacht, aber ich habe inzwischen eingesehen, dass der Zeitpunkt schlecht gewählt war. Deshalb erschien es mir so wichtig, dich zu treffen. Aber da du ihn noch nicht gelesen hast, möchte ich dich nur bitten, ihn erst später zu lesen.«

»Und wann ist der richtige Zeitpunkt, Andreas?«

»Ich verspreche dir, es dich wissen zu lassen.«

»Dies ist eine wirklich merkwürdige Unterredung.«

»Dies ist eine wirklich merkwürdige Beziehung. Ich bin bei dir zu Hause nicht willkommen. Ganz gleich, wie sehr ich mich bemüht habe, in deinem Heim bin ich nicht willkommen.«

»Du kennst den Grund.«

»Ja, ich weiß, dass Gunhild sich weigert, mich zu sehen, sich weigert, mich ins Haus zu lassen. Aber falls es an den Problemen liegen sollte, die Amelie und ich hatten, so muss ich dir sagen, ich finde, dass sich das erledigt hat. Wir haben diese Dinge beide hinter uns gelassen. Es ist viel Zeit vergangen.«

»Manche Wunden heilen nicht so schnell, wie man sich das erhofft.«

»Wohl wahr. Aber Gunhilds Abscheu vor mir scheint so geartet zu sein, dass sie niemals schwächer werden wird.«

»Es nützt nichts, sie zu dämonisieren. Sie hat darum gekämpft, dir zu verzeihen. Aber das hat jedes Mal zu neuen … Missverständnissen geführt. Du musst sie verstehen.«

»Ich habe versucht, sie zu verstehen. Mehr kann ich nicht tun. Sie schützt sich, für mich hat sie sich niemals interessiert. Nicht einmal, als ich Amelie zum ersten Mal begegnet bin. Wann wird *sie* versuchen, *mich* zu verstehen?«

»So kannst du nicht argumentieren.«

»Doch, und das weißt du genauso gut wie ich. Poul, du musst doch trotz allem einsehen, wie sehr du und Gunhild Amelie und mich verletzt haben. Dieser ganze … *Skandal.* Aber ich habe euch verziehen, genau wie Amelie euch verziehen hat.«

»Du bist schon immer ein Meister der Übertreibung gewesen. Nur nicht, wenn es um deine eigene Handlungsweise geht. Skandal, sagst du. Geht das nicht ein bisschen zu weit? Sogar Gunhilds Familie findet mittlerweile, dass sie übertrieben reagiert hat.«

»Wir kommen in diesem Punkt nicht weiter. Darüber diskutieren wir jetzt schon seit Jahren. Aber die Sache ist für mich erledigt. Ich kann nur hoffen, dass du und Gunhild es genauso seht. Denn noch bin ich in eurem Haus nicht erwünscht, noch ist unser Kontakt unter Brüdern eingeschränkt.«

Poul wandte den Blick ab und schwieg eine Weile, als überlegte er, was er sagen sollte. Schließlich sprach er mit langsamer Stimme, auf eine Art, die Andreas eher zu Poul in seiner beruflichen Rolle als zu Poul in der Rolle des Bruders zu passen schien:

»Ich möchte keine alten Wunden aufreißen, und noch weniger möchte ich, dass wir uns begegnen, um über längst erledigte Dinge zu sprechen. Es ist sinnlos und unwürdig, sich in ein Leiden zu vertiefen, wenn man auf dem Weg der Vertiefung nicht daraus herausfinden kann. Ich wüsste nicht, warum man es überhaupt diskutieren sollte. Es gehört bereits der Vergangenheit an. Wir können bestenfalls ohne Bitterkeit aneinander denken und uns freuen, wenn wir uns sehen. Nach allem, was gewesen ist, mehr zu fordern, erscheint mir schon fast vermessen.«

Er breitete die Arme aus, als wollte er so anzeigen, dass er zu diesem Thema nichts mehr zu sagen hatte. Die Angelegenheit war erledigt.

»In dem Brief«, sagte Andreas und seufzte schwer, »versuche ich zu erklären, warum ich so ein unglücklicher Mensch bin. Ich möchte, dass du dies weißt. Ich bin immer unglücklich gewesen. Doch jetzt scheint mir das Leben eine zweite Chance zu geben. Ich finde, es wird Zeit, dass du und Gunhild Madeleine kennenlernt. Sie hat mir ungeahnte Kräfte geschenkt. Ich möchte diese Stärke nutzen, um alles besser zu machen. Verstehst du, was ich meine? Ich möchte, dass wir jegliche Bitterkeit hinter uns lassen. Das möchte ich mehr als alles andere. Und um dies tun zu können, muss ich unter gewisse Dinge, die zwischen dir und mir stehen, einen Schlussstrich ziehen. Wenn sie offen bleiben, werden sie immer da sein und können jeden Moment wieder aufbrechen. Madeleine hat mir diese Möglichkeit gegeben.«

»Es freut mich zu hören, dass ihr euch gut versteht.«

»Vielleicht können wir eine Familie gründen. Vielleicht kann ich so aus diesem Morast herausfinden. Aber um das zu schaffen, Poul, brauche ich deine Unterstützung.«

»Selbstverständlich werde ich dich unterstützen. Sobald ich nach Hause komme, werde ich mit Gunhild sprechen. Wir werden das Problem mit vereinten Kräften sicher lösen können. Aber, wie gesagt, in alten Wunden stochere ich nicht herum.«

»Das ist möglicherweise meine letzte Chance. Unsere letzte Chance.«

Andreas merkte, dass Poul ihm nicht mehr zuhörte.

Er ist sicher müde von der langen Reise, dachte er nachsichtig. Ihm war bewusst gewesen, dass er nach den vielen

Stunden im Nachtzug mit Pouls Erschöpfung hatte rechnen müssen, aber trotzdem … als er Pouls Blick sah, der auf den Kellner gerichtet war, um möglichst schnell die Rechnung zu bekommen, dachte Andreas, *dieses Gespräch berührt ihn nicht*. Tatsächlich hätten sie ebenso gut über die letzten Preiserhöhungen bei Milchprodukten oder über die Straßenbahnen, die nie den Fahrplan einzuhalten schienen, reden können. Es gab zwischen ihnen nichts *Lebendiges*. Plötzlich war er überzeugt, dass Poul niemals mit Gunhild sprechen oder den Brief lesen würde, wenn er ihn darum bat.

Warum? *Es interessiert ihn nicht.*

Er war für Poul nur ein Grund zur Sorge, jemand, an den man möglichst wenig Energie verschwenden sollte, obwohl man dafür sorgen musste, eine funktionierende Beziehung aufrechtzuerhalten. Er begriff nicht, dass Poul sich angesichts seines Wissens in Seelenheilkunde und Psychoanalyse so wenig für alles interessierte, was sie beide betraf. Er fand es unfassbar, wie egal es Poul war, das Übel zwischen ihnen zu heilen und auf die Art ein harmonischerer Mensch zu werden.

Schließlich kam der Kellner träge watschelnd mit der Rechnung in der Hand zu ihrem Tisch. Poul zahlte und stand auf. Als sie sich trennten, schien keiner von ihnen zu wissen, was er sagen sollte. Sie wählten die einfachste Lösung: Sie gaben sich die Hand.

Dann nahm Poul seine Tasche und verließ das Restaurant. Andreas blieb sitzen, zündete sich eine Zigarette an und sah den Rauch zu den Figuren der Deckengemälde aufsteigen. Das Portweinglas stand noch vor ihm, ohne dass er einen Tropfen angerührt hatte. So blieb er sitzen und musterte die verschiedenen Motive, die Ornamente und abblätternden Farben, sah die Menschen vor dem Fenster vorbeigehen, betrachtete ihre Gesichter. Im nächsten Moment waren sie fort, sie liefen nur für eine Sekunde durch sein Blickfeld.

Andreas hätte sich gewünscht, die Begegnung mit Poul ungeschehen machen zu können. So aber war sie ein weiterer Grund, sich Vorwürfe zu machen. Er begriff nicht, was ihn zu dem Glauben verleitet hatte, es könnte etwas anderes dabei herauskommen.

All diese Gelegenheiten, dachte er, bei denen der Versuch, Einvernehmen zu erzielen, mit noch größerer Verachtung geendet hatte.

Er ging schneller. Es gab keinen Grund, sich jetzt noch zu mäßigen. Er hatte eine Grenze überschritten; es führte kein Weg mehr zurück. Obwohl es ihm vorkam, als pfeife ihm der Wind um den Körper, brachte ihn sein schneller Fußmarsch ins Schwitzen.

Aber was spielte das schon für eine Rolle? Abgesehen von dem heftigen Pochen in seinem Kopf, das von allein niemals aufhören würde, empfand er nichts als müde Leere.

Sobald er ankam, würde sich alles lösen. Immer wenn ihn das Gefühl übermannte, dass ihm kein Mensch zuhörte, war es, als hätte er glühende Kohlen verschluckt. Und dann gab es nur einen Weg, um das Stechen und Brennen in seinem Körper zu stoppen, um nichts mehr empfinden zu müssen.

Nach der Birger Jarlsgatan nahm er die Humlegårdsgatan und ging den Anstieg hinauf, ohne langsamer zu werden. Er würde später nach Hause kommen als versprochen, aber das spielte keine Rolle. Er würde es Madeleine hinterher erklären müssen. Sie dachte, dass er in der Königlichen Bibliothek saß und arbeitete. Das konnte, das *musste* warten. Ein noch größeres schlechtes Gewissen konnte er nicht ertragen, jetzt nicht, wichtig war einzig und allein, das Übel in seinem Körper abzustellen.

Er öffnete die Eingangstür, ohne innezuhalten, und betrat das Treppenhaus. Schnell eilte er die drei Etagen hinauf und blieb anschließend kurz stehen, um Atem zu holen, ehe er anklopfte und Schritte hinter der Tür hörte.

Sie grüßte ihn nicht, wich nur zur Seite, sodass er vorbei konnte.

Hier kannte keiner seinen Namen. Hier wusste niemand von seinen inneren Gebrechen, seiner Angst und selbstzerstörerischen Veranlagung. Hier durfte er ohne Widerworte und säuerliche Bemerkungen er selbst sein. In gewisser Weise war dieser Ort dafür verantwortlich, dass er überhaupt so lange durchgehalten hatte.

Er ging auf direktem Weg in das Zimmer und wurde allein gelassen. Er zog sich aus, machte sich nicht die Mühe, das Hemd zusammenzufalten, warf es nur über einen Stuhl. Der übliche Standspiegel befand sich in einer Zimmerecke. Er ging zu ihm hin und sah seinen nackten Körper kurz auf sich zukommen, ehe er den Spiegel zur Seite rollte.

Der Standspiegel befand sich jedes Mal an derselben Stelle, im selben Winkel. Er legte sich auf das Bett, verschränkte die Arme im Nacken und starrte zur Decke. Es bildeten sich kleine Punkte auf der Netzhaut, die vor der weißen Decke umhertrieben. Manchmal huschten sie von einer Seite zur anderen, als trieben sie in der trägen Strömung eines Flusses. Manchmal schossen sie fast hysterisch hin und her, verschwanden und tauchten wieder auf, mal stärker, mal schwächer. Die weiße Decke schien immer ferner und schemenhafter zu werden.

Er drehte sich auf die Seite, zog die Knie an den Bauch, spürte ein Schaudern durch den Körper ziehen. Die Tapete war so bunt, dass die Punkte auf der Netzhaut vor ihrem Hintergrund verschwanden. Als er die Augen schloss, kehrten sie jedoch zurück, nun aber weiß vor einem schwarzen Hintergrund.

Er öffnete erneut die Augen und hörte gleichzeitig jemanden leise an die Tür klopfen. Er drehte sich nicht um. Als Nächstes vernahm man leichte Schritte und dass die Tür sich leise schloss. Ihre Kleidung fiel raschelnd zu Boden, und sie legte sich hinter ihn. Sie ließ die Hand auf seinem Oberarm ruhen, jedoch nicht zärtlich, sondern eher als Bestätigung dafür, dass sie sich hinter ihn gelegt hatte.

»Hast du sie dabei?«, fragte er, ohne sich zu rühren.

»Sie liegt in der Kommode da drüben.«

Sie zeigte hin.

»Du musst nur aufstehen und sie holen gehen.«

Er drehte sich um und sah ihr Gesicht. Es war eigenartig, dass er sich nach all ihren Begegnungen doch nie an ihr Gesicht erinnern konnte. Er musste es jedes Mal neu entdecken, und hinterher war es wie aus seinem Gedächtnis gelöscht.

Er stand auf, ging zu der Kommode, öffnete die oberste Schublade, holte die kleine Peitsche heraus und hielt sie einen Moment in der Hand, ehe er ans Bett trat und daneben niederkniete.

Sie hatte sich kerzengerade aufgesetzt, splitternackt, ohne sich zu bedecken.

»Ich muss bestraft werden«, sagte er tonlos. »Ich bin sehr ... dumm gewesen.«

Sie stand auf, ging um das Bett herum und stellte sich hinter ihn, ihr Geschlecht berührte seinen Hinterkopf. Er schloss die Augen.

»Leg dich sofort hin«, sagte sie mit resoluter Stimme. »Du erzählst mir jetzt, was du angestellt hast.«

Er richtete sich auf, wurde aber durch ein Drücken gegen seine Schulter hinuntergezwungen.

»Bitte um Verzeihung.«

»Madame, darf ich mich auf das Bett legen?«

»Erst gibst du mir die Peitsche.«

»Ja, Madame.«

Er stand auf, wandte sich, den Blick auf den Boden gerichtet, ihr zu und überreichte die Peitsche, den Kopf wie zu einer Verneigung gesenkt. Dann legte er sich bäuchlings aufs Bett.

Für jedes seiner Bekenntnisse wurde er mit einem Peitschenhieb bestraft. Erst trafen die Schläge seine Schultern, dann den

Rücken und die Pobacken. Manchmal strich sie ihm mit dem Griff der Peitsche über den Rücken, zwang ihn zwischen die Pobacken und drückte zu, manchmal nur leicht, manchmal mit fester Hand. Je härter, desto stärker reagierte sein Geschlecht und zuckte gegen die raue Bettdecke.

Dann erzählte er.

Dass er sie gebeten hatte, ihn zu der Lichtung zu begleiten, *klatsch*, und er sich vergewissert hatte, dass der Brief lag, wo er liegen sollte, in der Tasche, *klatsch*, wie er sie auf den Mund küsste, seine Zunge hineinschob, *klatsch*, und sie den Kuss erwidern ließ, ihren Rock hochzog und seinen Schwanz hineinstieß, *klatsch*, und binnen weniger Sekunden kam, *klatsch*, ihn herauszog und sie aufrichtete, *klatsch*, ihre Brüste von hinten streichelte, *klatsch*, das Messer hervorholte und ihr die Kehle durchschnitt, ohne dass er von ihrem Blut befleckt wurde, *klatsch*, ihren Körper zur Erde sinken ließ, zwei Finger in ihr Geschlecht schob und drehte, *klatsch*, den Brief aus der Tasche zog und neben ihrem Körper fallen ließ, *klatsch*, wie er auf ihre Leiche onanierte, *klatsch*, das Messer an ihrem Mantel abtrocknete und ging, ohne sich noch einmal umzudrehen, *klatsch* …

Es breiteten sich weder Schmerz noch Wärme oder Ruhe in seinem Körper aus. Stattdessen schien er nicht das Geringste zu empfinden, weder Pein noch Genuss. Er wagte es nicht, sich umzudrehen, nicht weil sie ihn dann härter bestrafen würde, sondern weil er fürchtete, sie hätte sich so verändert, dass er der Perversion des Lustmordes ins Gesicht blicken würde.

Er wusste nicht, wer sie war. Er wusste nicht, wer er selbst war. Aber als der Griff der Peitsche in seinen Anus getrieben wurde, bekam er einen Samenerguss nach dem anderen, und unmittelbar bevor ihm endlich schwarz vor Augen wurde, glaubte er kurz, Poul im Türrahmen stehen zu sehen.

Lieber Bruder …

Es wird eine lange Nacht werden, das weißt du bereits. Resigniert gehst du zur Kanne, gießt etwas Wasser in die Schüssel und spritzt es dir ins Gesicht. In dem kleinen Spiegel darüber siehst du dein Gesicht, wendest dich jedoch ab. Stattdessen musterst du deine schmalen, knochigen Hände.

Du weißt, dass deine Faszination für den Körper immer der Selbstverachtung nahe gestanden hat, wie bei allen, die kränklich und ängstlich aufgewachsen sind. Die Fixierung auf den Körper wird zu einem Teil des Alltags, was sich ein Erwachsener mit gesund und munter verbrachter Kindheit nicht vorstellen kann.

Du gehörst zu den drahtigen Überlebenden, nicht zu den wabbeligen und korpulenten, den Wohlgenährten, den Menschen, die überhaupt kein Verhältnis zu ihrem Körper haben. Die keine Ahnung zu haben scheinen, warum man tagaus, tagein denselben Körper mit sich herumschleppt. Für dich beginnt jeder Tag mit einer unverzichtbaren Begutachtung. Sogar das Innere muss untersucht werden: Kündigen sich Kopfschmerzen an, drückt etwas an den Nieren, was ist mit den Lymphdrüsen, sind sie nicht ein bisschen geschwollen?

In diesem Stil machst du weiter.

Das Einzige, denkst du, was alles zusammenhält, ist die Haut. Jeder Riss in der Haut ist eine Gefahr und droht alles unter ihr Verborgene hervorquellen zu lassen. Die Haut muss heil bleiben, dieses Tor zum Inneren darf keinen Spaltbreit geöffnet werden.

Du weißt noch, wie du nach der Lektüre von *Der Graf von Monte Christo* in den Wald gegangen bist – wie alt magst du damals gewesen sein, neun, zehn, oder vielleicht schon elf? –, um eine der Szenen im Buch nachzuspielen. Du stachst mit deinem kleinen Schnitzmesser auf einen Baumstamm ein, und die Klinge glitt über die ganze Hand. Du spürtest den Schmerz, ließt das Messer los, drehtest die Hand um und glaubtest im ersten Moment zu sehen, dass sie unverletzt war. Dann aber quoll das Blut aus dünnen Schnitten in den Fingern, und du wärst beinahe in Ohnmacht gefallen, liefst weinend nach Hause und stolpertest durch Brennnesseln und Unterholz.

Als du schreiend angerannt kamst, saß unsere Mutter im Lesesessel. Sie stand so abrupt auf, dass ihr Buch mit einem lauten Knall zu Boden fiel. Du ranntest zu ihr, spürtest zähflüssigen Rotz die Kehle hinablaufen, dessen salzigen Geschmack, und dass du endlich in Sicherheit warst. Im Wald dachtest du, du würdest das Bewusstsein verlieren und zusammenbrechen, und spürtest alles Blut aus der Wunde pulsieren, und dass die anderen dich erst gegen Abend vermissen und einen Suchtrupp zusammenstellen würden, aber da wäre schon alles zu spät gewesen. Stattdessen hätten sie dich tot zwischen den Wurzeln gefunden, den verstreut liegenden Zapfen, den Fichtennadeln, und hoch über allem der rotierende blaue Himmel.

Alles wäre vergebens gewesen! So jung und schon tot – und für niemanden von Nutzen, kein ehrenvoller Tod. Bloß ein simples Missgeschick, ein Kinderstreich und sonst nichts.

Doch nun war die Rettung nah. Du schlangst deine Arme um Mutter, presstest dein Gesicht an ihren Bauch. Versuchtest zu erzählen, was passiert war, aber die Worte blieben dir in der Kehle stecken, du brachtest keinen vernünftigen Satz heraus. Speichel und große, starrende Augen. Dann stieß sie dich von sich, gab dir eine Ohrfeige und sagte, du solltest aufhören, so hysterisch zu sein. Du hieltst die Hand hoch, zeigtest sie wie beim Arzt, versuchtest die Zähne zusammenzubeißen und die

Tränen zu ersticken, und sie musterte die Hand und rief nach dem Kindermädchen.

Während die Wunde gesäubert wurde, hörtest du unaufhörlich Mutters Stimme als anklagende Litanei. Sie beschimpfte das Kindermädchen, das dich nicht im Auge behalten hatte, zeterte, weil du entgegen ihrer ausdrücklichen Anweisungen unbeaufsichtigt ein Messer benutzt hattest, und warf dir vor, dass du wegen einer lächerlichen Wunde hysterisch geworden warst.

Woher hast du das Messer? Antworte! Und dann das schluchzende Wimmern, das keiner verstand. Das Lallen, das Angst und Scham dir in die Kehle pressten.

Es endete damit, dass sie einfach ging.

Erst gegen Abend sahst du sie wieder. Das Kindermädchen, das dich ebenfalls schief ansah, weil du sie in Schwierigkeiten gebracht hattest, versetzte dir später, als es keiner sah, einen Schlag in den Nacken. Du fingst nicht an zu weinen, aber deine Unterlippe zitterte und du bliebst mit nach innen angewinkelten Füßen stehen. Dann verbargst du dein Gesicht im Ärmel des Pullovers, schämtest dich und nahmst die Schläge entgegen.

Oh, die Erinnerungen …

Ich habe den Eindruck, dass Sie den Kölner Dom unter Mineralogie abhandeln statt unter Architektur.

München, 6. September 1913

Die Psychoanalytische Bewegung entwickelte sich binnen kürzester Zeit von einem losen Zusammenschluss von Ärzten, die sich freundschaftlich verbunden auf das Seelenleben des Menschen spezialisiert hatten, zu einem Konfliktherd, in dem sich verschiedene Fraktionen über Forschung, Behandlung und konkretisierende Beispiele stritten. Die Tatsache, dass Jung in Zürich inzwischen fast so berühmt war wie Freud in Wien, trug auch nicht unbedingt zu einem Gleichgewicht der Kräfte an der Spitze der Bewegung bei. Freud, der Jung jahrelang als den Schüler betrachtet hatte, der ihm am nächsten stand, glaubte zu spät erkannt zu haben, dass sich ein Vatermord anbahnte.

Allerdings gab es abgesehen von Jung innerhalb wie außerhalb der psychoanalytischen Bewegung auch noch andere Kritiker Freuds. Manche verurteilten ihn sogar rundweg. Es gab Leute, die der Auffassung waren, er sei ein jüdischer Arzt aus dem Bürgertum, der es allein auf Ehre und Ruhm abgesehen habe – und auf Geld. Andere erklärten, er sei ein Kokainist, der eher halluzinativ als wissenschaftlich fundiert schreibe. Oder dass er nur von seinem Hass auf die viktorianische Gesellschaft geleitet werde, was sich vor allem in seiner Konzentration auf den Vater und die sexuelle Fixierung auf die Mutter zeige.

Außerdem wurde einigen der Pioniere vorgeworfen, wahnwitzige Theorien vorgelegt und ihre Forschungsergebnisse anschließend manipuliert zu haben, um diese zu belegen. Als abschreckendes Beispiel wurde in diesem Zusammenhang gerne Wilhelm Fließ genannt, ein Hals-Nasen-Ohrenarzt aus Berlin, der Freud zu Anfang seiner Laufbahn stark beeinflusst hatte. Seine Theorien über Biorhythmen, deren vorherbestimmtes Tagesschema Frauen und Männer beeinflusse, wiesen ihm zufolge nach, dass jeder Mensch bisexuell war. Außerdem ließen sich laut ihm die meisten psychischen Erkrankungen durch einen chirurgischen Eingriff an der Nasenmuschel heilen. Problematisch war an Fließ' Forschung nur eines: Seine Theorien wurden durch keine Untersuchung auf der Welt gestützt. Trotz dieses schwerwiegenden Mankos übernahm Freud in seinen frühen Schriften einige Ideen des Kollegen und ließ sich von Fließ darüber hinaus die Nasenmuschel operativ entfernen. Am Ende wurde Fließ dennoch ausgeschlossen, was zu einem langwierigen Streit über Plagiatsvorwürfe führte. Nach Meinung der meisten hatte Freud viel zu spät gehandelt, denn das Kind war bereits in den Brunnen gefallen, und kein Mensch würde die psychologische Wissenschaft fortan noch ernst nehmen können.

1913, als es in der Bewegung wirklich in allen Fugen knirschte, standen jedoch keine Theorien über die sexuelle Anziehungskraft der Eltern, Viktorianismus oder Nasenmuscheln im Mittelpunkt des Interesses. Stattdessen konnten sich die führenden Vertreter der Psychoanalyse nicht über den Einfluss des Okkulten einigen. Freud scheute den Gedanken an das Übernatürliche und nannte die Religion eine Manifestation des Infantilen. Jung stand seinerseits Freuds grundlegender Idee der sexuellen Triebe unverhohlen kritisch gegenüber und vertrat die Auffassung, sie stelle andere, ebenso wichtige Elemente wie die Religion in den Schatten. Am Ende führten ihre unterschiedlichen Meinungen über das Verhältnis des Menschen zu einer höheren Macht zu einem Ende ihrer Zusammenarbeit.

Trotzdem griffen beide die Religion in ihren Schriften auf, wenn auch in diametral entgegengesetzter Weise: Während Freud sie mit einer Neurose verglich, meinte Jung, Gott könne viele verschiedene Gestalten annehmen. »Ich glaube nicht«, erklärte Jung in einer berühmten Bemerkung, »ich *weiß*.« Freud hielt diese subjektive Gottesüberzeugung in einer wissenschaftlichen Argumentation für unhaltbar, sie führe dazu, dass die gesamte Bewegung gefährdet werde. Nachsichtiger begegnete er Jungs schlechter Angewohnheit, ständig mit seinen Analysandinnen zu schlafen.

Während eines Besuchs Jungs bei Freud in Wien diskutierten die beiden, ob heftige innere Konflikte zu sogenannten Poltergeistaktivitäten führen könnten. Freud war skeptisch. Mitten im Gespräch krachte es in einem Bücherschrank, und Jung erklärte daraufhin mit sanfter Stimme, dies sei ein sogenanntes katalytisches Exteriorisationsphänomen gewesen.

»Niemals«, erwiderte Freud, »das liegt nur an der Trockenheit des Holzes, der Schrank ist alt und kürzlich umgestellt worden.«

»Tatsache ist«, konstatierte Jung mit gleichbleibend sanfter Stimme, »dass *ich* das Geräusch hervorgerufen habe. Unmittelbar bevor es krachte, spürte ich, dass mein Unterleib aus glühendem Eisen war. Dies löste die Reaktion des Schranks aus.«

Freud saß lange da und kraulte sich mit abwesendem Blick den Bart. Schließlich zündete er seine Zigarre wieder an, die im Aschenbecher erloschen war. Als er den ersten Zug nahm, knallte es im selben Moment erneut im Bücherschrank.

Die Episode ereignete sich 1909, und die Differenzen der beiden hatten gerade erst begonnen. Im September 1913, beim Vierten Internationalen Psychoanalytischen Kongress in München, war die Situation unhaltbar geworden. Trotzdem war Jung Vorsitzender des Kongresses, wogegen sich Freud mit allen möglichen Winkelzügen gewehrt hatte. Es war mit bloßem Auge zu erkennen, wer die Anhänger Jungs waren und wer auf Seiten Freuds stand. Freud erkannte, selbst wenn die Schlacht um die Bewegung nicht verloren sein musste, so war doch die arglose Zeit mit Ärzten und Wissenschaftlern, die einmütig in die gleiche Richtung strebten, ein abgeschlossenes Kapitel. Um das Übel im Keim zu ersticken, hatte er bereits die Arbeit an seinem Buch *Zur Geschichte der psychoanalytischen Bewegung* aufgenommen, in dem er mit seinen Gegnern abrechnete und sich zum alleinigen Begründer und Verwalter der neuen Wissenschaft ausrief.

Auch Poul hatte Freuds und Jungs Differenzen zu spüren bekommen. Außerdem war ihm bewusst, dass sein eigener Durchbruch in der Bewegung zu Meinungsverschiedenheiten zwischen den beiden führenden Vertretern geführt hatte. Als sein Artikel über Paranoia im Psychoanalytischen Jahrbuch veröffentlicht werden sollte, zeigte sich deutlich, dass Jung und Freud sich über die wissenschaftliche Grundlage des Textes stritten. Freud hatte seine Zweifel, gab aber schließlich nach; Jung hatte gewisse formale Einwände und beklagte sich, so viel Zeit darauf verwenden zu müssen, den Text zu redigieren.

Poul weigerte sich jedoch, ihren Änderungswünschen nachzukommen. Freud wollte, dass das Sexualleben des Patienten eingehender analysiert wurde, und Jung meinte, Poul habe die homosexuelle Komponente unterschätzt. Poul zufolge war es unmöglich, die Paranoia mit verdrängter Homosexualität in Verbindung zu bringen, nur weil sich zwei Frauen zueinander hingezogen fühlten, die in seiner Studie eine gewisse Bedeutung hatten.

Er fand das viel zu oberflächlich, außerdem ging es dabei viel zu wenig um die Genesung von Patienten. Seiner Meinung nach galt es vielmehr, den Willen zu heilen in den Vordergrund zu stellen. Er widersetzte sich der Vorstellung, dass die Paranoia unheilbar sein sollte, wie allgemein angenommen wurde. Er als Arzt fand die gängige Praxis der Bewegung, zu analysieren und die Menschen anschließend im Stich zu lassen, unbegreiflich.

Er beharrte darauf: Nach seiner vierzig Gespräche umfassenden Behandlung konnte sein Patient als geheilt betrachtet werden.

In seinem Text betonte er die Bedeutung von Vertrauen, man musste einen Menschen, der sich daran gewöhnt hatte, andere Menschen als Feinde zu betrachten, dahin führen, Zutrauen zu empfinden. Hatte man dieses Vertrauen erst einmal aufgebaut, konnte man die entscheidenden Fragen stellen, einen anderen Blickwinkel erreichen – und schließlich das gesamte paranoide System unterminieren.

Es ging kurz gesagt darum, den Patienten zu lehren, zwischen Traum und Wirklichkeit zu unterscheiden. Auf die Art wurde es möglich, eine Art Paradigmenwechsel einzuleiten, bei welcher der Intellekt das Gefühlsleben bestimmte.

In seinen Augen herrschte im engsten Kreis der psychoanalytischen Bewegung jedoch eine so vollständige Fixierung auf die Triebe, dass es keinerlei Spielraum für konkrete Arbeitsweisen und Behandlungsmethoden gab.

Drei Jahre waren vergangen, seit er seinen Artikel geschrieben hatte, und er fand noch immer, dass die gesamte Bewegung im gleichen beengten Verschlag auf der Stelle trat. Davon war er fest überzeugt, was dazu geführt hatte, dass er sich seiner Rolle als einer der engsten Vertrauten Freuds nicht mehr sicher sein konnte. Er war zwar erst siebenunddreißig Jahre alt, wusste aber sehr wohl, dass er schon jetzt als der wichtigste Vertreter der schwedischen Seelenheilkunst betrachtet wurde. Sechs Jahre waren vergangen, seit er die Klienten des pensionierten Otto Wetterstrand übernommen hatte, der sich einen Namen als führender Hypnosearzt gemacht und schlafverlängernde Techniken ausgearbeitet hatte.

Es war der letzte Tag des Kongresses, als Poul auf dem Podium stand und sein Vorlesungsmanuskript *Das Bewusste im Kampf mit dem Unbewussten* vorstellte. Von der Bühne aus sah er mehrere Gesichter, die seinen Ausführungen interessiert lauschten, als er detailliert darauf einging, dass Schlaf und Wachzustand in einem Konflikt miteinander standen, sich in manchen Fällen jedoch auch in einem relativ harmonischen Spannungsverhältnis befanden. Aber so sehr er auch suchte, sie konnte er im Publikum nirgendwo entdecken, sie, die ihm doch versprochen hatte, da zu sein.

An einer Stelle, als er ihr Gesicht zu erkennen glaubte, verlor er beinahe die Fassung und verhaspelte sich. Das sah ihm nicht ähnlich. Aber er schob die Gedanken beiseite, er durfte nicht an sie denken, nicht jetzt. Er räusperte sich und sprach weiter, auch wenn es einen Moment dauerte, bis er zur richtigen Zeile in seinem Redemanuskript zurückgefunden hatte.

Der Rest des Vortrags verlief gut, fast besser als erwartet, und der anerkennende Applaus hinterher machte ihn stolz. Im Laufe des Kongresses waren bei weitem nicht alle Beiträge so freundlich aufgenommen worden. Als er die kleine Treppe vom Podium hinabstieg und sich wieder auf seinen Platz setzte, kamen mehrere Teilnehmer zu ihm und klopften ihm auf die Schulter. Er spürte, dass er ein wenig errötete. Aber er war in diesem Moment entspannt.

Schlimmer hatte er sich gefühlt, als er darauf wartete, auf das Podium gerufen zu werden. Sein Mund war vollkommen ausgedörrt gewesen, so sehr er auch schluckte und Speichel zu sammeln versuchte. Er ließ den Blick suchend schweifen, um zu sehen, ob man Wasser bereitgestellt hatte. Ich darf nicht vergessen, dachte er, einen ordentlichen Schluck zu nehmen und den Mund auszuspülen, ehe ich anfange. Denn er wollte nicht klingen wie Federn, dessen Mund so trocken gewesen war, dass man ihn kaum verstanden hatte, es war von Satz zu Satz mühsamer geworden. Von dem, was er sagte, war kein Wort mehr zu verstehen gewesen.

Poul war nach seinem Beitrag guter Dinge, saß entspannt auf seinem Stuhl und sah jemanden auf das Podium hinken, um das verbleibende Programm durchzugeben, zunächst Mittagessen und anschließend Versammlung um drei Uhr. Der Mann, den Poul zwar wiedererkannte, aber nicht einordnen konnte, sprach in einem heftigen Stakkato und schien nicht zu bedenken, dass er zu einem Publikum sprach, denn er drehte sich von links nach rechts und kehrte seinen Zuhörern manchmal fast den Rücken zu, sodass man kaum ein Wort verstand.

Das ist so typisch für diese alten Banausen, dachte Poul. Sie sind nicht in der Lage, anders zu sprechen als sonst auch, wenn sie hinter ihren Universitätskathedern stehen und vor Studenten schwafeln, die nur wissen wollen, was sie tun sollen, um ihre Prüfung zu bestehen.

Es wird gut tun, sich ein wenig die Beine zu vertreten. Er wandte sich um, weil er sehen wollte, ob er sie jetzt irgendwo entdecken konnte. Erneut meinte er sie zwischen den zahlreich vertretenen Altherrenköpfen flüchtig ausmachen zu können, er streckte sich, musste jedoch schnell erkennen, dass er sich wieder geirrt hatte.

Er biss sich auf die Lippe.

Es war ein langer Tag gewesen, besser gesagt waren es einige lange Tage gewesen. Die vielen Konflikte hatten das Ganze auch nicht leichter gemacht. Jung weigerte sich, an Abstimmungen teilzunehmen, und seine Anhänger folgten seinem Beispiel, tuschelten und schmollten die meiste Zeit. Poul war überzeugt, dass sie den jährlich stattfindenden Kongress zum letzten Mal besucht hatten. Am Morgen erst hatte das Gerücht die Runde gemacht, Freud wolle die ganze Bewegung auflösen, sie in Stücke zerfallen lassen.

Poul hatte jedoch seine eigene Erklärung dafür, warum Freud sich so unmöglich verhielt. Seine verfluchte Selbstgefälligkeit und die Angewohnheit, sich dauernd mit der Arbeit anderer zu schmücken, war für die Verwirrung in der Bewegung verantwortlich. Darüber regte sich auch Poul am meisten auf. Kein Wunder, dachte er, dass die Leute andere Wege einschlagen wollen, wenn ihre Forschungsergebnisse erst geprüft und genehmigt werden sollen – um anschließend als die Ergebnisse des Meisters präsentiert zu werden.

Das war Freuds Spezialität, und am schlechtesten behandelte er fast noch jene, die hinter ihm standen. Poul erkannte sich darin wieder. Er hatte vehemente Kritik einstecken müssen, als er Freud und seine Theorien in Stockholm eingeführt hatte. Manch einer war der Meinung gewesen, dass er seine ganze Karriere aufs Spiel gesetzt hatte, als er vor dem Schwedischen Ärztebund einen derart suspekten Forscher wie Freud vorstellte.

Viele hätten an dem Punkt sicher gezögert, aber Poul war sich seiner Sache sicher gewesen. Er hatte gewusst, dass die Zukunft ihm Recht geben würde. Zwei Jahre waren seit seinem Vortrag vergangen, zwei Jahre voller Vorwürfe und Intrigen, in Schweden so gut wie in aller Welt.

Er wurde aus seinen Überlegungen gerissen, als sich ihm plötzlich eine Hand auf die Schulter legte. Er drehte sich um und ging davon aus, dass ihm noch jemand für seinen Kongressvortrag danken wollte. Stattdessen sah er in ihr Gesicht und spürte augenblicklich, dass er errötete – er wusste nicht, woran es lag, aber sie hatte diese Fähigkeit, Menschen dazu zu bringen, sich von ihrer Aufmerksamkeit gleichzeitig belästigt und geschmeichelt zu fühlen.

»Es tut mir so leid, lieber Poul«, sagte sie und breitete die Arme aus, »ich musste jemanden mit Heimweh zum Zug begleiten. Allein hätte er niemals den Weg gefunden.«

Sie hatte seinen Vortrag also verpasst, um jemanden zum Bahnhof zu begleiten. Vermutlich diesen Dichter, dachte er. Und danach liefen seine Gedanken Amok: War dieser kleine Mann so ein Krüppel, dass er sich nicht einmal allein zum Bahnhof begeben konnte? Im Grunde verstand er nicht, was sie an ihm fand. Er sei ein wichtiger Dichter, sagte sie – *avantgardistisch*, mit diesem bewundernden Tonfall, avantgardistisch, als wäre das so unglaublich viel wichtiger, als die altmodischen Attribute *bedeutend* oder *intelligent*.

Poul konnte ihren Argumenten nicht folgen, so sehr er es auch versuchte. Er ist doch einigermaßen seltsam, versuchte er ihr mehrfach zu erklären. Aber sie wischte seine Einwände vom Tisch und lachte: Aber so schön, Poul, so schön und so begabt! Poul wiederum sah eher, dass er die meiste Zeit schwieg, den runden Kopf ein bisschen schräg gelegt und die eng stehenden Augen mit den weiblich langen Wimpern halb geschlossen hatte.

Ehe Poul wusste, wie ihm geschah, war sie mit ihm aus dem Raum gehuscht. Er kam kaum dazu, einigen Leuten zum Abschied zuzuwinken, mit denen er eigentlich beim Mittagessen hatte zusammensitzen wollen, um eine eventuelle weitere Bearbeitung seines Vortrags und die Veröffentlichung im Kongressband zu diskutieren. Flüchtig erblickte er Jung und seinen Kreis in einer Ecke, wo sie mit dem Rücken zum Raum zusammenstanden. Unnahbar für Eindringlinge und unwillkommene Anhänger Freuds.

Als sie auf die Straße traten, fuhr der Wind in seinen Mantel, den er noch nicht richtig angezogen hatte. Er schlang ihn notdürftig um sich. Aber sie gingen nicht weit, nur einen knappen Häuserblock, woraufhin sie auch schon die Tür zu einem kleinen Café öffnete. Sie nahmen Platz, und sie bestellte für sie beide je eine Tasse Kaffee und ein kleines Teilchen, obwohl er für diese Kombination noch nie sonderlich geschwärmt hatte. Sie hingegen schien alles Süße zu lieben und schaffte es, sich das komplette Gebäckstück einzuverleiben, bevor er auch nur den ersten Bissen zu sich genommen hatte.

»Liebster Poul! Es wird ein unglücklicher Abschied werden, das spüre ich schon jetzt.«

»Wieso Abschied, das klingt so … endgültig?«

»Aber du und ich, wir wissen doch beide, dass wir uns nicht mehr sehen können.«

»Wir haben doch nichts zu verbergen?«

Er sah sie mit einer Miene seufzen und den Kopf schütteln, die besagte, dass es ihr niemals gelingen würde, es ihm verständlich zu machen. Sie lächelte breit, fast überwältigend, woraufhin ihm schlagartig klar wurde, dass sie tatsächlich von einem Abschied sprach. Sie wollte sich nicht mehr mit ihm treffen. Nie mehr.

»Ist es der Dichter?«, sagte er und stellte die Tasse ab.

Obwohl er sich wirklich große Mühe gab, konnte er doch nicht vermeiden, dass die Tasse auf der Untertasse klirrte. Wenn es ein Geräusch gab, das er verabscheute, dann war es Porzellan gegen Porzellan.

»Der Dichter?«

Sie lachte laut, und mehrere Cafébesucher an den umstehenden Tischen drehten sich zu ihnen um, was sie nicht im Mindesten zu stören schien. Sie lehnte sich vor und flüsterte verschwörerisch:

»Meinst du René Karl Wilhelm Johann Josef Maria?«

Sie lachte noch lauter, ein richtiges Pferdelachen, wiehernd, den Kopf in den Nacken gelegt.

»Wenn du so misstrauisch bist, würde ich dich am liebsten umarmen. Rilke! Was hat denn der hiermit zu tun?«

»Du hast ihn zum Zug begleitet.«

»Nein, habe ich nicht. Aber ich habe einen anderen Mann begleitet, jemanden, den du nicht kennst. Er ist sehr jung und stark, vielversprechend, er wird es weit bringen. Wahrscheinlich weiter als du und ich. Außerdem wird er ein ausgezeichneter Liebhaber werden. Ihn habe ich zum Zug begleitet, statt mir deinen Vortrag anzuhören. Dafür habe ich mich schon entschuldigt, aber du solltest eigentlich wissen, dass mich deine Vorträge nicht interessieren.«

Er wartete darauf, dass sie *genau wie die Vorträge anderer* hinzufügen würde. Aber sie blieb stumm. Vielleicht war sie nur an seinem Vortrag nicht interessiert gewesen, oder sie hatte eine boshafte Bemerkung machen wollen. Es war aber auch möglich, dass ihr die Worte einfach so in den Sinn gekommen waren.

Auf ihre unnachahmliche, russisch klingende Art sprach sie

stets aus, was ihr gerade durch den Kopf ging. Niemals etwas Durchdachtes oder Berechnendes.

Dafür, überlegte Poul, muss man sie trotz allem lieben. Das hatte er schon immer so gesehen. So weit von Gunhild entfernt, wie man es sich überhaupt vorstellen konnte. Nichts an ihr strahlte Ruhe und Gelassenheit aus. Und sie war immer in der Lage, ihre Kritiker dadurch zu verblüffen, dass sie trotz ihrer Rastlosigkeit weiter kam als all jene, die stundenlang nachzudenken schienen, ehe sie sich zu Wort meldeten. In erstaunlich kurzer Zeit hatte sie, eine Autodidaktin, sich als eine führende Vertreterin der Seelenheilkunst etabliert.

Oder *Avantgardistin*, wie sie selbst es sicherlich ausgedrückt hätte. Für sie ist nichts unmöglich, dachte Poul. Außerdem hatte sie auf ihre unvergleichliche Art Kontakte zu allen wichtigen Personen, nicht zuletzt Freud, der ihr immer das Wort erteilte.

In Poul löste sie jedoch widersprüchliche Gefühle aus. Manchmal hätte er sie am liebsten vernichtet, um sie im nächsten Moment küssen zu wollen. Kein Wunder, dass sie eine große Gefolgschaft hatte und alle dazu brachte, sich in ihrer Gegenwart zu verneigen, ganz gleich, ob es sich um ihren neuen rätselhaften Liebhaber, Rilke, Freud, Nietzsche oder den Philologen Friedrich Carl Andreas handelte, mit dem sie verheiratet war. Der Mann, der ihr immer am Rockzipfel hing, eine Pfeife im Mund und stets schweigend – es sei denn, der Gesprächsgegenstand waren althochdeutsche Verben oder orientalische Sprachen.

Er hat ein so freundliches Gesicht, pflegte sie ihren Gatten zu beschreiben. Sie nannte ihn häufig *Alterchen*. Er seinerseits nannte sie gelegentlich *Töchting*.

Jeder bettelte um ihre Aufmerksamkeit und um erotische Blicke.

Jeder wurde betrogen und verlassen.

Und nun war also Poul an der Reihe, verlassen zu werden.

Am meisten wunderte ihn, dass ihn dies völlig unvorbereitet traf. Wie konnte er nur so dumm sein? Es war ihm unbegreiflich. Wie ein schmachtender Jüngling, wo er doch ganz andere, wichtigere Dinge zu tun hatte. Gerade jetzt, da die ganze Bewegung wankte, mussten große Fragen erörtert werden. Stattdessen saß er mit Lou Salomé zusammen und benahm sich wie ein Schuljunge. Wie peinlich!

»Obwohl«, sagte sie, »jetzt, wo du es sagst, gibt es natürlich gewisse Ähnlichkeiten zwischen dir und Rilke.«

Er erstarrte mit dem Teilchen vor dem aufgerissenen Mund. Aber sie war nicht mehr zu bremsen. Sie hatte diesen charakteristischen Gesichtsausdruck wie immer, wenn sie laut dachte: der gespitzte Mund, Augen, die beim Sprechen durch den Raum schweiften, Hände, die sich vor ihrem Gesicht bewegten, als spielte sie in der Luft Klavier, immer wieder die gleichen zwei Töne, als schlüge sie einen kleinen Triller an.

»Ja, genau, dass ich daran nicht gedacht habe«, fuhr sie fort. »Rilke als kränkelnder Aristokrat und du als überheblicher Emporkömmling mit deiner Mischung aus Brutalität und Banalität. Es stimmt doch, Poul, dass du gerne als Erlöser gesehen werden möchtest, nicht wahr? Aber deine Art, dich stets in den Vordergrund zu schieben, drängt einem natürlich die Frage auf, *wen* du erlösen willst. Deine Mitmenschen oder dich selbst. Im Grunde seid ihr beide Zwangsneurotiker, beide an Fixierungen und Vorwürfe gefesselt, gefangen in eurem Leben und eurem Schaffen, auf der Jagd nach einem Übergang, nach einer Brücke, die eher zur Welt als zu einem Zuhause führt. Ich finde es ehrlich gesagt einigermaßen rührend, wenn ich an euch beide denke. Außerdem seid ihr hoffnungslos miserable Liebhaber. Das kränkt dich doch hoffentlich nicht, Liebster?«

Er hatte große Lust, sich vorzubeugen und ihr zu sagen, dass er jetzt gehen wolle, jetzt sofort, zusammen mit ihr, um im erstbesten billigen Hotel abzusteigen, sie auszuziehen und mit ihr zu schlafen, sie zu penetrieren, sich zum Herren über sie aufzuschwingen, ihre augenscheinliche Sinnlichkeit zu befriedigen.

»Ich verstehe«, erklärte er zögernd. »Interessant, gewiss. Aber ich muss gestehen, dass ich mehrere Einwände habe. Nicht nur, weil du dich in Details verlierst.«

»Selbstverständlich«, sagte sie.

»Selbstverständlich«, sagte er.

Sie lächelte breit.

»Alles andere hätte mich auch sehr gewundert«, sagte sie und breitete majestätisch die Arme aus, als wollte sie die ganze Welt einfangen oder zumindest die paar Menschen, die in dem verrauchten Café saßen. »Du kennst mich doch. Der Liebe weiche ich niemals aus.«

Dann verhärtete sich ihr Gesicht.

»Es gibt etwas, worum ich dich bitten möchte, ehe wir heute auseinandergehen.«

Poul fiel auf, dass ihre Augenbrauen sich plötzlich runzelten und ihr Mund einen gespannten Zug bekam. Er legte die Kuchengabel ab und wartete darauf, dass sie weitersprach.

»Ich möchte dich bitten, meine Briefe zu verbrennen. Deine habe ich bereits verbrannt, nur dass du es weißt. Ich verwische gewisse Spuren, mehr steckt nicht dahinter.«

Poul nickte und wischte sich mit einer Serviette den Mund ab.

»Wenn das so ist, verspreche ich dir, sie zu vernichten, sobald ich zu Hause bin.«

»Gut.«

Poul nickte erneut und glaubte nun zu durchschauen, welche Absicht sie mit dieser Begegnung verfolgte. Er sollte aus ihrem Leben getilgt, sollte ausradiert werden, so einfach war das. Er hatte sie Freud, ja der ganzen Bewegung vorgestellt. Inzwischen gehörte sie ganz selbstverständlich dazu, war sogar eine der führenden Vertreterinnen. Aber wenn es jemals etwas anderes zwischen ihnen gegeben hatte, so war es nun entweder vorbei oder hatte niemals existiert und war bloß etwas gewesen, das er sich eingebildet hatte.

Ihr Abschied entbehrte jeglicher Dramatik. Vor der Tür des Cafés trennten sie sich. Er kehrte zum Kongress zurück, sie ging zu einer weiteren Verabredung. Sie erzählte ihm nicht, mit wem sie sich treffen wollte. Vielleicht, überlegte er, reihte sie am letzten Tag des Kongresses Abschiede aneinander. Man konnte nie wissen, und er gab sich alle Mühe, nicht zu viel darüber nachzudenken. Sie hatte ihn abserviert wie viele andere vor ihm auch.

Sie küssten sich auf die Wange. Er hatte von dieser französischen Sitte zur Begrüßung und zum Abschied noch nie viel gehalten. Bei Lou war sie jedoch zu einem Ritual geworden. Viermal, zweimal auf jede Wange, so wie sie es in den feineren Kreisen von Paris hielten.

Kurz bevor sie in ihre Richtung davonging, sagte sie:

»Du hast so ein nettes Gesicht.«

Sie streichelte seine Wange mit dem Handrücken, ehe sie fortfuhr:

»Grüß deine liebe Gunhild von mir, sie tut mir wirklich leid.«

Anschließend nahm sie die Hand fort, schob sie in einen Handschuh und eilte auf die ihr eigene, trippelnde Art davon.

Poul blieb einige Sekunden stehen, ehe er sich in seine Richtung in Bewegung setzte. Wenige Schritte später drehte er sich noch einmal um. Obwohl er dagegen ankämpfte, musste er einfach stehen bleiben und herumfahren, um einen letzten Blick auf sie zu erhaschen.

Ganz kurz sah er noch ihren Rücken, ehe sie um die Straßenecke bog. Der lange, flatternde Schal, war das Letzte, was er von ihr wahrnahm.

Der Kongress wurde ohne weitere Malheurs beendet. Die Spaltung war eine Tatsache, und sämtliche Teilnehmer hatten bereits Stellung zu ihr nehmen können. Einige beschlossen, auf der Stelle heimzufahren, andere, kleinere Gruppen, wollten weiter konspirieren. Poul entschloss sich nach einigem Grübeln, am offiziellen Abschlussbankett teilzunehmen.

Das Essen war rasch abgehakt, ein fades und sehniges Schnitzel, halbherzig plattgeklopft und paniert, ein in Essig ertränkter Kartoffelsalat mit Erbsen und Möhren, serviert mit einem wässrigen Rotwein. Im Anschluss kam die Diskussion in Schwung. Die verschiedenen Programmpunkte des Kongresses wurden zunächst höflich, dann hitzig und immer streitlüsterner debattiert.

Pouls Vortrag gehörte zu den meistdiskutierten, und einige Teilnehmer meinten, seine Analyse sei nicht nur korrekt, sondern auch ein interessanter Schritt in die richtige Richtung, hin zu einer Therapie statt bloßer Analyse. Das schmeichelte ihm, auch wenn er sehr darauf achtete, seine Gefühle zu verbergen, um nicht wie ein Anfänger zu wirken.

Er selbst war von seiner Sache überzeugt. Seine neue Theorie unter dem Arbeitsnamen Psychosynthese hatte große Chancen, zu einer bahnbrechenden Errungenschaft zu werden. Ja, *avantgardistisch.* Vielleicht würde er in ein paar Jahren sogar die ganze Bewegung anführen, alles war möglich!

Er bekam Lust, detaillierter auf seine neuen Theorien einzugehen, aber im selben Moment nahm die Diskussion eine neue Wendung und verlagerte sich an das andere Ende des Tisches. Er versuchte es noch einmal, diesmal mit kräftigerer Stimme, sah aber nur Nacken und Gesichter im Profil. Er musste sich vorbeugen, um zu sehen, was da vor sich ging.

Es war Freud, natürlich – der bis zu diesem Augenblick geschwiegen und sich den Bart gekrault hatte, ohne zu enthüllen, ob er der Diskussion gefolgt war oder nicht. Er sprach langsam und unterbrach seinen langen Monolog nur, um Rauch auszustoßen oder seine Brille zu putzen.

Da Poul am anderen Ende des Tisches saß, hatte er Mühe

zu hören, was Freud sagte. Es half nicht einmal, dass er sich so weit wie möglich vorbeugte. Schließlich gab er auf und bestellte bei einer vorbeieilenden Kellnerin eine Tasse Tee.

Plötzlich wurde er von dem Gefühl übermannt, dass alles ein Misserfolg war. Er hätte es längst begreifen müssen. Trotzdem traf es ihn völlig unerwartet. Ehe Poul wusste, wie ihm geschah, war die Gesellschaft im Aufbruch begriffen. Hände wurden geschüttelt, und Abschied wurde genommen. Als er seinen Man tel anzog und den Hut in der Hand hielt – wobei er einigen anderen zuwinkte, an deren Namen er sich nicht mehr erinnerte –, kam Freud auf ihn zu und gab ihm die Hand.

Er kam augenblicklich zur Sache.

»Ein denkwürdiger Vortrag, Doktor Bjerre.«

»Danke, Herr Professor.«

Poul spürte, wie seine Wangen rot anliefen.

»Das Problem ist nur«, fuhr Freud fort, »dass er nicht das Geringste mit Psychoanalyse zu tun hat. Aber dessen sind Sie sich natürlich bewusst, nicht wahr?«

»Wie meinen Sie das?«

»Da ich den Begriff geprägt habe, steht es in meiner Macht zu bestimmen, wofür er steht.«

»Und für meinen Vortrag steht er nicht?«

»Exakt.«

»Aber ich habe ausschließlich psychoanalytische Forschungsergebnisse benutzt. Ich habe es als Aufgabe aufgefasst, diese auf dem Kongress vorzulegen.«

»Dann haben Sie etwas falsch verstanden, Doktor Bjerre. Aber da sind Sie nicht der Einzige, bei weitem nicht. Jugendlichen Übereifer finde ich rührend. Als Forschung uninteressant, als Phänomen rührend.«

Freud warf einen Blick auf seine Uhr, hauchte mehrmals auf das Glas und wischte es mit knappen Bewegungen eines Brillenputztuchs sauber. Er lächelte und verabschiedete sich von jemandem, der hinter Poul stand. Vielleicht Paul Federn, dachte

Poul, der immer zum Meister eilte, wenn dieser rief. Jetzt wurde er entlassen. Poul war ein Unruheherd, mit dem Freud alleine zurechtkam.

Poul wollte sich schon verabschieden. Er war alles andere als unberührt, gedachte jedoch nicht, sich etwas anmerken zu lassen. Dann konnte er es doch nicht lassen.

»Ich glaube nicht«, setzte er an, »dass man allein vom naturgegebenen Triebsystem des Menschen ausgehend arbeiten kann. Es muss noch mehr geben. Ich bin überzeugt, dass die Kreativität des Menschen eine Rolle für seine Lebensbedingungen spielt.«

»Wenn man nicht an das Triebsystem des Menschen glaubt, hat man mit der Psychoanalyse nichts zu tun«, erwiderte Freud und steckte seine Uhr in die Westentasche.

Diesen Kommentar hatte Poul schon eine ganze Weile die Runde machen hören. So waren im Jahr zuvor Adler und Stekel mit der gleichen Begründungen abgespeist worden, die Psychoanalyse sei eine Wissenschaft, kein Okkultismus.

Aber Poul nahm einen neuen Anlauf.

»Verzeihen Sie, Herr Professor, aber ich habe den Eindruck, dass Sie den Kölner Dom unter Mineralogie statt unter Architektur abhandeln. Ich interessiere mich für das Bauen. Und ich glaube, dass man Menschen lieber heilen als studieren sollte.«

Freud lächelte breit und zog mit der rechten Hand an seinem Bart. Anschließend legte er dieselbe Hand auf Pouls Schulter und sagte langsam:

»Stellen Sie sich doch einmal folgende Frage, Doktor Bjerre. Wir sind Forscher, und unsere Forschungsergebnisse werden von nachfolgenden Generationen beurteilt werden. Was meinen Sie, für wen werden sie sich wohl mehr interessieren, für Sie oder für mich?«

Beide wussten es: Es war das letzte Mal, dass Poul Bjerre und Sigmund Freud miteinander sprachen.

Während er darauf wartete, dass der Zug sich in Bewegung setzte, öffnete Poul sein Notizbuch. Der Heimweg nach Stockholm war lang, in Hamburg musste er noch dazu übernachten. Der Zug war halbleer und stand stampfend am Bahnsteig. Die Zusammenkunft in München hatte sich zu einem Misserfolg und unerwarteten Scheideweg für seine Karriere entwickelt.

Er begriff, dass seine Zeit im engsten Kreis um Freud vorbei war. Jetzt musste er eigene Theorien entwickeln und die Ideen ausarbeiten, von deren Einzigartigkeit und Fortschrittlichkeit er überzeugt war.

Er hämmerte sich die Argumente regelrecht in den Kopf. Er war nicht irgendwer, er war nicht Freuds Lakai. Einer der führenden Seelenärzte Europas, dessen Karriere noch in den Kinderschuhen steckte, war er. Die großen Werke lagen noch vor ihm, davon war er fest überzeugt.

Er zog seinen Stift aus der Innentasche des Jacketts und begann einen Bericht über den Kongress zu verfassen. Er würde nichts verschleiern, wenn es nicht anders ging, musste er eben ein paar Freunde verlieren. Sobald er heimgekehrt war, würde er seinen Bericht Jung und Adler schicken. Bei ihnen sah er jetzt seine Zukunft. Mit ihnen würde er die Psychoanalyse so weiterentwickeln, dass sie zu einer Behandlungsmethode wurde, die weit entfernt von dem Schreibtischprodukt war, in das sie sich verwandelt zu haben schien.

Wien hatte seine Rolle ausgespielt, die Zukunft lag in Zürich.

Nachdem er eine Stunde fieberhaft geschrieben hatte, kaum bemerkend, dass sich der Zug in Bewegung gesetzt und seine Fahrt durch die bayerische Landschaft aufgenommen hatte, legte er den Stift beiseite. Er klapperte, als er auf den Tisch schlug, und wurde langsam zum Rand gezogen. Seine Augen folgten der Bewegung des Stifts, aber er fühlte sich seltsamerweise außer Stande, die Hand zu heben, damit er nicht zu Boden fiel.

Alle Kraft schien aus ihm gewichen.

Sein Körper begann, den krängenden Bewegungen des Zugs zu folgen, ohne dass er sich gegen sie zu stemmen vermocht hätte. Er war schon fast auf dem Weg aus seinem Sitz, als der Stift schließlich hinabfiel und im Mittelgang weiterholperte. Immer wieder wurde sein Hinterkopf sachte gegen die Nackenstütze geschlagen. Er gab sich dem Metronom der Schienen hin, das er als rhythmische, wenn auch eingekapselte Laute wahrnahm. Du-dunk, du-dunk.

Dem Schaffner, der gerade die Fahrkarten kontrollierte, fiel der rollende Stift ins Auge, und er hob ihn auf.

»Ist das Ihr Stift, mein Herr?«, fragte er Poul.

Als er keine Antwort bekam, wiederholte er die Frage und hielt Poul den Stift hin.

»Ist alles in Ordnung?«, sagte er dann und hob fragend die Augenbrauen.

Im selben Moment wurde Pouls Lähmung aufgehoben. Er streckte die Hand aus und griff nach dem Stift.

»Danke, es geht mir gut. Offensichtlich habe ich meinen Stift verloren. Haben Sie vielen Dank, das ist sehr freundlich von Ihnen.«

Der Schaffner nickte höflich und blinzelte, als die Sonne plötzlich in den Wagen schien. Nachdem sie etliche Kilometer durch den Wald gefahren waren, breiteten sich plötzlich weite Felder vor ihnen aus. Das Rütteln des Zugs verstärkte sich, gleichzeitig erhöhte sich seine Geschwindigkeit.

»Schön«, meinte der Mann zögernd. »Dürfte ich Sie um Ihre Fahrkarte bitten, wo ich gerade hier bin?«

»Sicher, sicher«, sagte Poul und zog die Fahrkarte aus der Innentasche seines Jacketts.

Mit der Fahrkarte holte er den Brief von Andreas heraus, der ebenfalls in der Tasche lag. Er war am Tag seiner Abreise zum Kongress gekommen. Es schien ihm eine Ewigkeit her zu sein. Während der Schaffner die Fahrkarte abstempelte und zurückgab, starrte Poul den Brief an. Er lag wie festgefroren in seiner

Hand. Sein erster Gedanke war, dass er ihn besser zu Hause gelassen hätte.

Warum in Gottes Namen hatte er ihn nur mitgenommen? Solange er sich auf den Kongress konzentrieren musste, hätte er ohnehin nicht die Zeit gefunden, Briefe zu beantworten.

Er seufzte schwer. Immer diese Verpflichtungen, dachte er, familiäre Sorgen, die nirgendwohin führten und sich ihm immer dann aufdrängten, wenn er mit etwas wirklich Wichtigem beschäftigt war.

Er hatte den Brief zwar nicht gelesen, ahnte aber schon, worum es ging. Um das Übliche. Geld oder Gefälligkeiten, die von ihm gefordert wurden. Seinem Bruder wäre im Leben nie etwas gelungen, wenn sich ihr Vater nicht so um ihn gekümmert hätte. Davon war er überzeugt.

Er öffnete das Zugfenster, legte den ungelesenen Brief in den Spalt, ließ ihn dort einen Moment liegen und hörte ihn im Fahrtwind schlagen. Dann ließ er los. Der Brief verschwand aus seinem Blickfeld und war fort.

Für einen kurzen Moment blieb er sitzen und blinzelte mehrmals fest. Dann schloss er das Fenster und nahm erneut den Stift zur Hand. Es dauerte eine Weile, aber dann begann er, mit neuem Schwung zu schreiben.

Lieber Bruder …

Was machen wir mit unseren Erinnerungen? Wie verhalten wir uns, wenn unsere Erinnerungsbilder nicht mit denen anderer übereinstimmen? Dieser ewige, ermüdende Kampf um die Deutungshoheit. Unsere schlimmsten Kämpfe, Poul, kreisten darum, wie wir im Nachhinein eine bestimmte Situation deuteten. Meistens ging es nur um ein Detail – und schon entstand daraus ein riesiges Missverständnis.

Und nun, in dieser Nacht, stürzen sich die Erinnerungen auf dich. Sie schleichen sich in der Stille an. Nach dem Zwischenfall mit dem Messer versammelte sich die ganze Familie, um in der Abenddämmerung zusammenzusitzen, und ich saß auf Mutters Schoß. Den ganzen Abend lächelte sie mich und sonst niemanden an, als hätten sie und ich ein Geheimnis, von dem du nichts wissen durftest. Wie gern hättest du es mit uns geteilt.

Der Wunsch, den du dein Leben lang gehegt hast: auf Mutters Schoß sitzen zu dürfen.

Aber sie sah dich nicht einmal an, den ganzen Abend nicht. Es gab nur sie und mich in dem Sessel; sie kitzelte mich, und ich lachte. Vater las ein Buch und rauchte seine Pfeife, blickte ab und zu auf und lächelte abwesend, wie immer, so als wollte er uns einen Gedanken kundtun, der ihm gekommen war, oder eine besonders hübsche Formulierung aus seinem Buch vorlesen. So gegenwärtig, aber trotzdem stets abwesend. Es war das erste Mal, dass du dich in deiner eigenen Familie wie ein wildfremder Mensch fühltest. Vielleicht, Poul, ist es das einzige

Mal in deinem Leben gewesen, dass du erfahren musstest, was ich während des größten Teils meines Lebens erleben musste. Wenn du diesen Augenblick doch nur zu schätzen wüsstest, dieses Gefühl, und erkennen könntest, welche Bedeutung er für unsere Beziehung hatte. Halt einfach inne. Genau dort. Das alles überschattende Gefühl, *ein Fremder zu sein.*

Unsere Schwestern spielten neben dem Kachelofen. Eins ihrer üblichen Spiele mit diesen Spielkarten, die sie so liebten, vermutlich Mariage, obwohl Mutter das Spiel unmoralisch fand und es ihnen am liebsten verboten hätte. Aber jedesmal, wenn sie es zur Sprache brachte, winkte Vater beschwichtigend ab.

»Lass sie«, sagte er, wenn sie sich beklagte. »Sie werden noch früh genug erleben, was es heißt, Opfer zu bringen.«

An diese Szene zwischen unseren Eltern erinnern wir uns beide. Immerhin beobachteten wir sie tagtäglich während unserer gesamten Kindheit und Jugend. *Lass sie … früh genug …*

Aber als ich an jenem Abend auf Mutters Schoß saß und dir eine lange Nase drehte, reagiertest du nicht einmal erstaunt, senktest nur den Blick noch etwas mehr, kauertest dich auf deinem Stuhl in der Ecke zusammen wie ein Küken, suchtest Schutz. Und keiner sah dich oder nahm deine Lage wahr. Außer mir.

Jenen Abend empfandest du als eine Bestätigung dafür, dass du in unserer Familie am unbedeutendsten warst, die Person, für die sich alle insgeheim schämten, der Wechselbalg. Wenn es dir, Poul, doch nur möglich gewesen wäre, diese Erinnerung besser zu behüten! Dann hätte zwischen uns alles anders werden können.

Es gibt noch eine andere Erinnerung, an damals, als du mit einer Lungenentzündung ins Bett gesteckt wurdest. Es geschah nur wenig später, höchstens ein paar Wochen waren vergangen. Du hast in deinem späteren Leben mehrfach behauptet, du könntest dich nicht daran erinnern, dass Mutter dich besucht hätte, als du krank im Bett lagst. Aber irgendwo in deinem Inneren hegtest du den Verdacht, dass du die Erinnerungen falsch gedeutet hattest. *Habe ich das vielleicht trotz allem falsch in Erinnerung? Sie muss doch nach mir gesehen haben, als ich so krank war? Aber warum kann ich mich nicht daran erinnern?*

So lauteten die Fragen, auf die du trotz Analyse und Hypnose nie eine Antwort fandest. Du weißt nur noch, wie sie einem Schattenwesen gleich an den schlimmsten Tagen deiner Krankheit, flüchtig und geisterhaft, an dir vorbeihuschte. Dagegen erinnerst du dich noch an das Gesicht des Kindermädchens, das deine verschwitzte Stirn mit feuchten Tüchern kühlte – und an meine Stimme natürlich, wenn ich im Nebenzimmer Lokomotivführer spielte.

Mutters Abwesenheit hast du gehasst, meine Anwesenheit hast du gehasst.

Meine Stimme beim Spielen, die du dir jederzeit vergegenwärtigen kannst. Du vermagst ihr unterschiedliche Resonanzböden zu geben und sie in verschiedene Umgebungen einzufügen. Aber sie ist da, hinter deiner Verbitterung mir gegenüber. Sie ist in allem, was du verachtest, in allem, was du niederringen und zerstören willst.

Im Fieberwahn dachtest du damals, als kleiner Junge, der sich kürzlich aus Versehen mit einem Messer in die Hand geschnitten hatte, es wäre besser gewesen, du hättest im Wald den Tod gefunden. Dann hätten sie um dich geweint, dann wäre Mutter vor Trauer wie von Sinnen gewesen. Vielleicht wäre sie nach dem tragischen Tod ihres ältesten Sohnes nie mehr sie selbst geworden. Und ich wäre kaum mehr gewesen als eine traurige Erinnerung an all die Heldentaten, die du vollbracht hättest, wenn es dir denn vergönnt gewesen wäre, weiterzuleben.

Für eine Dame mittleren Alters mit einer erwachsenen Tochter wird man dies ausgesprochen unpassend finden.

Stockholm, 10. September 1913

Lou Salomé war alles, was Gunhild Bjerre nicht war: abenteuerlustig, aufstrebend, sexuell provozierend, selbstsicher in jeder Lebenslage. Sie rückte immer sich selbst ins Zentrum von allem, zeigte unverhohlen, wofür sie sich begeisterte, blieb in jeder Situation kompromisslos. Sie ließ niemandem den Vortritt und bediente sich großzügig, nicht zuletzt, wenn es um Männer ging.

Eine klassische Schönheit war sie nicht, dafür war ihr Mund eindeutig zu groß, aber sie war hoch gewachsen, schön, schlank und hatte eine gute Figur. Außerdem stellte ihre unglaubliche Energie alle anderen Züge in den Schatten: Wenn sie im Raum war, wurde sie zum selbstverständlichen Mittelpunkt.

Rilke erklärte, ohne sie hätte er niemals schreiben können, und Paul Rée verlor seine Fähigkeit zu schreiben, als sie ihn verließ. Freud nannte sie eine einzigartige Zuhörerin – und sie ihn einen Vollblutrationalisten, was er ungeheuer schmeichelhaft fand. Der junge Tausk – der ihr 1913 in München den Hof machte – beging Selbstmord, als sie ihn verließ. Und schließlich der bedauernswerte Nietzsche, der so maßlos in sie verliebt war oder zumindest in den Gedanken, maßlos in sie verliebt zu sein. Als sein Antrag abgewiesen wurde, beschuldigte er sie, ein schmutziges, übel riechendes Äffchen mit falschen Brüsten zu sein. Anschließend stürzte er sich besinnungslos in die Arbeit an *Also sprach Zarathustra.*

Das immer wiederkehrende Thema in Lous Essays und Romanen ist die unbändige Kraft des Unbewussten, wodurch sie für viele zum Urbild des weiblichen Freidenkers wurde, nicht zuletzt wegen der Klarheit, mit der sie beschrieb, dass jeder Mensch seiner eigenen Natur treu bleiben musste. Sie behauptete, die beiden Geschlechter seien diametral verschieden und könnten einander niemals vollständig begegnen – stattdessen geschehe dies auf Kosten des Mannes (ein irrlichterndes Spermium ohne Richtung). Dennoch war sie der Meinung, der Mensch *sei* diese zwei Gestalten und dass sich nur durch die Schwierigkeiten der beiden, einander zu verstehen, eine vollständige Einheit erreichen lasse.

Auch Gunhild Bjerre ließ sich als eine moderne Frau bezeichnen, allerdings nur unter gewissen Voraussetzungen.

Eins musste man jedoch sagen. Äußerlich waren sich Lou und Gunhild nicht ganz unähnlich. Auch Gunhild war groß und schlank, auch ihr Gesicht wurde von einem breiten Mund dominiert. Sie war eine nahezu jungenhafte Erscheinung mit bildschönen Gesichtszügen, vor allem die im Profil so apart wirkende schlanke Nase stach einem ins Auge. Sie hatte jedoch ein gespaltenes Verhältnis zu ihrem Aussehen, vor allem nach dem Verlust Fredrik Posses, ihres ersten Mannes.

Es fiel ihr schwer, das Graue und Triste abzuschütteln, das sich in Gesicht, Haare und Mienenspiel eingeschlichen hatte. Den körperlichen Veränderungen der mittleren Lebensjahre stand sie verständnislos gegenüber, erst recht, seitdem die Kinder sie immer weniger in Anspruch nahmen. Plötzlich erkannte sie, was sie alles aufgegeben hatte, damit die Kinder trotz der Familientragödie durch den Tod ihres Vaters und den anschließenden Konkurs möglichst geborgen aufwachsen konnten. Als die Kinder älter wurden, schien ihre Rolle unklar geworden zu sein, sie wusste nicht mehr, für wen sie die Verantwortung trug. Die Jahre waren wie im Flug vergangen. Es kam ihr vor, als hätte sie nur kurz die Augen geschlossen, und plötzlich war aus einer jungen und frisch verliebten Frau eine Witwe mit drei erwachsenen Kindern geworden.

Das Spiegelbild gehörte einer Fremden. Sie hatte dieses Gesicht noch nie gesehen. Das Bild erzählte ihr, dass sie die Kinder loslassen, sie ihre eigenen traurigen Erfahrungen machen, ihr eigenes Leben führen und selbständig ihr Glück suchen lassen musste. Aber so sehr sie sich auch mühte, das Spiegelbild sagte ihr nichts darüber, wie sie *ihr* Leben führen sollte.

Um Amelie machte sie sich keine Sorgen, sie würde immer zurechtkommen, obwohl sie sich nur ungern anpasste und nie wusste, wann sie lieber schweigen sollte. Aber sie war wie eine Katze, die immer auf den Füßen landete, weitertappte und sich Hals über Kopf in die nächste Situation, in die nächste Phase ihres künstlerischen Erwachens, stürzte. Sie war eine Überlebenskünstlerin, das hatte Gunhild immer gewusst. Um ihre Söhne stand es da schon schlechter. Wenn sie sich mit Forderungen konfrontiert sahen, lähmte sie das fast vollständig. Sie hoffte, dass die beiden eine sichere Stelle finden würden, um sich auf dieser Basis eine Existenz aufbauen, heiraten, eine Familie gründen und ein sicheres Auskommen haben zu können. Ihre eigenen Möglichkeiten erschöpften sich darin, ihnen die nötigen Voraussetzungen zu verschaffen – den Rest mussten sie schon selbst besorgen.

Amelie war für Gunhild aus mehreren Gründen etwas Besonderes. Zunächst einmal war sie die Älteste und konnte ihr als Einzige helfen, die schwierige Zeit durchzustehen, nachdem sie Witwe geworden war und sie und die Kinder von der kärglich bemessenen Apanage der Familie lebten. Außerdem hatte Amelie etwas, was sie selbst auch besaß: die Seele einer Künstlerin.

Mehr als alles andere wünschte sie sich, dass Amelie die Kunst nicht aufgab, wie sie den Gesang aufgegeben hatte. Sie tröstete sich damit, dass die Zeiten sich geändert hatten. Amelie war Teil einer neuen Zeit, in der einem Möglichkeiten offenstanden, von denen Gunhilds Generation nur hatte träumen können. Nein, mehr noch, sie hatten nicht einmal geahnt, dass sie von ihnen träumen konnten. Amelie hatte die Malerei wie Gunhild ihren Gesang.

Hätte sie doch nie das Singen aufgegeben.

Unzählige Male hatte sie darüber nachgedacht. Aber ihr war keine andere Wahl geblieben, ihre Gesundheit hatte sie im Stich gelassen. Sie musste sich einreden, dass es so war, ihrem Körper hatte die nötige Kraft für die Anstrengungen gefehlt, die erforderlich waren, um auf dem hohen Niveau zu singen, für das sie die Voraussetzungen mitbrachte. Aber wenn sie Amelie betrachtete, sah sie den gleichen gebrechlichen Körper, der ständig von Gliederschmerzen und Migräne geplagt wurde. Ja, ihr Körper hatte sie im Stich gelassen, das sagte sie immer, wusste jedoch insgeheim, dass es im Grunde umgekehrt gewesen war: Ihr Gesang hatte sie stärker und gesünder gemacht.

»Zwar hat es mich immer mit GRAUEN erfüllt, wenn sie ihre Begabungen verkümmern lassen, sobald sie in den Stand der Ehe eintreten, doch nun fürchte ich bisweilen, dass ich dasselbe tun werde …«

Das hatte sie ihrem Tagebuch anvertraut, als sie sah, wie andere junge Frauen in ihrem Alter auf das verzichteten, wofür sie sich am meisten begeisterten. In ihrer Jugend hatte sie bei Kammersänger Isak Berg, Jenny Linds Gesangslehrer, studiert, der ihr bestätigte, so talentiert zu sein, dass sie es noch sehr weit bringen würde. Sie spürte, dass ihr Gesang etwas Magisches hatte. Sie sah ihn als eine herrliche Gabe, als von Gott geschenkt.

Hätte sie doch nur das Singen nicht aufgegeben.

Wenn sie sang und die Töne trugen, wusste sie, dass sie damals die falsche Wahl getroffen hatte. Ihre Gesundheit hatte sich mit den Jahren nicht gebessert, im Gegenteil. Aber es gab Tage, an denen sie ihren Kopf im Kissen vergrub, um die Sehnsucht nach dem zu stillen, was ihr mehr bedeutete als alles andere. Sie war eine geborene Sängerin gewesen. Das Spiegelbild enthüllte ihr das jedoch nie. Es zeigte eine gute und verständnisvolle Mutter, eine gute und verständnisvolle Ehefrau.

Gunhild saß in ihrer Wohnung in der Östermalmsgatan und klimperte zerstreut auf dem Flügel. So gut wie im Sommer und Herbst 1913 hatte sie sich schon lange nicht mehr gefühlt, gesundheitlich ging es ihr immer besser. Sie hatte Doktor Lenmalm seit vier Monaten nicht mehr aufsuchen müssen, was für sie ein erstaunlich langer Zeitraum war.

Trotzdem machte sie sich ständig Sorgen. Ihre Finger bewegten sich planlos über die Tasten. Sie hatte gedacht, dass sie sich konzentrieren und etwas spielen musste, Beethoven vielleicht, dem es durch seine Egozentrik oft gelang, sie auf andere Gedanken zu bringen. Aber es wollte einfach nicht gehen, und sie setzte die Finger nur willkürlich auf die Klaviatur. Anfangs hatte sie Tonleitern gesungen, ihre Stimme jedoch kaum wiedererkannt. Sie war tonlos, und es gab nichts, was sie so verabscheute wie tonlose Stimmen.

Sie machte sich Sorgen. Womöglich würde es ihr gesundheitlich schon bald schlechter gehen und der Herbst sie mit seinem nasskalten Wetter erneut ans Bett fesseln. Dann beruhigte sie sich jedoch wieder und dachte daran, dass Poul bald aus München zurück sein würde. Es gab gar keinen Grund, sich Sorgen zu machen.

Oder etwa doch?

Sie wusste, dass Lou an dem Kongress teilnehmen würde. Und obwohl Poul ihr geschworen hatte, dass sie kaum noch Kontakt hatten, nagte dies an Gunhild. Das überraschte sie nicht, denn sie wusste, dass sie wegen Lous provozierender Art auf der Hut sein musste. Lou war die einzige Frau, die sie im Kampf um Pouls Gunst jemals herausgefordert hatte.

Poul hatte Gunhild damals, als sie ihm ein Ultimatum gestellt hatte, einen Brief geschrieben – es war das einzige Mal, dass sie so etwas getan hatte. Zwei Jahre war das jetzt her. Sie hatte es nicht länger ertragen, sich mit Gedanken zu quälen, die ihr allesamt einflüsterten, dass er sich heimlich mit Lou traf.

»Am schwersten fällt es mir, darüber hinwegzukommen, dass ich Dir so weh tun musste. Es geht mir weniger um den Schmerz. Aber es will mir wie die Schändung eines Heiligtums erscheinen. Deiner Seele Klang und Deine strahlende Freude sind mir das Heiligste auf Erden. Ihr dauerhaften Schaden zugefügt zu haben, wäre für mich *schlimmer als der Tod …*«

Die Schändung eines Heiligtums, so schrieb er in seinem Brief, in dem er ihr versprach, sich nie wieder mit Lou zu treffen. Seither hatte er Gunhild Hunderte von Gedichten gewidmet – und nicht nur das, tatsächlich widmete er ihr immer seine Arbeiten, auch seine bildhauerischen. Und sie hatte ihm verziehen, wie sie beide es insgeheim nicht anders erwartet hatten. Ihr war durchaus bewusst, dass eigentlich Lou das Interesse verloren hatte, nicht Poul. Aber das kümmerte sie nicht weiter, ein Wunder war geschehen, und sie war siegreich aus dem Kampf hervorgegangen.

Für sie war es darum gegangen, zu lieben oder nicht zu lieben.

Sie verließ ihren Platz am Flügel und marschierte ziellos im Zimmer umher. Ihr schoss so vieles durch den Kopf, was ihr nicht mehr aus dem Sinn gehen wollte. Es ärgerte sie, dass es ihr nicht gelang, die finsteren Gedanken einfach beiseitezuschieben. Aber sie bewegten sich in Gegenwart und Vergangenheit und vermischten sich so, dass Gunhild sie nicht kontrollieren konnte.

Sie erinnerte sich an ihre erste Begegnung mit Lou. Sie hatten sich zwei Jahre zuvor, 1911, bei Ellen Key kennengelernt. Poul und sie hatten den Sommer in Norwegen verbracht, und sie hatte sich ungewöhnlich gesund gefühlt, sodass sie lange Spaziergänge machten und die klare Luft genossen. Irgendwie war es ihr so erschienen, als wären sie körperbetonter miteinander umgegangen. Sie machte keinen Hehl daraus, dass sie Poul ein wenig steif fand, wenn er sie in die Arme nahm, als würde er fürchten, sie könnte kaputt gehen. Sie fühlte sich dann manchmal mehr wie eine Sache denn wie eine Frau.

Auch wenn er sich wesentlich mehr für Erotik interessiert hatte als Poul, war auch ihr erster Mann in bestimmten Situationen steif gewesen. Für beide kam an erster Stelle ihre Arbeit, Fredrik hatte seine Geschäfte und den Eisenbahnbau und Poul die Praxis und seine Bücher.

Wollte man nach Ähnlichkeiten suchen, dachte sie, sich dabei wieder an den Flügel setzend, kam man jedoch nicht viel weiter. Ihre beiden Geliebten waren grundverschiedene Menschen. Und so verliebt sie in ihrer Jugend in Fredrik gewesen war, so verliebt war sie als erwachsene Frau in Poul.

Aber die Reise nach Norwegen wollte ihr nicht aus dem Sinn, obwohl sie ein Nocturne von Chopin heraussuchte und es tatsächlich schaffte, die erste Hälfte zu spielen. Dann war abrupt Schluss. Erneut blieb sie mit dem aufgeschlagenen Notenheft und scheinbar gelähmten Fingern auf den Tasten sitzen. Im Grunde war Chopin zu schwer für sie, aber seine Melodien kamen einem Gesang so nahe, wie es nur möglich war, wenn man alleine am Flügel saß.

Poul hatte auf ihrer Reise nach Norwegen viel gearbeitet, dennoch hatten sie genügend Zeit gefunden, Freunde zu treffen und gemeinsam durch die Natur zu streifen. Sie hatten keine Berggipfel erklommen, daran war nicht zu denken gewesen, obwohl Poul ihr den Vorschlag gemacht hatte. Er hatte nie vergessen, wie es war, als er in seiner Jugend die norwegischen Berge bestiegen hatte. Er meinte, diese Leistung habe ihn damals dazu bewegt, sich auf eine ganz andere Art als Mensch zu fühlen. Sie lächelte stets aufmunternd, wenn er das sagte, obwohl sie fand, dass er ein bisschen langweilig wurde, wenn er sich über den festen Tritt der Füße und das kameradschaftliche Schulterklopfen in den anstrengendsten Momenten ausließ.

Die Sache war für sie nicht nachvollziehbar, ihr Körper hatte noch nie für Abenteuer getaugt. Und auch in Norwegen kränkelte er wie so oft. Auf der Heimreise verschlechterte sich ihr Zustand unversehens, und die Zugfahrt nach Schweden wurde zu einer Tortur. Trotzdem beschlossen sie, unterwegs bei Ellen Halt zu machen, wie sie es vor dem Sommer verabredet hatten. Poul wollte absagen, aber sie bestand darauf.

Wie oft hatte sie diesen Entschluss bereut!

Sie waren kaum angekommen, als sie auch schon mit Schüttelfrost das Bett hüten musste. Ellen versuchte das Fieber zu senken, indem sie ihr nasse Tücher auf die Stirn legte. Dabei sprach sie von einer »Frau russischer Abstammung«, die überraschend zu Besuch gekommen war.

Das war Gunhilds erste Erinnerung an Lou. Als es ihr einige Tage später etwas besser ging, begegneten sie sich zum ersten Mal. Gunhild wurde sofort misstrauisch. Sie kam nicht umhin, die vielen spannungsgeladenen Blicke zu bemerken, die kreuz und quer über den Tisch geworfen wurden, die Mätzchen, mit denen Aufmerksamkeit erregt werden sollte, das anstößige Lachen. Sie fand Lou vulgär.

Am meisten störte sie jedoch, dass Poul sich gab, als würde er die erotischen Avancen dieser Frau überhaupt nicht bemerken. Sie selbst fand sie so offensichtlich, dass sie sich sogar gestattete, Ellen gegenüber einen Scherz darüber zu machen.

»Hat ihr denn keiner beigebracht, dass Männer so etwas nicht mögen? Sie wollen keine aufdringliche Frau. Nichts macht ihnen mehr Angst als Zudringlichkeit!«

Ellen fühlte sich entweder ihrem Gast gegenüber zu Höflichkeit verpflichtet oder hatte sie nicht richtig verstanden. Jedenfalls hatte sie nur gelächelt und sich abgewandt. Das sieht Ellen aber gar nicht ähnlich, hatte Gunhild gedacht, sie hat doch sonst immer Ansichten zu allem und jedem und ist meist überhaupt nicht zu bremsen. Jetzt saß sie am Tisch und betrachtete die russischstämmige Frau, die zu Besuch war und wie ein Wasserfall redete, als säße sie in ihrem eigenen Wohnzimmer.

Die Sache wurde nicht besser, als Gunhild erkannte, dass Poul sich gerne mit Lou davonstahl. Sie brauchte nur einmal kurz wegschauen, und schon stand er mit dieser Frau am Waldrand und sprach und zeigte auf den See hinaus. Als schlichen sie sich davon, um ungestört reden oder eine gemeinsame Flucht planen zu können. Worüber unterhalten sie sich, dachte sie, welches Gesprächsthema ist so interessant, dass es alle anderen ausschließt?

Aber sie sagte nichts, nicht zu Poul und auch zu keinem anderen. Stattdessen wurde sie gleich noch einmal krank, und diesmal ging es ihr bedeutend schlechter als beim letzten Mal. Im Fieberwahn hatte sie schreckliche Visionen. Sie sah Poul in der Kirche stehen und auf seine Braut warten. Sie selbst näherte sich ihm im Traum und grüßte die vielen freundlichen Gesichter, Bekannte und nahe Freunde, sie lächelten so nett, als sie den Mittelgang der Kirche durchschritt. Als sie jedoch den Altar erreichte und aufblickte, war niemand da, nicht einmal der Pfarrer. Sie fuhr herum und sah, dass sich die Kirche auf einen Schlag geleert hatte. Sie war allein in der tönenden Stille. Dann vernahm sie johlende Rufe von jenseits der Tür, *Hurra, Hurra, Hurra!*

Als es ihr mit viel Mühe gelang, das Kirchenportal zu öffnen – es sträubte sich, als kämpfte jemand darum, die Tür geschlossen zu halten – sah sie, dass alle das frisch vermählte Paar mit huldigenden Chören und Gesängen feierten. Aber die frisch Vermählten kehrten ihr den Rücken zu, sie konnte nicht sehen, wer die beiden waren. Dann drehte sich die Braut um, und sie erblickte Lou Salomés falsches Lächeln. Es brannte sich ihr ein, die grausigen Zähne, als wäre Lou jederzeit bereit, sie zu zerfleischen.

Und dann sah sie Poul den Arm um diese Frau legen. Im nächsten Moment wurde ihr mit einem lauten Knall die Tür vor der Nase zugeschlagen.

Doch als Gunhild jetzt am Flügel saß, dachte sie nicht nur an Lou Salomé, sondern auch an den seltsamen Brief, den Amelie ihr am Tag nach Pouls Abreise zum Münchener Kongress geschickt hatte. Liebe Mutter, hatte sie geschrieben, kannst Du mir den Gefallen tun, Andreas Poul abholen zu lassen, wenn er nach Hause kommt?

Das war der ganze Wortlaut gewesen.

Natürlich hatte sie erfahren wollen, warum es so wichtig war, dass Andreas sich mit Poul traf, sobald dieser im Bahnhof ankam. Jeder wusste doch, dass *sie* Poul immer abholte, wenn er von einer längeren Reise heimkehrte, und erst recht, wenn es ihr so gut ging. Poul würde sich Sorgen machen, was sie in einem Brief an Amelie nachdrücklich unterstrich.

Aber sie hatte nie eine Antwort auf ihre Frage bekommen, was eigentlich so eilte, und nun dachte sie darüber nach, welch eine seltsame Bitte Amelies es gewesen war. Sie und Andreas waren geschieden, trotzdem brachte sie sein Anliegen vor. Wenn Amelie ihr doch nur geantwortet und ihr erklärt hätte, warum es so wichtig war, dass Andreas sich mit Poul traf. Stattdessen blieb alles rätselhaft und verzwickt.

Amelie und Andreas. Gunhild fand es schrecklich, dass es so furchtbar hatte enden müssen. Es hatte doch so vielversprechend begonnen. Außerdem hatte sich zwischen Gunhild und Amelie eine ganz neue Vertrautheit entwickelt, nachdem Amelie sich bis über beide Ohren in Andreas verliebt hatte. Sie ließen ihre frühere Mutter-Tochter-Beziehung hinter sich und wurden Freundinnen und Vertraute.

Im Grunde war Amelie die Erste gewesen, die Gunhilds Schönheit bemerkt hatte. »Du bist schön, Mutter, und du scheinst die Einzige zu sein, die sich weigert, das einzusehen.«

Das sagte sie, Amelie. Die süße, liebe, kleine Amelie.

Plötzlich stand sie auf und blieb neben dem Flügel stehen.

Sie hatte sich entschieden, musste sich aber trotzdem an dem Instrument festhalten, um das Gleichgewicht nicht zu verlieren. Der schnelle Entschluss schien sie selbst zu überrumpeln.

Sie wusste nicht genau, was den Ausschlag gegeben hatte. Wahrscheinlich einer der vielen Gedanken, die ihr durch den Kopf gegangen waren, als sie am Flügel saß, ohne spielen zu können. Aber sie wusste nicht zu sagen, welcher Gedanke genau die Entscheidung herbeigeführt hatte.

Sie warf einen Blick auf die Wanduhr, schlug das Notenheft zu und stellte es in den Schrank zurück. Die Noten standen alphabetisch geordnet in einer Reihe. Nichts war ärgerlicher als Gäste zu haben, etwas Passendes singen zu wollen und dann die richtigen Noten nicht zu finden. Es galt, alles an der korrekten Stelle einzusortieren, sonst musste man später für seine Nachlässigkeit büßen, das hatte sie schon früh lernen müssen.

Sie eilte in die Kleiderkammer, wählte eine Jacke aus und achtete dabei sorgsam darauf, eine diskrete und dunkle auszuwählen. Sollte sie einen Sonnenschirm mitnehmen? Ja, das wäre sicher besser. Sie steckte sich mit ein paar Nadeln die Haare hoch. In der Zeitung hatte sie gelesen, dass Haarnadeln in Straßenbahnen verboten werden sollten. Offenbar waren einige empfindliche Herren im Gedränge von ihnen gepiekst worden. Einfacher wäre es, dachte sie, wenn sie lernen würden, respektvoll Abstand zu halten.

Sie hatte ohnehin keine Zeit, die Straßenbahn zu nehmen, denn wenn sie rechtzeitig dort sein wollte, musste sie sich ein Taxi bestellen. Als Letztes setzte sie sich einen kleinen Hut auf, tauschte ihn jedoch sofort wieder aus, da er eine große Fasanenfeder hatte. Sie wollte auf gar keinen Fall Aufmerksamkeit erregen. Stattdessen entschied sie sich für einen aparten Hut aus schwarzem Samt. Dann war sie bereit. Sie eilte in den Eingangsbereich hinunter, bat den Pförtner, ihr einen Wagen zu rufen und streifte sich die Handschuhe über.

Sie musste sich mit beiden Händen festhalten, da sie den Kutscher gebeten hatte, sich zu beeilen, was er augenscheinlich sehr ernst nahm. Offenbar dachte er, dass sie Gefahr lief, einen Zug zu verpassen. Die Kutsche krängte in den Kurven, und sie wurde in dem kleinen Coupé fast hin und her geworfen.

Es sollte nicht sonderlich lange dauern, zum Bahnhof zu gelangen, dachte sie. Wenn der Zug pünktlich eintraf, kam sie vielleicht trotzdem zu spät. Straßenbahnen klingelten und kreischten in den Kurven, Fahrräder irrten umher, und Menschen trödelten mitten auf der Straße. Aber der Kutscher manövrierte geschickt. Sie hörte, dass er die Peitsche knallen ließ und die Ardenner antrieb, die sich schnaubend und gewandt durch den Verkehr bewegten. Das größte Hindernis bildeten die Autos, die stotterten und sich ständig vor die langsameren Brauereiwagen schieben wollten, die am Norra Bantorget in einer Reihe fuhren.

Sie legte ihm eine weitere Münze in die Hand, um ihm für seine zusätzlichen Bemühungen zu danken. Sobald der Wagen vor dem Bahnhof hielt, stieg sie suchenden Blickes aus. Sie hatte keine Zeit zu warten, bis der Mann von seinem Kutschbock herabstieg, ihr die Tür öffnete und auf die Straße half. Stattdessen sprang sie ohne fremde Hilfe hinunter und stellte sich auf die Zehenspitzen, um ihm sein Geld zu reichen. Er hob den Hut und bedankte sich.

Anschließend eilte sie zum Bahnhofsgebäude, wo man wie üblich gut darauf achtgeben musste, wohin man seine Füße setzte, vor allem nach den anhaltenden Regenfällen der letzten Wochen. Überall waren Lehm, Pferdeäpfel und kleine Wasserpfützen.

Am Bahnsteig hatten sich zahlreiche Menschen versammelt, woraus sie schloss, dass sie noch rechtzeitig gekommen war. Tatsächlich hörte es sich ganz so an, als führe der Zug gerade in den Bahnhof ein. Sie spannte den Schirm auf, stellte sich etwas abseits und ließ den Blick über die Menschenmenge schweifen. Plötzlich erblickte sie Andreas. Er stand an der Wand und massierte nervös seine Hände. Schnell versteckte sie sich hinter einem großgewachsenen Mann, der mit ausgebreiteten Armen eine Tageszeitung las.

Von ihrem verdeckten Aussichtsposten aus sah sie, dass Andreas mit dem Fuß aufzustampfen begann, aber nicht, als wollte er so einen Takt halten, sondern eher wie ein Zucken, dessen er sich nicht bewusst war. Auf einmal bekam sie ein schlechtes Gewissen. Hier zu stehen und ihn wie eine Spionin zu beobachten. Aus den Augenwinkeln nahm sie den Zug wahr, der gemächlich seinem Zielort entgegenstampfte.

Im Tumult, zu dem es kam, als alle Reisenden aus dem Zug strömten, verlor sie Andreas aus den Augen. Es wurde eng, manchmal stieß sie jemand an. Auch wenn die Leute stets um Entschuldigung baten, hatte sie doch das Gefühl, im Weg zu stehen. Außerdem war der große Mann, hinter dem sie sich versteckt hatte, in der Menschenmenge verschwunden.

Die Reihen lichteten sich allmählich, und bald darauf war es wieder möglich, sich einen besseren Überblick zu verschaffen. Dann sah sie Andreas und Poul. Sie kämpften um eine Reisetasche. Erst griff Andreas nach ihr und hob sie an, dann zwang Poul sie wieder auf die Erde hinab.

Sie lugte unter ihrem Sonnenschirm hervor und dankte ihrem Glücksstern dafür, dass die Sonne herausgekommen war. Es hätte ansonsten seltsam ausgesehen, wenn sie hier trotz Wolkendecke mit aufgespanntem Schirm gestanden hätte. Sie bereute bitterlich, dass ihr nicht mehr Zeit geblieben war, denn sonst hätte sie sich für ein schwarzes Kleid und einen Hut mit Schleier entschieden. Seelenruhig hätte sie das merkwürdige Ringen der beiden Brüder beobachten können.

Schließlich nahm Andreas die Tasche und ging. Poul folgte ihm mit zögernden Schritten, während sein Blick über den Bahnsteig schweifte.

Sie wandte sich schnell um und eilte ins Bahnhofsgebäude. Hinter einem Pfeiler verborgen sah sie die beiden die Halle durchqueren und auf der Vorderseite wieder verlassen. Sie folgte ihnen mit vorsichtigen Schritten.

Vor dem Haupteingang wiederholte sich die Szene mit der Tasche. Diesmal war es allerdings Poul, der sie anzuheben versuchte, und Andreas, der sie auf der Erde festhielt. Die beiden standen sich immer drohender gegenüber, vor allem Poul, der laut wurde, sodass Passanten stehen blieben und sich umschauten.

»Eine Erpressung?«, hörte sie Poul schreien. »Darum geht es hier? Um eine Erpressung?«

Andreas schien bemüht, Ruhe zu bewahren. Einmal drehte er sich sogar um, sodass Gunhild den Schirm hochreißen und sich umdrehen musste.

Pouls Körpersprache war abzulesen gewesen, dass etwas vorgefallen war und man ihm das Gespräch aufgezwungen hatte. Poul und Andreas, diese beiden Brüder, die ihr eigenes Leben so vielfältig beeinflusst hatten. Jetzt saßen sie dort zusammen und sprachen sich über einen weiteren Aspekt ihrer komplizierten Beziehung aus.

Es schien eine Ewigkeit her zu sein, dass Amelie nach Hause gekommen war und von ihrer Liebe zu Andreas erzählt hatte. Gunhild dachte an ihre erste Begegnung zurück und daran, wie überzeugt sie gewesen war, dass ihre Tochter eine gute Wahl getroffen hatte. Um ehrlich zu sein, war sie zudem erleichtert gewesen, dass ihr Geliebter aus einer wohlhabenden Familie stammte. Amelie verstand nicht das Geringste von finanziellen Angelegenheiten, Geld verprasste sie auf fahrlässigste Art.

Endlich gab es jemanden, der sich dieser Seite Amelies annehmen und dafür sorgen würde, dass sie mehr Verantwortung übernahm.

Aber dann war es genau umgekehrt gekommen.

Andreas war es, der nicht mit Geld umgehen konnte. Er

kaufte Geschenke, statt Miete und Kredite zu zahlen. Hätte sich sein Vater nicht eingeschaltet und um alles gekümmert, hätte die Sache für die beiden jungen Menschen in einem Konkurs geendet. Denn Gunhild konnte sie finanziell nicht unterstützen, dazu fehlten ihr die Mittel.

Dennoch erinnerte sie sich noch sehr gut an ihre erste Begegnung mit Andreas. Er hatte so ein freundliches Gesicht. Und Gunhild war so froh gewesen, Amelie glücklich zu sehen. Wer hätte gedacht, dass ihre Ehe so furchtbar enden würde.

Gunhild erinnerte sich auch noch gut an ihre erste Begegnung mit Poul. Kurz nachdem Andreas und Amelie erklärt hatten, dass sie es mit ihrer Liebe ernst meinten, und davon sprachen, sich zu verloben, hatte sie ihn kennengelernt. Unverzüglich sollte die ganze Familie einbezogen werden. Als Erstes kam Poul zusammen mit seinem Bruder zu Besuch. Gunhild fiel sofort das ernste Gesicht des älteren Bruders auf. Andreas' Verspieltheit ging ihm völlig ab. Stattdessen musterte er die neue Familie seines Bruders, als hätte er den Auftrag erhalten, einen Bericht über sie zu verfassen.

Es war ziemlich unangenehm gewesen. Gunhild hatte am nächsten Tag mit Amelie darüber gesprochen, aber Amelie hatte nur gelacht und erklärt, Poul sei als eine ernste und einigermaßen sonderbare Person bekannt. »Er ist wirklich nicht besonders humorvoll«, wie sie es ausdrückte.

Nie, niemals hätte Gunhild sich damals vorstellen können, dass sie zärtlichere Gefühle für diesen älteren Bruder entwickeln würde, der so trocken wirkte. Wie sehr die Rollen sich vertauscht haben, dachte sie. So kompliziert und ernst. Und sie hatte nie etwas anderes gewollt, als ihre Tochter glücklich zu sehen.

Die Sonne brannte, und sie blinzelte gen Himmel und ließ sich von ihr wärmen. Der Sonnenschirm war geschlossen und lehnte an der Bank.

Der Herbst war für sie immer eine problematische Zeit, in

der ihre Gliederschmerzen oft wieder auftauchten, nachdem sie den ganzen Sommer fort gewesen waren. Außerdem hatten Poul und sie keine Winterreise geplant, wie sie es sonst so häufig taten.

Sie saß noch so da und genoss die Ruhe, obwohl sie auf einer Bank mitten an der belebten Vasagatan saß, als sie Poul mit seiner Tasche in der Hand aus dem Restaurant kommen sah.

Ihr Blick folgte ihm, während er zu überlegen schien, ob er eine Kutsche nehmen oder zu Fuß nach Hause gehen sollte. Schließlich machte er sich entschlossenen Schrittes auf den Heimweg. Sie fragte sich unsicher, ob sie eine Droschke nehmen sollte, um vor ihm in der Wohnung zu sein. Am Ende beschloss sie, zu warten, bis Andreas herauskam.

Sie blieb eine ganze Weile sitzen und wollte schon aufgeben und heimfahren, als Andreas schließlich aus dem Restaurant trat. Etwas an seiner Körpersprache erschreckte sie. Er schien ein anderer Mensch zu sein als der Mann, der fünfundvierzig Minuten zuvor die Gaststätte betreten hatte. Als er sich langsamen Schrittes entfernte, musste sie ihm einfach folgen. Er wirkte gehetzt –, ging langsam und mit gesenktem Kopf. Sorgsam achtete sie darauf, gebührenden Abstand zu halten.

Nicht ein einziges Mal hob er den Kopf, schien jedoch genau zu wissen, wohin er wollte. Sie erkannte schnell, dass er nicht auf dem Weg nach Heleneborg, seinem Haus im Stadtteil Södermalm, war. Stattdessen setzte er seinen Weg durch das Klara-Viertel und anschließend Richtung Norrmalm fort.

Mehrfach kamen ihr Zweifel, ob es wirklich richtig war, ihm so zu folgen, aber jedesmal redete sie sich ein, dass sie praktisch auf direktem Weg nach Hause war. Sie gingen die Birger Jarlsgatan hinauf, und dann merkte sie, dass Andreas' Schritte etwas schneller wurden. Sie musste zügiger gehen, um mit ihm Schritt halten zu können, und hob den Rock ein wenig an, um nicht irgendwo hängen zu bleiben.

Am Ende kam es ihr vor, als bewegten sie sich beide im Laufschritt. Zeitweise fragte sie sich, ob er sie ertappt hatte, aber Andreas blickte weiter zu Boden. Sie sah ihn in der Humlegårdsgatan zu einem Hauseingang eilen, die Tür öffnen und sich hineinschieben.

Sie blieb einen Häuserblock entfernt stehen. Zögernd trat sie näher, aber als sie nur noch wenige Meter von dem Hauseingang entfernt war, traute sie sich nicht weiter. Als sie kehrtmachte, um den Heimweg anzutreten, fiel es ihr wie Schuppen von den Augen. Sie kannte die Adresse, Elisabeth hatte sie erwähnt, Elisabeth Andersson, die in der Heilsarmee aktiv war und an nächtlichen Aktionen teilnahm, bei denen sie paarweise durch die Stadt liefen, um die »Töchter der Straße« anzusprechen. Mehrfach hatte sie Gunhild und Poul um Spenden für ihre Arbeit gebeten, die sie selbstverständlich auch bekommen hatte.

Nun erinnerte sich Gunhild auf einmal an Elisabeths lange, oft umständliche Berichte über gewisse Stundenhotels in den Stadtteilen Norrmalm und Östermalm und dass die Mädchen den größten Teil ihrer Zeit im Lill-Jans-Wald unter freiem Himmel verbrachten – aber auch über die etwas gediegeneren Einrichtungen, in denen die Männer ganz bestimmte Frauen bestellen und sich persönlich bedienen lassen konnten. Die Adresse in der Humlegårdsgatan hatte Elisabeth oft erwähnt. Mehrmals hatte sie erklärt, dass dort eines der besseren Bordelle oder »Freudenhäuser« lag, wie die Leute sie nannten, damit es menschenwürdiger klang.

War es wirklich denkbar …?

Gunhild hielt mitten im Schritt inne.

War es wirklich denkbar, dass Andreas …?

Sie verwarf den Gedanken. Natürlich nicht. Es gab mit Sicherheit eine akzeptable Erklärung dafür, warum Andreas dieses Gebäude betreten hatte, es gab …

Dann hatte sie plötzlich Amelies Verzweiflung über die aufreibende Scheidung im Ohr. Ihre Beschreibungen von Andreas' Unfähigkeit, sich aus seinen Grübeleien zu befreien, ihr Klagen, dass er das Destruktive und Zersetzende suchte. Hatte Amelie ihr nicht – wenn auch nur durch die Blume – gesagt, dass er gelegentlich auch zu Prostituierten ging?

War es wirklich möglich, dass Andreas zu …?

Plötzlich wurde ihr bewusst, dass Poul inzwischen in eine leere Wohnung heimgekehrt sein musste. Und sie hatte ihm nicht einmal eine Nachricht hinterlassen, sie hatte es doch so eilig gehabt! Er war sicher schon krank vor Sorge.

Nun galt es, nach Hause zu eilen und sich eine gute Erklärung zurechtzulegen. Sie fand schnell eine Droschke, was ein wahrer Glückstreffer war.

»Schnell, schnell«, sagte sie, und warf sich förmlich in den Wagen, lehnte den Kopf gegen den Sitz und atmete tief durch. Außer Atem massierte sie ihre Handgelenke. Der Stress hatte dazu geführt, dass ihre Glieder höllisch weh taten. Sie knetete die Gelenke, um sie zu lockern, und schaute dabei zu dem kleinen Fenster hinaus, das eher einer Luke glich. Es war nicht weit, sie war nur ein paar Minuten von ihrer Wohnung entfernt. Poul würde sie sagen, sie habe ein paar Dinge zu erledigen gehabt und sich dabei verspätet. Sie log nur selten, aber diesmal blieb ihr keine andere Wahl.

Lieber Bruder …

Sachte wenden sich deine Augen wieder dem Spiegel zu. Sobald du dein Spiegelbild erblickst, spürst du den vertrauten Druck auf der Brust.

Was die Nacht doch mit uns Menschen anstellt.

Wieder hörst du Madeleines Stimme. Deine gestrige Begegnung mit ihr hat zur Folge, dass die Gedanken keine Ruhe geben. Ihre Stimme verfolgt dich in dieser Nacht und weigert sich, dich zur Ruhe kommen und Schlaf finden zu lassen. Du denkst, dass sie für mich die Rolle eines Sprachrohrs aus dem Jenseits übernommen hat, jede kleinste Geste meintest du wiederzuerkennen, jeder Ton klang altvertraut, als sie dich beschuldigte und dir Vorwürfe machte. Du wirfst den Kopf, als wolltest du so das Bild abschütteln, dass sich in deinem Geist auftürmt: Madeleine und ich, beide höhnisch lächelnd und vorwurfsvoll.

Du schüttelst noch einmal den Kopf, als wolltest du dich davon frei machen, hebst drohend und etwas unbeholfen die rechte Faust.

Dann siehst du Gunhilds Gesicht vor dir, und dein Körper kann sich endlich entspannen. Bei ihr schöpfst du Kraft, so ist es immer gewesen. Wenn da nur nicht ihre Krankheit wäre, durch die sie inzwischen bis auf die Knochen abgemagert ist. Deine Frau, deren Augen täglich mehr erlöschen, die in ihrem Zimmer liegt und langsam vor sich hin siecht.

Du hebst den Kopf, nur eine Spur, aber deine Miene verändert sich schlagartig. Du musst jetzt stark sein, denkst du. Gunhild hat sich schon mehr als einmal wie durch ein Wunder wieder erholt, vielleicht gibt es ja noch eine Chance. Es *muss* Hoffnung geben. Die Symptome sind gleich geblieben, mörderische Kopfschmerzen und schmerzende Glieder. Dass es sich um eine Nervenkrankheit handelt, steht seit langem fest. Rückfälle hat es viele gegeben, aber es ist ihr stets gelungen, wieder zu Kräften zu kommen.

Das darf man nicht vergessen, denkst du und schlägst dir mit der Faust leicht gegen das Stirnbein, *es ist ihr immer gelungen, sich wieder zu erholen.*

Dann aber stockt dein Gedanke, du zögerst.

Sie ist seit Monaten bettlägerig, irgendwann wird sie aufgeben müssen. Doktor Lenmalm hat gesagt, dass es so nicht mehr lange weitergeht, ihr Körper hat in den letzten Jahren zu viel durchgemacht. Lenmalm weiß, wovon er spricht. Früher hast du in Jahren, dann in Monaten gedacht. Jetzt sind es nurmehr Wochen.

Vielleicht geht es aber auch nur um Tage. Wenn es auch nur die Andeutung eines Auswegs gäbe, würdest du den weiten Weg bis ins Totenreich antreten, um sie zurückzuholen, und niemals würdest du dich umdrehen, niemals würdest du sie enttäuschen, nie mehr …

In solchen Augenblicken, wenn du sie kämpfen siehst, ohne zu klagen oder etwas zu fordern, wirkt sie in deinen Augen fast übermenschlich. Nie hast du sie mehr geliebt als in jenen Momenten, in denen sie dich zu verlassen drohte, nur um ein paar Tage später zurückzukehren. Diese Tage sind wie Geschenke gewesen, wie etwas, dem du so viel Wert beigemessen hast, dass man von reiner Ehrfurcht sprechen kann. Es muss Hoffnung geben, denkst du.

Du drehst dich um und verlässt das Schlafzimmer. Es ist spät, aber du willst trotzdem zu ihr gehen und dich vergewissern, dass sie friedlich schläft.

Du hast eine Krankenschwester und eine Krankengymnastin eingestellt, aber das ist nicht das Gleiche. Nachts schlafen sie, und tagsüber sehen sie es als ihre Arbeit an. Wenn sie wach liegt und sich sorgt, bist du es, der da sein, sie beruhigen und wieder in den Schlaf wiegen sollte. Obwohl die Stunden, in denen sie wach ist, immer weniger werden. Es ist, als ergreife der Schlaf nach und nach ganz von ihr Besitz.

Du machst ein paar taumelnde Schritte in der Dunkelheit, ehe du dich aufrichtest und den Flur zu ihrem Zimmer hinabgehst. Die Pantoffeln schlurfen über den Holzfußboden. Du achtest sorgsam darauf, leise zu sein, dennoch knarrt es auf den Dielen bei fast jedem Schritt.

Vorsichtig öffnest du die Tür zu ihrem Zimmer. Sie liegt auf der Seite und du hörst sofort ihre tiefen Atemzüge. Wie sehr sie inzwischen nach Luft schnappt, denkst du und schreckst fast zurück. Dann aber reißt du dich zusammen, machst einen Schritt ins Zimmer, zündest eine Kerze an und wölbst die Hand über dem Messingständer. Langsam gehst du zu ihr, und sie erwacht nicht, liegt ganz friedlich mit geschlossenen Augen, ihr Atem geht ruhig und regelmäßig. Vielleicht war es nur ein Gähnen, das du beim Eintreten gehört hast, mehr nicht.

Das Kerzenlicht verleiht ihrem bleichen Gesicht einen warmen Ton. Du legst die Hand auf ihre Stirn, danach den Handrücken an ihren Hals. Sie hat in dieser Nacht kein Fieber, was dich ein wenig beruhigt. Du küsst sie behutsam auf die Stirn, berührst sie nur flüchtig mit den Lippen, ehe du dich wieder zur Tür umwendest.

Du willst gerade die Kerze auspusten, als dich eine plötzliche Attacke übermannt. Wieder dieser verfluchte Druck auf der Brust, die Anschuldigungen und die Intrigen. Du wimmerst gedämpft, unterdrückst das Geräusch, damit Gunhild nicht aufwacht. Der stechende Schmerz kommt in Schüben aus dem Magen, heftig und unerbittlich. Um deine Pein zu lindern, beißt du dir leicht in den Zeigefinger, legst die Hand vor die Augen, auf die sofort schweißbedeckte Stirn, wischst die Tränen fort, die aus den Augenwinkeln rinnen.

Dann sieht du die Handfläche und könntest in diesem besonderen Moment – im flackernden Kerzenschein – schwören, dass du wieder im Wald bist, mit dem Messer in der Hand, und es gerade in den Baumstamm gerammt und dich dabei geschnitten hast. Und dass die Wunde sich von Neuem öffnet und aus den Schnitten in der Haut das Blut langsam hervorquillt.

Ich will doch nur, dass sie mich sehen will,
wenn ich wieder herauskomme, wenn ich begnadigt werde.

Stockholm, 11. September 1913

Andreas und Amelie. Poul und Gunhild. Als sie sich durch die Liebe zwischen Andreas und Amelie 1901 kennenlernten, waren sie alle ungefähr zwanzig Jahre alt – außer Gunhild, die zwanzig Jahre älter war.

Aber es kreuzten sich auch die Wege zweier Familien: Bjerre und Posse.

Übereinander wussten sie Folgendes:

Andreas und Poul waren die Söhne von Sören und Sophie Bjerre, beide gebürtige Dänen, aber wohnhaft in Göteborg. Der Vater war ein äußerst angenehmer und beliebter Geschäftsmann, der sein Vermögen damit gemacht hatte, Butter nach England zu exportieren. Er war ein Mann der Wirtschaft, interessierte sich für Literatur und hatte eine Vorliebe für französische Romane. Die Mutter war schweigsamer und reservierter, in ihrem Freundeskreis, der allerdings erstaunlich klein war, wenn man ihre soziale Stellung bedachte, jedoch beliebt. Andreas und Poul hatten zwei wesentlich ältere Schwestern, Ellen und Maria, die beide verheiratet waren.

Amelie war die Tochter Gunhilds, Witwe des Eisenbahnbauers Graf Fredrik Arvidsson Posse, der 1897 nach längerer Krankheit gestorben war. Sowohl sie als auch ihr Gatte hatten berühmte Väter: Sie war die Tochter Gunnar Wennerbergs, des Politikers und Dichters, der Kultusminister, Gouverneur der Provinz Kronoberg und Mitglied des Parlaments sowie der Schwedischen Akademie gewesen war, und er war ein Sohn des früheren Premierministers Arvid Posse. Die heftigen Wortgefechte der Väter waren legendär, vor allem zu der Zeit, als Posse Vorsitzender des Staatsausschusses und Wennerberg Minister in Adlercreutz' konservativer Regierung gewesen war. Gunhild und Fredrik hatten drei Kinder: Amelie, Arvid und Mauritz.

Familie Bjerre und Familie Posse. Nichts war gekommen wie geplant. Als Andreas und Amelie in den Flitterwochen waren, erreichte sie ein Brief, aus dem sie erfuhren, dass Poul um Gunhilds Hand angehalten hatte.

Andreas' Forschung ab 1905 hatte zum Ziel, mit Hilfe von Einzelgesprächen Straftäter zu beschreiben und zu kategorisieren. Anfangs konzentrierten sich seine Studien auf Diebe, später auf Mörder, die im Gefängnis Långholmen saßen und zu langjährigen Haftstrafen verurteilt worden waren. Wie man sie voneinander abgrenzen konnte, erwies sich als die schwierigste Frage. Für Mörder gab es am Ende drei Kategorien: Selbstbetrug, Scheinleben und Angst.

Ähnlich war er bei seinem *Beitrag zur Psychologie des Diebstahlverbrechens* aus dem Jahre 1907 vorgegangen. Dieses Werk betrachtete er jedoch als Fehlschlag, was in erster Linie an den viel zu hoch gesteckten Ansprüchen lag, die er an sich gestellt hatte. Noch schlimmer war es mit der Abhandlung, die er zur gleichen Zeit verfasste und am liebsten ganz aus seinem Werkverzeichnis gestrichen hätte. Abgesehen davon, dass er sie peinlich und sinnlos fand, nannte er sie eine Anhäufung von »idiotensicheren Quasiuntersuchungen«. Der bloße Gedanke an sie ließ ihn schaudern.

Ihre Mängel hatten seine gesamte Karriere untergraben. Als die Zeit für seine Dissertation in Lund gekommen war, wurde er abgelehnt und musste sich an seinen Freund Stjernberg wenden, der Professor für Strafrecht an der Stockholmer Hochschule war. Letztlich scheiterte er jedoch auch dort bei dem Versuch, den Titel eines Dozenten zu erlangen. Eine Weile sah es so aus, als wäre seine akademische Karriere nicht mehr zu retten. In dieser Situation wechselte er die Strategie: Er verlegte sich auf unabhängigere Forschungen, die außerhalb der engeren akademischen Kreise lagen, die ihn verbannt und so viele andere aufgenommen hatten.

Bei der Arbeit an seinem neuen Buch hatte er aus früheren Fehlern gelernt. Diesmal würde er sich mehr Zeit für die Gespräche nehmen und das Buch klarer gliedern. Er spürte, dass er sich inzwischen auf seine Fähigkeit verlassen konnte, den Erzählungen der Insassen zu lauschen, die Täter relativ ungestört reden zu lassen und anschließend zwischen den Zeilen zu lesen. Kurzum, dem Ganzen so viel Zeit wie nötig zu geben.

In einem Brief an seinen Vater schrieb er: »Konfrontiert mit der überwiegenden Mehrheit ist der Eindruck, der sich einem aufdrängt: Degeneration, Schlaffheit und allgemeine Lebensuntauglichkeit, man meint zuweilen auf schauderhafte Weise inmitten von Leichnamen zu wandeln, unter Menschen, die uns anderen in jeglicher Hinsicht, außer der Lebenstüchtigkeit, gleichen. Sie haben die gleichen Gefühle, die gleiche Art zu denken, die gleiche Sehnsucht, den gleichen Willen wie wir, dies alles jedoch in abgeschwächter Form, sodass sie im Kampf des Lebens letztlich unterliegen.«

Schon während seines Studiums an Professor Franz von Liszts Kriminalistischem Institut in Berlin spürte Andreas, dass die Kriminalpsychologie einen Punkt erreicht hatte, an dem es erforderlich war, von allgemeinen und indirekten Untersuchungen zu persönlichen Beobachtungen überzugehen. Es war wichtiger zuzuhören, als Statistiken zu deuten. Darüber hinaus war die Zeit reif, den Strafvollzug humaner zu gestalten, was er in seinem Vortrag »Zur Psychologie des Strafvollzugs« beschrieb.

Die Kategorisierung von Mördern konnte auf lange Sicht möglicherweise zu einer Erforschung verschiedenster Persönlichkeitstypen führen und es dadurch leichter machen, Signale zu deuten, die sich später in Straftaten äußerten. Das war seine Strategie – vorbeugend zu arbeiten. Aber um dorthin zu gelangen, würden eingehende Studien einer ganzen Reihe von Insassen erforderlich sein, die anschließend als Modell dienen konnten, während man die Individuen und Gruppen, zu denen sie gehörten, kontinuierlich weiterstudieren würde. Damit war er auf der Höhe seiner Zeit. So hatten beispielsweise William Thomas und Florian Znaniecki nach jahrelangen Gesprächen, die als Fallstudien präsentiert wurden, verdeckte Strukturen bei polnischen Bauern aufgedeckt, die nach Amerika ausgewandert waren.

In einem exaltierten Brief erzählte Andreas seinem alten Mentor von Liszt von den Plänen für sein neues Buch. Dessen Antwort fiel kurz und prägnant aus: »Ich finde, das klingt eher wie Psychoanalyse.«

Als Andreas aufwachte, fühlte er sich so stark wie seit langem nicht mehr.

Er konnte sich kaum erinnern, wann er zuletzt solche Lebenskraft in sich gespürt hatte. Wie sehr er diese Augenblicke liebte, wenn er mit Madeleine am Frühstückstisch saß und sie über alles und jedes lachten, sich kindisch benahmen, ohne an Dinge zu denken, die in der Zukunft lagen, an Sorgen und Leiden. Wenn er den Druck auf der Brust nicht spürte und die Schläfen nicht pochten und schrien. Aber dann wurde es ihm schlagartig bewusst: die Humlegårdsgatan, er war die Treppe hinaufgestiegen, und man hatte ihm die Tür geöffnet, er hatte sich aufs Bett gelegt, die Peitsche, ihr Befehlston …

Er beendete den Gedanken abrupt, schüttelte den Kopf, als hätte er Wasser in den Ohren, und atmete tief und konzentriert. So. Nun würde er an nichts anderes mehr denken als an Madeleine. Es war ein herrlicher Morgen, was geschehen war, war geschehen. Jetzt bloß nicht darüber nachgrübeln. Es ist weg, weg, *weg*.

Er biss ein Stück von seinem Brot ab und betrachtete Madeleine, die Wasser einschenkte. Er bekam unbändige Lust, ihr zu erklären, dass sie ihm ungeahnte Kräfte verliehen hatte, sie inniglich zu umarmen und ihr zu sagen, wie viel sie ihm bedeutete. Er küsste sie auf die Wange. Im ersten Moment wirkte sie überrascht, dann aber legte sich ein breites Lächeln auf ihr Gesicht. Er griff nach der Zeitung, die zusammengefaltet auf dem Tisch lag. Madeleine hatte sie bereits gelesen, da sie früh aufgestanden war. Es stand bestimmt nur das Übliche darin. Er begann einen Artikel darüber zu lesen, auf welche Art das deutsche Schulsystem als Vorbild für Schweden dienen könnte. Aber er las nur die Worte, sie sagten ihm nichts.

In Gedanken war er woanders.

Er beendete den Artikel und las als Nächstes von einem neuen Phänomen in der Zeitungswelt. In Amerika wurden seit neuestem Kreuzworträtsel veröffentlicht, welche die Leser lösten, um anschließend die Lösungen einzuschicken. Im Artikel waren Beispiele dafür abgedruckt, wie sie gestaltet waren, aber er fand, dass sie recht simpel aussahen. Es war schwer zu begreifen, was an ihnen so interessant sein sollte.

Er sah die Worte, die kreuz und quer auf der Seite verliefen, gab jedoch den Versuch auf zu verstehen, wozu das Ganze gut sein sollte.

Es waren nur Worte ohne Bedeutung.

Madeleine richtete sich auf und goss Kaffee in seine Tasse. Als sie näherkam, roch er ihren Duft. Ein Kaffeespritzer landete neben der Tasse, und sie lachte und strich eine Haarsträhne zurück, die ihr ins Gesicht gefallen war.

»Hoppla«, sagte sie.

Ihr entschuldigendes Lächeln veranlasste ihn, die Zeitung wegzulegen, aufzustehen und sie fest und zugleich zärtlich zu umarmen.

»Pass auf!«, rief sie und hielt die heiße Kanne möglichst weit auf Abstand.

Aber wenn sich solche Gefühle in ihm regten, scherte er sich nicht um heiße Kannen. Dann musste er sie einfach in die Arme schließen und ihr sagen, wie sehr er sie liebte.

Sie stellte die Kanne auf den Tisch und ließ sich von ihm hochheben.

»Du bist so stark«, flüsterte sie ihm spöttisch ins Ohr.

Er trug sie zum Bett und ließ sie auf die Tagesdecke sinken.

»Dabei habe ich das Bett gerade erst gemacht«, erklärte sie, lachte laut und schüttelte so heftig den Kopf, dass ihr die Haare wieder ins Gesicht fielen.

Er strich Strähne für Strähne fort, küsste sie und knöpfte sein Hemd auf. Als er sich auf sie legte, war sein Körper gespannt wie ein Bogen.

Sie war so zierlich, dass er es nicht wagte, sich mit seinem vollen Körpergewicht auf sie zu legen, gleichzeitig wollte er ihr jedoch möglichst nahe sein. Was er empfand, war stärker als alles andere. Er fühlte sich vollkommen frei, und wenn sie ihm entgegenkam, war es jedes Mal, als liefe ein heißer Stoß durch seinen Körper. Sie war so zart, so schön und schenkte ihm ungeahnte Lebenskraft, die vom Unterleib zu seinem Gehirn und wieder zurück strömte. Es war wie der Kreislauf des Lebens.

Nichts, dachte er, nichts kann natürlicher sein als das. Als so vollkommen zu lieben.

Die Wanduhr tickte, jeder Schlag schien durch den Raum zu hallen und zu verklingen, sobald das nächste Ticken ertönte, eine Art Rückkoppelung, die sich mit ihren Atemzügen vermischte, die nun tief und träge, nicht mehr atemlos wie kurz zuvor waren.

Sie lagen nebeneinander auf dem Rücken. Andreas zündete sich eine Zigarette an und summte etwas vor sich hin, ohne genau zu wissen, was es war. Aber die Melodie klang vertraut, und er machte mehr als eine Minute weiter, ehe er innehielt und dachte: Tschaikowskis Violinkonzert, das er schon immer so geliebt hatte. Er begann von Neuem.

»Andreas«, sagte Madeleine.

»Ja?«

Er hörte auf zu summen.

»Woran denkst du?«

»Wie meinst du das?«

»Na ja«, sagte Madeleine und wandte sich ihm zu, »du warst heute Morgen so schweigsam.«

»War ich?«

»Nein, vielleicht nicht schweigsam, aber irgendwie … verschlossen, in dich gekehrt. Und dann hast du dich den halben Morgen gewaschen. Das tust du doch sonst nie.«

»Hab ich das getan? Daran erinnere ich mich gar nicht.«

Sein Blick schweifte ab.

»Madeleine … du weißt doch, dass ich dir niemals wehtun würde? Ich meine, absichtlich … das weißt du doch, oder?«

»Wie dumm du bist, natürlich weiß ich das.«

Sie kicherte, und er konnte nicht anders und ließ sich davon anstecken, es war so unglaublich entwaffnend. Er drehte sich auf die Seite und küsste sie auf die Stirn.

»Und woran denkst du, geliebte Ehefrau? Außer an meine morgendlichen Hygienegewohnheiten.«

Sie schien einen Moment zu überlegen, spitzte den Mund und runzelte die Stirn.

»Ich habe diese Nacht so seltsam geträumt. Glaubst du, dass man nur von dem träumt, was man verdrängen will, wenn man wach ist, oder können es auch Dinge sein, die man noch einmal erleben will?«

»Keine Ahnung«, erwiderte er. »Da musst du meinen Bruder fragen.«

Erst wurde es ganz still, dann lachten sie, fast schon besinnungslos. Und als es abebbte, bekam es gleich darauf wieder neuen Schwung, und sie bogen sich vor Lachen. Sie fühlten sich wie zwei Siebzehnjährige, lächerlich und kindisch, aber auf eine herrlich frisch verliebte Art.

»Aber jetzt mal im Ernst. Was glaubst du?«

»Bevor du mir nicht erzählt hast, wovon du geträumt hast, glaube ich gar nichts.«

»Das werde ich dir nicht erzählen!«

»Warum nicht?«

»Ein paar Geheimnisse darf ich hoffentlich auch noch haben, oder etwa nicht?«

»Du darf so viele Geheimisse haben, wie du willst. Aber wenn du meine Einschätzung hören willst, muss ich wissen, worum es in deinem Traum ging.«

»Du verhandelst mit harten Bandagen. Ich sage nur so viel: Er handelte von dir.«

»Tja, dann kann es wohl kaum um Verdrängung gehen. Das ist meine Expertenmeinung.«

»Dann darf ich dich beim Wort nehmen«, sagte sie und drehte sich so, dass sie auf seinem Bauch landete. Sie küsste ihn, und ihre offenen Haare umschlossen sie beide. Sie streichelte seinen Brustkorb, zog mit dem Zeigefinger darüber und beschrieb kleine Muster.

»Kannst du noch mal?«

»Spinnst du?«, sagte er und lachte und hustete abwechselnd. Die liebkosende Bewegung war nun in ein Kitzeln übergegangen, und er bekam sie zu fassen und schaffte es, auf die Knie zu kommen.

»Oh nein, meine Liebe, jetzt muss ich arbeiten!«

»Ja, das musst du. Konzentrier dich auf deine Arbeit und ignorier mich völlig.«

Er wusste, dass sie die Enttäuschte nur spielte, und liebte sie dafür. Sie streichelte seine Wange mit dem Handrücken, der über seine Bartstoppeln schabte. Andreas schloss die Augen, öffnete sie wieder und sah erneut ihr feines Lächeln. Er spürte, dass ihm dank ihrer anspruchslosen Zärtlichkeit, mit der sie ihm sagte, dass er jemand war und dass sie ihm vertraute und seine Bedürfnisse und Unzulänglichkeiten kannte, ganz warm wurde.

Sie standen auf und zogen sich an. Madeleine pfiff vor sich hin und kehrte in die Küche zurück, Andreas ging ins Arbeitszimmer, in dem er seine neue Schreibmaschine aufgestellt hatte. Er liebte sie und fand, dass sie ihm das Schreiben erleichtert hatte, vor allem, wenn es um Korrekturen ging. Er hatte Poul schon lange davon zu überzeugen versucht, seine öfter zu benutzen, statt Briefe in einer künstlerischen Handschrift zu verschicken, die sich kaum entziffern ließen.

Er spannte ein neues Blatt in die Rolle ein. Nachdem er eine halbe Seite geschrieben hatte, hielt er inne und warf einen Blick auf die Uhr. Sehr gut, es blieben ihm noch vier Stunden, bis er nach Långholmen aufbrechen musste. Das sollte ihm genügend Zeit geben, den Abschnitt fertigzuschreiben und sich auf das Gespräch vorzubereiten. Er hatte dieses eigentümliche Gefühl, dass ihm die Worte in den Sinn kamen, wie sie sollten.

Urplötzlich war es ganz simpel, seine Überlegungen auf die Finger zu übertragen. Als lägen die Gedanken, einer nach dem anderen, zur Niederschrift bereit. Er hatte ein bisschen das Gefühl, an der Schreibmaschine zu sitzen in seinem halb zugeknöpften Hemd und das Diktat eines höheren Wesens aufzunehmen. Solche Augenblicke wie dieser erinnerten ihn daran, wie es sein musste, wenn man sich in der Wüste verlaufen hatte und jemand einem das Gesicht mit frischem, kühlem Wasser benetzte.

Er hörte Madeleine in der Küche rumoren, lächelte beim Schreiben, sah sich nicht einmal richtig an, was er zu Papier brachte, ließ die Worte einfach kommen, die Reihenfolge stimmte, niemals hätte er sie anders aneinanderreihen können. Sobald ein Blatt voll war, tauschte er es gegen ein neues aus und schrieb ohne Unterbrechung weiter.

In diesen Momenten war er nur jemand, durch den die

Worte hindurchgingen, als existierte er nur, um ihrer Entstehung beizuwohnen.

Bernt Gunnarsson hatte ein kindliches Gesicht: Obwohl er bereits dreißig Jahre alt war, wirkte er nicht wie ein Erwachsener. Er war sechsundzwanzig gewesen, als er den Mord begangen hatte, und saß seit vier Jahren im Zentralgefängnis auf Långholmen, in den ersten drei Jahren wie jeder Mörder in Isolationshaft.

Wenn Andreas ihm gegenüber hockte, fiel es ihm schwer, sich den geringen Altersunterschied zwischen ihnen vorzustellen. Er sah in Gunnarsson einen kleinen Jungen, dem jegliches Selbstvertrauen fehlte: der flackernde Blick, die unruhigen Hände, die ruckhaften und dauernden Veränderungen seiner Sitzhaltung, das vogelartige Zusammenkauern.

Es stellte sich die Frage, wie viel davon auf angeborenen körperlichen Defekten beruhte und wie viel sich auf schlechte Einflüsse der Umgebung in seiner Kindheit zurückführen ließ. Bernt Gunnarsson war aus diversen Gründen ein typischer Vertreter jener Kategorie von Mördern, denen es an Selbstvertrauen mangelte und deren Lebensmut unter moralischer Auflösung und Zermürbung litt.

»Sie wirken heute so unruhig, Gunnarsson«, sagte Andreas, während er sämtliche Papiere aus seiner Tasche auf dem Tisch deponierte und den Federkasten herausholte und öffnete.

Er bekam keine Antwort, sah jedoch, dass das leichte Kauen auf der Unterlippe intensiver wurde.

»Ist etwas passiert?«, fragte er in dem Versuch, Gunnarsson zum Sprechen zu bewegen.

Er wusste, hier war das richtige Maß an Vertraulichkeit gefragt.

Bernt schüttelte den Kopf. Dann, unmittelbar danach, nickte er jedoch.

Andreas hob die Augenbrauen, legte den Stift weg, faltete die

Hände und legte das Kinn auf sie. Er wollte deutlich machen, dass er nicht in Eile war, sie hatten alle Zeit der Welt.

»Was ist passiert?«

Bernt presste demonstrativ die Lippen zusammen.

Im nächsten Moment sagte er dann aber:

»Ich habe am Montag den Assistenten des Herrn Direktor nicht gegrüßt. Ich habe gedacht, er würde mich nicht sehen. Aber was ist, wenn ich mich geirrt habe?«

»Das ist jetzt vier Tage her. Er hat sicher nichts gemerkt«, antwortete Andreas mit freundlicher Stimme.

»Ich habe die letzten vier Nächte kein Auge zugemacht.«

Seine Stimme wurde erregt und sein Blick noch flackernder, als überwachte jemand ihr Gespräch. Aber sie waren allein, auch wenn vor der verschlossenen Tür ein Wachposten stand. Der Mann konnte nicht hören, worüber sie sprachen, darauf hatte Andreas bestanden.

»Wenn der Assistent des Herrn Direktors mich wegen meines Versäumnisses anzeigt, werde ich zu einem Verhör geladen. Was soll ich dann sagen, Herr Bjerre? Man wird mich brandmarken und meine Strafe verlängern. Sie werden mich niemals begnadigen, und der Assistent wird dafür sorgen, dass die Wachen mir feindlich gesonnen sind und mich bestrafen. Was soll ich nur tun? Soll ich um ein Treffen bitten, um mich bei ihm zu entschuldigen? Und wenn es dafür nun schon zu spät ist?«

»Wenn Sie möchten, kann ich ihn nach unserem Termin auf die Sache ansprechen.«

»Könnten Sie das für mich tun, Herr Bjerre? Könnten Sie das?«

»Selbstverständlich. Sie müssen doch schlafen, Gunnarsson. So geht es nicht weiter.«

Bernt nickte gehorsam und richtete sich im Sitzen auf.

Andreas schrieb in sein Notizbuch: *Erneut deutliche Anzeichen von Angst angesichts einer Situation, die wahrscheinlich mit wirklichkeitsferner Einbildung vermischt ist. Ist bestrebt, Vor-*

schriften penibler zu befolgen, als jemand dies tun würde, wenn der Grund dafür nur der ehrliche Wille wäre, sein Verbrechen zu sühnen oder zielstrebig darauf hinzuarbeiten, seine Strafe nicht zu verlängern. Obwohl er schnell schrieb, war seine Handschrift klar und deutlich.

»Sie fürchten sich oft, nicht wahr?«, sagte Andreas. »Wie werden Sie von Ihren Mithäftlingen behandelt?«

Bernt schwieg. Er sprach nicht gerne über »die anderen«. Sein ganzes Dasein kreiste darum, ihnen aus dem Weg zu gehen. Er hatte Angst vor ihnen und begriff nicht, was sie von ihm erwarteten. Er wollte es ihnen immer nur recht machen, am liebsten, indem er für sie unsichtbar war, eins wurde mit den Wänden und die Tage zählte, bis er wieder hinauskam, in die Freiheit.

Andreas erkannte unverzüglich, dass er an dieser Stelle nicht weiterkam, und wechselte das Thema:

»Haben Sie von Ihrer Mutter gehört?«

Bernts Gesicht erhellte sich sofort.

»Sie könnte vielleicht herkommen und mich besuchen.«

»Das wäre sicher nett, nicht wahr? Wann haben Sie sich das letzte Mal gesehen?«

Bernt blickte auf den Tisch hinab.

»Seit meiner Verhaftung habe ich Mutter nicht mehr gesehen.«

»Aber sie hat doch sicher die Gerichtsverhandlung verfolgt, oder nicht?«

Bernt schüttelte den Kopf. Er kratzte sich mehrmals an der Nase, als gäbe es dort einen Fleck, der nicht wegging.

»Aber Sie schreiben sich Briefe?«

»Sie schickt mir einmal im Monat einen Brief. Es ist der einzige Moment, in dem ich wirklich glücklich bin. Ich lese jeden Brief hundert Mal, immer und immer wieder.«

»Und wie oft schreiben Sie?«

Bernt sah ihn verständnislos an.

»Einmal im Monat?«

Bernt schüttelte den Kopf, starrte mit abwesendem Blick die Steinwand an und sagte tonlos:

»Ich habe Mutter noch nie geschrieben.«

»Aber wenn Ihre Mutter Ihnen schreibt, würde sie sich doch bestimmt über eine Antwort von Ihnen freuen, oder nicht?«

»Ich habe Angst, dass sie dann aufhören könnte, mir zu schreiben. Sie hat gesagt, dass sie mich nie mehr sehen will. Ich habe mehrmals versucht, ihr zu schreiben. Ich will doch nur, dass sie mich sehen will, wenn ich wieder herauskomme, wenn ich begnadigt werde.«

»Ihnen ist natürlich bewusst, dass es lange dauern kann, bis Sie begnadigt werden?«

Bernt nickte mehrmals, allerdings ohne seinen hoffnungsvollen Gesichtsausdruck fallen zu lassen.

Andreas war sich nicht sicher, wie gut Bernts Zeitgefühl funktionierte, und beschloss, ihn nicht zu fragen, wie alt seine Mutter war. Es war vermutlich ziemlich unwahrscheinlich, dass sie zum Zeitpunkt einer möglichen Begnadigung noch lebte. Üblicherweise blieben Mörder fünfundzwanzig oder dreißig Jahre in Haft. Er machte sich deshalb eine zusätzliche Notiz, um sich an die Frage des Zeitgefühls zu erinnern.

Er wusste, dass Bernt bei wenigstens einer ihrer Begegnungen ganz aus dem Häuschen gewesen war, nachdem ihn ein Mitinsasse freundlich angesprochen hatte. Er hatte geredet, als hätten sich ganz neue Perspektiven ergeben. Wahrscheinlich waren die freundlichen Worte genauso aus dem Zusammenhang gerissen gewesen wie die Szene mit dem Assistenten des Direktors.

»Als wir uns das letzte Mal begegnet sind, haben Sie sich sehr aufgeregt, als wir über Fräulein Anna sprachen. Erinnern Sie sich?«

»Schon«, erwiderte Bernt nach einer kurzen Pause und kratzte sich erneut an der Nase.

»Haben Sie hinterher noch weiter darüber nachgedacht?«

Bernt schüttelte den Kopf.

»Sie war ein Flittchen, das es auf mein Geld abgesehen hatte«, sagte er mit eiskalter Stimme.

»Aber Sie waren ein bisschen in sie verliebt, oder etwa nicht?«

»Nein«, entgegnete Bernt kurz und sah weg.

»Aber Sie hatten über einen längeren Zeitraum hinweg geschlechtlichen Umgang mit ihr.«

»Davon sollte niemand etwas erfahren.«

Bernt sah immer noch weg.

Er saß steif, mit durchgedrücktem Rücken. Er kratzte sich nicht mehr, seine Hände hingen schlaff herunter. »Wäre sie nicht schwanger geworden, hätte keiner was gemerkt.« Er sah erneut Andreas an.

»Sie war nur an mir interessiert, weil ich den Hof erben sollte. Aber kein Mensch hätte sie akzeptiert, am wenigsten Mutter. Meine Familie besteht seit ewigen Zeiten aus Freibauern. Sie gehörte zur Klasse der Tagelöhner. Verstehen Sie, Herr Bjerre? Mit denen soll man keinen Umgang haben. Sogar die Kinder hätten mit dieser Schande leben müssen. Sie wäre nur eine vom Gesinde gewesen. Mutter hat mir einmal von meinem Cousin erzählt, er hatte einer von denen ein Kind gemacht. Sie mussten wegen der Schande nach Amerika auswandern.«

»Ich verstehe. Aber vielleicht ist es den beiden in Amerika ganz gut ergangen?«

»Das kann ich mir nicht vorstellen. Es ist widerwärtig, Kinder mit ihnen zu bekommen. Sie zu heiraten ist unverzeihlich. Hier so gut wie in Amerika.«

Mittlerweile klang Bernts Stimme schneidend und verbittert. Der kleine Junge schien sich in einen anderen verwandelt zu haben, einen Menschen mit demselben unschuldigen Aussehen, aber den spitzen Worten und der gellenden Stimme eines völlig Fremden. Andreas fingerte an seinem Stift herum, beschloss jedoch, noch etwas zu warten, bis er sich eine Notiz machte.

»Fräulein Anna war in anderen Umständen, als sie von Ihnen ermordet wurde, Gunnarsson. War das der ausschlaggebende Punkt für Ihren Entschluss, sich ihrer zu entledigen?«

»Glauben Sie, Mutter würde sich freuen, wenn ich ihr einen Brief schreibe?«

»Das kann ich Ihnen nicht beantworten.«

»Aber glauben Sie das? Ja, wenn Sie es glauben … Herr Bjerre.«

Andreas seufzte schwer.

»Was haben Sie zu verlieren?«

»Dann glauben Sie also, dass sie sich freuen würde? Dass sie vielleicht kommen und mich … hier besuchen würde?«

Er sprach noch weiter, aber seine Sätze endeten in einem nahezu unhörbaren Gemurmel.

Andreas wartete lange, dann sagte er:

»Haben Sie Fräulein Anna ermordet, weil sie schwanger war?«

Er versuchte Bernt in die Augen zu sehen, aber dieser blickte zunächst fort und dann zu Boden, betrachtete seine Füße, die zu zittern begannen, es war, als hielte er den Takt mit ihnen, erst mit dem rechten Fuß, dann mit dem linken.

»Hat sich Ihre Mutter sehr aufgeregt, weil Sie Anna geschwängert haben?«, fragte Andreas, ohne den Blick abzuwenden.

Bernt sah weiter auf seine Schuhe und hielt den Takt. Aber er nickte und kniff die Lippen zusammen.

»Das sollte sie eigentlich nie erfahren«, erklärte er nach einer längeren Pause.

»Wie hat sie es herausgefunden?«

»Sie war eine Hure, wissen Sie das, Herr Bjerre?«

»Das haben Sie schon einmal behauptet. Rein technisch gesehen war Fräulein Anna dies jedoch nicht, Gunnarsson. Das wissen Sie, nicht?«

»Ihre widerliche Mutter hat einen Brief geschickt.«

Bernt legte den Kopf in den Nacken und starrte an die Decke: »Ihre widerliche, widerliche, widerliche, *widerliche* …«

Er begann zu gurgeln, als spülte er sich den Hals aus. Anschließend verstummte er und richtete sich wieder auf seinem Stuhl auf.

Andreas sah auf die Uhr. Er hatte Kopfschmerzen und litt unter Atemnot.

Er hörte ein scharrendes Geräusch in den Ohren, das kratzte und ihn zusammenzucken ließ. Er wusste, welche Frage er stellen wollte, wusste, dass er sie umkreiste, um auf den Punkt zu kommen. Bernt löste etwas bei ihm aus.

Eine Art Widerwillen.

Jeder Besuch begann damit, dass er Sympathie für den kleinen Jungen empfand, und ehe er die Anstalt wieder verließ, verspürte er jedesmal Abscheu und hatte einen so widerwärtigen Geschmack im Mund, dass er mindestens zweimal stehen bleiben und tief durchatmen musste, noch ehe er die Långholmsbrücke erreicht hatte.

»Ihre Mutter, Gunnarsson, liebt Ihre Mutter Sie?«

Bernt sah ihn verständnislos an.

»Hat Ihnen das solche Angst gemacht, dass Ihre Mutter Sie nicht liebt? *Haben Sie begriffen, dass Sie einfach nur geliebt werden wollten und nie jemanden dazu bewegen konnten, Sie zu lieben? Außer Fräulein Anna, die sich in Sie verliebte. Mussten Sie Anna dafür bestrafen? Mussten Sie Anna ermorden, weil diese Frau Sie liebte, obwohl Ihre eigene Mutter es nicht tat? War der Fötus, den sie austrug, der Beweis dafür, dass Sie geliebt wurden? Haben Sie den Fötus verstoßen, um von Ihrer Mutter geliebt zu werden? War es so? Sind Sie fähig, jedes erdenkliche Verbrechen zu begehen, nur um von Ihrer Mutter geliebt zu werden? Und wenn ein anderer Mensch Ihnen mit Liebe begegnet, ist das dann eine Bedrohung dieser einzig wahren Liebe, der Liebe zu Ihrer*

Mutter? Wenn Sie aufwachen und Ihr Gesicht im Spiegel betrachten, sehen Sie dann ein ungeliebtes Gesicht, ein verstoßenes Gesicht, sehen Sie dann einen Blick, den Sie nicht wiedererkennen, einen Blick, von dessen Existenz Sie nichts wussten, einen Blick wie von einem Tier, tun Sie das, Gunnarsson, zweifeln Sie daran, überhaupt ein Mensch zu sein, denken Sie, dass Sie in Wahrheit ein Tier sind, ein wildes Tier, das Mätzchen machen kann, um geschätzt zu werden, das aber nie, niemals bedingungslos geliebt werden kann?

Er wusste nicht, was von all dem ausgesprochen worden war. Das Kratzen in seinen Ohren war inzwischen so laut, dass er nicht mehr hörte, was er sagte, und Bernts Gesicht wurde immer schemenhafter, bis es sich vollständig auflöste und in der kahlen, weiß getünchten Steinwand hinter ihm verschwand.

II Eine Ehe ist gescheitert (1912)

Je näher man Rom kommt, desto mehr Ruinen fallen einem ins Auge; das Erdreich ist gleichsam übersät von ihnen.

J. J. Björnståhl, *Reisebriefe*
Rom, den 18. Februar 1772

Lieber Bruder …

»Wir haben nötig, gegen uns redlich zu sein und uns sehr gut zu kennen, um gegen andre jene menschenfreundliche Verstellung üben zu können, welche Liebe und Güte genannt wird.«

Schreibt Nietzsche. Dein vergötterter Nietzsche. Der Wahnsinnige. Der mich immer in den Wahnsinn treibt.

Er meint, dass man redlich zu sich sein muss, um sich verstellen zu können, dass man sich verstellen muss, um redlich zu sein.

Ich will dir mal was sagen, Poul, ich bin weder redlich noch verstelle ich mich, und wenn ich Nietzsche Glauben schenken darf, verstelle ich mich weder, noch bin ich redlich, wenn ich das sage. Von seiner Binsenweisheit ausgehend kann ich dir allerdings gestehen, dass ich mich mein Leben lang gefühlt habe, als kämpften diese beiden Kräfte in meinem Inneren. Aber wenn dieser irre Nietzsche heraufbeschwört, dass man das eine benötigt, um das andere zu erreichen, kann ich nur höhnisch grinsen. Für mich sind das alles nur Worte. Zwischen dir und mir war alles viel einfacher: Es gab eine höhere Wahrheit – *deine* Wahrheit. Es war das Vorrecht des großen Bruders zu fordern und die Schuldigkeit des kleinen Bruders zu gehorchen.

Findest du nicht, man könnte meinen, dass wir über so etwas stehen sollten? Sollten wir das nicht, Poul?

Es gab eine Zeit, in der du mir jedes neue Manuskript schicktest, ob es sich nun um anstehende Vorlesungen oder Bücher handelte, an denen du schriebst. Eine Zeit, in der du Wert auf mein Urteil legtest, mein »kritisches Auge«, wie du es nanntest.

Doch je öfter ich Einwände erhob, desto weniger war dir daran gelegen, mir zuzuhören, du fandest, dass ich übertrieb, polemisierte, »Fehler suchte«. Die Zahl der Manuskripte wurde im Laufe der Zeit immer kleiner, bis schließlich gar keine mehr kamen. Du fuhrst zwar fort, mir bereits erschienene Bücher zu schicken, als wolltest du so unterstreichen, dass keine Möglichkeit mehr bestand, auf Änderungswünsche meinerseits einzugehen, so sehr du es auch gewollt hättest.

Am Ende kamen auch die Bücher mit den schnörkeligen Grüßen auf dem Vorsatzblatt nicht mehr an.

Stattdessen herrschte Schweigen zwischen uns.

Das Schweigen, Poul – warum dieses eisige Schweigen?

Warum ließen wir den brüderlichen Respekt vor der Arbeit des anderen zu Staub zerfallen? Einfach so. Indem du mich nach meiner Meinung fragtest, schufst du einen Ausnahmezustand. Das wussten wir beide. Es war für uns ein Weg, unseren Kontakt selbst dann noch aufrechtzuerhalten, als du Gunhild geheiratet hast.

Wenn ich die Manuskripte und Bücher jedoch las, als wären sie von irgendwem verfasst worden, nahmst du mir das übel und fandest mich ungerecht und kategorisch. Als wäre es meine Absicht gewesen, dich zu verletzen, während es mir in Wahrheit darum ging, in dir einen ernst zu nehmenden Forscher und Schriftsteller zu sehen.

Es fehlte mir lange Zeit, dass du mir deine Bücher schicktest. Früher hätte ich es vielleicht nicht so ausgedrückt, es war eher etwas in meinem Körper, dem es fehlte. Eine Traurigkeit, die jenseits jeder Vernunft war. Denn ich hätte mir sagen können, es war gut, dass du aufhörtest, mich um mein Urteil zu bitten, wenn du doch nicht vernünftig genug warst, es als das zu akzeptieren, was es war: konstruktive Kritik.

Zeitweise wollte ich dich mit etwas Scharfem verletzen, damit du etwas spüren würdest. Ich bin seit jeher darauf fixiert gewesen, dich dazu zu bringen, echte Gefühle zu zeigen, nicht diese intriganten Wahnsinnsausbrüche, die du ständig zur Schau gestellt hast. Du bist schon immer auf eine Art empfindsam gewesen, die nur wenige Menschen verstehen – ja, auf eine Weise, die ich wohl selbst nie wirklich verstanden habe. Deine seltsame Einstellung zu deinem künstlerischen Werk und deiner wissenschaftlichen Arbeit, als stünden sie höher als ein belangloses menschliches Wesen wie ich es fassen könnte. Nur wenige kennen deine weicheren Seiten. Sie sahen dich nie nach Vårstavi und in den Schoß der Familie zurückkehren, um dort deine Wunden zu lecken, nachdem du in einer Debatte zusammengestaucht worden warst.

Am schlimmsten war es mit Sicherheit, als du Hjalmar Söderberg und seinen Roman *Doktor Glas* angegriffen und dem Roman jegliche Distanz zur erbärmlich erdichteten Gestalt des Erzählers abgesprochen hast. Wer weiß, vielleicht wird man sich – wenn die Zeit ihre erstickende Erdschicht über uns beide gebreitet hat – nur noch wegen Söderbergs Replik an dich erinnern, die er in Versen veröffentlichte, mit denen er dich lächerlich machen wollte. »*Wenn zu Bjerre geht ein Irrer, wird er ungeheuer schnell viel wirrer!*«

Söderberg wusste allerdings nicht, dass du mir gegenüber immer seine Größe unterstrichen hast. Du hast in ihm den Meister der psychologischen Prosa gesehen, was jedoch eher damit zusammenhängen mag, dass ich ihn seit jeher für einen ziemlich unbedeutenden Autor gehalten habe. Wenn man tatsächlich diskutieren möchte, ob ein Mensch das Recht hat, einen anderen Menschen zu töten, würde ich niemals die Lektüre von *Doktor Glas* empfehlen. Dostojewski kriecht einem nicht so verdammt in den Arsch oder schreibt um den heißen Brei herum, bei ihm findet man die wahren Proportionen des Verbrechens und den Schmerz, der außer Psychopathen niemandem erspart bleibt. Es ist der Mangel an Gewissensbissen, den ich bei Söderberg nie ertragen konnte. Ich würde ihn nicht den Meister der psychologischen Prosa nennen, eher schon den Meister der technisch brillierenden Prosa. Kurzum, einen Handwerker. Unter zahlreichen anderen guten Handwerkern.

Vielleicht hängt unsere Unfähigkeit, uns über deine Texte auszutauschen, auch damit zusammen, dass du dich nie für meine Arbeit interessiert hast. Es schien mir, als wären deine Kommentare ausschließlich als brüderliches Schulterklopfen gemeint gewesen. Oder vielmehr: als das Schulterklopfen eines großen Bruders.

Und hinter dem freundlichen Klopfen schimmerte das Desinteresse durch.

Aber du warst nicht der Einzige, der meine Arbeit als einen Fehlschlag betrachtete. Natürlich. Im Grunde bestätigte dein Desinteresse nur, was ich immer schon gewusst habe.

Ich bin allerdings der Meinung, dass deine Schriften mit der Zeit die Kraft verloren, die ihnen anfangs eigen war. Und am meisten störte mich vielleicht dein Nietzschekomplex. Das Übermenschliche, Theologische, Erlösende, dieses ganze jämmerliche Gefasel. So großspurig, dass einem körperlich schlecht wird – aber bitte, das passt womöglich zu jemandem, der sich als Übermensch sieht und glaubt, die ganze Menschheit erlösen zu können. Ich finde es eher lächerlich – und das sage ich mit einem Höchstmaß an Redlichkeit und Verstellung. Oder von mir aus auch Liebe.

Natürlich behauptest du das Gleiche über mich und Kierkegaard. Es muss praktisch sein, hast du gesagt, jemanden zu haben, der den ersten Schlag führt. Danach kann man sich ja selbst prügeln, wenn man schon einmal in Schwung gekommen ist.

Manchmal kannst du richtig komisch sein, wenn du so böse die Augen öffnest. Wie ein Kind. Vielleicht hat jeder von uns einen Repräsentanten für die Eigenschaften ausgewählt, die wir in uns trugen. Du einen deutschen Narren und ich einen dänischen Melancholiker.

Manchmal stand sie da als das biedere Mädchen,
in voller Montur, und sah, wie sie miteinander schliefen.

Rom, 24. Juni 1912

Der Vorhang hob sich zum zweiten Akt.

Isabeau, die Tochter König Raimondos, hat sich geweigert, den Mann zu heiraten, der beim Ritterturnier ihre Hand gewonnen hat. Stattdessen hat sie sich in einen Mann aus dem Volk verliebt, der eingekerkert wurde, weil er vor ihren Füßen Rosen verstreute, als sie nackt durch die Stadt ritt: die Strafe ihres Vaters dafür, dass sie sich der Heirat mit dem siegreichen Turnierkämpfer widersetzt hat. Luigi Illicas Libretto war wahrhaftig kein Meisterwerk, und alle wussten, dass mehrere Komponisten es zuvor abgelehnt hatten, unter anderem Puccini und Franchetti.

Amelie setzte sich auf dem unbequemen Sitz zurecht und schaute sich um. Es war unerträglich heiß im Opernhaus, und sie griff nach ihrem Fächer, womit sie nicht die Einzige war; im gesamten Parkett wurde mit allem, von Fächern und Zeitungen bis hin zu Kleidungsstücken, Luft gefächelt. Und abgesehen vom Schweiß und der stickigen Luft war das ganze Theater von einer ebenso schicksalsschweren wie erwartungsvollen Stimmung erfüllt. Der Aufführung waren wüste Diskussionen vorausgegangen, und die Menschen hatten stundenlang Schlange gestanden, um Eintrittskarten zu ergattern.

Getan hatten sie dies alle aus einem einzigen Grund: Pietro Mascagni.

Der Name war zu einem Teil der italienischen Volksseele geworden. Fast jeder Italiener hatte seine Oper *Cavalleria Rusticana* gesehen und sich vom Verismus und den zum Mitsingen animierenden Melodien blenden lassen. Es war kaum ein Tag vergangen, seit der unbekannte Bäckersohn aus Livorno 1890 Sonzognos Kompositionswettbewerb gewonnen hatte, als sich auch schon überall das Gerücht verbreitete: Eine neue Oper, *Cavalleria Rusticana*, sei ein schier unglaublicher Erfolg gewesen und das Publikum habe länger als die gesamte Spieldauer des Stücks applaudiert! Die Arien verbreiteten sich wie ein Lauffeuer von Café zu Café, von Norden nach Süden. Und überall hörte man das Intermezzo, jene Instrumentalpartie, die den ersten mit dem zweiten Akt verband. Mascagni hatte es in Windeseile komponiert, als er sein Werk dem Wettbewerb anpassen musste, da nur Einakter zugelassen waren.

Ein Journalist von *La Stampa* war alle italienischen Opern durchgegangen und hatte zwischen 1900 und 1910 keinen Tag gefunden, an dem *Cavalleria Rusticana* nicht in einem der Opernhäuser des Landes gespielt worden war. Leider hatte Maestro Mascagni seither keinen Publikumserfolg mehr erzielen können, weshalb er 1912 das Angebot einer Operntournee durch Südamerika angenommen hatte. Dort erfreuten sich auch Werke, denen in Europa der Erfolg versagt geblieben war, größter Beliebtheit. Vor seiner Südamerikatournee hatte Mascagni außerdem eine neue Oper vollendet: *Isabeau*. In Italien kursierenden Gerüchten zufolge hatte sie in Buenos Aires glänzende Kritiken bekommen.

Die Aufführung in Rom an diesem Abend bildete *Isabeaus* Italienpremiere, und die Erwartungen waren entsprechend riesig. Konnten die Berichte aus Argentinien wirklich zutreffen? War Mascagni mit einem neuen Meisterwerk zurückgekehrt? War es ihm gelungen, einem traditionellen Opernlibretto mit der gleichen realistischen Technik Leben einzuflößen, die er in *Cavalleria Rusticana* so perfekt genutzt hatte?

Amelie unterdrückte ein Hüsteln und löste den Rücken vom Stuhl, um ein wenig Luft an ihn zu lassen. Ihre Augen schweiften erneut über den Zuschauerraum. Überall Männer in Fracks und mit Zylindern auf dem Schoß, Frauen in kunstvoll bestickten Kleidern und mit großen, breiten Hüten. Und ganz oben, im dritten Rang, standen sie wie die Sardinen in der Büchse, verfolgten das Drama auf der Bühne und liefen dabei ständig Gefahr, einen Knuff in die Seite abzubekommen. Manche hatten sogar kleine Flaggen mit dem Stadtwappen von Livorno dabei, mit denen sie von Zeit zu Zeit winkten, vor allem, wenn der Chor in die Handlung eingriff und Musik im Marschrhythmus ertönte.

Amelie schluckte schwer und wandte sich wieder der Bühne zu, wo Isabeau ein ums andere Mal ihren Vater anflehte, Folco aus dem Gefängnis zu entlassen.

Eine Prinzessin und ein armer Mann. Es fiel einem schwer, den psychologischen Tiefgang des Librettos zu sehen. Aber die Musik ließ sich als Mascagnis erkennen, nicht zuletzt die charakteristische Direktheit, mit der sie das Publikum ansprach. Gerüchteweise hieß es, Mascagni wohne der abendlichen Premiere in Roms Opernhaus bei, was sein Impresario allerdings dementiert hatte, der behauptete, der Komponist halte sich noch immer in Südamerika auf und werde frühestens nach dem Sommer zurückerwartet. Dennoch suchte jeder im Publikum nach dem bekannten Gesicht und dem hohen Hut, den er stets trug, wenn er ins Theater ging, sowie nach der unbändigen, inzwischen grau melierten Haarpracht. Alle flüsterten und zeigten: Ist es der Mann, der verdeckt in der Loge sitzt, war es der Mann, den sie vor der Vorstellung am Bühneneingang gesehen hatten?

Amelie hob den Fächer. Das Atmen fiel ihr immer schwerer, sicherlich auch, weil einige ältere Herren an großen Zigarren zogen. Das Kleid klebte ihr förmlich am Leib. Die Hitze war jedoch nicht allein dafür verantwortlich, dass sie nach Luft schnappte und sich an ihren Stuhl klammerte. Das Drama, das sich vor ihren Augen abspielte, hatte sie völlig in seinen Bann geschlagen. Die Koloraturen der Sopranistin fraßen sich auf geradezu beängstigende Weise in ihr Inneres. Sie ertappte sich dabei, die hohen Töne mitzuatmen, wie sie es immer getan hatte, wenn ihre Mutter vor Publikum aufgetreten war. Außerdem schien die Stimme ein ganz anderes Drama aufzuführen als das auf der Bühne. Amelie sah nicht die Prinzessin und ihr tragisches Liebesschicksal, nahm weder die historischen Kostüme noch das konventionelle und plumpe Bühnenbild wahr.

Sie hatte sich vielmehr in einen Zustand versetzen lassen, in dem jede Arie die Geschichte ihres Lebens erzählte, in dem jeder Atemzug ihr eigener war und die übertriebenen Gesten auf der Bühne ihre eigenen Unzulänglichkeiten widerspiegelten. Die unmögliche Liebe. Und den Verrat, der unausweichlich in Untergang und Verderben führte.

Isabeau hatte geliebt und würde nun den Preis dafür bezahlen müssen. Das Ende war unausweichlich: Sie würde den dritten Akt nicht überleben.

Amelie schloss die Augen und gab sich ganz der Musik hin.

Ihr Leben mit Andreas war vorbei. Außerdem war sie von dem Menschen hintergangen worden, dem sie am meisten vertraut hatte, ihrer besten Freundin, der sie ihre intimsten Gedanken enthüllt hatte. Sie konnte nur fliehen, sonst war sie verloren.

Sie hatte alles verloren, wofür sie ihr ganzes Leben gekämpft hatte. Es gab nichts, was sie nicht geopfert hatte. Auf einmal stand Amelie ihre letzte Begegnung mit Andreas vor Augen. Sie hatte ihm gesagt, sie sei bereit, einen letzten Versuch zu wagen. Nach all den Jahren, in denen sie im Schatten seiner Depressionen und seiner Unberechenbarkeit gelebt hatte, erklärte sie sich bereit, trotz allem zu versuchen, ihre Ehe zu retten. Sie hatte sogar einen Plan dafür entworfen, wie sie gemeinsam die Probleme lösen würden: Sie selbst würde sich zurücknehmen und nicht mehr so impulsiv sein, er würde sich bemühen, gegen sein stetig wiederkehrendes Gefühl der Hoffnungslosigkeit anzukämpfen, statt ihm jedesmal nachzugeben. Gemeinsam würden sie es schaffen, hatte sie erklärt.

Sie hatte vor ihm gestanden und darüber gesprochen, dass ihre gemeinsame Zeit vielleicht doch noch nicht vorüber war. Dann hatte sie gemerkt, dass er ihr nicht mehr zuhörte und sie nur aus traurigen Augen ansah.

»Nein«, hatte er erwidert, »es ist zu spät, es gibt nichts mehr zu retten, es ist alles verloren.«

Er war ihrem Blick ausgewichen und gegangen. Nein, hatte er gesagt. *Er!* Nach all den Opfern, die sie gebracht hatte.

Isabeaus und Folcos Duett im Gefängnis steigerte sich und fand den Weg in höhere Tonlagen. Sie weigerte sich aufzugeben, sie war bereit, alles dafür zu opfern, ihn zu befreien. Er aber schüttelte nur den Kopf und schien einzusehen, dass es aus war. Sie würden sich niemals ungestraft lieben können. Ihr Gefühlsausbruch mündete in einen Gesang über die ewige Liebe.

Aber insgeheim wusste sie, was kommen würde, davon war Amelie überzeugt. Ihre Stimme schien jeden Moment brechen zu wollen, manchmal stürmte sie los, um in der nächsten Sekunde so zu flüstern, dass man sich vorlehnen musste, um ihre Verzweiflung zu hören.

Wer liebte, musste bestraft werden. Das Drama auf der Bühne wurde für Amelie zur endgültigen Bestätigung für die Absurdität der Liebe und wie sie die Menschen zerriss. Sie war von bösen Mächten umgeben, die den Liebenden übel mitspielen wollten.

Und dann: Isabeaus Schlussarie, und Amelie, die ihre Hand ausstrecken und sie retten wollte. Der letzte Ton, ein hohes C, zusammen mit der anschwellenden Macht des Orchesters, dem abgründigen Donnern der Kontrabasse und der schicksalsschweren Verkündigung der Blasinstrumente, die hochgereckten Hände der Sopranistin, während sie auf die Knie fiel, dann den Kopf senkte und sich das Leben nahm. Die ausgreifenden

Armbewegungen des Dirigenten, die diesen letzten kraftvollen Akkord, einen massiven Dreiklang in A-Moll, abschnitten.

Stille.

Amelie musste tief durchatmen und die Augen schließen. Schließlich sammelte sie sich und machte sich bereit zu applaudieren. Die Geschichte ihres Lebens war vorüber, und sie war noch ganz erfüllt von dem Gefühl, Zeuge von etwas geworden zu sein, das größer war als das Leben selbst.

Sie machte eine Armbewegung, ehe sie begriff.

Im ganzen Theaterraum herrschte vollkommene Stille.

Dann ertönten einzelne Buhrufe. Anfangs nur aus dem dritten Rang kommend, rollten sie kurz darauf wie Gewitterdonner durch das ganze Theater. Einige Zuschauer erhoben sich und schrien: »Verräter!« »Fahr zurück nach Argentinien!«

Amelie hörte am Ende nicht mehr, was sie schrien, es war bloß eine Geräuschwand, die ihr entgegengeschleudert wurde. Sie griff nach ihrer Handtasche und versuchte die Sitzreihe zu verlassen. Aber Knie und stoßende Menschen waren ihr im Weg, die nichts anderes im Sinn hatten, als Buhrufe auszustoßen und zu grölen. Am Ende gelang es ihr, sich einen Weg aus dem Parkett und die kleine Treppe zum Foyer hinunter zu bahnen. Durch den Haupteingang gelangte sie ins Freie und schaffte es endlich, einen Hauch frische Luft zu bekommen.

Sie hatte nicht nur eine Aufführung gesehen, die von ihrem Untergang erzählte. Sie hatte darüber hinaus die Verachtung des Publikums erleben müssen. Sie sah eine Gestalt in einem Cape, die sich aus dem Bühneneingang stahl und in einem wartenden Wagen verschwand. Ein Peitschenhieb, ein kurzes Wiehern, und das mysteriöse Gefährt war verschwunden. Amelie überlegte, dass es Mascagni hätte sein können, der vor seiner Niederlage floh. Sie hätte sich gewünscht, ihm sagen zu können, er solle nicht fliehen, sondern so lange aufrecht stehen bleiben, bis die Menschen begriffen, dass sie ein Meisterwerk gesehen hatten.

Aber sie wollten kein Meisterwerk, sie wollten die Oper, die er zwanzig Jahre zuvor geschrieben hatte. Sie würden immer nur diese eine Oper haben wollen und sonst nichts. Er hatte keine Wahl. Er musste fliehen. Es war das Einzige, was man tun konnte, wenn man missverstanden und erniedrigt worden war.

Völlig erschöpft kauerte sie sich auf einer Parkbank zusammen und sah schon bald die Menschen das Theater verlassen. Sie unterhielten sich lebhaft und gestikulierten, ehe sie verschwanden und von neuen Menschen mit ähnlichen Gesten ersetzt wurden, die ganz in ihre lebhaften Diskussionen vertieft zu sein schienen.

Plötzlich erkannte Amelie, dass sie wie immer seit ihrer Kindheit überreagiert hatte. Ich bin doch gar nicht geflohen, dachte sie laut. Sie blickte zum Sternenhimmel und lachte trocken. Ich bin umgezogen, dachte sie. *Umgezogen*, nicht mehr und nicht weniger.

Sie zog einen Taschenspiegel aus ihrer Handtasche und zupfte ihre Frisur zurecht, verlor jedoch rasch die Lust und legte ihn zurück. Menschen strömten weiter die Eingangstreppe herab, aber sie hatte jegliches Interesse an ihnen verloren. Sie bedeuteten ihr nichts mehr.

Der Abendwind war angenehm kühl, und allmählich besserte sich ihre Laune. Sie befand sich in Rom. Es war ihre Entscheidung gewesen, dorthin zu ziehen. Hier würde sie sich nach der Scheidung von Andreas ein neues Leben aufbauen. Das müde und morsche Stockholm hatte sie gegen die Ewige Stadt eingetauscht.

Ewig, sie kostete das Wort aus. Die Düfte, das Menschengewimmel, die Wärme, das alles machte es ihr so viel leichter, sich zu entspannen. Es dauerte nur ein paar Tage, bis ihre Gliederschmerzen verschwunden waren, und Gleiches galt für ihre Migräneanfälle. Was spielte es da für eine Rolle, dass man wegen der Hitze manchmal schlecht schlief? Wenn es ihr besonders gut ging, konnte sie hier sogar Klavier spielen, was in Schweden, wo die Gliederschmerzen ihre Finger auf den Tasten zu Holzklötzen werden ließen, völlig undenkbar gewesen wäre.

Rheumatismus, hatte der Arzt erklärt und sie mitleidig angesehen. Dann hatte sich seine Miene jedoch erhellt, und er hatte ergänzt: »Aber das sagt man ja heutzutage über alles.« Obwohl seit der Diagnose des Arztes viele Jahre vergangen waren, war sie von dem gleichen Leiden gezeichnet wie ihre Mutter. Es würde sie ihr ganzes Leben begleiten.

Sie dachte an die fantastischen Morgen, von denen die Einwohner und Besucher Roms begrüßt wurden. Sie waren ganz anders als alles, was sie im kalten und vorhersehbaren Schweden jemals erleben durfte. Endlich hatte sie dieses Elend hinter sich gelassen! Hier, dachte sie, ist das Licht des frühen Morgens berauschend und greift einen ebenso an, wie es einen einfühlsam und verlockend liebkost.

Ja, sie hatte sich für Rom entschieden. Kein Mensch hatte sie gezwungen, hierherzukommen. Es war keine Flucht gewesen. Hier würde sie leben und wohnen, hier lag ihre Zukunft, hier lagen noch Überraschungen vor ihr. Schweden war bereits weit weg, gehörte zu einem anderen Leben, zu etwas, das sie aufgegeben und zurückgelassen hatte.

Aber dann sah sie doch die Bilder vor sich. Auf ihrer Parkbank wurde sie in ihre letzten schrecklichen Monate in Schweden zurückversetzt. Andreas' Reaktion auf ihre Hoffnungen für die Zukunft.

»Es ist zu spät«, sagte er, »es gibt nichts mehr zu retten.«

Sie hatte ihn verständnislos angesehen. Das war, bevor sie erkannte, dass er sich längst entschieden hatte, mit Madeleine zusammenzuleben. Ausgerechnet mit Madeleine. Ihrer besten Freundin.

Als hätte man sie mit glühenden Kohlen überschüttet, so hatte sie sich gefühlt. Und auch wenn sie jetzt vor dem Teatro dell'Opera saß, erinnerte sie sich doch noch gut an das furchtbare Gefühl und wie es sich ihr offenbart hatte. Sie war betrogen worden, als sie wirklich jemanden gebraucht hatte. Es war eine Wunde, die nie ganz verheilen würde.

Als Andreas die Worte *Es ist zu spät* aussprach, hatte sie im selben Moment beschlossen, Schweden zu verlassen und nie mehr zurückzukehren. Sie hatte am selben Tag gepackt, auch wenn es noch Wochen dauern würde, alles zu regeln.

Als Amelie die rennende Gestalt auf sich zukommen sah, bekam sie augenblicklich ein schlechtes Gewissen. Sie hatte Madeleine, die jetzt die Treppe herabeilte und zu der Parkbank lief, völlig vergessen. Amelie sah, dass Madeleines Hut in den Nacken gerutscht war und am Seidenband baumelte und sie ihren Rock lupfte, um schneller laufen zu können. Dann ließ sie den Rock los und schwang stattdessen die Arme. Sie rennt wie ein Kind, dachte Amelie. Als sie die Parkbank erreicht hatte, war Madeleine außer Atem. Es war unübersehbar, dass sie eine ganze Weile umhergeirrt war und Amelie gesucht hatte.

»Wo bist du denn hin?«, fragte sie mit erschöpfter Stimme und setzte sich neben Amelie keuchend auf die Bank.

»Ich brauchte frische Luft.«

»Aber …«

Madeleine verstummte, als sie sich umdrehte und Amelies Gesicht sah. Amelie lächelte entschuldigend.

»Entschuldige bitte, Madeleine, ich bin in Panik geraten und musste einfach raus.«

»Ich habe mir solche Sorgen gemacht.«

»Das verstehe ich. Entschuldige.«

»Es war nur … ich wusste doch nicht, wo du hin warst.«

Sie lachten, auch wenn keine von ihnen genau wusste, worüber eigentlich.

»Ich glaube«, sagte Amelie, »dass wir Zeugen eines Opernfiaskos geworden sind, über das man sogar bei uns zu Hause berichten wird.«

»Die Leute waren wie von Sinnen, haben geschrien. Hast du gesehen, dass manche sogar mit Tomaten geworfen haben?«

»Sie haben mit Tomaten geworfen? Du machst Witze.«

»Nein, so wahr ich hier sitze. Und ich habe gedacht, das wäre nur eins von diesen Ammenmärchen. Sie hatten eine ganze Kiste dabei, die sie unter den Leuten verteilt haben, damit auch noch andere werfen konnten. Sie mussten sofort den Vorhang fallen lassen. Er war anschließend voller Tomaten. Ich glaube, die Sopranistin und der Tenor haben auch irgendwelches Gemüse abbekommen.«

»Diese Italiener«, seufzte Amelie.

Sie drehte sich zu Madeleine um und streichelte ihre Wange.

»Und wie hat dir der Abend gefallen?«

»Es ist so albern … aber ich musste daran denken, was für schöne Schuhe alle anhatten.«

Amelie lachte.

»Madeleine, wenn du nur wüsstest, wie lieb ich dich habe.«

Als Amelie gepackt hatte und bereit war, Schweden zu verlassen, war ihr bewusst geworden, dass sie vor einem unlösbaren Problem stand. Wen konnte sie ansprechen, wen bei ihrem Umzug um Hilfe bitten? Wer würde ihr helfen, nach Rom zu reisen und sich um Mietverträge und all die anderen praktischen Details zu kümmern?

Schlagartig wurde ihr bewusst, wie sehr die Jahre mit Andreas sie von allen Menschen entfremdet hatten, die sie früher regelmäßig getroffen und ihre nächsten Freunde genannt hatte. Sie waren entweder umgezogen und hatten andernorts Familien gegründet, oder die Freundschaft war im Sande verlaufen, und sie hatten immer seltener und schließlich abgesehen von ein paar höflichen Weihnachtskarten gar nicht mehr geschrieben.

Mit einer Ausnahme: Madeleine.

Amelie erkannte, dass sie Madeleine ansprechen musste, es gab sonst niemanden, jedenfalls nicht so kurzfristig. Keiner hatte Amelie so verletzt wie sie, keiner hatte wie sie in Amelie Zweifel an Freundschaften geweckt, die entstanden, weil man zusammen aufwuchs und alles miteinander teilte.

Diese Lügen. In ihrer unmittelbaren Nähe! Ihre beste Freundin aus Kindertagen in den Armen von Andreas. Ist es überhaupt möglich, sich einen solchen Verrat vorzustellen? Mehrfach war Amelie aufgewacht, nachdem sie von den beiden geträumt und sie eng umschlungen gesehen hatte. Manchmal stand sie da als das biedere Mädchen, in voller Montur, und sah, wie sie miteinander schliefen, sich liebkosten, küssten.

Sie hatte sich geschworen, jede Verbindung mit Madeleine abzubrechen, weil sie es sonst nicht ertragen würde.

Doch Madeleine war die einzige Freundin, die ihr geblieben war, alle anderen hatte Andreas mit seinen cholerischen Wutanfällen und wüsten Beschimpfungen in die Flucht geschlagen. Sie waren nicht einmal mehr da, wenn er sich entschuldigen und ihnen erklären wollte, dass er nichts wert war und nichts taugte.

Meine ganzen Freunde, dachte sie. Binnen weniger Jahre verschwunden!

Außer Madeleine.

Als Amelie am nächsten Tag erwachte, war ihr erster Gedanke, dass sie nicht noch einen Tag ertrug, an dem sie nur putzten. Es war ihr fast schon egal, ob die Wohnung nun schmutzig war oder nicht. Es gab so viel zu tun.

Am schlimmsten war es in der Küche, wo niemand mehr etwas gemacht zu haben schien, seit das Haus zweihundert Jahre zuvor erbaut worden war. Tagelang war ihnen der Schweiß am ganzen Körper hinabgelaufen, während sie alles in Ordnung zu bringen versuchten. Was für eine Schinderei, aber die Türen der Küchenschränke blieben trotzdem fettig, der Fußboden war von mehreren Schichten Fett und Staub bedeckt.

Nein, Amelie hielt es nicht mehr aus, an dieses Elend zu denken. Stattdessen zog sie ihren Morgenmantel an und ging in die Küche, um das Frühstück vorzubereiten. Sie hatte gerade die Eier und den Kaffee fertig, als Madeleine ins Zimmer trat.

»Da bist du ja! Ich wollte dich gerade rufen.«

Madeleine wirkte unsicher.

»Tja«, sagte Amelie, »das Frühstück ist serviert.«

Sie gingen zum Balkon und setzten sich. Er lag im Schatten und wurde von Efeu umrankt, der die Häuserfassade hochkletterte.

Amelie goss sich Kaffee ein und atmete tief durch, um möglichst viel Morgenluft einzusaugen. Über die Gasse waren Wäscheleinen gespannt, die unter dem Gewicht von Hosen, Laken und Hemden durchsackten. Eine Etage über ihnen diskutierten zwei Nachbarinnen über die Straße hinweg über Kindererziehung.

Amelie nahm einen großen Bissen von ihrem Brot und spülte ihn mit ihrem Lieblingsgetränk hinunter: italienische Limonade.

»Jetzt ist für ein paar Tage Schluss mit der Putzerei«, sagte sie. »Wir müssen uns doch amüsieren, wenn wir schon zusammen hier sind!«

Madeleine lächelte.

»Ich fand eigentlich schon, dass der Opernbesuch gestern Spaß gemacht hat.«

Amelie lachte.

»Die nächsten Tage gibt es keine Opern mehr. Heute Abend gehen wir ins Caffè Greco, wo die Künstler sitzen. Wir brauchen ein bisschen Abwechslung, wir müssen die Anwesenheit Byrons, Shelleys, Keats' und Goethes spüren. Und Casanovas natürlich. Das Lokal wimmelt wahrscheinlich nur so von Männern wie ihm.«

»Das hört sich gut an.«

»Ja, und morgen gehen wir schwimmen. Ich weiß da eine gute Stelle.«

Auf Madeleines Gesicht legte sich das gleiche Lächeln wie zuvor, und sie zupfte eine Haarsträhne fort. Da saßen sie nun, so sorglos wie damals, als sie klein waren und im Sommer in Schonen spielten. Madeleine drückte Amelies Hand.

»Was ist?«

»Nichts«, erwiderte Madeleine. »Ich habe mich nur so gefreut. Ja also, weil du dich so freust.«

Amelie biss von ihrem Brot ab und fragte:

»Was macht Andreas?«

»Wie meinst du das?«

»Na ja, ob es ihm gut geht.«

»Doch …

»Du brauchst nicht so ängstlich zu gucken, Madeleine. Ich wollte nur wissen, wie es ihm geht.«

Lieber Bruder …

Ich weiß. Wenn man nachts wach liegt, geschehen seltsame Dinge. Je stiller es im Haus wird, desto mehr tost es im eigenen Körper. Man ist in Gedanken bei Dingen, die man gesagt hat oder besser gesagt hätte. Es spielt keine Rolle, dass man sie abzuschütteln versucht. Es ist, als hätten sie sich einem ins Gehirn eingeätzt.

Stundenlang hast du so gelegen, ohne das Gedankenkarussell anhalten zu können. Doch nun, endlich, kommst du in deinem Bett zur Ruhe, nachdem du dich so lange hin und her gewälzt hast. Endlich ist es dir gelungen, die Gedanken an Madeleine, die immer gleichen Anschuldigungen und Verleumdungen, zu verdrängen.

Eine Ehebrecherin! Da kann sie noch so sehr den unschuldigen Schutzengel spielen!

So hat es sich in deinem Kopf gedreht. Immer und immer wieder. Sobald du dich beruhigt hast, schlägt der Gedanke wieder zu – und anschließend dreht sich das Karussell von Neuem mit den gleichen Vorwürfen von Betrug und bösen Absichten.

Doch nun sinkst du sachte in jenen herrlichen Dämmerzustand, den man Schlaf nennt.

Wichtig ist jetzt Gunhild, denkst du, und dass sie die Möglichkeit bekommt, sich auszuruhen und Kraft zu schöpfen. Du siehst ihr stilles Gesicht vor dir, in ihrem Bett in dieser Nacht, von der flackernden Kerzenflamme in Licht getaucht. So schön. Du schließt die Augen, kommst zur Ruhe und spürst, dass du dich langsam dem Schlaf näherst.

In den letzten Wochen ist dir kurz vor dem Einschlafen seltsamerweise immer das gleiche Bild durch den Kopf geschossen. Es liegt mit Sicherheit an den pochenden Schläfen, an den Magensäften, die dich von innen zersetzen, an den krankhaften Sorgen, meinem Tod und Gunhilds geschwächtem Zustand.

Allerdings ist es kein unangenehmes Bild, weiß Gott nicht. Es erfüllt dich mit einer unerklärlichen Wärme, die sich im ganzen Körper ausbreitet, sodass du dich entspannst. Du spürst sogar, dass in deinem Schoß Hitze aufwallt, der schmerzende Schädel Ruhe findet und sich das Pochen im Körper nach unten verlagert. Du legst dich auf die Seite, kauerst dich zusammen wie ein Fötus, schiebst die Hände zwischen die Beine und fühlst dein Geschlecht langsam größer werden. Ein tiefer Seufzer, bald ist der Schlaf ganz nah …

Dann löst sich Mrs d'Espérances Gesicht aus den Schatten: straff, schlicht und doch unmöglich zu fixieren.

Weil Amelie eine Frage stellen konnte, die sich nicht beantworten ließ.

Rom, 25. Juni 1912

Madeleine machte es sich im Caffè Greco auf ihrem Stuhl bequem. Amelie war vor ihrem Besuch so enthusiastisch gewesen, hatte das Lokal bis ins kleinste Detail beschrieben, nicht zuletzt alle Berühmtheiten, die dort gewesen waren, Schriftsteller, die über das Lokal geschrieben hatten. Nun hatte es allerdings den Anschein, als wäre jede Luft aus ihr gewichen. Dabei saßen sie noch keine fünf Minuten in dem Café.

»Will denn gar keiner kommen und unsere Bestellung aufnehmen?«

Madeleine lächelte über Amelies Ungeduld, an die sie allerdings gewöhnt war.

»Es kommt bestimmt gleich jemand.«

Madeleine überhörte geflissentlich Amelies demonstratives Schnauben, rutschte stattdessen auf dem wackeligen Stuhl herum. Wenn das Café wirklich so berühmt war, dann sicher nicht für seine bequemen Sitzmöbel.

Plötzlich zog Amelie eine kleine Fotografie heraus und zeigte sie Madeleine.

»Was ist das?«

»Ein sehr seltsames Bild«, erwiderte Amelie. »Aufgenommen in Heleneborg.«

»Heleneborg? Du meinst, ein Bild von Andreas?«

Amelie nickte.

Auf dem Foto, das so klein war, dass es in Madeleines Handteller Platz fand, sah man Andreas, der halb abgewandt von der Kamera stand. Er war wie ein mitteleuropäischer Jäger gekleidet, trug Knickerbocker und ein Tweedjackett. Es fällt schwer, dachte Madeleine, exakt zu bestimmen, was seine Armbewegung in Gesichtshöhe zu bedeuten hat. Hielt er sich den Kopf oder schützte er sich nur vor aufdringlichem Sonnenlicht? Lachte er vielleicht sogar oder tat er so, als hätte er Angst, als wäre er mitten in einem Spiel?

Oder floh er Hals über Kopf?

»Es ist unter merkwürdigen Umständen entstanden«, meinte Amelie. »Es wurde aufgenommen, als ich ihm das erste Mal sagte, dass ich mich scheiden lassen wollte.«

Madeleine sah Amelie an, die jedoch nicht reagierte. Anschließend studierte sie nochmals die Fotografie in ihrer Handfläche, ohne entscheiden zu können, ob Amelies Worte scherzhaft oder ernst gemeint gewesen waren.

Madeleine wunderte sich. Warum zeigte Amelie ihr diese Fotografie?

Und das Kind am linken unteren Bildrand … der Blick, der Andreas folgte, als er seines Weges ging. Das verlassene Kind. Sören Christer?

Sie drehte und wendete die Aufnahme, als wollte sie so verstehen, was Amelie wirklich gemeint hatte. Ihr war danach, das Foto zu zerreißen.

»Er bewegt sich so komisch«, bemerkte sie schließlich und gab das Bild zurück.

»Allerdings«, sagte Amelie.

Anschließend steckte sie die Fotografie weg, und ein Kellner trat zu ihnen, um ihre Bestellung aufzunehmen. Madeleine war die Situation nur zu vertraut. In letzter Zeit hatte sie es mehrfach erlebt. Dass Amelie sie ohne Vorwarnung scharf ansah. Und jedesmal hatte Madeleine gespürt, wie sich jeder Muskel in ihrem Körper anspannte. Das schlechte Gewissen. Der Betrug.

Würde sie es ungeschehen machen, wenn dies möglich wäre?

Natürlich nicht. Andreas war die Liebe ihres Lebens.

Soll man fühlen müssen, dass man Unrecht begangen hat, nur weil man liebt? Sie hatte so vielem entsagt, hatte die zweifelnden Mienen gesehen, vor allem in ihrer eigenen Familie, und wie sie mit den Schultern zuckten. *Tja, du machst eh, was du willst.* Es interessierte sie beim besten Willen nicht, was andere dachten. Nur Amelies regelmäßig vorgebrachte Einwände, gegen die sie sich nicht schützen konnte, waren für sie unerträglich.

Was hatte sie hier in Rom zu suchen? Das ist doch Wahnsinn, dachte sie. Andreas war natürlich dagegen gewesen und hatte erklärt, sie sei verrückt, wenn sie mitfahre. Aber Amelie war so hartnäckig gewesen, hatte nicht locker gelassen.

Gleichzeitig hatte sie Amelie unheimlich gern. Ihre übersprudelnde Art, die einem das Gefühl gab, dass nichts unmöglich war. Außerdem war Amelie so viel talentierter als sie. Es spielte keine Rolle, wie oft Amelie sie für eine Skulptur oder Zeichnung lobte, sie war und blieb trotz allem nichts als eine Amateurin. Amelie dagegen war mit einem Talent gesegnet, das sich förmlich aus ihr ergoss. Ihre kleinen Bleistiftzeichnungen, die sie wahllos verteilte und die entstanden, wenn sie gelangweilt war oder ihre Gedanken beim Gespräch abschweiften. Geniale Zeichnungen, die sie selbst Kritzeleien nannte. Madeleine fand sie unglaublich charmant, sie hatte nichts vorzuweisen, was sich mit diesem Talent vergleichen ließ.

Vielleicht fühlte Amelie sich in gewisser Weise schuldig, weil sie die begabtere von ihnen war. Spräche man sie darauf an, würde sie es niemals zugeben, aber trotzdem, irgendwo tief in Amelie gab es etwas, das sie dazu trieb, stets mehr geben als nehmen zu wollen.

Aber Madeleine hatte den Bogen überspannt.

Sie hätte es Amelie liebend gerne so erklärt, dass sie es wirklich verstand. Es war nie geplant gewesen. Aber im Grunde ist es das natürlich nie, wenn man sich verliebt. Man verliert den Kopf und muss sich anschließend den Konsequenzen stellen.

Die leichte Berührung, die ganz sicher keine Absicht verfolgt hatte. Andreas, der sie anlächelte. Er hatte so eine gewisse werbende Art, so vertraulich, wie er einem schmeichelte. Das hätte Madeleine wie alle anderen auch ignorieren können.

Aber trotzdem …

Zufällig berührte er Madeleines Arm, als er an ihr vorbeiging. Vielleicht geschah es aber auch mit Absicht. Oder sie maß seiner Geste mehr Bedeutung zu, als gerechtfertigt war. Jedenfalls spürte sie seine Berührung am ganzen Körper.

Sie blieb stehen, als hätte sie etwas Ungeheuerliches getroffen. Binnen einer Sekunde war sie bereit gewesen, alles in Frage zu stellen, obwohl sie beide verheiratet waren. Im Grunde war es zu spät, sie hätten sich früher begegnen müssen, bevor sie andere geheiratet hatten, vor den Ansprüchen und Bedürfnissen anderer.

Aber sie stand da und hörte seine Stimme, und alles, was er in all den Jahren, die sie einander kannten, gesprochen hatte, besagte im Grunde immer nur eins: dass sie füreinander bestimmt waren. Seine vorbehaltlose Ehrlichkeit, die ihn unter allen Männern so einmalig machte. Die Fähigkeit, sich jederzeit wie ein Buch zu öffnen und sein Innerstes zu beschreiben. Obwohl es oft um seine Melancholie und seine Depressionen ging, hatte seine Art, dies in den Raum zu stellen, das Kranke, das Irrende zu beschreiben, etwas Erhabenes. Das hatte er getan: deutlich gemacht, warum sie in einer Lebenslüge lebte. Wen wunderte es dann noch, dass er sie aus ihr befreien würde?

Wenn sie das Amelie doch nur verständlich machen könnte.

Es ging zu keinem Zeitpunkt darum, sie zu betrügen oder um ein verliebtes Techtelmechtel, sondern um viel mehr. Es ging ums Überleben – genau so, wie Amelie ihren Umzug nach Rom beschrieben hatte – und es dank der grenzenlosen Kraft der Liebe zu tun. Sie hatte Amelie nicht ihren Mann abspenstig machen wollen. Sie hatte nur versucht, einen Weg zum Weiterleben zu finden!

Mehrmals hatte Madeleine gedacht, dass es ihr vielleicht gelingen würde, vollkommen aufrichtig zu sein. Deshalb hatte sie Andreas getrotzt und Amelie nach Rom begleitet, wo sich ihr eventuell die Chance bieten würde, die Sache endgültig ins rechte Licht zu rücken.

Aber sie traute sich nicht. Warum nicht? Weil Amelie ihr eine Frage stellen konnte, die sich nicht beantworten ließ.

Wann ist es eigentlich passiert, wann habt ihr erkannt, dass ihr euch liebt?

Amelie würde es ihr niemals verzeihen, wenn sie dies erführe.

Ihr war deutlich anzumerken, dass der Besuch im Caffè Greco für sie enttäuschend verlief. Den Kaffee trank sie mit gleichgültiger Miene, das Teilchen kostete sie nur, und Wein wollte sie keinen haben. Sie stellte die Tasse ab und schaute sich gelangweilt um.

Schließlich kam der Kellner und räumte die leeren Tassen ab. Er dienerte und buckelte und überreichte die Rechnung. Madeleine sah Amelie zusammenzucken, als sie las, was auf dem kleinen Zettel stand.

»Großer Gott«, sagte sie. »Die sind *verrückt.*«

»Was kostet es?«

Aber Amelie zog die Rechnung an sich, damit Madeleine den Betrag nicht sehen konnte, griff nach ihrer Handtasche und holte ihr Portemonnaie heraus.

»Ich habe dich hierhergeschleift, also werde ich auch bezahlen.«

»Aber Amelie, wie albern du bist.«

Madeleine wusste jedoch, dass sie Amelie niemals würde umstimmen können. Stattdessen musste sie zusehen, wie Amelie Münzen und Geldscheine heraussuchte und dabei vor Wut zu kochen schien. Madeleine senkte den Blick. Sie hätte mit Freuden selbst bezahlt, wenn es ihr so erspart geblieben wäre, Amelie derart aufgebracht zu sehen.

Glücklicherweise legte sich Amelies Ärger, sobald sie das

Lokal verlassen hatten und auf die Piazza di Spagna hinausgekommen waren. Sie spazierten heimwärts, und Amelie hakte sich bei Madeleine ein, sodass sie Arm in Arm gingen.

»Du hättest mich nicht einladen brauchen«, sagte Madeleine.

»Ich weiß durchaus, was sich gehört. Ich habe dich immerhin dorthingeschleift.«

»Nicht geschleift ...«

»Doch, Madeleine, aber lass uns nicht mehr darüber sprechen.«

Dann zeigte Amelie Madeleine die Spanische Treppe und den Brunnen Fontana della Barcaccia, der aussah wie ein gestrandetes Schiff. Überall flanierten Menschen, die den angenehm kühlen Abend genossen. Kinder liefen umher, als interessierte es die Erwachsenen nicht, dass für sie längst Schlafenszeit sein müsste.

Madeleine atmete tief durch. Doch, Rom hatte trotz allem etwas. Natürlich konnte man in Stockholm ins Hotel Rydberg gehen und Kassettendecken und Rondelle aus Spiegelglas sehen. Aber das hier war etwas völlig anderes. Rom brodelte auf ebenso verlockende wie beängstigende Art vor Leben.

Sie wusste, dass sie in dieser Stadt niemals leben könnte. Ebenso sicher war sie, dass Amelie ihren Ort auf Erden gefunden hatte. Seit ihrer Kindheit hatten sie so viel gemeinsam erlebt. Jetzt war die Zeit gekommen, getrennte Wege zu gehen. Das Schicksal hatte es so gewollt, dass sie sich in denselben Mann verliebt hatten. Nach dem, was mit Andreas passiert war, führte für sie beide kein Weg zurück.

Madeleine schmiegte sich enger an Amelie, und sie setzten ihren abendlichen Heimweg fort. In den letzten Tagen war das Schweigen zwischen ihnen manchmal schier unerträglich gewesen. Jetzt war es eher beruhigend. Sie schlenderten und betrachteten die Menschen, grüßten und studierten die Ruinen, die über die ganze Stadt verteilt zu sein schienen.

Madeleines Gedanken schweiften allerdings in die Vergangenheit ab, bis in ihre Kindheit in Schonen zurück. Damals war alles so viel einfacher gewesen. Als sie den Sommer über spielten, während Amelies Eltern in Paris oder an der Riviera waren, um etwas für Gunhilds Gesundheit zu tun.

Ihre Kindheit in Schonen, eine Ewigkeit war das her.

Sie hatten sich kennengelernt, als Amelies Großvater das Gut Charlottenlund kaufte und das große Haus renovieren ließ. Auf der Eisenbahnlinie Malmö-Ystad fuhr die Familie von Ystad aus die zwölf Kilometer nach Westen. Es war eine magische Zeit gewesen. Amelie und Madeleine hatten den ganzen geheimnisvollen Garten für sich, errichteten ihre eigenen Fantasiewelten, spielten ihre eigenen Stücke, träumten von der Zukunft. Drohte ihnen Gefahr, konnten sie sich in der Fliederlaube verstecken, einen mit Saft und Keksen gefüllten Korb mitnehmen und sich, geschützt vor allem Bösen, verbergen.

Das Gut Charlottenlund, das Amelies Großvater gehörte, war früher eine Außenstelle des Guts Marsvinsholm gewesen, das im Besitz von Baron Jules Stjernblad war. Seine Tochter übernahm es 1880, als sie Adolf Bennet heiratete. Es war eine unglückliche Ehe. Und so kam es schon bald zu der Katastrophe, die zur Folge hatte, dass eine der vornehmsten Familien Schonens beschuldigt wurde, sich wie der gemeinste Pöbel zu benehmen.

Im Grunde waren es zwei Katastrophen. Zur ersten kam es, als Adolf Bennet sich einen Gewehrlauf in den Mund schob und abdrückte. Zur zweiten, als seine Frau Ida kurz darauf der großen Liebe ihres Lebens begegnete.

Das war zu viel des Guten für den schonischen Adel. Mit einem Selbstmord konnte man umgehen. Aber die Witwe kurz darauf mit einem Liebhaber in der Presse auftauchen zu sehen, war mehr als man zu tolerieren bereit war. Wenn man den Zeitungsberichten glaubte, stand außer Frage, dass Ida ihren unglücklichen Gatten schikaniert und in den Selbstmord getrieben hatte. Wahrscheinlich hatte sie ihn überdies schon die ganze Zeit betrogen.

Die arme Ida musste erkennen, dass man sie für immer verstoßen hatte. Aber was spielte das schon für eine Rolle? Sie war Gösta begegnet, ihrer großen Liebe. Leider waren ihnen nur wenige gemeinsame Jahre vergönnt. Denn kurze Zeit später erfuhr Gösta von seinem Arzt, dass sein Rückenleiden schon bald zu Lähmung und unausweichlichem Tod führen würde. Nach dieser schrecklichen Prognose beschloss Ida unverzüglich, Gösta ohne Rücksicht auf die Reaktionen der Leute zu heiraten. Ihre Liebe schloss ein, dass sie für ihn da war, solange er lebte, und sie würde alles tun, um dafür zu sorgen, dass er noch lange lebte.

Und nicht nur das – bald darauf war Ida schwanger. Trotz der drohenden Sorgenwolken, die über Göstas Gesundheit hingen, trotz der gehässigen Zeitungsartikel und der Verurteilung durch ihren Bekanntenkreis, hatte Ida sich niemals besser gefühlt. Zum ersten Mal in ihrem Leben war sie glücklich. Die ganze Familie ließ sich von ihrer überschwänglich guten Laune mitreißen, von ihrer durch nichts zu erschütternden Überzeugung, dass sie gemeinsam, ohne Rücksicht auf die Ansichten anderer, etwas Gerechtes und Liebevolles aufbauen würden.

Monatelang waren beide von Idas Schwangerschaft und einer wundersamen Besserung von Göstas Zustand ganz berauscht. Aber auch diesmal währte ihr Glück nur kurz. Das Kind kam zu früh, Ida wurde von Krämpfen geschüttelt und ein Arzt gerufen. Tagelang kämpfte man um ihr Leben. Gösta musste aus Norwegen, wo er sich in einem Sanatorium aufhielt, nach Hause eilen. Als er ankam, erfuhr er auf der Eingangstreppe, dass Ida nicht einmal eine Stunde vor seiner Ankunft gestorben war. Er brach zusammen und stand nie wieder auf. Seine Beine waren von jenem Tag an gelähmt, und er starb wenige Jahre später lahm und blind.

Idas jüngste Tochter war Madeleine Bennet.

Sobald Amelie und Madeleine zu Hause waren, schlug Amelie die Fensterläden auf, die mit Wucht gegen die Backsteine schlugen. Aber es kümmerte sie nicht im Mindesten, dass Mitternacht schon lange vorbei war und es klang, als würde das ganze Haus einstürzen. Stattdessen lief sie ins nächste Zimmer, um die Prozedur dort zu wiederholen. Hoch mit dem Riegel und, peng, flogen auch dort die Luken auf.

»Endlich frische Luft, sodass man atmen kann!«, rief sie.

Madeleine folgte ihr mit zwei Schritten Abstand.

»Großer Gott, sieht das hier tragisch aus«, seufzte Amelie und schaute sich im Zimmer um.

Die Wohnung hatte auf dem Bild des Maklers so nett ausgesehen. Aber Amelie fand die Zimmer stickig, klein und dunkel. Der Preis war erschwinglich, da gab es nichts zu meckern, vor allem, wenn man die Lage bedachte. Trotzdem redete sie ständig davon, dass sie es nie und nimmer aushalten würde, auf Dauer so beengt zu wohnen. Das Badezimmer musste auch umgebaut werden, eine Handdusche in einem Verschlag durfte nur eine provisorische Lösung sein.

»Was meinst du, Madeleine? Sei ehrlich.«

Madeleine schreckte auf, als hätte man sie dabei ertappt, auf ihrem Posten eingeschlafen zu sein. Sie blickte zu Amelie hoch und verhaspelte sich.

»Ich finde sie … na ja, charmant«, sagte Madeleine.

»*Charmant*?«

»Ja …«

»Ist es nicht ziemlich eng?«

»Doch, schon.«

Wieder entstand dieses Zögern zwischen ihnen. Und als Amelie weiterstürmte, diesmal, um eine Flasche Wein zu holen, blieb Madeleine auf ihrem Stuhl sitzen.

Sie war am Ende ihrer Kräfte. Wenn sie gekonnt hätte, wäre sie aufgestanden, hätte die Wohnung verlassen und wäre den ganzen, langen Weg zum Bahnhof gegangen, um dort auf den nächsten Zug nach Schweden zu warten. Es gab hier nichts, wobei sie Amelie behilflich sein konnte, bloß die verzweifelte

Hoffnung auf eine Versöhnung. Aber diese Versöhnung war nicht möglich, und vermutlich hatten sie es beide gewusst, aber etwas anderes glauben wollen.

Sie hätte Amelie so gern an ihrem eigenen Glück teilhaben lassen. Nie zuvor war ihr dieses Glück jedoch so deplatziert erschienen. Nur als sie selbst am Vorabend von Amelies Hochzeit von ihrer missglückten Ehe mit Wathier Hamilton erzählte, hatte es eine ähnlich verzweifelte Diskrepanz gegeben. Das war zwar schon eine Ewigkeit her, aber die Erinnerung daran war niemals verblasst.

Aber diese Erinnerung war das Letzte, worüber sie jetzt mit Amelie sprechen wollte. In ihrer Vergangenheit gab es nur Trauer und Verzweiflung und nichts, was Amelie behilflich sein konnte. Sie war jetzt glücklich, so unglücklich Amelie auch sein mochte, und ihre Reise nach Rom war von vornherein zum Scheitern verurteilt gewesen.

Dann erkannte Madeleine schlagartig: Sie würde Amelie gegenüber niemals ohne Schuld sein. Soviel sie auch zahlte, die ursprüngliche Schuld blieb. Sie hätte es längst begreifen müssen, es lag auf der Hand.

Und sie wurde das Wort nicht los, das in ihrem Kopf unablässig wiederholt wurde. *Eng.* Sie begriff nicht, was Amelie meinte.

Die Jahre, in denen Madeleine als frisch vermählte Frau mit Wathier Hamilton auf dem Gut Marsvinsholm gelebt hatte, das so groß und geräumig war und so wahnsinnig schön im Frühjahr, wenn der Garten im April von blühenden Kirschbäumen und im Mai von den Apfelbäumen überschwemmt wurde. Ein Anblick in Weiß und Hellrosa.

Die vielen Anlässe, zu denen sie Gäste empfangen und in der Pergola flaniert oder in der Fliederlaube gesessen hatten. Im Haus konnte man von Zimmer zu Zimmer gehen, die Fenster aufschlagen, das herrliche, südschwedische Licht hereinströmen lassen, die wunderbaren Düfte der Landschaft nach

Flieder und frisch geschlagenem Heu. Dann wurden Tee und Limonade serviert, die Kinder liefen aufgedreht herum, tollten, spielten Badminton und Krocket und flehten sie an, doch mitzuspielen. Sie aber schüttelte den Kopf: *Nein, spielt ihr ruhig alleine, ich lese so lange*. Das Lachen und Jauchzen, ein Buch auf dem Schoß, aufgeschlagen, aber ohne, dass sie weitergekommen wäre.

Die Verlogenheit, die dazu führte, dass die Worte im Buch sie ansprangen. Wenn sich ihre Seele zusammenklumpte und die Brust sich verkrampfte, ohne dass es jemand sah.

Das war *Enge*. In der Idylle des geerbten Familienguts zu sitzen, wo einem jeder verführerische Duft nur geliehen erschien – nein, schlimmer noch, als wäre er gestohlen. Sie war niemals ein Teil von Marsvinsholm gewesen, obwohl sie sich geschworen hatte, nicht den Fehler ihrer Mutter zu wiederholen und den falschen Mann zu heiraten. Und dann endete es trotzdem genauso katastrophal. Ein Ehemann, der einzog und das Gut übernahm, sich ganz zu Hause fühlte, polterte und mit großer Geste anzeigte, wo die Möbel stehen sollten. Es wollte ihr nicht in den Kopf, dass sie so lange gebraucht hatte, um zu erkennen, welch großen Fehler sie gemacht hatte.

Als sie zum ersten Mal wagte, es in Worte zu fassen, war Amelie ihre Zuhörerin gewesen, am Vorabend ihrer Hochzeit mit Andreas. Sie hatte die Worte immer noch im Ohr: dass ihr Leben nur Fassade war. Dadurch änderte sich jedoch nichts, obwohl Amelie den Arm um ihre Schultern legte und sie gemeinsam weinten, Amelie in ihrem neuen Hochzeitskleid, auf das Andreas bestanden hatte, obwohl es viel zu teuer gewesen war. Im Jahr darauf war Madeleine erneut schwanger gewesen und alles in der gleichen Abwärtsspirale weitergegangen. Der einzige Unterschied hatte darin bestanden, für zwei Töchter verantwortlich zu sein statt für eine.

Wie konnte Amelie ihre Wohnung nur eng nennen – wo sie doch vom italienischen Licht durchflutet wurde und für eine neue Phase in ihrem Leben stand, die voller Leben war. Der einzige Makel war die ständige Erinnerung an die Scheidung von Andreas durch Madeleines Anwesenheit.

Madeleine war sicher, dass Amelie über Andreas hinwegkommen würde. Dafür gab es zahlreiche Gründe. Amelie hatte eine so überschwängliche Art, dass es ihr einfach undenkbar erschien, sie sich nicht mit einem neuen Mann vorzustellen.

Schlimmer stand es um Madeleines Scheidung von Wathier Hamilton. Als er die Bedingungen festlegte, hatte Madeleine nur genickt, obwohl sie aberwitzig waren. Sie hätte alles unterschrieben. Selbst wenn in dem Schriftstück gestanden hätte, dass sie ins Exil verwiesen, auf dem Marktplatz an den Pranger gestellt oder gefoltert und als Sklavin nach Amerika verkauft werden sollte, hätte dies keine Rolle gespielt. Sie hätte es unterschrieben.

Sie war ein leerer Mensch, den andere für unglücklich hielten.

Aber unglücklich zu sein war etwas völlig anderes. Sie kämpfte gegen die Leere – andere sahen nur, dass sie unglücklich war oder ein schwaches Nervenkostüm hatte, was vermutlich hinter ihrem Rücken getuschelt wurde. Sie wusste, die Leute fanden, sie habe zu schnell nachgegeben und dass es unverantwortlich von ihr war, das Sorgerecht für die Kinder ihrem Mann zu überlassen. Natürlich hatte sie ihre Entscheidung seither viele, viele Male bereut.

Es gab einen Moment, in dem sie erkannte, wie sie sich in diese grauenvolle Situation manövriert hatte und dass sie sich befreien musste. Als sie die enge, die zusammengekauerte Seele sah, den Abgrund, in den sie gestoßen wurde. Und wie sie sich selbst zur Steinigung freigegeben hatte, um zu bekommen, was andere Menschen in ihrem Leben zu erreichen versuchten: eine eigene Familie und geordnete finanzielle Verhältnisse. Wenn es ihr in Rom tatsächlich gelänge, Amelie zu erklären, was diese Scheidung mit ihr angestellt hatte, würde Amelie dann verstehen können, würde ihr Urteil über sie dann weniger hart ausfallen?

Sie erinnerte sich mit grauenhafter Deutlichkeit an ihre Scheidung. Es war Herbst gewesen, er trug seinen dicken, moosgrünen Pullover mit dem Spezialfutter an der Schulter für das Gewehr, das man dort anlegen sollte. Graf Hamilton, der sich an die große Anrichte setzte und sie stumm und stierend ansah. Sie merkte, dass sie etwas sagen wollte, egal was, brachte aber kein Wort heraus und spürte, wie sich sein Blick an ihr festsaugte. Es juckte in ihrem Nacken, und sie versuchte sich zurückzuhalten, aber am Ende musste sie sich kratzen, fuhr mit dem Fingernagel über die Stelle und spürte, dass er sie immer weiter anglotzte.

Mit seinem schrecklichen, starrenden Blick.

Dann fing es sofort wieder an zu jucken, obwohl sie eben erst über die Stelle gerieben hatte, und sie musste erneut die Fingernägel zu Hilfe nehmen. Diesmal hörte es jedoch nicht auf zu jucken. Also ließ sie die Hand in ihrem Nacken liegen und spürte, wie sich das Jucken auf ihren Hals, die Schultern, auf Brüste und Bauch ausbreitete, und gleichzeitig von den Beinen zur Innenseite der Oberschenkel und zu ihrem Unterleib aufstieg. Ihr ganzer Körper war von diesem stechenden Brennen und seinem starren Blick erfüllt gewesen. Er sagte kein einziges Wort, saß nur da und sah sie unverwandt an.

Dann brach sie in Tränen aus. Sie hätte alles darum gegeben, sich das zu ersparen, aber es war unvermeidlich. Erst kam eine einsame Träne, die ihr das Gesicht hinablief, und sie spürte den Weg der Träne zu ihrem Mundwinkel. Der salzige Geschmack, der sich mit Speichel vermischte. Im nächsten Moment schluchzte sie, wortlos, stumm. Und es juckte immer weiter, so sehr sie auch mit den Fingernägeln über ihren Nacken fuhr, wo es angefangen hatte, und danach über die Schultern, ihre Brust.

Schließlich stand er auf.

Er sagte kein Wort, als er sie mit ihrem Schluchzen und Jucken zurückließ. Kein einziges Wort.

Sie hatte zum ersten Mal zugelassen, dass er sie weinen sah. Als er das nächste Mal mit ihr sprach, diktierte er ihr die Bedingungen für die Scheidung.

Und nun, in Rom, behauptete Amelie, ihre Wohnung sei *eng*. Hier gab es nichts, was man eng oder erstickend nennen konnte. Im Gegenteil, die Wohnung war voll von pulsierendem Leben und Bewegung.

Das hätte Madeleine Amelie gerne gesagt, als diese mit einer Flasche Wein und zwei Gläsern ins Zimmer zurückkehrte. Du hast so viel, Amelie, so viel mehr als jeder andere, dem ich jemals begegnet bin. Du hast alles außer Andreas, aber du bist ohne ihn besser dran.

Sie streckte die Hand nach Amelie aus und dachte, dass sie ihre Freundin gern umarmt hätte. Aber noch ehe Amelie überhaupt in ihre Nähe gekommen war, hatte sie auch schon einen anderen Ort ins Auge gefasst, wo sie den Wein trinken wollte. Sie huschte ins Nebenzimmer und tischte dort auf.

Und Madeleine eilte ihr hinterher.

Lieber Bruder …

Du hast so oft versucht, sie loszuwerden, dieses gespenstische Wesen, diese Mrs d'Espérance.

Vor allem, als sie von Skeptikern bis ins Detail unter die Lupe genommen wurde und man sie eine Schwindlerin und Scharlatanin nannte. Trotzdem taucht ihr Gesicht auf, sobald du die Augen schließt, und das dreißig Jahre später. Dir ist schleierhaft, wie das möglich ist.

Obwohl sich vermutlich alle aus unserer Generation an die okkulte Welle erinnern, die im letzten Jahrzehnt des 19. Jahrhunderts über ganz Europa schwappte. Wir fühlten uns doch alle davon angezogen. Du besuchtest Séancen, trafst Magnetiseure und Medien. Manche hatten diesen durchdringenden Blick, der die Seele zu durchbohren schien.

Aber was war eigentlich so verlockend daran? Waren es die Aktivitäten im Raum oder etwas, das in deinem Inneren vorging? Denn irgendetwas zog dich dorthin, obwohl du versucht hast, dich dagegen zu wehren. Du fürchtetest dich doch vor der Verlockung, du fürchtetest dich, weil du dir nicht sicher warst, die Kontrolle behalten zu können.

Und wenn du etwas schon immer verabscheut hast, Poul, dann sind es Dinge in dir, die du nicht *kontrollieren* kannst.

Nachdem du an zahlreichen Zusammenkünften in gedämpftem Licht, an den ewigen Anrufungen von Geistern und dem berühmten Augenrollen teilgenommen hattest, fühltest du dich den anderen, diesen verzweifelten und suchenden Menschen immer noch fern. Du hast sie in ihrer Jagd nach *dem Unbe-*

kannten tragisch gefunden. Als suchten sie nur eine Bestätigung für etwas, das sie ohnehin schon glaubten. Meistens hast du gedacht, dass die Dinge, die sie als fantastisch wahrnahmen, in Wahrheit innerhalb der Gruppe vorgingen, und nur dort.

Auf die Menschen und ihre Sinne ist kein Verlass, hast du immer wieder erklärt, vor allem, wenn sie schon im Voraus beschlossen haben, was sie finden werden und sich mit nichts anderem zufrieden geben. Und wenn es um das Okkulte geht, hat das den kleinen bitteren Beigeschmack einer Suche nach Ewigkeit. Die klassische Angst vor dem Tod. Wenn es der Religion nicht gelungen ist, den Menschen die Gewissheit zu geben, dass es über die sechzig, siebzig Jahre hinaus, die einem beschieden sind, noch etwas gibt, werden sie mit der gleichen Verzweiflung vom Esoterischen angezogen.

Schenkt mir ewiges Leben! Erklärt mir, warum ich zwar lebe, aber nur so kurz! Gebt mir meine toten Nächsten zurück! Diese armen Würstchen, wie irren sie sich doch vor lauter Angst und Unverstand. Statt die Zeit zu genießen, die ihnen bleibt, statt zu lieben, solange noch Zeit dazu ist.

Du warst der Meinung, das meiste gehe auf das Konto von Bauernfängern, die eine Chance witterten, ein paar ängstlichen Seelen ihre Ersparnisse abzuluchsen. Es gebe keine Grenzen dafür, was man einer trauernden Witwe abknöpfen könne, die ein Gespräch mit ihrem verstorbenen Ehemann führen wolle. Und sei es auch nur, um Fragen zu Abrechnungen und Familienkleinoden zu stellen. Nein, auf diese Scharlatanerie fielst du nicht herein.

Aber dann kam eines Tages Mrs d'Espérance.

Schon durch den Namen verbreitet sich ein warmer Strom in deinem Körper. Du hast an Puvis de Chavannes Gemälde gedacht, das du in Paris gesehen hattest. Du hast es mir eingehend beschrieben: das junge, nackte Mädchen auf der weißen Decke, ihr seltsam plattes Gesicht, das den Betrachter unverwandt ansah, den ausgestreckten Arm, ein kleiner Zweig in der Hand. Hinter ihr türmte sich das Schlossgebäude auf, und dahinter lag das Meer, als sichtbare Befreiung in weiter Ferne.

Du hast behauptet, du hättest lange gebraucht, um zu erkennen, warum dich dieses Bild so narrte. War es das Gesicht, seine plattgedrückte Form, oder der kleine Mund, die eng stehenden Augen? Im Grunde sei es ein jämmerliches Äußeres, hast du gemeint, aber dennoch apart, unangetastet. Dann wieder dachtest du, dass es womöglich an dem kleinen Zweig lag, den sie hielt, weil er jegliche Farbe verloren hatte und mit dem sonnengedörrten Gras verschmolzen war, das einen so unverzeihlich großen Teil des Gemäldes einnahm.

Es war gleichsam die Botschaft, dass selbst ihre Jugend vergänglich war. Bald würde sie, wie der Zweig und das Gras, in dem Einzigen aufgehen, was uns alle überlebt: Moos, Zweige und Staub.

Plötzlich wurde es zu einem furchterregenden Bild. Zu einem Vorboten, den du weder abtun noch verstecken konntest. Es beunruhigte und lockte dich gleichermaßen, genau wie jene Geisterwesen, zu denen wir uns als Kinder so hingezogen fühlten. Aber im Grunde ging es doch um das, was man über die Mona Lisa sagt: Jeder Versuch, ihr Lächeln zu deuten, war nichts als eine Deutung der Person, die das Werk betrachtete.

Du aber konntest nur daran denken, wie kurz die für uns abgesteckte Zeit auf Erden doch ist.

Und durch die Menschenmenge zwängten
sich drei schnurrbärtige
Carabinieri – zwei Tote, zwei Frauen sind tot!

Rom, 29. Juni 1912

Die Wohnung war geputzt und eingerichtet. Amelie und Madeleine setzten sich auf Schemel und mussten lachen. Es war wirklich unglaublich. Es gab sicher nicht viele, die weniger geeignet gewesen wären, eine Wohnung wie diese instandzusetzen, als sie.

Glücklicherweise war Amelie ihrem Nachbarn Pietro begegnet, der sich um alles gekümmert hatte, was Leitungen und Elektrizität betraf. Amelie hatte ihm vorgegaukelt, dass das Ganze bestimmt nicht länger als ein oder zwei Stunden dauern würde. Zwei Tage hatte der Mann ununterbrochen gearbeitet.

Jetzt war alles fertig. Ihre Belohnung bestand aus zwei Tagen, an denen sie es sich einfach nur gut gehen lassen würden. Als Erstes würden sie schwimmen gehen, darauf bestand Amelie. Es wurde jedoch ein langer vormittäglicher Spaziergang, während die Sonne immer höher stieg und es minütlich heißer wurde. Fast eine Stunde dauerte es, an der Piazza del Popolo loszugehen und auf der anderen Seite der Mauer den Hang der Piazzale Flaminia hinab am Rande der Villa Borghese mit ihren Springbrunnen und Statuen und weiter die ganze Via Flaminia hinunterzugehen. Die Hitze war in der Zwischenzeit fast unerträglich geworden, und sie mussten sich mit den Handtüchern, die sie auf ihren Schultern trugen, den Schweiß von der Stirn wischen.

Auf dem Markt herrschte reges Treiben, und es wurde eifrig gefeilscht. Sie blieben stehen und beobachteten den Betrieb mit großem Interesse. Für eine Schwedin war es unmöglich, dem Geschehen zu folgen, aber Amelie versuchte sich auf die Gebote zu konzentrieren. Immerhin wusste sie, dass sie schon bald Teil dieser Stadt sein würde, also lernte sie die Spielregeln am besten möglichst schnell. Zur Belohnung gab es jedenfalls ein paar Birnen und für jeden ein kleines Stück Käse.

Schließlich erreichten sie die Ponte Molle. Auf der einen Brückenseite lag der Badeplatz der Männer – ein weiträumiger Sandstrand voller Umkleidekabinen und Menschen, die Gymnastik trieben und in kleinen Booten paddelten. Es herrschte ein lautes Treiben von Männern in allen Altersstufen, von halb nackten und jungen römischen Halbgöttern, die Strandtennis spielten, bis zu älteren Herren, die mit Sonnenhüten und Hängebäuchen in ihre Liegestühle plumpsten.

Auf der anderen Brückenseite lag völlig verwaist der Frauenstrand. Als Strand konnte man ihn allerdings kaum bezeichnen. Ein kleiner Sandstreifen führte zum Wasser hinab und war im Grunde das Einzige, was anzeigte, dass es sich um einen Badestrand handelte.

Amelie und Madeleine ließen sich davon jedoch nicht abschrecken. Eine alte Frau, die in einiger Entfernung ihre Wäsche wusch, beobachtete sie ein wenig über die Schulter hinweg, schüttelte den Kopf und wusch weiter. Vielleicht schnaubte die Frau angesichts der neuen Badeanzüge, die sie vor ihrer Abreise für ein halbes Vermögen im Kaufhaus NK erstanden hatten.

Amelie tauchte als Erste den Fuß ins Wasser.

»Oh!«, rief sie aus. »Es ist eiskalt. Wunderbar!«

Madeleine war beim Anblick des schmutzig braunen Tiber weniger beeindruckt.

»Der Fluss sieht aus wie die reinste Kloake.«

»Ach was. Das ist nur Sand, der vom Grund aufgewirbelt wurde«, versuchte Amelie ihre Zweifel zu zerstreuen.

»Ja, sicher.«

Sobald sie im Wasser waren, klang es jedoch schon anders.

Beide fanden den Fluss wunderbar erfrischend und angenehm. Sie hörten die Männer in einigen hundert Metern Entfernung am anderen Flussufer lärmen. Anfangs erschien es ihnen fast ein wenig demütigend, hier ganz allein für sich sein zu müssen, nach einer Weile schlug dies jedoch um in ein Gefühl von Exklusivität. Sollten die sich da drüben doch drängeln, so viel sie wollten, die alten Tattergreise. Ihr Strand mochte zwar schöner und größer sein, aber diesen hatten Amelie und Madeleine dafür ganz für sich allein.

Dann waren sie wieder an Land, um sich auf einem Badehandtuch aufzuwärmen. Weg mit der Bademütze, damit Luft an die Haare kam.

»Das ist das Leben«, rief Amelie unvermittelt aus und reckte die Arme hoch, als wollte sie den ganzen italienischen Sonnenhimmel umarmen.

Wenn man die Augen schloss und ganz still in der Sonne lag, entstand bisweilen ein seltsames Lichtspiel. Es kam einem vor, als sausten kleine Punkte über die Innenseite der Lider. Amelie fand, dass es wie ein Spiel war, sie zu verfolgen und gleichzeitig den Geräuschen ringsum zu lauschen.

Sie hörte Madeleines schwere Atemzüge. Wahrscheinlich war sie mit dem aufgeschlagenen Buch auf der Brust eingenickt.

Da war das Klopfen der waschenden Frau.

Und der Verkehr, der sich immer mehr verdichtete, je später es wurde. Von fern hörte man jemanden eine immer gleiche Phrase rufen. Die Worte blieben allerdings unverständlich, vielleicht verkaufte er den Passanten Zeitungen, Süßigkeiten oder Limonade.

Autos bremsten, Pferde wieherten, Menschen riefen sich wütend, flehend, amüsiert Dinge zu. Ein Sammelsurium von Geräuschen in ihrer unmittelbaren Nähe. Dennoch lag sie auf dem Rücken und ließ sich vom wohltuenden Licht der Sonne wärmen. Noch vor kurzem, auf dem langen Fußweg, war die

Hitze drückend gewesen, nun aber kühlte der Wind vom Fluss ihre nassen Schenkel und Arme.

Es ist das Paradies, dachte Amelie, und das nur einen Steinwurf vom Wirrwarr und Chaos in einer der größten Städte Europas entfernt. Hier werde ich von nun an wohnen, hier werde ich leben. Mein Leben mit Andreas ist vorbei. Es ist vorbei, vorbei, vorbei. Vorüber. Dahin.

Sie stand auf der Schwelle zu einer neuen Lebensphase und wusste nicht, was diese ihr bringen würde. Ihr ganzes Leben war auf Sand gebaut, aber dies hatte auch etwas Verlockendes. Der kleine monatliche Unterhalt würde niemals reichen, das musste sie akzeptieren. Möglicherweise musste sie ihre Träume vom Malen, Schreiben und von der Bildhauerei aufgeben. Vielleicht ist das Ganze ja ohnehin blanker Unsinn, dachte sie, es gibt so viele talentierte Menschen.

Sie würde bestimmt eine Hausfrau werden wie alle anderen auch.

Nein, zum Teufel, so durfte sie nicht denken.

Sie öffnete die Augen einen Spalt breit und sah durch die Wimpern den Fluss in einiger Entfernung wie einen Palmenhain glitzern. Dampf schien von der Wasserfläche aufzusteigen – ein unverstellter Blick ins Gelobte Land nach einer langen Wüstenwanderung.

Dann schloss sie die Augen, und für einige Sekunden wurde es vollkommen schwarz, bis kurz darauf wieder Punkte auf der Innenseite der Lider hin und her schossen.

Angesichts der Hitze war es schon bald Zeit für ein neues Bad. Die Sonne stand mittlerweile im Zenit. Diesmal zögerten Amelie und Madeleine nicht, sondern liefen geradewegs hinein. Sie bespritzten sich mit Wasser und gaben nichts darauf, dass die waschende Frau wegen ihres kindischen Benehmens die Nase rümpfte. In der Ferne auf der anderen Seite hörte man die Stimmen der Männer erstaunlich klar. Sie schienen nur ein paar Meter entfernt zu sein, obwohl man kaum mehr als ihre Konturen erkennen konnte.

»Vater hat immer gesagt, dass ich eine Meerjungfrau bin«, meinte Amelie und tauchte den Kopf unter Wasser.

»In meiner Familie durfte man dem Wasser nie zu nahe kommen«, sagte Madeleine, als Amelie wieder aufgetaucht war und sich das Wasser aus den Ohren geschüttelt hatte. »Ich glaube, es lag daran, dass sie dachten, man könnte nicht schwimmen. Man durfte mit dem Boot fahren, aber nicht über Bord gehen.«

Sie schwammen einen Zug. Amelie tauchte unter dem Seil hindurch, das markierte, bis wo man stehen konnte. Madeleine folgte ihrem Beispiel. Sie tauchten und schwammen noch ein Stück weiter hinaus. Nicht eine Wolke stand am Himmel. In ein paar Stunden würde es kühler werden und die Stadt nach Siesta und ausgedehntem Mittagessen so richtig in Schwung kommen. Das Leben verlief hier in einem ganz anderen Tempo als in Schweden. Für Stunden schloss sich jeder Fensterladen, und es wurde ruhig und still – bis gegen Abend alles in zahllosen Farben und hitzigen Wortwechseln explodierte. Das Abendessen nahm man mindestens vier Stunden später zu sich, als es zu Hause in einer schwedischen Familie üblich war.

Was heißt hier eigentlich zu Hause, dachte Amelie. Das hier war jetzt ihr Zuhause.

Weiter draußen wurde die Strömung stärker, wodurch das Schwimmen jedoch nur noch mehr Spaß machte. Durch die Brücke entstanden zudem höhere Wellen und ein Widerstand, und wenn man wollte, konnte man sich von den Wellenbewegungen mitreißen lassen. Amelie und Madeleine legten sich auf den Rücken und ließen sich, abgesehen von leichten Korrekturen mit den Händen, an der Oberfläche treiben. Sie fühlten sich schwerelos.

»Kein Mensch hat geglaubt, dass ich die Geburt überleben würde«, sagte Amelie. »Sie mussten so viele Zangen benutzen, dass mein Kopf ganz deformiert war. Geatmet habe ich auch nicht. Es heißt, dass Vater meine Lunge zum Arbeiten brachte, als er mir seine Pfeife in den Mund steckte und ich daraufhin husten musste. Zu allem Überfluss habe ich mir mit Sicherheit eine Chloroformvergiftung eingehandelt. Wenn die Kleine überlebt, meinten die Ärzte, wird sie bestimmt ein Idiot sein.«

Sie lachte und ergänzte:

»Man sieht ja, was dabei herausgekommen ist!«

Auf einmal merkten sie, dass die Strömung sie ein großes Stück flussabwärts getrieben hatte. Als sie die Köpfe hoben, konnten sie die Badestelle nicht mehr sehen. Sie beeilten sich, mit kräftigen Schwimmzügen ans Ufer zu gelangen. Zurückzuschwimmen kam nicht in Frage, das hätte kein Mensch geschafft. Aus der Strömung in der Flussmitte herauszukommen, fiel ihnen schon schwer genug. Am Ende gelang es ihnen jedoch, in ruhigeres Wasser in Ufernähe zu schwimmen. Das nächste Problem bestand darin, eine Stelle zu finden, an der sie an Land gehen konnten. Das Ufer war entweder zu steil oder ihnen stand ein Gebäude im Weg. Schließlich fanden ihre Füße Halt auf dem Grund und sie stellten sich ins Wasser. Madeleine trat gegen einen Stein und schrie auf. Ein Zehennagel war eingerissen, und sie blutete.

»Das ist doch mal wieder typisch für mich, in so eine Situation zu geraten«, erklärte Amelie vorwurfsvoll.

»Ach Unsinn, das haben wir ja wohl gemeinsam hinbekommen.«

»Stimmt, aber so was passiert mir andauernd. Irgendetwas sagt mir, dass dir das seltener passiert.«

Endlich fanden sie eine Stelle, an der sie an Land gehen konnten. Madeleine humpelte aus dem Wasser.

»Ist halb so wild«, erklärte sie und lächelte schief.

Amelie bückte sich und betrachtete den Zehennagel. Er sah nicht besonders schlimm aus, aber die empfindliche Haut darunter lag bloß und musste verbunden werden. Als sie sich wieder aufrichtete, wurde ihr bewusst, dass sie nahe der Straße waren, die am Fluss entlangführte. Kurze Zeit später waren sie zu einer Touristenattraktion geworden. Die Männer riefen ihnen hinterher, wenn sie auf Fahrrädern, Pferdekarren oder in ihren Autos vorbeikamen. Sie waren von einem Sammelsurium aus Stimmen und Aufmerksamkeit umgeben.

Noch nass und mit tropfenden Badeanzügen machten sie sich auf den Weg. Da sie barfuß waren, mussten sie darauf achten, wohin sie ihre Füße setzten. Sie hatten beide kaum Hornhaut unter den Füßen und wenn sie mit ihren Fußsohlen auf einen scharfen Stein traten, durchzuckte es sie jedesmal schmerzhaft. Leute blieben stehen und beobachteten sie, als sie vorbei gingen, ein paar Jungen pfiffen anzüglich.

Amelie packte Madeleines Arm und sagte:

»Wir werden hoch erhobenen Hauptes gehen und uns nicht schämen. Wir haben das Recht, so gekleidet herumzulaufen, wie es uns passt.«

Madeleine nickte, hätte jedoch alles dafür gegeben, nach nur wenigen Tagen in Rom nicht in einem tropfenden Badeanzug und mit verletztem Fuß zur Touristenattraktion der Stadt zu werden.

Sie erkannten schon bald, dass der Rückweg zum Strand sehr weit war, und wegen Madeleines Fuß und dem unebenen Untergrund kamen sie nur langsam voran. Die Sonne brannte auf sie herab, sodass sie binnen kürzester Zeit zunächst trocken und anschließend verschwitzt waren. Beiden setzte die Sonne zu, vor allem im Nacken.

Sie gingen Häuserblock um Häuserblock, kamen dem Badeplatz offenbar jedoch kaum näher. Es erschien ihnen unfassbar, dass sie so schnell so weit abgetrieben worden waren. Außerdem bekamen sie allmählich Hunger und dachten an den kleinen Picknickkorb, der sie bei ihren Kleidern erwartete.

Da die Uferlinie in Kurven verlief und sie zuweilen zwang, zwischen den Häusern und Straßen hinaufzugehen, statt am Wasser zu bleiben, war schwer zu erkennen, wie weit sie noch gehen mussten. Zu allem Überfluss folgte ihnen mittlerweile ein Rattenschwanz von etwa zehn kleinen Jungen, alle barfuß und in löchrigen Kleidern, die um sie herumliefen, auf sie zeigten und grinsten. Amelie blieb zweimal stehen und fragte sie, ob sie nicht in der Schule sein sollten, statt herumzulungern und Leute zu schikanieren. Die Antwort der Jungen bestand in noch lauteren Zurufen und eifrigerem Zeigen.

Plötzlich fuhr ein Wagen mit hoher Geschwindigkeit und unter ständigem Glockenläuten um die Kurve und an ihnen vorbei. Kurz darauf folgte ein weiterer mit dem gleichen alarmierenden Klingeln. Diese wahnsinnigen Italiener, dachten sie, sich so in die Kurven zu legen. Als das zweite Auto an ihnen vorbeiraste, mussten sie sich in Sicherheit bringen.

»Was war denn das?«, erkundigte sich Madeleine.

Plötzlich lief die Horde von Jungs voraus und verschwand hinter einer Hügelkuppe. Wahrscheinlich war der Feuerwehreinsatz spannender als zwei müde, humpelnde Schwedinnen. Als sie jedoch selbst über die Kuppe gelangt waren, merkten sie, dass sich vor ihnen eine Menschenmenge gebildet hatte. Dort standen auch die beiden Feuerwehrwagen, die in solch rasendem Tempo an ihnen vorbeigefahren waren.

Als sie näher kamen, sahen sie, dass große Geschäftigkeit herrschte und Leute umherliefen und einander zuriefen. Amelie und Madeleine erreichten den äußeren Kreis der Menschenmenge und versuchten zu begreifen, was da vorging. Es wurde wild gestikuliert, aber es war schwer herauszufinden, was vorgefallen war, weshalb Amelie sich durch die Menge zwängte und Madeleine mitzog. Neugierig, wie sie war, wollte sie herausfinden, warum ein solcher Aufstand gemacht wurde.

Ein zahnloser alter Mann drehte sich zu ihnen um und erklärte, zwei Frauen seien ermordet worden. Daraufhin wurde er von einem ebenso zahnlosen Greis berichtigt, der meinte, es handele sich höchstwahrscheinlich um ein Eifersuchtsdrama, jemand habe seine beiden Töchter im Fluss ertränkt, man werde bald mit dem Draggen suchen, um die Leichen aus dem Wasser zu fischen.

»Wie schrecklich«, sagte Amelie zu Madeleine, »deshalb ist die Feuerwehr so schnell ausgerückt. Wie furchtbar!«

Dann wurde ihnen klar, dass sie wieder an dem Strand waren, auf dem ihre Sachen lagen, und sahen die alte Wäscherin, die erregt gestikulierte, sich bekreuzigte und auf den Fluss hinauszeigte. Amelie sah Madeleine an und machte ein Gesicht, als hätte man sie beim Äpfelklauen erwischt.

Durch die Menschenmenge zwängten sich drei schnurrbärtige Carabinieri – *zwei Tote, zwei Frauen sind tot!* Die Wäscherin war mittlerweile so hysterisch, dass alle ihre verzweifelten Rufe hören konnten. *Zwei Frauen sind ertrunken!*

Von welchen beiden Frauen die Rede war, lag auf der Hand. Amelie und Madeleine sahen sich an und wussten nicht so recht, wie sie sich verhalten sollten.

Dann packte Amelie Madeleines Arm und zog sie näher zu sich heran. Sie flüsterte:

»Wir könnten jetzt verschwinden, Madeleine, und kein Mensch würde nach uns suchen.«

Sekundenlang stand Amelie mucksmäuschenstill, als dächte sie ernsthaft über diese Alternative nach. Dann aber marschierte sie resolut zu den Polizisten, stellte sich vor, zeigte auf die Kleiderhaufen und das Wasser und erläuterte mit ein paar Schwimmzügen, was geschehen war. Die Polizisten betrachteten sie mit skeptischen Mienen und musterten ihre Aufsehen erregende Kleidung. Dann aber warf sich die Wäscherin in Amelies Arme, blickte gen Himmel und dankte der Heiligen Jungfrau Maria für ein Wunder.

Es dauerte weitere zwanzig Minuten, bis alle Missverständnisse geklärt waren. Es würde ein Bericht mit Unterschrift und Beglaubigung verfasst werden. Schließlich entfernten sich die Polizisten und die Mehrzahl der Schaulustigen. Sogar die waschende Alte ging mit ihrem Wäschekorb nach Hause, und nur ein paar kleine Jungen, die nichts Besseres zu tun hatten, blieben zurück.

Sie nahmen den gleichen Weg zurück zur Via Flaminia und waren auf Grund der Ereignisse noch ziemlich überdreht. Sie lachten und beklagten sich darüber, wie hungrig sie waren. Sie hatten den ganzen Tag kaum etwas gegessen. Gemeinsam hatten sie etwas erlebt, das sie an ihre Kindheit erinnerte – damals waren sie beide gegen den Rest der Welt angetreten. Fünfzehn Jahre war das jetzt her, eine Ewigkeit und gleichzeitig nur einen kurzen Moment.

Plötzlich hielt Amelie inne. Sie blieb stehen, als hätte sie das Gleichgewicht verloren. Dann griff sie nach Madeleines Arm. Es geschah völlig unerwartet, fand Madeleine … so *verzweifelt* … sie packte den Arm wirklich sehr fest.

»*Ich* …«

»Amelie, was ist passiert?«

»Ich habe nicht an Sören Christer gedacht.«

»Wie meinst du das?«

»Ich habe überhaupt nicht an ihn gedacht. Seit ich hier bin, nicht mehr. Ich habe …«

Sie brach in Tränen aus. Madeleine legte die Hände um Amelies Kopf und brachte sie dazu, sich auf den Bürgersteig zu setzen, um sich zu sammeln. Madeleine wusste nicht, was sie tun sollte, die Sache kam wie ein Blitz aus heiterem Himmel. Amelie war untröstlich, und ihre Nase lief, als sie mit Verzweiflung in der Stimme sprach.

»Ich habe nicht eine Sekunde an ihn gedacht. Ich bin es nicht wert zu leben. Ich bin eine kranke Mutter, krank!«

Ebenso unvermittelt, wie es begann, hörte es auf. Amelie sah Madeleine mit weit aufgerissenen Augen an.

»Es ist leichter, seine Mutter durch eine Krankheit zu verlieren, als zu wissen, dass man ihr egal ist.«

Ihre Tränen waren wie weggeblasen. Nun sprach sie mit eiskalter Stimme und schien in erster Linie wütend zu sein. Sie streckte den Hals, stand blitzschnell auf und ging, nun jedoch mit wesentlich schnelleren Schritten als zuvor, weiter.

Madeleine eilte mit ihrem verletzten Fuß hinterher, fiel jedoch ein gutes Stück zurück.

Sie rief.

»Amelie, warum rennst du denn so?«

»Als ob dich das interessieren würde!«

Madeleine blieb stehen. Sie sah Amelie mit ihrem rollenden Gang den Hang hinaufsteigen, schnell, schnell, schnell, ihre Arme pendelten heftig.

Madeleine blickte auf, als im selben Moment der letzte Zipfel Sonne hinter dem Turm der Pilgerkirche verschwand. Als sie die Augen wieder dem Anstieg zuwandte, hatte Amelie bereits die Kuppe überquert und war außer Sichtweite.

Lieber Bruder …

Die Erinnerung an das Gemälde narrt dich noch immer. Außerdem taucht ständig dieser Name wieder auf, d'Espérance, *die Hoffnung*.

Obwohl es nicht der Name – oder vielmehr Künstlername – eines Mädchens auf dem Gemälde eines relativ unbekannten französischen Künstlers ist, sondern der eines britischen Mediums, das in Göteborg zu Besuch war. Das Gerücht hatte sich bereits bis zu dir herumgesprochen, noch ehe du ihr zum ersten Mal begegnet warst, und du konntest deine Augen nicht von ihr lassen, so sehr du es auch versuchtest. Es hieß, sie wäre von einem Kamerablitz entlarvt worden, auf dem entwickelten Foto könnte man sehen, wie sie eine Puppe installierte, die einen Geist verkörpern sollte.

Aber diese schäbigen technischen Beweise überzeugten dich nicht. Du sagtest, sie wäre von einem Konkurrenten hereingelegt worden, vermutlich, weil sie im Gegensatz zu anderen Glücksrittern kein Geld annahm. So machte man sich in der florierenden Geistersuchergemeinde natürlich keine Freunde.

Die Details um ihre Person sind in diesem Moment ein wenig unklar. Im Grenzland zwischen Traum und Wirklichkeit, in dem du dich gerade befindest, lockt dich eher ihr Gesicht als die Beschwörung von Geistern. Die zusammengepressten Lippen, die hohen Wangenknochen, der finstere Blick, der dir durch Mark und Bein zu gehen schien, obwohl er stets hinter einem schwarzen Schleier verborgen blieb. Und ihr Körper mit der schlanken Taille, der gleichsam durch den Raum wehte, als berührte er niemals den Boden.

Sie schien sich an mehreren Orten gleichzeitig aufzuhalten. Und dein Freund Keiler, der selbst ein hervorragender Hypnotiseur war, sagte das Gleiche: Es lässt sich in ihrer Gesellschaft nicht mit Sicherheit sagen, wo Wahrheit und Lüge, Wirklichkeit und Traumland beginnen, enden oder einander begegnen. Gerüchten zufolge hatte sie Gehilfen, die sich in dunklen Anzügen durch den Raum bewegten. Das glaubtest du zu keinem Zeitpunkt, damals so wenig wie heute. Du hättest es sofort gemerkt, wenn d'Espérances Körper gegen einen anderen ausgetauscht worden wäre. So einzigartig war sie, sagtest du. Doch das erklärt nicht, warum du dich so zu ihr hingezogen fühlst. Du, der du sie nie berührt, sie nicht einmal gegrüßt hast.

Großer Gott, das ist dreißig Jahre her! Das ist doch vollkommen unlogisch!

Das geht dir durch den Kopf. Und dann dieses nagende Gefühl: Warst du nur einer unter vielen Suchenden, warst du genauso unkritisch und ängstlich wie sie?

Du schließt die Augen, und das Bild von d'Espérance wird deutlicher. Sie steht mit einem stark pulsierenden Licht hinter ihrem Körper vor dir. Im grellen Gegenlicht verschwimmt ihre Gestalt zunächst, sodass du die Augen zusammenkneifen musst, um mehr als ihre bloße Kontur zu sehen. Doch obwohl das Licht immer greller wird, kommt sie näher, bis sie dich fast völlig umschließt.

Nun siehst du zum ersten Mal ihr Lächeln. Wenn sie ihren Schleier doch nur ein kleines bisschen anheben würde, denkst du, sodass du sie sehen dürftest. Du siehst, dass sich dein Mund bewegt, *bitte* fleht. Du befindest dich außerhalb deines Körpers, gleichzeitig bist du in ihm. Aber, Poul, warum bist du ein Kind?

Ich verstehe das nicht, denkst du, *warum bin ich ein Kind?*

Und d'Espérance lehnt sich über dich, legt die Hände an ihren Schleier und hebt ihn sachte, Millimeter für Millimeter. Schließlich erblickst du den unteren Rand ihrer Augen und danach ihre bezaubernden dunkelbraunen Augen und die schwarze Pupille, die im selben Takt wie das Licht im Hintergrund zu pochen scheint.

Du streckst die Hand nach ihr aus. Aber obwohl sie direkt vor dir steht, scheinst du nicht wirklich ans Ziel zu gelangen. Dann siehst du auf einmal, dass sie nackt ist. Ihr milchweißer Körper löst sich vom Licht, und das Einzige, was nun wirklich sichtbar wird, ist ihr dunkles Geschlecht, das näher, immer näher kommt.

Du wirst zu dem schwarzen Dreieck gesogen und weißt nicht, ob es bedrohlich oder verlockend ist.

Ich bin kein Kind, nein, nein.

Du versuchst etwas zu sagen, aber dein Mund bleibt offen wie vor einem Kuss. Als die schwarzen Schamhaare deine Nase kitzeln, schließt du die Augen und weißt, dass es auf der ganzen Welt nichts gibt, wovor du dich fürchten musst. Es herrscht vollkommene Dunkelheit – und gleichzeitig dieses weiße Pulsieren in Wellen –, und etwas umarmt dich inniglich. Dir wird ganz warm, und das Pochen, das zuvor so Furcht einflößend war, beruhigt dich auf einmal in all seiner Wärme, Geborgenheit, Umarmung.

Und du kannst nicht aufhören, immer wieder das Gleiche zu denken.

Ich bin ein Kind.

Eine Art Würde nur,
ist das zu viel verlangt?

Rom, 30. Juni 1912

Amelie stellte Gläser und Teller auf den wackeligen Eichentisch, der als Esstisch herhalten musste, obwohl er eher als Abstellfläche gedacht war. Sie führte hüftenschwingend und vor sich hin pfeifend einen kleinen Tanz auf. Madeleine lachte und tanzte mit. Verglichen mit Amelies Üppigkeit wirkte ihre hagere Gestalt fast ein wenig komisch.

»Gefällt dir mein Regentanz nicht?«, fragte Amelie.

»Er ist fantastisch. Was meinst du wohl, wie enttäuscht die Götter sein werden, wenn sie nach diesem Auftritt keinen Regen zu Stande bringen!«

»In Italien bekommt man immer, was einem versprochen wurde. Allerdings nur, wenn es um Inflation, Korruption und Fußball geht.«

Mit diesen Worten huschte Amelie in die Küche, um zu schauen, ob die Tomatensauce fertig war. Sie griff nach dem Holzlöffel und probierte. *Perfetto!* Rasch schnappte sie sich den Topf mit den Nudeln – mit etwas Glück al dente –, übergoss sie mit der Tomatensauce, rührte um, salzte und pfefferte noch einmal mit ein paar kraftvollen Drehungen der Hand und bestreute das Ganze mit etwas Basilikum und Pecorino. Eine italienische Hausfrau würde sie vielleicht nie werden, aber sie kochte schnell und mit viel gutem Willen.

Als die Mahlzeit auf dem Tisch landete und sich beide hingesetzt hatten, erhob Amelie ihr Glas und räusperte sich.

»Einen Toast, Madeleine. Danke, dass du mir in diesen Tagen geholfen hast.«

»Das war doch nicht der Rede wert …«

»Still. Ich werde jetzt meine einfühlsame Dankesrede halten, bis die Nudeln kalt sind und nicht mehr schmecken.«

Sie gönnte sich einen Schluck, ehe sie fortfuhr.

»Ja … danke, das war es eigentlich schon, was ich sagen wollte. Meiner lieben, lieben und allerältesten Freundin. Und noch etwas. Wir haben uns jetzt genug über Andreas unterhalten. Heute Abend werden wir nur über dich und mich sprechen. Einverstanden?«

»Mir soll es recht sein.«

»Schön, dann lass uns jetzt essen!«

Amelie tauchte die Spaghettizange ein und schöpfte Nudeln auf ihre Teller. Dass es spritzte und die eine oder andere neben dem Teller landete, schien sie nicht weiter zu stören. Madeleine konnte sich des Eindrucks nicht erwehren, dass Amelie von Minute zu Minute mehr italienisches Temperament entwickelte. Sie trank einen Schluck Wein und sah Amelie weitersprechen. Es fiel ihr schwer, ihrer Freundin zu folgen, wenn sie so aufgedreht war. So war es immer gewesen, schon in ihrer Kindheit. Damals war es für Madeleine selbstverständlich gewesen, in Amelies Schatten zu stehen.

»Dabei wollten wir doch zusammen nach Kopenhagen gehen!«

Amelies Ausruf riss Madeleine aus ihren Gedanken. *Kopenhagen*, dachte sie. Das schien eine Ewigkeit zurückzuliegen. Als wäre es in einem anderen Leben gewesen.

»Na ja, Kopenhagen«, sagte sie zögernd. »Warum ist daraus eigentlich nichts geworden?«

Amelie wirkte für einen Moment verwirrt. *Erinnert sie sich wirklich nicht?*, schien sie zu denken. »Nun«, meinte sie schließlich. »Du bist nicht mitgekommen, so war es doch. Ich musste alleine fahren.«

»Stimmt. Das weiß ich auch noch … aber *warum* ich nicht mitgefahren bin, daran erinnere ich mich nicht mehr.«

»Du hattest deinen unsäglichen Freiherren kennengelernt. Du musst dich doch erinnern, dass du und Wathier damals zusammen nach Marsvinsholm ziehen wolltet?«

»Aber war das nicht später?«

»Nein, war es nicht. Ihr habt geheiratet, als ich in Kopenhagen auf die Kunsthochschule ging. Wir hatten geplant, sie gemeinsam zu besuchen und anschließend nach Rom zu ziehen, berühmte Bildhauerinnen zu werden, wahnsinnig glücklich zu sein und alles miteinander zu teilen. Aber du bist nicht mitgekommen und hast stattdessen geheiratet. Aber jetzt sind wir zusammen in Rom, vielleicht nicht unbedingt berühmt und unter anderen Umständen, aber trotzdem …«

Madeleine saß da und nickte schließlich. Sie lächelte, was Amelie zu beruhigen schien. Plötzlich war alles wieder da, die Zeit mit Amelie in Lund und ihr Entschluss, gemeinsam nach Kopenhagen zu ziehen.

»Außerdem bin ich natürlich Andreas begegnet«, sagte Amelie, wie um Madeleine zu trösten, die erneut in Gedanken versunken war. »Habe ich dir eigentlich jemals erzählt, wie wir uns kennengelernt haben?«

Madeleine schüttelte den Kopf. Amelie schien zunächst zu zögern, zuckte dann aber mit den Schultern.

»Es war nach einer Vorlesung«, begann Amelie tastend.

Dann lehnte sie sich weiter vor und rückte ihren Stuhl so, dass die beiden sich direkt gegenüber saßen.

»Ich war auf dem Heimweg, als ich einem jungen Mann begegnete. Er war groß und sah aus wie ein Ausländer … du weißt schon, auf eine exotische Art, als wäre man einem fremden Diplomaten begegnet … er trug ein braunes Jackett mit einer Weste, die bis zum Kragen reichte. Außerdem hatte er einen Spazierstock dabei. Hast du das Bild nicht vor Augen? Da ging er nun, schwang seinen Stock, als gehörte ihm die ganze Welt. Freundlich grüßte er meinen Freund Holger. Ich dagegen wurde mit einem abschätzigen Blick abgespeist! Nach dieser Begegnung habe ich Holger natürlich nach diesem Fremden gefragt und erfahren, dass der junge Mann Andreas Bjerre hieß. Offenbar war er erst kürzlich aus Paris zurückgekehrt, was in meinen Augen wirklich beunruhigend war. Ich hatte schon sympathischere Männer als ihn als eitle Gockel aus Paris heimkehren sehen. Dennoch bat ich Holger, ihn mir bei nächster Gelegenheit vorzustellen. Das muss im Herbst 1901 gewesen sein. Es ist jetzt also über zehn Jahre her … wir sind uns dann an der Universität wieder begegnet und binnen kürzester Zeit gute Freunde geworden, haben uns regelmäßig getroffen. Ich erinnere mich beispielsweise, dass ich mein Portemonnaie verloren hatte, woraufhin er mir eines schenkte, das er in Paris gekauft hatte. Ich weigerte mich, es anzunehmen, nein, nein, sagte ich, aus diesem Brautgeschenk wird nichts. Aber wir sahen uns trotzdem – oft, bis irgendwann die Zeit dafür reif war, ihn Mutter vorzustellen. Auf dem Weg zum Zug unterhielten wir uns natürlich die ganze Zeit, sodass wir zu spät kamen und den Zug verpassten. Aber das interessierte uns nicht weiter. Stattdessen machten wir uns zu Fuß auf den Weg zu Mutter und redeten und redeten und redeten. Es war, als hätten wir uns tagelang in einem fort unterhalten können, die Worte sprudelten nur so aus uns heraus. Wie alt waren wir 1901? Ich muss siebzehn gewesen sein und er zweiundzwanzig, nein, dreiundzwanzig. So jung! Wir begriffen nicht, dass es bei unserer Ankunft dunkel sein würde. Als wir uns langsam dem Haus näherten, wichen wir außerdem vom Weg ab, gingen auf einen Bootssteg hinaus und setzten uns. Plötzlich saßen wir dort ganz still.«

Amelies Gesicht veränderte sich. Ihr schien etwas bewusst geworden zu sein. Es zuckte ein wenig in ihren Augenwinkeln und sie wirkte traurig, so als wäre sie an dem Ort verlassen worden, den sie Madeleine gerade beschrieben hatte.

»Hätte er in dem Moment um meine Hand angehalten, hätte ich Ja gesagt und wäre ihm bis ans Ende der Welt gefolgt. Stattdessen sagte er jedoch etwas, worüber ich später oft nachgedacht habe. Er sagte: *Nach diesem Tag wird nichts Besseres kommen. Das Leben wird uns niemals einen größeren Augenblick schenken können als diesen.* Ich verstummte. Wenn ich nur gewusst hätte …«

Sie versuchte zu lächeln, aber es kam eher eine Grimasse heraus.

»Wie albern!«, sagte sie. »Hier zu sitzen und jetzt, tausend Jahre später, wegen so etwas zu flennen.«

Madeleine strich ihr sanft über die Wange. Sie sahen sich tief in die Augen. Alles um sie herum, das Essen, der Wein, die Wohnung, eng oder nicht, existierte nicht mehr.

Madeleines zarte Liebkosung war eine Aufforderung, weiterzuerzählen. Was sie auch tat, nun allerdings wesentlich langsamer, nachdenklicher, als wüsste sie selbst nicht recht, was sie eigentlich sagen sollte.

»Er erzählte mir so grauenvolle Dinge über seine Kindheit. Wie einsam er sein Leben lang gewesen war. Es kam mir wie ein unerhörtes Geheimnis vor, was er mir dort anvertraute. Wir saßen wie in einer Idylle auf diesem Bootssteg, auch wenn es dunkel geworden war und langsam kalt wurde. Aber es war ihm sehr wichtig, dass ich nicht glaubte, er wäre wie die anderen leichtsinnigen jungen Männer. So wie ich ihn mir vorgestellt hatte, als ich ihn kurz nach seiner Heimkehr aus Paris mit dem Spazierstock gesehen hatte. Immer wieder kam er darauf zurück, dass er das Gefühl hatte, für seine Mutter ein Fremder zu sein. Später verstand ich natürlich, was er meinte. Sie kann kühl, fast abweisend wirken, im Gegensatz zu Sören, dem Vater, den man einfach nur in die Arme schließen möchte. Weißt du, dass wir noch in Kontakt stehen? Ich hoffe, du hast nichts dagegen, Madeleine?«

»Warum sollte ich? Ehrlich gesagt bin ich ihm noch nicht begegnet. Auch seiner Mutter nicht.«

»Oh, du musst ihn von mir grüßen, wenn du ihn siehst. Ich

hätte ihm schon vor Wochen schreiben sollen, aber der Umzug nach Rom hat mich so in Anspruch genommen. Ich darf wirklich nicht vergessen, ihm einen Gruß zu schicken. Würde es dich stören, wenn ich erwähne, dass wir uns gesehen haben? Er freut sich bestimmt wahnsinnig darauf, dich kennenzulernen.«

»Ich weiß nicht, ob Andreas ihm schon von mir erzählt hat. Oder seiner Mutter. Ich glaube, dass er ...«

»Oh nein, wir reden jetzt nicht mehr über Andreas«, unterbrach Amelie sie und stand auf. Sie begann, fieberhaft Bücher wegzuräumen, die noch nicht an ihrem Platz standen. Madeleine blieb sitzen und sah Amelie Staub von den Büchern pusten und sie willkürlich abstellen. Kurz darauf war das kleine Bücherregal gefüllt und ebenso viele Bücher lagen noch in der Kiste. Amelie seufzte und wandte sich Madeleine zu.

»Na, jedenfalls lernte Andreas meine Mutter damals nicht kennen. Es war zu spät geworden, und wir mussten um eine Mitfahrgelegenheit nach Hause betteln. Mutter hätte mich am liebsten erwürgt! Aber sie begriff schon bald, dass meine Gefühle für Andreas tiefer waren als alles, was ich je zuvor erlebt hatte. Es interessierte sie natürlich, aus welchen Familienverhältnissen er stammte. Die Sache war mir so peinlich, ich wusste doch nichts, musste beinahe etwas erfinden. Ich sagte, seine Familie stamme aus Dänemark und er habe einen Magisterabschluss und an der Sorbonne studiert, obwohl ich nicht genau wusste, welches Fach. Andreas erzählte mir auf dem Heimweg, dass er Schriftsteller werden wollte. Ich fand, das klang unheimlich spannend! Aber, sagte er als Nächstes, wenn man stattdessen früh heiratet, kann man natürlich auch eine akademische Karriere anstreben und Jura studieren. Das hörte sich für mich ehrlich gesagt weit weniger interessant an, aber selbst damals musste ich selbstverständlich zugeben, dass es möglicherweise realistischer war. Anschließend sprachen wir über Kinder, er wollte eine große Familie haben. Ich widersetzte mich: O nein, mein Lieber, ich habe nicht vor, eine kleinbürgerliche Hausfrau zu werden. Das Ganze war wie ein Spiel. Ich konnte damals doch nicht ahnen, was er alles durchgemacht hatte, ich meine, dass er schon ein Kind hatte. Ein Kind, das er nie gesehen hatte. In Wahrheit wussten wir wohl beide, dass eine Umkehr nicht mehr möglich war. Wir würden zusammen leben. Wir würden heiraten! Oh, Madeleine, es kommt mir alles so nah und doch so fern vor, wenn ich hier mit dir sitze. Ich freue mich so für dich. Für euch. Du und Andreas, ihr werdet ein wunderbares Leben führen. Andreas braucht jemanden wie dich. Ich bin mit seiner Traurigkeit und seinen Grübeleien nie zurechtgekommen, vielleicht war ich auch zu sehr mit mir selbst beschäftigt. Verstehst du, was ich meine? Du darfst nicht glauben, dass ich unsere Liebe höher einschätze als eure. Du bist die Richtige für Andreas. Ich war es vielleicht, als wir jung waren, aber jetzt, so viele Jahre später, ist mir bewusst, dass die Sache von Anfang an verrückt war. Ich wünsche mir mehr als alles andere, dass dein Leben mit Andreas alles beinhalten wird, wozu ich nicht in der Lage gewesen bin.«

Nach diesen Worten schwiegen sie lange.

Madeleine spielte anfangs mit dem Besteck, ließ es schließlich jedoch liegen, trat zu Amelie, die auf ihrem Stuhl zusammengesunken war, und legte die Arme um sie. Amelies Schultern hingen herab, ihr Blick war auf die gegenüberliegende Wand gerichtet.

»Ich verstehe, dass es schwierig ist, darüber zu sprechen«, sagte Madeleine.

»Worüber zu sprechen?«

»Andreas.«

»Nein, ist es nicht. Andreas ist für mich ein abgeschlossenes Kapitel. Ich habe ihn zu den Akten gelegt. Genug damit!«

Amelie marschierte zum Reisegrammophon, das Gunhild ihr zum fünfundzwanzigsten Geburtstag geschenkt hatte. Sie suchte eine Schallplatte heraus, kurbelte die Musik an, drehte den Schalltrichter in Madeleines Richtung und lachte laut.

»*Everybody Two Step*«, sagte sie und machte ein paar flinke Tanzschritte. Madeleine klatschte im Takt. »Komm«, rief Amelie und zog den Kopf nach hinten, dass ihre Haare flogen, »komm und tanz mit mir!«

Madeleine stand auf, und Amelie griff nach ihrer Hand. Gemeinsam machten sie ein paar Schritte und führten abwechselnd. Amelie juchzte vor Freude, und Madeleine war es unmöglich, sich nicht mitreißen zu lassen.

Nachdem sie die Platte noch sieben Mal gespielt hatten, hatte sogar Amelie genug. Sie fielen sich verschwitzt und ermattet in die Arme. Amelie strich die Haare fort, die in Madeleines Gesicht gefallen waren. Beide merkten fast gleichzeitig, dass sie erröteten.

»Manchmal«, sagte Amelie mit atemloser Stimme, »habe ich gehofft, dass wir diese schrecklichen Dinge nicht durchmachen müssen.«

»Ja …«

»Ich meine … wir lieben den gleichen Mann, obwohl er in praktisch allen Belangen ein hoffnungsloser Fall ist. Ich wünschte nur … na ja, stell dir mal vor, wir könnten ihn zusammen haben.«

»Aber Amelie …«

»Ich weiß, ich weiß. Aber trotzdem, du und ich, wir haben so viel gemeinsam, Madeleine. Wir haben uns doch immer geliebt. Lange bevor Andreas auftauchte.«

Sie streichelte Madeleines Wange. Lange blieben sie so stehen, dann nahm Madeleine Amelies Hand in ihre und küsste sie zärtlich.

»Wir lieben uns doch«, sagte Amelie, den Tränen nahe. »Tun wir das nicht?«

»Doch, das tun wir«, erwiderte Madeleine.

»Und Andreas liebt uns beide.«

Madeleine nickte, ehe sie wegsah. Sie schaute aus dem Fenster und sah die schweren Regenwolken, die über der Stadt aufzogen. Die Schallplatte war längst zu Ende und schabte gegen das Etikett.

Plötzlich war sie vollkommen erschöpft. Sie betrachtete Amelie, die in den Sessel gefallen war und ihr Gesicht in den Händen verbarg. Ging zu ihr und küsste ihre Stirn. Sie war sich nicht sicher, aber es wollte ihr scheinen, als hätte Amelie sich zurückgezogen, kurz bevor Madeleines Lippen sie berührten.

Amelie blickte auf.

»Mitleid«, sagte sie, »habe ich immer als körperlichen Schmerz in der Kniebeuge gespürt. Hier!«

Sie zeigte auf einen Punkt genau in der Mitte der Kniebeuge, erst der rechten, dann der linken. Anschließend blickte sie auf und sprach in einem eher gereizten Tonfall weiter.

»Dieser Kerl da, Freud, ich habe es manchmal so satt, dass alles mit dem Sexuellen erklärt werden soll. Wie eintönig. Was man sagt und was man besser nicht gesagt hätte, immer bildet das Sexuelle das Fundament. Obwohl bei Andreas, ich weiß auch nicht. Bei ihm geht es … bei ihm dreht sich so viel um Sexuelles, ich kann es nicht erklären.«

»Wir wollten doch nicht über And …«

Amelie wischte Madeleines Einwand mit einer Handbewegung zur Seite.

»Andreas' beste Eigenschaft ist es, *kompromisslos ehrlich* zu sein. Den Preis dafür zahlt er natürlich selbst. Keiner kann so hart mit sich selbst ins Gericht gehen wie er. Schon als er mir in Lund den Hof machte, hat er mir von Sigrid Kylberg und ihrem gemeinsamen Kind erzählt. Ich hätte es natürlich auch so erfahren. Klatsch und Tratsch, das geht ruckzuck. So aber rührten mich seine bedingungslose Offenheit und seine schrecklichen Qualen angesichts seines Verrats an ihr. Er sagte, sowohl ihre als auch seine Eltern hätten damals gemeint, sie seien noch zu jung und sich deshalb gegen eine Heirat ausgesprochen. Ich glaube, sie hat das Kind in einer Pension in der Schweiz bekommen. Er ließ sich darauf ein, sie nie wieder zu sehen, wofür er sich immer gehasst hat. So etwas zu erzählen, während er mir den Hof machte, einer knapp zwanzigjährigen Frau! Er muss völlig verrückt gewesen sein!«

Sie sahen sich an und lächelten, waren jedoch weit davon entfernt, so zu lachen, wie Amelies Tonfall es suggeriert hatte.

»Wer hätte gedacht«, sagte sie mit leiser Stimme, »dass ich zehn Jahre später hier sitzen und ein eigenes Kind haben würde. Ein Kind, das nicht bei mir ist.«

»Verzeih mir.«

»Aber liebe Madeleine, du brauchst dich doch nicht zu entschuldigen.«

»Natürlich muss ich mich entschuldigen.«

»Wenn wir Frauen uns immer für Dinge entschuldigen würden, die unsere Männer tun, hätten wir für nichts anderes mehr Zeit.«

»Ich bitte nicht für Andreas um Entschuldigung, Amelie. Sondern für mich.«

Sie senkten beide den Blick und schwiegen. Draußen hörte man die ersten Regentropfen fallen.

Amelie stand auf, stellte sich ans Fenster und zog die Stoffbahn etwas zur Seite, die als provisorischer Vorhang diente. Sie spürte ein paar Wasserspritzer, schloss die Augen und sog so viel wie möglich von den Regendüften der Stadt ein.

Anschließend drehte sie sich zu Madeleine um, die weiterhin im Sessel saß und sich seit ihren letzten Worten nicht gerührt hatte.

»Ich will nicht in Schweden leben. Aber ich will Teil von etwas sein, irgendwohin gehören. Verstehst du, was ich meine?«

Madeleine nickte, sah jedoch nicht auf, sondern starrte auf die Bodendielen, als studierte sie diese Nagel für Nagel.

»Eine Art Würde nur, ist das zu viel verlangt, ist es das, Madeleine? Und du weigerst dich, mich anzusehen. Findest du mich pathetisch? Ist es so? Weil ich über Andreas spreche… als wären wir noch ein Paar, obwohl wir das ganz offensichtlich nicht mehr sind… Findest du das? Tja, jetzt hast du Andreas ganz für dich allein. Ich hätte es wissen müssen. Ja, vielleicht habe ich es sogar immer gewusst, dass du mich hintergehen würdest.«

»Aber Amelie…«

Amelie hob die Hand.

»Nein, es ist einfach nur so, es ist so…«

Beide verstummten erneut. Gleichzeitig wurde der Regen immer stärker, der Wind immer stürmischer. Im Nebenzimmer schlugen mit einem Riesenknall zwei Fensterläden zu, aber keiner der beiden reagierte darauf. Stattdessen blickte jede in eine andere Richtung. Erst als der Wind alle Kerzen ausblies, standen sie auf, um die Fenster zu schließen. Sie bewegten sich geschmeidig und achteten darauf, einander in der Dunkelheit nicht zu berühren.

Madeleine sah nur Amelies Silhouette und hörte ihre tonlose Stimme, die sich mit dem Regen vermischte, der auf das Dach herabpeitschte, und mit dem Wind, der saugend nach den Häuserwänden griff.

»Das ist der Ort, an dem ich leben werde. Ich werde Sören Christer zu mir nehmen. Er und ich werden gemeinsam hier leben. Er kann nicht in Schweden bleiben, er wird dort niemals zurechtkommen. Andreas ist kein Vater für ihn, das ist er nie gewesen. Er will ihn nur ins Internat stecken, ihn nicht sehen müssen. Man kann keine Vatergestalt sein und die ganze Zeit nur an sich denken. Andreas sagt, er würde sich ja um Sören Christer kümmern, wenn er wegen der Unterhaltszahlungen nicht so viel arbeiten müsste, diese ewige Entschuldigung dafür, nicht anzupacken, was in seinem Leben wirklich wichtig ist. Er sagt, dass ich zu nett bin zu dem Jungen, dass ich ihn verwöhne. Ich glaube dagegen, dass Andreas insgeheim Angst vor Sören Christer hat. Auch ich habe Angst vor Sören Christer, meinem eigenen Kind. Im Gegensatz zu Andreas kann ich es zugeben. Ich sehe ihm manchmal in die Augen und denke, dass ich nicht weiß, wer im Inneren dieses Schädels haust, wer die Gedanken denkt, die Dinge sagt, für die man ständig Erklärungen zu finden versucht, für die man nachvollziehbare Gründe und eine Entschuldigung finden will. Er lügt in einem fort, und auch wenn ich ihn durchschaue, weil er ja noch klein ist, so weiß ich doch, dass er mir eines Tages offen ins Gesicht lügen wird. Ihm fehlen die Hemmungen normaler Menschen. Ja, ich habe Angst vor ihm und Angst vor dem, was er sich später in seinem Leben antun wird. Ein einziges Mal habe ich ihn angeschrien, was mir gar nicht ähnlich sieht, aber er hatte auf dem Hof ein Huhn sadistisch zu Tode gequält. Ich habe ihn angeschrien, ob er verrückt geworden sei. Er ist davongelaufen, und am Anfang habe ich gedacht, ich hätte ihm Angst gemacht, er hätte Angst davor, dass ich ihn schlagen würde. Ich musste ihn suchen gehen. Als ich an einer Waldlichtung stand und nach ihm rief, hörte ich um mich herum seltsame Geräusche. Dumpfe Schläge zu beiden Seiten. Ich drehte mich um, und es dauerte eine Weile, bis ich erkannte, dass es Steine waren, zum Teil richtig große Brocken. Er hockte hinter einem Felsen und hatte einen Vorrat an Steinen gesammelt. Als ich dann kam, fing er an, mich damit zu bewerfen. Nachdem er mich zweimal getroffen hatte, einmal am Bein und einmal an der Schulter, musste ich das Weite suchen. Er ist mein Kind, ich liebe ihn, obwohl er es einem manchmal unglaublich schwer macht, ihn zu lieben. Ich werde ihn nach Rom holen. Wir werden glücklich sein, er und ich. Er ist der einzige Mensch, den ich jetzt noch habe.

III Die Familie ist versammelt (1913–1914)

Angst kann man vergleichen mit Schwindel. Wessen Auge in eine gähnende Tiefe hinunterschaut, dem wird schwindlig. Der Grund seines Schwindels aber ist ebenso sehr sein Auge wie der Abgrund; denn gesetzt, er hätte nicht hinuntergestarrt!

Søren Kierkegaard,
aus *Der Begriff der Angst – Eine einfache psychologisch-hinweisende Überlegung in Bezug auf das dogmatische Problem der Erbsünde*

Lieber Bruder …

Als du die Augen öffnest, sind deine Kopfschmerzen verschwunden. Du blinzelst mehrmals. Heftig. Das Bild von Mrs d'Espérance ist jetzt fern, so fern wie damals, als dich die Nachricht erreichte, dass sie in Göteborg einen Geschäftsmann namens Fidler geheiratet hatte, vielleicht hieß er auch Friedel. Jedenfalls hatte er sie einige Jahre zuvor als Kassiererin eingestellt.

Du setzt die Füße auf den kalten Fußboden und atmest durch die Nase, um sie frei zu bekommen. Nein, trotz des kalten Wetters hast du keinen Schnupfen, es ist nur der übliche Nachtschleim. Du weißt nicht recht, ob du geschlafen oder nur gedöst hast.

Die Schmerzen sind vom Kopf in den Bauch gewandert; du hörst es rumoren. Du findest deine Pantoffeln und schiebst die Füße hinein. An den blässlich weißen Knöcheln treten deutlich die dünnen Venen hervor. Du weißt, dass du den Körper eines alternden Mannes hast, auch wenn du für deine fünfzig Jahre in guter Verfassung bist.

Es ist vollkommen still. Du kneifst die Augen zusammen, um auf die Uhr zu sehen, jedoch vergeblich, und tastest nach deiner Brille. Vier Uhr. Du seufzt. Dann lohnt es sich im Grunde nicht mehr, wieder einzuschlafen, du kannst genau so gut aufstehen.

Du gehst zum Fenster und hebst den Vorhang ein klein wenig an. Am liebsten würdest du wieder zu Gunhild hineingehen, aber du beschließt zu warten. Das hat noch Zeit, denkst du.

Die Wolken scheinen schnell am dunklen Himmel vorüberzuziehen, der nur vom schwachen Mondlicht erhellt wird. Du zündest eine Kerze an und siehst ihre Flamme im Luftzug vom Fenster flackern. Es ist praktisch unmöglich, eine kalte Novembernacht aus dem Zimmer zu halten, ganz gleich, wie viel Holz du aufs Feuer wirfst. Du ziehst den Nachttopf unter dem Bett hervor, aber obwohl du so dringend pinkeln musst, dass deine Blase kurz vor dem Platzen zu sein scheint, kommen nur wenige Tropfen. Enttäuscht stehst du da und siehst sie Spritzer für Spritzer herabfallen.

Plötzlich fällt dir ein, dass du so einmal deinen Vater gesehen hast, als wartete er darauf, dass mehr kommen würde. Am Ende hast du ihn fluchen und seinen Hosenstall zuknöpfen hören.

Es gibt tausend Dinge, über die ich gerne mit Vater sprechen würde. Ich weiß, dass es dir genauso geht. Er strahlte so viel Wärme und Menschenliebe aus. Ich weiß allerdings auch, wie sehr es dich gestört hat, dass er einen engen Kontakt zu mir gesucht hat. Viele meinten, meistens im Scherz, aber trotzdem, ich sei Vaters und du Mutters Liebling gewesen.

Ich weiß, das hat dich ungemein gestört.

Bleibt die Frage, ob unsere Mutter solch starker Gefühle überhaupt fähig ist. Auch du hast sie niemals verstanden, obwohl du dir wirklich Mühe gegeben hast. Du hast all ihre Wünsche erfüllt, den perfekten Sohn gespielt, du hast mit ihr gescherzt, geklatscht und getratscht, wie sie es so gerne tat, du hast dich ihr anvertraut. Nichts hat geholfen.

Dieser Gesichtsausdruck, mit dem sie dich immer ansieht, als wärst du ihr völlig fremd. Wie damals, als sie zum Abendessen nach Vårstavi kommen sollte: Es war alles vorbereitet, das Essen stand fertig, um serviert zu werden, ein vorbestelltes Taxi würde sie vom Hotel aus zu dir bringen.

Dann kam der Anruf.

Mutter: Was gibt es zu essen?

Du: Hecht. Einen richtigen Brocken, Andersson hat ihn heute Morgen gefangen.

Mutter: Hecht? *Poul.* Das geht nicht.

Du: Warum sollte das nicht gehen? Du liebst doch Hecht.

Mutter: Ja, aber nicht da draußen im ... Niemandsland.«

Du: Im Niemandsland? Meinst du Vårstavi?

Mutter: Aber Poul, wenn ich nun eine Gräte verschlucke. Das wirst du ja wohl verstehen. Bis zum nächsten Arzt sind es doch zehn, zwanzig Kilometer.

Du: Aber ...

Mutter: Nein, wir verschieben es auf ein anderes Mal.

Sie ist nie gekommen. Und jetzt hörst du, begleitet von ihrem scheinheiligen Gesichtsausdruck und der üblichen Freundlichkeit, wieder ihre Stimme.

Das wirst du ja wohl verstehen. Ihr Lieblingskommentar.

Während du mitten in der Nacht aus dem Fenster schaust, erinnerst du dich an jedes Wort eures Telefonats. Es ist stockfinster, man sieht nichts. Du richtest dich wieder auf, setzt dich in Bewegung und bist schon an der Tür, als du merkst, dass du vergessen hast, deinen Bademantel anzuziehen.

Du drehst dich um, hältst dann aber nochmals mitten im Schritt inne.

Ich weiß, warum. Und ich weiß, dass du es weißt. Nach diesem Tag wird nichts mehr so sein wie früher. Nie mehr. Bald wird die ganze Welt zerbersten.

Aber die Sache mit Amelie … wir wissen doch alle,
wie schlimm es geendet hat,
wir müssen das Mädchen beschützen, seine Neue.

Stockholm & Göteborg, 7. Dezember 1913

In den letzten Tagen war ihm die Arbeit unerwartet leicht von der Hand gegangen, und nun schien ein weiteres erfolgreiches Tagwerk vor ihm zu liegen.

Endlich, *der Durchbruch*!

In der letzten Woche hatte er zum ersten Mal ernsthaft gespürt, dass er die Kraft haben würde, das *Mörderbuch* fertigzustellen. Endlich hatten die jahrelangen Interviews auf Långholmen ein deutliches Muster ergeben, endlich erkannte er, was er mit seiner Forschung beschreiben wollte. Inzwischen war er felsenfest davon überzeugt, dass sein Einteilungssystem einer kontinuierlichen Überprüfung standhalten würde. Wenn es ihm nur gelänge, in seinem Vorwort aufzuzeigen, wie es in einer späteren Phase – von ihm selbst oder von anderen – weiterentwickelt werden könnte, müsste es den erforderlichen Ausgangspunkt für das Kategorisierungsmuster bilden.

Die Schwierigkeit bestand darin, die verschiedenen Gruppen von Mördern voneinander abzugrenzen, da viele von ihnen unter ganz ähnlichen Problemen litten. Er war wahrhaftig nicht der Einzige, der erkannt hatte, dass ein psychisches Leiden oft mit mehreren anderen in Verbindung stand. Wenn es um die Natur des Verbrechens ging, war es wichtig, sich nicht auf die Straftat und ihre Durchführung zu versteifen. Wenn man sich stattdessen darauf konzentrierte, die eigentlichen Ursachen zu verstehen, hatte man die Chance, in einer früheren Phase einzugreifen und somit schwere Straftaten abzuwehren, bevor sie begangen wurden. Zumindest würde man die Insassen so therapieren können, dass sie nicht rückfällig wurden, wenn man sie aus dem Gefängnis entließ.

Und dann kam stattdessen der schreckliche Anruf.

Bevor er an den Apparat ging, dachte er noch an seine Arbeit: die fast abgeschlossenen Interviews und das immer konkreter werdende Vorwort. Er durfte weder predigen noch akademisch werden, allerdings auch nicht zu locker und unseriös: der stringente und beherrschte Ton, den er inzwischen gefunden zu haben glaubte, der war es. Es war ein so herrliches Gefühl, dass er sich fast überirdisch fühlte! Und das hatte er alles Madeleine und ihrer unbeschreiblichen Fähigkeit zu verdanken, ihn arbeiten zu lassen, ohne die Unruhe heraufzubeschwören, die ihn sein ganzes Leben begleitet hatte.

Wenn er seine Worte hinterher durchlas, schien ein anderer sie geschrieben zu haben, ein bedeutend scharfsinnigerer und kenntnisreicherer Mensch als er. Jemand, der ein Muster erkannte, wo er nur Einzelheiten gesehen hatte, jemand, der ein unausgesprochenes Wort zu deuten vermochte, wo er nur Schweigen wahrgenommen hatte.

Wie ein Blitz aus heiterem Himmel kam das Telefonat und zerriss sein gesamtes Dasein.

Er antwortete:

»Selbstverständlich, Poul. Selbstverständlich komme ich.«

Andreas trat zügigen Schrittes auf die Straße hinaus. Er sah sich in beide Richtungen um, spürte den Schweiß unter den Armen und hoffte gleichzeitig, dass er es noch rechtzeitig schaffen würde. Er durfte den Zug nach Göteborg unter gar keinen Umständen verpassen. Poul hatte mit Sicherheit mehrere Behandlungstermine kurzfristig absagen müssen und würde außer sich vor Wut sein, wenn sie wegen ihm den Zug verpassten.

Andreas dachte an das Telefonat zurück. Als Poul ihm von der schweren Erkrankung ihres Vaters erzählt hatte, war ihm dies im ersten Moment unwirklich vorgekommen. Pouls Stimme hatte sich nur so deuten lassen, dass kaum noch Hoffnung bestand. Sachlich erläuterte er, Doktor Belfrage habe angerufen und berichtet, die Erkältung ihres Vaters habe sich zu einer Lungenentzündung entwickelt. Zu allem Überfluss habe er einen schweren Herzanfall erlitten, dessen Folgen noch unklar seien.

Sören Bjerre war der einzige Mensch, der Andreas immer unterstützt hatte. Ob er im Studium versagte, ob er unfähig war, auch nur eine Zeile zu Papier zu bringen, das spielte alles keine Rolle, Sören verzieh seinem Sohn und bat ihn, heimzukehren und sich auszuruhen.

Andreas wusste, dieser Unterstützung war es zu verdanken, dass er überhaupt noch lebte.

Einmal war das Vertrauen seines Vaters allerdings ins Wanken geraten, und zwar, als Sören von Andreas' Scheidung erfahren musste. Er liebte Amelie wie seine eigene Tochter. Plötzlich musste Andreas die unversöhnliche Seite seines Vaters kennenlernen. Ihm wurde klar, dass er ihm aus Rolandseck, wo er den Sommer verbrachte, um an seinem Buch zu arbeiten, unverzüglich einen Brief schreiben musste.

Lieber Vater!

Ich habe Dir im Grunde nie sagen können, wie viel Du mir in all den Jahren der unendlichen Misserfolge und Qualen, der Angst und Selbstverachtung, bedeutet hast.

Ich habe immer gespürt, dass Du mich trotz allem gern hattest und unverbrüchlich daran geglaubt hast, dass mir eines Tages in meinem Leben Erfolg beschieden sein würde und ich irgendwann ebenso viel leisten werde wie Du. Diese Jahre sind eine beständige Quelle des Leidens für mich gewesen, niemals habe ich Dir gegenüber auch nur das kleinste bisschen Erfolg in meinem Leben vorweisen können. Mein einziger Trost bestand in dem Gefühl, dass Du mich gleichwohl geliebt und Hoffnungen für meine Zukunft gehegt hast.

Sollte es nun so kommen, dass ich durch meine eventuelle Schei-

dung von Amelie und mein Verhalten ihr gegenüber Deinen Glauben an mich verlieren würde und vielleicht auch Deine Achtung, und schließlich vielleicht sogar Deine Liebe zu mir, so wäre dies für mich ein schier unerträgliches Unglück und ein Fluch.

Ich hoffe, dieser Brief wird Dir – so es mir denn gelingen sollte, ihn zu formulieren, wie ich es mir wünsche – genügend Einblick in alles Gewesene eröffnen, damit Du meine Handlungen anders beurteilen kannst als zuvor und den Glauben daran zurückgewinnst, dass es für Amelie wie auch für mich selbst eine Zukunft geben kann, obwohl es uns nicht möglich gewesen ist, sie gemeinsam aufzubauen.

Zunächst möchte ich einen Umstand hervorheben, den man nicht außer Acht lassen sollte, wenn man gerecht urteilen möchte. So viel ich ihr auch an Schmerz zugefügt haben mag, am meisten darunter gelitten habe doch jedenfalls ich selbst. *Und obwohl ich in all den Jahren zu verbergen versucht habe, wie gequält und zermürbt ich in meinen ständigen Misserfolgen und dem Gefühl meiner vollkommenen Lebensuntauglichkeit war, so ist Dir doch sicher trotz allem von den wenigen Malen, die ich zu Hause gewesen bin oder die wir uns in Kopenhagen getroffen haben, genügend in Erinnerung geblieben, dass Dir bewusst sein wird, die Folgen dessen, was ich tat – und nicht tat – trafen am härtesten mich selbst.*

Der Brief wurde nie beendet, nie abgeschickt. Statt sich zu erklären, verlor er sich in einer Menge unverständlicher Gedankengänge, die sich ein ums andere Mal wiederholten.

Nun blieb ihm jedoch keine Zeit, an Briefe zu denken. Er musste pünktlich den Bahnhof erreichen. Er musste sich einreden, dass es noch nicht zu spät war. *Es gibt noch Hoffnung,* dachte er, eilte durch die Bahnhofshalle und warf einen hastigen Blick auf die große Uhr an der Fassade. Ja, es würde klappen, er hatte noch ein paar Minuten Luft.

Weder Poul noch Andreas sprachen auf dem Fußweg vom Bahnhof zum Haus. Der Schnee fiel langsam, rieselte in schaukelnden Bewegungen zur Erde, blieb jedoch nicht lange liegen.

Die Häuser, an denen sie vorbeikamen, waren beleuchtet, Menschen begegneten sie dagegen kaum. In ganz Göteborg, der Stadt, die in Andreas immer einen solchen Widerwillen geweckt hatte, herrschte Stille. Er hatte sich hier niemals wohl gefühlt, nicht einmal, wenn er hingefahren war, um sich mit seinem Vater zu treffen. Jetzt wussten weder er noch Poul, was sie erwartete.

Und in ihren Köpfen pochten die Fragen.

Lebt Vater noch? Sind wir rechtzeitig gekommen? Besteht noch Hoffnung, dass er sich wieder erholt?

Es schneite weiter auf sie herab. Schnee legte sich auf die Hutkrempe und ließ sie rasch nass und schwer werden, ihre Schuhe marschierten beharrlich durch Wasserpfützen und Matsch. Vor sich sahen sie das Haus. Rauch stieg wie eine schmutzig graue Säule vom Dach nach oben, und es war entsetzlich still.

Die ganze Familie stand in einem Kreis ums Bett versammelt, in dem Sören Bjerre auf dem Rücken lag und mit tiefen und leicht röchelnden Atemzügen schlief, so als hätte sich genau am Ansatz der Luftröhre etwas Schleim gesammelt. Seine Haare lagen in einem seltsamen Seitenscheitel, und seine Ehefrau Sophie trat zu ihm und richtete sie mit der Hand. Andreas fand, dass sie es in der für sie so typischen Art tat, nicht zärtlich und liebevoll, sondern eher tadelnd, weil alle Kinder versammelt waren und ihr zuschauten.

Seine beiden Schwestern waren ebenfalls anwesend. Ellen hatte Tränen in den Augen und wischte sie mit einem Taschentuch fort, Maria wirkte verbissen und setzte sich. Poul und Andreas standen in Habachtstellung wie zwei preußische Schuljungen.

Was bieten wir, unsere Familie, doch für einen Anblick, dachte Andreas.

Er fand, dass der Art, wie sich seine Schwestern verhielten, immer etwas Weltfremdes anhaftete. Wie seine Mutter schienen auch sie durch ihre Ehemänner und Kinder zu leben. Ihr wichtigster Vorsatz bestand offenbar darin, keine Blicke auf sich zu ziehen, die Leute nicht »etwas glauben« zu lassen. Oder wie Ellen es auszudrücken pflegte: »Man soll einem anderen Menschen niemals etwas schuldig sein.« Andreas hatte nie begriffen, was sie damit meinte. Sollte man keine Geschenke annehmen, weil man sich sonst verpflichtet fühlte, Gegengeschenke machen zu müssen? Es war ihm völlig unverständlich, wie sie mit einer solchen Einstellung zum Leben existieren konnte.

Beide Schwestern waren ihm ein Rätsel, er verstand weder ihre Bedürfnisse noch ihre Gedanken und ihre Art, Liebe zu zeigen. Wenn sie ihn anlächelten, spürte er bloß ihre Verachtung; wenn sie ihm ihre Verachtung zeigten, empfand er nur ihre unbestreitbare Zuneigung.

Manchmal wünschte er sich, begreifen zu können, was in ihrem Kopf vor sich ging. Zu verstehen, was sie in ihrem tiefsten Inneren dachten, wenn sie vor ihrem schwerkranken Vater standen. An das Erbe, an alles, was folgen würde, Beerdigung und Einladungslisten, Kleider, die man kaufen, und Personen, zu denen man Kontakt aufnehmen würde, an das Praktische und in der Wirklichkeit Verankerte?

Dinge, die greifbar waren?

Man soll einem anderen Menschen nie etwas schuldig sein.

Als Andreas im Schlafzimmer seines Vaters stand, verspürte er eine unbändige Lust, ihnen deutlich zu machen, dass er nicht die leiseste Ahnung hatte, wer sie eigentlich waren, seine Angehörigen, die mit ihm um das Bett versammelt standen. Er wollte ihnen erklären, dass er sie sein Leben lang gesehen und von ihnen nie etwas anderes gewusst hatte als ihre Namen.

Und wenn er das gesagt hatte und sie ihn ansahen und die

Nase rümpften, als zöge ein übler Geruch durch den Raum, würde er sagen, dass ihre Ehemänner, deren Blick auf Geld und Geschäfte, Kirche und Politik, Intrigen und Machtspielchen fixiert war, genauso oberflächlich und gekünstelt waren, wenn nicht noch schlimmer.

Aber eigentlich war es gar nicht das, was er ihnen wirklich sagen wollte – eigentlich hätte er gewollt, dass sie *ihn verstanden.*

Er spürte, dass kleine Schweißperlen auf seine Oberlippe getreten waren. Er strich sie mit dem Zeigefinger fort und merkte im selben Moment, wie stickig es im Zimmer war. Er fragte sich, wie es seinem Vater überhaupt möglich sein sollte, in dieser abgestandenen Luft und in Anwesenheit seiner Familie, die ins Nichts stierte, zu genesen.

Plötzlich, ohne jede Vorwarnung, schlug sein Vater die Augen auf. Sören schaute sich um und lächelte daraufhin breit.

»Tja, wenn sich die ganze Familie versammelt hat, begreift man schon, dass man auf dem Sterbebett liegt«, sagte er und lachte, bis sein Lachen in einen keuchenden Hustenanfall mündete.

»Still«, sagte Sophie und verdrehte die Augen.

Sie mochte den »schwarzen Humor« ihres Gatten nicht.

Er tat ihre Ermahnung mit einer Handbewegung ab.

»Andreas ist auch gekommen«, sagte er und zeigte auf ihn. »Dabei habe ich immer geglaubt, er würde verkommen.«

Maria sprang von ihrem Stuhl auf und versuchte ihn zum Schweigen zu bringen. Ihre Mutter jammerte und Ellen protestierte lautstark:

»Aber Vater! So etwas kannst du doch nicht sagen. In Gottes Namen.«

Nur Poul und Andreas blieben stehen, ohne sich zu rühren. Andreas seufzte jedoch leise. Wie oft, überlegte er, hatte sich diese Szene schon abgespielt? Der einzige Unterschied bestand darin, dass sein Vater krank war, ansonsten war alles wie immer, vor allem Ellens christlicher Quatsch und ihr beseelter Blick. Ein Schauer lief durch Andreas' Körper, als er daran dachte, dass es von Wiedersehen zu Wiedersehen schlimmer wurde. Sie war zu einem ermüdenden Zitatewörterbuch geworden, in dem Mary Baker Eddys Worte unabhängig vom Zusammenhang proklamiert wurden. Die Sorte Scheinheiligkeit, die in seinen Augen am schlimmsten war.

Sein Vater jedoch tat die Einwände seiner Töchter nur mit einem Schnauben ab.

»Ich meine es ernst. Ich habe immer geglaubt, dass Andreas dem Suff verfallen würde. Ich habe selbst zeit meines Lebens gegen den Alkohol gekämpft.«

»Aber das stimmt doch gar nicht!«, widersprach Sophie, während Ellen sich darüber ausließ, dass das Böse Materie war und nicht mental.

Andreas seufzte noch schwerer und wandte den Blick ab. Er biss sich auf die Lippe und hörte gleichzeitig Maria sagen:

»Aber Vater, du hast doch bloß zum Essen verdünnten Wein getrunken.«

»Das glaubst du doch selbst nicht, oder?«, erwiderte ihr Vater und lachte, bis er wieder einen Hustenanfall bekam, der so lange anhielt, dass Poul sich genötigt fühlte, zu seinem Vater zu gehen und ihm auf den Rücken zu klopfen.

»Das ist schrecklich«, sagte Sophie und packte Poul. »Es ist zum Verzweifeln, es ist einfach unerträglich! Poul, kannst du denn gar nichts tun? Wenn wenigstens ein Arzt da wäre. Der etwas tun könnte!«

Poul schloss die Augen, als würde er sie gar nicht hören, fuhr jedoch fort, seinem Vater leicht den Rücken zu tätscheln. Andreas konnte sich angesichts der absurden Szene, die sich vor seinen Augen abspielte, ein Lächeln nicht verkneifen. Es war schwer zu erkennen, wen das Ganze am meisten mitnahm, seine Mutter, seinen Vater, die Schwestern oder seinen Bruder.

Ein Zirkus, dachte er.

Dann ließ sich sein Vater in die Kissen zurückfallen und sah auf einmal schrecklich müde aus. Er schloss die Augen und atmete schwer. Er bat seine Frau, näher zu kommen, und flüsterte ihr etwas ins Ohr. Sophie kniff den Mund zu und nickte. Anschließend ging sie zu ihren Töchtern und bat diese, sie in den Salon zu begleiten. Die beiden schauten zunächst verständnislos, nickten dann aber und folgten ihrer Mutter.

Andreas ging zum Fenster und öffnete es einen Spalt. Poul setzte sich auf einen Stuhl. Ihr Vater schluckte mehrmals, ehe er mit erstaunlich klarer Stimme das Wort ergriff.

»Ihr dürft über eure Mutter nicht zu hart urteilen. Sie ist eine fantastische Frau, die für mich und euch große Opfer gebracht hat. Ich weiß, dass ich zu oft fort war, als ihr noch klein wart. Ich musste mich um die Geschäfte kümmern, immer diese Geschäfte … Aber eure Mutter hat sich niemals beschwert. Auch wenn sie manchmal ein bisschen steif sein kann, ich weiß, dass ihr das denkt. Ich war immer der Meinung, sie hätte euch strenger behandeln sollen, als ihr klein wart. Ihr müsst euch um sie kümmern, wenn ich es nicht mehr tun kann. Versprecht ihr mir das?«

»Ja, Vater«, sagte Poul und stand von seinem Stuhl auf. »Natürlich. Darum brauchst du dir keine Sorgen machen.«

Nachdem Sören Andreas angeschaut und gesehen hatte, dass auch dieser zustimmend nickte, schien ihn Pouls Antwort zufrieden zu stellen.

»Ihr vertragt euch doch jetzt?«, sagte er anschließend. »Es gefällt mir nicht, wenn ihr euch streitet. Ihr seid Brüder, vergesst das nicht.«

»Wir vertragen uns, Vater, du brauchst dir deshalb keine Sorgen zu machen«, sagte Poul und legte eine Hand auf die Schulter seines Vaters. Sören nickte und wirkte zufrieden. *Schön, schön*, sagte er und kratzte sich an der Wange. Dann wurde sein

Blick matter und ihm fielen die Augen zu, der Mund klappte herab. Er atmete tiefer und schlief ein. Kurz darauf kam wie aus dem Nichts das Schnarchen – ein tiefes und langgezogenes Ein- und Ausatmen.

Poul und Andreas sahen sich steif an und standen längere Zeit wie gelähmt im Zimmer. Sie wurden dadurch gerettet, dass es an die Tür klopfte und Doktor Belfrage den Raum betrat. Er begrüßte sie freundlich, auch wenn er ihre Namen verwechselte. Weder Poul noch Andreas berichtigten ihn. Er holte sein Stethoskop heraus, horchte Sören ab und nickte, als deutete das Ergebnis auf eine deutliche Verbesserung hin.

»Er ist schon wieder viel kräftiger«, erläuterte er und lächelte.

Poul und Andreas beschlossen, das Zimmer zu verlassen und Doktor Belfrage in Ruhe arbeiten zu lassen. Sie hörten die Stimmen der anderen im Salon und gingen in ihre Richtung. Kurz bevor sie eintraten, packte Poul Andreas am Arm.

»Andreas, was Vater da eben gesagt hat, war sehr unglücklich. Gib nichts darauf, was er darüber gesagt hat von wegen zu verkommen … wenn man so krank ist wie er, kommt es oft vor …«

»Keine Sorge, Poul, das macht mir nichts aus. Im Gegenteil. Ich weiß, dass er so etwas niemals gesagt hätte, wenn er nicht in Wahrheit überzeugt wäre, dass ich *nicht* dem Alkohol verfalle. Er weiß heute, dass ich etwas aus meinem Leben machen werde. *Deshalb* hat er das gesagt. Früher hätte er es nie gesagt, jetzt hat er es gewagt, jetzt ist er von seiner Sorge befreit.«

»Glaubst du?«

»Ich bin mir sicher.«

Poul verschränkte die Arme vor der Brust und schien nachzudenken. Dann nickte er Andreas zu.

»Ich muss heute Abend noch den letzten Zug nach Stockholm erwischen. Ich kann nicht noch mehr Patienten absagen. Kommst du hier klar? Es scheint, als hätte sich die Lage deutlich verbessert …«

»Natürlich. Sollte sich sein Zustand verändern, rufe ich dich sofort an.«

Andreas wies Poul mit dem Arm den Weg in den Salon. Dann konnte er es nicht lassen:

»Nach Ihnen, Doktor Bjerre.«

Poul blieb sekundenlang stehen, ehe er schwerfällig nickte und zu den anderen hineinging.

Es schneite weiter, die gleichen großen Schneekristalle, die sacht zur Erde taumelten. Mittlerweile war es jedoch kälter geworden, und so durften sie auf dem Bürgersteig und der Straße vor dem Fenster liegen bleiben.

Ganz Göteborg wurde zu Bett gebracht.

Andreas unterschrieb den Expressbrief an Madeleine. Sie hatten beschlossen, die Entscheidung, ob sie später in der Woche anreisen sollte, bis zum Abend zu vertagen. Sie hatten ja nicht gewusst, wie ernst der Zustand seines Vaters sein würde. Inzwischen schien er laut Doktor Belfrage allerdings auf dem Weg der Besserung zu sein, und außerdem würde Poul heimreisen, was die Angelegenheit rein praktisch leichter machte. Andreas glaubte zudem nicht, dass seine Schwestern länger als unbedingt nötig bleiben würden.

Am wichtigsten, entschied er, war jetzt, dass sein Vater endlich Madeleine kennenlernte. Ihre Begegnung würde gut verlaufen, davon war er überzeugt, obwohl die Liebe seines Vaters zu Amelie immer groß bleiben würde. Er war sich jedoch sicher, dass im Herzen seines Vaters Platz für eine weitere Schwiegertochter war.

Er faltete den Brief zusammen und stieg die schmale Treppe hinab. Er hörte keine Stimmen aus dem Salon, und es kam ihm ein wenig seltsam vor, dass es so still war. Waren Ellen und Maria schon zu Bett gegangen?

Ein Blick auf die Uhr. Er begriff nicht, wo sie alle waren. Poul konnte doch nicht schon auf dem Weg zum Zug sein? Er warf einen Blick in das Schlafzimmer seines Vaters, um nachzusehen, ob sich die anderen dort aufhielten. Aber es brannte kein Licht in dem Zimmer, und er hörte nichts als die schweren Atemzüge seines Vaters.

Er kehrte zum Salon zurück, aber als er gerade rufen wollte, um herauszufinden, wo alle steckten, hörte er Stimmen, die merkwürdig gedämpft klangen, so als würde man flüstern, um seine Stimme leiser zu machen, dadurch jedoch die umgekehrte Wirkung erzielte.

Er begriff nicht, warum sie flüsterten, spitzte die Ohren und trat einen Schritt näher an die Tür zum Zimmer seiner Mutter heran, aus dem die Stimmen drangen.

Ja, jetzt verstand er sie. Poul, Mutter, Ellen und Maria fielen sich gegenseitig ins Wort.

Dann hörte er Pouls Stimme heraus.

»Auf dir hat er doch mit Worten und Taten herumgetrampelt. Wer würde so etwas tolerieren, ohne die Geduld zu verlieren? Du sollst wissen, dass er sich mir gegenüber genauso verhalten hat, er ist auf mir herumgetrampelt, als wäre ich ein seelenloses Stück Vieh. Aber der Punkt ist doch, dass er sich an sein unmögliches Benehmen später nie erinnert. Am nächsten Tag ist es wie weggewischt, und er kann nicht begreifen, dass man es ihm übel genommen hat!«

Andreas war erschüttert. Ihr Vater war schwer krank, und sie schwangen solche Reden. Jetzt drang auch Ellens Stimme aus dem Zimmer. Sie versuchte etwas einzuflechten, wurde aber augenblicklich von Marias Flüstern übertönt.

»Poul hat Recht. Ich bin ihr noch nicht einmal begegnet. Hat Vater dieser Ehe wirklich seinen Segen gegeben?«

»So wie er Amelie verletzt hat«, fuhr Poul mit der gleichen sachlichen und weiterhin flüsternden Stimme fort, »wird er auch die Neue verletzen, so viel ist sicher. Ich schlage vor, dass Mutter sie nicht ins Haus lässt. Nicht aus bösem Willen, sondern um sie zu *schützen*.«

»Ich kann mir nie merken, wie sie heißt«, meinte Sophie mit normaler Stimme. Offenbar verstand sie sich nicht so raffinert darauf zu flüstern wie die anderen.

»Madeleine Bennet«, seufzte Poul. »Sie ist sicher kein schlechter Mensch. Allerdings ist sie schon einmal verheiratet gewesen, eine unglückliche Ehe, heißt es, zwei Kinder, die sie verlassen hat, wie Andreas Sören Christer verlassen hat. Eine Jugendfreundin von Amelie, sodass ich ihr einmal begegnet bin, was allerdings schon lange her ist. Aber das mit Amelie ... wir wissen doch alle, wie schlimm es zu Ende ging, wir müssen das Mädchen beschützen, seine Neue. Sonst wird das Ganze nur zu Verbitterung und Missverständnissen führen. Jemand sollte mit ihr reden. Wir haben ihr gegenüber eine Verantwortung.«

Die anderen stimmten ihm murmelnd zu.

»Poul«, sagte seine Mutter mit der gleichen unverstellten Stimme, »vor ein oder zwei Wochen habe ich mit Gunhild gesprochen. Sie hat mir gesagt, sie glaube, dass Andreas zu Prostituierten geht. Sie hatte ihn irgendwie gesehen. Ist das wahr?«

»Aber Mutter!«, riefen Ellen und Maria wie aus einem Mund, ehe sie die Stimmen senkten und weiterflüsterten:

»Das kann doch unmöglich stimmen!«

»Also, *ich* weiß auch nicht, Gunhild hat das gesagt.«

Poul versuchte die Gemüter zu beruhigen und sprach dabei so leise, dass Andreas ihn nicht mehr verstand. Mittlerweile war ihm jedoch so schlecht, dass er sich an der Wand abstützen musste. Der Brief an Madeleine glitt ihm aus der Hand, und er sah ihn zu Boden segeln. Als er sich bückte, um ihn wieder aufzuheben, merkte er, dass seine Hände zitterten.

Er entfernte sich ein paar Schritte von der Tür. Sein Körper war wie betäubt.

Zunächst blieb er mit dem Brief in der Hand stehen, dann ging er ziellos im Salon umher und schüttelte den Kopf, als wollte er sich von den Stimmen befreien. Schließlich wandte er sich um, öffnete die Tür zum Schlafzimmer seines Vaters und schob sich in die Dunkelheit hinein.

Er setzte sich auf einen Stuhl, machte kein Licht. Es dauerte eine Weile, bis sich seine Augen an die Dunkelheit gewöhnt hatten, aber dann konnte er die Möbel im Raum erkennen. Er schob den Vorhang ein wenig zur Seite und sah Schneeflocken auf dem Fensterbrett landen.

Sie waren so zart und schön, schmolzen so sachte und still, zerflossen, existierten nicht mehr, wurden zu nichts. Er sah, wie sich die Brust seines Vaters in der Dunkelheit hob, hörte das Schnarchen, das mal lauter, mal leiser wurde, empfand jedoch nichts, absolut nichts.

Lieber Bruder …

Dein Haus verfällt in die für es so typische versonnene Stille. Man kann sagen, was man will, ich muss zugeben, dass du dir mit Hilfe Vårstavis ein Dasein aus Ruhe und Kontemplation aufgebaut hast.

Doch dann knarrt eine Bodendiele, plötzlich ruckt es im Fensterrahmen, das ist der Wind, der eindringen will. Oder ein Eiszapfen fällt zur Erde und zersplittert, Bäume reiben sich im Sturm aneinander, gespenstische Geräusche, die sich aufdrängen, ungebetene Gäste.

Daraufhin tauchen die Gedanken auf, die sich nicht verdrängen lassen. Die vielen Male, die du über meine Triebe gesprochen hast, dass sie Strukturen zerrütten würden. Du hast Recht, genau wie damit, dass deine Triebe Strukturen aufbauen, Zusammenhänge schaffen und es ermöglichen, sich einen Überblick zu verschaffen. Dennoch wünschte ich, du könntest erkennen, dass sie auch einen zwanghaften Konformismus erzeugen. Du hockst auf Vårstavi in festgelegten Normen und kannst nicht verstehen, wenn andere Menschen Ansichten zu ihnen haben.

Du siehst von diesem Elfenbeinturm aus, den du dir errichtet hast, nichts Unwillkommenes mehr. Du blickst auf deine Besitztümer und weigerst dich, etwas zu akzeptieren, das gegen deine strengen Ideale verstößt. Ganz Vårstavi ist zu einem Mausoleum für deine schönen Triebe geworden. Mach die Augen auf, Mensch!

Ich wünschte, Poul, du könntest das verstehen, statt immer

nur meine Triebe zu sehen. Aber sag über sie, was du willst. Ihnen habe ich es zu verdanken, dass ich nie in Konventionen stecken geblieben bin; wenn es einen drängt, Mauern einzureißen, erbaut man keine.

Dagegen hast du in deinem Leben nie etwas anderes getan. Stein auf Stein hast du zu Vårstavi zusammengefügt, der Burg deiner Einsamkeit. Seither sitzt du dort, ratlos, weigerst dich aber, die Wahrheit zu akzeptieren, selbst wenn sie dich anspringen würde.

Dann merkst du plötzlich, dass dich eine Fliege umschwirrt. Sie muss einen warmen Spalt im Gebälk gefunden haben, in dem sie die Wintermonate übersteht. Wenn du so in deinem Lieblingssessel vor dem offenen Kamin im unteren Flur in Gedanken versunken sitzt, sind dir nicht selten deine persönlichsten Gedichte gelungen. Fast alle hast du Gunhild gewidmet.

Wenn du mich fragst, sind es ausnahmslos die leidenschaftlichen Verse eines Stümpers.

Es ist schon eigenartig, denkst du, wenn man etwas Künstlerisches erschafft, geschieht es auf so unterschiedliche Art. Du genießt die gedankliche Arbeit und das Private am Schreiben von Gedichten genauso wie die schweißtreibende und körperlich belastende Bildhauerei. Ein wenig anders ist es natürlich, wenn du deine wissenschaftlichen Texte verfasst, sie liegen in gewisser Weise dazwischen, erfordern geistige und körperliche Arbeit. Jeder Gedanke soll gemeißelt werden, als wäre er für ein Gedicht bestimmt.

Doch nun, zwischen Wachen und Schlafen, scheint dich alle Kraft verlassen zu haben. In all den Jahren kein freier Moment, auch wenn du es dir immer so und nicht anders gewünscht hast. Die Arbeit ist für dich stets Freizeit gewesen, die Ärmsten, die beides voneinander trennen müssen, pflegst du zu sagen. Du siehst es oft genug in deiner Praxis, wie es die Menschen zerreißt zwischen der Person, als die sie sich sehen, und der

Person, die sie im wirklichen Leben sind, siehst all die Kreativität, die sich unter dem Zwang zur Anpassung verbirgt.

Du weißt, genau wie ich bist du finanziell unabhängig, dank Vater natürlich, dessen größte Angst es immer war, alles Geld zu verlieren, das er verdient hat. Von ihm hast du allerdings lernen müssen, mit deinem Geld sparsam umzugehen. Ausgerechnet Menschen, die in einen bescheidenen privaten Reichtum hineingeboren werden, sind am ehesten bereit, Geld zu investieren, ohne seinen Wert zu erkennen. Das hat er immer wieder gesagt, ehe er hinzugefügt hat: Nicht selten verlieren sie alles.

Du hast Vaters Rat immer beherzigt. Aber was soll man über die restliche Familie sagen? Die ebenso aufgeblasenen wie maroden Geschäfte der Männer unserer Schwestern, die dazu führten, dass sie am Ende zahlungsunfähig waren.

Um mich stand es noch schlimmer, da ich laufend für große Ausgaben sorgte, vor allem in Bezug auf Sören Christer. Ich habe mich des Öfteren gefragt, ob er das Geld gefressen hat. Früher oder später würde ich dazu verdammt sein, einen Offenbarungseid leisten zu müssen. Deshalb musste ich unterrichten, auch wenn ich eigentlich mit Fieber ins Bett gehört hätte. Aber mir blieb keine Wahl, Poul, was immer du und andere glauben mögen.

Du bist sehr stolz darauf, dass nicht nur wohlhabenden Menschen die Möglichkeit offen steht, deine Praxis aufzusuchen. Das ist dir immer ein Anliegen gewesen. Obwohl ich mich im Grunde frage, ob das wirklich so edel ist, wie es klingt. Du findest nämlich, dass sie formbarer sind und williger anzuhören als Wohlhabende, die für ihr Geld Ergebnisse sehen wollen, ohne selbst etwas dafür tun zu müssen.

So willst du sie haben, die Menschen: formbar.

Jetzt kommt diese verfluchte Fliege wieder zurück. Du würdest sie am liebsten totschlagen, findest aber nichts in deiner Reichweite, was sich als Fliegenklatsche nutzen ließe. Die Tageszeitung hat Signhild natürlich dorthin gelegt, wo du sie haben willst, auf den Schreibtisch, und eine alte Zeitung ist nirgendwo zu sehen. Aber bevor du zum Büro trottest, um zu arbeiten, wirst du zu Gunhild hineingehen. Wenn du vorher nur genügend Kraft dafür schöpfen könntest. Du atmest tief durch und spürst, wie deine Brust sich hebt.

Du stehst auf und kehrst zum Schlafzimmer zurück. Seit du weißt, was du tun musst, fallen dir deine Schritte leichter. Du musst dich anziehen, kämmen, waschen. Du musst der Mensch werden, den alle erwarten, den sie als Doktor Poul Bjerre wiedererkennen. Es gibt viele, die sich auf dich verlassen, und du hast nicht vor, sie ausgerechnet jetzt zu enttäuschen, da sie dich am meisten brauchen.

Du redest dir ein, dass sich die Ereignisse vom Vortag erledigt haben. Madeleines Angriffe und Anschuldigungen sind zu Wunden geworden, die bereits langsam verheilen. Jede Wunde heilt mit der Zeit, so etwas hast du immer im Griff gehabt. Geronnenes Blut und Wundschorf mögen brennen und jucken, verschwinden aber am Ende. Zurück bleibt schlimmstenfalls eine Narbe. Denn wenn die Haut, dieses fantastische Organ, verheilt und sich schließt, kann nur noch die Erinnerung brennen. Die Haut vergisst und kann sich selber heilen.

Du wirst dich jetzt anziehen und zusammenreißen und wieder du selbst werden.

Poul Bjerre hat zu arbeiten.

Warum sollte es für ein Kamel leichter sein,
durch ein Nadelöhr zu gehen,
als für einen Reichen, ins Reich Gottes zu kommen?

Göteborg, 10. Dezember 1913

Die Sonne schien und wärmte Andreas, der an die Hausecke gelehnt stand. Er blickte die Wasagatan hinab und sah flanierende Paare Arm in Arm, rennende Kinder und Leute, die sich beeilten, vermutlich weil sie zu spät zu ihren Verabredungen und Unternehmungen kamen.

Sie waren ihm eigentümlich fremd.

Als er noch in Göteborg lebte, war er diese Straße Tausende Male auf und ab gegangen. Nun aber erschien sie ihm fern, obwohl sie noch aussah, wie er sie in Erinnerung hatte. Das Ganze kam ihm vor wie ein abgeschlossenes Kapitel seines Lebens.

Er entsann sich eines Gesprächs, das er vor vielen Jahren mit seinem Vater geführt hatte. Es war eine resignierte Unterhaltung darüber gewesen, dass keines seiner Kinder die Firma übernehmen wollte. Die Töchter waren verheiratet und weggezogen, Poul studierte in Stockholm Medizin, und inzwischen hatte sein Vater zudem erkannt, dass auch Andreas andere Pläne hatte, als Geschäftsmann zu werden. Andreas konnte sich den Gedanken nicht verkneifen, wie anders sich sein Leben wohl entwickelt hätte, wenn er geschäftstüchtig gewesen wäre. Ihm wäre alles auf einem silbernen Tablett präsentiert worden, das Unternehmen wartete nur auf ihn. Aber es ging nicht – er verfügte über keine einzige Eigenschaft, die ihn für diesen Beruf prädestiniert hätte.

Er war mit einem silbernen Löffel im Mund geboren worden. Es gab keine Redewendung, die er mehr verabscheute. Allerdings dachte er auch daran, dass sein Vater, Sören Bjerre, unter den denkbar schlimmsten Bedingungen aufgewachsen war und ein riesiges Imperium aufgebaut hatte. Sören war ein typischer Selfmademan und hatte seine harte Kindheit auf einem Bauernhof in Dänemark nie vergessen. Die Familie, die aus Store Bjerre in der Nähe von Holstebro stammte, bestand aus Schnapsbrennern und betrieb einige Mühlen im nördlichen Seeland.

Da die Geschäfte der Familie recht gut liefen, gab es eine gewisse finanzielle Absicherung. Jedem der Söhne wurde eine Aufgabe übertragen: Einer sollte Pfarrer werden, die anderen sollten jeder einen eigenen Hof bewirtschaften. Sörens Vater hatte sich in geschäftlichen Dingen jedoch als völlig unfähig erwiesen. Er verkaufte seinen Hof, um die Mühle Kristiansmölle zu erwerben, deren Lage auf einem hohen Hügel Transporte dorthin schwierig machte. Außerdem war er ein gewalttätiger Mann, der seine Kinder und Angestellten schlug und als faul und lahm beschimpfte. Ganz gleich, wie sehr sich Sören auf dem Hof auch abrackerte, jeden Morgen wurde er mit einer Peitsche von seinem Vater geweckt, der ihn aus dem Bett jagte.

Später erklärte Sören, sein Vater habe es offenbar genossen, ihn zu schlagen. Seine gesamte Kindheit kreiste um die Misshandlungen, und eine seiner wenigen positiven Erinnerungen hatte er an den Tag, an dem es ihm gelungen war, seinen Vater zu überlisten, indem er sich hinter der Tür versteckte.

Das blieb jedoch eine Ausnahme. Er entkam nur selten, und wenn er Prügel bezog, fauchte sein Vater jedesmal, er werde Sören schon die Faulheit aus dem Leib prügeln. Stinkfaul sei er und ein Nichtsnutz. So ging es immer weiter, bis Sörens Vater krank wurde und kurze Zeit später im Alter von neunundvierzig Jahren starb. Der Alkohol und sein finanzielles Scheitern hatten seinen Körper ausgezehrt.

Sören wusste sehr wohl, dass er in seinem Leben wahrscheinlich härter gearbeitet hatte als die meisten, und das aus einem einzigen Grund: Nie wieder sollte ihn jemand faul und lahm schelten.

Er war neunundzwanzig, als er von seinem Vater befreit wurde und zu einem Onkel auf der Insel Saltholm zog. Danach durfte er für Großhändler Cræmer arbeiten, der in Kopenhagen Butter verkaufte. Die Geschäfte liefen gut, und schon bald konnte Sören in Malmö eine eigene Filiale eröffnen. Zum ersten Mal in seinem Leben blickte er mit einer gewissen Zuversicht nach vorn.

Er war bereit für den großen Schritt.

1874 zog er mit Frau und zwei kleinen Töchtern nach Göteborg und gründete dort sein Unternehmen, für das England der wichtigste Markt war. Außerdem bekam die Familie Zuwachs: Poul wurde 1876, Andreas 1879 geboren. Dank der Exportrekorde in den Achtzigern florierte der Handel, und er nahm binnen weniger Jahre vierhunderttausend Kronen ein und galt als die zehntreichste Privatperson in Göteborg.

Er selbst meinte, der Schlüssel zu seinem Erfolg seien Geschäftssinn und sein vorsichtiger Umgang mit Krediten gewesen. Er war dafür bekannt, dass er geradezu panische Angst davor hatte, Bankdarlehen aufzunehmen. Eine Geldschuld, erklärte er, sei damit gleichzusetzen, jederzeit zum Konkurs gezwungen werden zu können, weil das Geld möglicherweise eingetrieben wurde.

Ein Geizkragen war er deshalb nicht. Weit gefehlt. Es lag ihm viel daran, dass seine Angestellten sich wohl fühlten und seine Kinder in den Genuss von Vorteilen kamen, die ihm selbst verwehrt worden waren. Seine Töchter sollten standesgemäß heiraten und die Söhne eine gute Ausbildung bekommen.

Außerdem zahlte sich sein vorsichtiger Umgang mit Krediten aus. In der Wirtschaftskrise der neunziger Jahre wurden alle, die hohe Kredite aufgenommen hatten, in den Konkurs getrieben. Familie Bjerre konnte dagegen 1901 eine noch größere Wohnung beziehen, diesmal in der Wasagatan 34, jene

Wohnung, in der Sören den Rest seines Lebens verbringen sollte.

Vor diesem Gebäude stand nun Andreas und drückte mit dem Schuh seine Zigarette aus. Er sah den Dampf seiner Atemluft aufsteigen und machte kehrt, um wieder in die Wohnung hinaufzugehen. Er war froh, dass die anderen abgereist waren: Poul zu seiner Praxis in Stockholm, Ellen zu ihrem Pfarrer in Kristinehamn. Nur Maria war noch da, aber sie hatte bereits gepackt und würde in einer Stunde von ihrem Mann abgeholt werden. Wenn er denn pünktlich auftauchte. Es war ein offenes Geheimnis, dass ihr Mann und sie finanziell sehr unter Druck standen, man munkelte sogar, dass sie schon bald völlig verarmt sein würden.

Aber seine Mutter war natürlich auch noch da. Er wusste nicht, was er ihr sagen sollte, hätte sie gerne umarmt und getröstet, aber es ging nicht, so sehr er es auch versuchte. Sie saß in der Wohnung und strickte wie besessen, Stunde um Stunde, ohne aufzublicken.

Andreas verstand sie einfach nicht. Sie war ihm immer ein Rätsel geblieben. Sie reagierte so sprunghaft, dass er niemals wusste, was in ihr vorging. Manchmal erstarrte ihre Miene, und sie verschloss sich wie in eine Muschel, in der sie für alle anderen unerreichbar war. Sie sprach nicht einmal aus, dass ihr Mann schwerkrank war. Stattdessen sagte sie Dinge wie: Vater ist müde. Vater ist überarbeitet.

Sie ging auch nur selten in sein Zimmer, jedenfalls soweit Andreas es beurteilen konnte. Wenn sie bei ihm war, las sie ihm wichtige Post vor, um praktische Ratschläge zu bekommen. Das meiste blieb liegen, die Zeitungen lagen unangetastet neben dem Bett, Briefe von besorgten Freunden blieben ungeöffnet. Natürlich, dachte Andreas, hat sie Angst, ihm in seiner Schwäche zu begegnen. Immerhin hatte er ihr in einer für sie so unsicheren Welt stets Sicherheit geboten.

Manchmal wollte sie von Andreas wissen, worüber sein Vater gesprochen hatte. Nichts Besonderes, antwortete er dann meistens, worauf sie nur nickte. Er bekam große Lust, ihr zu sagen, sie solle doch selbst hineingehen und mit ihm sprechen. Immerhin gab es sicher vieles, was geregelt werden musste. Es wusste doch jeder, dass schon ganze Familien auf Grund von Erbstreitigkeiten in die Brüche gegangen waren. Allerdings bezweifelte Andreas nicht, dass sich sein Vater um alles gekümmert hatte, seine persönlichen Papiere waren grundsätzlich in bester Ordnung.

Als Andreas die Wohnung betrat, strickte seine Mutter wie erwartet. Sie blickte nicht auf, aber ihm stieg Rauchgeruch in die Nase, der während seiner ganzen Kindheit ihr verborgenes Laster verraten hatte. In letzter Zeit schlich sie sich immer öfter ins Badezimmer und rauchte einen Zigarillo. Und im Gegensatz zu dem, was sie zu glauben schien, konnten weder Eau de Cologne, Aseptin noch andere Pfefferminzbonbons die Spuren verwischen.

»Ich sehe mal nach Vater«, sagte er.

Den Blick auf das Wollknäuel gerichtet, nickte sie nur kurz. Andreas blieb noch einen Moment stehen, ehe er sich langsam zum Schlafzimmer seines Vaters begab. Dann hielt er jedoch plötzlich inne, kehrte zurück, ging zu seiner Mutter, fiel vor ihr auf die Knie und umarmte sie.

Sie schaute erstaunt auf. Dann legte sie ihre Hände um seine Wangen und lächelte kurz. Ihm fiel auf, wie unendlich traurig und müde ihre Augen aussahen.

Als er die Tür zum Schlafzimmer seines Vaters öffnete, hörte er ihn schnarchen. Er war immer nur kurze Zeit wach, selten länger als eine Viertelstunde. Dann döste er, manchmal mitten in einem Satz, wieder ein.

Andreas setzte sich auf den Stuhl neben dem Bett und betrachtete den Stapel unangerührter Zeitungen. Die Woche in Göteborg war weder langsam noch schnell vergangen, oder vielmehr sowohl langsam als auch schnell. Irgendwie vermischten sich lang gezogenes Warten und intensive, wache Momente. Übrig blieb eine stetig nagende Sorge ohne Zeitvorstellung.

Um seine Gefühle zu verarbeiten, führte Andreas jeden Abend vor dem Einschlafen ausführlich Tagebuch. Er hätte sich gewünscht, seine Schreibmaschine benutzen zu können, wollte die anderen jedoch so spät abends nicht stören.

Er dachte an seine Geschwister und ihre hastige Abreise. Sie würden ihren Vater nie so kennenlernen, wie er es in diesen Tagen getan hatte, und nie erfahren, was sie verpasst hatten. Sie taten ihm leid. Mehrmals am Tag hörte Andreas außerdem ihre flüsternden Stimmen, ihren Verrat an ihm. Er wusste, dass er es sich nur einbildete, aber ihr Tuscheln hing trotzdem noch in der ganzen Wohnung. Das Flüstern war so unheimlich geworden, dass es fast Stimmen in seinem Kopf glich.

Inzwischen sprachen diese Stimmen auch Dinge aus, die er sie niemals hatte sagen hören. Er wusste, dass er sich das einbildete, trotzdem waren die Worte für ihn wirklich. Sie wurden gezischelt und verkündeten, sein ganzes Leben sei ein einziges Scheitern, die Liebe seines Vaters sei unverdient, er mache alles zunichte, was er anrühre, seine Liebe sei falsch, Madeleine sei da in etwas hineingezogen worden, das sie noch bereuen werde, seine Erniedrigungsfantasien zerfräßen ihn innerlich, genau wie alle anderen in seiner Nähe … Und so sehr er sich auch einredete, dass er sich das alles nur einbildete, wurden sie doch jedesmal wirklicher.

Ihr Ton, wie sie flüsterten, war so überzeugend.

Er dachte an die Stimme seiner Mutter, die sich seit seiner Kindheit immer wieder in sein Bewusstsein gedrängt hatte. Wie sie zu flüstern versuchte, aber trotzdem mit normaler Stimme sprach. Als hätte sie schon immer mit dieser Stimme zu ihm gesprochen. Nur, dass er es jetzt erst erkannt hatte.

Er hätte Madeleine sagen müssen, dass sie nicht nach Göteborg kommen sollte.

Dann öffnete sein Vater plötzlich die Augen. Andreas schreckte auf, trat ans Bett und strich ihm über die Haare.

»Bist du wach, Vater?«

Es dauerte eine Weile, bis er eine Antwort bekam. Schließlich nickte Sören.

Andreas goss Wasser in ein Glas und forderte seinen Vater auf zu trinken. Der Doktor hatte betont, dass Sören viel Wasser trinken musste, zumindest sollte man seine Lippen befeuchten.

Diesmal war das jedoch kein Problem. Sören trank einige Schlucke. Andreas stützte seinen Kopf mit einer Hand und hielt das Glas in der anderen. Er achtete darauf, es so zu neigen, dass nicht zu viel Wasser auf einmal floss. Obwohl er sich große Mühe gab, lief etwas daneben. Er stellte das Glas ab und wischte mit einem kleinen Handtuch die Tropfen fort.

»Fühlst du dich besser?«

»Doch«, antwortete sein Vater, schien jedoch zu zögern und fügte hinzu: »Ich erinnere mich allerdings kaum noch, wie ich mich vorher gefühlt habe.«

»Möchtest du dich aufsetzen?«

»Gern. Es kommt mir vor, als hätte ich den reinsten Dornröschenschlaf hinter mir. Wie lange habe ich geschlafen? Lang genug, um schöner zu werden?«

»*So* lange nicht. Ein, zwei Stunden, glaube ich.«

Andreas half ihm, sich aufzusetzen, platzierte Kissen als Stütze und zog die Decke hoch. Sörens Haare waren fettig, nachdem sie viele Stunden auf dem Kissen gelegen hatten, sein Bart musste getrimmt werden, aber am deutlichsten sah man, wie sehr Sören abgemagert war, seit Andreas ihn zuletzt gesehen hatte. Wie lange war das her? Er staunte, als ihm klar wurde, dass seither nur ein Monat vergangen war. Wenn er sah, wie tief die Augen seines Vaters in ihre Höhlen gesunken und Nase und Ohren auf seltsame Art größer geworden waren, war das kaum zu glauben.

»Von allem, was ich gelesen habe«, sagte sein Vater unvermittelt mit festerer Stimme, »ist die Bibel das mit Abstand idiotischste. Warum sollte es für ein Kamel leichter sein, durch ein Nadelöhr zu gehen, als für einen Reichen, ins Reich Gottes zu kommen?«

Wie üblich in diesen Tagen, sprang Andreas' Vater übergangslos vom Alltäglichen zum Ernsten.

Sein Vater sprach weiter in den Raum hinein:

»Das ist doch völlig verrückt. Als ich arm war, machte ich vieles, wofür ich mich heute noch schäme. Wenn ich mir damals wünschte, reich zu werden, geschah dies, um ein *reicherer* Mensch zu werden. Verstehst du?«

Andreas nickte.

»Du hast viel Gutes getan«, sagte er.

Aber Sören tat seinen Kommentar mit einem Schnauben ab.

»Spar dir deine Schmeicheleien für die Beerdigung.«

Die Worte kamen hart und schneidend, und Andreas glaubte, dass sein Vater ihnen eine beschwichtigende Bemerkung folgen lassen würde, wartete jedoch vergebens.

Stattdessen fuhr Sören mit der gleichen seltsam tonlosen Stimme fort:

»Ich kann mit diesen ganzen unsinnigen Prinzipien und Aussagen einfach nichts anfangen. Wenn man den Wunsch hat, sich zu Lebzeiten nach der Bibel zu richten, erweist sie sich als eine idiotische Schrift.«

Dann aber wurde seine Stimme sanfter, und er streckte die Hand nach Andreas aus.

»Ich habe einen Brief von Madeleine bekommen.«

»Ja, Vater, ich weiß.«

»Sie scheint sehr sympathisch zu sein. Ich muss dir sagen, dass es vier Dinge gibt, die mich im Moment unendlich glücklich machen. Dass du eine Frau getroffen hast, bei der ich das Gefühl habe, dass sie dich glücklich machen wird; dass du auf dem besten Weg bist, etwas Anständiges aus deinem Leben zu machen; dass Amelies letzter Brief zeigt, wie gut es ihr in Rom geht und dass sie einen schönen Ort zum Leben gefunden hat. Und schließlich die Hoffnung, dass du mit Madeleine noch ein Kind bekommen wirst. Kinder sind das Geschenk des Lebens, Andreas. Ich kann das gar nicht oft genug sagen.«

»Ja, Vater, da hast du Recht.«

Andreas lächelte nachsichtig. Die Familie war das Lieblingsthema seines Vaters. Für die Menschen, die einem nahe standen, war kein Opfer zu groß. Das hatte er im Laufe der Jahre immer wieder betont.

»Aber mit ihnen gehen auch große Verpflichtungen einher.«

»Natürlich«, sagte Andreas.

Er spürte, dass Sören seine Hand fest drückte und sie schüttelte, als hätten sie soeben eine Abmachung getroffen.

»Madeleine schreibt in ihrem Brief, dass du Antialkoholiker geworden bist?«

»Ich habe seit zwei Monaten keinen Tropfen mehr angerührt.«

»Ich denke, deine Trinkerei ist immer eine Folge deiner furchtbaren Angst gewesen, die ich ehrlich gesagt nie verstanden habe. Aber vielleicht kann ich solche Dinge auch nicht verstehen. Du hast in deinem Inneren so viel mit dir herumgeschleppt, dass ein Außenstehender es nicht begreifen kann. Und du fühlst dich jetzt viel besser?«

»Ich bin überzeugt, dass ich in dieser neuen Phase einiges … Ich bin sehr glücklich, Vater. Wahnsinnig glücklich.«

»Gut.«

Sein Vater hustete kurz, hielt sich dabei jedoch nicht die Hand vor den Mund. Andreas dachte, dass das früher, als er noch gesund war, undenkbar gewesen wäre.

»Und Amelie wird auch heiraten?«

»Es sieht ganz so aus«, antwortete Andreas.

»Diesen Künstler? Woher kam er noch?«

»Böhmen.«

Sein Vater nickte schwer, als hätte er *Borneo* verstanden.

»Andreas, du sollst wissen, dass ich hier liege, ohne zu wissen, ob ich jemals wieder das Bett verlassen werde … und alles, woran ich immer und immer wieder denke, ist der Hass auf meinen Vater. Es ist mir … es ist mir nie gelungen, mich von diesem Hass zu befreien. Dass er mich geschlagen hat, war eine Sache, aber dass er es so bestialisch und berechnend getan hat … das schüttelt man nicht einfach so ab. Man muss sich um seine Kinder kümmern, man muss Verantwortung übernehmen.«

»Ja, Vater, das muss man. Und du bist in jeder Hinsicht ein guter Vater gewesen.«

»Jetzt schmeichelst du mir schon wieder so idiotisch. Hör auf damit. Ich will damit sagen, dass du dich um deinen Sohn kümmern musst. Ich möchte, dass dem Jungen alle Möglichkeiten offen stehen, die ich niemals hatte. Versprichst du mir das, Andreas?«

Andreas nickte, lehnte sich zu seiner eigenen Überraschung vor und umarmte seinen Vater.

»Andreas, ich möchte, dass du alles, was ich dir erzähle, eines Tages Sören Christer erzählst.«

»Das verspreche ich dir.«

»Ich weiß, dass du immer noch traurig bist, weil ich dich gezwungen habe, auf dein erstes Kind zu verzichten.«

»Vater …«

»Nein, du brauchst jetzt nichts sagen. Ich habe dich dazu gezwungen, aber es geschah zu deinem Besten. Wenn ich dich stattdessen zur Heirat gezwungen hätte, wäre das nicht gut für dich gewesen. Es war besser, das Kind aufzugeben. Du warst noch zu jung, zu unerfahren.«

Andreas schüttelte den Kopf. Er wollte nicht darüber sprechen.

»Ich sehe dir an, dass es dich immer noch aufwühlt. Ich werde dir etwas erzählen. Auch ich habe als junger Mann ein Kind aufgegeben.«

Andreas blickte erstaunt auf.

»Ich …«

»Ich habe diese Entscheidung niemals bereut. Aber eins sollst du wissen: Bis mein Sohn mündig geworden ist, habe ich Unterhalt für Mutter und Kind gezahlt. Heute muss er allein zurechtkommen.«

»Ich hatte keine Ahnung.«

»Deshalb will ich es dir ja auch erzählen. Der Junge wurde außerehelich geboren. Er hatte ein Recht darauf, von mir versorgt zu werden. Aber er war niemals ein Bjerre. Bei deinem Kind war es das Gleiche. Ich habe dafür gesorgt, dass deine Unterhaltspflicht geregelt ist. Das habe ich dir damals versprochen, als ich dich zwang, das Kind aufzugeben.«

Er griff nach Andreas' Hand, schloss die Augen und atmete schwerer, der Unterkiefer fiel herab. Andreas fand, dass sein Vater unendlich müde aussah. Gleichzeitig war ihm nicht entgangen, dass sein Vater in einem Ton gesprochen hatte, den Andreas nur einmal zuvor in seiner Stimme gehört hatte.

Damals hatte er Andreas klargemacht, dass er sein Kind aufgeben musste. Es war diese weichherzige, aber dennoch autoritäre Art zu sprechen.

Die Augen noch geschlossen, sagte Sören mit langsamer Stimme:

»Schneit es?«

Andreas stand auf und ging zum Fenster.

»Nein, es hat aufgehört.«

Als er sich wieder umdrehte, schlief sein Vater bereits tief und fest. Kurz darauf ertönte das vertraute Schnarchen. Andreas lief im Zimmer umher, ihm ging vieles durch den Kopf, all das, worüber sein Vater hatte sprechen wollen. Madeleine, Amelie, Poul, Mutter … alle waren da. Und Sören Christer.

Er trat ans Bücherregal, suchte zwischen den Büchern und zog *Entweder–Oder* heraus, ein Buch, das er mehrmals gelesen hatte. Er freute sich, es wiederzusehen. Als er es aufschlug, fiel ein Zeitungsausschnitt zu Boden.

Er hob ihn auf und las: *Hier stehe ich also in diesem bedeutungsvollen Augenblick dem lesenden Publikum gegenüber: Ich gestehe meine Gebrechlichkeit, ich habe nichts geschrieben, nicht eine Zeile; ich gestehe meine Schwäche, ich habe keinen Anteil an dem Ganzen oder an etwas davon – an keinem Teil, nicht im Entferntesten; sei stark, meine Seele, ich gestehe es, das meiste habe ich nicht gelesen.*

Es war nirgendwo notiert, aus welcher Zeitung der Ausschnitt stammte, aber jemand hatte in die obere rechte Ecke des kleinen, vergilbten Papierfetzens ein Datum gekritzelt: 12. Juli 1842. Andreas erkannte, dass es Kierkegaards Verteidigungsrede sein musste, in der er beteuert hatte, das Buch nicht geschrieben zu haben, obwohl jeder in Dänemark davon ausging.

»Du liest«, hörte er in seinem Rücken und drehte sich um.

»Ich habe mir ein Buch aus dem Regal genommen.«

Andreas hielt das Buch hoch und fragte:

»Bist du Kierkegaard jemals begegnet?«

»Nein, und auch keiner meiner Bekannten. Als ich jung war, habe ich ihn nicht gelesen. Er war sicher ziemlich seltsam, der gute Søren Kierkegaard. Ich bin allerdings einmal Høffding begegnet, und der hat ja über ihn geschrieben.«

Andreas sah seinen Vater kauen, als hätte er irgendwelche Essensreste im Mund – dieses seltsame Wiederkäuen, das ihn plötzlich unheimlich alt aussehen ließ. Andreas kam es vor, als hätte er den Mann, der dort im Bett lag, überhaupt nicht gekannt. Sicher, alles Vertraute war da, aber andererseits eben auch nicht. Es war irgendwie verzerrt, er war abgemagert, ergraut und dann dieses Kauen.

Andreas fühlte etwas Furchtbares in sich aufwallen, und spürte plötzlich, dass ihn die Tränen zu übermannen drohten. Er atmete mehrmals tief durch, um sie zurückzudrängen.

Der Gefühlsausbruch endete abrupt, als er seinen Vater mit erstaunlich klarer Stimme sprechen hörte:

»Ich habe so viele schreckliche Erinnerungen an meinen Vater. Bei der schlimmsten von allen geht es gar nicht darum, wie es war, wenn er mich misshandelte oder sich über mich lustig machte. Ich hatte mein Geld gespart, um mir meinen ersten eigenen Anzug zu kaufen. Ich war noch ziemlich jung, fünfzehn vielleicht. Ich wollte meine Kameraden nach Kopenhagen begleiten und war unheimlich stolz auf meinen Anzug. Aber als ich ihn anzog, zwang mich mein Vater, stattdessen wieder meine üblichen Kleider anzuziehen. Die tun es auch, sagte er. Danach sah ich den Anzug im Kleiderschrank hängen, bis ich aus ihm herausgewachsen war und ihn deshalb nicht mehr anziehen konnte. Ich habe ihn aufs Feld getragen und verbrannt. Wenn ich mich daran erinnere, wie er in Flammen aufging, bringt mich das manchmal sogar heute noch zur Verzweiflung.«

Er seufzte und wandte sich mit einem schiefen Lächeln Andreas zu.

»Kierkegaard glaubte, sein ganzes Leiden habe damit angefangen, dass sein Vater einmal Gott verflucht hat. Wenn es etwas gibt, was ich verstehe, dann das.«

Andreas begriff nicht ganz, was sein Vater eigentlich meinte. Aber ehe er ihn fragen konnte, waren Sörens Augen auch schon wieder geschlossen. Sein Gesicht entspannte sich, und das Wiederkäuen hörte auf.

»*Ich verstehe das, ich verstehe das …*«

Wie eine gemurmelte Litanei auf dem Weg in den Schlaf, weit, weit weg.

Lieber Bruder…

Endlich ist aus der Nacht Morgen geworden. Du bist angezogen und streichst dir über die Augenbrauen. In letzter Zeit wuchern sie immer mehr, und du überlegst, ob du sie stutzen sollst. Oder sähe das womöglich zu eitel aus, zu weiblich?

Du wendest den Blick vom Spiegel ab und schaust auf die Uhr. Halb acht. An einem Montag wärst du jetzt auf dem Weg zu deiner Praxis, der Zug fährt um 8.07 vom Bahnhof Tullinge ab, und mit dem Fahrrad benötigt man zwanzig Minuten dorthin. Normalerweise übernachtest du in der Praxis und kehrst erst Mittwoch oder Donnerstag nach Vårstavi zurück. Doch jetzt, mitten im Winter, wärst du wohl zu Fuß zum Zug gegangen und somit schon unterwegs gewesen.

Heute hast du außer dem, was zu Hause erledigt werden muss, keine Verpflichtungen. Es gibt viel zu tun: Als Erstes musst du nach Gunhild sehen, sie wird frühstücken, das Bett muss neu bezogen und sie angezogen werden. An Tagen, an denen sie sich etwas besser fühlt, ist dies die schönste Zeit. Dann verbringt ihr den ganzen Vormittag in ihrem Zimmer. Wenn es ihr schlechter geht, schläft sie die meiste Zeit. An diesen Tagen gehst du auf und ab und bekommst nichts getan.

Um zehn kommt Doktor Lenmalm, um Medikamente zu verabreichen und Gunhild zu untersuchen. Danach herrscht Ruhe bis zum Nachmittag, an dem Amelie zu einem ihrer seltenen Besuche erwartet wird. Du hast beschlossen, dich im Atelier aufzuhalten und die beiden allein zu lassen. Du hältst das, gerade unter den gegebenen Umständen, für besser. Dir fehlt nach der Szene, die Madeleine dir gemacht hat, die Kraft für eine weitere aufreibende Begegnung. Außerdem hat Gunhild darum gebeten, mit ihrer Tochter allein sein zu dürfen. Du hast sie nicht nach dem Grund gefragt, es war nichts, worüber du dir Gedanken machen musstest. Gunhild weiß, was sie tut. Das hat sie immer getan. Die wenigen Male, die sie gezögert hat, bist du zur Stelle gewesen, um ihr beizustehen, aber nie, ohne dass sie dich vorher gefragt hat, das ist eure stillschweigende Übereinkunft, die seit eurer ersten Begegnung gilt. Immerhin habt ihr euch nicht als orientierungslose Zwanzigjährige kennengelernt; ihr wart bereits unabhängige Individuen.

Aus irgendeinem Grund, du weißt nicht recht, wieso, fühlst du dich plötzlich von mir beobachtet. Du siehst den wutentbrannten Blick vor dir, den ich dir zuwarf, als ich damals aus den Flitterwochen heimkehrte – einen Blick, der nichts glich, was du je zuvor gesehen hattest. Er sei lebensvernichtend und gegen Gunhild gerichtet gewesen, sagtest du. Diesen Blick siehst du jetzt vor dir. Du kneifst den Mund zu, um ihn verschwinden zu lassen.

Im Grunde, denkst du, konnte es nur so enden, dass Gunhild mich verstieß. Meine Versöhnungsversuche führten nur zu neuen Anschuldigungen und Verbitterung. Meine Kreuzung aus Aufwiegler und Bürger war für dich nie leicht zu verstehen: der Aufwiegler in mir, der alles zerstören wollte, was der Bürger in mir aufbauen wollte.

Du selbst hast es in dem Punkt bedeutend leichter gehabt. Forschung und Arbeit haben immer deiner »Liebe zum Menschen« dienen dürfen. Er ist in deinen Augen ein fantastisches Geschöpf und jede geistige Auseinandersetzung wert. Du warst immer der Meinung, dass ich stattdessen beschloss, auf ihn zu spucken.

Gunhild liegt auf dem Rücken und atmet flach. Ihre Augen sind geschlossen, aber es zuckt ein wenig in den Augenwinkeln. Sie kann jeden Moment aufwachen. In den letzten Wochen hat sie mehr geschlafen als sonst, und du machst dir Sorgen, dass dies ein schlechtes Zeichen sein könnte. Nein, sei jetzt nicht negativ, denkst du. Es ist besser, die Sache bei Doktor Lenmalms nächstem Besuch sachlich anzusprechen, sonst kommst du nur ins Grübeln. Dass du selbst Arzt bist, macht die Sache nicht leichter, auch wenn du schon früh wusstest, dass du dich eher auf das Seelenleben als auf das rein Körperliche spezialisieren würdest.

Du bist der festen Überzeugung, dass deine Arbeit bis weit ins nächste Jahrhundert hinein Bestand haben wird. Aber es gibt noch so viel zu tun, so viele verschiedene Ebenen müssen bearbeitet werden. Gleichzeitig kannst du nicht nur in deinem Büro sitzen und schreiben, du musst Patienten treffen, im Feld arbeiten. Das gibt dir im Übrigen vielleicht sogar am meisten: Menschen beeinflussen zu können und zu hören, dass sie zu einem erträglicheren Leben zurückgefunden haben. Manchmal reicht schon eine einzelne Therapiestunde, wenn eine Person mit Autorität und dem Blick eines Unbeteiligten eingreift.

Manchmal gehst du stundenlang erfolgreiche Fälle durch. Wenn ein Mensch den Boden unter den Füßen verliert, pflegst du zu sagen, verschwindet als Erstes der Blick fürs Ganze. Es ist nahezu aussichtslos, in dieser Situation eine Position zu erreichen, die einem einen Überblick gewährt. Deshalb hast du dich wohl so abhängig von Doktor Lenmalm gemacht. Er hat nicht deine emotionalen Bindungen und kann deshalb besser eine Diagnose stellen. Man muss erkennen, wann man sich Hilfe holen sollte und wann man die Zähne zusammenbeißen und an sich arbeiten muss.

Wieder betrachtest du Gunhilds Gesicht und siehst, dass sich ihre Lider bewegen. Sie wird jeden Moment erwachen. Du streichst ihr sachte über die Wange.

»Bist du wach?«

Das tust du immer. Denn dann weißt du, dass sie mit einem

Lächeln aufwachen wird, was auch diesmal geschieht. Es ist ein Lächeln, das dich mit unbeschreiblicher Wärme erfüllt.

»Guten Morgen«, sagst du und küsst sie auf die Stirn.

»Guten Morgen.«

Sie muss sich ein wenig räuspern, und ihre Stimme klingt dünn, wie hinter einer dicken Stoffschicht. Doch ihr Lächeln macht das Ganze trotzdem wundervoll. Du findest sie in diesen Momenten so schön. Als Nächstes hilfst du ihr, sich aufzusetzen. Sie versucht mitzuhelfen, aber du ermahnst sie, mit ihren Kräften hauszuhalten.

Anschließend beginnt die alltägliche Morgenprozedur. Du hilfst ihr, Toilette zu machen, wechselst alle Laken, ziehst sie an. Währenddessen plaudert ihr, nichts von Belang. Du weißt, dass sie es hasst, so abhängig von dir zu sein, aber du bemühst dich nach Kräften, dich so zu geben, dass es ihr nicht unangenehm ist.

Manchmal lacht sie ein wenig, was dich ganz besonders freut. Du könntest sogar so weit gehen zu sagen, dass dir bei diesen kurzen Gesprächen, in denen du ihr bei praktischen Dingen zur Hand gehst, mehr amüsante Einfälle kommen als zu jeder anderen Zeit des Tages. In letzter Zeit habt ihr euch mit dem Vortrag beschäftigt, den du im Rundfunk halten sollst. Zum ersten Mal wird ganz Schweden einer Rede über die Kunst der Seelenheilung lauschen können. Du bist ziemlich stolz auf diesen ehrenvollen Auftrag.

Ansonsten diskutiert ihr die meiste Zeit *Tod und Erneuerung*, das Buch, von dem du von Anfang an wusstest, dass es dein Hauptwerk werden würde. Du spürst mit solcher Überzeugung, dass die Menschen dieses Buch für alle Zeit mit deinem Namen verknüpfen werden. Noch hundert Jahre nach deinem Tod wird man es diskutieren und deuten. Nichts kann dein Vertrauen in die durchschlagende Wirkung des Buchs erschüttern, dessen gedanklicher Kern die Bibel und alle anderen religiösen Schriften ersetzen könnte.

Nein, du glaubst nicht, du *weißt*.

Mehrfach hast du betont, dass es dir ohne Gunhild unmöglich gewesen wäre, es zu schreiben. All die Stunden, die du an ihrem Bett gesessen und das Manuskript Wort für Wort mit ihr durchgegangen bist. Durch ihre Kommentare bist du dem Text auf eine Weise näher gekommen, die sonst undenkbar gewesen wäre. Es ist gar nicht mal so, dass sie viel sagt, meistens hört sie nur zu. Aber dann stellt sie eine Frage, und es gelingt ihr, einen Punkt anzusprechen, an dem du noch feilen musst. Sie besitzt eine eigentümliche Fähigkeit, solche Passagen aufzuspüren.

Wenn sie sich aufgesetzt hat, ist es Zeit, das Frühstück zu servieren. Der Tee steht schon bereit, ein Ei, etwas Brot, Butter und Käse. Sie isst immer weniger und stochert häufig nur im Essen herum. Du siehst, dass sie manchmal zu verbergen versucht, wie wenig sie hinunterbekommt. Dann legt sie ihr Besteck so, dass es die Brote möglichst verdeckt. Obwohl du sie nie nötigst. Sie isst, so viel sie kann und schafft.

»Lisa meinte, du hättest gestern Besuch gehabt«, sagt Gunhild und legt den Teelöffel weg.

Du bist ein wenig überrascht, lässt dir aber nichts anmerken. Schon merkwürdig, dass Lisa, die Krankenschwester, so etwas gesagt hat. Es gefällt dir nicht, wenn sie das tut, und es passiert auch nicht zum ersten Mal. Bei ihr sickert alles durch. Wenn du Besuch hast, möchtest du selbst davon erzählen und nicht, dass sie es in null Komma nichts ausplaudert. Aber sie führt sicherlich nichts Böses im Schilde, denkst du, es ist nur unglücklich, dass du jetzt in dieser Situation bist.

»Ja, richtig«, sagst du, »Madeleine war gestern hier.«

»Madeleine?« Gunhild verzieht das Gesicht, als wüsste sie mit dem Namen nichts anzufangen. »Meinst du *Andreas*' Madeleine?«

»Ja, genau, wir mussten ein paar Dinge besprechen … die liegen geblieben waren.«

Du hast ihr von mir, von meinem Tod nichts erzählt. Kein

Wort. Du wolltest, aber dann erschien sie dir zu schwach. Und Gunhilds Gesundheit geht immer vor.

»Was meinst du mit *liegen geblieben waren*? War Andreas auch da?«

Du lächelst und schüttelst den Kopf. Nicht weil du denkst, dass sie etwas dagegen gehabt hätte, wenn ich da gewesen wäre. Für so etwas ist sie inzwischen zu erschöpft.

Sie stellt keine weiteren Fragen, und du versuchst, ihren Blick zu deuten. Vielleicht glaubt sie, dass du so abweisend bist, weil du ihr vorenthältst, dass ich doch da war. Vielleicht glaubt sie, du wolltest nicht, dass sie es erfährt.

Dir drängt sich der Gedanke auf, wie unglücklich es doch ist, dass ihr jetzt über mich sprecht. In dir regt sich wegen Lisas Worten immer größerer Ärger. Du wirst sie darauf ansprechen. Beim nächsten Mal könnte so ein richtiges Missverständnis entstehen.

Wir müssen sie vor ihm schützen, erinnert euch doch nur, wie sehr er Amelie verletzt hat.

Göteborg, 12. Dezember 1913

In den Nächten schlief Andreas unruhig, es fiel ihm wahnsinnig schwer, in der Wohnung an der Wasagatan zur Ruhe zu kommen. Die Geschehnisse des Tages schienen nachts in sein Bewusstsein einzudringen, und er erwachte jeden Morgen schweißgebadet wie nach einem Alptraum.

Letzte Nacht war er wieder Seekadett gewesen. In seinen Träumen schien er sich die ganze Zeit von außen zu betrachten. Als besäße er an der Spitze von Tentakeln die Augen einer Schnecke, die sich in alle Richtungen drehen ließen. Sein Gesicht veränderte sich jedoch laufend, im einen Moment war er zwanzig, im nächsten hatte er sein jetziges Gesicht. Manchmal kam es ihm vor, als wäre ihm eine weiße Haut über das Gesicht gestülpt worden.

Im Traum schob er auf dem Achterdeck eines Panzerschiffs Wache. Aus irgendeinem Grund war General Malm, der Befehlshaber der Fünften Division, an Bord. Als der General vorbeiging, kehrte ihm ein Matrose aus Unachtsamkeit den Rücken zu. Als der General den Matrosen erblickte, der es unterlassen hatte, sein Gewehr zu schultern, marschierte er zu Andreas.

»Und was sagt Seekadett Bjerre hierzu?«

Andreas antwortete, dass er versucht hätte, sein Bestes zu geben.

Der General sah ihn scharf an.

»*Wobei* hätte Seekadett Bjerre versucht, *sein Bestes zu geben*?«

»Ich hätte versucht, mein Gewehr bestmöglich zu schultern, Herr General.«

Der General musterte ihn von Kopf bis Fuß, als suchte er nach Fehlern an seiner Uniform, und beendete seine Inspektion mit einem leichten Schnauben. Anschließend erhielt Andreas den Befehl, ihn in einen Raum zu begleiten, der einer Offiziersmesse ähnelte und in dem sich außer ihnen beiden niemand aufhielt. Dort musste er dem General wie ein Steward bei seinem Uniformschal zur Hand gehen, der ein wenig verrutscht war. Er strich glatt und faltete, und wenn ihm eine Frage gestellt wurde, grüßte er jedesmal militärisch und schlug die Hacken zusammen.

»Jawohl, Herr General!«

Als Nächstes wurde er angewiesen, für den General einen Zinnbecher zu halten, da dieser sich nun die Zähne putzen wollte und ausspucken musste. Es landete ebenso viel Speichel im Becher, wie danebenging und auf Andreas' Hand spritzte. Wenn das passierte, grüßte er militärisch und schlug die Hacken zusammen.

»Jawohl, Herr General!«

Er wagte es jedoch nicht, den Becher zu bewegen, und hielt ihn deshalb krampfhaft fest, während er von einem fieberhaften, schreckerfüllten Unbehagen befallen wurde.

Malms Anwesenheit in seinem Traum ließ sich dadurch erklären, dass sie kürzlich auf Skeppsholmen zusammen spazieren gegangen waren, wo sie jungen Matrosen und Offizieren begegnet waren und mehrere Panzerschiffe und Torpedoboote gesehen hatten. Andreas hatte ihm daraufhin von seiner Zeit erzählt, bevor er auf die Marineakademie gekommen war: von den schockierenden Rekrutierungsmethoden und empörenden Lebensbedingungen der Matrosen, vom unglaublich rauen Umgangston und der sexuellen Verwilderung an Bord der Schiffe. Er entsann sich zudem einiger junger Männer, die lieber eine Strafe für Meuterei auf sich genommen hatten, als die volle Zeit abzudienen.

Obwohl Malm ihm höflich zuhörte und ihn reden ließ, hatte

Andreas gemerkt, dass es ihn nicht erleichterte, das alles aussprechen zu dürfen. Die grauenvollen Stimmungen während seiner Kadettenzeit wurden vielmehr zu neuem Leben erweckt. Er erzählte sogar zum ersten Mal, dass er fast Selbstmord begangen hätte – als Ausweg, als Befreiung, um sich nicht mehr quälen zu müssen.

Auch wenn Malm ein alter Bekannter war, erklärte das trotzdem noch nicht wirklich, warum Andreas von ihm geträumt hatte. Für das Spucken galt das Gleiche. Es mochte eine Folge seiner Nasenoperation von vor einem Monat sein. Der ekelerregende Ausfluss, meist blutvermischt, quälte ihn dank des Eingriffs inzwischen nicht mehr. Wochen und Monate hatte er am Schreibtisch mit einem Becher neben sich gearbeitet, in den er immer wieder blutvermischten Speichel spucken musste.

Völlig unverständlich fand Andreas schließlich, warum Malms Gesicht so bedrohlich gewirkt hatte. Er hatte in Malms Gegenwart seines Wissens niemals Furcht empfunden.

Jedenfalls hatte Andreas beschlossen, die Wohnung der Eltern zu verlassen und sich in einem wenige Häuserblocks entfernten Hotel einzuquartieren. Es schien ihm die einzige Möglichkeit zu sein, Madeleine vor seiner Familie abzuschirmen. Oder vielmehr, vor seiner Mutter. Als er an der Hotelrezeption stand und sich einschreiben wollte, hörte er wieder die Stimmen, die sich in sein Bewusstsein drängten, die Familie, die drohend hinter seinem Rücken tuschelte.

Wir müssen ihr Wohlergehen im Auge haben.

Im Hotel schlief er trotz seiner Sorgen wegen Madeleines bevorstehendem Besuch ruhiger. Bevor Andreas sie am Bahnhof abholen würde, wollte er noch einmal nach seinem Vater sehen. Vielleicht hoffte er auf ein Wunder, er wusste es nicht. Als er die Wohnung betrat, kam sie ihm verändert vor. Frische Luft schien in die Zimmer gedrungen zu sein. Und so erfreute sich sein Vater denn auch bester Laune.

»Da bist du ja!«, rief er, als Andreas das Zimmer betrat. »Es gibt etwas, worüber ich mit dir reden möchte, Andreas. Vor relativ kurzer Zeit las ich Sprengels ausgezeichnete Übersetzung von Rousseaus Memoiren. Aber ich konnte immer nur an eines denken. Wenn Rousseau an jenem Abend keine Angst vor seinem Meister gehabt und beschlossen hätte, nach Hause zu gehen, obwohl er zu spät kommen würde … und wenn er dann nicht auf die Idee verfallen wäre, fortzulaufen, was er ja auch getan hat, wäre er mit Sicherheit ein guter Bürger geworden … ein tüchtiger Graveur und sonst nichts … und dann wäre es nie zur Französischen Revolution gekommen und Napoleon hätte es so, wie wir ihn kennen, niemals gegeben …«

Andreas war über die unerwartete Energie seines Vaters gleichermaßen erfreut und überrascht. Dass er über Literatur spricht, muss ein Zeichen der Besserung sein, dachte er. Er setzte sich auf einen Stuhl und entgegnete:

»Wenn Rousseau damals nicht fortgelaufen wäre, hätte er sich wahrscheinlich bei einer anderen Gelegenheit aus dem Staub gemacht. Seine großen Werke hätte er bestimmt auch so geschrieben. Ich denke, dass die großen Genies ihre Werke immer schreiben. Es fällt mir jedenfalls schwer zu glauben, dass es einen Rousseau oder Schopenhauer geben könnte, der nichts zu Papier bringt.«

Die Worte ließen seinen Vater schallend lachen.

»Ich bin mir wirklich *sicher*«, erklärte er und sah Andreas in die Augen, »dass es viele große Genies gibt, die nie etwas anderes als Bürger geworden sind, weil sie um ihr tägliches Brot kämpfen mussten.«

Auch Andreas lachte. Aber gleichzeitig verspürte er einen seltsamen Stich in der Brust. Die tragische Möglichkeit, dass Genies im Kampf ums Dasein untergehen könnten, war ihm noch nie in den Sinn gekommen. Das klang so unglaublich … so *vergeblich.*

Sein Vater schlug einen anderen Ton an und betrachtete Andreas auffordernd.

»Ich möchte dir von meinem Freund Julius Herold erzählen… es ist wichtig. Er war ein Junge in meinem Alter. Eines Tages schlug er vor, dass wir gemeinsam auf den Dachboden gehen sollten. Er hatte entdeckt, dass es sich angenehm anfühlte, wenn man das männliche Glied rieb.«

Andreas konnte sich ein Lächeln nicht verkneifen. Ihre Unterhaltung hatte eine unerwartet absurde Wendung genommen. Er hatte nur kurz vorbeischauen wollen, fand sich nun jedoch in ein Gespräch verwickelt, das keiner früheren Unterhaltung mit seinem Vater glich. Sören ließ sich durch nichts mehr in Verlegenheit bringen, er flüsterte nicht einmal mehr, wenn er heikle Themen aufgriff, sprach im Gegenteil eher noch nachdrücklicher als sonst. Die Worte schienen förmlich aus ihm herauszusprudeln.

»Ich wusste ja gar nicht, worüber er sprach«, fuhr sein Vater fort, »wollte lieber segeln oder rudern gehen. Ich glaube, ich war zehn, vielleicht auch elf oder zwölf. Ich will damit sagen, dass ich nicht das geringste Interesse an sexuellen Dingen hatte… ich begriff nicht einmal, was er meinte.«

Er lachte laut, verstummte dann abrupt und sprach anschließend mit verkniffenem Mund weiter.

»Aber nur ein paar Tage später spielte ich mit den Männern auf dem Hof Karten und verlor eine Menge Geld. Und *da* regten sich in mir zum ersten Mal sexuelle Gefühle.«

Andreas wollte etwas sagen, aber sein Vater hob die Hand, um anzuzeigen, dass er noch nicht fertig war.

»Bei der Gelegenheit musste ich dann auch erleben, was mir in vieler Hinsicht das Leben zur Hölle gemacht hat, diesen furchtbaren Juckreiz.«

»Einen Juckreiz? Ich verstehe nicht…«

Andreas' Einwurf wurde von seinem Vater, der keine Zeit hatte innezuhalten, erneut abgetan. Er fuhr im gleichen sachlichen Tonfall fort.

»Seit meiner Jugend habe ich an einem Juckreiz am Hodensack gelitten, der manchmal meinen ganzen Penis befallen hat. Es ist die größte Qual meines Lebens gewesen und ich habe nie darüber gesprochen, nicht einmal mit deiner Mutter. All die Jahre hat er mich wie ein Fluch begleitet. Ich erzähle das nicht, um dich in Verlegenheit zu bringen. Ich habe mir nur oft große Sorgen gemacht, ich könnte das Leiden anderen vererbt haben. Es brennt wie ein unerträgliches Feuer, und man muss sich ständig kratzen. Je mehr sexuelle Kraft man hat, desto schlimmer wird dieser Juckreiz. Verstehst du? Das ist fast noch das Schlimmste an der ganzen Sache, wie man ihn mit Sexualität in Verbindung bringen kann. Manchmal kommt er einladend daher, und ich fange an zu kratzen, was sich gut anfühlt, fast befreiend, ein Genuss an sich. Dann schlägt er jedoch zu, wird wund und hält sich wochenlang als offene, eiternde Wunde, die man kaum anrühren kann. Anschließend verheilt die Wunde langsam, bis es wieder anfängt zu jucken. Und es geht immer damit los, dass ich sexuell erregt bin.«

»Ich habe … ich meine …«

»Ich möchte, dass du Sören Christer davon erzählst. Wenn der richtige Zeitpunkt gekommen ist. Manchmal befürchte ich, dass er als Einziger den Namen Bjerre weiterführen wird.«

Andreas nickte, blieb jedoch mit ausdrucksloser Miene sitzen. Die Enthüllung seines Vaters hatte ihn überrumpelt. Ihm fehlten die Worte.

»Kannst du mir erklären, Andreas, warum sich zum ersten Mal sexuelle Gefühle in mir geregt haben, als ich mich darüber aufregte, dass ich Geld verloren habe? Ist das nicht seltsam? Ich begreife das nicht. Das kann ja wohl nicht der Grund dafür gewesen sein, dass ich reich werden wollte? Ich meine, es geschah doch ebenso sehr für die Familie wie für mich.«

»Nein, Vater. Das kann ich nicht. Ich …«

»Ich möchte, dass du es weißt, Andreas.«

Die Worte seines Vaters kamen immer schneller, überschlugen sich fast.

»Ich bin zu einem Geistlichen gegangen, um ihm von dem Juckreiz zu erzählen, aber er meinte nur, ich sei ein verdorbener Sünder. Diese verdammten Pastorenlügen schmerzen mich noch heute. Da stand er nun und spielte den verfluchten Heiligen und nannte mich *verdorben*. Du hättest sein scheinheiliges Gesicht sehen sollen. Dieser Blick, Andreas! Dieser Blick versetzt mir immer noch einen Stich. Was für eine verdammte Demütigung. Man darf die Dinge nicht weglügen, Andreas. Verstehst du, was ich meine? Ich will, dass du das verstehst.«

»Ja, Vater, ich verstehe sehr gut, was du meinst.«

»Ich finde nicht, dass der Hass weiterleben soll. Ich bin kein hasserfüllter Mensch. Ich will Liebe weitergeben. Als ich klein war, schenkte mir meine Schwester ein Stück Brot, was mein alter Herr mit der Bemerkung zu verhindern versuchte, ich hätte es nicht verdient. Daraufhin erwiderte meine Schwester, sie finde, es stehe mir nach der ganzen Schufterei auf dem Hof zu. Weißt du, was ich damals gedacht habe? Ich dachte, sollte ich jemals zu Geld kommen, werde ich immer für meine Schwester sorgen, was ich auch getan habe, bis zu ihrem Tod. Nicht wegen des Brots, sondern wegen der Liebe, die sie mir schenkte, *die* wollte ich zurückzahlen. Ich will mich an diesem verdammten Pastor nicht rächen. Ich will mich an meinem Vater nicht rächen, der mir meine Kindheit zur Hölle gemacht hat. Sie können unbesorgt in ihren Gräbern ruhen. Aber *du* musst mich verstehen, Andreas. Ich mache mir solche Sorgen, dass sich der Hass weitervererben könnte. Du und Poul … ihr habt es nie geschafft … nie miteinander reden können. Ihr habt es versucht, ich weiß, dass ihr das getan habt. Ich mache mir solche Sorgen um Sören Christer. All der Hass. Man sieht ihn überall, wohin man sich auch wendet. Das bringt mich zur Verzweiflung.«

»Um Sören Christer brauchst du dir nun wirklich keine Sorgen zu machen.«

»Aber was ist, wenn Amelie diesen Österreicher heiratet, oder was immer er noch war? Wirst du dich dann um den Jungen kümmern? Oder wird er weit weg von einem wildfremden Mann aufgezogen werden?«

»Das werde ich mit Amelie besprechen.«

»Tu das, Andreas. Sprich mit ihr. Die Zeit drängt.«

Sein Vater schloss die Augen und ergänzte mit wesentlich matterer und schleppenderer Stimme:

»Jetzt ist Schluss mit den Geheimnissen.«

Mit diesen rätselhaften Worten endete ihr Gespräch. Andreas hatte seinem Vater gerade von Madeleine und ihrer bevorstehenden Ankunft erzählen und ihm sagen wollen, wie wichtig es für ihn war, dass sich die beiden am späteren Nachmittag kennenlernten. Doch sein Vater war schon eingeschlafen.

Dieses Eintauchen in und Auftauchen aus dem Dämmerzustand …

Gleichzeitig war er beruhigt. Nur wenige Stunden zuvor, als er aus seinem schrecklichen Traum erwacht war, hatte er es wieder bereut gehabt, Madeleine gebeten zu haben, nach Göteborg zu kommen. Nun aber war er überzeugt, dass es das Beste war, was passieren konnte. Der einzige Mensch, der ihn wirklich verstand, würde die Frau kennenlernen dürfen, die er über alle Maßen liebte.

Es gab so viel, worüber sie noch sprechen mussten, so viele Geheimnisse, die nicht mehr vertuscht oder geleugnet werden mussten. Es ist ein Zeichen von Liebe, dachte Andreas und stand auf. Behutsam schloss er die Tür hinter sich und dachte daran, wie sehr er seinen Vater liebte, seine Herzlichkeit und unverwechselbare Art, einem sein Vertrauen zu zeigen.

Der Zug aus Stockholm traf mit mehr als einer Stunde Verspätung ein. Andreas ging schnellen Schritts an den Waggons entlang, wobei ihm der unverkennbare Geruch von Dampf und Steinkohle in die Nase stieg. Er wusste nicht, woran es lag, aber aus irgendeinem Grund beruhigte ihn dieser Duft. Mehrmals musste er auf und ab gehen, bis er Madeleine entdeckte. Sie stand im Gang und wartete darauf, aussteigen zu können. Ihr bloßer Anblick, weckte eine Wärme in ihm, die seinen ganzen Körper durchströmte.

Er lief zu ihr und hob sie auf den Bahnsteig herab. Sie umarmten sich, als wollten sie sich nie mehr loslassen, bis sie erkannten, dass sie im Weg standen und keiner aus dem Zug kam.

Er nahm ihren Koffer, und sie hakte sich bei ihm ein.

»Ich habe mir überlegt, dass wir einen Spaziergang zum Park machen könnten«, sagte Andreas.

Er küsste sie noch einmal auf die Wange, scherte sich nicht um all jene, die es geschmacklos fanden, öffentlich Gefühle zu zeigen. Diese ewigen Meckereien in den Zeitungen und auf den Leserbriefseiten, als gäbe es nicht wichtigere Dinge, über die man sich Gedanken machen könnte. Nicht, dass es hier irgendwen zu stören schien. Andererseits, überlegte er, galten in einem Bahnhof unter Umständen andere Regeln, immerhin wurden hier laufend Menschen verabschiedet oder willkommen geheißen.

»Und was ist mit dem Koffer?«, sagte Madeleine und sah ihn erstaunt an.

»Den kann ich tragen.«

»Aber wäre es nicht besser, erst zur Wohnung zu gehen, uns kurz bekannt zu machen, den Koffer abzustellen und danach einen Spaziergang zu unternehmen?«

»Ich habe mir ein Hotelzimmer genommen.«

Madeleine hielt mitten im Schritt inne.

»Ein Hotelzimmer?«

»Ja, so sind wir ein bisschen für uns.«

Sie wirkte verblüfft und auch ein wenig verletzt, wie ihm nicht entging.

Sie wandte sich von ihm ab, sagte jedoch nichts.

»Komm, lass uns gehen, Madeleine. Wenn es so viel geschneit hat wie heute Nacht, ist es unglaublich schön im Park.«

Er nahm ihre Hand, und sie gingen los. Aber sie kamen nur ein paar Häuserblocks weit, dann blieb sie wieder stehen.

»Aber Andreas, ich verstehe das nicht. Wolltest du lieber in einem Hotel übernachten, weil ich kommen würde?«

»Aber nein, wie kommst du denn darauf? Ganz und gar nicht.«

»Ich kann ja verstehen, wenn es eng ist. Aber ich hätte nicht gedacht …«

»Nein, Platz gibt es genug. Ich bin gestern ins Hotel gezogen. Es ist so anstrengend gewesen, sich die ganze Zeit in der Wohnung aufzuhalten. Du weißt ja, dass es um mein Verhältnis zu meiner Mutter nicht zum Besten steht.«

»Dann war ich also nicht der Grund?«

»Wie kommst du denn darauf?«

»Ich habe einfach das Gefühl, du willst nicht, dass ich dort übernachte, bei deiner Familie, meine ich.«

»Das hast du jetzt wirklich falsch verstanden«, sagte er und breitete die Arme aus. »Ich habe so sehr gewollt, dass du kommst. Deshalb bist du doch hier.«

»Ich bin mir da aber nicht mehr so sicher.«

Er legte zärtlich die Hand um ihr Kinn und lächelte breit.

»Madeleine, versteh doch. Warum machst du es uns nur so schwer?«

»Ich mache es uns überhaupt nicht schwer. Ich finde eher, du komplizierst die Dinge. Als wir telefoniert haben, war keine Rede von einem Hotel. Du hast gesagt, dass du bei deinen Eltern wohnst. Daraufhin bin ich davon ausgegangen, dass dies auch für uns beide gelten würde. Es ist nicht so wichtig. Ich bin nur überrascht.«

»Wenn du unbedingt willst, können wir umdisponieren. Ich kann mit Mutter sprechen.«

»Das werden wir nicht tun. Du hast doch schon entschieden, dass wir im Hotel übernachten. Dann tun wir das jetzt auch.«

Für den Bruchteil einer Sekunde wollte er ihr erzählen, wie sie hinter seinem Rücken getuschelt hatten. Von der Scheinheiligkeit seiner Familie. Dann hätte sie ihn verstanden. Aber er konnte es nicht. Sie war gekommen, um seinen Vater zu sehen. Das alberne Missverständnis wegen des Spaziergangs spielte keine Rolle, die Tuscheleien seiner Familie spielten keine Rolle.

Schon bald spürte er, dass der Koffer wesentlich schwerer war, als er für möglich gehalten hätte. Wie zum Teufel, dachte er, hat sie es nur geschafft, ihn für eine einzige Übernachtung so schwer zu packen?

Jedenfalls erreichten sie schließlich den Park, aber mittlerweile fand er nicht mehr, dass man dort viel tun konnte. Es war zu kalt, um auf einer Bank zu sitzen und sich zu unterhalten. Außerdem schienen alle Cafés überfüllt zu sein. So viel Umstände für so eine Kleinigkeit, nur um ein bisschen Zeit miteinander verbringen zu können.

Sie waren schweigend gegangen und blieben nun zögernd stehen.

»Vielleicht sollten wir doch lieber ins Hotel gehen«, meinte er am Ende, »und den Koffer abstellen, dann können wir anschließend zu Vater, bevor es zu spät wird.«

»Ja, wenn du das für das Beste hältst.«

Er spürte einen kalten Windstoß und nickte. Er wollte ihr erklären, dass es mittlerweile viel kälter war als noch vor einer Stunde, außerdem wurde es bereits dunkel. Es war eine wirklich dämliche Idee gewesen, diesen idiotischen Spaziergang zu machen. Das war so typisch für ihn.

Natürlich war sie enttäuscht von ihm. Und nun konnte er sich die Worte nicht länger vom Leib halten, sie krochen auf ihn zu. Eine Weile war es ihm gelungen, sie fernzuhalten, aber sie kamen trotzdem, fraßen sich in ihn hinein.

Wir müssen sie vor ihm schützen, erinnert euch doch nur, wie sehr er Amelie verletzt hat.

Andreas versuchte nicht einmal, den Erstaunten zu spielen, als sie schweigend im Salon saßen. Wie hätte es auch anders ablaufen können? Seine Mutter mit ihrem Strickzeug. Allen, dachte er, wirklich allen ist klar, dass jede einzelne Stricknadel und jedes Wollknäuel in der Mülltonne landet, sobald diese schreckliche Situation vorbei ist. Keine einzige Frage hatte sie Madeleine gestellt, was er sich allerdings auch schon vorher hätte denken können.

Die arme Madeleine musste alles wehrlos über sich ergehen lassen.

Zwei Mal hatte er geschaut, ob sein Vater wach war. Aber Sören schlief tief und fest, und es war unmöglich gewesen, auch nur ansatzweise Kontakt zu ihm aufzunehmen. Außerdem musste er sich seiner Mutter gegenüber jedesmal rechtfertigen, weil sie fand, er störe seinen Vater und zeige kein Verständnis dafür, dass er ruhen musste. Wenn sie Verständnis dafür hat, überlegte Andreas, dass Madeleine den weiten Weg von Stockholm gekommen ist, so zeigt sie es jedenfalls nicht.

»Es ist nett von Ihnen, verehrte Sophie, dass ich Sie besuchen darf. Trotz der Krankheit Ihres Gatten, meine ich.«

»Von einer Einladung weiß ich nichts. Aber es ist nett, Sie hier zu haben. Andreas erzählt mir nie etwas. Das hat er noch nie getan.«

Ihr Blick blieb auf das Strickzeug gerichtet. Was für eine Farce, dachte Andreas und musste aufstehen, um seinen Ärger zu überspielen. Er schaute zum Fenster hinaus und hoffte, dass diese Qual bald ein Ende haben würde. Wenn Vater doch nur aufwachen könnte, dachte er. Und sei es auch nur für eine Minute, damit Madeleine ihm begegnen durfte. Danach konnten sie diese Höllenwohnung wieder verlassen. Als er sich zu Madeleine umdrehte, sah er ihren flehenden Blick.

Er beschloss, einen letzten Versuch zu machen.

»Ich werde mal nachsehen, ob Vater mittlerweile aufgewacht ist.«

»Bist du nicht gerade erst bei ihm gewesen?«, sagte seine Mutter, ohne aufzusehen.

Andreas zuckte mit den Schultern und ging.

Er öffnete die Tür, schloss sie lautlos hinter sich und trat zu seinem Vater, der noch genauso fest schlief wie zuvor. Andreas legte sanft die Hand auf seinen Arm und fragte ihn, ob er wach war. Sein Vater reagierte nicht. Daraufhin rüttelte er ihn etwas fester. Anschließend tätschelte er die Wange seines Vaters mit dem Handrücken.

»Bist du wach?«

Immer noch keine Reaktion. Er schlug ganz leicht zu.

»Vater?«

Er setzte etwas mehr Kraft ein, worauf sein Vater erste Anzeichen einer Reaktion zeigte. Es hob ein Lid leicht an, das etwas flatterte. Anfangs sah man nur einen Teil des Augapfels. Sören wirkte verwirrt, und es war schwer zu sagen, ob er überhaupt wusste, wo er war.

»Bist du das, Poul?«, fragte sein Vater mit belegter Stimme.

»Nein Vater, hier ist Andreas.«

»Andreas?«

Es wurde still. Sehr langsam wachte Sören ein wenig auf.

»Ich muss geträumt haben.«

»Aber jetzt bist du wach, Vater. Es ist jemand hier, der dich gerne sehen möchte.«

»Der mich sehen möchte?«

»Ja. Es ist Madeleine. Von der ich dir schon so viel erzählt habe.«

»Ich kenne keine Madeleine. Oder etwa doch?«

»Madeleine, meine Frau. Ich möchte so gern, dass du sie kennenlernst.«

»Aber Andreas, du bist doch geschieden.«

»Nein, das bin ich nicht. Besser gesagt … ich bin wieder verheiratet.«

»Und was ist mit Amelie?«

»Wir sind geschieden, Vater. Das weißt du doch.«

»Das tut mir leid. Daran erinnere ich mich gar nicht. Ich würde lieber Amelie treffen. Ist sie hier?«

»Nein, ist sie nicht. Madeleine ist hier und möchte dich gerne treffen.«

»Ich bin so müde, Andreas. Sind die anderen auch hier? Ist Poul hier?«

»Poul ist nach Stockholm zurückgefahren.«

»Er hat immer schon zu viel gearbeitet. Genau wie ich. Ich habe immer zu viel gearbeitet und anderes vernachlässigt, was ich hätte tun müssen.«

Andreas wusste nicht, was er machen sollte. Warum konnte sein Vater nicht wach werden und wie immer sein?

»Möchtest du einen Schluck Wasser, Vater?«

»Nein, ich muss mich ausruhen. Ich bin furchtbar müde.«

»Ich gehe jetzt Madeleine holen. Sie möchte dich so gerne treffen. Kannst du dich bitte so lange wachhalten? Wenn du bloß ein freundliches Wort zu ihr sagen könntest.«

»Ist sie hier?«

»Ja, im Wohnzimmer. Ich gehe sie holen.«

»Wie nett von ihr, dass sie den weiten Weg hierher gekommen ist. Wo wohnt sie noch? War es Wien?«

Andreas wandte sich um.

»Ich bin sofort wieder zurück.«

Er eilte ins Wohnzimmer, wo er vom gleichen unerschütterlichen Schweigen empfangen wurde, das er verlassen hatte.

»Vater ist jetzt wach.«

Er konnte die Freude in seiner Stimme nicht verhehlen.

»Er möchte dich schrecklich gerne treffen, Madeleine. Beeil dich!«

Sie stand sofort auf, wirkte fast ein wenig verlegen. Seine Mutter dagegen blickte nicht von ihrem Strickzeug auf, als sie sagte:

»Stör ihn bitte nicht zu lange, hörst du, Andreas?«

»Natürlich nicht«, sagte Madeleine, trat zu ihr, hauchte ihr einen Kuss auf die Wange, ging zu Andreas und hakte sich bei ihm unter. Gemeinsam begaben sie sich zum Schlafzimmer seines Vaters.

Als sie eintraten, wurden sie von lautem Schnarchen empfangen. Andreas ging zum Bett und legte eine Hand auf die Schulter seines Vaters, der jedoch nicht reagierte.

»Wir sollten ihn vielleicht nicht stören«, sagte Madeleine.

»Aber er ist doch gerade noch wach gewesen. Er kann nicht fest schlafen.«

Er rüttelte seinen Vater leicht.

»Vater, wir sind jetzt hier. Madeleine ist hier.«

»Andreas, ich …«

Madeleine biss sich auf die Lippe und schaute weg, ohne den Satz zu beenden.

»Aber er ist doch eben noch wach gewesen«, erklärte Andreas und schlug seinen Vater ganz leicht auf die Wange. »Vater, wach auf!«

»Ich will nicht …«

»Nun hör schon auf, dir solche Sorgen zu machen, Madeleine. Er wollte dich gerne sehen.«

Sie seufzte, während Andreas etwas fester an seinem Vater rüttelte, der sich, weiterhin tief schlafend, umdrehte, als wollte er sich freimachen.

»Andreas, ich möchte jetzt gehen.«

»Vater, wir sind jetzt hier!«

Andreas packte noch fester zu. Sein Vater wälzte sich von einer Seite auf die andere, aber seine Augen blieben geschlossen.

»Ich gehe jetzt«, sagte Madeleine und machte Anstalten, den Raum zu verlassen. Andreas packte ihren Arm. Sie versuchte sich loszumachen.

»Ich will jetzt gehen«, sagte sie mit gepresster Stimme. »Er schläft, das siehst du doch.«

»Bitte, geh nicht.«

Erst schien sie wütend zu sein, aber dann ließ sie sich erweichen. Sie streichelte seine Wange.

»Ein anderes Mal, Andreas. Ein anderes Mal. Ich möchte ins Hotel und mich ausruhen. Ich bin müde von der Reise.«

Sie bewegte sich zur Tür, und er schien kurz zu zögern, als wüsste er nicht, ob er sie begleiten sollte oder nicht. Schließlich folgte er ihr ins Wohnzimmer.

»Danke, dass Sie mich empfangen haben«, sagte Madeleine. »Ich hoffe, dass wir uns bald wiedersehen.«

Sophie blickte von ihrem Strickzeug auf und lächelte zum ersten Mal.

»Danke, dass Sie gekommen sind.«

Madeleine machte einen Knicks und verließ das Zimmer. Andreas folgte ihr mit gesenktem Kopf. Als sie durch die Haustür getreten waren, wandte sich Madeleine um.

»Das macht doch nichts, Andreas. Sei nicht traurig.«

»Er wollte dich so gerne sehen.«

»Ich bin froh, dass ich ihn sehen durfte. Er sieht nett aus.«

»Vielleicht können wir ihn morgen früh noch einmal besuchen, bevor dein Zug geht.«

»Nein, Andreas, das schaffen wir nicht.«

Sein ganzer Körper sackte in sich zusammen, und er blieb stehen, als wäre er auf einmal ein sehr alter Mann. Sie musste ihn einfach umarmen.

»Andreas, ich bin dir zuliebe gekommen. Aber Dinge, die nicht in unserer Macht stehen, können wir nicht ändern, das ist nun einmal so. Ich bin froh, dass ich gekommen bin. Ich finde, du solltest bei deinem Vater bleiben, bis es ihm wieder besser geht. Morgen fahre ich nach Hause.«

Sie gab ihm einen leichten Kuss auf die Wange.

Lieber Bruder …

Horch! Hörst du? Vor dem Fenster singt ein Vogel, ein Fitis, der aus irgendeinem Grund vor Einbruch des Winters nicht gen Süden gezogen ist. Jetzt ist er übrig geblieben und sieht einem erbarmungslosen Winter mit geringen Überlebenschancen entgegen.

Du schaust zum Fenster hinaus und musst wegen der tief stehenden Sonne blinzeln. Nein, niemals wird dieser Vogel bis zum Frühjahr leben, wenn die anderen aus Afrika zurückkehren, denkst du, und wendest deinen Blick wieder dem Zimmer zu. Dann erkennst du auf einmal, dass du dir das eingebildet haben musst. Wie seltsam! Wie konntest du nur glauben, einen Fitis zu hören? Ende November.

Die Sinne, überlegst du, können einem manchmal einen Streich spielen, wenn man nicht auf der Hut ist. Außerdem spürst du jetzt deutlicher, dass sich neue Kopfschmerzen ankündigen. Aus irgendeinem Grund steht dir ein Bild vor Augen: ein großer Raubvogel, dessen jäher Sturzflug die Enten aufschreckt, die im Uferwasser schaukeln; Tumult, Schreie und Flügel, die wild im Wind flattern.

Du überlegst kurz, ob du aufstehen und das Notizbuch holen sollst. Du hast keine deutliche Assoziation, was dich besonders neugierig macht. Es gab eine Zeit, in der du keine Sekunde gezögert hättest, aufzustehen und dir etwas so Unbewusstes und Interessantes zu notieren. Die kleinen Hefte mit den hastig niedergekritzelten Gedanken, die ein wahres Füllhorn gewesen sind, aus dem du schöpfen konntest.

Aber du beschließt, es diesmal gut sein zu lassen.

Du hast bei Gunhild mehr als die halbe Zeitung gelesen, aber du behältst sie dabei stets im Auge. Mittlerweile überfliegst du die Artikel nur noch und wählst bloß ein paar aus, die für sie wirklich von Interesse sein könnten. Wie üblich wendet ihr euch abschließend den Todesanzeigen zu. Du würdest dies am liebsten unterlassen, aber ausgerechnet dieser Zeitungsteil scheint ihr am meisten zu bedeuten.

Du liest die Namen, und sie meldet sich, wenn sie möchte, dass du ihr alles vorliest, Gedichtzeilen, Namen und Informationen darüber, wo die Beerdigung sein wird. Wenn der Verstorbene relativ jung ist, schüttelt sie den Kopf, »wie traurig, noch so jung«, und wenn nur wenige Namen als Trauernde genannt werden, beklagt sie, dass die Familie so klein ist oder der Verstorbene womöglich keine Kinder hat, ja vielleicht sogar ohne Ehepartner dasteht, »all diese einsamen Menschen«.

Du weißt, wie viel ihr das bedeutet. Aber du bist dir nicht sicher, ob es durch ihre eigene schwere Krankheit für sie so wichtig geworden ist. Ein anderer Grund könnte sein, dass sie selbst einmal Witwe geworden ist. Als es passierte, stürzte sie in ein Meer aus Verzweiflung. Sie weiß, was sich hinter den tapferen Worten in den Anzeigen verbirgt.

Du wirfst einen Blick auf die Uhr. Es ist fast zehn, und ihr müsst euch fertig machen für Doktor Lenmalm. Also schlägst du die Zeitung zu und stehst auf.

»Brauchst du noch etwas?«

»Nein, schon gut, schon gut. Ich glaube, ich bin heute etwas besser bei Kräften.«

»Es ist wunderbar, Liebling, dass du dich besser fühlst. Wenn es so bleibt, können wir vielleicht dafür sorgen, dass du heute Abend, zumindest für kurze Zeit, in den Salon kommst.«

»Ja, das wäre schön. Dort bin ich schon lange nicht mehr gewesen.«

Du küsst sie noch einmal auf die Stirn. Dann willst du gehen, aber sie greift plötzlich nach deiner Hand. Sie scheint deine Hand anders wahrzunehmen als sonst und betrachtet sie. Sie tut es ganz kurz und gänzlich unerwartet, wenn auch zärtlich, dreht sie ein wenig und mustert sie auf bisher nie gekannte Art.

»Poul«, sagt sie. »Es geht einem so viel durch den Kopf, wenn man immer im Bett liegen muss. Es gibt da etwas. Ich würde es begrüßen, wenn du dich um Andreas kümmern würdest. Er braucht dich. Ich kann mich des Gedankens nicht erwehren, dass ich ihm gegenüber vielleicht zu streng gewesen bin. Das muss ein Ende haben. Ich will mein Gewissen nicht damit belasten, einen Keil zwischen euch getrieben zu haben.«

»Wieso solltest du einen Keil zwischen uns getrieben haben? Ich verstehe nicht, was du meinst …«

»Doch, das tust du sehr wohl, und ich weiß es zu schätzen, dass du versuchst, so lieb zu mir zu sein. Aber ich möchte, dass du, soweit es denn geht, gut zu Andreas bist. Er hat es so schwer gehabt. Du bist ihm wichtig, nicht zuletzt deine Liebe. Es wird Zeit, alle Streitpunkte und Missverständnisse ad acta zu legen. Du darfst ihn gerne einmal nach Vårstavi einladen, er ist uns herzlich willkommen. Wenn man mit solchen Dingen zu lange wartet, ist es eines Tages womöglich zu spät. Ich möchte nicht mehr im Weg stehen. Versprichst du es mir, Liebster?«

Du bleibst längere Zeit stehen und weißt nicht recht, was du ihr genau versprechen sollst. Du würdest ihr zu gerne erzählen, dass ich tot bin, dass es zu spät ist, aber es geht einfach nicht.

Es klopft an die Tür. Du reißt dich hastig zusammen.

»Selbstverständlich, Liebes. Selbstverständlich werde ich das tun.«

Dann drehst du dich um, gehst zur Tür, öffnest sie, begrüßt Doktor Lenmalm und gibst ihm mit einer Geste zu verstehen, dass seine Patientin wach ist.

Ihr nickt euch zu, und du machst Anstalten zu gehen und

erhaschst einen letzten flüchtigen Blick auf Gunhild, ihr Blick folgt dir.

Du wirfst ihr eine Kusshand zu. Sie fängt sie pantomimisch auf und presst sie sich ans Herz. Diesem Spiel seid ihr in all den Jahren treu geblieben. Allerdings habt ihr dies noch nie im Beisein anderer getan. Doktor Lenmalm kann zwar nicht wissen, welche Bedeutung es hat, aber man weiß nie, denkst du, in gewisser Weise ist es zweier erwachsener Menschen nicht würdig, im Stile schwärmerischer Jugendlicher zu spielen.

Du schließt die Tür hinter dir und gehst zur Küche. Erst als du sie betrittst und Signhild und Lisa begegnest, die in eine Unterhaltung vertieft sind, erkennst du, dass du keine Ahnung hast, warum du dorthin gegangen bist. Es hatte einen Grund, das weißt du genau, aber jetzt kannst du dich beim besten Willen nicht mehr an ihn erinnern.

Signhild und Lisa knicksen und warten darauf, dass du dein Anliegen vorbringst, aber du machst auf dem Absatz kehrt, lässt sie stehen und gehst ins Arbeitszimmer.

Du tauchst die Feder in Tinte und formulierst eine kurze Nachricht, wofür du erstaunlich viel Zeit benötigst. Dreimal wirfst du das Geschriebene in den Papierkorb neben dem Schreibtisch. Das vierte, mit dem dritten identischen Blatt, behältst du schließlich. Darauf steht:

Liebe Amelie!

Wie schön, dass Du heute kommen konntest – Deine Mutter freut sich sehr auf Deinen Besuch! Wir hoffen alle auf eine neuerliche Genesung, und Doktor Lenmalm hat angedeutet, dass wir den Mut nicht sinken lassen dürfen.

Ich möchte Dich jedoch um einen kleinen Gefallen bitten: Ich wäre Dir ungeheuer dankbar, wenn Du es unterlassen könntest, von Andreas und dem traurigen Vorfall zu erzählen. Die Sache ist aus verschiedenen Gründen sehr belastend gewesen, und es er-

schien mir unzumutbar, Deiner Mutter dieses tragische Ereignis in ihrem momentanen Zustand aufzubürden.

Dein ergebener
Poul

Du faltest den Brief zusammen und begibst dich zu Signhild in die Küche, um sie zu bitten, ihn Amelie bei ihrer Ankunft zu überreichen.

Anschließend ziehst du das Jackett an und gehst ins Atelier. Du hast beschlossen, den Rest des Tages dort zu arbeiten, dir geht so viel durch den Kopf, dass du es kaum erwarten kannst, dort hinzukommen, um das kräftezehrende Geschehen endlich in etwas Nützliches zu verwandeln.

Etwas zu erschaffen! Die Rettung, denkst du, liegt für einen kreativen Menschen darin, dass er etwas erschaffen kann, wo vorher nichts war. Ein Wunder, das ein Mensch, der nicht kreativ ist, nie wirklich verstehen wird, so sehr er es auch versuchen mag. Diese Mischung aus Hochgeistigem und harter Arbeit ist für dich seit jeher das Sinnbild künstlerischen Schaffens gewesen. Erforderlich sind Konzentration und die Fähigkeit, den flüchtigen Augenblick einzufangen, aber auch, dass man ihn mit viel Feinschliff und Seelenqual umsetzt. Die schöpferische Kraft und die Lust an ihr verschwinden so schnell, wie sie auftauchen; man verliert sie, sobald man nicht in ihrem Geiste handelt.

Du hast dein ganzes Dasein so eingerichtet, dass du in einem engen Kontakt zu deiner Inspiration leben kannst. Ganz Vårstavi, dein Stolz, ist ein Beispiel dafür. Aber um dich dennoch stets an deinen Auftrag zu erinnern, hast du über dem Schreibtisch eine kleine Tafel mit einer unmissverständlichen Ermahnung angebracht: DO IT AT ONCE.

Das Gesicht war gleichsam ausgelöscht;
es war nur eine weiße Haut,
ein dünner, durchsichtiger Belag.

Göteborg, 22. Dezember 1913

Sören Bjerres Zustand verbesserte sich in der zweiten Dezemberwoche 1913 zusehends, auch wenn er weiter das Bett hüten musste. Doktor Belfrage hatte festgestellt, dass keine Lähmungserscheinungen oder andere bleibenden Schäden vorlagen. Grund zur Sorge bereitete allein die starke Schwächung durch die Herzattacke. Er würde noch lange ruhen müssen, um sich ganz zu erholen. Die größte Gefahr waren wiederkehrende Infektionen, die bei seinem entkräfteten Zustand lebensgefährlich verlaufen konnten. Vermutlich, so Doktor Belfrage, waren es auch die Infektionen gewesen, die das Herz den ganzen Herbst und Winter über so belastet hatten.

Angesichts des verbesserten Zustands seines Vaters reiste Andreas nach Stockholm zurück. Er wusste, dass er die Arbeit an seinem Mörderbuch abschließen musste. So nah wie jetzt war er einer Beendigung der Arbeit noch nie gewesen. Er ging davon aus, dass es zum jetzigen Zeitpunkt fertig gewesen wäre, wenn er nicht so überstürzt nach Göteborg gemusst hätte.

Als der Zug um acht Uhr morgens Stockholm erreichte, war er nicht müde, obwohl er während der zehnstündigen Zugfahrt kaum geschlafen hatte. Sein Gehirn mochte erschöpft sein – aber auch gesund, gereinigt.

Als er sich in die Droschke setzte und den Taxichauffeur anwies, ihn nach Heleneborg zu fahren, fühlte er sich genauso ruhig wie vor Pouls Anruf wenige Wochen zuvor, durch den ihn die Nachricht vom Herzanfall seines Vaters erreicht hatte. Nein, stärker. Die Worte seines Vaters hatten ihn zusätzlich gekräftigt. Wenn er sich dieses Gefühl bewahren konnte, würde er nach seiner Ankunft zu Hause sofort arbeiten. Bis zum Dreikönigstag hatte er keine anderen Verpflichtungen, er würde das neue Vorwort ins Reine schreiben können.

Ihm stand alles ganz deutlich vor Augen: Er hatte sich zu sehr auf die Interviews mit den Gefangenen konzentriert und es dadurch versäumt, seine eigene Rolle zu sehen. Sein Auftrag bestand nun darin, seine Forschungsergebnisse in klarer Form darzulegen und die Stimmen der Insassen so authentisch stehen zu lassen wie möglich. Das Problem hatte darin bestanden, wie das Vorwort diese Denkweise dem Leser nahebringen sollte, und zwar unabhängig davon, ob dieser nun Gefängnisdirektor, Jurist oder Laie war.

Es ist alles so viel einfacher, dachte er, wenn das eigene Handeln eine Richtung hat. Wenn die Zweifel verblassen. Er versuchte, sich vorzustellen, wie viel er leisten könnte, wenn er nur über längere Phasen hinweg ungestört arbeiten dürfte. Was könnte er nicht alles zu Wege bringen! Es würde keine der zahllosen unvollendeten Arbeiten mehr geben, die in Blätterstapeln in der Schublade lagen, um anschließend an unterschiedlichen Orten archiviert zu werden.

Die Droschke hielt vor dem Haus, und seine Füße trugen ihn beschwingt die Treppe hinauf. Er ging zur Tür und klopfte an. Er wollte Madeleine unbedingt überraschen. Sie wusste nicht, dass er einen früheren Zug genommen hatte, und erwartete ihn erst am Nachmittag. Sie konnte nicht wissen, wer an die Tür klopfte, vielleicht der Hausmeister, der eines seiner idiotischen Anliegen vorbrachte, die er den Leuten immer aufzwang, oder die Nachbarin, die dauernd herumschnüffelte und tratschte.

Er hörte ihre Schritte hinter der Tür.

Als sie öffnete, stand sie ungekämmt und mit Schürze vor ihm. Sie lächelte und schien auf eine Weise überrascht zu sein, die er nicht deuten konnte.

Mit ihrem Lächeln stimmte etwas nicht. Er sah es daran,

wie sie mit den Händen über ihre Schürze strich und den Kopf schief legte.

Dann wusste er, was los war.

»Oh, Andreas. Deine Mutter hat gerade angerufen.«

Er verstand. Sie musste es nicht aussprechen.

»Dein Vater ist tot. Er ist vor zwei Stunden gestorben.«

Stockholm, 22. Januar 1914

Långholmen war bis 1647 im Besitz des Königshauses gewesen, dann schenkte Königin Christina die Felseninsel der Stadt Stockholm. Um der Landstreicherei Herr zu werden, sollten laut Gesindeordnung aus dem Jahre 1723 hier alle Müßiggänger und Personen ohne Anstellung gegen Kost und Logis arbeiten. In diese Kategorie fielen alle, die weder Besitz noch einen Dienstherren vorweisen konnten. Um diesen Menschen Arbeit zu verschaffen, erwarb das Kommerzkollegium 1724 das Stadtgut Alstavik und richtete dort das erste Gefängnis der Insel ein. Die Frauen wurden ins Spinnhaus geschafft und die Männer ins Raspelhaus, wo ihre Zwangsarbeit darin bestand, Farbpigmente herzustellen.

Eine neue, größere Anlage war 1754 fertig geworden und konnte in getrennten Gebäuden sowohl Frauen als auch Männer aufnehmen. Der Ausbau ging im Laufe des ganzen 19. Jahrhunderts weiter. Das Staatsgefängnis mit sechzig Zellen und einer hohen Mauer sollte den Bedarf an Gefängnisplätzen eigentlich bis in alle Ewigkeit decken, aber schon kurze Zeit später musste die Stadt erneut anbauen: Der Bedarf schien unerschöpflich zu sein. Erst mit der Fertigstellung des Zentralgefängnisses, erbaut von Vilhelm Theodor Ankarsvärd und eingeweiht 1880, konnte man von einem endgültig ausgebauten Betrieb sprechen.

Das Gefängnis hatte zu diesem Zeitpunkt über dreihundert Zellen und eine eigene Kapelle.

Wahrscheinlich gab es keinen anderen Ort in Schweden mit

einer stärker von Verachtung, Hass und Gewalt geprägten Atmosphäre. Trotzdem fand Andreas den kurzen Fußweg dorthin jedesmal beruhigend. Manchmal machte er von Heleneborg aus sogar einen Umweg, nur um das Gefühl länger auszukosten. Er war aufmerksam, grüßte die Menschen, denen er begegnete, spürte den Wind und dass seine Nasenlöcher den Teergeruch der Schiffe am Kai regelrecht einsogen. Jeder seiner Sinne schien geschärft zu sein, als könnte alles Mögliche passieren, das ihm für seine Arbeit nützlich sein würde. Die letzten Wochen waren ein Wechselbad der Gefühle gewesen und hatten ihn sehr mitgenommen.

Die Konfrontation mit seinem Vater auf dem Totenbett und die Beerdigung auf dem neuen Friedhof von Göteborg am 27. Dezember. Trotzdem war er aus all dem gestärkt hervorgegangen. Er wusste nicht, wie das möglich war. Nie zuvor hatte er Madeleine so sehr geliebt wie in den letzten Wochen, nie zuvor war er sich der Liebe seines Vaters so sicher gewesen.

Obwohl er es kaum ertragen konnte, wie sehr er seinen Vater vermisste. Jede Nacht sah Andreas vor dem Einschlafen sein Gesicht vor sich. Ihr Abschied voneinander hätte nicht schöner sein können. Als er an diesem kalten Januartag Richtung Långholmen spazierte, spiegelte sich das in jedem seiner Schritte wider. Aber es gab noch etwas, das ihn mit Gewissheit erfüllte. Er *wusste*, dass seine Forschung bahnbrechend war, denn niemand hatte vor ihm Häftlinge, die man zu langjährigen Haftstrafen verurteilt hatte, in dieser Weise studiert. Es war durchaus denkbar, dass seine Fallstudien zu umfassenden Reformen führen würden. Sein Freund Karl Schlyter hatte ihm gesagt, wenn er das Buch vollende, werde er schon dafür sorgen, dass es in die Hände der Reformer in der Regierung gelangte.

Er dachte an Bernt Gunnarsson, den er immer als einen der tragischsten Fälle betrachtet hatte. Seine augenfällige Schwäche und sein Mangel an Selbstvertrauen hatten dazu geführt, dass er eine unschuldige junge Frau bestialisch ermordete, deren einziges Verbrechen darin bestanden hatte, sich in ihn verliebt zu haben. Neben ihrer Leiche hinterlegte er anschließend einen Abschiedsbrief, den er selbst verfasst hatte. Die Zeitungen irrten sich folglich nicht, als sie den Mord besonders kaltblütig und durchtrieben nannten.

Kurz bevor er ihr mit dem Messer die Kehle durchschnitt, hatte er sogar noch mit der Frau geschlafen – ja, schlimmer: Nach dem Mord hatte er onaniert und seinen Samen auf ihr verspritzt.

Es fiel einem schwer, dieses Verbrechen zu verstehen, wenn man den kleinen, sich zusammenkauernden Jungen im Besuchszimmer sah.

Das heutige Gespräch auf Långholmen, das fünfzehnte, sollte Andreas' letztes Gespräch mit Gunnarsson sein.

Andreas erreichte das Gefängnistor, wo ihn ein Wärter begrüßte und ihm sofort öffnete. Die Angestellten kannten ihn seit langem. Ein anderer Wärter übernahm hinter dem Tor und führte ihn zum Büro des Generaldirektors. Der Wärter grüßte militärisch und entfernte sich. Stattdessen meldete sich der Sekretär zu Wort.

»Nehmen Sie doch bitte Platz, Herr Bjerre, der Herr Generaldirektor wird Sie gleich empfangen.«

»Vielen Dank.«

Er setzte sich in einen von zwei Sesseln. Es herrschte tiefe Stille, und das einzige Licht kam von dem kleinen Fenster, durch das er nur einen kleinen Ausschnitt vom Himmel sehen konnte.

»Traurig, was da passiert ist«, sagte der Sekretär unvermittelt und ohne aufzublicken.

Andreas wusste nicht, was er sagen sollte. Er begriff nicht. Was war denn so traurig? Ging es um Gunnarsson? Wusste der Sekretär darüber wirklich Bescheid? Oder wollte er ihm nach dem Tod seines Vaters das Beileid aussprechen? Davon konnte er aber eigentlich gar nicht wissen, oder etwa doch?

Andreas wollte gerade fragen, was er gemeint hatte, als der Sekretär aufstand.

»So, der Herr Generaldirektor wird Sie jetzt empfangen. Darf ich Ihnen Hut und Mantel abnehmen?«

»Danke«, erwiderte Andreas und gab dem Mann die Kleidungsstücke. Anschließend blieb er, durch den Kommentar des Sekretärs immer noch verunsichert, für einen Moment regungslos stehen. Schließlich beschloss er, unverzüglich in das Zimmer des Generaldirektors zu gehen.

»Doktor Bjerre, schön, Sie zu sehen!«, wurde er empfangen, als er den Raum betrat.

Viktor Almquist war Generaldirektor und Leiter der Königlichen Gefängnisverwaltung, deren Büros im Zentralgefängnis auf Långholmen untergebracht waren. In den Augen vieler Menschen war er einer der größten Humanisten im ganzen Land. Er war nicht nur ein Befürworter von Reformen im Strafvollzug, vor allem für Frauen, sondern auch eine bekannte Persönlichkeit des kulturellen Lebens.

Er war Vorsitzender der Gesellschaft *Die Neun*, die begleitet von großen Kontroversen auf der Basis von Lotten von Kræmers Testament gegründet worden war, das man Anfang 1913 veröffentlicht hatte. Darin wurde bereits der erste Vorstand der Gesellschaft vorgeschlagen, dem unter anderem Selma Lagerlöf, Karl Wåhlin, Ellen Key, Kerstin Hård af Segerstad und John Landquist angehören sollten. Den Posten des Vorsitzenden sollten abwechselnd ein Mann und eine Frau übernehmen, als erste Wahl wurde der Maler und Kunstsammler Prinz Eugen vorgeschlagen, der jedoch ablehnte. Als Nächstes hatte man Viktor Almquist angesprochen.

Ansonsten war er einer breiten Öffentlichkeit vor allem als einer der Pioniere innerhalb des schwedischen Strafvollzugwesens bekannt. So war er eine der treibenden Kräfte zu einem großen Kongress in Stockholm 1910 gewesen, in dem es um öffentliche und individuelle Versuche gegangen war, entlassene

Straftäter, Landstreicher, Alkoholiker und Prostituierte zu unterstützen.

Andreas ging zu Almquist, der sich von seinem Stuhl erhoben hatte, um ihm auf halbem Weg entgegenzukommen. Er war wie immer elegant gekleidet, trug einen hohen, gestärkten Kragen und eine moderne Krawatte.

Almquist betrachtete ihn mit seinen blinzelnden Augen.

»Nehmen Sie Platz, Bjerre.«

»Danke, es ist sehr freundlich von Ihnen, mich zu empfangen.«

»Sie sind mir immer herzlich willkommen«, erwiderte Almquist und setzte sich hinter den Schreibtisch. »Wie Sie wissen, habe ich Ihr Programm von Anfang an unterstützt.«

Er füllte zwei Gläser mit Cognac, was Andreas überraschte. Er hätte Almquist eher für einen Antialkoholiker gehalten. Er versuchte den Generaldirektor zu stoppen, zögerte jedoch zu lange.

Er lächelte schief und hob das Glas, um anzustoßen. Das Getränk wärmte oder vielmehr brannte auf seinem Weg in den Körper.

»Traurig, was da passiert ist«, meinte Almquist und lehnte sich auf seinem Stuhl zurück.

Andreas war völlig verwirrt. Er stellte das Glas ab und beschloss zu tun, als hätte er die Worte nicht gehört.

Stattdessen sagte er:

»Wie Sie wissen, möchte ich heute zwei Dinge ansprechen. Zum einen möchte ich mich für Ihre Unterstützung bedanken und zum anderen über etwas sprechen, was den Gefangenen Bernt Gunnarsson betrifft, einen der Insassen, die Eingang in meine Studie gefunden haben.«

»Genau«, sagte Almquist und kippte den Stuhl nach vorn. »Deshalb ist es ja so verdammt traurig, was Gunnarsson getan hat. Er hat sich doch so darauf gefreut, Ihr Buch zu lesen. Wenn ich es recht sehe, hat er die meiste Zeit gelesen.«

»Ich verstehe nicht ganz, was Sie meinen.«

»Ja, haben Sie es denn nicht gehört? Hat man Sie nicht darüber unterrichtet, was vorgefallen ist?«

»Nein, hier muss ein Missverständnis vorliegen.«

Almquist seufzte schwer und schaute sich um, als wollte er sich bei jemandem beschweren, weil eine Information nicht weitergegeben worden war. Er lehnte sich vor.

»Gunnarsson hat sich letzten Donnerstag erhängt. Als die Wärter am Morgen seine Zelle öffneten, hatte er sich an einer Schärpe erhängt.«

Er hat … sich erhängt? Andreas konnte es nicht fassen. Warum, dachte er, das entbehrt doch jeder Logik … *warum hat er sich erhängt?*

Konnte sich Gunnarsson überhaupt *vorstellen*, so etwas zu tun? Nie hatte er etwas in diese Richtung angedeutet, im Gegenteil, er hatte doch dauernd von seiner Begnadigung geredet. Alles andere war vollkommen nebensächlich gewesen.

»Sie wirken verblüfft, Bjerre.«

»Das passt so gar nicht zu dem Bild, das ich mir von Gunnarsson gemacht habe. Soweit ich weiß, hat er nie darüber nachgedacht, sich das Leben zu nehmen.«

»Sieh an«, sagte Almquist und trank einen Schluck. »Zuweilen muss man leider erkennen, dass manche hier nicht die Menschen sind, für die man sie gehalten hat.«

»Aber ist denn etwas vorgefallen? Ist er … regelmäßig schikaniert worden, zum Beispiel von einem anderen Gefangenen? Oder einem Angestellten?«

»Nein, nein, nichts dergleichen.«

Urplötzlich war es, als hätte jemand einen Stift genommen und alles durchgestrichen, was Andreas über seine Gespräche mit Gunnarsson geschrieben hatte. Er fühlte sich, als hätte ihn jemand geschlagen, einen Strich über seine ganze Forschung gezogen, sie vom Erdboden getilgt.

Das passt überhaupt nicht zu ihm!

Ihm wurde schwindlig, und er spürte den Alkohol in seinem Magen brennen. Es war wie ein scharrender Schmerz. Er verzog das Gesicht.

»Stimmt was nicht, Bjerre? Sie sind ja ganz blass.«

»Nein, es ist nichts. Ich habe nur einen leichten Anflug von Grippe, nichts Ernstes.«

»Soll ich uns etwas Wasser bringen lassen?«

»Nein, das wird nicht notwendig sein. Aber ich muss Sie vielleicht bitten, zu einem anderen Zeitpunkt wiederkommen zu dürfen … Wäre es eventuell möglich, dass ich mich noch einmal mit Ihnen treffe, um das Programm abzuschließen?«

»Selbstverständlich. Sie müssen auf der Stelle nach Hause gehen und das Bett hüten. Es könnte auch ein Magengeschwür sein, damit ist nicht zu spaßen.«

»Danke. Das ist sehr freundlich von Ihnen.«

»Da wäre nur noch eins«, erklärte Almquist und stand erneut auf.

»Ja?«

»Wir haben hier diese Dinge.«

Er bückte sich, hob zwei schuhkartongroße Pakete an und stellte sie auf den Schreibtisch.

»Das sind Bernt Gunnarssons Sachen«, sagte er und streckte die Arme aus.

»Ich nehme an, man wird sie seiner Familie schicken?«

»Das ist es ja gerade«, seufzte Almquist. »Sie wollen seine Sachen nicht haben. Sie weigern sich, sie anzunehmen. Deshalb frage ich mich, ob Sie seine Habe möglicherweise mitnehmen wollen, Bjerre.«

»Ich?«

»Ja, Sie waren der Einzige, der Gunnarsson in seiner Zeit hier besucht hat. Natürlich nur, wenn Sie die Sachen haben wollen. Ansonsten werde ich sie verbrennen lassen.«

»Ich verstehe. Dann werden sie also verbrannt? Tja, wenn das so ist …«

Andreas blieb einen Moment stehen, ehe er das eine Paket öffnete und ein Portemonnaie, eine Uhr, zwei Stifte und mehrere Bögen Papier erblickte. Wahrscheinlich die Briefe seiner Mutter, dachte er, aber als er genauer hinsah, erkannte er, dass es Briefe waren, die Bernt mit seiner plumpen Handschrift an seine Mutter geschrieben hatte.

Briefe, die niemals abgeschickt worden waren.

Für Mutter stand zuoberst auf jedem Brief.

Andreas hielt sie in der Hand, ließ sie dann jedoch fallen, sodass sie raschelnd in den Karton zurückfielen.

Erneut stach es brennend in seinem Magen, und er musste sich setzen. Er versuchte kontrolliert zu atmen und war sich nicht sicher, ob Almquist etwas bemerkt hatte oder nicht. Er wagte es nicht aufzusehen. Ihm brach der Schweiß aus, und er zog ein Taschentuch heraus und wischte sich hastig die Stirn ab.

Er wusste, dass er diese Kartons nicht annehmen konnte, das war völlig unmöglich. Auf einmal hatte er das Gefühl, nicht mehr zu wissen, wer Bernt Gunnarsson war. Nach all ihren Gesprächen! Er versuchte, sich sein Gesicht vorzustellen, aber es war gleichsam ausgelöscht; es war nur eine weiße Haut, ein dünner, durchsichtiger Belag. Er konnte es nicht, *konnte es nicht*, so verzweifelt er es auch versuchte.

Er überquerte die Brücke, ging am südlichen Mälarufer entlang und nahm die Durchfahrt nach Slussen, die man erst kürzlich durch Felssprengungen und Aufschüttungen geöffnet hatte. Noch vor wenigen Jahren hatte nur ein schmaler Streifen festen Untergrunds die steilen Felswände vom Wasser der Riddarfjärden getrennt. Er ging mit gesenktem Kopf, nicht drahtig wie noch vor einer Stunde, als ihm alles so sicher und hinreißend erschienen war, als erwartete ihn etwas Wichtiges, ein Durchbruch nach der harten Arbeit am Vorwort.

Nun schienen sich die Masten der Schiffe feindselig über ihn zu neigen, als versuchten sie ihn zu zwingen, auf eine ganz bestimmte Art zu gehen. Es ruckte und zerrte an den Vertäuungen, die aufschrien, die Schiffe wurden gegen den Kai geschoben und stießen gegen die Steinblöcke, der Wind fuhr in die Segel, die laut und schadenfroh schlugen.

Er konzentrierte sich, schaute zu Boden, auf seine Füße, zwang sie, sich vorwärts zu bewegen und achtete darauf, nicht an den Schmerz zu denken, der bei jedem neuen Schritt aufblitzte.

Die ganze Arbeit umsonst, dachte er. Im Grunde hatte er es natürlich immer gewusst. Das Ganze war von Anfang an falsch gewesen. Seine gesamte Forschung war von Grund auf falsch.

Er spürte den Alkohol, der sich in seinem Magen festgebissen hatte, und musste sauer aufstoßen. Ich habe es immer gewusst, dachte er, *immer, immer.*

Dann blieb er plötzlich stehen. Ohne aufzublicken, hielt er inne. Er überlegte eine Weile, dann hatte er sich entschieden. Die Lage war unhaltbar, und er war gezwungen – hatte keine andere Wahl –, musste den Schmerz einfach betäuben.

Feuer soll man mit Feuer bekämpfen.

Neben der Münchenbrauerei betrat er eine regelrechte Spelunke, schaute sich in dem Lokal um und entschied sich für einen Tisch in der hintersten Ecke. An einigen Tischen ertönten grölende Stimmen, aber er hörte sie nicht, sah sie nicht, verdrängte sie völlig.

Er fühlte sich etwas besser und konzentrierte sich darauf, nicht zu schnell und zu gehetzt zu atmen. Er betrachtete seine Hand und sah sie zittern. Als er sie musterte, fühlte sie sich an wie die Hand eines Fremden, als wäre sie von seinem Körper getrennt. Und er wusste es. Nur wenn es ihm gelang, den Schmerz zum Nachgeben zu zwingen, der so mörderisch in seinem Kopf pochte, der ihm den Atem im Hals stocken ließ, der bewirkte, dass sein Körper den Kontakt zu sich selbst verlor, würde er die Kraft finden, den Heimweg zu bewältigen.

Der erste Schluck brannte schlimmer als der Cognac bei Almquist. Sein ganzer Magen wollte sich von innen nach außen stülpen.

Aber ich muss, dachte er, *ich habe keine andere Wahl.*

Danach ging es leichter, und langsam, ganz langsam ebbte der Schmerz ab.

Er hörte sie zunächst nicht, als sie die Wohnung betrat. Dann versuchte er die Augen zu öffnen, die ihm jedoch nicht gehorchen wollten; es tat sich nur ein Spalt auf, durch den Licht hereinfiel.

Als Nächstes hörte er ihre Stimme, die seinen Namen rief, und kam zu Bewusstsein, allerdings ohne zu begreifen, wo er sich befand.

Dann ihre Rufe, ihr Aufschrei, die schnellen Schritte zu ihm.

Er sah nur ihre Füße und spürte ihre Hände, die nach ihm griffen. Er versuchte etwas zu sagen, aber es ging nicht, aus seinem Mund drangen nicht einmal ansatzweise Worte. Sie verschwand und kehrte mit einem Handtuch und einem Glas Wasser zurück.

Sie versuchte, ihn zum Trinken zu bewegen.

Er wollte nicht, aber sie zwang ihn fast, ein wenig Wasser zu schlucken.

Er hatte Schmerzen im Nacken, er lag schief, wand sich und spürte plötzlich, wie unbequem er auf dem Holzfußboden lag. Er sah die Stuhlbeine, versuchte den Körper zu drehen, aber irgendetwas sträubte sich, und er kam nicht los. Erneut versuchte er, die Augen zu öffnen, aber mit dem gleichen Ergebnis, nichts als ein unansehnlicher Spalt.

Und ihre Stimme, immer wieder, *Andreas, Andreas, du darfst nicht*, sie lief zum Telefon, ihre Stimme, schnell und gereizt. Mit dem Arzt? – *das wird nicht nötig sein*, wollte er sagen, das muss nicht sein, aber auch jetzt brachte er nichts heraus, kein einziges Wort. Sie kehrte zurück, zwang ihn, noch mehr zu trinken, *will nicht*, wischte mit dem Handtuch, um das Wasser aufzufangen, das vorbeilief.

Er sah, dass es sich rot verfärbte, *verdammter Mist!*

Er musste husten und ein Klumpen geronnenes Blut landete auf dem Fußboden.

Madeleine, wollte er sagen, *das ist nicht weiter schlimm.*

Und dann wollte er ihr alles erzählen und ihr erklären, dass sie keine Schuld traf.

Das ist nicht deine Schuld, Madeleine.

Er versuchte davon zu erzählen, dass er jemanden brauchte, der ihm weh tat, von seiner Sehnsucht danach, jemanden zu haben, der ihn erniedrigte, wie sehr er den weichen Köper einer Frau an seinem eigenen, harten genoss, dass dieser ihn jedoch nachzugeben zwang, wie sie ihre Zartheit aufgab, um ihn herabzupressen, dass der Schmerz, den sie austeilte, ihn reinigte und dazu brachte, das Übel zu verdrängen und ruhig zu werden wie in einem einzigen langsamen Ausatmen.

Das war es, was sie verstehen sollte.

Nicht Madeleine, sie wollte er nur zärtlich in den Armen halten und ihr sagen, wie sehr er sie liebte. Ihre Zartheit war anders. Sie war so echt, so echt, dass sie ihn zu einem anderen Menschen machte, aber das alles war unheimlich schwer zu erklären, und die Zunge war wie ein Wattebausch in seinem Mund, trocken und geschwollen.

Kannst du dich nicht einfach hinsetzen, hier neben mich, und mit mir atmen?

Er hustete, hatte wieder diesen Blutgeschmack im Mund, vermischt mit Cognac, Wein, Bier, allem, was er in sich hineingekippt hatte, bis er ausreichend gestärkt war, um heimzukehren. Er wusste nicht mehr, wie er nach Hause gekommen war. *Wie bin ich nach Hause gekommen?*

Madeleine, versuchte er zu sagen, *weine nicht.*

Doch auch jetzt keine Worte, nur Lallen.

Verlass mich nicht, verlass mich nie.

Er hörte sie nicht und versuchte, den Blick ein wenig zu heben. In dem dünnen Spalt, den er aufbekam, sah er nichts. Dann hörte er endlich ihre Stimme. Sie war im Treppenhaus.

Hatte sie einen Nachbarn geholt?

Nein, tu das nicht, mir geht es bald wieder gut, ich kann gleich wieder aufstehen, jeden Moment.

Er wollte nur erst schlafen, musste sich ausruhen, brauchte nur Luft zu holen. Er hustete wieder, schmeckte Blut, spürte es warm und dunkel werden und hörte als fernes Geräusch, dass das Feuer im Kamin noch nicht erloschen war und eine stille Wärme abstrahlte, die ihn beruhigte.

Es sollte ohnehin nicht sein, lass es brennen, brennen …

Er schloss die Augen, spürte jedoch, dass ihn jemand rüttelte. Wieder der Spalt, durch den er vage ein Gesicht wahrnahm.

Aufhören!, wollte er sagen, *lass mich einfach hier liegen, nur noch ein bisschen*, trotzdem wurde er immer weiter und immer heftiger gerüttelt.

Er spannte den ganzen Körper an und spürte eine ungeahnte Kraft aus seiner Magengrube aufsteigen. Es gelang ihm, seine Augen ein klein wenig mehr zu öffnen, und er brüllte:

»Hure! Du bist eine verdammte Hure!«

Die Antwort bestand aus weiterem Rütteln, und er spürte zudem, dass sie ihm eine Ohrfeige gab.

»Verschwinde!«, schrie er daraufhin aus vollem Hals.

Und die Hand wurde von ihm genommen.

Aber damit gab er sich nicht zufrieden und spürte die Wut anrollen:

»Du bist eine Hure! Du bist es nicht einmal wert, dass man auf dich pisst!«

Und dann spürte er es endlich wärmer und still werden.

Ja, jetzt hörte er das Feuer wieder knistern.

Es war so schön, endlich nichts mehr vorgaukeln zu müssen. *Lass sie glauben und hoffen, was spielt das schon für eine Rolle.*

In diesem Moment wollte er einfach nur dort liegen und spüren, wie er wegdämmerte. Es war so schwindelerregend schön zu spüren, dass sich der Körper entspannte, wenn er sich nicht mehr darum kümmern musste zu atmen.

Lieber Bruder …

Du sitzt da und bist zufrieden mit der Arbeit an deiner Skulptur. Drei Wochen lang hast du an ihr gearbeitet, jetzt nimmt sie endlich Gestalt an, findet die richtige Balance. Wenn man an einer Skulptur arbeitet, denkst du, strebt man immer ein Gleichgewicht an; so einfach und gleichzeitig so schwer zu erreichen. Das unterscheidet in deinen Augen den Profi vom Amateur. Andere würden vielleicht vom *Blick* sprechen: gelegentlich ein Attribut zu verzerren, um seine Natürlichkeit herauszuarbeiten, und gelegentlich eine originalgetreue Abbildung anzustreben, um die gleiche Natürlichkeit zu erreichen. Fällt dieser Blick weg, kann das Kunstwerk nie etwas anderes sein als eine simple Nachahmung der Wirklichkeit ohne einen Wert an sich.

Gedanken dieser Art gehen dir durch den Kopf, wenn du dein Tagwerk beendest. Du trittst einen Schritt zurück, um die Skulptur zu begutachten, die den Kreislauf des Lebens darstellt, drehst den Kopf ein wenig und kneifst ein Auge zu, um die Perspektive eine Nuance zu verändern.

Vor ein paar Jahren hast du in Vårstavi mit Kandinsky über diese Balance zwischen Wirklichkeit und künstlerischer Abbildung gesprochen. Er erzählte dir, dass er schon dreißig war, als eine Vision ihm deutlich machte, dass er Künstler werden sollte. Es war geschehen, als er einen von Monets Heuhaufen sah. Schlagartig war ihm klar geworden, dass Farben und Komposition ein Leben schenkten, das weitaus lebendiger war als eine exakte Abbildung.

Als du innerlich seiner Betrachtung lauschst, nickst du noch einmal. Dann schaust du aus dem Fenster. Für die Wahrheit gilt das Gleiche, überlegst du. Manchmal muss sie verzerrt werden, um ihrem Kern näher zu kommen, und manchmal muss sie ganz korrekt abgebildet werden. Hier ist der gleiche Blick erforderlich, was jahrelange Detailstudien erforderlich macht. Hier starrt der Laie kurzsichtig auf die falschen Einzelheiten und umkreist sie, ohne dadurch einer Erkenntnis näher zu kommen.

Nun tauchen jedoch auch die unerbittlichen Fragen auf.

Du grübelst darüber nach, warum ich dich nicht lieben konnte, warum ich deine Liebe, deine ausgestreckte Hand, nicht annahm. Du wirst es nie verstehen, und das macht mich sehr traurig, da ich dich vor dieser Statue sitzen sehe, die jene Liebe beschreiben soll, die alles überwindet.

Du stellst die Frage. Das ist alles. Anschließend schaust du aus dem Fenster und siehst dort die Bäume kahl, mit winterlich flehenden, gen Himmel gestreckten Händen stehen.

Wieder einmal muss ich erkennen, dass du nur bis zu dem Punkt kommst, die Frage zu stellen und wie eine Waffe auf mich zu richten.

Wenn du wüsstest, wie oft ich bezweifelt habe, dass du jemals mit einer Frau geschlafen hast. Als du jung warst, hat es dich offenbar nicht interessiert. Du schienst der Meinung zu sein, über solch niederen Trieben zu stehen. Dann hast du Gunhild kennengelernt, und bist ihr mit Sicherheit immer treu gewesen.

Aber trotzdem. Sie war schon krank, als ihr euch begegnet seid, und hatte drei erwachsene Kinder. Der Fortbestand der Familie war gesichert, aber wohl kaum das andere, die Geborgenheit und Wärme, die sie verloren hatte, als ihr Gatte starb.

Auftritt Poul Bjerre.

Etwas an der Art, mit der du Gunhild seit jeher angefasst hast, hat meine Zweifel am Leben erhalten. Du berührst sie, wie man etwas Schönes berührt, eine Skulptur, die man sehr schätzt und die einen unweigerlich fasziniert. Für mich ist es immer wichtig gewesen, das genaue Gegenteil zu fühlen: das Fleischliche, Verschwitzte.

Hast du das jemals gefühlt, Poul? Wie es ist, eine verschwitzte Frau an sich zu pressen und zu spüren, dass sie nach roher Sexualität riecht und es in deinem ganzen Körper pocht und dein Schwanz zustoßen will wie der eines Tiers? Oder wie du zu Boden gezwungen und erniedrigt wirst, die Augen schließt und es geschehen lässt, wie jeder Teil von dir unterwürfig wird und dazu erschaffen ist, unterdrückt zu werden? Oh, der Geruch, der in diesem Zustand verströmt wird, ließ mich am ganzen Leib zittern, es spielte keine Rolle, wo ich mich gerade befand. Manchmal musste ich die Toilette aufsuchen, um mir einen herunterzuholen. Hast du jemals so empfunden? Ein Gefühl gehabt, das so weit von dieser porzellanwürdevollen Liebkosung entfernt ist? Deine Geilheit, Bruder, was machst du mit ihr?

Es gab Momente, in denen sich mein Körper jeglicher Kontrolle entzog, in denen die Gedanken in mir so donnerten, dass ich die Hände um meinen Kopf legen musste, damit er nicht explodierte.

Einmal folgte ich Amelie zwei Tage, ohne dass sie etwas davon ahnte. Ich habe es ihr nie erzählt. Jeden ihrer Schritte überwachte ich und versteckte mich hinter Häuserecken und saß hinter einer Tageszeitung verborgen auf einer Parkbank. Ich war krank vor Sorge, dass sie sich mit einem Mann treffen könnte, um mich zu betrügen. Ich war krank vor Sorge, dass sie sich mit jemandem treffen könnte, der schlecht über mich reden würde.

Schließlich traf sie sich tatsächlich heimlich mit jemandem. Heimlich, weil sie mir nicht davon erzählt hatte, obwohl ich sie am Morgen gefragt hatte, ob sie verabredet sei. Sie hatte den Kopf geschüttelt. Danach ging ich zur Arbeit, jedenfalls glaubte sie das. Stattdessen verließ ich das Haus, stellte mich auf die gegenüberliegende Straßenseite und harrte dort aus. Ich musste nicht lange warten. Nur zehn Minuten später trat sie aus der Tür und eilte im Laufschritt davon, als wäre sie spät dran.

Ich folgte ihr, bis sie eine Konditorei betrat. Daraufhin blieb ich eine Weile draußen stehen und überlegte, ob ich versuchen sollte, unbemerkt einzutreten. Aber ich beschloss, im Freien zu warten. Eine unerträgliche Stunde lang stand ich nur da und stellte mir vor, mit wem sie sich traf, mit wem sie mich betrog.

Am Ende kam sie wieder heraus. Allein. Sie wirkte traurig, das war nicht zu übersehen. Ich beschloss, noch ein paar Minuten zu warten, um zu sehen, ob die Person, mit der sie sich getroffen hatte, ebenfalls herauskam. Kurz darauf tratst du auf die Straße. Du sahst nicht traurig aus, im Gegenteil. Du schienst wütend zu sein.

Ich habe mich oft gefragt, worüber ihr euch dort unterhalten habt. Über mich? Wahrscheinlich. Amelie wollte offensichtlich nicht, dass ich etwas davon erfuhr, sonst hätte sie mir von eurem Treffen erzählt, als ich sie beim Frühstück fragte.

Als ich sie wiedersah, wollte ich sie ausfragen, ihr fast mit Folter drohen. Aber ich sagte nichts. In gewisser Weise fühlte ich mich ertappt. Es geschah nur einen Monat, nachdem ich zum ersten Mal mit Madeleine geschlafen hatte.

Sie strich mit einem Finger über seinen nackten Arm,
sie tat es zerstreut, weder zärtlich noch verspielt.

Stockholm, 23. Januar 1914

Andreas schlug die Augen auf, kreiste aber noch eine Minute aus der Tiefe des Schlafs ins Bewusstsein hinauf. Anfangs wusste er nicht, wo er war, sah nur die Decke. Dann hörte er von der Straße ein vertrautes Quietschen.

Die Autowerkstatt, dachte er.

Als er den Kopf ein wenig zur Seite drehte, sah er denn auch erwartungsgemäß, dass er zu Hause war, im eigenen Bett lag. Aber es lastete ein Druck auf seiner Stirn, der allerdings nicht schmerzte, es war vielmehr, als hätte ihm jemand fünf dicke Bücher auf den Kopf gelegt, um ihn an seinem Platz zu halten.

Er hüstelte, räusperte sich.

Seine Kehle war so ausgedörrt, als hätte er längere Zeit nicht gesprochen. Er musste sauer aufstoßen, was er schon kannte. Die Beschwerden hatte er seit vielen Jahren, fast so lange, wie er denken konnte, aber diese spezielle Art des Aufstoßens stellte sich immer nur dann ein, wenn er getrunken hatte.

Habe ich getrunken?, überlegte er.

Er konnte sich nicht erinnern, versuchte zurückzugehen und sich zu vergegenwärtigen, was er getan hatte und wie er im Bett gelandet war. Er begriff sofort, dass etwas nicht stimmte.

Es war etwas passiert.

Nur dass er nicht wusste, *was* passiert war.

Als er Schritte näher kommen hörte, wurde das Bild im gleichen Moment jedoch klarer. Ihm fiel wieder ein, dass er gearbeitet hatte. Er hatte in der Wohnung gesessen, gearbeitet und sich eigentümlich stark gefühlt.

Obwohl sein Vater gestorben war, hatte er sich stark gefühlt. Denn er wusste, dass die Liebe seines Vaters im Raum war. Ja, so hatte er es empfunden, sein Vater war in irgendeiner Form *gegenwärtig* gewesen, während er schrieb. Sein Vater, der ihn aufforderte zu kämpfen und zu schreiben, der sagte, er wisse, dass Andreas' Arbeit bald beendet sein würde.

Es war ein so intensives Wohlbefinden gewesen. Die Stimme seines Vaters. Nie zuvor hatte sich Andreas so gefühlt.

Und die Worte kamen zu ihm wie Geschenke.

Er schrieb an dem Vorwort, diesem verdammten Vorwort, das ihn jahrelang verfolgt hatte. Bis zu diesem Tag hatte er bestimmt hundert Versionen verfasst und jede einzelne von ihnen wieder verworfen.

Aber gestern – war es gestern gewesen? – hatte es sich praktisch wie von selbst geschrieben!

Er hatte so fantastische Einsichten gewonnen, was das eigentliche Ziel all dieser Jahre voller Studien und Interviews gewesen war. Es würde endlich fertig werden, ja, mein Gott, hatte er gedacht, jetzt wird es also endlich geschrieben!

Dann war irgendetwas passiert.

Er versuchte klarer zu denken und seinem Bewusstsein Bilder hinzuzufügen. Er ging nach Långholmen, spazierte dorthin. Es war ein herrlicher Januartag, windstill, er machte einen Umweg, die Schiffe am Kai … ja, jetzt erinnerte er sich … und Viktor Almquist, der ihn empfing.

Danach wurde jedoch alles unzusammenhängender.

Die Bilder verblassten, verschwanden, entzogen sich.

Es dauerte eine Weile, dann sah er Bernt Gunnarssons Gesicht vor sich. Er baumelte in seiner Zelle hin und her, der Kopf hing in einem unnatürlichen Winkel, die Füße zeigten zu Boden, die Schlinge spannte sich um den Hals. Das Jungengesicht entstellt, die letzten Worte erstickt, die Zunge hing heraus. Das Bild wurde grausig detailliert, und Andreas konnte näher treten und exakt begutachten, wo sich die Schlinge zugezogen hatte, sah die

Schürfmale und die Hand, die schlaff an der Hüfte herabhing, die gekrümmten Finger, als versuchten sie, nach etwas zu greifen. Und dann sah er die Hand, die ihm so vertraut war. Aber nicht von Gunnarssons leblosem Körper. Diese Hand … jetzt sah er, studierte er sie, setzte sich und studierte sie … die Hand, die seine eigene war … aber er hatte das Gefühl, sie nie zuvor gesehen zu haben … *sie ist wie die Hand eines anderen Menschen.*

Die Hand eines anderen Menschen, die Gunnarssons Briefe hielt, bevor sie langsam zu Boden taumelten. Jeder Brief mit der gleichen Einleitung, *Für Mutter.*

Er wurde aus seinen Gedanken gerissen, als Madeleine das Schlafzimmer betrat. Glas und Karaffe, die sie auf einem Zinntablett trug, klirrten.

»Du bist wach?«

Er versuchte zu antworten, aber sein Hals war zugeschwollen, als wären die Wände seiner Kehle voller Teer. Er brachte einen gurgelnden Laut heraus und wedelte abwehrend mit den Armen.

»Was ist eigentlich passiert?«

Sie seufzte, als er krächzend seine Frage gestellt hatte, setzte das Tablett ab, ließ sich auf einen Stuhl fallen und griff nach seiner Hand.

»Du hattest einen Zusammenbruch, Andreas. Alles halb so wild. Der Doktor war hier, hat dir aber nur ein Schlafmittel gegeben. Seither hast du geschlafen.«

Andreas kniff die Augen zu, als könnte er sich so besser erinnern. Aber es tauchte nichts auf, es gab nur eine kompakte Dunkelheit.

»Ich erinnere mich an nichts«, sagte er mit schleppender Stimme und schüttelte den Kopf, als könnte er es selbst nicht glauben. »Ich bin auf Långholmen gewesen und habe mich mit Viktor Almquist getroffen. Stimmt das? Oder bringe ich jetzt alles durcheinander?«

»Auf dem Heimweg von Långholmen muss etwas passiert sein. Denn du warst dort, das stimmt. Aber ich weiß nicht, was danach passiert ist. Als ich nach Hause kam, lagst du auf dem Fußboden. Du warst fast bewusstlos.«

»Bewusstlos? Daran erinnere ich mich nicht. Habe ich dir etwas getan? War ich gemein zu dir?«

»Nein, nichts dergleichen. Du warst so gut wie bewusstlos, als ich nach Hause kam. Aber etwas hast du tatsächlich getan.«

Er erstarrte.

In seinem Körper schien sich ein eisiger Hauch auszubreiten.

Bin ich etwa zu einem wilden Tier geworden?, dachte er. Habe ich mich an dem einzigen Menschen vergriffen, den ich liebe, der einzigen Frau, die mich mit Wärme und Liebe erfüllt?

Madeleine stand auf, entfernte sich vom Bett und verschwand aus seinem Blickfeld.

Er versuchte sich aufzurichten, um sehen zu können, wohin sie ging. Es gelang ihm, sich halb aufzusetzen, als sie zum Bett zurückkehrte.

»Das hier«, sagte sie und hielt einen Blätterstapel hoch.

Er schloss die Augen und der unverwechselbare Geruch von verbranntem Papier stieg ihm in die Nase. Dann schlug er die Augen auf und sah mehrere beschädigte, sogar völlig verkohlte Seiten.

»Ist das mein Manuskript?«

Sie nickte bedächtig.

»Aber ich konnte fast alles retten«, erklärte sie und lächelte. »Nur die Seiten, die direkt auf dem Feuer lagen, sind völlig zerstört worden. Die anderen haben wahrscheinlich mehr abbekommen, als ich Wasser auf sie gekippt habe. Aber ich habe sie alle gesäubert und glattgestrichen.«

Sie sah ihn warmherzig an und lachte.

»Ich habe sie mit einem Leinentuch dazwischen gebügelt!«

»Die Mühe hättest du dir sparen können.«

»Hast du eine Kopie?«, sagte sie, strahlend vor Freude. »Ich wusste es! Aber ich konnte mir nun mal nicht sicher sein.«

»Nein«, erwiderte er finster. »Ich habe keine Kopien, aber das ist auch nicht nötig. Das Manuskript ist unter aller Kritik, es ist nichts wert.«

»Hör auf… Hör auf!«, sagte sie mit schneidender Stimme.

Das hatte sie wahrlich nicht zum ersten Mal gehört, trotzdem schüttelte sie den Kopf. Sie ertrug es nicht, seine Einwände zu hören. Und er wusste, dass sie Recht hatte. Dieser Blätterstapel hatte einen zu langen Prozess durchlaufen, um durch Verbrennen vernichtet werden zu können. Das Manuskript würde trotzdem nicht verschwinden, aus seinem Kopf, seiner Seele, seinem ganzen Wesen nicht. Es war zu einem Teil seiner selbst geworden. Um es abhaken zu können, hätte er sein eigenes Wesen vernichten müssen.

»Welche Seiten sind verbrannt?«, fragte er schließlich.

Er merkte, wie angestrengt sein Lächeln ausfiel.

Sie überreichte ihm den Stapel, und er sah es sofort, als er ihn in die Hand nahm. Außer den ersten fünfzehn waren alle Seiten intakt. Das neue Vorwort war fort. Alles andere war noch da.

Sie hob das Glas an seinen Mund. Mittlerweile ging es ihm wieder besser, schon zwei Stunden nach dem Aufstehen war er fähig, sich wieder zu sammeln. Er begriff, dass sie ihm böse war und er wieder einmal ihr Vertrauen enttäuscht hatte.

Immer wieder wiederholte sie die gleichen Fragen: *Wo bist du gewesen, warst du in einem Restaurant, und wenn ja, in welchem, warst du bei jemandem zu Hause, bei wem, was ist passiert, warum hast du das Manuskript ins Feuer geworfen?*

Er konnte sie nicht auseinanderhalten geschweige denn beantworten. Er hatte keine Ahnung.

Sie sagte, wenn er das Manuskript etwas weiter ins Feuer geworfen hätte, wäre jede Seite vernichtet worden.

Madeleine legte sich neben ihm ins Bett.

Sie strich mit einem Finger über seinen nackten Arm, sie tat es zerstreut, weder zärtlich noch verspielt. Er hörte ihre tiefen Atemzüge, die manchmal innehielten, und er wartete darauf, dass sie etwas sagen würde.

Denn sie wollte doch etwas sagen, oder?

Aber es kam nichts, und kurz darauf atmete sie wieder so schwer wie zuvor.

Er fragte sich, ob sie von ihm erwartete, dass er etwas sagte. Aber er hatte ihr nichts zu sagen. In seinem Inneren herrschte gähnende Leere. Wenn überhaupt, hätte er sie gerne gebeten, nicht mehr mit dem Finger über seinen Arm zu streichen.

Nach den vagen Erinnerungsbildern, in denen er Långholmen verließ, erinnerte er sich weiterhin an nichts.

Plötzlich wurde ihm bewusst, dass Madeleines Bewegung aufgehört hatte. Er spürte, dass ihr Finger nun auf einem Punkt ruhte und ihr Atem stockte. Ihr Mund lag ganz dicht an seinem Ohr. Er spürte ihren warmen Atem auf seiner Wange.

Dann flüsterte sie:

»Warum willst du nicht leben, Andreas?«

Seine Gedanken verschwanden, als würden sie in einem viel zu engen Raum zusammengepresst, in einem schmäler werdenden Tunnel. Er wollte erklären, brachte jedoch kein Wort heraus, bis sie ihre Frage wiederholte.

»Warum? Warum willst du nicht leben?«

Warum will ich aufhören zu sterben?, versuchte er zu sagen, blieb jedoch stumm.

Früher Abend. Andreas stand am Fenster und hielt das Manuskript in der Hand. Es wog so leicht in seinem Griff. Wie konnte ein so großer Teil seines Lebens nur um diese wenigen Papierbögen kreisen? Er fand es fast schon komisch. Was zur nächsten Frage führte: War das Mörderbuch der Fluch seines Lebens gewesen oder das, was ihn in dieser Welt gehalten hatte?

Er blätterte mit dem Daumen in den Seiten, als wären sie ein Kartenspiel. Es erinnerte an einen Kinematographen, der kleine Muster aus schwarzer Tinte auf weißem Papier bildete. Er wiederholte die Bewegung mehrmals, mit unbewegter Miene, lauschte dem Rascheln hinterher.

Dann hielt er auf einer Seite inne und las:

In erster Linie dürfte ohne weiteres offensichtlich sein, dass die sexuellen Triebe dieser Verbrecher niemals das Fundament bilden können für oder auch nur aufgehen können in seelischer Liebe selbst einfachster, primitivster Art, da das Bewusstsein ihrer eigenen Lebensuntauglichkeit von Anfang an das Entstehen aller denkbaren Voraussetzungen für eine solche Liebe unmöglich macht.

Das letzte Tageslicht sickerte zwischen den Vorhängen herein, ganz schwach, es war bereits früher Abend. Die dunklen Wolken würden schon bald alles verschlingen, was ihnen im Weg war.

Er trat ans Fenster, zog die Vorhänge zur Seite, blickte hinaus und sah den Tag zum Abend und zur Nacht werden. Er beobachtete, wie sich draußen die Kälte ausbreitete, die Schornsteine ihren wärmenden Rauch ins Freie wälzten. Der Duft von Braunkohle, der schwer auf der anderen Seite des Fensters hing, stieg ihm in die Nase. Er atmete tief ein. Der Geruch setzte sich in seinem Gaumen fest wie Asche.

Ein Peitschenhieb, und er sah, gezogen von einem alten Klepper, knarrend einen Brauereiwagen vorbeifahren. Das neunzehnte Jahrhundert, dachte er, hier zieht es in der Gasse vorüber und ahnt scheinbar nichts von der neuen Zeit, in der man alles automatisieren wird. Das Zeitalter der Maschinen. Vor dem klapprigen Wagen lag die Zukunft und wartete darauf, das Kommando zu übernehmen.

Er hatte nie daran gedacht, nicht so. Er war immer ein Teil

der Zukunft gewesen, doch nun, als er das Gefährt vorbeifahren sah, nicht wissend, dass im zweiten Stock eine Person stand und es ebenfalls betrachtete, fühlte er, wie flüchtig die Zukunft trotz allem gewesen war, als hätte sie stets anderen gehört, aber nicht ihm.

Er hatte so vieles vollbringen wollen.

Und was war daraus geworden?

Nichts, nicht das Geringste.

Er seufzte. Eines Tages wachte man dann auf, und das meiste lag bereits hinter einem. Und daraufhin trottete man willenlos weiter, von einem Peitschenhieb oder irgendeinem Befehl angetrieben, bewegte sich ohne jeden Sinn und immer nur in eine Richtung, die andere einem vorgaben.

Er schloss die Augen und verbarg das Gesicht in den Händen. Die Fenster im Haus gegenüber waren weitgehend dunkel. Als er noch bei seinen Eltern in der Wasagatan in Göteborg gewohnt hatte, war er oft am Fenster gestanden und hatte hinausgeschaut. Eine unmerkliche Kraft schien ihn dorthin zu ziehen. Und so war es schon gewesen, bevor er die Frau im Fenster gegenüber erblickt hatte.

Aber als er sie gesehen hatte, war er jeden Abend zum Fenster gegangen und manchmal stundenlang stehen geblieben, nachdem er gewissenhaft alle Lampen in der Wohnung gelöscht hatte. In völliger Dunkelheit waren seine Augen dann der Frau durch die verschiedenen Zimmer gefolgt, manchmal den ganzen Abend lang, sechs, sieben Stunden am Stück.

Als sie von der Taille aufwärts nackt herumlief, hatte es begonnen. Ihr schien nicht bewusst zu sein, dass man sie von dem Haus auf der anderen Straßenseite aus sehen konnte.

Jeden Abend stand er nun dort, rauchte und achtete darauf, die Zigarettenglut mit der Hand zu verdecken. Seine misslungene Zeit in der Kadettenschule hatte ihn wenigstens gelehrt, wie leicht es war, einen rauchenden Feind anhand der aufglühenden Flamme zu sehen, die beim Ziehen an einer Zigarette entstand.

Manchmal bekam sie Besuch, es waren mindestens zwei, vermutlich jedoch drei verschiedene Männer, die sie zu unterschiedlichen Zeitpunkten besuchten. Sie umarmten sie, legten sich ins Zeug, um ihre Aufmerksamkeit zu erlangen, das war selbst aus der Ferne deutlich zu erkennen.

Das charakteristische Spiel, mit dem Männer immer beschäftigt zu sein scheinen.

Sie, die genauso waren wie er.

Aber die Männer interessierten ihn nicht, sie waren nur Silhouetten in einem erotischen Spiel.

Die meiste Zeit passierte natürlich nichts: Nach drei Stunden am Fenster hatte er unter Umständen beobachtet, dass sie in einem Sessel sitzend ein Buch gelesen hatte und anschließend aufgestanden und zum Schreibtisch gegangen war, um einen Brief zu schreiben, bis sie schließlich das Licht gelöscht hatte und sich zu Bett begeben hatte. Am meisten bedeutet hatte es ihm jedoch, als sie einmal sachte ihren Rock hochzog und sich selbst zu liebkosen begann. Nie zuvor hatte ihn etwas so erregt, war er so atemlos und hingerissen gewesen. Ihre Hand, die nach oben ging, wie sie den Kopf in den Nacken warf, die pulsierenden Bewegungen. Alles an ihm wurde zu einem gespannten Bogen. Im Grunde sah er kaum mehr als ihre Umrisse. Aber ihr Körper bewegte sich rhythmisch und wurde vom flackernden Licht der niedrig stehenden Petroleumlampe an die Wand geworfen. Das Ganze glich einer Szene, die für ihn aufgeführt wurde!

Er stand am Fenster und hatte einen Orgasmus, ohne sein Geschlecht überhaupt berührt zu haben, er kam in mehreren Wellen, ausgelöst allein vom Stoff der Hose, der über die Eichel rieb. Er spürte, wie der Samen seine Beine hinablief. Dann löschte sie die Lampe, und die ganze Wohnung wurde schwarz. Und er stand da wie ein kleiner Junge, der in die Hose gemacht hatte, schamerfüllt, aber erleichtert.

Das letzte Licht erlosch, und um die Gaslaternen herum erblickte man jenes eigentümliche Schimmern, das Auerlichter in verschiedenen Nuancen abstrahlten. Er schüttelte die Erinnerung an die rätselhafte Frau in Göteborg ab und strich mit dem Zeigefinger über die Innenseite der Fensterscheibe. Das Glas war kalt, kühlend, und ihm lief ein Schauer durch den Körper.

Er ging in die Küche, wo Madeleine ihm den Rücken zukehrte. Sie hackte stehend Zwiebeln, kochte Kartoffeln, zog eine Haarsträhne zur Seite und schniefte auf Grund der Erkältung, mit der sie sich seit Wochen herumschlug. Dann wischte sie sich die Nase mit dem Ärmel ab. Sie schien sich seiner Anwesenheit nicht bewusst zu sein. Er schlich sich zu ihr, legte die Arme um sie, vergrub sein Gesicht in ihren Haaren und küsste sie in den Nacken.

Dann führte er seine Lippen zu ihrem Ohr. Es kitzelte sie offensichtlich, trotzdem lehnte sie den Kopf gegen seine Wange. Er flüsterte:

»Ich werde dich nicht verlassen. Ich werde dich niemals verlassen.«

Sie drehte sich um und küsste ihn.

»Ich weiß«, sagte sie und ihre Hand streichelte zärtlich seine Wange.

»Ich liebe dich, Madeleine. Mehr als alles andere liebe ich dich.«

IV Der verlorene Sohn (1921–1925)

Wir bitten hiermit den Empfang Ihres geehrten Schreibens vom 25. dieses Monats mit beiliegenden 1 200 Kronen bestätigen zu dürfen, besagter Geldbetrag vorgesehen zur Begleichung der Schiffspassage von Oslo nach Fremantle. Wir haben gemäß der heutigen Absprache die fragliche Fahrkarte per Eilbrief an Kapitän Camp auf der »Hellenic« übersandt, der sie seinerseits Ihrem Sohn aushändigen wird.

Telegramm der Schiffsreederei Transatlantic
an Andreas Bjerre, 26. Juni 1925

Lieber Bruder…

Du hörst, dass auf dem Hof ein Wagen angelassen wird, und begreifst, dass Amelie im Begriff steht, Vårstavi zu verlassen. Es ist ein schönes Gefühl, das Haus endlich wieder für sich zu haben. Vårstavi ist ein regelrechter Taubenstall gewesen, gestern Madeleine und heute Amelie. Jetzt reicht es, beschließt du, keine weiteren Besuche. Nun wirst du dich Gunhild widmen und sonst keinem. Außerdem hast du Hunger bekommen, und es drängt dich, mit Signhild eine Mahlzeit abzusprechen, nichts Besonderes, nur etwas Leichtes.

Dein Leben wäre so viel einfacher, wenn es nur Gunhild und dich gäbe. Aber es ist, wie es ist. Wohin du dich auch wendest, überall Verpflichtungen. Menschen in Not, Menschen mit Ansichten, wie Amelie. Du bist schon immer der Meinung gewesen, dass sie die Menschen manipuliert und alle nach ihrer Pfeife tanzen lässt. Und wenn Gunhild angeschlagen ist, fehlt ihr die nötige Kraft, um sich Amelie zu widersetzen. Du rufst dir ins Gedächtnis, dass du Gunhild wirklich besser schützen, sie aus allem, was ringsum vorgeht, heraushalten musst, aus allem, was sie in ihrer momentanen Verfassung ohnehin nicht beeinflussen kann. Amelie und die anderen verstehen das nicht. So ist es immer gewesen, denkst du.

Um diese Jahreszeit fällt es schwer, anhand der Lichtverhältnisse im Freien die Uhrzeit abzulesen. Meistens ist es ja dunkel. Du legst Hammer und Meißel weg, musterst nochmals deine Skulptur. Sie ist fertig. Nie zuvor bist du auf ein Kunstwerk so stolz gewesen.

Die Skulptur vor dir beschreibt alles: das Leben, die Liebe, den ewigen Kreislauf!

Du würdest jetzt so gerne ins Haus gehen und Gunhild bitten, dich hinauszubegleiten und sie sich anzuschauen. Du wünschst dir, ihren Blick sehen zu können, wenn sie dein Werk zum ersten Mal betrachtet. Du könntest die Skulptur natürlich auch in den Salon tragen und dort mit einem Tuch verhüllen. Und dann später könntest du den Vorhang wegziehen, sobald sie in einem der Sessel sitzt. Deine Laune bessert sich zusehends, und du siehst ihre Überraschung und Freude über die Skulptur regelrecht vor dir. Ja, denkst du, Gunhild muss sie sehen, noch heute Abend!

Das Kunstwerk ist ihr gewidmet, und hinterher würde sie dich zärtlich küssen, dich umarmen und dir sagen, wie sehr sie dich bewundert. Wäre es nicht möglich, sie ins Haus zu tragen? Je länger du darüber nachdenkst, desto aufgeregter wirst du. Du ziehst ein paar Stühle und Tische zur Seite, die im Atelier im Weg stehen, misst die Tür aus, um zu sehen, ob die Skulptur hindurchpasst.

Dann aber setzt du dich wieder hin.

Nein, es geht nicht. Im Moment ist außer Signhild niemand im Haus, und ihr beide habt nicht die Kraft, sie zu tragen. Außerdem ist Gunhild wahrscheinlich ohnehin zu müde, nachdem sie sich den ganzen Tag in Amelies Gesellschaft befunden hat. Sie schläft bestimmt schon und wird an diesem Abend nicht mehr aufwachen. Plötzlich bist du erschöpft.

Du stehst auf, hängst den Kittel an einen Nagel und gehst zur Tür. Bevor du hinausgehst, bürstest du die Schuhe ab. Als du die Tür hinter dir zuziehst, wirfst du einen letzten Blick auf die Skulptur. Sie ist dein Meisterwerk, das wird niemand leugnen können. Sie symbolisiert die gesamte Menschheit, den ewigen Kreislauf, die Liebe zur Erde und zur Frau, die rätselhafte Kraft der unerschöpflichen Liebe. Deiner Liebe zu Gunhild. Du siehst die brennenden Lampen im Haus, und obwohl es nur wenige kurze Schritte sind, erfasst dich der Wind. Es ist nasskalt und das Wetter peinigend, wie um dem Menschen seine Nichtigkeit im Dasein zu zeigen.

Du öffnest die Tür zu Vårstavi und gehst unverzüglich zum Arbeitszimmer. Dir ist etwas eingefallen, jetzt willst du es nachschlagen. Wer hatte noch das Wetter und die Nichtigkeit des Menschen vor dem Wettergott beschrieben? Geijer oder Tegnér?

Du gehst schneller. Als du den Salon durchquerst, siehst du auf dem Flügel einen Brief liegen. Im ersten Moment bist du überrascht, bis du erkennst, dass Amelie einen Gruß an dich hinterlassen haben muss. Du gehst hin und nimmst dir das Schreiben.

Liebster Poul!
Danke für Deine Nachricht – Deine Zeilen über Mutters verbesserte Gesundheit waren sehr tröstlich; wie Du weißt, mache ich mir ständig Sorgen um sie, was durch den geographischen Abstand zwischen uns noch verstärkt wird. In der Tschechoslowakei zu sitzen und vor Sorge ganz krank zu sein, ist unerträglich, lässt sich aber leider nicht ändern. Gleichzeitig möchte ich mich tausendfach für all Deine Hilfe bei Sören Christer bedanken. Wir machen uns alle Sorgen um ihn. Aber er ist jetzt erwachsen und kann nicht mehr beschützt werden wie ein Kind, so sehr wir uns dies auch wünschen würden.

Da ich mich jetzt auf den Weg machen werde, kann ich nur einige kurze Zeilen an Dich richten. Es erschien mir nicht angebracht, Deinem Ansinnen, Mutter nichts von Andreas zu erzählen, nachzukommen. Manchmal könnte man fast den Eindruck gewinnen, als würdest Du, lieber Poul, völlig vergessen, dass Andreas und ich viele Jahre verheiratet waren. Er war in vieler Hinsicht die Liebe meines Lebens, was selbstverständlich vor allem damit zusammenhängt, wann im Leben man sich kennenlernt – Andreas und ich sind uns in unser beider Blütezeit begegnet.

Aber ich werde ihn immer als liebevollen und unglaublich kreativen Menschen in Erinnerung behalten.

Dein Ersuchen – Mutter in diesem wichtigen Gespräch nichts von Andreas und seinem Tod zu erzählen – ist somit vergebens gewesen. Sollte ich Dich damit verletzt haben, so tut es mir leid. Obwohl ich ehrlich gesagt nicht begreife, wie Du in diesem Punkt argumentierst – es erscheint mir völlig gedankenlos (verzeih meine unverhohlene Ausdrucksweise – der Wagen wartet bereits), dass Du der Meinung zu sein scheinst, ich sollte Mutter die Wahrheit vorenthalten, um ihre Gesundheit zu schonen.

So kenne ich meine Mutter nicht.

Aber ich werde darauf nicht weiter eingehen, da du möglicherweise etwas weißt, das sich meiner Kenntnis entzieht und der Grund für Deine Bitte ist. Falls es so sein sollte, werden wir uns aussprechen müssen, sobald Du mir Dein Wissen anvertraut hast. Sollte ich daraufhin erkennen, dass mein Handeln falsch gewesen ist, kann ich dies nur bedauern und für eventuell entstandene Schäden um Entschuldigung bitten. Es ist seit jeher die Grundlage der Beziehung zwischen meiner Mutter und mir gewesen, worüber Du niemals Zweifel hegen brauchtest, dass wir völlig offen zueinander sind.

Deine ergebene
Amelie

Du legst den Brief auf den Schreibtisch und seufzt schwer, nicht nur einmal, sondern mehrmals hintereinander. Im ersten Moment empfindest du Wut, aber sie verwandelt sich rasch in Niedergeschlagenheit, in Verzweiflung darüber, immer nur Widerspruch zu ernten und missverstanden, unterschätzt zu werden.

Warum wird dir trotz aller Liebe und Fürsorge, die du stets allen in deiner Umgebung schenkst, misstraut? Wie ist das möglich? Es ist dir ein Rätsel.

Du weißt vielleicht etwas, das sich meiner Kenntnis entzieht.

Was glaubt sie? Dass du es bloß erfunden hast? Dass du ihr aus egoistischen Gründen etwas vorenthalten hast?

Wie dumm kann ein Mensch sein?

Das ist wirklich empörend, denkst du. Als wärst du, der führende Seelenarzt in diesem Land, in Angelegenheiten der menschlichen Psyche vollkommen ungebildet!

Und wie üblich bist du es, der nun wieder alles ins Lot bringen muss. Jetzt musst du Gunhild trotz ihrer Schwäche erklären, dass ich tot bin und du ihr das verschwiegen hast.

Du richtest dich auf und schaust dich um. Du befürchtest, jemand könnte deinen Ärger bemerkt haben. Sicherheitshalber wirfst du einen Blick in den Flur. Nein, auch dort ist niemand. Gut, denkst du. So. Jetzt kannst du alles gerade rücken. So wie du es als Erwachsener nur zu oft getan hast. Immer diese gehässigen Blicke, die sich dir zuwandten. Als wärst *du* es, der Probleme machte.

Wie zum Teufel können sie derart ernste Dinge einfach so auf die leichte Schulter nehmen? Wie ist es nur möglich, dass die Menschen solche Idioten sind?

Du hämmerst mit der Faust auf den Schreibtisch, dass es im Zimmer widerhallt. Augenblicklich bekommst du ein schlechtes Gewissen. Hat Signhild das etwa gehört oder vielleicht sogar Gunhild?

Du zupfst das Leinenjackett zurecht, streichst mit der flachen Hand mehrmals über die Hosenbeine. Anschließend atmest du tief durch, um alles, Stimme und Körpersprache, ins Gleichgewicht zu bringen. Du bist einem Schauspieler nicht unähnlich, der auf dem Weg zu seinem Auftritt ist. Als befändest du dich in einem Theaterstück mit einer Dramaturgie, zu der du jegliches Vertrauen verloren hast.

Ich wünschte, ich könnte dich bemitleiden.

Aber ich empfinde nichts, Poul, absolut nichts.

Die Nasenlöcher blähten sich Besorgnis erregend, und außerdem roch er nach Schweiß, was er nur tat, wenn er krank oder wütend war.

Dorpat, 28. August 1921

Die Universität von Dorpat, offiziell von Gustav Adolf II. von Schweden in seinem Todesjahr 1632 gegründet, genoss weithin einen guten Ruf, obwohl sie verhältnismäßig klein war. Bis zum Ende des 19. Jahrhunderts war Deutsch die dominierende Unterrichtssprache, dann schrieb ein Ukas des Zaren Russisch als einzige Sprache vor, mit Ausnahme der theologischen Fakultät, der erlaubt wurde, weiterzumachen wie gehabt. Mit fortschreitender Russifizierung verschlechterte sich jedoch der Ruf der Universität, nicht zuletzt in Deutschland. Bis dahin hatten einige der bekanntesten deutschen Wissenschaftler an der Universität gelehrt, beispielsweise der Embryologe Karl Ernst von Baer, der Chirurg Ernst von Bergmann, der Psychiater Emil Kraepelin und der Chemiker Wilhelm Ostwald.

Während des Ersten Weltkriegs wurden zunächst die Bibliothek nach Moskau und anschließend der Unterricht nach Woronesch verlegt. Als die Deutschen die baltischen Provinzen besetzten, wurde in den ursprünglichen Räumlichkeiten erneut eine deutschsprachige Universität aufgebaut, die allerdings nicht lange Bestand hatte, da das Deutsche Reich kurz darauf den Krieg verlor und sich rasch zurückziehen musste.

1919 wurde dann eine neue Ära an der Universität eingeleitet, diesmal jedoch unter estnischer Führung. Hunderte ausländischer Hochschullehrer wurden eingeladen, vor allem aus Deutschland, Schweden und Finnland. Die Studentenzahlen stiegen stetig und lagen schon bald bei dreitausend Personen beiderlei Geschlechts, größtenteils Esten, aber auch Deutsche,

Russen, Letten und Schweden. Hinzu kamen außerdem fünfhundert Zuhörer, die kein Abitur hatten, aber dafür bezahlen konnten, öffentliche Vorlesungen zu besuchen. Es war vorgesehen, dass der Unterricht fortan auf Estnisch abgehalten werden sollte, aber da ein Großteil des Lehrkörpers aus dem Ausland kam, wurde Deutsch zur alles dominierenden Sprache. Der Reichsverband zur Bewahrung des Schwedentums im Ausland ernannte darüber hinaus einen Lektor für Schwedisch.

Andreas fand die Universität mindestens genauso schön wie Uppsala oder Lund, vor allem wegen des Hauptgebäudes, das ein stattliches Empirepalais mit einer Fassade war, die an eine dorische Säulenhalle erinnerte. Auf dem Universitätsgelände verteilt befanden sich neben den Institutsgebäuden zudem ein Botanischer Garten, ein Kunstmuseum und mehrere Kliniken.

Andreas mochte die Umgebung beeindruckend finden, Sören Christer dagegen war skeptischer. Es erfüllte ihn mit Stolz, dass sein Vater jetzt Professor war, auch wenn er noch nie von Dorpat, oder Tartu, wie die Esten sagten, gehört hatte. In seinen Augen wäre es wesentlich besser gewesen, wenn sie in England, Deutschland oder noch lieber Frankreich gelegen hätte. Unabhängig davon freute er sich jedoch, dass sein Vater ihn eingeladen hatte, den Sommer bei ihm zu verbringen.

Er wusste, dass sein Vater enttäuscht von ihm war, das war schon immer so gewesen. Wobei er wirklich versucht hatte, sich zu bessern. Als sich seine Eltern scheiden ließen, war er sechs gewesen und hatte zunächst drei Jahre bei seiner Mutter in Rom gelebt, allerdings nur bis sie wieder heiratete und Kinder bekam. Daraufhin wurde er nach Schweden zu seinem Vater zurückgeschickt, der aber zu viel arbeitete, sodass er stattdessen bei verschiedenen Familien auf schonischen Pfarrhöfen untergebracht wurde. Das hatte nie funktioniert, die Familien hatten sich ständig über ihn beschwert.

Er schlenderte im Garten des Hauses umher, das Andreas nahe der Universität angemietet hatte, und schüttelte die Bäume. Manchmal trat er auch gegen sie. Ab und zu fielen einige halbreife Äpfel herunter, aber in erster Linie wirbelte trockenes Laub durch die Luft und blieb in seinen Haaren hängen, was ihm ganz und gar nicht passte, denn dann musste er ins Haus gehen und sich waschen. Und doch war es schön, gegen den Baum zu kämpfen, weil er sich nicht beklagte und stillstand, ohne nachzugeben. Außerdem sonderte er bei jedem Schlag einen Duft ab, der Sören Christer sehr gefiel. Es roch ein bisschen wie frisch geschlagener Dinkel.

Manchmal sprach er vorher mit dem Baum und sagte ihm, jetzt werde ich dir eine knallen. *Was sagst du dazu, hä?* Dann schlug er zu. Am schönsten war es, auszuholen und zu treten. Dann war es, als liefe ein Stoß durch seinen Körper, vom Fuß, der den Stamm traf, bis zum angespannten Nacken hinauf.

Sören Christer war den Baum gerade leid geworden, als Andreas ihn rief. Eine Stunde zuvor war er hinausgeschickt worden, weil sein Vater an seiner Vorlesung arbeiten wollte und sich von ihm gestört fühlte, obwohl er ganz still auf einem Stuhl gesessen hatte. Vielleicht hatte er ein bisschen darauf gewippt, aber ansonsten hatte er ganz still gesessen. Madeleine war vermutlich unterwegs, um irgendetwas zu erledigen. Sie hatte immer eine Menge zu erledigen. Es wollte ihm nicht in den Kopf, dass sie ständig so viel zu tun haben konnte, sie schien immer beschäftigt zu sein. Trotzdem fand er nicht, dass sie besonders viel zustande brachte.

Obwohl er sie eigentlich mochte, sie war nett zu ihm. Wäre sie nicht so etepetete gewesen und hätte immer nach Seife gerochen, hätte er sie noch mehr gemocht. Ihre Kinder gefielen ihm dagegen überhaupt nicht. Er war ihnen nur wenige Male begegnet, aber sie forderten immer so viel Aufmerksamkeit und heulten bei jeder kleinsten Gelegenheit gleich los. Er brauchte sie nur anzufassen, schon flennten sie, liefen weg und petzten.

Einmal hatte er sich bemüht, mit ihnen zu spielen, ihre Puppen versteckt und gesagt, sie sollten nach ihnen suchen. Aber sie hatten es nicht einmal versucht, sondern waren sofort flennend zu ihrer Mama gelaufen. Er hatte doch nur Verstecken spielen wollen, wenn auch mit ihren Puppen.

Er ging auf das Haus zu und sah, dass sein Vater noch in der Tür stand, von wo aus er gerufen hatte.

»Wo bleibst du denn?«

»Ich komme ja schon.«

Als er die Tür erreichte, machte Andreas auf dem Absatz kehrt und ging ins Haus. Sören Christer folgte ihm, aber dann kam Madeleine von der Treppe angerannt und fuhr ihn an.

»Aber Sören Christer, der Boden ist frisch geputzt!«

Sie zeigte auf seine Schuhe.

»Oh.«

»Jetzt muss Frau Hoas hier noch einmal putzen. Warum tust du das? Du musst auch mal ein bisschen nachdenken.«

»Aber sie sind nicht schmutzig.«

Erst zeigte sie auf die Spuren, die er hinterlassen hatte, dann gab sie ihm mit einer Geste zu verstehen, dass er gehen sollte. Er zog die Schuhe aus und stellte sie auf die Veranda. Er fand, dass die Spuren kaum zu sehen waren, und wie konnte sie überhaupt wissen, dass es seine waren?

Er betrat das Arbeitszimmer seines Vaters und setzte sich vor dem großen, eichenen Schreibtisch. Ein Blick auf seinen Vater genügte, um zu wissen, dass ihm ein unangenehmes Gespräch bevorstand. Er sah, dass sich die Nasenlöcher seines Vaters Besorgnis erregend blähten, und außerdem roch er nach Schweiß, was er nur tat, wenn er krank oder wütend war.

Schon als kleiner Junge hatte sich Sören Christer oft anhören müssen, was für ein begabtes Kind er war. Trotzdem wollte es ihm nie gelingen, beliebt zu sein, weder bei Gleichaltrigen noch bei den Erwachsenen. Die anderen Kinder fanden ihn gemein und die Erwachsenen faul. Vor allem die Lehrer, die sich ständig über ihn beschwerten und nie zufrieden waren.

Eigentlich hätte er in der Schule gut mitkommen können, trotzdem musste er fast jede Klasse wiederholen. Außerdem erhielt er immer wieder Tadel, meistens, weil er gelogen oder sich geweigert hatte, eine Aufgabe zu machen. Er selbst fand, dass sie es immer auf ihn abgesehen zu haben schienen. Warum, wusste er auch nicht. Er mochte sie jedenfalls nicht, vor allem die Lehrer nicht. Bei seinen Altersgenossen war es komplizierter, er wünschte sich oft, sie verstehen zu können. Wenn er nett zu ihnen war, schienen sie ihm das nicht abzukaufen, und wenn er wütend auf sie wurde, flohen sie, um ihn zu verpetzen und schlecht zu machen. Dann kamen die Lehrer und die Erwachsenen, um ihn zu bestrafen. Sie wollten ihn stets bestrafen, ohne sich seine Version des Vorgefallenen anzuhören.

So war es schon immer gewesen. Glimpflich davongekommen war er nur, wenn er sie anlog, wenn er so tat, als würde er sie verstehen, und in allem mitmachte. Aber das fand er auf Dauer ermüdend. Es war wie ein Spiel, dessen Witz alle außer ihm verstanden. Außerdem waren sie hässlich, die Erwachsenen wie auch seine Altersgenossen. Ja, wirklich, dachte er, hässlich. Mit gelblichen Zähnen und laufenden Nasen. Sie stanken nach Achselschweiß und ranzigem Schweinefett, als würden sie sich niemals waschen.

Er fand es unfassbar, dass es erwachsene Menschen offenbar völlig akzeptabel fanden, ihre Körperhygiene zu vernachlässigen. Sich nicht zu waschen, *das* empfand er als wahre Faulheit. Stattdessen warfen sie ihm vor, faul zu sein.

Als er nun vor dem Schreibtisch seines Vaters saß, erkannte er den Gesichtsausdruck wieder. Es war die Miene, die sein Vater immer dann aufsetzte, wenn er wütend war. Aber er hatte doch gar nichts getan, nur ein bisschen mit den Bäumen gespielt. Das konnte ja wohl kein Grund sein, ihn zu bestrafen?

Er setzte sich locker hin, wurde aber sofort aufgefordert, gerade zu sitzen. Jetzt war ihm endgültig klar, dass sein Vater aufgebracht war. Gedanken schossen ihm durch den Kopf. Was hatte Andreas so wütend gemacht? Ging es darum, dass er vergessen hatte, seine Schuhe auszuziehen? Nein, das konnte es nicht sein, das war doch gerade erst passiert, nachdem sein Vater ihn ins Haus gerufen hatte. In rasendem Tempo ging er alles durch, was im Tagesverlauf geschehen war, fand jedoch keinen Grund dafür, dass sein Vater so verbissen aussah.

Schließlich räusperte sich Andreas und legte mehrere Blätter auf den Schreibtisch. Er saß eine Weile über sie gebeugt, als wollte er sie sortieren. Dann blickte er auf und sagte langsam:

»Ich habe hier das Gutachten von Alfred Petrén.«

»Von wem?«

»Er zeichnet verantwortlich für die Untersuchungen, die auf unseren Wunsch hin bei dir durchgeführt wurden. Du erinnerst dich sicher an ihn.«

»Nein.«

Andreas setzte die Lesebrille ab, klappte sie zusammen und legte sie neben den Blätterstapel. Er rieb sich die Augen.

»Alfred Petrén ist Oberinspektor für die Pflege Geisteskranker in Schweden«, erläuterte er. »Hier steht, dass du seinen Beobachtungen nach in einer Nervenheilanstalt behandelt werden musst. Die Sache ist mit anderen Worten ziemlich ernst.«

Es entstand eine längere Pause.

»Hörst du mir zu?«

Sören Christer nestelte an seinen Fingernägeln herum, gab aber keine Antwort. Dann nickte er, ohne aufzuschauen.

»Sitz gerade, Sören Christer.«

Er drückte das Kreuz durch, blickte jedoch weiterhin nicht auf.

»Ich denke, wir machen jetzt Folgendes«, fuhr Andreas fort und pochte mit dem Zeigefinger auf den Blätterstapel. »Wir gehen das Gutachten Punkt für Punkt durch, damit du die

Chance hast, deine Meinung zu dem zu sagen, was hier geschrieben steht.«

»Das spielt ja doch keine Rolle.«

»Spielt keine Rolle? Natürlich spielt es eine Rolle, immerhin geht es um deine Zukunft.«

»Aber ihr habt euch doch schon entschieden.«

»Das haben wir ganz und gar nicht.«

Als wollte er sich so beruhigen, atmete Andreas tief durch. Sören Christer sah ihn verstohlen an und bemerkte, dass die Nasenlöcher jetzt noch größer waren als zuvor. Er senkte den Blick. Andreas lehnte sich zurück und fragte mit einem gewissen Biss in der Stimme: »Dann erzähl mal, was haben wir denn entschieden?«

»Dass ihr mich in die Nervenheilanstalt schicken wollt. Das hast du doch gerade gesagt. Das wird bestimmt ganz toll, und dir und Mutter bleibt es erspart, mich zu sehen. So wollt ihr es doch haben.«

»Mach dich nicht lächerlich. Es ist ja wohl klar, dass wir nicht … wir wollen nur das Beste für dich.«

Andreas verstummte abrupt, als überlegte er, noch einmal von vorn anzufangen. Sören Christer saß steif auf seinem Stuhl und biss sich auf die Unterlippe. Er achtete sorgsam darauf, nicht wieder in sich zusammenzusacken, begann aber unwillkürlich, ein wenig auf dem Stuhl zu wippen. Andreas wies ihn an, still zu sitzen. Anschließend zeigte er auf die Blätter, die er mittlerweile auf dem ganzen Schreibtisch verteilt hatte, griff nach der ersten Seite und begann, mit eintöniger Stimme zu lesen.

»Hier steht, dass dein Gefühlsleben Defekte aufweist und du ohne wahre Zuneigung für deine Familie oder andere Menschen bist. Weiterhin, dass du während deiner Jahre in Rom bei verschiedenen Lehrerinnen Einzelunterricht hattest, die alle wegen deiner permanenten Widerspenstigkeit aufgaben. Als deine Schullaufbahn in Stockholm fortgesetzt wurde, war es dort das Gleiche.«

Andreas legte die Blätter wieder weg und lehnte sich vor.

»Hörst du mir zu?«

Sören Christer zuckte mit den Schultern.

»Wenn dir das alles egal ist, können wir genauso gut machen, was Doktor Petrén für richtig hält. Tja, mit anderen Worten, dich einsperren.«

»Vater, ich habe dir doch schon erzählt, wie schlecht die Lehrerinnen in Italien waren. Außerdem haben sie nach Knoblauch gestunken. Und sie hatten keine Ahnung. Aber sie haben die Schuld immer auf mich geschoben.«

»Haben die in Schweden auch nach Knoblauch gestunken?«

»Nein ... aber sie ...«

»Das haben sie also nicht.«

»Aber Vater, könnte ich nicht bei Mutter wohnen?«

»Du weißt genau, dass das nicht geht. Sie hat inzwischen eine neue Familie.«

»Und hier, in Dorpat, bei dir und Madeleine?«

»Sören Christer, warum fragst du das? Du weißt genau, dass es unmöglich ist. Ich arbeite die ganze Zeit, und Dorpat wäre nicht gut für dich. Außerdem versuchen wir es so einzurichten, dass Madeleines Töchter öfter bei uns wohnen können. Dann ist kein Platz für alle. Das verstehst du doch, oder?«

Sören Christer nickte und senkte den Kopf. Er wusste natürlich, dass Madeleines Töchter kommen würden. Er hatte den Brief gelesen, der letzte Woche gekommen war und auf dem Küchentisch gelegen hatte, als Madeleine mal wieder unterwegs war, um irgendetwas zu erledigen. Schon als er ihn las, war ihm klar gewesen, dass dies für ihn eine schlechte Neuigkeit war.

Andreas stand auf und ging im Zimmer auf und ab. Er seufzte schwer und setzte sich wieder hinter den Schreibtisch. Sören Christer schaute auf seine Füße. Ab und zu strich er die Haartolle weg, die ihm ein ums andere Mal ins Gesicht fiel.

»Du solltest dir die Haare schneiden lassen.«

Die Antwort bestand aus einem stummen Nicken.

»Ich will nur dein Bestes, das weißt du doch, Sören Christer?«

Ein weiteres stummes Kopfnicken und fortgesetztes Kauen auf der Unterlippe.

Andreas lehnte sich auf seinem Stuhl zurück und kratzte sich an der Wange. Dann griff er wieder nach den Blättern.

»Fahren wir mit dem Gutachten fort«, sagte er. »Jetzt konzentrier dich mal ein bisschen. Hier steht auch etwas über den Sommer 1918, als wir in dem Sommerhaus auf der Insel Ven waren. Dort hast du meine Zigaretten gestohlen, um sie anschließend den Arbeitern auf dem Gutshof zu verkaufen. Darüber hinaus hat Petrén sich sehr für den Vorfall interessiert – was einen nicht weiter wundert –, zu dem es kam, als ich dich zu berichtigen versuchte und du so wütend wurdest, dass du nach einer Axt gegriffen und mir gedroht hast, mich umzubringen.«

Andreas schüttelte den Kopf, als könnte er nicht begreifen, wie so etwas passieren konnte. Er strich sich flüchtig über die Stirn, ehe er fortfuhr.

»Der Zwischenfall führte dazu, dass du als Kostgänger in einem Pfarrhof auf dem Land untergebracht wurdest, wo du zudem weiter unterrichtet werden solltest. Wiederholte Konflikte mit den Kindern deiner Gastfamilie führten jedoch dazu, dass du dort nicht bleiben durftest. Ein einziges Mal hat es halbwegs funktioniert, als du bei einem Krankenhausseelsorger untergebracht warst, der damit umzugehen wusste, was Petrén deine ›abnormen Charakterzüge‹ nennt.«

Andreas lehnte sich vor, stemmte die Ellbogen auf den Schreibtisch und lächelte.

»Das war im Grunde der einzige Ort, an dem du dich anscheinend wohlgefühlt hast, nicht wahr?«

»Er war nett«, sagte Sören Christer.

»Ja, er ist ein feiner Mensch. Aber du wurdest zu alt, das war natürlich bedauerlich. Obwohl auch er gesagt hat, du hättest des Öfteren Dinge gestohlen. Hast du das getan?«

»Nein, habe ich nicht!«

Andreas breitete die Arme aus und seufzte. Dann schüttelte er den Kopf. Es war ihm deutlich anzusehen, dass er dieser Beteuerung keinen Glauben schenkte. Sören Christer schien etwas sagen zu wollen, überlegte es sich dann jedoch anders und richtete sich stattdessen erneut auf seinem Stuhl auf. Schweigend blieben sie eine Weile so sitzen, bis Andreas weiterlas.

»Nun … Weiterführende Studien mit dem Ziel, Geschäftsmann zu werden, wurden 1920 am Handelsgymnasium Malmö begonnen. Unterbringung bei einem Lehrer. Die schulischen Leistungen waren schlecht, kein Interesse an der Schullaufbahn, fehlende Hausaufgaben, ging lieber ins Kino und Theater, auch in Restaurants. Beschaffte sich das dazu nötige Geld, indem wir gebeten wurden, Geld für Bücher zu schicken, die dann auf Kredit besorgt wurden. Dann bist du dazu übergegangen, dir Bücher von deiner Gastfamilie und Bekannten zu leihen, die du anschließend verkauft hast. Nahm sich auch andere Gegenstände und verpfändete sie. Ließ oftmals Waren auf den Namen seines Vaters anschreiben … Ich begreife nicht, Sören Christer, warum du die ganze Zeit stehlen musst. Liegt es daran, dass du feine Sachen, schöne Kleider, besitzen willst? Aber ist es nicht ein komisches Gefühl, Dinge zu haben, von denen du in deinem tiefsten Inneren weißt, dass du sie anderen gestohlen hast?«

»Ich habe mir nur ab und zu was genommen … du und Mutter, ihr habt mir ja nie was zum Anziehen geschickt. Was sollte ich denn tun, ohne Kleider herumlaufen?«

»Das stimmt doch gar nicht, und das weißt du auch. Du bist besser gekleidet als ich und deine Mutter. Schau selbst, wie du aussiehst. Du gibst doch nur vor, etwas Besonderes zu sein, zum Beispiel, aus einer französischen Aristokratenfamilie zu stammen. Das sind doch alles nur Flausen, du spielst eine Rolle.«

»Ich spiele keine Rolle.«

»Was ist es denn dann?«

»Ich …«

Sören Christer verstummte. Dann sah er seinem Vater zum ersten Mal in die Augen.

»Ich will, dass andere mich sehen, dass sie mich mögen. Ich will jemand sein.«

Andreas lachte schallend, als traute er seinen Ohren nicht. Und als sein Lachen abebbte, begann es von Neuem. Gleichzeitig war unübersehbar, dass er mit jedem neuen Lachen wütender wurde.

Es ging so weit, dass Sören Christer sich die Ohren zuhielt.

»Dass sie dich sehen? In des Kaisers neuen Kleidern?«

Je mehr er die Fassung verlor, desto lauter wurde Andreas' Stimme.

»Du bist erwachsen, du kannst so nicht weitermachen! … Ich … und jetzt kommen wir zum Schlimmsten von allem, was Petrén geschrieben hat. Es ist mir so peinlich, dass ich … ich kann es dir kaum vorlesen. Verdammt!«

Er fluchte noch einmal, diesmal jedoch leise, lehnte sich mit einer heftigen Bewegung auf dem Stuhl zurück und packte sich anschließend an den Kopf. Er schien aufrichtig bekümmert zu sein. Dann wurde es mucksmäuschenstill im Raum, nur der Bürostuhl von Andreas quietschte ein wenig. Sören Christer blickte erneut zu Boden. Er hörte Madeleine in einem anderen Teil des Hauses.

Plötzlich fühlte er, dass alles ihre Schuld war. Wenn sein Vater sich nicht die ganze Zeit um andere kümmern müsste, würde er mehr für ihn empfinden. Immerhin war er sein Sohn. Sein einziges Kind. Vielleicht, dachte er, hetzte Madeleine seinen Vater ständig gegen ihn auf, weil ihre Töchter bei ihnen wohnen sollten. Er wünschte sich, etwas tun zu können, um sie verschwinden zu lassen. Es war ihre Schuld, dass sein Vater wütend war.

Ja, je länger er darüber nachdachte, desto deutlicher wurde

es, dass Madeleine seinen Vater regelrecht *gezwungen* hatte, ihn fortzuschicken. So wie der neue Mann seiner Mutter es in Rom getan hatte. Amelie hatte es natürlich auf eine Menge verschiedener Dinge geschoben. Aber er hatte ihr Tagebuch gelesen, aus dem klar und unmissverständlich hervorging, dass sie ihn dabehalten wollte, dieser Tscheche ihr jedoch ein Ultimatum gestellt hatte.

Sören Christer ballte unwillkürlich die Hände zu Fäusten, wenn er daran dachte, wie sich alle gegen ihn verschworen hatten.

Andreas schien sich zu fragen, ob er es mit seinem Lachen nicht zu weit getrieben hatte. Auf seiner Oberlippe hatten sich kleine Schweißperlen gebildet. Dann bekam er den Gesichtsausdruck, der fast immer auftauchte, wenn er sich mit Sören Christer stritt. Jene Miene, die Sören Christer nie zu deuten vermochte, da sie heißen konnte, dass sein Vater ihn umarmen wollte, aber auch, dass er ihn schlagen wollte, damit er endlich begriff.

Mehrfach hatte er Sören Christer gesagt, er begreife nicht, warum dieser es ihm als Vater so schwer mache. *Kannst du nicht einfach tun, was alle dir sagen?* In einem fast flehenden Ton. Wenn das keine Wirkung zeigte, verlor er die Beherrschung. Meistens wurde er kurz darauf krank und musste Vorlesungen ausfallen lassen oder die Arbeit an seinem Buch unterbrechen.

Sören Christer wollte nichts lieber, als seinen Vater umarmen. Aber es war, als stünde ein großer, eichener Schreibtisch unverrückbar zwischen ihnen. Andreas schien immer nur dann Zeit für ihn zu haben, wenn er lange Reden darüber schwang, was bei Sören Christer alles nicht stimmte. Wie jetzt.

Als sie eine Weile schweigend zusammengesessen hatten, nahm Andreas die Blätter erneut zur Hand und fuhr mit schleppender Stimme fort:

»Als du mit uns auf Ven warst, hast du ein paar Kisten aufgebrochen. Allem Anschein nach mit dem Ziel, an Frauenkleider zu kommen. Anschließend hast du dich entsprechend ausstaffiert und bist auf den Wegen herumstolziert. Eine ähnliche perverse Tendenz hat dazu geführt, dass du Damenunterwäsche gekauft hast, zum Beispiel Unterhemden, Strümpfe, Korsetts, die du anschließend zu Hause angezogen hast. Du hast lange vor dem Spiegel gesessen und dich selbst betrachtet. Petrén zufolge ist unklar, ob dies mit Masturbation einhergegangen ist oder nicht. Allerdings, heißt es hier weiter, hast du von klein auf ein geradezu weibliches Interesse an Kleidungsstücken gezeigt, wolltest du stets ausgesprochen vornehm und versnobt gekleidet sein, Seidenstrümpfe und so weiter. Du hast viel Zeit mit der Kleiderwahl verbracht und noch mehr, um dich zu waschen, was einen geradezu zwanghaften Charakter angenommen hat. Du hast dich den halben Tag gewaschen und nur Waschbecken einer bestimmten Größe benutzen können, hast dich endlos gekämmt und geschrubbt …«

Andreas blätterte zur letzten Seite um und räusperte sich:

»Nun ja, jedenfalls endet der Brief: ›Auf Grund der oben mitgeteilten Informationen und Beobachtungen ist Sören Christer meiner Auffassung nach in einer Art und einem solchen Maße psychisch abnorm, dass er in einer Nervenheilanstalt behandelt werden muss, was hiermit nach bestem Wissen und Gewissen attestiert wird. Stockholm, den 12. August 1921. Alfred Petrén, Doktor der Medizin und Oberinspektor für die Pflege von Geisteskranken in Schweden.‹«

Dann legte Andreas alle Blätter zusammen und sagte mit bedächtiger und sehr müder Stimme:

»Und, was machen wir jetzt?«

Mehr wurde bei ihrem Gespräch im Arbeitszimmer nicht gesagt. Sören Christer brauchte seinem Vater in den folgenden Tagen jedoch nicht aus dem Weg gehen, da Andreas drei Tage mit hohem Fieber im Bett lag und danach rund um die Uhr an den Vorlesungen arbeitete, mit denen er im Rückstand war.

Sören Christer hingegen fuhr fort, auf eigene Faust das Universitätsgelände zu erkunden. Vor dem Universitätsgarten begegnete er zwei finnischen Brüdern, deren Vater Philosophie lehrte. Sie kamen ihm ein bisschen langweilig vor, aber er war trotzdem froh, jemanden zum Reden zu haben. Der Ältere der beiden schien ein bisschen dümmlich zu sein, er ließ sich vom Jüngeren herumkommandieren.

Sie zogen gemeinsam los, um mit Steinen auf Konservenbüchsen zu werfen, die sie auf dem Feld hinter der Theologischen Fakultät aufstellten. Die meiste Zeit standen sie herum und warfen aufs Geratewohl. Wenn einer der Dozenten das Fenster öffnete und sie anbrüllte, trotteten sie davon.

Als sie sich am dritten Tag trafen, meinte der jüngere Bruder, er habe eine Überraschung dabei. Er warf einen Blick über die Schulter, ehe er zeigte, was er unter seinem Mantel verborgen hielt. Ein Mausergewehr, das er aus dem Haus geschmuggelt hatte, ohne dass es jemand gemerkt hatte.

»Es ist ein Repetiergewehr.«

Sören Christer nickte, obwohl er nicht wusste, was ein Repetiergewehr war. Er bat darum, es in die Hand nehmen zu dürfen, und der jüngere Bruder gab es ihm.

»Wenn man hier zieht«, erklärte er und ruckte am Griff, »kann man mehrere Schüsse hintereinander abfeuern.«

Sören Christer nickte und zog leicht an dem Griff, der sich jedoch verhakt zu haben schien. Er versuchte es nicht weiter, sondern hob das Gewehr und zielt auf eine der Konservendosen.

»Du darfst nicht schießen!«

»Hältst du mich für blöd oder was?«

Er senkte das Gewehr und wog es in der Hand. Es war nicht so schwer, wie er geglaubt hatte. Der jüngere Bruder streckte die Hand aus und wollte das Gewehr zurückhaben. Widerwillig gab Sören Christer es ab.

»Wir können ja woanders hingehen und da schießen«, sagte er.

Die Brüder zögerten anfangs, nickten dann jedoch nach einer kurzen Beratung auf Finnisch. Gemeinsam gingen sie in den Wald. Mehrmals blieben sie stehen, um zu schauen, ob sie weit genug gegangen waren, um nicht gehört zu werden. Aber aus Angst, erwischt zu werden, liefen sie immer tiefer in den Wald hinein. Am Ende blieb Sören Christer stehen und wandte sich zu den Brüdern um.

»Hier ist es gut.«

Die beiden nickten, aber es war unübersehbar, dass dem älteren Bruder Zweifel gekommen waren. Der jüngere hielt das Gewehr weiter fest in der Hand.

»Wie viele Patronen hast du?«, erkundigte sich Sören Christer.

»Drei«, antwortete der jüngere Bruder.

»Also für jeden eine.«

Der Junge nickte und kaute nervös auf seiner Unterlippe herum.

»Wie heißt du?«

»Johan«, antwortete der jüngere Bruder.

»Und du?«

»Peter.«

»Ich heiße Sören Christer.«

»Wissen wir«, sagte der jüngere Bruder.

Sören Christer zuckte mit den Schultern und blickte auf. Die Sonne verschwand gerade hinter einigen tiefhängenden Wolken.

»Ich finde, der Älteste sollte als Erster schießen dürfen«, sagte er dann.

»Aber es ist mein Gewehr«, widersprach der Jüngere.

»Ist es nicht«, sagte sein Bruder. »Es gehört Vater.«

»Ja, aber ich habe es genommen.«

Sie schwiegen eine Weile, hörten ein paar zeternde Elstern

über ihre Köpfe hinwegfliegen und sahen nach oben. Schließlich sagte Sören Christer:

»Wir haben doch für jeden eine Patrone. Dann können wir genauso gut den Ältesten anfangen lassen, oder nicht? Es darf doch sowieso jeder einmal schießen.«

Die Brüder sahen sich an, ehe sie nickten.

»Und wie alt seid ihr?«

»Ich bin vierzehn, und Peter ist sechzehn.«

»Ich bin siebzehn, also fange ich an«, erklärte Sören Christer und nahm dem jüngeren Bruder das Gewehr ab, der es widerwillig losließ.

Sören Christer entfernte sich ein Stück von den anderen. Erneut wog er das Gewehr in der Hand, schaute sich um und überlegte, worauf er schießen sollte.

»Wie steckt man die Patrone rein?«

»Die sind schon drin«, antwortete der jüngere Bruder.

Sören Christer hob das Gewehr und kniff beim Anlegen ein Auge zu. Er fuhr herum und zielte auf die Baumwipfel. Er tat ein paarmal, als würde er schießen, und machte Schussgeräusche mit dem Mund. Er fühlte sich auf einmal so mächtig. Jetzt würde es niemand mehr wagen, ihn anzugreifen. Wenn jemand auch nur den Versuch machte, würde er ihn erschießen.

Ihm fielen die Elstern ins Auge, die über ihren Köpfen vorüberzogen. Er hob das Gewehr und bekam sie ins Visier, aber es waren so viele und sie flatterten so wild, dass er nicht abdrücken konnte. Außerdem blendete ihn das Sonnenlicht.

»Willst du nicht bald mal schießen?«

»Immer mit der Ruhe. Ich muss doch was finden, worauf ich schießen will.«

»Du kannst ja auf einen Baum schießen.«

»Nein, kapierst du nicht, dass ich auf was Lebendiges schießen will?«

Er hörte die Brüder wieder auf Finnisch sprechen. Offenbar waren ihnen Zweifel gekommen, man hörte es an ihren erregten Stimmen. Das wunderte ihn nicht, sie hatten von Anfang an feige ausgesehen.

Er schwenkte weiter das Gewehr herum, um ein gutes Ziel zu finden. Plötzlich fiel sein Blick auf einen Vogel, der im Wipfel eines Baums saß. Er saß vollkommen still, drehte nur den Kopf ein bisschen. Sören Christer betrachtete sein grüngelbes Federkleid und den schmalen, spitzen Schnabel. Ihm fiel auf, dass der Vogel einen seltsamen hellgelben Streifen über den Augen hatte. Er hatte keine Ahnung, was für ein Vogel es war, versuchte nur, das Gewehr beim Zielen möglichst ruhig zu halten. Aber die Waffe war durch das lange Halten in schussbereiter Position bleischwer geworden. Er musste sie kurz sinken lassen und neu zielen.

Dann drückte er ab und spürte den Rückstoß gegen seine Schulter schlagen. Die gewaltige Kraft, die ihn traf, verblüffte ihn. Es roch nach süßlichem Schießpulver, und als er sich umdrehte, hatten die beiden Brüder sich geduckt. Der Knall war viel lauter gewesen, als er erwartet hatte. Er schaute zu der Stelle, an der das Tier gesessen hatte, und war sich nicht sicher, ob er getroffen hatte oder der Vogel bloß aufgeflogen war.

Langsam ging er zu der Stelle, und die Brüder folgten ihm zögernd. Als sie näher kamen, wurden ihre Schritte schneller. Sören Christer konnte es kaum erwarten zu sehen, ob er getroffen hatte. Doch als sie zu dem Baum kamen, sahen sie ihn nicht.

»Du hast vorbeigeschossen«, sagte der ältere Bruder und wirkte erleichtert.

»Ich glaube, ich habe ihn getroffen«, widersprach Sören Christer und scharrte mit dem Gewehrlauf im Laub.

Dann sah er den Vogel. Er lag direkt unter dem Baum in einem Blätterhaufen auf dem Rücken. Seine Flügel zuckten schwach, als versuchte er zu entkommen. Sören Christer beugte sich über ihn und sah, dass er Blut hustete.

»Ich habe getroffen! Ich habe getroffen!«

Die Brüder betrachteten den Vogel und mussten feststellen,

dass er Recht hatte. Der jüngere schien beeindruckt, der ältere warf nur einen flüchtigen Blick auf den Vogel und wandte sich dann ab.

»Was sollen wir jetzt tun?«, fragte der jüngere Bruder.

»Wir müssen ihn töten«, sagte Sören Christer. »Damit er nicht leiden muss.«

Die Brüder murmelten und stimmten ihm schließlich zu. Die Flügel zuckten weiter.

»Jetzt bist du dran«, erklärte Sören Christer und reichte das Gewehr dem älteren Bruder.

»Nein, ich will nicht.«

»Warum denn nicht?«

»Ich will einfach nicht.«

Sören Christer zuckte mit den Schultern und hielt das Gewehr dem jüngeren Bruder hin.

»Und du?«

»Ich weiß nicht.«

»Seid ihr feige oder was?«

»Es macht doch keinen Spaß, auf was zu schießen, was ein anderer schon getroffen hat.«

»Dann geh doch ein Stück weg und schieß von da.«

»Aber das geht doch nicht.«

»Und warum nicht?«

»Und wenn ich vorbeischieße?«

»Dann ist noch eine Patrone übrig. Dann kann der Letzte hingehen, den Lauf an den Kopf halten und abdrücken. Dann ist er tot.«

»Ich weiß nicht.«

Sören Christer seufzte. Er riss dem jüngeren, der sich nicht widersetzte, das Gewehr aus der Hand. Hielt das Gewehr direkt über den Vogel, ruckte am Griff und spürte, wie eine neue Patrone in den Lauf schoss. Er verengte die Augen und sah den Vogel, dessen Flügel mittlerweile nicht mehr flatterten. Kehle und Bauch waren grüngelb und weiß, der Kopf fiel schlaff zur Seite.

Er schloss die Augen und drückte ab. Der Knall war diesmal weitaus weniger betäubend. Die Kugel traf den Vogel in den Bauch, Federn stoben auf und wirbelten umher.

»Habt ihr das gesehen? Er ist regelrecht explodiert!«

Den Heimweg legten sie schweigend zurück. Der jüngere Bruder hatte das Gewehr wieder unter seinem Mantel versteckt. Als sie den Zaun erreichten, der um Sören Christers Haus verlief, blieben sie stehen.

»Geht ihr jetzt nach Hause?«, fragte Sören Christer.

»Ja …«

Sören Christer nickte und wollte sich bereits verabschieden und das Gartentor öffnen, als er sich doch noch einmal an den jüngeren Bruder wandte.

»Darf ich die letzte Patrone behalten?«

Der Junge zuckte mit den Schultern, holte sie aus der Waffe und gab sie ihm.

»Danke«, sagte Sören Christer und öffnete das Tor.

Er war schon sehr lange nicht mehr so glücklich gewesen. Er spürte die Patrone warm in seiner Hand liegen und steckte sie in die Jackentasche. Als er ein Stück in den Garten gekommen war, sah er seinen Vater auf der Eingangstreppe sitzen und rauchen.

»Hallo«, sagte er.

»Hallo …«

»Wer war das?«

»Zwei Finnen«, antwortete Sören Christer.

Andreas nickte und stand auf.

»Komm«, sagte er. »Komm und setz dich ein bisschen zu mir.«

Sören Christer folgte ihm. Sie setzten sich auf die Hollywoodschaukel und wippten zaghaft vor und zurück.

»Waren die Jungen nett?«

»Die Finnen?«

»Ja.«

»Geht so«, sagte Sören Christer und zuckte mit den Schultern.

Er sah, dass sein Vater etwas sagen wollte. Andreas legte einen Arm um seine Schultern. Im ersten Moment fand er das unangenehm, aber nach einer Weile strahlte die Hand Geborgenheit aus.

»Ich habe mit Poul über deine Zukunft gesprochen.«

Sören Christer nickte wortlos.

»Poul hat sich erkundigt, was das Beste für dich sein könnte. Wir haben Anstalten in Norwegen, England und Deutschland in Betracht gezogen. In Deutschland gibt es eine Klinik, die einen hervorragenden Ruf genießt. Außerdem ist sie dank der schwachen Reichsmark nicht so teuer wie die englische.«

Andreas verstummte und stieß sie mit dem Fuß ab, sodass sie wieder sachte schaukelten.

»Was hältst du von Deutschland?«

»Das hört sich gut an.«

Sören Christer fand es unbeschreiblich schön, den Arm seines Vaters auf der Schulter zu spüren. Er legte den Kopf schief, sodass seine Wange auf der Hand seines Vaters ruhte. Sie ist kalt, dachte er zunächst. Aber es war ein unheimlich schönes Gefühl, vor und zurück zu schaukeln und die Hand an seiner Wange zu spüren. Gleichzeitig umschloss seine eigene Hand die Patrone, die warm und angenehm in seiner Tasche lag.

Du isst gewohnt langsam, kaust gründlich, ehe du schluckst. Menschen, die beim Essen hetzen, hast du nie verstanden.

Maschinen nennst du sie.

Es geht nicht um Zeit, denn selbst wenn die Leute eine halbe Ewigkeit zum Essen haben, beeilen sie sich und sind gestresst. Das ist dir unverständlich. Du findest, es müsste ihnen zumindest bewusst sein, dass dies nie und nimmer gesund sein kann.

Nicht, dass du dich als Feinschmecker oder Genussmensch sehen würdest, als jemand, der nur das Beste verlangt. Du bevorzugst ganz normale, einfache Hausmannskost, nichts Außergewöhnliches, auch wenn du das Angebot eines Tischs voller französischer Delikatessen niemals ablehnen würdest.

Signhild hat ein ausgezeichnetes Beefsteak mit gebratenen Zwiebeln und Kartoffeln zubereitet, gut gepfeffert und mit einer herrlichen Bratensauce. Du trinkst Tafelwasser dazu und spülst das Essen nach jedem achten Kauen hinab. Nicht, dass du zählen würdest; der Vorgang ist zu einem natürlichen Teil deiner selbst geworden. Wenn du allein bist, isst du üblicherweise in der Küche. Manchmal ziehst du vor, auf deinem Zimmer zu essen, aber nur, wenn du ganz in deine Arbeit vertieft bist und eine zu abrupte Unterbrechung verhindern möchtest. Aber du isst dann genauso bedächtig wie immer, es geht dir nur darum, den Faden bei der Arbeit nicht zu verlieren.

Wenn du Gäste hast, kommt natürlich nur das Esszimmer in Frage. Aber dort allein zu essen, ist trostlos, vor allem jetzt, wo Gunhild nur ein paar Zimmer entfernt krank im Bett liegt.

Plötzlich wird dir bewusst, dass du dich unmerklich daran gewöhnt hast. In letzter Zeit ist sie durchgehend krank gewesen, nicht wie früher, als es ihr mal besser und mal schlechter ging.

Außerhalb des Hauses herrscht kompakte Dunkelheit, da draußen sieht man die Hand vor Augen nicht. Der Wind hat aufgefrischt, und du hörst, wie er die Kiefern förmlich ansaugt. Außerdem macht sich dein Schlafmangel allmählich bemerkbar, die wenigen Stunden, die du in der letzten Nacht Schlaf gefunden hast, waren zudem nicht besonders viel wert, da du dich die meiste Zeit im Bett herumgewälzt hast. Die Begegnung mit Madeleine nagt noch an dir, und sobald du an sie zurückdenkst, flammt deine Wut wieder auf. Und dann die Sache mit Amelie und ihrer Weigerung, Gunhild die erschütternde Nachricht von meinem Tod zu ersparen.

Warum wollen alle gegen dich arbeiten?

Viele Male hast du diese Frage einfach in den Raum gestellt. Als hofftest du, jemand könnte sie für dich beantworten.

Eine Zeit lang hast du überlegt, dich bei Ellen Key zu melden. Amelie hat gesagt, dass sie ein oder zwei Nächte bei ihr verbringen wolle, ehe sie in die Tschechoslowakei zurückreisen würde, oder ging es diesmal nach Italien? Immer auf Reisen, denkst du, fort von allem, was Verantwortung heißt.

Aber du hast dich fast sofort dagegen entschieden. Vielleicht, denkst du, hockt dort auch Madeleine, mit all den anderen vereint, die gegen dich arbeiten. So haben sie es immer gehalten, dir immer misstraut und es nie angemessen zu würdigen gewusst, wenn du für sie dagewesen bist. Es kommt dir vor, als hätten sie deine Loyalität immer ganz selbstverständlich hingenommen. Es ist dir nie gelungen, ihre eigenartige Zweigleisigkeit zu durchschauen: Im einen Moment können sie über private Dinge tratschen, um im nächsten Augenblick mit wahrer Donnerstimme über Politik und die Weltenlage zu dozieren.

Sie machen dir Angst, Bruder, weil du sie nicht verstehst.

Weil sie so viel können, aber so wenig über dich wissen, darüber, wie du *wirklich* bist.

Auch ich machte dir Angst. Meine Art, stets ungerecht zu sein und mich zu weigern, deine ausgestreckte Hand zu ergreifen. Deine ausgestreckte Hand, die mir immer bedrohlich erschien. Ich entdeckte nie etwas Versöhnliches an ihr. Und es gab immer einen Hintergedanken.

Andere Menschen werden von Liebe, Sexualität und Ambitionen getrieben. Dein Antrieb besteht darin zu helfen, oder vielmehr *zu erlösen* – aber darin sind alle anderen Antriebe auf eine seltsame Art, die außer dir niemand versteht, enthalten.

Bist du es, Poul, den du erlösen möchtest? Lebst du so deine Sexualität, deine Zielstrebigkeit und Leidenschaft aus?

So viele Male habe ich diese Frage gestellt, ohne jemals eine Antwort darauf zu bekommen. Du hast immer gleich reagiert: Stundenlang warfst du mir mein pervertiertes Sexualleben, meine gescheiterte Karriere und meine zerrüttete Ehe vor. Du wusstest, dass ich dir in allem zustimmen würde. Wir waren uns immer einig. Wir hatten ja so unterschiedliche Bedürfnisse.

Ich brauchte jemanden, der mir sagte, wie schlecht ich war; du brauchtest jemanden, der dir sagte, wie übermenschlich du warst. Aber meine Frage hast du mir nie beantwortet. Niemals.

Wen zum Teufel willst du erlösen und warum?

Aber ehrlich gesagt, es interessiert mich nicht. Nicht mehr. Wenn ich nur sicher sein könnte, dass du dir diese Frage auch einmal selbst gestellt hast. Aber so nahe lässt du niemanden an dich heran. Die Frage gehört zu mir, zu Menschen wie mir, mit dir hat sie genauso wenig zu tun wie mit Gunhild.

Eure Liebe steht über allem Fleischlichen, so wie deine Arbeit im Namen des Humanismus über simplen Karriereambitionen steht. Du bist kein Übermensch, Poul. Ganz egal, was du glaubst. Du hast die gleichen simplen Gründe für dein Handeln wie ich, Madeleine und Amelie oder sonstwer. Du bist das gleiche simple Gewürm wie wir – solange unsere Kräfte reichen, kämpfen wir alle ums Überleben, greifen wir nach dem gleichen Strohhalm, beten wir zum gleichen Gott, aus dem gleichen Grund und unabhängig davon, ob wir ihn nun Angst, Liebe oder Hass nennen.

Er wollte den Schmutz loswerden, nicht darin liegen und spüren, wie er durch alle Körperporen eindrang.

Ahrweiler, 15. September 1921

Doktor Carl von Ehrenwall schuf sein Lebenswerk, die psychiatrische Anstalt, die seinen Namen trug, in Ahrweiler, einem kleinen Dorf in der Rheinpfalz. Er war erst zweiundzwanzig Jahre alt, als der erste Teil der Anstalt 1877 am westlichen Rheinufer fertiggestellt wurde. Unmittelbar danach begann er, umliegendes Land anzukaufen, und je besser der Ruf seiner Klinik wurde, desto mehr wurde angebaut. Es war ungewöhnlich, dass sie so stadtnah lag, aber das entsprach Ehrenwalls Absicht, die Anstalt zu einem Teil der Gesellschaft zu machen. Außerdem war es ihm wichtig, dass modernste Therapiemethoden angewandt wurden und die Atmosphäre beruhigend wirkte.

Man ermunterte die Patienten zu allen Arten der Leibesertüchtigung und zu stärkenden Spaziergängen in der schönen Landschaft. Gleiches galt für die landwirtschaftliche Arbeit, die man als wichtigen Aspekt im Heilungsprozess betrachtete. So modern wie die Therapie sollten auch die Räumlichkeiten sein. Die Anstalt verfügte als erstes Gebäude in der näheren Umgebung über Elektrizität, noch ehe Ahrweiler Strom bekam. Manche meinten allerdings, das Interesse, möglichst schnell über Elektrizität zu verfügen, hänge eher mit dem Willen der Ärzte zusammen, alle Neuerungen der Elektroschocktherapie zu testen, als mit dem Wunsch, Annehmlichkeiten für die Patienten zu schaffen. Im Ersten Weltkrieg ruhte der Betrieb, und die Anstalt wurde als Militärkrankenhaus genutzt. Nach Kriegsende geriet die Klinik wie zahlreiche andere Betriebe in Deutschland in eine finanzielle Schieflage, weshalb man dazu überging, Kunden aus anderen Teilen Europas anzulocken, die Vorteile aus der geschwächten deutschen Wirtschaft ziehen konnten.

Das war Carl von Ehrenwalls Klinik in Ahrweiler, Sören Christers neues Zuhause.

Und nun hörte er das Geräusch, das er bereits hassen gelernt hatte. Das Klicken, wenn sie die Tür hinter ihm abschlossen. Sobald er es hörte, war er wie gelähmt und fühlte sich wie ein Tier in einem Käfig. Die Gitter vor dem Fenster waren so lackiert wie jene in der Wohnung seiner Mutter. In Rom sollten sie unwillkommene Gäste fernhalten; hier sollten sie dafür sorgen, dass die Patienten der Anstalt drinnen blieben.

Sören Christer begriff nicht, wie es so weit kommen konnte. So hatte ihm sein Vater die Anstalt wahrlich nicht beschrieben, kein Mensch hatte etwas davon gesagt, dass man ihn abends einschließen würde. Er fand, dass die Klinik eher einem Gefängnis glich. Die Ärzte in ihren weißen Kitteln, die kein Interesse an ihm hatten, weigerten sich, ihm zuzuhören, und fuhren unbeeindruckt fort, mit ihren Greifzirkeln seinen Schädel zu vermessen, ehe sie sich Notizen in ihren Krankenblättern machten, die sie anschließend in riesigen Schränken wegschlossen. Und dann dieser widerwärtige Geruch, der sie ständig umgab, als wären sie in antiseptische Verbände gewickelt. Sie hatten sich geweigert, ihn in die offene Abteilung zu verlegen, obwohl er ihnen erklärt hatte, dass es sich um ein Missverständnis handeln musste. Sein Vater hatte mit Sicherheit nicht gewollt, dass man ihn wie jemanden einsperrte, der zu lebenslänglicher Haft verurteilt worden war.

Morgens wurde er aus dem Bett gezerrt und ins Bad kommandiert. Zwanzig Minuten sollten alle in einer Badewanne mit kaltem Wasser liegen. Eine eiskalte Badewanne, dachte er, wer sollte davon gesünder werden? Er hatte ihnen verständlich zu machen versucht, dass er die Prozedur unerträglich fand, zunächst einmal wegen der Kälte, aber vor allem, weil er in seinem eigenen Schmutz liegen musste. Er sah doch mit eigenen Augen, wie sich das Wasser dunkel verfärbte und in ihn einzudringen schien. Er wollte den Schmutz loswerden, sich nicht darin suhlen.

Aber sie hörten natürlich nicht auf ihn, sagten vielmehr, das Bad solle ihn stärken. Mit dem Einsperren war es das Gleiche: Es ist zu Ihrem eigenen Besten, erklärten sie. Daraufhin ein Schlüssel im Schloss, rasselnde Ketten, gefolgt von furchtbarer Stille. Manchmal hörte er jemanden im Korridor wimmern, ansonsten war es einschläfernd ruhig.

Wenn nur bald sein Vater kommen würde, wie er es ihm versprochen hatte. Amelie hatte ebenfalls versprochen, spätestens in einem Monat zurückzukehren. Sie hatte ihn begleitet, um die Ärzte und das Personal zu treffen. Er wünschte sich, sie könnte ihn nach Rom mitnehmen, damit sie dort zusammen wären. Er wusste es jetzt besser, dachte er, jetzt würde er seinen Unterricht ernst nehmen. Es würde gut gehen, auch wenn sie immer noch mit diesem Tschechen, diesem Oki, zusammenlebte.

Er war sicher, wenn sie diesen Tschechen verließe, würde es ihnen wieder gutgehen. Oki war nichts für sie, was Sören Christer ihr auch klarzumachen versucht hatte. Aber sie hatte daraufhin bloß gelacht, als nähme sie ihn nicht ernst. Hinter dem Lachen hatte er ihre Augen jedoch traurig werden sehen. Insgeheim, dachte er, insgeheim wusste sie, dass er Recht hatte. Immerhin war sie seine Mutter.

Es liegt nur daran, dass sie sich in Rom einsam fühlt, dachte Sören Christer, deshalb hat sie sich auf diesen Tschechen eingelassen. Aber jetzt hatte sie neue Kinder, die natürlich bei ihr bleiben würden. Hauptsache, Oki verschwand, dann konnte er nach Rom zurückkehren, und es würde alles anders werden als beim letzten Mal.

Doch jetzt war Sören Christer wieder eingesperrt. Sein Kopf lag auf dem harten Kissen, und er schloss die Augen. Obwohl sie zu waren, sah er nichts als seine kleine, karge Zelle, in der alles an den Wänden befestigt war. Zwei Wochen lang hatte er darum kämpfen müssen, einen eigenen Stift besitzen zu dürfen. Nicht einmal einen Stift wollten sie ihm geben! Die ganze Zeit beobachteten sie ihn aus ihren schmalen Augen, um zu sehen, ob er selbstmordgefährdet war. Als ob er sich mit einem Stiftstummel das Leben nehmen würde! Sie waren hier die Verrückten, die eingesperrt gehörten. Sicher, er wusste sehr wohl, was in ihren Köpfen vorging: Unsere Patienten dürfen sich nicht umbringen, denn wer soll dann die Rechnung bezahlen? Geld war das Einzige, woran sie dachten, diese teuflischen Ärzte, das wusste er genau.

Tagsüber sah er die anderen, die im selben Korridor eingesperrt waren. Er fand nicht, dass sie etwas mit ihm gemeinsam hatten. Die *sind* verrückt, dachte er, sie streiten sich wegen jeder Kleinigkeit und schreien und werfen sich auf die Erde. Wenn er Arzt wäre, hätte er sie auch eingesperrt. Aber er war doch nicht so krank, wie sie es waren. Sein Vater sollte begreifen, dass etwas schiefgegangen war, es gab ein Missverständnis, das geklärt werden musste, damit er nach Hause durfte. Hier konnte er jedenfalls nicht bleiben, sonst würde er am Ende noch genauso werden wie die anderen. Niemand konnte sich an diesem Ort aufhalten, ohne verrückt zu werden.

Dann kam ihm auf einmal der erschreckende Gedanke, dass die anderen genauso normal gewesen waren, als sie nach Ahrweiler kamen, und erst wahnsinnig wurden, nachdem man sie eingesperrt hatte. Wie lange würde es dauern, bis er so wurde wie sie? Schon bei dem Gedanken schauderte es ihn. Im Korridor hatte er die schlimmsten Fälle völlig apathisch in ihren Zwangsjacken sitzen sehen.

Ein neuerlicher Schauer fuhr ihm durch den Körper, vom Becken bis in den Nacken hinauf. Er erhob sich und machte den einen Schritt, mit dem er bei dem kleinen Schreibtisch war, holte einen Bogen Briefpapier heraus und begann zu schreiben.

Lieber Pa,

Montagabend sind wir nach Ahrweiler gekommen, ich bin hier also seit drei Tagen. Ich wohne jetzt in der ersten Etage des Haupthauses, die hermetisch abgeriegelt ist, ich nehme an, dass Pa in allen Teilen des Hauses gewesen ist und somit weißt, wie es hier aussieht. Hier gibt es niemanden, mit dem man zusammen sein kann, Doktor Marks, mit dem Ma über alles gesprochen hat, sehe ich nie, und man darf nur zu festgelegten Zeiten hinausgehen. Ich halte es niemals aus, in diesem abgeschlossenen Haus zu wohnen, in dem man die Pfleger bitten soll, einem aufzuschließen, wenn man hinausgehen will, und wo mehr oder weniger kranke Menschen von den Pflegern herumgeführt werden! Ich bin aber nicht so krank, dass ich in einem abgeriegelten Haus wohnen muss und nie hinausgehen darf, ohne dass jemand dabei ist! Kann Pa nicht Dr. Marks schreiben, damit ich in eines der Häuser umziehen darf, die offen sind, denn es ist mir unmöglich, in diesem Haus zu bleiben, ich halte es nicht aus! Das kleine Stück Garten, das zu meiner Abteilung gehört, ist immer voller anderer Patienten, die ein Gespräch anzufangen versuchen und herumrennen und mit sich selber reden. Es ist schauderhaft, ihnen zuzuhören! An den anderen Häusern gibt es wesentlich größere Gärten, sodass man dort wenigstens seine Ruhe vor den anderen Menschen hat – Pa kennt doch Dr. Marks, ich meine, Pa hat ihn doch hoffentlich zusammen mit Dr. Ehrenwall getroffen, kann Pa ihm nicht schreiben? Pa muss wirklich so lieb sein, dem Doktor in dieser Sache zu schreiben, ich ertrage das nicht!

Dein Sohn,
Sören Christer

Er versuchte abzuschätzen, wie lange es dauern mochte, bis der Brief ankam. Er bereute bitterlich, dass er seine Mutter hatte abreisen lassen, bevor ihm klar geworden war, wie schrecklich alles sein würde. Sollte er jetzt wirklich einen vollen Monat warten müssen, bis sie zurückkam? Er schlug sich mit den flachen Händen gegen den Kopf, als er begriff, welch ein Idiot er gewesen war. Er hätte sie überreden können, noch etwas zu bleiben, bis sie verstanden hätte, dass er so nicht leben konnte. Stattdessen hatte er den harten Mann gemimt und ihr versichert, sie brauche sich keine Sorgen zu machen. Keine Sorgen zu machen! Wie hatte er nur so dämlich sein können!

Er legte sich aufs Bett, erst auf den Rücken und dann auf den Bauch. Er vergrub das Gesicht im Kissen und hämmerte die Stirn dagegen, erst leicht, dann immer fester. Er wollte das Kissen sprengen, das Bett, das ganze Zimmer. Er wollte das ganze Gebäude anzünden und sehen, wie es vernichtet wurde, sehen, wie die verdammten Pfleger darum kämpften, ins Freie zu kommen, wie sie darum kämpfen würden, durch die vergitterten Fenster zu gelangen, und er würde ihre Schreie hören und sehen, wie sie einer nach dem anderen Feuer fingen. Alles würde zu schwelender Asche niederbrennen und er würde im Garten stehen und helle Freude darüber empfinden, dass dieser grausame Ort für alle Zeiten vom Erdboden getilgt wurde.

Berlin, 14. September 1921

Amelie betrat das Zimmer, das sie billig gemietet hatte. Es war nach Mitternacht, und sie war müde von der Reise und spürte jeden Knochen im Leib. Sie griff sich an die Brust. Irgendetwas fühlte sich anders an als sonst. Bei jeder kleinsten Anstrengung geriet sie außer Atem, und manchmal kam es ihr so vor, als müsste ihr Herz ums Weiterschlagen kämpfen.

Sie stellte den Koffer ab und setzte sich aufs Bett. Es war viel zu weich, aber damit musste sie leben. Hätte sie vielleicht doch das Angebot annehmen sollen, bei Bettan zu wohnen? Nein, entschied sie schnell, es war besser, hier alleine zu übernachten, bevor sie nach Rom zurückfuhr.

Ein paar Wochen Ruhe. Dann musste sie Sören Christer zuliebe nach Ahrweiler zurückkehren. In einem schwachen Moment hatte sie ihm versprochen, ihn innerhalb eines Monats zu besuchen.

Plötzlich fühlte sie sich wie ein altes Weib. Aber am schlimmsten war, dass ihr immer wieder derselbe Gedanke durch den Kopf ging. Wenn sie doch nur nicht gelogen hätte. Ihr war keine andere Wahl geblieben, sie hatte es Andreas versprochen. Aber trotzdem, sie wusste insgeheim, dass es unverzeihlich war.

Die ganze Zugfahrt bis Ahrweiler war ihr schicksalsschwer erschienen. Sören Christer wurde es wie immer, wenn er Zug fuhr, schlecht, sodass er sich hinlegen musste. Natürlich machte er sich Sorgen, er wusste ja nicht, was ihn erwartete. Sein siebzehnjähriger Körper zitterte, er war leichenblass. Vor ihrer Abreise war er andererseits wie immer gewesen und hatte um Geld gebeten, um sich Süßigkeiten, einen neuen Anzug und neue Schuhe kaufen zu können. Und wie gewohnt war es ihr schwer gefallen, seine Bitten abzuschlagen.

Ganz gleich, wie wenig Geld sie hatte, letzten Endes ging sie doch stets auf seine Betteleien ein. Sie wusste, dass er sie um den Finger wickelte und verwöhnt war, dass er immer etwas haben wollte und seine Betteleien kein Ende nahmen, wenn er etwas haben wollte.

In Berlin hatte Sören Christer ihr vor der Abreise nach Ahrweiler gezeigt, wie abgewetzt sein Anzug an den Ellbogen war. Er hatte sie flehend angesehen und erklärt, so könne er nicht herumlaufen, was sollten die anderen von ihm denken? Sie hatte ihn hingehalten, aber am Ende bekam er natürlich einen neuen Anzug, noch dazu einen viel zu teuren. Der von ihr vorgeschlagene saß in seinen Augen an Taille und Schultern nicht richtig und würde ihm noch schlechter passen, wenn er weiter wuchs. Er hatte stattdessen einen ins Auge gefasst, der mehr als das Doppelte kosten sollte. Aber aus dem wächst du doch auch heraus, hatte sie eingewandt. Daraufhin hatte er ihr demonstriert, dass es genügend Spielraum zum Hineinwachsen gab, obwohl der Anzug auch jetzt schon gut saß. Er brachte den Schneider dazu, ihm beizupflichten, und damit war es beschlossene Sache, sie musste nur noch bezahlen.

Sören Christer stolzierte aus dem Bekleidungsgeschäft und war wie immer bei solchen Gelegenheiten frohen Mutes. Sie hatten zusammen gelacht, und das war richtig schön gewesen. Aber nur wenige Häuserblocks später wollte er ein Eis haben, als sie an einem kleinen Stand vorbeigingen. Sie hatte Nein gesagt, aber dann war das ganze Theater wieder von vorne losgegangen. *Bitte Mutter, ich habe kaum etwas zu Mittag gegessen.* Fünf Minuten hatten sie vor dem Stand diskutiert, und obwohl sie fest entschlossen gewesen war, sich durchzusetzen, hatte er am Ende sein Eis bekommen. Sie konnte einfach nicht mehr, die Diskussion hätte zu lange gedauert und wäre vor der anstrengenden Zugfahrt zu mühsam gewesen.

Wieder einmal hatte sich ihr schlechtes Gewissen geregt, und sie wusste genau, wie schnell er das merkte und daraufhin immer und immer wieder dasselbe Argument vorbrachte, bis er schließlich hatte, was er wollte – und es einige Häuserblocks weiter Zeit für den nächsten Einfall war.

Glücklicherweise hatte die momentan herrschende Inflation die Deutsche Reichsmark billig gemacht. Trotzdem war es fraglich, ob Andreas und sie sich auf Dauer die achtzig Reichsmark leisten können würden, die der Aufenthalt in Ahrweiler täglich kostete. Sie wurde finanziell immer abhängiger von Oki, aber er weigerte sich, auch nur eine Krone für Sören Christer zu zahlen. Du und Andreas seid für ihn verantwortlich, hatte er erklärt.

Er hat ja Recht, dachte sie. Sie machte sich nur so schreckliche Sorgen, dass der Preis dramatisch steigen könnte, um den Kursverfall der deutschen Währung auszugleichen. Tagtäglich stiegen in Deutschland die Preise. Kaufte man am Montag ein Brot, kostete es am Freitag das doppelte. Der Krieg hatte die deutsche Wirtschaft hart getroffen, und sie sehnte sich wirklich danach, nach Rom heimkehren zu dürfen. Niemals hätte sie geglaubt, dass sie die italienische Ordnung vermissen würde.

Wenn sie doch nur nicht gelogen hätte.

Wie sollte sie damit leben? Sie hatte das Gefühl, dass Andreas sie dazu gezwungen hatte. Dabei hatte sie sich hoch und heilig geschworen, nie wieder ihm zuliebe zu lügen.

Sie ließ den Blick durch ihr Hotelzimmer schweifen. Es erinnerte in seltsamer Weise an Sören Christers Zelle. Ja genau, Zelle, denn nichts anderes ist es, dachte sie. In seiner war allerdings zumindest geputzt worden, in ihrem Hotelzimmer dagegen sah es aus, als hätte jemand höchstens kurz durchgefegt und das Bett neu bezogen. Es war staubig und die Tapeten lösten sich an mehreren Stellen an den Fugen. Die kleine Rose in der taillierten Vase sah lächerlich deplatziert aus.

Sobald sie in Ahrweiler aus dem Zug gestiegen waren, bekam Sören Christers Gesicht wieder Farbe. Der Direktor der Anstalt, Doktor von Ehrenwall, hatte dafür gesorgt, dass sie abgeholt wurden, und erwartete sie am Haupteingang. Amelies erster Eindruck von ihm war sehr gut gewesen. Andreas behauptete, er stünde in dem Ruf, auf seinem Gebiet einer der Besten zu sein, und auch Poul, der für ihren Geschmack viel zu oft mit Lob geizte, hatte sich für die Anstalt ausgesprochen.

Trotzdem nagte es an ihr, dass sie so extreme Maßnahmen ergreifen mussten. Seinen Sohn in eine Nervenheilanstalt einzuweisen war doch, als würde man ihn für immer wegsperren. Poul hatte betont, wenn er in diesen sensiblen Jahren zur Ruhe komme, seien die Aussichten gut, dass er als Erwachsener gesund werden könnte. Sie wusste, dass sie ihm vertrauen musste. Bei Andreas fiel ihr das schwerer. Ihr kam es so vor, als wollte er im Grunde nur ein Problem lösen. Ein *Problem*! Ihr Sohn war kein Problem, das man auf die Schnelle lösen konnte, sie trugen die Verantwortung für ihn, ganz gleich, was sie als Eltern an furchtbaren Dingen durchgemacht hatten. Aber wenn Andreas fand, dass sie zu gefühlsbetont wurde, wischte er ihre Argumente jedesmal vom Tisch.

»Herzlich willkommen, Frau Bjerre«, sagte von Ehrenwall.

»Frau Posse-Brázdová«, erwiderte Amelie und lächelte nachsichtig. »Ich habe zuerst meinen Mädchennamen wieder angenommen und dann noch einmal geheiratet.«

»Ja, natürlich, Sie sind wieder verheiratet. Verzeihen Sie mir.«

Doktor von Ehrenwall nahm ihr den Mantel ab und wies ihnen den Weg ins Hauptgebäude, einen geschmackvollen, weißgrauen Backsteinbau mit großen Seitenflügeln. Ihr fiel auf, dass er Sören Christer kaum gegrüßt hatte, was ihr seltsam vorkam, da er doch in der Anstalt bleiben sollte. Unmittelbar darauf gesellte sich jedoch ein anderer Arzt zu ihnen, der Sören Christer zu einem angrenzenden Zimmer begleitete.

»Zu einer ersten Auswertung«, erläuterte von Ehrenwall und lächelte breit.

Er strich sich unablässig über seinen riesigen, grau melierten Bart, der bis zum Bauch hinabreichte. Das Hausmädchen brachte Kaffeetassen und Teller mit Gebäckstücken, und eigenartigerweise fand Amelie es richtig gemütlich, die Atmosphäre war so weit von einer Nervenheilanstalt entfernt, wie man es sich nur vorstellen konnte.

Als von Ehrenwall ihr dann auch noch Fragen zu Rom stellte, das sein bevorzugtes Reiseziel zu sein schien, wurde ihre Unterhaltung immer lebhafter. Sie beschrieb ihre neue Wohnung und das Atelier mit der fast schon magischen Aussicht auf den Petersdom. Dann wollte er mehr über Oki wissen, weshalb sie ihm von dessen letzter Ausstellung erzählte und dass er aus der nach dem Krieg entstandenen Tschechoslowakei stammte. Und von ihren Söhnen natürlich, dem kleinen Slavo und Jan. Es war ein richtig nettes Gespräch, und deshalb war sie vollkommen perplex, als von Ehrenwall plötzlich meinte:

»Wie Sie wissen, hat es Probleme bei der Unterbringung Ihres Sohns gegeben. Sie bleiben bei Ihrer Entscheidung?«

Sie nickte und spürte, dass sie errötete. Sie hatte sich von der angenehmen Atmosphäre einlullen lassen und fast vergessen, warum sie eigentlich da war.

»Wissen Sie, Frau Posse-Brázdová, unsere Anstalt hat zwei Abteilungen, und die offene ist viel zu lasch für Ihren Sohn. Andererseits ist die geschlossene möglicherweise etwas sehr streng. Aber ihr Gatte, Verzeihung, Ihr früherer Gatte, hat mit großem Nachdruck betont, dass Ihr Sohn den größten Teil des Tages eingesperrt werden muss. Wie ich schon sagte, Sie bleiben bei Ihrer Entscheidung?«

Hätte sie Sören Christer doch nur nicht angelogen.

Sie hatte ihm versichert, dass er in einer ruhigen und erholsamen Umgebung wohnen würde, wohlwissend, dass man ihn einzusperren beabsichtigte. Bald würde er es erfahren, und sie würde erneut lügen und beteuern müssen, dies sei sicher ein Missverständnis. Es fiel ihr unglaublich schwer, mit seiner Angst, Wut und Verzweiflung umzugehen. Er war so unberechenbar und im Unterschied zu anderen in seinem Alter kaum in den Griff zu bekommen. Und deshalb war sie ihm solch eine schlechte Mutter.

Außer Liebe brauchte er Schutz und eine feste Hand. Ihr war es bloß gelungen, ihm Liebe zu geben, dagegen hatte sie niemals die Fähigkeit besessen, ihn zu schützen oder ihm klare Grenzen zu setzen. Seltsamerweise hatte er ihre Liebe jedoch immer als ganz selbstverständlich vorausgesetzt. Sie berührte ihn nicht.

Als sie bei dem Schneider in Berlin waren, hatte sie den üblichen Fehler begangen: Statt einer festen Hand hatte sie wieder einmal eine lächerliche Imitation von Liebe gezeigt. Für sein Wohlergehen wäre es weitaus besser gewesen, wenn sie ihm den teuren Anzug verwehrt hätte. Aber was konnte sie jetzt noch daran ändern? Es ließ sich nicht ungeschehen machen, er war gekauft, und sie musste sich ihrer Nachgiebigkeit schämen.

Sören Christer kehrte mit Doktor Marks zurück, der sich Amelie vorstellte. Er war der Mann, erläuterte von Ehrenwall mit sonorer Stimme, der für Sören Christers Behandlung verantwortlich zeichnen würde. Doktor Marks war jung und hatte ein angenehmes Äußeres, fand Amelie. Außerdem wirkte er klug und humanistisch gesinnt. Ihre größte Sorge war, dass in der Anstalt zu viel deutsche Disziplin herrschen könnte. Immerhin waren einige alarmierende Geschichten darüber im Umlauf, auch wenn Poul sie als blanken Unsinn abgetan hatte. Stattdessen hatte er sich lang und breit darüber ausgelassen, dass die Deutschen den Schweden in der Psychologie, nicht zuletzt, was Kinder und Jugendliche anging, immer voraus gewesen waren.

»Ich habe mir gedacht, Frau Posse-Brázdová«, sagte Doktor Marks, »dass wir einen kleinen Spaziergang im Park machen könnten, während Herr Kling Sören Christer sein Zimmer zeigt.«

Ja, dachte Amelie, er hat wirklich eine angenehme Art, dieser junge Arzt. Sie atmete auf und strich mit der Hand durch Sören Christers Haar.

»Das hört sich doch gut an, nicht wahr, Sören Christer? Wir sehen uns wieder, wenn ich mit Doktor Marks gesprochen habe.«

Sören Christer zuckte mit den Schultern und begab sich in die Obhut des großgewachsenen Pflegers, der, ohne dass Amelie ihn bemerkt hätte, die ganze Zeit zwei Meter hinter ihnen gestanden hatte. Ihr drängte sich unweigerlich der Gedanke auf, dass von Ehrenwall intelligent und imposant und Marks freundlich und einfühlsam sein mochten – dieser Kling mit seinen riesigen Schultern und seinem breitbeinigen Gang dagegen in erster Linie brutal aussah.

Lieber Bruder …

Du zögerst, weißt aber, dass du zu Gunhild gehen musst. Das Missverständnis muss aus der Welt geschafft werden. Vor ihrer Tür bleibst du jedoch stehen, denkst an mich und siehst mein Gesicht vor dir. Oft fällt es dir schwer, anhand meines Gesichts auf mein Alter zu schließen. So auch jetzt. Vielleicht bin ich fünfundzwanzig, vielleicht auch etwas älter. Seltsamerweise ist in dem Gesicht, das du nun vor deinem inneren Auge siehst, Platz für alle Altersstufen.

Du wirfst den Kopf, als wolltest du das Bild abschütteln, seufzt schwer und massierst dein rechtes Bein, das eingeschlafen ist. Manchmal sitzt du im Atelier lange unbequem und merkst es erst, wenn es zu spät ist. Dann musst du dich für den Rest des Tages mit einem Krampf herumschlagen. Du denkst, mehr als alle anderen, denen du je begegnet bist, braucht Sören Christer eine neue Chance. Trotz seines jugendlichen Alters hat er sich schon überall unmöglich gemacht.

Du weißt nicht, wann ihn die Nachricht von meinem Tod erreichen wird. Er ist ja so weit weg.

Wird er mich vermissen?

Nein, wohl kaum.

Du hast mir einmal gesagt, in der Liebe sei es entscheidend, zu zeigen, dass man willens ist, für einen anderen Menschen Opfer zu bringen.

Ich nahm an, dass du mir damit sagen wolltest, ich hätte für meinen Sohn nicht genügend Anstrengungen unternommen. Da hast du Recht. Natürlich hast du Recht. Viel schlimmer ist jedoch, dass in mir Zweifel daran aufkeimen, ob Sören Christer jemals ein einziges Opfer für einen anderen Menschen als sich selbst bringen wird.

Nein, denkst du. Steh hier nicht herum und zweifle. Denk nicht an mich oder Sören Christer.

Du öffnest die Tür, ganz vorsichtig, willst nur nachsehen, ob Gunhild noch schläft. Obwohl, es kann warten, es kann warten … wenn sie schläft, kannst du später noch einmal wiederkommen. Vielleicht wäre es dir sogar ganz lieb, wenn sie noch schliefe, sodass du die Sache aufschieben und Kraft schöpfen könntest und nicht zu einer Notlüge über mein Ableben greifen müsstest.

Du zögerst erneut und bist dir dessen bewusst. So vieles hätte anders sein können. Gunhild hätte gesund oder wenigstens nicht kränker als bei eurer ersten Begegnung sein können.

Du hast das Gefühl, ein Stahlseil in der Brust zu haben, das sich spannt. Und du weißt: früher oder später wird es reißen. Manchmal ahnst du das furchtbare Gefühl fast voraus, wenn das Seil nachgibt, den Schlag in der Brust, wenn es zurückschnellt.

Du weißt, es ist kein Leben, so auf dem Krankenlager dahinzusiechen, während der Arzt regelmäßig vorbeischaut und neue Diagnosen stellt, neue Medikamente verschreibt.

Aber mir zuliebe, denkst du, mir zuliebe hat es Würde.

Möge es mir erspart bleiben, zu verlieren, was mir am nächsten steht, den eigentlichen Kern aller Liebe, die ich in meinem Leben erfahren durfte! Mir zuliebe kannst du doch leben, mir zuliebe kannst du doch noch ein bisschen ausharren!

Dann stehst du zögernd im Türrahmen.

Vielleicht ist sie wütend auf dich oder enttäuscht, obwohl du sie nur schützen wolltest. Welche andere Aufgabe hat dein Leben eigentlich, als sie vor allem Übel zu bewahren und das Quäntchen Gesundheit zu schützen, das ihr noch geblieben ist?

Welche Rolle spielt es, ob sie erfährt, dass ich mir das Leben genommen habe?

Welche Rolle spielt es, ob ich lebe oder tot bin?

Und dann platzt Amelie herein und stellt alles auf den Kopf.

Anschließend ist sie wieder auf und davon, auf dem Weg zu einem sicheren Ort, an dem sie die Welt betrachten kann, wie sie ihr in den Kram passt. Ihre Fähigkeit, dir gleichsam beiläufig für alles zu danken, was du für Sören Christer, ihren Sohn, getan hast.

Du bist mit den Depressionen und Anfällen des Jungen zurechtgekommen. Wir schafften das nicht. Amelie begegnete ihnen mit einem schlechten Gewissen und Abwesenheit, ich ihnen mit noch stärkeren Depressionen und heftigeren Wutanfällen.

Sobald du die Tür weit genug geöffnet hast, siehst du Gunhild, die sich umdreht. Als wäre die Tür für sie das Signal zum Aufwachen gewesen. Ihre Haare liegen auf dem Kissen verteilt, und du siehst sie die Augen öffnen und dich anblinzeln.

Sie ist wach.

Du betrittst das Zimmer und schließt leise die Tür hinter dir.

»Du bist wach?«

»Bist du es, Poul?«

Für einen Moment fragst du dich, für wen sie dich sonst halten könnte. Aber es ist sicher albern, so zu denken. Im Grenzland zwischen Wachsein und Traum, in dem sie sich so häufig aufhält, kann jeder Mensch zu jedem werden. Verwirrte Patienten haben dich auf jede erdenkliche Weise angesprochen.

Alle sind nicht nur Menschen, sondern auch Symbole für etwas, das sich nicht immer leicht deuten lässt. Wer weiß schon, wem sie in ihrem Traum kurz vor dem Aufwachen begegnet ist? Es könnte jeder gewesen sein. Ein Freund, ihr Vater oder ihre Mutter, ihr erster Mann …

Du gehst zu ihr und nimmst ihre Hand. Sie ist kalt, und du

wärmst sie, indem du sie sanft zwischen deinen Handflächen reibst.

»Wollen wir mal schauen, ob wir sie nicht ein bisschen wärmer bekommen?«

Sie lächelt, sieht dich zärtlich an, sagt aber nichts. Sie wirkt immer noch benommen.

»Gut geschlafen?«

Sie nickt, versucht zu lächeln.

»Schön«, sagst du. »Hast du Hunger?«

Sie schüttelt den Kopf, lächelt erneut. Dieses tapfere Lächeln, das immer einen warmen Strom durch deinen Körper sendet.

»Kannst du mir ein bisschen hochhelfen, Poul?«

»Natürlich.«

Du schlägst die Kissen auf, damit sich die Daunen gleichmäßiger verteilen, und ordnest sie so an, dass Gunhild sie als Rückenlehne benutzen kann. Anschließend hebst du sie vorsichtig, bis sie eine halb sitzende, halb liegende Position einnimmt. In letzter Zeit hat sie nur selten die Kraft, längere Zeit so zu sitzen, ehe sich die Schmerzen einstellen und die Müdigkeit.

»Geht es so, Liebling?«

Sie nickt.

»Perfekt.«

»Ist dein Treffen mit Amelie gut verlaufen? Ich war im Atelier und bin ihr gar nicht begegnet.«

Du versuchst zu überspielen, dass du rot wirst, was dir öfter passiert, als die Leute denken. Falls sie dich durchschaut, lässt sie es sich jedenfalls nicht anmerken.

»Aber ja, natürlich ist es gut verlaufen«, antwortet sie und räuspert sich.

Sie tätschelt deine Wange, ehe sie weiterspricht.

»Danke, dass du uns alleine gelassen hast, Poul. Wir brauchten das, wir hatten so viel zu besprechen …«

Es bleibt längere Zeit still, bis sie, langsam, weiterspricht.

»Wenn ich dich heute anschaue, ist es genau wie damals, als ich dich zum ersten Mal gesehen habe. Ist das nicht merkwürdig?«

Du lachst auf. Damit hast du nicht gerechnet. Du willst das Gleiche über sie sagen und öffnest sogar den Mund, bringst jedoch kein Wort heraus. Stattdessen schließt du die Augen, um sie dir so in Erinnerung zu rufen, wie sie bei eurer ersten Begegnung ausgesehen hat, und siehst nichts. Nur ein blendend weißes Licht, in dem sich nichts erkennen lässt.

Mit Geld, sagte er mit beherrschter Stimme,
mit Geld kann man alles kaufen – auch Sie, Herr Bjerre.

Ahrweiler, 23. Oktober 1921

Das Jackett saß perfekt und hatte exakt die *sartorial elegance*, die Sören Christer hervorheben wollte. Der englische Schnitt an den Schultern und die geschmackvollen Revers verliehen ihm eine lange, elegante Linie, und die kleine zusätzliche Tasche kurz über der rechten ließ es sportlich und modern aussehen. Die Hose, dachte er und stellte sich ins Profil, könnte an den Oberschenkeln möglicherweise eine Spur eingenäht werden, obwohl man das vermutlich nicht sah, es ging höchstens um ein paar Millimeter. Das Beste war jedoch das Material: feinster Wollstoff aus Italien, grau mit moosgrünen, sich kreuzenden Strichen. Es machte ihn schon glücklich, einfach nur die Qualität an seiner flachen Hand zu spüren, und auch, wie herb und männlich der Stoff roch.

Schade nur, dass er die Weste nicht bekommen hatte, um die er gebeten hatte. Ein Anzug ohne Weste war einfach nicht das Wahre. Er überlegte, ob er einen Fehler gemacht hatte, durch den es ihm nicht gelungen war, seine Mutter davon zu überzeugen, dass es Wahnsinn war, so viel Geld für einen neuen Anzug auszugeben und dann nicht die paar Mark für eine Weste draufzulegen. Aber sie war unnachgiebig geblieben. Jedenfalls hatte er die Karte des Schneiders in Berlin eingesteckt, um zu einem späteren Zeitpunkt eine Weste aus demselben Material anfertigen lassen zu können.

Er musterte den Anzug noch einmal im Spiegel, der in Wahrheit bloß eine Blechplatte war. Spiegel waren in den Zimmern nicht zugelassen, nicht einmal Taschenspiegel. Gleiches galt für

Gürtel oder Rasiermesser, sodass man die Pfleger bei Bedarf um ein Messer bitten und es unter Aufsicht benutzen musste. Er seufzte, zog den Anzug aus und hängte ihn vorsichtig auf einen Kleiderbügel.

Anschließend zog er seine gewöhnlichen Kleider an, die er so viel weniger mochte. Er konnte sich nicht dazu durchringen, eine Krawatte oder Fliege anzulegen. Er fand, dass die Tage schrecklich langsam vergingen. Außerdem schmeckte das Essen ekelhaft, fast so ekelhaft, wie es roch. Nein, es roch nicht, dachte er, es *stank*. Der ganze Speisesaal stank, wenn er sich ihm näherte. Widerliche, halb durchgebratene Würste und zerkochte Kartoffeln, die mit Sicherheit von jemandem zubereitet worden waren, dem statt Butter nur Schweineschmalz zur Verfügung gestanden hatte und der jede Form von Essenszubereitung hasste. Er würde seinem Vater brieflich mitteilen, wofür er bezahlte, für ungenießbares Essen, das man in Schweden nicht einmal den Schweinen zum Fraß vorgeworfen hätte.

Die Antwortbriefe seines Vaters waren vage geblieben. Halte durch, hieß es in ihnen. Halte durch, dann wird es bestimmt bald besser. Er konnte nicht fassen, dass sich sein Vater so äußerte. Er hatte Sören Christer nicht einmal den versprochenen Sessel geschickt. Auf dem entsprechenden Möbel in seinem Zimmer konnte man kaum sitzen, eine Feder drückte sich einem in den Po. Unter solchen Bedingungen war an Lesen nicht zu denken.

Heute würde das alltägliche Einerlei immerhin dadurch unterbrochen werden, dass der Privatlehrer auf dem Weg zur Anstalt war. Laut Amelie besaß er alle möglichen Qualifikationen, was angeblich auch der Grund dafür war, dass man ihn erst einen Monat später als geplant nach Ahrweiler hatte holen können. Sören Christer sah seiner Ankunft freudig entgegen, auch wenn er nicht wusste, ob es tatsächlich stimmte, dass der Lehrer in einem der Häuser auf der anderen Seite des Gartens wohnen würde. Aber wenn es so war, müsste er doch eigentlich auch dorthin umziehen dürfen. Oder sollte der Lehrer, der ja bezahlt wurde, etwa besser wohnen als er?

Immerhin würde es jemanden geben, mit dem er sich unterhalten konnte. Am häufigsten hatte er sich mit Kling, dem Pfleger, unterhalten. Er war ein unangenehmer Mensch mit Stiernacken und dickem Kopf, dessen beste Eigenschaft seine Bestechlichkeit war. Er schmuggelte Zigaretten und andere Dinge in die Anstalt, auch wenn er aus allem Profit schlug. Aber besser so, als keine Zigaretten zu haben, dachte Sören Christer, während er vor seiner Tür das Rasseln eines Schlüsselbunds hörte. Es war Zeit für den Vormittagsspaziergang. Noch einmal Rasseln, danach ein Schlüssel im Schloss, und Kling stand im Türrahmen.

»Pause«, sagte er kurz angebunden.

Sören Christer stand vom Bett auf und zog eine Jacke an.

»Haben Sie besorgt, was Sie mir versprochen haben?«

»Natürlich«, antwortete Kling. »Sie bekommen es auf dem Rückweg.«

Schweigend gingen sie den Korridor hinab und eine Treppe hinunter. Es war Tag für Tag kälter geworden, und sobald die Sonne hinter den Dächern verschwand, wurde es eisig kalt. Sören Christer zog den Schal enger um den Hals.

»Woher kommen Sie, Kling?«

»Stuttgart.«

Sören Christer zuckte mit den Schultern. Dort war er nie gewesen, die Stadt sagte ihm nichts. Er wusste nicht, warum er gefragt hatte. Sie traten auf den Hof hinaus, wo Kling stehen blieb. Sören Christer ging mit langsamen Schritten Richtung Garten und schaute sich ziellos um. Er wünschte sich von ganzem Herzen, an einem anderen Ort zu sein, egal wo, nur nicht in Ahrweiler.

Dort ging der hagere Mann, der immer mit sich selbst redete, außer wenn sich ihm jemand näherte. Dann blieb er stehen, und seine Augen flackerten unruhig umher. Wenn er wieder allein war, hörte man ihn weitermurmeln. Unter den großen Ahornbäumen saß zusammengesunken ein alter Mann im Rollstuhl. Sein Körper war in sich zusammengesackt, und von seinem Kopf, der eher einem Totenschädel glich, standen einige graue Haarsträhnen ab. Von Zeit zu Zeit sah ein Pfleger nach ihm und richtete ihn in seinem Stuhl auf. Anschließend sank er wieder langsam, aber sicher in sich zusammen, bis er genauso zusammengeklappt dasaß wie zuvor.

So sehr er sich auch mühte, es blieb Sören Christer völlig unverständlich, was er mit diesen traurigen Gestalten gemeinsam haben sollte.

Die Einzigen, die in seinem Alter waren und halbwegs vernünftig zu sein schienen, lungerten immer an dem etwas weiter entfernten, zweiten großen Ahornbaum herum. Dort rauchten sie, oft ohne sich zu unterhalten, an den Baumstamm gelehnt und die Augen ziellos auf den Garten gerichtet.

Er tastete nach seinen Zigaretten, um sich zu vergewissern, dass sie in der Tasche lagen. Anfangs waren sie sein einziger Trost gewesen. Die Zigaretten und die Briefe seiner Eltern. Er ging mit langsamen, wenn auch bestimmten Schritten zu dem Baum, an dem die anderen bereits standen.

Als er sich zu ihnen gesellte, blieben sie stumm. Der kleinste von ihnen trat zu ihm und stieß ihn mit dem Zeigefinger an.

»Hör auf«, sagte Sören Christer.

Der Kleine sah ihn verständnislos an. Er stierte zurück.

»Er versteht Sie nicht«, sagte der junge Mann, der als Einziger gegen den Baum gelehnt saß. Im Gegensatz zu den anderen schien er seiner Kleidung nach aus besserem Haus zu sein. Außerdem hatte er einen dünnen Schnurrbart, der in Sören Christers Augen kultiviert wirkte. Jetzt warf er seinen Zigarettenstummel fort, stand auf, schüttelte einige Grashalme von seiner Hose, ging zu Sören Christer und stellte sich direkt vor ihn. Er war mehr als einen Kopf kleiner als dieser.

»Und weil er nicht kapiert, was man sagt«, fuhr er fort und

zog Sören Christer einige Schritte auf die Seite, »ist es einfacher, ihm eine zu knallen.«

»Okay«, sagte Sören Christer.

»Ja, wollen Sie es denn nicht tun?«

»Was?«

»Ihm eine knallen.«

»Nein, wozu, er hat doch aufgehört.«

Sören Christer holte seine Zigarettenschachtel heraus und bot dem Jungen, der ihn angesprochen hatte, eine an. Der nickte und nahm sich eine. Gleichzeitig streckte sich der Jüngste ebenfalls nach einer, aber Sören Christer wies ihn ab, indem er ihm auf die Finger schlug. Der Kleine schreckte augenblicklich zurück.

»Na, also. Ich sag ja, dass er sonst nichts kapiert. Er ist nämlich taub.«

»Aha«, sagte Sören Christer. »Haben Sie Feuer?«

»Sicher.«

Er hielt die Hand um das Streichholz gewölbt und zündete Sören Christers Zigarette an. Dann sagte er:

»Setzen Sie sich beim Abendessen zu mir. Ich möchte Ihnen einen Vorschlag machen.«

Als die Trillerpfeife ertönte, war die Pause vorbei, und alle kehrten auf ihre Zimmer zurück. Sören Christer, der Kling am oberen Treppenabsatz warten sah, stieg mit schleppenden Schritten die Treppe hinauf und ging ins Haus. Kling blieb immer einen Schritt hinter ihm. Er öffnete die Tür, und Sören Christer machte ein paar Schritte in den Raum hinein und drehte sich um.

»Haben Sie die Waren?«

»Warum so ungeduldig, Herr Bjerre? Das habe ich Ihnen doch schon gesagt. Trauen Sie mir etwa nicht?«

»Doch …«

Kling schloss die Tür hinter ihnen und lehnte sich an die

Wand. Sören Christer setzte sich aufs Bett. Das Zimmer erschien ihm kleiner denn je.

»Sie sollten sich vor Herrn Lange in acht nehmen.«

»Und warum?«

»Aus verschiedenen Gründen. In erster Linie, weil er lügt. Das tun hier zwar alle, aber seine Lügen sind gefährlicher als die der anderen. Außerdem trägt er immer ein Messer bei sich, und zwar als Einziger.«

»Warum kann er ein Messer tragen?«

»Weil ich es gestatte.«

»Ich verstehe nicht.«

»Nein, das sehe ich«, lachte Kling. »Herr Lange stammt aus einer der reichsten Familien Frankfurts. Jedenfalls behauptet er das. Ich erlaube ihm das Messer, weil er mich dafür bezahlt, es tragen zu dürfen. Für Geld kann man hier alles kaufen. Allerdings unter einer Bedingung: dass ich es genehmigt habe.«

Kling öffnete Sören Christers Kleiderschrank, holte eine Schatulle heraus und stellte sie auf den Schreibtisch.

»Hier sind die Zigaretten, um die Sie gebeten haben.«

»Kann ich in einer Woche bezahlen?«

»Es wäre klüger, sofort zu bezahlen.«

»Aber ich bekomme erst nächste Woche neues Geld. Meine Mutter schickt mir welches.«

»Ich werde Ihnen jetzt etwas erklären, Herr Bjerre, damit Sie Bescheid wissen. Sie können bei mir auf Kredit kaufen. Das ist ziemlich typisch für Leute wie Sie. Großspurig beim Bestellen, wollen die feinsten Marken und die besten Lieferanten, aber wenn es ans Bezahlen geht, werden sie immer ganz klein. Die Regeln sind einfach: Solange Sie mir etwas schulden, habe ich das Recht, diese Schuld einzutreiben. Vielleicht tue ich das nicht, vielleicht lasse ich Sie sogar weitere Waren bestellen. Aber ich kann meine Schuld jederzeit eintreiben, und dann müssen Sie mit dem bezahlen, was Sie haben.«

»Und wenn ich nichts habe?«

»Sie haben einen schönen Anzug in ihrem Kleiderschrank.«

»Den werde ich niemals verkaufen.«

»Dann werden Sie tun müssen, was viele andere hier auch tun. Geld beim Kartenspiel verdienen oder sich selbst verkaufen.«

»Wie meinen Sie das?«

»Sie verstehen schon, was ich meine, Herr Bjerre.«

»Wenn Sie glauben, ich würde …«

»Jetzt regen Sie sich nicht auf. Sie bekommen nächste Woche ja Geld.«

Kling wollte gehen. Er öffnete die Tür und drehte sich noch einmal um.

»Mit Geld«, sagte er mit beherrschter Stimme, »mit Geld kann man alles kaufen – auch Sie, Herr Bjerre. Ach ja, Ihr Privatlehrer soll vom Vier-Uhr-Zug abgeholt werden. Ich nehme an, dass Doktor Marks Sie zu einer Besprechung rufen lassen wird.«

Kling schloss die Tür hinter sich, und Sören Christer hörte ihn den Riegel vorschieben. Erneut ertönte das abscheuliche klickende Geräusch, gefolgt von betäubender Stille, so als wäre alle Luft aus dem Raum gesogen worden.

Die Essensgerüche, die Sören Christer auf dem Weg zum Speisesaal entgegenschlugen, ließen in ihm den Wunsch aufkeimen, augenblicklich auf sein Zimmer zurückzukehren. Er war nicht einmal hungrig. Nur seine Neugier ließ ihn weitergehen. Er hatte keine Ahnung, worüber Lange mit ihm reden wollte, und seine Spekulationen hatten ihm nur Kopfschmerzen eingetragen.

Der Speisesaal, oder Aufenthaltsraum, wie er eigentlich genannt wurde, war fast menschenleer. Die wenigen Patienten, die sich bereits eingefunden hatten, saßen in einer Ecke zusammen. Er überlegte, ob er zurückgehen und später wiederkommen sollte. Doch als er sich umwandte, sah er Lange auf sich zukommen.

»Ah, Bjerre. *My friend.* Kommen Sie, setzen Sie sich zu mir.«

Sören Christer nickte und folgte ihm. Sie ließen sich in einer verwaisten Ecke des Raums nieder. Lange zeigte auf einen Stuhl und setzte sich anschließend gegenüber. Sören Christer lächelte und nahm Platz.

»Schön, dass Sie kommen konnten«, sagte Lange und lächelte breit.

Sören Christer fragte sich, ob Lange sich über ihn lustig machen wollte. Aus seinem Mund klang es, als hätten sie sich in einem Restaurant verabredet und nicht an der Essensausgabe einer Anstalt, in der sie beide eingesperrt waren. Ihm fiel auf, wie klein Lange war, kaum ein Meter siebzig groß und mit schmalen Armen und Beinen. Sören Christers erster Eindruck von ihm war ganz anders gewesen.

»Wir müssen uns das Essen nicht selber holen gehen«, erklärte Lange mit gebieterischer Stimme. »Bergmann wird unsere Bestellung aufnehmen.«

»Sie haben einen eigenen Diener?«

»Selbstverständlich.«

»Ich hätte nicht gedacht, dass man hier Bedienstete haben kann.«

»Hier kann man alles haben, was man will, Bjerre. Vorausgesetzt, man kann es sich leisten.«

Sören Christer biss sich auf die Lippe.

»Natürlich«, sagte er.

Der kleine Bergmann, ein ganz und gar durchsichtiger Junge, trat zu ihrem Tisch. Sein Teint war milchig weiß, und man sah noch die dünnen blauen Adern an den Schläfen, die so typisch für anämische Kleinkinder sind. Sören Christer erschien es undenkbar, dass er schon in der Pubertät war.

»Ich nehme ein Stück Braten und Knödel. Die Sauce bitte wie üblich daneben. Und ein Bier. Aber diesmal kalt, Bergmann. Nicht wie letztes Mal.«

Bergmann nickte ernst und wandte sich Sören Christer zu.

»Ich nehme das Gleiche.«

Bergmann verneigte sich tief und entfernte sich.

»Idiot«, sagte Lange, noch ehe der kleine Junge außer Hörweite war.

Sören Christer nickte und lächelte.

»Ein Diener kann für vieles gut sein, Bjerre. Für mehr, als die meisten Leute ahnen. Wollen Sie auch einen?«

»Aber ja, und ob.«

Lange lächelte und breitete die Arme aus.

»Sicher«, sagte er. »Natürlich wollen Sie einen.«

Dann lehnte er sich zu Sören Christer vor.

»Wir könnten um ihn spielen.«

»Um wen? Sie meinen Bergmann?«

»Ja, um wen sonst?«

Sören Christer lächelte unsicher.

»Sie verstehen schon«, meinte Lange und lehnte sich vor. »Es ist ganz einfach. Wir nehmen ihn als Einsatz.«

»Und … was ist mein Einsatz?«

»Tja, was ist er Ihnen denn wert?«

Sören Christer verschränkte die Arme vor der Brust und lehnte sich zurück. Er hatte keine Ahnung, was er sagen sollte, gab sich jedoch alle Mühe, so zu tun, als überdächte er den Vorschlag.

»Geld, nehme ich an?«

»Ja, warum nicht?«, sagte Lange.

Sie wurden von Bergmann unterbrochen, der das Essen servierte. Als es auf dem Tisch stand, wedelte Lange ihn gleich wieder ungeduldig fort. Der Junge ging und setzte sich auf einen weiter entfernt stehenden Stuhl. Aber bevor Lange den ersten Bissen zum Mund führte, räusperte er sich, und binnen einer Sekunde hatte der kleine Junge eine Serviette hervorgeholt und in Langes Kragen gesteckt.

»Verzeihung«, murmelte er und entfernte sich ebenso schnell wieder.

»Lassen Sie es sich schmecken«, sagte Lange in einem Ton, als würde er zum Besten einladen, was das Haus zu bieten hatte.

Sören Christer nickte und hob die Gabel. Die gleiche Pampe wie immer, dachte er, bemühte sich jedoch, zu kauen und zu schlucken wie bei einem Besuch in einem wirklich vornehmen Restaurant.

»Verzeihen Sie meine Neugier«, sagte er schließlich.

»Ja?«

»Ich frage mich nur, ganz unter uns, wozu man diesen … Diener benutzen kann.«

»Wie gesagt, das bestimmen Sie.«

»Sicher, ich verstehe. Aber meine Neugier gilt eher der Frage, wozu *Sie* ihn benutzen.«

Lange lachte laut und schallend, so schallend, dass er seinen Stuhl ein Stück vom Tisch zurückschieben musste, um genügend Platz zu haben.

»Sie machen mir Spaß«, sagte er, als er den Stuhl wieder heranrückte und einen weiteren Bissen aß.

»Verzeihen Sie mir«, sagte Sören Christer, »das war …«

»Es gibt keinen Grund, sich zu entschuldigen. Erinnern Sie sich an den kleinen Idioten, der heute eine Ihrer Zigaretten stibitzen wollte?«

»Der Taube?«

»Genau. Früher war er mein Diener, aber ich habe ihn vor vier Monaten beim Kartenspiel verloren, was natürlich mit voller Absicht geschah. Mal ehrlich, wer will schon einen tauben Diener haben?«

Sören Christer lachte und zuckte mit den Schultern.

»Nein, genau«, sagte Lange. »Obwohl der eigentliche Grund, aber das bleibt jetzt bitte unter uns, das weiß sonst keiner …«

»Natürlich.«

»Ich spüre, dass Sie ein intelligenter Mann sind, dem man ruhig etwas anvertrauen kann.«

Sören Christer nickte und legte das Besteck ab.

»Der eigentliche Grund war, dass er für meine Zwecke verbraucht war.«

»Verbraucht?«

»Ich lebe seit zwei Jahren in dieser Anstalt. Wenn man sich hier nicht einzurichten weiß, ist diese Klinik ein verdammtes Kloster. Ich lasse Bergmann meine Kleider waschen, mein Essen servieren, meine Sachen holen, mein Zimmer putzen. Wie andere Diener auch. Außerdem bläst er mir einen, wenn ich es ihm sage. Ich bin zu alt, um zu wichsen, das ist nur was für kleine Jungs. Natürlich muss man sie anleiten, sie beherrschen es ja nicht von Natur aus wie eine Frau. Man muss ihnen zeigen, wie sie die Lippen spannen und den Mund öffnen müssen, damit die Zähne nicht im Weg sind.«

Er trank einen Schluck Bier und warf einen Blick über die Schulter. Eine Sekunde später war Bergmann da und nahm ihm das Glas ab. Kurze Zeit später kehrte er mit einem frisch gefüllten Glas zurück.

»Was glauben Sie, wie lange die anderen schon hier sind?«

»Wer?«

»Na, die hier«, antwortete Lange und machte eine Geste, die den ganzen Speisesaal einschloss.

Sobald er auf die Patienten zeigte, schlugen diese die Augen nieder und blickten auf ihr Essen.

»Das da ist Volk, ein ganz gewöhnlicher Bayer mit einem hässlichen Dialekt, der hier sitzt, seit er zehn war. Heute ist er zweiundzwanzig. Ein hoffnungsloser Fall. Dort sitzt Heider, er gehört zu den intelligenteren, stammt aber aus einer armen Familie. Er ist seit sechs Jahren hier. Fragen Sie mich nicht, wie die es sich leisten können, ihn hier unterzubringen. Und der Jude da hinten links, Rothstein, ist drei Jahre hier, wird aber nie mehr herauskommen. Seine Familie wird jeden Betrag zahlen, um ihn nicht mehr sehen zu müssen. Ein Pyromane, heißt es. Der Dicke da hinten ist von Rosen. Er ist seit sieben Jahren hier und wird noch einmal sieben Jahre hier sitzen. Mindestens.

Wenn er herauskommt, wird er genauso verblödet sein wie bei seiner Einlieferung. Kein Elektroschock in der Welt kann sein Gehirn zum Zappeln bringen.«

Lange schien seine Ausführungen leid zu sein, wandte sich um und aß noch einen Bissen. Dann schob er den Teller von sich.

Sören Christer ertappte sich dabei, die Augen weit aufgerissen zu haben. Er hätte nicht gedacht, dass die Insassen schon so lange in der Anstalt waren.

»Und wie lange werden Sie hier sein?«, fragte er schließlich.

»Das kommt ganz darauf an.«

»Ich verstehe nicht ganz …«

Lange lächelte über Sören Christers Wissbegierde. Andererseits wirkte er zufrieden, so als hätte er erreicht, was er mit seinen kurzen Erläuterungen beabsichtigt hatte.

»Der Unterschied besteht darin«, erläuterte er, »dass ich hier jederzeit wieder verschwinden kann.«

»Das kann ja wohl nicht stimmen, oder?«

»Wenn ich es Ihnen doch sage.«

Lange schwenkte sein Glas, als wollte er das Bouquet eines französischen Jahrgangsweins freisetzen. Er trank einen Schluck und stellte das Glas wieder ab.

»Ich bin noch in der Anstalt, weil ich bleiben möchte. Es geht mir gut hier. Sollte ich das eines Tages anders sehen, werde ich abreisen.«

»Sie meinen, mit oder ohne Genehmigung?«

»Sie machen mir wirklich Spaß. Wie verschlägt es übrigens einen Schweden hierher?«

»Wie alle anderen, nehme ich an.«

Lange schien die Antwort zu gefallen. Er lächelte und nickte.

»Ich weiß, wie es einen Schweden hierher verschlägt. Aus zwei Gründen. Erstens: weil die Familie sich entschließt, das Problem zu lösen, ohne dass Außenstehende davon erfahren.

Man kann es beispielsweise auf ein Studium im Ausland schieben. Zweitens: weil man es sich leisten kann.«

Drei Tage später, auf dem Weg zum oberen Flur, wo die meisten Patienten samstags drei Stunden gemeinsam verbringen durften, hatte Sören Christer das Gefühl, dass seine ganze Zukunft auf dem Spiel stand. Er hatte Lange versprochen, tausend Reichsmark zu setzen. Geld, das es, wie er nur zu gut wusste, nicht gab. Er hatte einen Bittbrief an seinen Vater verfasst, aber selbst wenn dieser wider Erwarten der Auszahlung zustimmte, würde das Geld niemals rechtzeitig eintreffen. In seinem Brief hatte Sören Christer geschrieben, es habe ein Missverständnis gegeben, sodass er dem Privatlehrer bei dessen Ankunft den ersten Vierteljahreslohn habe auszahlen müssen. In Wahrheit hatte seine Mutter ihm gesagt, sie habe der Anstalt bereits das nötige Geld bezahlt. Er konnte nur hoffen, dass sich seine Eltern über diesen Punkt nicht brieflich ausgetauscht hatten.

Als er ankam, saßen die meisten Jungen bereits im Kreis an einem Tisch. Außer Kling, der mit verschränkten Armen im Türrahmen stand, waren keine Pfleger zu sehen. Er lehnte mit einem Zahnstocher im Mund an der Wand und nickte Sören Christer kurz zu.

Lange saß bereits am Tisch und bat Sören Christer, sich ihm gegenüber zu setzen. Die anderen Jungen machten sofort Platz und standen auf. Alle blieben stumm, und als Sören Christer sich niederließ, spürte er, dass erwartungsvolle Spannung in der Luft lag.

»Die Regeln sind ganz simpel«, erklärte Lange und legte die ungeöffnete Schachtel mit Spielkarten auf den Tisch. »Poker mit einem Kartentausch. Jedes Streichholz steht für zehn Mark. Hundert Stück für dich und hundert für mich. Du hast tausend Mark gesetzt, ich habe Bergmann gesetzt.«

Er zeigte auf Bergmann, der mit gesenktem Blick hinter ihm stand.

»Das hört sich doch gut an«, meinte Sören Christer.

Rothstein öffnete die Spielkartenverpackung, sortierte die Joker aus und begann zu mischen.

»Es ist doch kein Problem, dass der Jude gibt?«

»Natürlich nicht«, sagte Sören Christer und sah Rothstein an, der seinem Blick jedoch nicht begegnete, sondern weitermischte. Er schien im Umgang mit Kartenspielen geübt zu sein.

»Möchten Sie die Karten zählen?«

Lange und Sören Christer verneinten. Daraufhin fing das Spiel an, und es wurde augenblicklich andächtig still.

Nach einigen Runden stellte Sören Christer fest, dass er sich einen Vorteil verschafft hatte. Dank seines Spielglücks lagen bereits fast zwei Drittel der Hölzer auf seiner Seite des Tisches. Wenn Lange sehen wollte, hatte er jedesmal zwei Paar oder einen Drilling, einmal sogar ein Haus vorweisen können. Problematisch war nur, dass Sören nie erfahren hatte, welche Karten Lange auf der Hand hatte. Sobald er Sören Christers Karten gesehen hatte, warf er die eigenen verdeckt von sich, ohne eine Miene zu verziehen.

Sören Christer wusste zumindest so viel über Poker, dass man nicht immer seine Karten zeigte, selbst wenn man ein besseres Blatt auf der Hand hatte. Es konnte sich auszahlen, den Gegenspieler in falscher Sicherheit zu wiegen. Er beschloss, auf der Hut zu sein. Lange war nachweislich listig und außerdem ein geübter Pokerspieler.

Bei der sechzehnten Runde ließ sich Sören Christer dazu hinreißen, mitzugehen, obwohl er nur ein Paar Zweien hatte. Er konnte nur hoffen, dass Lange ausstieg, was er bisher allerdings noch nie getan hatte. Mindestens vierzig Streichhölzer lagen im Pott, und Sören Christer spürte, wie ihm der Schweiß herunterlief. Lange legte seine Karten auf den Tisch, lehnte sich zurück und betrachtete Sören Christer eine ganze Weile. Er grimassierte, als könnte er sich auf die Art leichter entscheiden, ob er seinen Einsatz erhöhen oder lieber passen sollte.

Sören Christer rührte sich nicht. Im Kopf rechnete er sich aus, dass Lange den bisher größten Gewinn einstreichen würde, wenn er sehen wollte. Und falls Lange stattdessen höher ginge, bliebe Sören Christer keine andere Wahl, als auszusteigen. Das hätte er schon viel früher tun sollen. So aber saß er jetzt steif und starr und spürte den Schweiß in den Achselhöhlen. Das Warten war unerträglich. Schließlich hatte Lange sich entschieden. Er nahm seine Karten auf und warf sie mit einem leichten Schnauben Rothstein zu.

Sören Christer gab sich alle Mühe, keine Gefühle zu zeigen, als er die Streichhölzer zu sich heranzog. Jetzt war er Lange gegenüber, der zudem gereizt wirkte, klar im Vorteil. Ein gutes Zeichen.

Dann kam die Wende. Sören Christers Karten taugten zu nichts, und da der Mindesteinsatz laufend erhöht wurde, verlor er in schöner Regelmäßigkeit einen Teil seines Vorsprungs. Dann bekam er jedoch endlich wieder ein gutes Blatt. Die einzige Karte, die er austauschte, brachte ihm zudem eine Straße. Er setzte, und schon bald lagen fünfzig Streichhölzer im Pott. Er wurde wieder nervös, obwohl er sich seines Blatts einigermaßen sicher fühlte. Selbst wenn Lange einen Drilling hatte, würde Sören Christer die Runde gewinnen.

Es landeten weitere zwanzig Streichhölzer in der Tischmitte, ehe Sören Christer sehen wollte. Er wagte es trotz seiner guten Karten nicht, die Sache noch weiter zu treiben.

Lange hatte keinen Drilling, sondern ein Full House.

Breit grinsend strich er den Gewinn ein und blickte zufrieden in die Runde. Mehrere am Tisch klatschten. Sören Christer bezweifelte keine Sekunde, bei wem die Sympathien der anderen Jungen lagen. Er strich sich die Schweißtropfen aus der Stirn. Die Situation hatte sich grundlegend verändert, jeder von ihnen hatte nun ungefähr gleich viele Hölzer vor sich liegen. Sie spielten bereits seit mehr als einer Stunde. Schon in der folgenden Runde schnellten die Einsätze rasch in die Höhe. Jeder überbot den anderen. Sören Christer hatte vier Karten weggelegt und nur eine behalten, einen König. Er machte sich keine großen Hoffnungen, noch ein gutes Blatt zu bekommen. Aber als er die Karten aufnahm, sah er, dass er drei Könige auf der Hand hatte. Ein gutes Blatt, aber nicht so gut wie das, mit dem er eben erst verloren hatte.

Wenn er setzte, ging Lange jedesmal schnell mit. Zu schnell, dachte Sören Christer. Es war unübersehbar, dass Lange gute Karten hatte. Aber nachdem Sören Christer nochmals vorsichtig höher gegangen war, blieb Lange einige Zeit sitzen, ohne sich entscheiden zu können, und rutschte unruhig hin und her.

Schließlich legte er die Karten auf den Tisch und sagte:

»Herr Bjerre, uns rennt die Zeit davon. In fünf Minuten schließen die Wärter den Raum ab. Ich glaube, es wird Zeit alles zu setzen.«

Sören Christer sah Lange alle Streichhölzer in die Tischmitte schieben. Die Blicke der Anwesenden wandten sich daraufhin ihm zu, ausgenommen der von Rothstein, der unverzüglich Langes Hölzer zu zählen begann.

Es herrschte vollkommene Stille am Tisch, und Sören Christer meinte zu hören, dass seine Atemzüge im Raum widerhallten. Er roch den Kaffeeduft, der zum offenen Fenster hereinzog und wahrscheinlich aus dem Zimmer des Wachpersonals eine Etage tiefer stammte.

Drei Könige, dachte er. Drei Könige. Ein gutes Blatt, aber schlechter als das vorige.

Er streckte sich und hörte seine Schultergelenke knacken.

»Herr Lange setzt achtundvierzig Streichhölzer«, verkündete Rothstein. »Auf dem Tisch liegen neunundachtzig Hölzer. Sie, Herr Bjerre, haben mit anderen Worten dreiundsechzig Streichhölzer. Wollen Sie diese nun setzen?«

Eine langgezogene Stille, nur Langes leises Trommeln auf den Tisch war zu hören. Sören Christer blieb stumm und spürte Hitze in seinem Körper aufwallen.

Drei Könige. Drei Könige. Herzkönig, Pikkönig und Karokönig.

»Herr Bjerre?«, sagte Rothstein und sah auf die Uhr. »Ich möchte nicht drängen, aber wenn Sie setzen wollen, sollten Sie sich bald entscheiden. Sonst muss die Partie nächste Woche beendet werden. In wenigen Minuten schließen die Wärter ab.«

»Ich setze«, sagte Sören Christer und schob all seine Streichhölzer in die Tischmitte.

Lange wirkte zufrieden. Rothstein sortierte fünfzehn Hölzer aus Sören Christers Einsatz aus. Auch wenn er verlor, würde er also fünfzehn Streichhölzer übrig behalten. Schlimmstenfalls hatte er demnach in ein paar Sekunden Spielschulden in Höhe von achthundertfünfzig Mark. Er atmete tief durch.

Nun waren die Blicke aller wieder auf Lange gerichtet.

Sören Christer wollte sehen.

Er sah Langes Grinsen, und sein Körper gefror zu Eis. Es war ein Lächeln, das unverhohlen zeigte, welch gutes Blatt Lange hatte. Letztes Mal war es ein Full House gewesen. Was hatte er diesmal auf der Hand?

Lange schien es nicht eilig zu haben, lehnte sich dann jedoch vor, hob seine Karten vom Tisch auf und warf noch einen Blick auf sie. Dann legte er sie auf den Tisch. Die Jungen ringsum beugten sich vor, um sie sehen zu können.

»Drei Buben«, verkündete Rothstein und wandte sich Sören Christer zu.

Lange lehnte sich zurück und verschränkte die Arme vor der Brust.

Sören Christer spürte, dass seine Lunge endlich wieder frische Luft bekam. Lange hatte drei Buben aufgedeckt. Sören Christer ließ sich Zeit, warf aber schließlich seine Karten auf den Tisch. Ein Raunen ging durch den Raum.

»Drei Könige«, sagte Rothstein mit sachlicher Stimme. »Damit hat Herr Bjerre gewonnen.«

Kein Applaus, nur vollkommene Stille.

Sören Christer sah Lange an. Dieser saß regungslos und mit verschränkten Armen am Tisch und zeigte keine Reaktion.

»Ich darf Ihnen gratulieren«, sagte er schließlich.

Die Spannung im Raum löste sich. Einige der Jungen flüsterten untereinander.

Lange zog Bergmann, der hinter ihm stand, zu sich heran und stieß ihn in Sören Christers Richtung.

»Hier ist Ihr Gewinn. Viel Spaß damit.«

Sören Christer nickte und wollte aufstehen, aber Lange machte eine Handbewegung und bat ihn, sich wieder zu setzen. Sören Christer zögerte.

»Wir sind doch Gentlemen«, sagte Lange und lächelte. »Stimmt's?«

»Selbstverständlich«, erwiderte Sören Christer mit einem gewissen Zögern in der Stimme und setzte sich.

»Und laut Gentlemen's Agreement wird einem immer die Möglichkeit gegeben, seinen Einsatz zurückzugewinnen.«

»Das ist richtig.«

»Was halten Sie davon, wenn wir jeder eine Karte ziehen und den Einsatz verdoppeln? Hopp oder topp. Noch einmal tausend Mark Einsatz. Die höchste Karte gewinnt. Was sagen Sie dazu?«

Sören Christer antwortete blitzschnell.

»Es ist eine Ehrensache, ein weiteres Mal zu spielen. Aber Karten ziehen kommt für mich nicht in Frage. Dabei geht es um Glück, nicht um Geschicklichkeit.«

Er sah, wie sich Langes Miene verfinsterte und er seine Augenbrauen hochzog und den Mund zukniff. Wieder herrschte vollkommene Stille am Tisch. Dann lachte Lange plötzlich los. Es begann als leises, fast grollendes Kichern, das in wieherndes Gelächter überging. Sein Lachen übertrug sich auf die Runde, und alle stimmten ein. Nur Rothstein und Sören Christer blieben stumm.

Schließlich beruhigte sich Lange wieder und wischte sich etwas Speichel aus dem Mundwinkel.

»Ich wusste, dass Sie ein intelligenter Mensch sind«, sagte er. »Mein erster Eindruck bestätigt sich immer. Habe ich Ihnen nicht gesagt, Rothstein, dass dieser Schwede ein intelligenter Mann ist?«

Rothstein nickte.

»Ich gehe davon aus«, fuhr Lange fort, »Ihnen in zwei Wochen bei einer weiteren Partie mit den gleichen Einsätzen zu begegnen.«

»Zweifellos.«

Im gleichen Moment wurde die Tür geöffnet, und zwei Wärter traten ein. Sören Christer sah Kling an den Tisch treten. Rothstein sammelte die Karten ein, und Lange stand auf. Er ging zu Sören Christer und klopfte ihm auf die Schulter. Zum ersten Mal an diesem Abend lachte auch Sören Christer. Zwei Schritte hinter ihm trottete der kleine Bergmann mit gesenktem Kopf.

Als Sören Christer im Bett lag, war er immer noch außer Atem. Er wälzte sich hin und her und hörte sein Herz pochen. Nie zuvor hatte er eine Situation erlebt, die so viel Adrenalin in seinem Körper freigesetzt hatte. Jetzt, hinterher, schien er keine Ruhe finden zu können. Er war gleichermaßen euphorisch und vor Schreck wie gelähmt.

Er sah zum Fenster. Draußen war es abgesehen von einem kleinen Areal in unmittelbarer Nähe der einsamen Straßenlaterne am Haupteingang stockfinster. Er stand auf und ging zum Fenster, um die Uhr so zu drehen, dass genügend Licht auf sie fiel. Es war kurz vor zwölf. Er wunderte sich, dass es nicht später war, er hatte das Gefühl, sich schon seit Stunden herumzuwälzen. Er kehrte ins Bett zurück. Es war verboten, nach Beginn der Nachtruhe Kerzen anzuzünden, und der Strom im Haus war abgestellt. Er hatte das Gefühl, sich in bodenloser Dunkelheit zu befinden.

Er schloss die Augen, hoffte, endlich zur Ruhe zu kommen,

und versuchte langsamer und tiefer zu atmen. Wenn er doch nur den Gedanken an Lange loswerden könnte. Für ein Duell dieser Art war er irgendwie noch nicht reif. Er hatte zwar die erste Runde gewonnen, aber es beunruhigte ihn, dass er nicht wusste, über wie viele Runden der Kampf gehen würde.

Zwei Wochen blieben ihm, sich seinen nächsten Schritt zu überlegen. In zwei Wochen würden sie eine neue Partie spielen, das war bereits abgesprochen worden und ließ sich nicht mehr absagen. Das Einzige, was er setzen konnte, war Bergmann, aber er war sich fast sicher, dass Lange diesen Einsatz nicht akzeptieren würde. Sören Christer hegte den Verdacht, dass Lange absichtlich verloren hatte wie damals, als er sich seines vorherigen Dieners entledigen wollte.

Ganz gleich, wie er es drehte und wendete, es wollte ihm nicht gelingen, sich zu entspannen. Zwei Wochen. In seinem Kopf schien die Galgenfrist bereits abzulaufen. Auch wenn er es sich mit aller Macht einzureden versuchte, konnte er einfach nicht glauben, dass er beim nächsten Mal wieder so viel Glück haben würde. *Das klappt nie und nimmer.*

Plötzlich hörte er, dass jemand vor der Tür stand. Denn das war doch das Klirren von Schlüsseln, was er da hörte? Er setzte sich in seinem Bett auf und hörte es im Schloss rasseln. Er schaute sich um, suchte nach einem Fluchtweg. Wer mochte das mitten in der Nacht sein? Er rutschte in die Ecke und zog die Decke enger um sich.

Die Tür ging auf, und Kling betrat den Raum.

Er hielt eine baumelnde Laterne vor sich, durch die das Zimmer von wogendem Licht erhellt wurde.

»Ich gratuliere, Herr Bjerre.«

Sören Christer zog die Decke an sich.

»Schauen Sie nicht so besorgt«, sagte Kling. »Ich bin hier, um Ihnen Ihren Preis zu übergeben.«

Daraufhin drehte er sich um und verließ den Raum. Unmittelbar darauf hörte man, wie er die Tür verriegelte.

Zurück blieb, mitten im Zimmer, Bergmann.

Lange rührte er sich nicht vom Fleck, als wartete er darauf, dass Sören Christer ihn ansprach, aber der wusste nicht, was er zu dem kleinen Jungen sagen sollte. Das Mondlicht war gerade hell genug, um erkennen zu können, dass es Bergmann war.

Dann zog der Junge sich aus und blieb anschließend nackt, aber ebenso regungslos wie zuvor, stehen. Sören Christer betrachtete ihn lange wortlos. Er begriff nicht. Als er Bergmann betrachtete, fiel ihm auf, dass der kleine Junge kein einziges Haar am Körper hatte.

»Was tun Sie denn da, Bergmann?«

»Ich bin Ihr Diener.«

»Ja, aber warum ziehen Sie sich aus?«

»Wollen Sie das nicht?«

»Ich verstehe nicht, warum Sie hier sind. Wie sind Sie hergekommen?«

»Kling hat gesagt, dass ich zu Ihnen gehen soll.«

»Aber warum?«

»So hat es Herr Lange immer gehalten. Jeden Abend um zwölf ließ er mich rufen.«

»Aber ich habe doch gar nicht nach Ihnen gerufen.«

»Verzeihung.«

Es wurde still, und Sören Christer sah, dass Bergmann nun dastand, als würde er frieren. Es war zwar nicht kalt im Zimmer, aber seine dünnen Beine schlotterten, und er hatte die Arme um sich geschlungen, als versuchte er sich so zu wärmen.

Sören Christer seufzte und schlug die Decke zurück.

»Na schön, dann komm und leg dich hin.«

Bergmann schien kurz zu zögern. Dann legte er sich mit dem Rücken zu Sören Christer an den äußersten Rand des Betts.

»Mögen Sie mich nicht, Herr Bjerre?«

»Ich habe im Grunde nichts gegen Sie. Ich habe tausend Mark gesetzt, um Sie beim Kartenspiel zu gewinnen, nicht wahr?«

»Das stimmt.«

Sören Christer legte eine Hand auf Bergmanns Schulter.

»Frieren Sie?«

Der kleine Junge nickte und kauerte sich zusammen.

»Kommen Sie näher, dann kann ich meine Arme um Sie legen.«

Bergmann machte keine Anstalten, näher zu kommen, sodass Sören Christer ihn zu sich schob. Er strich mit der Hand über Bergmanns Arm, um ihn ein wenig zu wärmen. Anschließend zog er die Decke über sie beide. Ihm fiel auf, dass die Haare des Jungen frisch gewaschen waren. Sie duften gut, dachte er, überhaupt nicht wie dieser Seifengeruch, der ständig im Waschraum hängt.

»Ist es gut so?«

Bergmann nickte.

»Schön«, sagte Sören Christer. »Schön.«

Bis Sören Christer beim Kartenspiel Bergmann gewonnen hatte, waren ihm die Tage in Ahrweiler unerträglich lang vorgekommen. Jetzt hatte sich alles verändert. Die Stunden vergingen wie im Flug, und Sören Christer konnte an nichts anderes denken als den unausweichlich näher rückenden Tag, an dem er mit Lange wieder Karten spielen würde.

Er hatte versucht, die Pokerrunde zu verhindern, und erklärt, er habe schlechte Nachrichten aus der Heimat erhalten und müsse die Partie deshalb möglicherweise verschieben. Aber Lange hatte ihn nur ausgelacht.

»Wenn sich zu Hause etwas ereignet hat, ist das natürlich bedauerlich. Aber da du es von hier aus doch nicht ändern kannst, können wir genauso gut tun, als wäre nichts passiert. Stimmt's?«

Sören Christer hatte mit den Schultern gezuckt und geantwortet, dass sie selbstverständlich weitermachen könnten wie geplant. Er hatte sich auf die Unterlippe gebissen und war wütend auf sich selbst gewesen, weil ihm keine bessere Ausrede eingefallen war.

Bergmann als Diener zu haben, erwies sich dagegen als praktisch. Seine Kleider wurden gewaschen, und das Zimmer war immer aufgeräumt. Wenn Sören Christer mit den anderen Ausgang hatte, blieb Bergmann im Haus und putzte. Jeden Abend gegen Mitternacht öffnete Kling die Tür und ließ Bergmann ins Zimmer. Es war schön, nicht allein liegen zu müssen, außerdem roch Bergmann gut. Eines Abends hatte der Junge vergessen, sich die Haare zu waschen, weshalb er auf dem Fußboden liegen musste. Es war nicht wieder vorgekommen.

Im Grunde mochte Sören Christer Bergmann. Er war zwar übertrieben unterwürfig, aber offensichtlich nicht völlig verblödet. Eines Abends hatte Sören Christer sich sogar überlegt, dass Bergmann vom selben Privatlehrer unterrichtet werden könnte wie er. Auch wenn der Lehrer nicht besonders gut war, konnte der Unterricht für Bergmann doch von Vorteil sein, sogar mehr noch als für Sören Christer. Er hatte beschlossen, dem Lehrer mitzuteilen, dass er fortan zwei Schüler statt einem unterrichten würde.

Aber Sören Christer hatte es dann doch vergessen, sich darum zu kümmern, und er wusste auch, warum. Die verdammte Pokerpartie nahm all seine Kraft in Anspruch. Es gab nur eine einfache Lösung: Er musste Ahrweiler verlassen. Er hatte versucht, Lange zu entlocken, woher er mit solcher Bestimmtheit wusste, dass er die Anstalt verlassen konnte, wann immer er es nur wollte. Sören Christer hatte seine Fühler natürlich nur behutsam ausgestreckt, damit Lange nicht Verdacht schöpfte, dass er einen Ausbruch plante, bevor sie die vereinbarte Partie gespielt hatten.

Das Anstaltsgelände wurde von einem hohen Zaun umschlossen, und es gab nur einen Eingang, das Haupttor, das rund um die Uhr von mindestens zwei Personen bewacht wurde. Sören Christer hatte sie bei der Arbeit beobachtet, und auch wenn sie nicht übertrieben dienstbeflissen wirkten, musste sich doch jeder vor Betreten des Geländes anmelden und seinen Namen hinterlassen. Die Besucher erhielten zudem kleine Abzeichen, die sie für die Dauer ihres Aufenthalts auf der Brust trugen. Ausgenommen von dieser Regel waren nur regelmäßig wiederkehrende Personen. Das gesamte Personal – Pfleger, Haushälterinnen, Putzfrauen, Ärzte und Krankenschwestern – konnte leichter hinein oder hinaus. Aber sie trugen fast alle Uniformen oder kannten das Wachpersonal persönlich, da sie schon lange in der Anstalt arbeiteten.

Er hatte einen Plan auszuarbeiten versucht, um fliehen zu können, wenn der Müll geholt oder die Latrinen geleert wurden, was täglich um dieselbe Uhrzeit geschah, leider jedoch vormittags, wenn er entweder Unterricht hatte oder eingesperrt war. Wollte er ausbrechen, musste er dies nachmittags tun. In den zehn Tagen, während derer er die Abläufe in der Anstalt verfolgt hatte, waren in diesen Stunden weder die Mülltonnen noch die Latrinen geleert worden.

Dann kam er auf eine ebenso einfache wie geniale Lösung. Die Lehrer. Sie kamen um dieselbe Uhrzeit und verließen das Gelände nach einer gemeinsamen Besprechung um vier Uhr.

Sein größtes Problem war die Zeit. Zwei Tage blieben ihm noch bis zum Tag der Pokerpartie. Der Freitag war seine letzte Chance, und ausgerechnet freitags verließen die Lehrer das Anstaltsgelände gelegentlich schon etwas früher und auch nicht immer als Gruppe. Gingen sie nicht zusammen, würde Sören Christer keine Chance haben, sich ihnen anzuschließen.

Er hätte natürlich am Donnerstag fliehen sollen, aber das ging nicht, da er auf die Geldanweisung seines Vaters wartete, die erst Freitagmorgen eintraf. Ihm blieb keine andere Wahl: Er musste darauf hoffen, dass die Lehrer um vier Uhr Feierabend machen und gemeinsam heimgehen würden. Es war seine einzige Hoffnung – sonst würde er gegen Lange spielen und alles riskieren müssen.

Er sah auf die Uhr. Noch eine Viertelstunde, bis Kling Bergmann in sein Zimmer bringen würde. Plötzlich erschien ihm alles ganz selbstverständlich. Er hatte sich entschieden.

Als die Tür aufging, stand er am Fenster. Bergmann betrat, wie üblich mit gesenktem Kopf, den Raum.

»Guten Abend, Bergmann.«

»Guten Abend, Herr Bjerre.«

Bergmann begann sich auszuziehen und stand schon bald nackt im Zimmer. Sören Christer betrachtete ihn.

»Sind Sie müde?«

Bergmann nickte.

»Ehe wir uns hinlegen, habe ich Ihnen etwas zu sagen. Ich möchte, dass Sie mir aufmerksam zuhören.«

Sören Christer zündete sich eine Zigarette an. Er wollte Bergmann schon eine anbieten, überlegte es sich dann jedoch anders. Er hatte nicht mehr viele, und eine neue Lieferung war kaum zu erwarten.

»Morgen wird etwas geschehen, was Einfluss auf Ihr Leben hier haben wird. Ich werde abreisen.«

»Sie werden entlassen?«

Bergmann wirkte überrascht und gleichzeitig traurig und froh. Dann senkte er rasch den Blick.

»Nicht direkt«, antwortete Sören Christer. »Ich will fliehen.«

Bergmann sah auf. Sören Christer versuchte, seine Miene zu deuten. Er zog an seiner Zigarette.

»Es ist wichtig, dass kein Mensch etwas davon erfährt.«

Bergmann nickte.

»Selbstverständlich.«

»Ich schenke Ihnen großes Vertrauen, Bergmann.«

Bergmann nickte erneut.

»Es gibt ein paar Dinge, die ich Ihnen vorher noch sagen möchte«, erklärte Sören Christer und sah Bergmann, der ihm inzwischen aufmerksam lauschte, eindringlich an. »Zunächst einmal möchte ich, dass Sie mir einen Gefallen tun. Morgen um drei werden Sie unter den anderen Jungen verbreiten, dass es mir nicht gut geht und ich im Bett liege. Wenn mich jemand sehen möchte, werden Sie sagen, ich hätte nachdrücklich darauf hingewiesen, niemanden sehen zu wollen. Dies gilt insbesondere für Herrn Lange.«

Sören Christer war froh, dass Bergmann aufmerksam jedem Wort lauschte. Er spürte, dass er sich auf den Jungen verlassen konnte. Er gehörte zu den Menschen, die ihren Herren immer treu ergeben waren.

»Außerdem«, fuhr Sören Christer fort, »gibt es noch ein paar Dinge, die Sie selbst betreffen. Obwohl ich abreise, besitze ich Sie. Sie bleiben mein Diener. Verstanden?«

Bergmann nickte.

»Das bedeutet, kein anderer darf Ihre Dienste in Anspruch nehmen. Sie haben mit anderen Worten nicht das Recht, der Untergebene eines anderen zu werden. Ich habe Sie beim Kartenspiel gewonnen, und deshalb sind Sie mein rechtmäßiger Besitz. Ich habe dazu einen Brief verfasst, den Sie vorzeigen werden, wenn jemand etwas anderes behauptet. Wenn ich fort bin, sind Sie niemandem etwas schuldig.«

Sören Christer ging zu Bergmann und zerzauste ihm die Haare.

»Ihre Haare riechen gut, Bergmann.«

»Danke, Herr Bjerre.«

»Es ist Ihre beste Eigenschaft, dass Sie so reinlich sind.«

Bergmann nickte und blickte auf. Zum ersten Mal seit Sören Christer seine Bekanntschaft gemacht hatte, sah er den Jungen lächeln.

»Ich habe hier etwas für Sie.«

Sören Christer öffnete eine Schreibtischschublade und holte die Patrone heraus, die er von den finnischen Brüdern bekommen hatte.

»Wenn Sie mal traurig oder wütend sind, Bergmann, dann können Sie diese Patrone in die Hand nehmen. Fühlen Sie mal.«

Er legte das Geschenk in Bergmanns offene Hand.

»Spüren Sie es?«

Bergmann nickte.

»Ist es nicht schön, sie in der Hand zu halten?«

»Ja.«

»Wenn Sie das Bedürfnis danach haben, werden Sie die Patrone in Ihre Hand legen. Sie kann Trost spenden und Ihnen neue Kraft geben.«

»Herr Bjerre …«

»Ja?«

»Kann ich Sie nicht begleiten?«

Sören Christer seufzte.

»Aber Bergmann, Sie wissen genau, dass das nicht geht.«

Bergmann nickte resigniert. Dann schloss er die Hand über der Patrone und drückte zu. Sören Christer sah, dass Bergmann in den letzten, sonnigen Tagen noch mehr Sommersprossen bekommen hatte. Er strich dem Jungen mit der Hand über die Wange.

Freitag, fünf Minuten vor vier. Er vergewisserte sich, dass sein Anzug saß, wie er sollte, und steckte sich ein passendes Taschentuch in die Jacketttasche. Sören Christer war eigentümlich ruhig. Aber es war seine einzige Chance, da sowohl Kling als auch sein Privatlehrer frei hatten. Klings Vertreter war glücklicherweise ein nachlässiger älterer Mann, dem mehr daran gelegen war, mit den anderen Angestellten zusammenzusitzen und zu rauchen, als die Patienten zu beaufsichtigen.

Und so öffnete der Mann denn auch Sören Christers Tür und ging neben ihm her, ohne zu bemerken, dass dieser seine besten Kleider trug. Sören Christer achtete darauf, keine Aufmerksamkeit zu erregen, und begab sich wortlos in den Garten. Als er ein Stück gegangen war und sich umgedreht hatte, um sich zu vergewissern, dass der Wärter wieder im Haus war, ging er zum Rand des Gartens, wo sich außer ihm niemand aufhielt. Er holte eine Zigarette heraus und sah auf die Uhr.

Pünktlich auf die Minute strömten die Privatlehrer aus dem Personaleingang auf der rechten Seite des Hauptgebäudes. Sören Christer tat einige unverfängliche Schritte auf die Sträucher zu, die direkt neben dem Kiesweg wuchsen. Es waren etwa zehn Lehrer, die meisten von ihnen noch jung, die ältesten gingen voraus. Sie schienen in eine lebhafte Diskussion vertieft zu sein, weshalb die vorderen auf einer Linie gingen, gefolgt von einzelnen Nachzüglern. Als die Gruppe das Gebüsch passierte, schloss Sören Christer sich ihnen an und ging einen Schritt hinter den beiden letzten, die ebenfalls in ein Gespräch vertieft waren. Niemand schien ihn zu bemerken, sie gingen zügigen Schritts das kurze Stück zum Tor, wo die Wachen standen.

Als die Lehrer näher kamen, grüßten die Wachposten und öffneten das Tor. Die ältesten ganz vorn erwiderten höflich den Gruß, setzten ihre Unterhaltung jedoch gleichzeitig lebhaft fort. Auch Sören Christer grüßte die Männer, die er nie zuvor gesehen hatte, im Vorbeigehen. Sobald sie das Tor hinter sich gelassen hatten, bewegte sich die Gruppe weiter auf die Ortschaft zu, aber Sören Christer bog an der ersten Stichstraße von den anderen unbemerkt ab.

Er blieb stehen, sah die Lehrer den Hang hinabgehen, zündete sich eine Zigarette an und musste darüber lachen, wie einfach es gewesen war. Das hätte er schon am zweiten Tag tun und sich damit viel Ärger und Angst ersparen können.

Du setzt dich auf den Stuhl und rückst ihn etwas näher zu Gunhilds Bett. Ihr lächelt euch noch eine Weile an, auch wenn das Lachen inzwischen abgeebbt ist. Sie scheint darauf zu warten, dass du etwas sagst.

Du weißt, worum es geht, es bleibt dir nicht erspart. Amelie hat von mir und meinem Tod erzählt. Am Ende beschließt du, die Sache nicht weiter hinauszuschieben.

»Ich habe erfahren, dass Amelie dir von Andreas erzählt hat.«

»Ja, das hat sie. Poul …«

»Es war vielleicht dumm von mir. Ich wollte nicht, dass du es so erfährst.«

Du verstummst, als du aufblickst und ihr Gesicht siehst. Sie lächelt dich sanft an. Du schämst dich plötzlich, weil du gedacht hast, sie würde wütend auf dich sein und dir Vorwürfe machen, weil du gelogen hast.

»Ich wollte es dir erst erzählen, wenn es dir wieder etwas besser geht.«

»Das verstehe ich«, antwortet sie und drückt deine Hand. »Aber es ist so furchtbar. Andreas hätte noch viele Jahre vor sich haben sollen. Wie furchtbar.«

»Ja. Und Amelie?«

»Sie ist natürlich am Boden zerstört. Ihre Gefühle für Andreas sind ja trotz der schrecklichen Dinge, die sie durchgemacht haben, nie verschwunden.«

»Sie haben sich immer nahe gestanden.«

»Man bereut so vieles. Ich meine, wenn man hier liegt.«

»Was meinst du mit *bereut*?«

»Erinnerst du dich an ihre Hochzeit?«

»Natürlich erinnere ich mich an ihre Hochzeit.«

»So meine ich das nicht«, sagt sie. »An dem Tag lief das Ganze irgendwie schief. Ich war so wütend auf Andreas … er war so verschwenderisch und weigerte sich einzusehen, dass man sich nicht alles leisten konnte. Irgendwer musste ihm doch klarmachen, dass man das Geld nicht einfach so zum Fenster hinauswerfen konnte, wie er es tat. Und dann Amelie, die immer nur nickte und geblendet von dem ganzen Aufwand zu allem Ja und Amen sagte. Sie, die eigentlich nie heiraten wollte … und dann stand sie da im teuersten Hochzeitskleid von Stockholm. Was dachten die beiden sich nur dabei? Sie schien völlig vergessen zu haben, dass wir von den Almosen meiner Familie lebten. Vielleicht hatte ich mir insgeheim erhofft, dass Andreas sich um sie kümmern würde, finanziell, meine ich … ich wusste doch, dass er aus einer wohlhabenden Familie stammte. Aber mir war schnell klar, dass dies Wunschdenken war, er schien uns eher noch tiefer in den Ruin zu stürzen … Amelie hat es in den letzten Jahren auch nicht immer leicht gehabt, und ohne deine Hilfe hätte sie es noch viel schwerer gehabt. Aber als sie und Andreas heiraten wollten, waren sie so jung, kindisch und sorglos. Das muss man ihnen nachsehen … aber trotzdem … Rechnungen müssen eben bezahlt werden … irgendwer musste es ihnen doch klar machen. Und dann wurde alles noch irrsinniger … am Hochzeitstag.«

»Aber es hat doch trotzdem alles ganz gut geklappt, oder? Wenn man einmal davon absieht, dass die Hochzeit zu teuer wurde.«

»Es gibt da etwas, das ich dir nie erzählt habe. Wahrscheinlich, weil ich mich so dafür geschämt habe. Es ist schon beim Hochzeitsbankett passiert.«

Sie seufzt schwer und blickt zur Decke, als wollte sie Kraft schöpfen. Sie spielt mit den Fingern, was fast aussieht, als feilte sie die Nägel aneinander.

»Amelie hat mir damals eine Frage gestellt«, sagt sie schließlich. »Sie hat sie mir ins Ohr geflüstert … zwischen zwei Reden. Ich hätte mich am liebsten in Luft aufgelöst, konnte mich nicht rühren und zitterte wie Espenlaub. Sie hatte in der Kirche beobachtet, wie du und ich uns ansahen. Zuerst hatte sie nur meinen Blick gesehen, der voller Liebe und Zärtlichkeit war, wie sie meinte, ein Blick, wie man ihn nur dem Menschen zuwirft, der dem eigenen Herzen am nächsten steht. Daraufhin hatte sie sich umgewandt, war dem Blick gefolgt und hatte dich gesehen … Sie wäre fast in Ohnmacht gefallen. Aber das hat sie mir erst später, viel später erzählt. Beim Essen beugte sie sich nur zu mir hin und flüsterte: *Mama, bist du in Poul verliebt*? Begreifst du, wie bestürzt ich war? Wir, die wir so, ja, so besonnen gewesen waren … und trotzdem hatte sie uns durchschaut. Aber es ist immer eine Stärke Amelies gewesen, andere Menschen zu durchschauen, es ist eine Gabe, die sie schon als Kind hatte.«

»Ja, das kann sie gut«, sagst du sachlich. »Aber war es denn wirklich so schlimm, dass sie unsere Liebe durchschaut hat? Das war doch nur ein oder zwei Wochen, bevor wir es allen offiziell mitgeteilt haben, auch Andreas und ihr.«

»Ich bereue bis heute, dass wir damit nicht länger gewartet haben. Eine solche Nachricht zu verbreiten, während sie in den Flitterwochen waren. Was haben wir uns bloß dabei gedacht? Aber mir war wohl nicht bewusst, dass es jemanden verletzen könnte, am allerwenigsten Andreas, der doch keine Vorurteile zu kennen schien. Aber das ist es nicht, was mich noch heute so zerreißt … sondern das, was ich Amelie bei dem Essen geantwortet habe, als sie nach uns gefragt hat.«

Du wartest, hast keine Ahnung, was sie meint.

»Ich habe ihr nur ganz kurz geantwortet: Nein.«

Du nickst bedächtig. Natürlich, denkst du. Du hast das Gleiche gesagt, als ich dich danach gefragt hatte.

Es gelang ihr, ihn so weit zur Seite zu schieben dass sein feuchter Kuss auf ihrer Wange landete.

Rom, 27. Oktober 1921

Amelies Herz hatte gestreikt. Der Druck auf ihrer Brust war in Herzrhythmusstörungen übergegangen, und sie hatte sich erst in Berlin und anschließend in Rom notfallmäßig behandeln lassen müssen.

Sie war verblüfft, als der italienische Arzt ihr erzählte, wie lange sie krank gewesen war. Doch jetzt, nach drei Wochen Bettruhe, spürte sie, dass sie wieder alleine aufstehen konnte. Ihr Körper war auf eine Art mitgenommen, die sie bislang nicht gekannt hatte. Diese Wochen voller sonderbarer und schwer zu deutender Träume. Sie hatte sogar darum gebeten, einen Notizblock zu bekommen, damit sie festhalten konnte, was sie im Traum erlebte.

Es war so viel gewesen, vor allem Schreckliches, aber auch Visionen, die sie beruhigten und ihr die Gewissheit gaben, dass die Kinder in guten Händen waren und sie selbst ihr Bestes gegeben hatte. Sie wunderte sich, wie unbeschwert sie ihren eigenen Untergang betrachtete.

Anfangs hatte es sie verblüfft, wie krank sie gewesen war, als der junge Arzt ihr erzählte, dass sie über längere Zeit gar nicht ansprechbar gewesen war. Sie nickte ernst, als er sprach, aber es fiel ihr schwer, seinen Worten zu folgen. Sie hatte sich über die Jahre an alle möglichen Schmerzen und schulterzuckenden Ärzte gewöhnt, die mal dies, mal jenes herunterleierten, ohne ihr zu sagen, woran sie *wirklich* litt. Sie deuteten nur alles Mögliche an, sprachen von Unruhe, Rheumatismus, schwachen Nerven. Blanker Unsinn, das wusste sie genau. Einig waren sie und die Ärzte sich nur darin, dass sich ihr gesundheitlicher Zustand in einem wärmeren Klima verbesserte.

Aber diesmal war alles anders gewesen. Als der Arzt und das übrige Personal erkannten, dass sie Probleme mit dem Herzen hatte, wurde die ganze Abteilung auf sie angesetzt. Sie wurde laufend beobachtet und dauernd abgetastet, eiskalte Stethoskope wurden ihr auf Brust und Rücken gepresst und darüber hinaus tausend Fragen gestellt.

Sie wollte einfach nur schlafen, war schrecklich müde und erschöpft. Schon bei dem Versuch, etwas zu frühstücken, geriet sie außer Atem, als wäre sie fünf Kilometer gelaufen und anschließend einen Kilometer geschwommen. Tatsächlich hatte sie höchstens einen Löffel gehoben, um etwas kalte Suppe zu sich zu nehmen.

Außer einigen Träumen war ihre intensivste Erinnerung, dass sie den Arm des jungen Arztes gepackt und ihm erklärt hatte, entscheidend sei allein, ihr zu helfen, nach Rom zu reisen. Für sie zähle nur das eine: sich von Oki und den Kindern verabschieden zu dürfen.

In Wahrheit befand sie sich längst in Rom. Und statt zu sterben, war es ihr am nächsten Tag deutlich besser gegangen. Der Arzt meinte, es habe sich wahrscheinlich um eine Herzbeutelentzündung mit hohem Fieber gehandelt. Das sehe schlimmer aus, als es sei, sagte er und klopfte ihr unbeholfen auf die Schulter. Sie konnte nicht verhindern, dass sie sich in seiner Gegenwart erbärmlich fühlte, nicht weil sie krank, sondern weil sie so sicher gewesen war, dass ihr Leben enden würde. Sie ahnte, dass sie im Fieberwahn eine Menge rührseliger Dinge gesagt und ihn gebeten hatte, ihre Abschiedsworte der Familie zu übermitteln.

Und dann war es bloß eine Entzündung.

Aber trotzdem, während ihres Krankenhausaufenthalts waren die Wochen wie im Flug vergangen, ohne dass sie zu etwas gekommen wäre. Als sie wieder halbwegs genesen war, wagte es Oki, ihr die Briefstapel zu zeigen. Kaum hatte sie sich in den

Lesesessel gesetzt, um durchzusehen, was zuoberst lag, als auch schon neue Post eintraf. Sie legte alles Alte auf die Seite und stellte sich ans Fenster, um sie zu öffnen. Es fiel ihr leichter, mit dem Neuen anzufangen. Das Alte konnte warten.

Ganz oben lag ein Telegramm. Kaum hatte sie die drei Sätze gelesen, als sie sich auch schon wieder setzen musste. Das Telegramm von Doktor von Ehrenwall war kurz und knapp: »Ihr Sohn ist weggelaufen. Wo sind Sie? Kommen Sie bitte schnellstmöglich nach Berlin.«

Nein, dachte sie, nein, nein, *nein*.

Oki trat ins Zimmer und sah sofort, dass etwas nicht stimmte. Seine ersten Worte erstaunten sie nicht.

»Ist etwas mit Sören Christer?«

Sie nickte.

»Musst du hinfahren?«

»Ich habe keine andere Wahl.«

Im selben Moment kam ein Windstoß vom Fenster. Die heilende italienische Wärme, die sie gesünder machen sollte. Aber das spielte jetzt keine Rolle. Oki legte den Arm um sie, und sie schloss die Augen. Sie hätte ihm so gerne gesagt, wie viel er ihr bedeutete und dass er ihre Rettung gewesen war, als sie sich in Rom kennenlernten.

Sie liebte so viel an ihm, seine ruhige Art, sein Talent und seine Bereitschaft, ihr immer wieder beizustehen, wenn sie irgendwelche finanziellen Debakel verursachte. Und da waren natürlich die vielen Probleme mit Sören Christer. Oki besaß eine manchmal fast brutale Fähigkeit, deutliche Worte zu finden. Dennoch hatte sie gelernt, auch diese Seite an ihm zu lieben, weil so nie etwas Unausgesprochenes zwischen ihnen stand.

»Slavo und Jan sind draußen und spielen?«

»Ja«, antwortete Oki. »Sie springen Seil mit den Nachbarskindern.«

Sie umarmte ihn und presste sich so fest an ihn, wie sie nur konnte. Dann aber seufzte sie und trat einen Schritt zurück.

»Ich gehe raus und rede mit ihnen.«

»Tu das. Aber Amelie, was immer du vorhast … versprich mir, Sören Christer nicht hierherzubringen.«

Ahrweiler, 24. Oktober 1921

Sören Christer warf einen Blick in sein Portemonnaie. Wenn es ihm gelänge, sein Geld zusammenzuhalten, müsste er zumindest ein paar Wochen über die Runden kommen, vor allem, wenn er zunächst eine billige Zugfahrkarte und anschließend eine einfache Pension fand. Er überlegte, ob Paris die beste Alternative war. Auch Amerika war verlockend, aber dafür würde sein Geld nicht reichen. Wenn er sich dazu entschloss, musste er sich um eine Stelle auf einem Ozeandampfer bewerben. In die Anstalt in Ahrweiler würde er jedenfalls auf gar keinen Fall zurückkehren.

Er bestellte ein Bier bei einem Kellner, der das Glas auf den Tisch knallte, ohne ihn eines Blickes zu würdigen. Er bezahlte und trank einen Schluck. Im Grunde machte er sich nichts aus Bier, aber es schien das einzige Getränk zu sein, das man in diesem Lokal trank.

Er ließ den Blick über den Schankraum schweifen, sah aber nur ältere Männer mit Schnäuzern und Bärten. Arbeiter, dachte er. Sie waren alle gleich gekleidet, Hosen aus grobem Stoff, Arbeiterstiefel und Lederjacken. Wenn sie sich schnäuzten, wischten sie mit dem Ärmel unter der Nase entlang, ihre Haare waren fettig, und sie lachten laut und klopften sich gegenseitig auf den Rücken. Ihre Körpersprache blieb ihm unverständlich, ihre Gesten waren grob, sie sprachen krakeelend.

Er trank noch einen Schluck, unterdrückte ein Rülpsen und senkte den Blick. Sein Anzug, der ihm so elegant erschienen war, stach hier heraus, und er merkte, dass er unliebsame Blicke auf sich zog. Feiner Pinkel, sagten die Mienen der Männer, ehe sie wegsahen und weitergrölten.

Er dachte, dass er so viel mehr vorhatte. Es war nicht seine Bestimmung, in dieser deutschen Spelunke zu sitzen, es war niemals vorgesehen gewesen, in Ahrweiler eingesperrt zu werden. Das Ganze war ein Alptraum, ein schreckliches Missverständnis, das zu kompliziert geworden war, um entwirrt zu werden. Seine Eltern hätten wissen müssen, dass er intelligenter war als die anderen, mit denen er aufgewachsen war. Er sprach fließend Englisch, Deutsch und Französisch, war außerdem gut in Latein und verstand mehr von Literatur als alle seine Klassenkameraden zusammen. Worüber sollte er sich mit ihnen unterhalten? Sie quatschten doch immer nur über ihre Familien, die bevorstehende Karriere oder uninteressante Dinge wie Sportstars und Revuekünstler.

Sie mussten nicht durchmachen, wozu man ihn gezwungen hatte. Das war ungerecht.

Er trank noch einen Schluck, setzte das Glas ab und schob den Stuhl zurück, um seine Beine ein wenig ausstrecken zu können. Dann traf ihn schlagartig die Erkenntnis: Er war frei. Unabhängig davon, was heute oder morgen geschehen würde, war er frei. Er drehte ein wenig an dem Manschettenknopf, den er von seinem Großvater geerbt hatte. Er konnte sich an Großvater Sören, von dem er auch den Namen übernommen hatte, kaum noch erinnern. Die Manschettenknöpfe mit den Initialen S.B. in einem Blumenkranz waren das einzige Andenken, das er an ihn hatte.

Er sah, dass sich die Köpfe sämtlicher Gäste dem Eingang zuwandten, wo eine Frau in einem Pelzmantel und mit einem großen Hut durch die Tür trat. Selten hatte Sören Christer jemanden gesehen, der so deplatziert wirkte. Eine schöne Frau in einem hellen Pelzmantel mit riesigem Kragen an einem Ort wie diesem, dachte er. Sie ging schnurstracks zum Kellner, der sie zu kennen schien, und bestellte ein Glas Cointreau. Er nickte und schenkte es ihr ein. Sie kippte das Glas hinunter, stellte es auf die Theke zurück, dankte ihm und ließ sich die Hand küssen. Dann fuhr sie herum und ging, unter den Blicken der Männer, die mit ihren Biergläsern in der Hand erstarrt dasaßen, entschlossenen Schrittes zum Ausgang.

Als sie an Sören Christers Tisch vorbeikam, blieb sie auf einmal stehen. Er konnte ihr Gesicht unter dem großen, weißen Hut nicht erkennen, als sie sagte:

»Das sind hübsche Manschettenknöpfe, mit denen du da spielst.«

»Danke …«

Zu mehr kam er nicht, bevor sie Hüften schwingend den Raum verlassen hatte. Er stützte sich auf die Armlehne des Stuhls, reckte sich so weit wie möglich und sah sie in einen wartenden Wagen steigen. Der Fahrer grüßte und öffnete ihr die Tür, wobei er die Hacken zusammenschlug.

Motorenlärm, und sie war fort.

Aber ihr Duft hing noch in der Luft. Er war süßlich parfümiert und setzte sich deutlich von den Bier- und Schweißgerüchen ab, die schwer in der Luft des Lokals hingen.

Er blieb noch einen Moment sitzen und leerte sein Bier, das mittlerweile warm war und nach Hefe schmeckte. Dann ging er zur Theke und wandte sich an den Kellner.

»Wer war die Frau?«

Der Kellner überhörte seine Frage geflissentlich und fuhr fort, Gläser zu polieren.

Sören Christer legte einen Geldschein auf die Theke und fragte noch einmal.

»Wer war die Frau mit dem Hut?«

Der Kellner, der einen sorgsam getrimmten Schnurrbart und schmale Augen hatte, betrachtete den Geldschein, den Sören Christer ihm hingelegt hatte.

»Die Baronin von Dreis«, antwortete er und griff nach dem Geld.

Anschließend wandte er sich um und nahm das nächste Glas. Sören Christer nickte und verließ das Lokal.

Berlin, 30. Oktober 1921

Alle Wege führen nach Rom, kommentierte Amelie oft ihre Entscheidung, nach Italien zu ziehen. In Wahrheit schienen alle Wege nach Berlin zu führen, zumindest galt dies für das Eisenbahnnetz, in dem Berlin Europas bei weitem wichtigster Verkehrsknotenpunkt war.

In einem anderen Leben, überlegte Amelie, hätte sie die Stadt sicher geliebt. Aber jetzt kam sie ihr schmutzig und unzugänglich vor, ganz ohne die südländische Wärme und Gastfreundlichkeit. Hier in der ehemaligen preußischen Hauptstadt mit ihren fast vier Millionen Einwohnern gab es große Armenviertel, und es herrschte katastrophale Wohnungsnot. Nur in London und New York lebten mehr Menschen.

Gerüchten zufolge war jeder fünfte Berliner Ausländer, trotzdem geschah in Berlin so vieles, wovon sie sich ausgeschlossen fühlte. Sie wusste, dass sich diverse Künstlerkollektive hier angesiedelt hatten, weil Paris zu teuer geworden war. Ein Freund Amelies hatte erklärt, die Amerikaner sammelten sich dort wegen des Alkohols und die Briten wegen der freizügigen Sexualität. Wenn man ihm Glauben schenkte, führte die Weimarer Republik eine massive Werbekampagne für Dekadenz – die sich eindeutig an Amerika wandte, wo man kürzlich die Prohibition eingeführt hatte, und England, wo der Viktorianismus die Menschen immer noch fest im Griff hatte. Er fand es jedenfalls ganz natürlich, dass es die Künstler nach Berlin zog. Oder wie er es ausdrückte: Was wären sie ohne Schnaps und Sex?

Das Zentrum Berlins hatte sich im Zuge der Neugestaltung Tiergartens zum Kurfürstendamm hin verschoben, was von Ehrenwall jedoch nicht beeinflusst zu haben schien, der in Tiergartens eleganter Straße In den Zelten in Spreenähe wohnte.

Amelie stopfte die Wegbeschreibung in die Tasche und klopfte an. Der Weg war überraschend leicht zu finden gewesen. Sie hatte erwartet, dass ihr eine Haushälterin öffnen würde, aber von Ehrenwall erschien selbst in der Tür. Verblüfft stand sie da, ohne sich vom Fleck zu rühren, aber er lächelte sie hinter seinem riesigen Weihnachtsmannbart freundlich an.

»Frau Posse-Brázdová, endlich. Ich dachte schon, Sie hätten sich in Berlin verlaufen.«

Er nahm ihren Mantel und wies ihr den Weg in die Wohnung. Dann bat er sie, auf der Couch Platz zu nehmen, während er ihr ein Glas Whisky einschenkte.

»Oder ist das zu stark für die gnädige Frau?«

Amelie schüttelte den Kopf. Nach der langen Reise von Rom nach Berlin und angesichts ihrer Sorge um Sören Christer hatte sie das Gefühl, etwas Stärkendes vertragen zu können. Außerdem beschäftigten sie dringliche Fragen, die sich während der Zugfahrt ergeben hatten. Fragen, auf die von Ehrenwall ihr hoffentlich beruhigende Antworten geben würde. Die Neuigkeiten, die sie aus der Anstalt erreicht hatten, als sie krank gewesen war und ihre Briefe nicht hatte lesen können, waren alarmierend. Sören Christers gesammelte Zeilen waren die schrecklichste Lektüre, der sie sich jemals hatte stellen müssen.

Er reichte ihr das Glas und fragte, ob sie etwas Sodawasser haben wolle. Amelie schüttelte den Kopf.

»Sie haben Mut, Frau Posse-Brázdová.«

»Verzeihung?«

Sie lachte nervös.

»Ich habe starke Frauen wie Sie schon immer bewundert«, erläuterte er und lächelte breit.

Amelie musterte die Wohnung und sah sofort, dass sie eingerichtet zu sein schien, um Eindruck zu schinden: der Kronleuchter an der Decke, die schweren Jugendstilmöbel, die handgeknüpften persischen Teppiche. Richtig kombiniert hätte Amelie das alles sicher geschmackvoll und luxuriös gefunden. So aber wirkte das Ganze auf sie nur protzig und unpersönlich.

Sie bezweifelte nicht, dass von Ehrenwall mit seiner Klinik

ein Vermögen gemacht hatte, und es störte sie nicht im Geringsten, wenn umtriebige Menschen reich wurden. Vielleicht hatte von Ehrenwall auch ein Vermögen geerbt, darüber wusste sie nichts, aber wer Geld erbte, pflegte im Allgemeinen auch die Fähigkeit zu übernehmen, sich trotz teurer Möbel in einem persönlichen Stil einzurichten.

Eins war jedenfalls sicher: in Deutschland Geld zu haben war nicht leicht. Viele sahen ihr Gespartes Tag für Tag an Wert verlieren. Um als Unternehmer über die Runden zu kommen, musste man den Preis für seine Waren und Dienstleistungen immer wieder anheben, je mehr die Währung abstürzte.

Bei ihrer Scheidung von Andreas war festgelegt worden, dass er den größten Teil der Unterhaltskosten für Sören Christer übernehmen sollte. Das Meiste des Geldes von Andreas an Amelie floss folglich direkt nach Ahrweiler. Diese Lösung behagte ihr eigentlich nicht. Viel lieber hätte sie mit ihrem eigenen Geld die Hälfte der Kosten für Sören Christer übernommen, und zwar aus einem einzigen Grund: Dann hätte sie entscheiden können, was getan werden sollte. So aber trug Andreas den Löwenanteil der Verantwortung – obwohl er praktisch nichts darüber wusste, was in Ahrweiler vorging. Amelie hatte ihn gedrängt, hinzufahren und sich selbst ein Bild von der Behandlung zu machen, aber er schob den Besuch vor sich her und erklärte, frühestens im Frühling fahren zu können, wenn er in Dorpat weniger unterrichten musste. Sie fand das unverantwortlich – und ganz typisch für ihn.

Auf den langen Brief, den sie ihm kurz vor ihrer Erkrankung geschickt hatte, hatte er ihr geantwortet, er ertrage es nicht, zwanzigseitige Briefe zu lesen. Das hält keiner aus, hatte er ihr geschrieben.

Aber sie wollte nicht ungerecht sein. Andreas tat, was er konnte. Die ständigen Lungenentzündungen hatten ihn viel Kraft gekostet, das wusste sie. Madeleine hatte in ihren Briefen zudem bestätigt, dass die Krankheiten Andreas' Karriere in

Dorpat ein Ende zu setzen drohten. Auf Amelies Bitte, Sören Christers Therapie genauer im Auge zu behalten, hatte Andreas jedoch geantwortet, es stehe ihr frei, die volle Verantwortung zu übernehmen, vorausgesetzt, dass sie dann auch die Kosten übernahm. Einen Tag, nachdem sie den Brief gelesen hatte, war sie krank geworden und erst in Berlin und danach in Rom ans Bett gefesselt gewesen.

Nur um aufzuwachen und zu erfahren, dass Sören Christer fortgelaufen war. Sie machte sich wenig Hoffnung, dass ihr Telegramm an Andreas, das sie ihm vor ihrer Abreise nach Berlin geschickt hatte, zu mehr als neuen Ausflüchten führen würde.

Doktor von Ehrenwall setzte sich auf die Couch und bat sie mit einer Armbewegung, sich zu setzen. Er klopfte auf den freien Platz neben sich, was sie seltsam fand. Warum sollte sie auf jegliche Distanz verzichten und sich neben den Arzt ihres Sohns setzen? Sie ließ sich in einem Sessel nieder.

»Doktor von Ehrenwall, Sie werden verstehen, dass ich das dringende Bedürfnis habe, zu erfahren, was mit meinem Sohn geschehen ist.«

»Selbstverständlich, selbstverständlich.«

Er nahm einen großen Schluck und setzte das Glas auf dem Couchtisch ab. In Amelie keimte der Verdacht, dass er betrunken war.

Regen war in Sören Christers Plänen nicht vorgesehen gewesen. Überhaupt nicht. Der Wind frischte auf, und dunkle Wolken sammelten sich, bis sie den ganzen Himmel bedeckten. Schließlich öffnete der Himmel seine Pforten, und große Tropfen schlugen auf Straße und Bürgersteig. Er musste unter eine Markise flüchten, die ein Restaurantbesitzer gerade einrollte. Sören Christers verlorener Blick hatte zur Folge, dass der Mann die Markise nicht ganz einzog, sodass Sören Christer dem Wolkenbruch größtenteils entging.

Nach einer halben Stunde war der Regen immer noch nicht

schwächer geworden. Er sah, dass die Ärmel seines Anzugs trotz der Markise Wasserspritzer abbekommen hatten und die Hose an den Oberschenkeln richtig nass geworden war.

Er empfand dies als einen Rückschlag, auf den er nicht vorbereitet gewesen war. Irgendwie hätte es für alles eine Lösung geben sollen. Der Restaurantbesitzer kam heraus, nickte ihm zu, zündete sich eine Zigarette an und bot Sören Christer auch eine an, die er dankend annahm.

»Es wird noch lange regnen. Soll ich Ihnen ein Taxi rufen?«

»Nein, kein Problem. Trotzdem danke.«

»Wo wohnen Sie?«

»Im Hotel.«

»Eins in der Nähe?«

Sören Christer zögerte.

»Ich habe mir noch kein Zimmer gesucht. Der Regen hat mich überrascht. Mein Gepäck ist im Bahnhof.«

»Ich verstehe. Da haben Sie nun wirklich Pech gehabt.«

Der Mann drückte seine Zigarette aus.

»Kommen Sie rein, ich gebe Ihnen ein Glas aus.«

Sören Christer dankte und folgte dem Mann. Das Restaurant hatte nur zwei Gäste, die an einem Tisch am hinteren Ende des Lokals saßen. Der Mann trat hinter die Theke und schenkte zwei Gläser Cognac ein. Das eine Glas schob er Sören Christer zu, und sie stießen an.

»So«, sagte der Mann und stellte das Glas ab, nachdem er es in einem Zug geleert hatte. »Was hat Sie in dieses Nest geführt?«

»Geschäfte«, antwortete Sören Christer. Der Cognac brannte auf seinem Weg zum Magen. Es wäre ihm lieber gewesen, der Mann hätte ihn zu einem Glas Wein eingeladen.

»Geschäfte«, wiederholte der Mann und seufzte. »Es sind schlechte Zeiten für Geschäfte. Seit dem Krieg ist es mit diesem Land immer nur bergab gegangen. Es lohnt sich kaum noch, ein Restaurant zu betreiben. Schauen Sie doch nur.«

Seine Hand schweifte über den Schankraum. Die beiden

Männer merkten offenbar nicht, dass er auf sie zeigte. Sie schienen eher zu schlafen, als wach zu sein.

»Kennen Sie möglicherweise die Baronin von Dreis?«

Der Mann verzog angesichts dieser Frage das Gesicht.

»Wieso?«

»Ach, es war nur so eine Frage. Ein Freund von mir …«

»Ich kann über sie nichts sagen. Aber ich weiß, wer sie ist.«

Von der Treppe ertönten Geräusche, und der Mann ging hin. Jemand rief von oben nach ihm. Sören Christer nahm an, dass es seine Frau war, vermutlich wohnte die Familie in einer Wohnung über dem Restaurant. Sören Christer bedankte sich und schob das Glas zurück.

»Viel Glück«, erwiderte der Mann.

Schnellen Schritts eilte er die Treppe hinauf. Sören Christer schaute sich um. Die beiden Männer am hinteren Ende des Lokals schienen ihn überhaupt nicht zu bemerken. Außer ihnen war niemand da. Sören Christer musste einfach einen verstohlenen Blick auf die Kasse werfen. Auch wenn an diesem Tag und Abend kaum Gäste gekommen waren, müsste sie doch etwas Bargeld enthalten.

Er lehnte sich über die Theke und warf erneut einen Blick über die Schulter. Die Männer am Tisch interessierten sich nach wie vor nicht für ihn. Er streckte die Hand aus, um die Kassenschublade ein wenig zu öffnen, worauf ihm einige Geldscheine ins Auge fielen. Er zog die Hand zurück und lauschte. Der Mann war bestimmt noch in der oberen Etage. Wenn man bedachte, wie laut die Treppe geknarrt hatte, als er sie hinaufgestiegen war, würde es nicht zu überhören sein, wenn er wieder herunterkam. Sören Christer streckte erneut die Hand aus und öffnete die Kassenschublade noch etwas mehr. Die Geldscheine waren jetzt deutlich zu sehen.

Er biss sich auf die Lippen, sein Puls raste. Ein Zustand, den er ebenso scheußlich wie verlockend fand. Was hatte er zu verlieren?

Als er sich gerade vorlehnen wollte, hörte er draußen ein Auto mit quietschenden Bremsen vorbeifahren. Es war die Limousine der Baronin von Dreis. Augenblicklich drehte er sich um und ging mit schnellen Schritten zur Tür. Er trat ins Freie und sah den Wagen gerade noch um die Ecke biegen. Im ersten Moment wollte er hinterher laufen, aber es goss noch immer in Strömen, sodass er unter der Markise stehen blieb.

Als er sich umwandte, sah er den Restaurantbesitzer hinter die Theke zurückkehren. Sören Christer wurde unsicher. Hatte er die Kassenschublade zugemacht oder offen gelassen? Auch wenn er sich nichts genommen hatte – wenn die Lade offenstand, würde der Mann dann nicht glauben, dass er gestohlen hatte? Geld hatte er ja dabei, das komplette Monatsgeld von seinem Vater lag in der Tasche. Wie sollte er das erklären? Was war, wenn der Mann die Polizei rief?

Er zögerte. Sollte er wegrennen?

Er wandte sich um und sah, dass der Mann auf ihn zukam. Der Regen klatschte auf das Kopfsteinpflaster. Sören Christer beschloss, sich davonzumachen. Als er sich in Bewegung setzte, bog der Wagen der Baronin um die Ecke und rollte gemächlich auf ihn zu. Er spürte die schweren Regentropfen auf seinem Gesicht. Das Auto hielt ein paar Meter, nachdem es ihn passiert hatte. Weil er bei diesem Regen im Leerlauf arbeiten musste, begann der Motor zu spucken. Dann öffnete sich die Fahrertür, und der Chauffeur stieg aus und ging zu Sören Christer.

»Die Baronin möchte wissen, ob sie den Herrn mitnehmen kann.«

Die Stimme war förmlich und hatte eine vornehme norddeutsche Färbung.

Sören Christer nickte.

»Das ist sehr freundlich von ihr.«

Er folgte dem Fahrer, der die hintere Wagentür öffnete. Sören Christer stieg ein, setzte sich und wurde vom Lächeln der Baronin empfangen.

»Sieh einer an«, sagte sie, »der junge Herr mit den hübschen Manschettenknöpfen.«

Der Wagen setzte sich in Bewegung, und Sören Christer sah, dass der Restaurantbesitzer ihm geduckt unter seiner Markise stehend nachblickte.

Die Baronin hielt Sören Christer ihre Hand hin.

»Ich bin die Baronin von Dreis.«

Sören Christer nahm die Hand und küsste sie.

»Mein Name ist Graf Sören Christer Bjerre. Ich stamme aus Schweden.«

»Graf? Aber Ihren Namen werde ich niemals aussprechen können.«

»Dann müssen Sie mich eben anders ansprechen.«

Sie lachte schallend, holte zwei Sektgläser heraus, füllte beide und reichte Sören Christer ein Glas.

»Ihr Humor gefällt mir.«

Sie stießen an, und Sören Christer balancierte sorgsam das Glas, als der Wagen über das Kopfsteinpflaster holperte.

»Sie sind in dem Regen ja ganz nass geworden, Sie armer Kerl. Wo wohnen Sie?

»Ich bin eben erst mit dem Zug angekommen. Mein Gepäck ist noch nicht da und ich war gerade auf dem Weg in ein Hotel, um dort darauf zu warten. Dabei wurde ich vom Regen überrascht.«

»Ich hasse Züge«, erwiderte die Baronin. »Mein Mann ist Staatssekretär und verantwortlich für die Verkehrspolitik im Deutschen Reich.«

»Dann kann ich ihn vielleicht auf mein Problem ansprechen?«

»Er ist leider nicht zu Hause. Aber Sie können mich nach Hause begleiten und ihm eine Nachricht über Ihre Schwierigkeiten mit der deutschen Bahn hinterlassen.«

Sie stießen erneut an, und die Baronin sah ihn verstohlen an.

»Denn Sie sind doch ein Gentleman, oder?«

Sören Christer stellte das Glas auf dem kleinen Tisch ab und nickte ernst.

»Als solchen pflegt man mich zu bezeichnen.«

Die Baronin lachte aus vollem Hals. Sie verschüttete das halbe Glas, und Sören Christer sah, dass ihn der Fahrer im Rückspiegel musterte. Mittlerweile hatten sie die Stadt verlassen und fuhren schneller durch die Landschaft. Er lehnte sich zurück und sog das Eau de Cologne der Baronin ein. Es duftete nach Jasmin, genau so, wie er es in Erinnerung hatte.

Amelie fragte sich, wie lange von Ehrenwall noch über seine Anstalt und ihre große Bedeutung für das gesamte Rheinland sprechen wollte. Sicher eine Stunde hatte er sich darüber ausgelassen, dass die Anstalt als Erstes in der Region über Elektrizität verfügt und der Stadtrat ihn gebeten hatte, die Leitungen bis in die Stadt weiterzuziehen. Natürlich, erzählte er mit stolzer Stimme, hatte er sich großmütig gezeigt und die Allgemeinheit an der technischen Neuerung teilhaben lassen. Der Bürgermeister war so dankbar gewesen, dass er ihn zum Ehrenbürger ernannt hatte.

»Das war wirklich großzügig von Ihnen«, sagte Amelie.

»Ach was, das ist doch nicht der Rede wert.«

»Nun gut, ich würde jetzt gerne …«

»Obwohl viele damit sicher Geld gemacht hätten.«

»Doktor von Ehrenwall, um darauf zurückzukommen, was vorgefallen ist …«

»Müssen wir uns wirklich noch siezen?«

»Ich finde, wir sollten es dabei belassen.«

Es wurde einen Moment still, und Amelie fürchtete, zu schroff gewesen zu sein. Aber von Ehrenwall schien ihr die Bemerkung nicht sonderlich übel zu nehmen. Er füllte ihre Gläser von Neuem und setzte sich schnaufend auf die Couch, diesmal jedoch ans andere Ende, sodass er Amelie näher rückte.

»Erzählen Sie mir ein wenig über Ihren Gatten«, sagte er. »Ihren ersten Mann und seinen Bruder kenne ich durch ihre Arbeiten und dank unseres Briefwechsels sehr gut. Dagegen weiß ich herzlich wenig über Ihren jetzigen Mann. Er ist Künstler, daran erinnere ich mich.«

»Das stimmt. Er ist ein sehr talentierter Künstler, wenn ich das sagen darf.«

Doktor von Ehrenwall lachte schallend. Amelie verstand nicht recht, worüber. Sie lächelte zurückhaltend und trank einen Schluck, ehe sie weitersprach.

»Oki stammt aus Böhmen, jenem Teil, der früher in Österreich-Ungarn lag, inzwischen jedoch zur Tschechoslowakei gehört. Aber wir haben uns in Rom kennengelernt, wo wir beide seit vielen Jahren leben. Wir planen allerdings wegen der Lage in Italien in die Tschechoslowakei überzusiedeln …«

»Dann ist Ihr Mann Tscheche?«

»Ja.«

»Ein feiner Menschenschlag, die Tschechen. In der Gegend leben auch viele Deutsche. Ich liebe die böhmische Küche.«

Er griff sich an den Schmerbauch, leckte sich den Mund und lachte noch lauter als zuvor. Amelie wandte sich ab, als sie Spucke auf den Bart spritzen sah.

»Den bekommt man nicht von nichts«, sagte er, griff sich nun richtig in den Bauch und rüttelte ihn auf und ab. »Dazu braucht es viele leckere Prager Schnitzel und Pils, wie Sie verstehen werden.«

»Das kann ich mir denken.«

»Sie sind selbst recht wohlgenährt, Frau Posse-Brázdová.«

»Vielleicht sollten wir …«

»Ich finde, das passt zu einer Frau von Ihrem Kaliber.«

Amelie sah erneut weg, nahm jedoch wahr, dass von Ehrenwall im selben Moment näher an sie heranrückte. Sie spürte seine Hand auf ihrem Schenkel. Instinktiv rückte sie an die Sessellehne, sodass seine Hand von ihrem Schoß rutschte. Dann erst wagte sie den Blick zu heben, nur um einen breit lächelnden von Ehrenwall zu erblicken.

Es schien ihm nicht das Geringste auszumachen, dass sie von ihm weggerückt war. Stattdessen strich er sich mit dem Handrücken durch den Bart, um etwas Speichel und einige Tropfen seines Drinks abzuwischen.

Amelie räusperte sich. »Herr Doktor, ich muss Sie jetzt bitten, mir Auskunft über meinen Sohn zu geben.«

»Ihren Sohn?«

»Ja, Sören Christer.«

»Ach ja, selbstverständlich. Ihr Sohn! Sie trinken langsam. Möchten Sie vielleicht lieber ein Glas Wein?«

»Nein, Doktor von Ehrenwall. Ich bin nicht zu Ihnen gekommen, um mich zu betrinken. Ich bin hier, um mit Ihnen darüber zu sprechen, was mit meinem Sohn geschehen ist.«

Doktor von Ehrenwall seufzte schwer und stand auf.

»Natürlich«, sagte er mit resignierter Stimme. »Aber Sie haben sicher nichts dagegen, dass ich mir noch ein Gläschen einschenke?«

»Natürlich nicht.«

Amelie verdrehte die Augen, als sie ihn hinter ihrem Rücken mit seinem Glas klimpern und in einer Schale nach Eiswürfeln greifen hörte, die ihm jedoch durch die Finger rutschten. Schließlich hörte man ein gereiztes Prusten, als er aufgab.

»Was soll's«, murrte er.

Er ließ sich auf der Couch nieder, diesmal allerdings in einem gesitteteren Abstand, und schlug die Beine übereinander. Unmittelbar darauf lehnte er sich zurück und sprach mit veränderter Stimme.

Amelie hatte das Gefühl, bis jetzt mit einer betrunkenen Privatperson gesprochen zu haben und nun einem renommierten Arzt zu lauschen, dem man allerdings unterstellen konnte, ein wenig angeheitert zu sein.

»Sie müssen wissen«, begann er, »dass wir in Ahrweiler für

Ihren Sohn unser Bestes gegeben haben. Er hat durch die Behandlung deutliche Fortschritte gemacht, leidet jedoch an einer schweren Krankheit. Sein Menschentyp, der des Psychopathen, lässt sich schwer therapieren, da er oft ganz normal auftritt, um sich plötzlich schwer gestört zu verhalten. Gerade deshalb ist die Unterbringung außerordentlich schwierig. Wenn es diesen Menschen besser geht, empfinden sie es als übertrieben harten therapeutischen Eingriff, eingesperrt zu sein. Nicht selten beschwört dies latent paranoide Züge herauf. Sie und Ihr Mann haben jedoch darauf bestanden, dass Ihr Sohn in die geschlossene Abteilung kommen sollte. Es fällt nicht weiter schwer, sich auszurechnen, dass dies zum Auftreten eines Fluchtverhaltens geführt hat. Wir hätten ihm natürlich noch deutlich engere Grenzen setzen können, aber in Absprache mit Ihnen beschlossen wir, dass er sich auf dem Anstaltsgelände wenigstens einige Stunden am Tag frei bewegen dürfen sollte. Meiner Meinung nach eine richtige Entscheidung. Unglücklicherweise scheint er sich dies zunutze gemacht zu haben, um einen nicht ganz unkomplizierten Ausbruch zu planen. Das ist der Stand der Dinge.«

»Ich verstehe, Herr Doktor. Ich danke Ihnen für diese Informationen. Im Zug nach Berlin habe ich seine Briefe gelesen, die sehr empörend waren. Er hat in ihnen schreckliche Dinge beschrieben, die er in seiner Zeit in Ahrweiler erlebt hat.«

Amelie biss sich auf die Lippe, als sie von Ehrenwalls auffordernden Gesichtsausdruck sah. Sie wusste, dass sie wieder einmal zu viel gesagt hatte, lächelte deshalb flüchtig und fuhr fort:

»War er, Ihrem fachlichen Urteil nach … vor seiner Flucht sehr unglücklich?«

»Ich weiß nicht, ob man das so sagen kann. Sein Menschentyp ist wie erwähnt äußerst komplex. Selbst der Fachmann findet nur in Ausnahmefällen heraus, was sich im Inneren dieser Menschen regt. Sie sind Meister der Verstellung.«

»Dessen bin ich mir bewusst. Diese Seite an ihm habe ich viele Male aus nächster Nähe gesehen.«

»Als wir erkannten, was geschehen war, haben wir natürlich sofort versucht, Sie zu erreichen. Aber Sie haben weder auf unsere Briefe noch auf unsere Telegramme geantwortet. Sie hatten zudem betont, dass wir Sie benachrichtigen sollten und nicht etwa Ihren Mann, was das übliche Verfahren gewesen wäre. Ohne Fragen zu stellen, haben wir die Angelegenheit mit größter Diskretion behandelt.«

»Das weiß ich zu schätzen. Wie Sie wissen, bin ich schwer krank gewesen und habe deshalb nicht erfahren, was passiert ist.«

»Es täte mir sehr leid, wenn Sie der Meinung wären, dass wir uns nicht ausreichend bemüht haben, Sie von dem Vorfall in Kenntnis zu setzen.«

»Aber nein. Im Gegenteil. Sie haben wirklich alles getan, was in Ihrer Macht stand. Dass sich die Dinge so entwickelt haben, dafür sind unglückliche Umstände verantwortlich gewesen. Wissen Sie, wo Sören Christer sein könnte?«

Doktor von Ehrenwall schüttelte den Kopf und breitete in einer resignierten Geste die Arme aus.

»Nein, die Polizei hat ihn überall gesucht, aber nicht gefunden. Sie behaupten, er sei in einer Kneipe gesehen worden, aber danach … nichts. Nicht die geringste Spur. Möglicherweise hat er das Land verlassen.«

Amelie rang nach Luft.

»Das ist alles meine Schuld.«

»Sie sollten sich …«

»Doch, es stimmt. Ich denke immer nur an mich. Künstler … Man glaubt, der Welt etwas Wichtiges mitteilen zu können. Als wüsste man etwas, wovon andere nichts ahnen, was sie aber unbedingt erfahren müssen. Eine Form von Weisheit. Aber in Wahrheit leiden alle, die einem nahestehen, nur darunter. So ist es. Ich weiß noch, wie ich Sören Christer in den Armen hielt, als er zwei Jahre alt war. Er sah mich auf eine Art an, die ich nicht deuten konnte. Als würde er mich messerscharf durchschauen. Dieser unheimliche Blick hat mich mein ganzes Leben verfolgt. Aber ich bin seine Mutter, ich hätte mich um ihn kümmern müssen, ich hätte ihn lehren müssen, Kontakt zu seinem Gefühlsleben zu bekommen. Ich dachte, es würde von alleine weggehen, als wäre es nur eine Phase, die er durchlief, aber in Wahrheit habe ich immer gewusst, dass es etwas war, was sich durch sein ganzes Wesen zog.«

Sie streckte sich nach einem Taschentuch in ihrer Handtasche. Aber noch ehe sie ihre Tasche packen konnte, hatte von Ehrenwall ihr eins gereicht. In derselben Bewegung war er wieder näher an sie herangerückt. Im ersten Moment wollte sie ihn wie beim letzten Mal fortschieben, aber jetzt sehnte sie sich danach, dass jemand verstand, was sie wirklich empfand. Schlagartig wurde ihr bewusst, dass in all den Jahren weder Andreas noch Oki begriffen hatten, wie sehr sie Sören Christer im Stich gelassen hatte. Sie wollte, dass es jemand offen aussprach: Es war alles ihre Schuld. Sie würde nicht widersprechen, sondern erwidern, Unwissenheit sei der Grund dafür gewesen, Sören Christer sei ihr erstes Kind und sie selbst noch so jung gewesen, als sie ihn bekommen hatte. Sie wollte andere Menschen nicht sagen hören, dass sie eine gute, aufopferungsvolle Mutter und eine Frau war, die stets ihr Äußerstes gegeben hatte.

Sie wollte hören, dass sie das äußerste Vertrauen verraten hatte, als sie ihre Liebe einem Wesen verweigerte, das aus ihrem Körper geboren worden war.

Doktor von Ehrenwalls Hand tätschelte tröstend ihren Arm. Sie ließ ihn gewähren, richtete sich dann im Sitzen auf.

»Morgen«, setzte sie an, »fahre ich nach Ahrweiler, um zu klären, was sich klären lässt. Ich kann nur hoffen, dass Sören Christer sich noch in der näheren Umgebung aufhält und es der Polizei gelingt, ihn aufzuspüren. Wenn sie ihn findet, will ich vor Ort sein, sobald er in Ihre Anstalt zurückkehrt.«

»Selbstverständlich«, sagte von Ehrenwall und fuhr fort, sie zu streicheln.

»Ich möchte mich für Ihre Unterstützung bedanken. Es wird Zeit, dass ich ins Hotel zurückkehre.«

»Kommt überhaupt nicht in Frage.«

Amelie sah ihn erstaunt an.

»Kommt überhaupt nicht in Frage«, wiederholte er. »Sie müssen selbstverständlich hier übernachten. Es ist spät, und ich kann Sie um diese Uhrzeit unmöglich quer durch Berlin laufen lassen.«

»So spät ist es nun auch wieder nicht und ich …«

»Ich habe hier alles vorbereitet für Sie.«

»Aber …«, stammelte Amelie, »das ist völlig unmöglich.«

Sie breitete die Arme aus.

»Ist es nicht«, erwiderte von Ehrenwall und rückte noch etwas näher. »Ist es nicht.«

Noch ehe Amelie etwas entgegnen konnte, rückte er ihr auch schon zu Leibe. Er legte eine Hand auf die Innenseite ihres Oberschenkels und zog ihn hoch. Sie war verblüfft über seinen überraschenden Schachzug, aber auch darüber, dass sie sitzen blieb. Erst als er seinen langen Bart gegen ihr Gesicht presste, begann sie, sich zu wehren. Ihre Panik steigerte sich, als sie spürte, wie er seine Lippen auf ihre presste. Schließlich gelang es ihr unter Aufbietung aller Kräfte, ihn so weit zur Seite zu schieben, dass sein feuchter Kuss auf ihrer Wange landete.

Wäre er nicht so betrunken, schoss es ihr durch den Kopf, hätte ich es nie und nimmer geschafft, ihn genügend aus dem Gleichgewicht zu bringen, um aus dem Stuhl zu kommen. Blitzschnell sprang sie auf.

»Ich muss jetzt gehen. Wofür Sie sicherlich Verständnis haben werden.«

»Bleiben Sie«, sagte er vor dem Sessel kniend wie ein kleines Kind.

»Das ist völlig undenkbar, und das wissen Sie genauso gut wie ich.«

»So verstehen Sie doch, ich kann Ihnen helfen. Ich kann dafür sorgen, dass Sie Kontakt zu Ihren Gefühlen bekommen. Sie sind ein sehr unglücklicher Mensch.«

»Sie haben nicht die geringste Ahnung, wie ich mich fühle.«

»Sie …«

»Und erzählen Sie mir nicht, wer hier unglücklich ist. Schauen Sie sich doch an, Sie knien hier und bitten eine verheiratete Frau …«

»Seit wann sind Sie eine Puritanerin?«

»Sie haben keine Ahnung, wer ich bin.«

»Sie sagen, Sie sind Künstlerin. Das reicht mir. Ich habe gesehen, was ihr treibt. Jetzt heben Sie mal ein bisschen den Rock, so macht ihr es sonst doch auch immer.«

»Sie sind betrunken, und deshalb werde ich Ihnen alles verzeihen, was Sie heute Abend gesagt und getan haben.«

»Sie brauchen mir verdammt noch mal gar nichts verzeihen.«

Amelie griff nach ihrer Handtasche und ging zur Tür. Als sie sich umwandte, war von Ehrenwall erstaunlicherweise wieder auf den Beinen, auch wenn er sich am Türrahmen festhalten musste, um im Gleichgewicht zu bleiben. Seine Miene war völlig verändert.

Sie schüttelte den Kopf, drehte sich um, verließ das Wohnzimmer und durchquerte den langen Flur. Als sie die Hand auf die Türklinke legte, hörte sie im selben Moment seine Stimme.

»Es kommt mir so vor, als hätte Ihnen jemand Ihre Möse zugenäht, Frau Posse-Brázdová. Liegt es daran, dass keiner in sie eindringen soll, um dort ein neues Monster zu zeugen?«

Sie schloss behutsam die Tür hinter sich und ging mit leisen Schritten die Treppe hinab. Als sie ins Freie gelangt war, versuchte sie wie immer zu gehen, ertappte sich jedoch dabei, stetig schneller zu werden. Am Ende lief sie, so schnell sie konnte, die schwach beleuchtete Straße hinab.

Lieber Bruder …

Es bleibt lange still.

Vollkommen still.

Ihr seht euch nicht an, hört nur eure Atemzüge. Es passt so gar nicht zu Gunhild und dir, im Beisein des anderen zu schweigen.

Dessen seid ihr euch bewusst.

»Es gibt da etwas, das mir Kopfzerbrechen bereitet«, sagst du schließlich. »Es geht um Andreas und etwas, das ich nicht richtig verstehe.«

»Ja?«

»Erinnerst du dich, dass er und ich uns 1913 einmal getroffen haben? Wir sind uns begegnet, als ich vom alljährlichen Psychoanalytischen Kongress in München heimgekehrt bin. Erinnerst du dich?«

»München? Was sagst du, wann soll das gewesen sein, 1913? Das ist ja über zehn Jahre her.«

»Es war die Versammlung, auf der ich mit Freud gebrochen habe. Und mit … Lou.«

»Ja, daran erinnere ich mich natürlich.«

»Andreas hat mich in Stockholm vom Zug abgeholt. Er hatte sich mit dir in Verbindung gesetzt, um dich zu bitten, mich nicht wie sonst abzuholen. Erinnerst du dich?«

»Oh ja, daran erinnere ich mich. Amelie hatte mich gefragt, ob er dich abholen und ich zu Hause bleiben könnte. Ja, so war es. Ich habe dich sonst ja immer abgeholt, wenn du von deinen Reisen zurückgekehrt bist. Aber ich weiß noch, dass Amelie sehr hartnäckig war. Ich fand, dass es etwas unbeherrscht wirkte, und erinnere mich, wie überrascht ich war. Wenn Andreas mit dir reden wollte, hätte er dich doch jederzeit in deiner Praxis aufsuchen können, nicht wahr?«

»Ja, da hast du Recht. Aber, was ich mich frage: Hat er dir erzählt, *warum* er mich treffen wollte?«

»Ich habe nie selbst mit ihm gesprochen.«

»Und Amelie, hat sie dir erzählt, was er wollte?«

»Das weiß ich nicht mehr. Oder warte, was hat sie noch gesagt? Am besten fragst du sie natürlich selbst, ihr Gedächtnis ist wesentlich besser als meins. Aber da war irgendetwas. Er wollte dir etwas erzählen.«

»Ja gut, aber *was*?«

»Es ging um einen Brief. Jetzt erinnere ich mich wieder. Es war unheimlich wichtig, ob du einen bestimmten Brief gelesen hattest. Amelie bat mich, nach ihm zu suchen. Jetzt weiß ich es wieder. Aber ich fand ihn nicht. Und dann fiel mir wieder ein, dass du den Brief mitgenommen hattest, um ihn auf der Fahrt zu lesen. So war es. Du hattest gesagt, du würdest den Brief lieber im Zug als vor deiner Abreise lesen.«

»Hast du das Amelie erzählt?«

»Ja. Hätte ich das nicht tun sollen?«

»Doch, doch. So habe ich es nicht gemeint.«

»Poul, was sind das für seltsame Fragen? Ein alter Brief. Du tust so geheimnisvoll. Warum suchst du ihn nicht einfach heraus und liest ihn?«

»Das kann ich nicht.«

»Aber du ordnest deine Briefe doch immer so sorgfältig. Du findest ihn bestimmt.«

»Das geht nicht. Ich habe ihn weggeworfen.«

»Das tust du doch sonst nie.«

»Nein.«

»Aber erinnerst du dich denn gar nicht, was in ihm stand?«

»Ich habe ihn nie gelesen.«

»Du meinst, du hast ihn weggeworfen, ohne ihn zu lesen? Warum hast du das getan? Es sieht dir gar nicht ähnlich, so etwas zu tun.«

»Ich weiß es nicht. Ich habe ehrlich gesagt keine Ahnung. Aber woher sollte ich auch wissen, dass der Brief so wichtig war?«

»Woher willst du wissen, dass er wichtig war, wenn du nicht weißt, was in ihm stand?«

Du seufzt und siehst wahnsinnig müde aus. Dann breitest du die Arme aus und fährst fort:

»Andreas hat mich offenbar gebeten, ihn nach seinem Tod zu lesen. Als wir uns 1913 begegnet sind, bat er mich, ihn *nicht* zu lesen. Ich sagte ihm, ich hätte ihn nicht bekommen. Doch das hatte ich ja, und das wusste er ganz offensichtlich. Aber ich erzählte ihm damals nicht, dass ich ihn aus dem Zugfenster geworfen hatte. Es geschah in einer Art… sagen wir, Wutausbruch. Und gestern hat Madeleine mir erzählt, es sei sein Wille gewesen, dass ich den Brief nach seinem Tod öffne. Ich nehme an, dass sie mich deshalb treffen wollte.«

»Aber wenn er wusste, dass du den Brief bekommen hattest, obwohl du das Gegenteil behauptet hast, musste er dann nicht annehmen, dass du ihn auch gelesen hattest?«

»Ich weiß. Ich werde aus der Sache einfach nicht schlau. Aber ich habe es unglaublich satt, diese Spielchen mitzuspielen, die Andreas unser Leben lang gespielt hat. Sogar nach seinem Tod tauchen seine Vorwürfe auf und… ich ertrage das nicht.«

»Dabei bist du immer für ihn dagewesen. Vor allem, was Sören Christer betrifft. Er hätte sich selbst um seinen Sohn kümmern müssen und die Verantwortung nicht auf dich abwälzen dürfen. Es hat nie etwas gegeben, wofür du dich hättest schämen müssen. Andreas ist… er war ein wahnsinnig komplizierter Mensch. Er hat allen weh getan, nicht zuletzt denen, die er am meisten liebte. Wie soll Madeleine das alles nur überstehen? Wie soll sie damit fertig werden, ohne zugrunde zu gehen? Warum, warum tun wir uns nur immer so weh? Wir versuchen zu sagen, dass wir uns lieben, dass wir füreinander da sind, aber wenn wir sprechen, kommt etwas ganz anderes heraus … warum tun wir das, Poul?«

Du bleibst lange mit ihrer Hand in deiner sitzen.

Schließlich küsst du die Hand und antwortest:

»Ich weiß es nicht.«

Sie öffnete den Lippenstift und hob die Hand zu seinen Lippen, als wären es ihre eigenen.

Nürburg, 24. Oktober 1921

Selbst in seinen blühendsten Fantasien hätte sich Sören Christer nicht den Ort vorstellen können, an den sie jetzt kamen. Allein für den Weg vom Tor durch den Garten benötigten sie fünf Minuten. Und auf der Hügelkuppe thronte, was Baronin von Dreis »das Haus« nannte, obwohl es sich in Wahrheit um ein Schlösschen aus dem 18. Jahrhundert handelte.

Der Wagen fuhr am Haupteingang vor, und unter seinen Rädern knirschte der Kies. Schnell öffnete der Fahrer die Tür, eilte um das Auto herum, grüßte und öffnete die hintere Tür. Am Eingang warteten ein Hausmädchen, ein Diener und eine Haushälterin, die alle dienerten oder knicksten. Die Baronin führte Sören Christer in die Eingangshalle. Er atmete tief durch und sog einen Duft ein, der lieblicher war als alles, was er je zuvor gerochen hatte. Es duftete haargenau so, wie er es sich vorgestellt hatte, herb wie schwere Eiche.

»Komm«, sagte Baronin von Dreis und zog ihn die Treppe hoch. Sie zerrte ihn jede Stufe hinauf, lachte und stolperte immer wieder. Oben angekommen schlug sie die Tür zu ihrem Schlafzimmer auf und rief:

»Champagner, jetzt werden wir Champagner trinken!«

Sie tanzte durchs Zimmer, öffnete ihr Haar. Der Pelzmantel landete auf dem Fußboden. Sören Christer hatte nie zuvor einen so wilden und verrückten Tanz gesehen. Er dachte, dass Baronin von Dreis der glücklichste Mensch sein musste, dem er je begegnet war. Sie rief ihm zu:

»Komm, tanz mit mir!«

Er winkte abwehrend, setzte sich auf das Bett und sah ihrer Isadora-Duncan-Imitation zu, bei der sie mit einer Stola umherhüpfte, mit der sie ununterbrochen geschmeidig wedelte. Sie schlug die Tür zum Salon auf, alles tanzend, mit fliegenden Armen, wehenden Haaren, rundherum wie ein kreiselnder Derwisch.

Schließlich setzte sie sich völlig außer Atem neben Sören Christer auf das Bett. Sie streckte die Arme aus und ließ sich rücklings auf die Matratze fallen.

»Nichts liebe ich mehr als zu tanzen«, erklärte sie.

Sören Christer öffnete den Champagner, den das Hausmädchen bereitgestellt hatte, füllte zwei Gläser und gab das eine der Baronin.

»Abgesehen von Champagner vielleicht«, sagte sie und lachte.

Sie setzte sich auf und fächelte ihrem Gesicht mit der flachen Hand Luft zu.

»Ich muss Sie irgendwie nennen. Ihr Name ist viel zu kompliziert für eine einfache Frau wie mich.«

Sie legte ihre Hand an sein Kinn, als dächte sie fieberhaft nach. Schließlich erhellten sich ihre Züge.

»Kleiner Prinz«, sagte sie. »Darf ich Sie kleiner Prinz nennen?«

Sören Christer lächelte unsicher. Er überlegte, ob sie sich über ihn lustig machte.

»Wenn wir aufhören uns zu siezen«, antwortete er, »dann gern.«

»Oh! Ich wusste, dass du etwas Besonderes bist. Für so etwas habe ich ein Gespür. Ich habe sofort gesehen, dass du Humor hast. Du machst mich glücklich, kleiner Prinz.«

»Dein Name ist aber auch schwer auszusprechen.«

»Findest du?«, sagte sie erstaunt und legte den Kopf schief.

»Ja. Für einen Schweden.«

»Aber du sprichst doch ganz ausgezeichnet Deutsch.«

»Darf ich dich … Königin nennen?«

Die Baronin lachte so, dass sie fast vom Bett fiel. Dann füllte sie die Gläser wieder auf. Sie wurden vom Hausmädchen unterbrochen, das ihnen mitteilte, das Abendessen sei serviert. Die Baronin wedelte sie mit einer Handbewegung fort, lehnte sich vor und flüsterte Sören Christer zu:

»Sie sieht gar nicht mal schlecht aus, die kleine Doris. Aber ich glaube nicht, dass sie es schon einmal mit jemandem getrieben hat.«

»Sie hat ein hübsches Gesicht«, erwiderte Sören Christer.

»Oh ja! Aber sie hinkt. Die Ärmste.«

Sie standen auf, und das Hausmädchen knickste, als sie an der Tür an ihm vorbeigingen.

Beim Abendessen wurde jeder von ihnen von einem eigenen Diener umsorgt. Sobald Sören Christers Glas zur Neige ging, eilte er herbei und füllte es wieder auf. Der Alkohol machte sich allmählich als leichter und herrlicher Schwindel bemerkbar. Die Blicke der Baronin waren unablässig auf ihn gerichtet. Sie kicherte und gab vor zu erröten. Schließlich schnippte sie mit den Fingern und schob ihren Teller von sich.

»Kaffee und Cognac nehmen wir im oberen Salon.«

Sie stand auf und trat zu Sören Christer.

»Du darfst mich eskortieren.«

Sören Christer verneigte sich, und anschließend gingen sie Arm in Arm in den oberen Salon, wo sie sich auf einem Diwan niederließen. Das Hausmädchen brachte eine große Kiste mit kubanischen Zigarren. Sören Christer wählte eine aus, schnitt sie an und sog den Rauch ein. Tatsächlich hatte er erst einmal zuvor eine Zigarre geraucht. Jetzt erschien es ihm ganz selbstverständlich. Er legte seinen Kopf in den Schoß der Baronin, und sie strich ihm über die Haare und rauchte eine Zigarette mit dem längsten Mundstück, das Sören Christer jemals gesehen hatte.

Nie hatte er sich geborgener gefühlt. Es war, als hätte er sein ganzes Leben hierauf gewartet. Er schloss die Augen, nahm die Aromen wahr, die an seinen Gaumen schlugen, und lauschte dem Feuer, das im Kamin prasselte. Er streifte seine Schuhe ab und hob erneut das Glas, um mit der Baronin anzustoßen.

Sie flüsterte:

»Kleiner Prinz.«

Er entgegnete ebenfalls flüsternd:

»Königin.«

Nach dem Kaffee wollte die Baronin zum Schlafzimmer eskortiert werden. Dort angekommen, schloss sie die Tür hinter ihnen, setzte sich an den Schminktisch und zog Armband und Halskette aus.

»Ich bin gleich wieder da«, sagte sie, küsste Sören Christer auf die Wange und huschte ins Badezimmer.

Sören Christer schlenderte im Zimmer umher. Er schaute aus dem großen Fenster und betrachtete den Garten, der sich, so weit das Auge reichte, vor ihm ausbreitete. Er lächelte, drückte den Rücken durch und öffnete eine Tür, hinter der er die Kleiderkammer vermutete. Sie erinnerte eher an ein weiteres geräumiges Zimmer, in dem in mehreren Reihen Kleider hingen, von einfacheren Baumwollkostümen bis zu Ballkleidern aus mehreren Schichten raschelnden Seidenstoffs.

Er öffnete eine der Kommoden und sah seidene Unterwäsche, die jemand gebügelt und gefaltet hatte, die nächste Schublade war voller nahtloser Strümpfe aus feinster Seide. Manche waren bestickt, die meisten jedoch unifarben, in dunklen wie hellen Farbtönen.

Seine Hand strich behutsam über die Strümpfe. Sie waren so dünn und weich, dass ihm ein Schauer durch den Körper lief. Keiner von ihnen hatte jene hässliche Naht auf der Rückseite, die verriet, dass es sich um billigere Kleidungsstücke handelte, wie man sie bei einfacheren Leuten fand. Zwei Strümpfe unterschieden sich von den übrigen. Er begriff, dass sie aus Reyon waren, und führte sie an sein Gesicht. Sie dufteten wie etwas Fremdes. Nie zuvor hatte er Vergleichbares empfunden. Und in der nächsten Schublade lagen Strumpfbandhalter und Korsetts.

Er strich mit der Hand über die Kleider. Seine Finger reagierten unmittelbar auf die verschiedenen Materialien. Und jedesmal verströmten sie Wohlgeruch, und er schloss die Augen, um selbst die winzigste Duftnuance nicht zu verpassen.

Plötzlich spürte er eine Hand auf seiner Schulter.

»Sie sind schön, nicht wahr?«

Er drehte sich um und sah die Baronin. Sie lächelte, wenn auch anders als zuvor. Sören Christer fand, dass sie auf einmal sehr ernst wirkte, als sie mit der Hand durch ihre Haare strich und sie auf die Schultern fallen ließ. Sören Christer fand sie unbeschreiblich schön.

»Ich habe noch nie so schöne Kleider gesehen.«

Die Baronin lachte kurz auf. Es klang dennoch warm, dachte Sören Christer, nicht kurz und boshaft.

»Du hast einen exzellenten Geschmack«, sagte sie, nahm seine rechte Hand und strich mit ihr nochmals über die Kleider. Die flüchtige Berührung ließ ihn erschauern. Dann führte sie die Hand zu der Schublade mit Strümpfen. Auf seinem Arm sträubte sich jedes Haar. Sie küsste ihn in den Nacken und biss ihm sanft ins Ohr. Er schloss die Augen und ließ die Schultern fallen. Als sie seine Hand in die Schublade mit ihrer seidenen Unterwäsche schob, spürte er, dass sein Geschlecht sich hob. Seine Atemzüge wurden schwerer, die Brust hob und senkte sich in tiefen Zügen.

»Komm«, sagte sie.

Sie geleitete ihn zu einem riesigen Rokokospiegel und stellte sich hinter ihn. Anfangs wagte er es nicht, die Augen zu öffnen. Knopf für Knopf öffnete sie sein Hemd, ließ es zu Boden fallen und strich mit der Hand über seine Brust. Sie spielte ein wenig mit den wenigen Haaren auf dem Brustkorb, zog mit dem Zeigefinger Kreise um seine Brustwarzen.

Er streckte den Rücken und legte den Kopf in den Nacken, als sie den Gürtel öffnete und ihn mit einem Ruck von der Hose zog und fallen ließ. Anschließend hakte sie die Schnallen der Hose auf und ging vor ihm auf die Knie. Er hob erst ein Bein, dann das andere, als sie ihm sachte die Hose auszog. Die Prozedur wiederholte sich, als sie ihm die Strümpfe auszog. Die Augen immer noch geschlossen spürte er, dass sie nach seiner Unterhose griff und sie langsam zu Boden zog. Sein Glied zeigte nach oben, und er musste den Bauch einziehen, damit es sich nicht verhakte.

Er stand jetzt nackt vor ihr, die vor ihm kniete.

Ihre Hände legten sich um seine Füße und strichen anschließend seinen Körper hinauf. Langsam richtete sie sich auf und fuhr dabei fort, Waden, Schenkel, Hüfte, Bauch, Rippen – er hob die Arme –, Achselhöhlen, Oberarme, Unterarme, Hände zu streicheln.

Er atmete schwer, aber regelmäßig, als sie sich erneut hinter ihn stellte.

»Öffnen Sie die Augen, kleiner Prinz.«

Er tat, wie ihm geheißen, und sah seinen nackten Körper mit dem halb aufgerichteten Geschlecht.

»Sie sind so schön«, sagte sie. »Sie verdienen nur das Beste.«

Er nickte und flüsterte:

»Königin.«

Sie küsste ihn in den Nacken, und er musste die Augen wieder schließen, um die Schauer zu kontrollieren, die seinen Körper durchzuckten und am ehesten Krämpfen glichen.

Er hörte, dass sie zur Kleiderkammer ging, und war versucht, ihr hinterher zu sehen, traute sich aber nicht. Um seinen Körper unter Kontrolle zu halten, musste er sich in die Lippe beißen. Warme Ströme schienen in ihm zu pulsieren, als streichelte sie ihn von oben nach unten.

Die Baronin kehrte ins Zimmer zurück und stellte sich vor ihn. Sie strich mit ihrem elfenbeinweißen Schlüpfer über sein

Gesicht. Als er gierig den Duft einsog, musste er fast husten. Sie ging auf die Knie, und er hob einen Fuß. Sie streifte ihm den Schlüpfer über und zog ihn langsam nach oben. Er spannte über dem Geschlecht, und sie schob sein erigiertes Glied zur Seite, damit es Platz fand.

Dann war sie wieder fort.

Als sie zurückkehrte, streifte sie ihm ihre langen, schwarzen Seidenstrümpfe über. Sie spannten an den Oberschenkeln so, dass er keine Halter benötigte. Sie rückte die Strümpfe an den Füßen gerade und kicherte leise, als er unkontrolliert zuckte, weil es kitzelte.

Als sie das nächste Mal zurückkam, bat sie ihn, die Arme zu heben. Daraufhin zog sie ihm ein helles Kleid mit einem geschmackvollen roten Muster über den Kopf. Es bedeckte seine Oberschenkel bis zu den Strümpfen.

»Öffne die Augen«, sagte sie.

Er folgte ihrer Anweisung. Sie stand wieder hinter ihm und spielte mit der Hand in seinem Nacken.

Nie zuvor hatte er sich so zufrieden gefühlt. Jeder seiner Sinne schien aufs äußerste geschärft, jeder kleinste Nerv war aktiviert. Jede Faser seines Körpers signalisierte Wohlbehagen.

»Es fehlt noch etwas«, meinte sie und stellte sich neben ihn.

Er wandte ihr fragend den Kopf zu.

Sie lächelte und ging zum Schminktisch.

Wieder stellte sie sich hinter ihn. Sie öffnete den Lippenstift und hob die Hand zu seinen Lippen, als wären es ihre eigenen. Der dunkelrote Stift, das merkte er sofort, schmeckte unverkennbar nach Bienenwachs.

Danach ging es mit Puder weiter. Sie benutzte einen großen Pinsel mit weichen Borsten. Die Berührung des Wimperntuschepinsels ließ seine Augenwinkel zucken.

»Hat der Prinz noch nie Wimperntusche benutzt?«

Er schüttelte den Kopf.

Sie lachte ein wenig und machte vorsichtig weiter.

Dann küsste sie ihn in den Nacken und sagte:

»Jetzt bist du fertig.«

Er öffnete die Augen und betrachtete sich. Er schien zu einem Teil des schönen Rokokospiegels mit seinen vielen verschnörkelten Details geworden zu sein. Nie zuvor hatte er etwas so Vollendetes gesehen.

»Nein, warte«, sagte sie mit bekümmerter Miene. »Es fehlt noch etwas.«

Sie ging, kehrte aber sofort mit einer großen Perlenkette zurück, die sie ihm um den Hals legte.

»Was sagst du?«

»Ich bin … sprachlos.«

»Mein Prinz.«

Sie stellte sich zwischen ihn und den Spiegel.

»Jetzt bin ich dran.«

Sie zog ihr Nachthemd aus und legte sich nackt auf den Boden vor dem Spiegel, spreizte die Beine, steckte sich einen Finger in den Mund und führte ihn anschließend zu ihrem Geschlecht.

»Ich will dich jetzt haben, kleiner Prinz.«

Sören Christer wachte langsam auf. Er zuckte zusammen und fragte sich kurz, wo er war. Dann begriff er, dass er in Baronin von Dreis' großem Bett lag. Es war Morgen. Er tastete mit der Hand hinter seinem Rücken, um sie zu berühren und zu sehen, ob sie schon wach war. Das Letzte, woran er sich vor dem Einschlafen erinnern konnte, war ihre Umarmung gewesen. Schließlich drehte er sich um und stellte fest, dass sie bereits aufgestanden war.

Er sah sich nach einer Uhr um, fand jedoch keine. Licht strömte durch das große Fenster herein, und er streckte sich, gähnte und sank in die schönen Daunenkissen zurück. Niemals hatte er sich so befriedigt und geborgen gefühlt. Die Baronin behandelte ihn, wie es noch kein Erwachsener vor ihr getan hatte.

Er fragte sich, ob man sich so fühlte, wenn man verliebt war.

Er schloss die Augen und sah ihr Gesicht vor sich, ihr unbeschreiblich schönes Gesicht. Er konnte es kaum fassen, dass ein Muttermal wie das ihre auf ihrer rechten Schulter so vollendet sein konnte. Muttermale hatte er sonst immer grotesk und ekelerregend gefunden. Ihres machte sie nur noch schöner.

Für ihre untere Zahnreihe galt das Gleiche. Normalerweise hätte es unattraktiv sein müssen, wenn die Zähne so eng standen. Nun aber sah er ihren Mund vor sich, und die Zahnreihe hätte seinem Empfinden nach nicht exquisiter sein können.

Und dann ihr Duft. Nie hatte er ein so fantastisches Parfüm gerochen wie das ihre.

Er meinte Schritte auf der Treppe zu hören und hob den Kopf vom Kissen. Nein, das hatte er sich wohl nur eingebildet. Er sank wieder zurück.

Im nächsten Moment wurde die Tür zum Schlafzimmer mit Schwung aufgerissen. Baronin von Dreis lief ins Zimmer, zerrte an den Decken und begann, seine Kleider vom Fußboden aufzusammeln.

»Was … was ist los?«

Sie antwortete ihm nicht, vielleicht verstand Sören Christer aber auch nicht, was sie sagte. Es klang wie ein hysterisches Murmeln, gleichzeitig rannte sie weiter im Zimmer herum. Dann blieb sie plötzlich stehen und schrie ihn an:

»Jetzt lieg da nicht herum! Du musst aufstehen! Beeil dich!«

»Aber … warum?«

Sie begann, ihn aus dem Bett zu zerren.

»Mein Mann hat soeben das Haupttor passiert. Er kann jede Minute da sein. Beeil dich, sage ich!«

Sören Christer schoss hoch und half ihr, seine Kleider aufzusammeln, während sie die Unterwäsche in der Kleiderkammer verstaute.

»Großer Gott«, sagte sie und sackte auf dem Bett in sich zusammen. »Er wird mich umbringen.«

Sören Christer setzte sich neben sie und legte einen Arm um sie. »Niemand wird dich umbringen. Das verspreche ich dir.«

Sie wandte sich ihm zu und nahm sein Gesicht in ihre Hände. »Kleiner, schöner Prinz. Du verstehst doch, dass du dich in der unteren Etage verstecken musst, nicht wahr?«

Er nickte.

»Aber ich komme zu dir, sobald mein Mann eingeschlafen ist«, sagte sie tröstend. »Wenn er aus Berlin kommt, schläft er eigentlich immer gleich ein.«

Sören Christer nickte nochmals.

»Versprichst du mir, unten auf mich zu warten?«, sagte sie und hauchte einen Kuss auf seine Wange.

»Ja, ich verspreche es.«

»Jetzt beeil dich! Er kann jede Minute hier sein.«

Er lief die Treppe hinab. Sie ermahnte ihn im Laufen, sich zu beeilen. Zweimal musste er stehenbleiben, um Strümpfe aufzuheben, die ihm heruntergefallen waren. Dann schob sie ihn auf die enge Personaltreppe, die zur Küche führte, und schloss die Tür hinter ihm. Er musste sich mit vorsichtigen Schritten durch den schmalen Gang vortasten.

Als er in die Küche gelangt war, setzte er sich auf einen Schemel. Die Haushälterin und die Köchin liefen herum, als würden sie ihn nicht bemerken. Erst da erkannte er, dass er nackt war. Außerdem spannte sein Gesicht von der eingetrockneten Schminke. Er bedeckte sich mit seinen Kleidern. Gleichzeitig hörte er ein Stockwerk höher jemanden das Haus betreten. Im selben Moment klingelte eine kleine Glocke. Die Haushälterin seufzte, wischte ihre Hände an der Schürze ab und ging auf die Treppe zu. Als sie an Sören Christer vorbeikam, sagte sie:

»Du kannst da reingehen und dich anziehen.«

Sie zeigte auf die Speisekammer.

Die Baronin kam erst gegen Abend in die Küche. Sören Christer hatte stundenlang unbeachtet auf seinem Schemel gesessen. Die Haushälterin und die Köchin hatten das Essen vorbereitet und waren beschäftigt gewesen.

»Es tut mir so leid, kleiner Prinz.«

Sie strich ihm über die Wange. Er zog sich von ihr zurück.

»Ich kann ja verstehen, dass du traurig bist«, sagte sie.

Sören Christer nickte, ohne sie anzusehen.

Sie beugte sich näher zu ihm und flüsterte:

»Aber er reist bestimmt bald wieder ab. Halt durch, dann sind du und ich bald wieder allein.«

»Ich weiß nicht …«

Sie seufzte.

»Das ist alles meine Schuld.«

»Ich bin nicht wütend auf dich«, sagte er und sah sie an. »Können wir irgendwohin gehen?«

Die Baronin schaute sich um und schüttelte den Kopf.

»Nein, wir müssen hier unten bleiben. Sonst würde er dich sehen.«

»Aber ich kann hier nicht bleiben.«

Er ließ mit resignierter Miene den Blick über die Küche schweifen.

»Nein, das verstehe ich. Aber wenn …«

Sie verstummte und sah weg.

»Wenn was?«

»Nein, das kann ich nicht von dir verlangen, kleiner Prinz.«

»Ich würde alles für dich tun.«

»Hör auf! Es geht nicht.«

Sie stand auf, aber er hielt sie fest, um ihr zu zeigen, dass er es ernst meinte.

»Doch, erzähl mir, was du sagen wolltest.«

Am Ende setzte sie sich wieder hin.

»Aber du musst mir versprechen, dass du nicht wütend auf mich wirst.«

Er nickte und umarmte sie. So blieben sie eine ganze Weile sitzen. Sie streichelte sachte seine Hand.

»Wenn du«, begann sie langsam, »hierbleibst, aber einen Diener spielst, kann ich dich in die obere Etage rufen. Dann brauchst du nicht hier unten zu bleiben. Verstehst du?«

Sören Christer schüttelte den Kopf.

»Aber Dummerchen, das wäre doch die Lösung für alles. Du musst nur eine Rolle spielen. Nur du und ich wissen davon. Mein Mann wird glauben, dass du der neue Diener bist, und wenn er abgereist ist, nimmst du wieder seinen Platz ein.«

»Du meinst, ich soll einen … Diener spielen?«

»Ja.«

Sie legte ihre Hände um sein Gesicht.

»Schau nicht so traurig, kleiner Prinz. Wir tun doch nur so. Du bist kein Angestellter. Aber *er* wird es glauben.«

»Soll ich euch da oben das Essen servieren?«

»Ja, aber nicht wirklich, begreifst du nicht? Es ist ein Spiel.«

Sie wandte sich zur Haushälterin um.

»Helga, sehen Sie zu, dass Sie ihm etwas zum Anziehen besorgen. Er wird eine Weile Diener bei uns sein.«

Die Haushälterin nickte teilnahmslos und ging davon. Die Baronin wandte sich wieder Sören Christer zu und lachte.

»Siehst du! Ein Spiel.«

»Aber ich weiß nicht, was man tun muss.«

»Oh, das spielt keine Rolle. Du bist es doch gewohnt, Diener zu haben, stimmt's? Also ahmst du einfach nach, was sie immer tun. Doris wird dir helfen.«

»Ich …«

»Mir zuliebe, kleiner Prinz. Kannst du das nicht tun? Wahrscheinlich fährt er morgen schon wieder weg.«

Am Ende nickte Sören Christer.

»Dir zuliebe«, sagte er.

»Ah, da kommt Helga. Ich muss jetzt wieder hoch. Bis bald, mein kleiner, kleiner Augenstern.«

Die Baronin verschwand schnell die Treppe hinauf, und Helga kam an dem Schemel vorbei, auf dem Sören Christer saß. Sie warf ihm die Kleider zu und kehrte zum Herd zurück.

Die kleine Glocke schrillte. Sören Christer saß in seiner Dienerlivree da, aber die Bedeutung des Klingelns wurde ihm erst bewusst, als die Haushälterin ihn rief.

»Jetzt sitz da nicht einfach herum! Hörst du nicht, dass es klingelt?«

»Klingelt?«, sagte Sören Christer.

»Ja, die Herrschaften wollen etwas von dir, das ist doch nicht schwer zu kapieren.«

Sören Christer stand auf, rührte sich aber nicht von der Stelle. Die Haushälterin kam zu ihm und schlug mit dem Handtuch nach ihm.

»Kapierst du nicht, du sollst hochkommen! Sitz hier nicht wie ein Sandsack herum, wenn es klingelt!«

Sören Christer ging auf die Treppentür zu. Er drehte sich noch einmal um, aber die anderen waren schon wieder beschäftigt. Er war ein paar Schritte weitergegangen, als er die Klingel erneut schrillen hörte. Er ging zum oberen Salon und klopfte an die Tür. Als er eintrat, sah er Herrn von Dreis in einem Sessel sitzend Zeitung lesen. Er war ein stark übergewichtiger Mann mit pockennarbiger Haut und einem grauen Schnurrbart. Er blickte nicht auf und sagte:

»Charlotte, wer ist denn das?«

Die Baronin saß an ihrem Schminktisch und legte Ohrringe an. Auch sie wandte sich nicht um.

»Das ist der neue Diener, von dem ich dir erzählt habe, Liebling.«

»Ein neuer Diener. Was ist denn aus dem alten geworden?«

Die Baronin lachte. Dann stand sie auf und ging zu ihrem Mann. Sie schob die Zeitung weg und setzte sich auf seinen Schoß.

»Du bist ein hoffnungsloser Fall. Den alten hast du doch entlassen, bevor du nach Berlin gefahren bist.«

»Ach.«

Sie küsste ihn auf den Mund, und er lachte, griff ihr an den Po, versetzte ihr einen Klaps und zog sie näher an sich heran. Sie lachte noch lauter.

Sören Christer blieb am Türpfosten stehen und versuchte wegzusehen. Das Lachen der Baronin klang verändert. Es war plötzlich so schrill und unpersönlich. Aus heiterem Himmel donnerte von Dreis:

»Willst du da bloß herumstehen?«

»Verzeihung?«, sagte Sören Christer.

»Willst du etwa auch gefeuert werden?«

»Ich …«

»Wo ist meine Aktentasche? Ich habe geklingelt, weil ich meine Tasche haben will.«

»Ich wusste nicht …«

»Idiot!«

Die Baronin beschwichtigte ihren Mann.

»Schrei doch nicht so, Liebling.«

Sie wandte sich Sören Christer zu.

»Die Aktentasche des Herrn Baron steht sicher unten im Flur. Er braucht sie.«

»Ja, gnädige Frau«, sagte Sören Christer und machte kehrt, um sie zu holen.

Ehe er die Tür schloss, hörte er von Dreis lauthals lachen:

»Der unbeholfenste Diener, den ich je gesehen habe. Wo findest du die eigentlich immer?«

Sören Christer lief die Treppe hinunter und wurde an ihrem unteren Ende vom Chauffeur empfangen, der die Arme vor der Brust verschränkt hatte. Sören Christer wollte ihn fragen, ob er die Tasche gesehen hatte.

»Was zum Teufel tust du da?«, fauchte der Fahrer mit einem Zahnstocher im Mund.

»Verzeihung?«

Der Fahrer stierte Sören Christer an.

»Die Bediensteten nehmen nie die große Treppe, sondern immer die kleine, die hintenherum geht.«

»Das wusste ich nicht.«

»Dann sieh zu, dass du es lernst. Beim nächsten Mal melde ich dich den Herrschaften.«

Sören Christer nickte und senkte den Kopf. Er machte sich auf die Suche nach der Tasche, konnte sie jedoch nirgendwo entdecken. Er ging von Zimmer zu Zimmer. Keine Tasche. Er merkte, dass ihm der Schweiß in Strömen herablief. *Sie haben doch gesagt, die Tasche wäre hier!* Er rief nach dem Fahrer, der doch wissen müsste, wo sie war. Er lief durch den Flur zurück, aber es war kein Mensch zu sehen. *Wo zum Teufel ist nur diese Tasche?*

Auf einmal hatte er das Gefühl, dass ihm die Luft wegblieb. Er rutschte an der Wand entlang zu Boden. Zum Teufel mit der Tasche, dachte er, zum Teufel mit allem. Dann hörte er ein Geräusch. *Pst.* Er schaute sich um, konnte aber niemanden entdecken. Dann ertönte das Geräusch noch einmal. Er sah, dass die Tür zur Treppe offen stand. Das Hausmädchen Doris stand mit der Tasche vor ihm.

»Hier ist die Tasche, nach der Sie suchen«, sagte sie und reichte sie ihm.

»Danke«, sagte Sören Christer.

»Sie müssen vorsichtig sein.«

»Ich verstehe nicht.«

»Sie müssen vorsichtig sein. Das ist kein Spiel.«

Sören Christer nickte. Er begriff nicht, was sie ihm sagen wollte, aber ehe er sie fragen konnte, hatte sie die Tür auch schon wieder geschlossen. Er hörte ihre trippelnden Schritte auf der anderen Seite.

Als er zum Schlafzimmer zurückkehrte, war die Baronin allein. Sören Christer schaute sich um, konnte ihren Mann jedoch nicht entdecken. Sie saß wieder am Schminktisch. Als sie ihn sah, stand sie auf, schaute sich um und winkte ihn zu sich.

»Bald wird alles leichter werden«, sage sie und küsste ihn.

Er stand stocksteif und hatte das Gefühl, am ganzen Körper zu frieren. Sie nahm ihm die Tasche ab und stellte sie auf den Fußboden. Dann küsste sie ihn auf den Mund und schob eine Hand unter sein Hemd.

Er schluckte schwer, aber sein Körper blieb starr. Er begriff nicht, was sie ihm sagen wollte.

»Ich …«

»Küss mich einfach«, unterbrach sie ihn, packte seinen Nacken und presste sein Gesicht auf ihres.

Er spürte ihren warmen Atem und die weiche Zunge, ihre Hand, die über seine Brust strich. Sie hob seine Hand an ihre Brüste und legte den Kopf in den Nacken. Er küsste ihren Hals und hörte sie aufstöhnen.

»Ja, so ist es gut« flüsterte sie ihm ins Ohr.

Sie öffnete seinen Hosenstall und griff hinein. Als sie spürte, dass er steif war, rang sie nach Luft.

»Ich will dich haben, kleiner Prinz.«

Er liebkoste Brüste, Nacken, Hals und musste immer wieder schlucken.

Dann zog sie sich hastig von ihm zurück. Im nächsten Moment betrat Baron von Dreis das Zimmer.

»Da ist deine Tasche«, sagte sie und setzte sich wieder an den Schminktisch.

»Schön«, meinte der Baron.

Er zeigte auf den Schreibtisch.

»Stell sie dahin, geh zu Helga hinunter und sag ihr, dass wir um sieben im Esszimmer speisen werden.«

Sören Christer befolgte die Anweisungen. Er spürte, dass ihn der Baron im Auge behielt. Als er das Zimmer verließ, wandte Sören Christer sich um, verneigte sich und schloss die Tür.

Punkt sieben wurde das Essen serviert. Auf dem Weg ins Esszimmer erläuterte Doris, dass sie und Sören Christer während der gesamten Mahlzeit hinter den Herrschaften stehen würden, sie hinter der Baronin und er hinter dem Baron. Sie mussten auf jeden Wink der beiden achtgeben. Sören Christer nickte, als sie ihm zeigte, wie man die Weinflasche hielt und von einer Servierplatte auftat, ohne zu kleckern.

Als Vorspeise wurde Gänseleber gereicht. Sören Christer hörte den Baron schmatzen. Er fand es abstoßend, dass ein solcher Mensch so unappetitlich aß. Als er aufblickte, sah er, dass die Baronin ihn anlächelte, wenn ihr Gatte mit seiner Völlerei beschäftigt war. Sie griff nach einer Serviette und tupfte sich den Mund ab. Anschließend mimte sie ihm zugewandt »kleiner Prinz«. Sören Christer wurde warm ums Herz. Er rief sich in Erinnerung, dass das Ganze in Kürze vorbei sein würde. Dieses üble Spiel, das er hier spielte, weil es sein musste. Schon bald würde dieser ekelhafte Baron nach Berlin zurückkehren und alles wieder so sein wie vorher.

Es ist nur ein Spiel!

Dann nickte ihm das Hausmädchen ernst zu. Es war Zeit, die Teller abzuräumen. Sören Christer musste sich konzentrieren, um das Besteck richtig zu greifen. Er hörte den Baron murren. Oder rülpsen, es ließ sich nicht genau sagen. Das Geschirr wurde im Servierzimmer abgestellt, wo mittlerweile der Hauptgang wartete. Das Hausmädchen musste ihm zeigen, wie er den Teller mit der Abdeckglocke in der rechten Hand und das Handtuch über dem linken Arm tragen sollte. Der Teller war heiß, und sie kicherte ein wenig über seine Unbeholfenheit.

»So geht das«, sagte sie und zeigte es ihm noch einmal.

Sören Christer machte einen zweiten Versuch.

»Besser«, befand sie.

Sie kehrten ins Esszimmer zurück, stellten die Teller ab und hoben die Glocken hoch. Es gab herrlich duftende Rinderrouladen. Sören Christer wurde plötzlich bewusst, dass er den ganzen Tag kaum etwas gegessen hatte. Er spürte zudem, dass seine Beine zittrig wurden, weil er die ganze Zeit in Habachtstellung stehen musste. Der Baron hob die Hand und zeigte auf sein Glas. Sören Christer trat einen Schritt vor und füllte es. Als er seine Position wieder einnahm, sah er die Baronin eine Kusshand in seine Richtung werfen. Er errötete und senkte den Blick.

Der Baron schob seinen Stuhl zurück und sagte mit lauter Stimme: »Liebling, komm her.«

Die Baronin lachte und machte eine abwehrende Geste.

»Ich esse noch.«

»Vielleicht kann ich dich ja überreden.«

»Das glaube ich kaum«, erwiderte die Baronin und trank einen Schluck Wein.

»Nicht?«

Der Baron schnippte an Sören Christer gewandt mit den Fingern.

»Hol meine Tasche aus dem Arbeitszimmer.«

Sören Christer blieb stehen. Die Tasche, dachte er. Schon wieder diese verdammte Tasche.

»Na los, beeil dich, hörst du nicht, was ich dir sage. Die Tasche! Jetzt!«

Sören Christer verbeugte sich und ging. Er durchquerte den oberen Flur und betrat den Raum, in dem er das Arbeitszimmer des Barons vermutete. Wie erhofft stand die Tasche neben dem Schreibtisch. Er nahm sie und kehrte zurück.

»Nun komm schon her«, sagte der Baron ungeduldig, als Sören Christer wieder im Esszimmer war.

Er übergab die Tasche, und der Baron öffnete sie und holte ein Samtetui heraus. Anschließend gab er Sören Christer zu verstehen, dass er die Tasche wegstellen sollte.

Der Baron legte das Etui vor sich auf den Tisch.

»Jetzt wollen wir doch mal sehen, ob ich dich nicht doch überreden kann.«

Er öffnete den Deckel und tat überrascht.

»Mag meine liebe Gattin vielleicht kurz herkommen und schauen, was es ist?«

Die Baronin lachte, stand aber sofort auf. Trippelnd ging sie zum anderen Ende des Tischs. Der Baron klopfte auf sein Knie, und sie setzte sich auf seinen Schoß. Dann öffnete sie die kleine Schachtel und keuchte auf.

»Oh!«

»Gefällt sie dir, Liebling?«

Sie nickte bedächtig, küsste ihren Mann auf Mund und Wangen und warf sich ihm um den Hals.

»Ich habe dir doch gesagt, dass sie den Weg wert ist«, sagte er mit fester Stimme. »Lass mir dir helfen.«

Sie standen auf, und er legte ihr eine Perlenkette um. Sören Christer sah sofort, dass sie ein halbes Vermögen gekostet haben musste. Darüber hinaus sah er von Dreis' Hand über ihren nackten Rücken streicheln. Er beschrieb Kreise um das Muttermal und legte seine Hand auf ihre Brust.

Sören Christer schloss die Augen, um nicht noch mehr sehen zu müssen.

Das Muttermal gehörte ihm.

Das ständige Lachen der Baronin machte es ihm unmöglich, nicht hinzusehen. Sie saß auf dem Schoß des Barons, und er küsste ihren Hals und zog ihr Kleid hoch, während sie den Kopf in den Nacken legte und immer weiterlachte. Er hob sie auf den Tisch, sodass Gläser umkippten und ein Teller zu Boden fiel.

Sören Christer versuchte nicht hinzusehen. Aber es ging nicht. Die Hände des Barons liefen über ihren ganzen Körper, und sie stöhnte immer lauter. Sören Christer zog sich rückwärts gehend unauffällig aus dem Zimmer zurück. Mit erst langsamen, dann immer schnelleren Schritten ging er zum Arbeitszimmer. Er wusste, wo es war, hatte es gesehen, als er die Tasche holte.

Ohne zu zögern, ging er zu dem Schrank, in dem das Gewehr stand. Der Schlüssel steckte, er brauchte ihn also nur zu öffnen. Er durchwühlte die Schreibtischschubladen und fand, wonach er suchte, in der untersten. Nachdem er den kleinen Karton umgestülpt hatte, steckte er vier Patronen in das Gewehr und kehrte zum Esszimmer zurück.

Er trat ein und hob die Waffe. Der Baron war mittlerweile damit beschäftigt, seine Hose auszuziehen, gleichzeitig steckte er den Kopf unter das Kleid der Baronin. Sein Kopf wippte auf und ab, während er sich unter dem Kleid bewegte.

Das Hausmädchen Doris bemerkte Sören Christer als Erste. Mit aufgerissenen Augen hielt sie sich die Hände vor den Mund. Unmittelbar darauf erblickte ihn die Baronin. Anfangs lächelte sie, dann ermattete ihr Lächeln langsam, sehr langsam, und verwandelte sich in einen angsterfüllten Blick.

Sören Christer kam es vor, als bitte sie ihn um Verzeihung. Es war deutlich zu erkennen, dass sie wie leblos auf dem Tisch liegen blieb. Es dauerte eine ganze Weile, bis der Baron begriff, dass etwas nicht stimmte, und unter dem Kleid hervorkam. Erstaunt schaute er sich um und sah erst die Baronin, dann Doris und schließlich Sören Christer an.

Er schien nicht zu verstehen, was es bedeutete, dass Sören Christer ein Gewehr auf ihn richtete.

Die Baronin erhob sich langsam vom Tisch, rückte ihr Kleid zurecht, strich die Falten glatt und blieb mit einem verzerrten Lächeln stehen. Sie wirkte vor allem gekränkt.

Schließlich schien der Baron begriffen zu haben, was vorging. Er starrte Sören Christer an.

»Was zum Teufel tust du da?«

Sören Christer blieb stumm, zielte jedoch weiter auf den Baron. Ein Auge geschlossen, das andere ganz auf die Stirn des Barons konzentriert.

Der Baron wiederholte seine Frage:

»Was … zum … Teufel … tust … du … da?«

»Halt's Maul«, sagte Sören Christer.

Sören Christers Tonfall verblüffte den Baron anscheinend weitaus mehr als die Tatsache, dass mit einem Gewehr auf ihn gezielt wurde. Auf einmal war er verunsichert.

»Wir haben es nicht böse gemeint«, sagte die Baronin und trat einen Schritt vor.

Sören Christer richtete das Gewehr auf sie, und sie schreckte zurück.

»Entschuldige«, sagte sie.

Die einsetzende Stille war mit Händen zu greifen. Sören Christer war den Tränen nahe, drängte sie jedoch zurück.

»Ich liebe dich doch, begreifst du das nicht?«, sagte er, ohne das Gewehr zu senken.

»Ich verstehe«, erwiderte die Baronin und senkte den Blick. »Entschuldige.«

Alle blieben stehen und rührten sich nicht von der Stelle. Der Baron zog seine Hose hoch, bei der Baronin hing nach wie vor die Brust aus dem Kleid.

»Du liebst mich nicht, stimmt's?«

Sören Christer zielte weiter auf die Baronin und wartete auf ihre Antwort.

»Das war doch alles nur ein Spiel«, stammelte sie.

Sören Christers Hände begannen zu zittern, und es fiel ihm schwer, das Gewehr ruhig zu halten. Aus den Augenwinkeln sah er Doris näher kommen. Mit zögerlichen Schritten ging sie auf ihn zu. Er ließ sie herankommen, bis sie direkt neben ihm stand, hielt das Gewehr jedoch weiter auf die Baronin gerichtet.

Doris sagte mit sanfter Stimme:

»Es war nur ein Spiel.«

Sören Christer wurde unsicher, Schweiß trat ihm auf die Stirn. »Ich verstehe nicht«, sagte er.

»Sie haben nur mit dir gespielt. Es war alles im Voraus geplant.«

»Ich verstehe nicht!«, schrie Sören Christer aus vollem Hals. »Ich verstehe nicht!«

»Du bist nicht der Erste«, erklärte Doris und legte die Hand auf den Gewehrkolben.

Sören Christer riss das Gewehr zur Seite und machte sich frei. Er zielte wieder auf die Baronin und sie und der Baron duckten sich. Dann hörte Sören Christer Schritte hinter sich, aber ehe er sich umdrehen konnte, wurde er niedergeschlagen. Das Letzte, was er sah, bevor er das Bewusstsein verlor, waren die glänzenden Stiefel des Fahrers.

Im Streifenwagen nach Ahrweiler hielt Sören Christer sich nicht fest und flog in dem kleinen Laderaum hin und her. Durch das winzige Fenster sah er, dass sie die Straße nahmen, auf der er im Auto der Baronin gekommen war.

Er wurde vor und zurück geworfen, aber das interessierte ihn nicht. Es war vorbei. Es kam ihm vor, als hätte sich das Ganze in einem anderen Leben abgespielt. In gewisser Weise bereute er, dass er nicht abgedrückt hatte. Er erinnerte sich an den sterbenden Vogel, den er damals mit einem Schuss getötet hatte. Im Esszimmer hätte er das Gleiche tun können. Es wäre ein Kinderspiel gewesen.

Als er in Handschellen in den Wagen geworfen worden war, hatte er als Letztes die Stimme des Barons gehört, die schrie, dieser Verrückte müsse lebenslänglich eingesperrt werden. Danach aber auch die besänftigende Stimme der Baronin.

Sie hatten die Tür hinter ihm zugeschlagen, und er hatte auf dem Boden des Laderaums gehockt. Als sie eine Weile unterwegs waren, öffnete sich eine kleine Luke. Einer der Polizisten sprach ihn an.

»Du hast verdammtes Glück, du Dreckskerl«, sagte er.

Sören Christer schwieg, ohne ihn anzusehen.

»Dein Glück, dass nach dir gefahndet wird«, erklärte der andere. »Du bist aus einem Irrenhaus abgehauen, du Ratte?«

Sein Schweigen schien die Polizisten nur noch mehr anzustacheln. Doch am Ende waren sie es leid und knallten die Luke wieder zu.

Als der Streifenwagen am folgenden Morgen die Anstalt erreichte, herrschte dort bereits helle Aufregung. Menschen eilten herbei. Die Polizisten öffneten die Hecktür und zerrten Sören Christer ins Freie. Das plötzliche Sonnenlicht blendete ihn. Als sich seine Augen an die Helligkeit gewöhnt hatten, erkannte er Kling. Neben ihm gingen Doktor von Ehrenwall und Doktor Marks. Sie wirkten verbissen. Die Polizisten sprachen eine Weile mit von Ehrenwall, der nickte und zuhörte. Sören Christer hörte die Stimmen der Beamten:

»Baron von Dreis hat von einer Anzeige abgesehen.«

»Allem Anschein nach hat dieser Irre ihn mit einem Gewehr bedroht.«

»Er kann froh sein, dass er an angesehene Leute geraten ist, die sein Handeln mit Nachsicht betrachten.«

»Wir gehen davon aus, dass wir ihn außerhalb Ihrer Mauern nicht mehr zu Gesicht bekommen.«

Doktor von Ehrenwall und Doktor Marks nickten ein aufs andere Mal mit zerknirschter Miene. Kling dagegen schien vor Wut zu kochen.

Als die Polizisten endlich davonfuhren, sah Sören Christer eine Gestalt mit entschlossenen Schritten auf sie zukommen. Er erkannte den rollenden Gang. Amelie schob sich an den Ärzten und an Kling vorbei, umarmte Sören Christer und küsste ihn mehrmals. Dann wandte sie sich an Doktor von Ehrenwall.

»Es ist eine Schande! Sie sollten sich alle schämen!«

Doktor von Ehrenwall versuchte das Wort zu ergreifen, aber Amelie machte eine abwehrende Geste und sprach flüsternd zu Sören Christer:

»Ich habe deine Sachen gepackt. Ein Wagen erwartet uns, wir müssen hier weg. Diese Anstalt ist menschenunwürdig.

Ich habe mit Poul gesprochen. Er wird eine Lösung finden. Du darfst bei ihm auf Vårstavi wohnen. Alles wird gut, mein kleiner Junge, alles wird gut. Poul hat versprochen, sich um alles zu kümmern.«

Sören Christer nickte. Nie zuvor waren die Umarmungen seiner Mutter so innig gewesen.

Sie setzten sich ins Auto, und Amelie sprach weiter über von Ehrenwalls grauenvolle Anstalt, die aus gesunden Menschen kranke mache, dass sie gehört habe, was dort vorging, Poul sich aber nun der Sache annehmen werde und ihn auf Vårstavi erwarte, dass dies alles ihre Schuld sei, *verzeih, verzeih, Sören Christer, aber wenn wir erst einmal wieder in Schweden sind*, Vårstavi werde sein neues Zuhause sein, dort werde er sich wohlfühlen und es gut haben, das habe Poul ihr versprochen.

Sören Christer saß genauso apathisch neben ihr wie vorher im Polizeiwagen. Dann drehte er sich um und warf einen letzten Blick auf die Anstalt. Vielleicht bildete er es sich nur ein, aber er meinte einen Jungen zu sehen, der dem Wagen hinterherlief und wild mit den Armen fuchtelte, als würde er ihnen hinterherrufen und sie anflehen, mitkommen zu dürfen.

Er hätte schwören können, dass es der kleine Bergmann war.

Lieber Bruder …

Wenn ich nicht so ein gefühlloses Schwein wäre, würde ich jetzt einen Arm um dich legen und dich trösten. Deinen Verlust sehen, deine Tapferkeit bewundern. Dich in die Arme schließen und wärmen, dich trösten, wie man einem Kind Trost spendet. So wie ich Sören Christer hätte trösten müssen, als er so viel durchmachen musste.

Ich ließ ihn im Stich, wie du Gunhild niemals im Stich gelassen hättest.

Du bist immer an ihrer Seite gewesen. Manchmal habe ich mich gefragt, ob meine Unfähigkeit, Sören Christer Liebe zu geben, nicht daher rührte, dass ich so viel von mir selbst in ihm entdeckte. Die Wesenszüge, die ich an mir selbst immer gehasst habe.

Du warst nicht überrascht, als Amelie sich meldete und fragte, ob er nach seinem Ausbruch aus der Anstalt in Deutschland eventuell bei dir auf Vårstavi unterkommen könne. Vielleicht hast du sogar damit gerechnet, gefragt zu werden. Du hast sofort einen Plan für ihn aufgestellt. Als Erstes würde er den Militärdienst ableisten, um sich anschließend ernsthaft seinem Studium zu widmen. Du würdest das alles überwachen und ihn vor dem behüten, was in deinen Augen unzulängliche Diagnosen von unzureichend belesenen Psychiatern waren. Du hast den staatlichen Stellen geschrieben und sie davon überzeugt, ihn als Unteroffizier einzusetzen.

Aber daraus wurde natürlich nichts. Wenig später stand er schon vor dir, triumphierend seinen Freistellungsbescheid schwenkend. Ein schwaches Herz, hatte der Arzt geschrieben.

Was für ein Witz! Ausgerechnet er, der freiwillig noch nie etwas geschleppt hatte.

Also musstest du eine neue Strategie entwickeln. Wieder eine Anstalt, dann noch eine. Es endete jedesmal damit, dass er nach Vårstavi zurückkehrte. Am Ende bist du zu dem unvermeidbaren Schluss gekommen: Sören Christers Rettung lag jenseits von Vårstavi und Schweden.

Du hast alles für seine Abreise nach Australien organisiert, ich musste nur das nötige Geld beschaffen. Vaters Erbe war zwar aufgebraucht, dennoch zögerte ich keine Sekunde. Es gab kaum etwas, was ich nicht getan hätte, um mich dieser Bürde zu entledigen.

Eins will ich dir sagen, Poul, du wärst ein wesentlich besserer Vater gewesen als ich. Ich frage mich, ob das nicht die größte Tragik deines Lebens sein wird, niemals ein kleines Lebewesen in den Händen gehalten zu halten, niemals die kleinen und weichen Nägel berührt, das erste Lallen und Lachen gehört, die stolpernden Schritte gesehen zu haben, auf Schürfwunden an Armen und Beinen gepustet, getröstet und die Tränen getrocknet zu haben.

Nichts von all dem wirst du jemals erleben. Mir wurde dieses Geschenk zuteil, aber ich habe es weggeworfen.

Verzeih mir, Poul. Verzeih mir, Sören Christer.

Verzeih mir, Vater.

Warum ist das so, Poul? Warum gefriere ich zu Eis, sobald ich einen freundlichen Gedanken in die Tat umzusetzen versuche?

Ich habe solche Angst vor der Bösartigkeit in deinen Augen. Du musst mir glauben. Ich wage es einfach nicht, unverwandt in diese Kälte zu blicken, die ich nie verstanden habe. Dabei wollte ich doch nur, dass du mich magst.

Jetzt bin ich frei. Ich bin frei von aller Bösartigkeit und denke, der arme Kerl, der arme, arme Kerl, mein Bruder. Du wirst weiterleben, bis nichts mehr bleibt als Erinnerungen. Nichts von dem, was du aufgebaut hast, wird wie von dir geplant weiterleben.

Wir sind nichts als Staub, Poul, wir blühen nur für einen kurzen Moment und verschwinden dann.

Was es verdient hat, aufgebaut zu werden, muss anschließend wieder abgerissen werden. Dein Haus wird eines Nachts wie eine Wunderkerze lodern und bis auf den Grund niederbrennen. Fort damit, fort mit dem ganzen Mist. Nichts wird bleiben außer Asche und verblassten Erinnerungen, die am besten im ewigen Vergessen versenkt werden.

Wenn wir tot sind, wird sich keiner mehr an uns erinnern. Du versuchst, dir deine eigene Bedeutung vorzugaukeln, weil du Angst hast, eines Tages zu verschwinden. Es wird dir nichts nützen. Du überlebst deshalb nicht besser, und nichts wird dich überleben. Wenn du fort bist, bleibt nichts zurück.

Es spielt keine Rolle, wie viele Bücher du geschrieben hast, früher oder später liegen sie herum und verstauben und werden für einen Spottpreis in einem Antiquariat verhökert, werden makuliert.

Wir werden alle abgeschrieben und in der ewigen Stille versenkt.

Irgendwann erreicht jeder Mensch in seinem Leben einen Punkt, an dem es keinen Sinn mehr hat, dagegen anzukämpfen. Du siehst es in Gunhilds Augen.

Der Tod, Poul, kommt als Befreier.

Du brauchst dich nicht zu fürchten.

Ich möchte dich bitten, ihn an einen Ort zu schaffen, an dem er mit möglichst wenig Geld vegetieren kann.

Sydney, 24. September 1925

Fremantle, der wichtigste Hafen in Western Australia, war das Erste, was die Emigranten bei ihrer Ankunft auf dem neuen Kontinent erblickten. Vom Hafen aus sah man die Statue von Charles Fremantle, jenem englischen Admiral, der hier 1829 mit seinem Schiff HMS Challenger ankam, die Swan River Colony gründete und sich zum Besitzer des gesamten Territoriums ausrief. Hinter der Statue erblickte man zudem die Kalksteinfelsen, von denen die Stadt umsäumt wurde, und hinter diesen erstreckten sich endlose Sandebenen mit vereinzelt wachsenden Eukalyptusbäumen, die von den Soongar alljährlich im Spätsommer verfeuert wurden.

Aber nur wenige Schiffspassagiere blieben lange in dem kleinen Küstenort an der Mündung des Swan River. Die meisten hatten es eilig, zur Provinzhauptstadt Perth einige Meilen nordöstlich zu kommen, oder gingen an Bord neuer Schiffe mit den Fahrtzielen Adelaide, Sydney oder Melbourne an der Ostseite der großen Insel.

Von seinem Bürofenster in Sydney konnte der schwedische Generalkonsul Einar Lundquist die Schiffe anlegen sehen, von denen viele aus Fremantle kamen, wo sie sich vor der letzten Wegstrecke entlang der Südküste Australiens mit frischem Proviant versorgt hatten. Woche für Woche gingen neue hoffnungsvolle Menschen schwankenden Schrittes den Landungssteg im Hafen hinab, die meisten von ihnen stammten aus England und Irland, aber die Zahl der Einwanderer aus den skandinavischen Ländern nahm stetig zu.

An der Aussicht gab es nichts zu mäkeln, mit der Einrichtung des Konsulats war Einar dagegen alles andere als zufrieden. Obwohl er seit mehr als einem Jahr in Sydney stationiert war, hatte er sein Arbeitszimmer immer noch nicht seinen Wünschen entsprechend einrichten können. Das Büro war primitiver ausgestattet als das Zimmer, in dem er in Moskau als Sachbearbeiter tätig gewesen war. Es gab immer etwas, das die Entscheidungen hinauszögerte, eine Zeit lang hatte es an der Finanzierung gelegen, und es war die Rede davon gewesen, dass dem Generalkonsulat noch nicht genügend Mittel zur Verfügung stünden. Als Nächstes trug man sich mit dem Gedanken, umzuziehen, woraufhin es natürlich erst recht keinen Grund gab, umzubauen.

Folglich war ihm die triste Einrichtung erhalten geblieben. Er fand, dass sein Arbeitsplatz dem Büro einer halbwegs anständigen Reederei glich, also bei weitem nicht das war, was man von einem Konsulat des Königreichs Schweden erwarten konnte. Aber, dachte er, Australien genoss als diplomatische Vertretung natürlich auch nicht höchste Priorität. Im Grunde konnte man sich fragen, was er hier überhaupt zu suchen hatte. Anfangs hatte ihm das Angebot geschmeichelt, er hatte es sogar für seinen Durchbruch im Außenministerium gehalten. Aber schon bald bewegten sich seine Gedanken in ganz anderen Bahnen. Was würde er selbst mit einem Emporkömmling machen, der allmählich zu einem Konkurrenten wurde? Ihn möglichst weit weg schicken natürlich. Und was lag weiter weg von Schweden als Australien?

Er seufzte und lehnte sich über den Schreibtisch. Im selben Moment klopfte es an die Tür, und seine Sekretärin, Frau Hamilton, trat ein. Sie war seit vielen Jahren im Konsulat angestellt, seit ihrer Heirat mit einem Engländer, der eine erfolgreiche Firma in Australien gegründet und seine ganze Familie mitgenommen hatte, zwei Söhne und eine Tochter. Abgesehen davon, dass keiner die Arbeitsabläufe so gut kannte wie sie, war sie eine begnadete Klatschtante und versorgte Einar mit Informationen zu allem, was nicht zuletzt in der englischen Kolonie vorging.

»Der Herr Konsul hat Besuch«, sagte sie und legte ein Blatt auf seinen Schreibtisch.

»Etwas Wichtiges?«

»Ich weiß nicht, was ich dazu sagen soll. Der junge Mann hat mir das hier gegeben«, sie zeigte auf das Blatt, »und behauptet, Sie wüssten dann schon Bescheid.«

»So, so«, sagte Einar und nahm das Papier in die Hand.

Er las den kurzen Brief und wusste in der Tat nur zu gut, worum es ging. Er lehnte sich zurück, ehe er aufstand, um erneut die Aussicht aus seinem Büro zu genießen.

»Sagen Sie dem jungen Herrn Bjerre, dass ich ihn um zwei empfangen kann.«

Frau Hamilton wirkte überrascht, nickte jedoch und verließ den Raum.

Einar wusste nicht recht, warum er zwei Uhr gesagt hatte. Aber er hatte instinktiv gespürt, dass er etwas Zeit brauchte, um sich innerlich zu wappnen. Obwohl er gründlich informiert war, sah er sich in eine merkwürdige Situation versetzt. Das Treffen war eines von vielen, auf die er gerne verzichtet hätte. Normalerweise ging es um langweilige geschäftliche Termine mit anderen Beamten, bei denen die meisten genau wie er über ihre Posten in dieser entlegenen Gegend jammerten. Jeder von ihnen hatte seine Versetzung als weitere Stufe auf der Karriereleiter gesehen und zu spät gemerkt, dass er weit weg vom Zentrum der Ereignisse und ohne große Chancen auf eine Beförderung war. Australien, wie einer von ihnen es einmal ausgedrückt hatte, war ein Ort für begnadete Strafgefangene und abgeschobene Schreibtischtäter.

Dieser Termin war jedoch ganz anders geartet; eine Privatsache oder vielmehr ein Freundschaftsdienst. Er las sich noch einmal den kurzen Brief durch, der in englischer Sprache verfasst war, um als Empfehlungsschreiben benutzt werden zu können.

Mr. E. Lindquist
Swedish Consul General to the Commonwealth of Australia

Dear old friend,
the bearer of this letter ist my son Sören Christer, whom you have known since he was born and whom i recommend to you – whatever you can do for him I will regard as done for myself. I am sure that for old friendship's sake you will take an interest in him. I have written to you some time ago and hope to hear from you very soon.

Yours affectionately,
Andreas Bjerre
Stockholm 26.6.1925

Oh ja, er war auf die Ankunft des jungen Sören Christer in Sydney vorbereitet gewesen. Tatsächlich hatte er ihr mit Schaudern entgegengesehen. Sein Vater Andreas stand bei ihm hoch im Kurs, er war ein guter Freund, auch wenn sie nur noch sporadisch Kontakt hielten, seit Einar seine Karriere beim Außenministerium begonnen hatte.

Als er jünger war, hatte er sich nichts sehnlicher gewünscht, als in die Welt hinauszureisen und sich nützlich zu machen. Inzwischen konnte er sich nichts Wundervolleres vorstellen als ein richtiges schwedisches Mittsommerfest oder einen traditionellen Luciazug. Dabei war es ihm immer gegen den Strich gegangen, solche Feiertage zu begehen. Vielleicht war er einfach nur älter geworden.

Ja, ihn hatte das unvermeidliche Heimweh übermannt, das früher oder später alle packte. Wo man wollte, dass alles wieder so war wie in der Kindheit, wo man schmecken wollte, woran man sich erinnerte, wenn man auf einmal fand, dass jeder Jüngere ungehobelt sprach, wenn man sich danach sehnte, das Haus wiedersehen zu dürfen, in dem man aufgewachsen war. Obwohl es dort alles andere als fröhlich zugegangen war. Doch jetzt saß er hier und vermaß in Gedanken die Kopfseite, die zu dem großen Rasen hin lag, und entsann sich der Hängematte und der zahlreichen wirren Onkel und konfusen Tanten.

Von sich selbst enttäuscht, weil er seine Gedanken nicht im Zaum halten konnte, schüttelte er den Kopf und öffnete die unterste Schreibtischschublade, in die er den Brief gelegt hatte, den Andreas ihm geschickt hatte und auf den das Empfehlungsschreiben Bezug nahm. Obwohl er es am liebsten gelassen hätte, wusste er, dass er ihn noch einmal lesen musste. Er hatte das Schreiben niemandem, nicht einmal seiner Frau gezeigt. Sie kannte Andreas allerdings auch nur flüchtig, war ihm nur wenige Male begegnet.

Einar seufzte schwer und begann zu lesen.

Stockholm, den 24. Juni 1925

Lieber Einar!
Vielen Dank für all Deine Karten, Bücher und Geschenke! Dass ich Dir nicht geschrieben habe, lag, wie Du vielleicht schon vermutet oder auch Briefen entnommen hast, daran, dass ich in den zwei Jahren seit unserer letzten Begegnung ungefähr so krank gewesen bin wie in Harzburg und in den letzten drei Monaten kränker als seit den Blutungen 1920, und zwar als Folge einer doppelseitigen Lungenentzündung. Es hat dafür also keine *anderen Gründe gegeben. Ich bin im Moment vorübergehend in Stockholm, zum einen, um die Sache mit Sören Christer zu regeln, und zum anderen, um eine Entscheidung darüber herbeizuführen, ob ich in Dorpat oder hier in Stockholm bleiben werde. Ich hoffe allerdings, dass Du mein Buch bekommen hast, das der Verlag Dir meinen Anweisungen zufolge schicken sollte. Die Presse war zu Anfang ein wenig träge, aber in den letzten Tagen ist es be-*

deutend besser geworden (siehe Svenska Dagbladet *am 18.6. und* Dagens Nyheter *am 23.6.); und nun sollen fünf Professoren an Zeitschriftenartikeln arbeiten, die, Briefen nach zu urteilen, sehr zufriedenstellend ausfallen werden. Übrigens hat Dein Freund Goll, mittlerweile Generalstaatsanwalt, sich sehr ausführlich in zwei Nummern von* Nationaltidende *geäußert und versprochen, einen eher wissenschaftlich gehaltenen Artikel in einer juristischen Zeitschrift zu veröffentlichen. Ich bin allerdings noch zu erschöpft, um mich über Erfolge zu freuen. Wir werden sehen, ob ich noch einmal auflebe.*

Ich schreibe Dir nunmehr jedoch in einer ausgesprochen traurigen Angelegenheit, nämlich Sören Christer betreffend.

Er gehört, wie Du weißt, zu jener Klasse Degenerierter, die man Psychopathen nennt, welche in der Regel zu Hochstaplern, Schwindlern von höchstem, niedrigerem oder niedrigstem Niveau etc. verfallen oder geisteskrank werden. Wahrscheinlich würde Dir das Wort Psychopath nicht viel sagen, wenn Du nicht, wie man mir im Außenministerium im Vertrauen und privat mitgeteilt hat, dienstlich mit relativ vielen dieser Gestalten zu tun gehabt hättest. Leider kann ich Dir nicht verschweigen, dass Sören Christer, soweit ich sehen kann, ein ziemlich schwieriger Fall dieser Art zu sein scheint; er ist allerdings auf Grund seines Talents, sich zu verstellen, nur sehr schwer zu beurteilen. Gegenwärtig wirkt er in unserer Gesellschaft – Madeleine, Poul, Mutter, mir etc. – vor allem apathisch; aber er muss sich zweifelsohne unter Gleichaltrigen ganz anders benehmen, fröhlich und nett, außerdem hat er diverse Proben eines gewissen Unternehmungsgeists an den Tag gelegt; jedenfalls musst Du damit rechnen, dass seinen Worten nicht zu trauen ist. Er ist körperlich vollkommen gesund (obwohl es ihm gelungen ist, sich wegen eines »nervösen Herzfehlers« vor dem Wehrdienst zu drücken).

Nach eingehenden Diskussionen mit Ärzten und anderen, die ihn seit vielen Jahren kennen, und nach schier endlosen Grübeleien darüber, wie er versorgt werden könnte, bin ich nunmehr zu dem Schluss gelangt, dass es das Beste oder offen gesagt das einzig Mögliche sein wird, ihn nach Australien zu schicken. In einer Nervenheilanstalt wird er nicht aufgenommen, und hier in Stockholm ist er jetzt vier Monate ohne jede Beschäftigung gewesen und hat dabei bis zu achthundert Kronen im Monat ausgegeben.

Worum ich Dich nun bitten möchte, ist Folgendes:

1) Ihn in Deinem Büro ein- oder eventuell auch zweimal zu empfangen und ihm dabei sachlich, ohne seinen äußerst ermüdenden Einwänden Aufmerksamkeit zu schenken, seine Stellung als mittelloser Arbeitssuchender in Australien vor Augen zu führen. Allem menschlichen Ermessen nach wird er Dir gegenüber, wie auch uns erwachsenen Verwandten, gleichgültig, apathisch, geradezu schüchtern auftreten und in Aussicht stellen, als Schwerarbeiter zu arbeiten etc. (was er, wenn er es sagt, tatsächlich glaubt) oder als Millionärssohn mit der Aussicht auf große Unterhaltszahlungen etc. Im erstgenannten Fall bitte ich Dich, ihm eine gewisse Protektion zuzusagen, im letztgenannten, ihm mitzuteilen, dass ich Dir geschrieben habe, womit er rechnen kann. Du musst, wie gesagt, stets sachlich bleiben und jegliche formelle Härte vermeiden, was ausgesprochen schwierig ist; Ärzte, denen alle disziplinarischen Mittel einer Erziehungsanstalt zur Verfügung standen, und ich selbst und andere haben es vergeblich mit Strenge versucht, die nur dazu führt, dass er sich verhärtet und sich allem, was man ihm sagt, verschließt. Im Übrigen wirst Du ihn natürlich den Umständen entsprechend behandeln müssen.

2) Ihm bei eurer ersten Begegnung zu versprechen, ihn zu einem späteren Zeitpunkt *einmal bei Dir daheim zu empfangen und der schwedischen Kolonie vorzustellen,* wenn er sich gut macht. *Wenn Du ihn auf der Stelle als Gast empfangen würdest, fürchte ich zum einen, dass Du ihn nicht ertragen könntest, und bin mir zum anderen ziemlich sicher, dass er es daraufhin als sein verbürgtes Recht auffassen würde, wo immer er hinkommt, wie ein Prinz auf Reisen empfangen zu werden, was natürlich aus-*

gesprochen schädlich für ihn wäre. Allerdings darfst Du natürlich auch in dieser Hinsicht ganz danach handeln, wie er sich Dir präsentiert.

3) Dass Du ihn, nachdem Du in diesem Sinne mit ihm gesprochen hast, nicht *noch einmal persönlich empfängst. Er wird zweifellos täglich im Konsulat auftauchen, um mit Dir über »etwas ganz Bestimmtes« sprechen zu wollen, aber es wird mit Sicherheit nichts Neues sein und im Anschluss nur darum gehen, sich Geld zu leihen; ich möchte Dich bitten, dass Deine Sekretärin oder ein anderer geeigneter Mitarbeiter ihn dann mit dem Bescheid wegschickt, dass Du nicht zu sprechen bist, und natürlich auch ohne ein Darlehen.*

4) Ihm unverzüglich eine möglichst billige Unterkunft zu besorgen. Du musst dabei bedenken, dass er bis auf Weiteres nicht unserer gesellschaftlichen Klasse angehört, sich vielmehr hocharbeiten muss, und seine Lebensbedingungen sich danach zu richten haben werden.

5) Ihm Übersetzungsarbeiten irgendwelcher Art zu verschaffen, wenn möglich einigermaßen regelmäßig, z.B. bei einer der anspruchsloseren Illustrierten à la Filmblatt, Das Neueste *oder ähnlichen Publikationen oder natürlich noch besser als Korrespondent in einem Büro. Nach allem, was seine Lehrer und andere, die es wissen müssten, mir gesagt haben, hat er eine ziemlich ausgeprägte Sprachbegabung, möglicherweise sein einziges intellektuelles Talent. Die deutsche Sprache beherrscht er einigermaßen perfekt, und Übersetzungen machen ihm Spaß, was man sich unter Umständen zunutze machen könnte, da man in Australien, nach allem, was ich höre, bei Bedarf lieber einen voll und ganz des Deutschen mächtigen Schweden als einen waschechten Deutschen nimmt. Englisch liest er ebenso gut wie Schwedisch, und wenn er hier bei uns kürzere Zeit mit einem Engländer zusammen gewesen ist, soll er auch diese Sprache fließend gesprochen haben.*

6) Sämtliche schwedischen Konsulate in Australien schriftlich anzuweisen, ihm kein Geld zu leihen. In vergleichbaren Fällen sollst Du hierzu vom Außenministerium aufgefordert worden sein, aber da ich Dir ohnehin schreiben wollte, bat man mich dort (im Außenministerium), Dich selbst hierum zu bitten. Solltest Du, ohne ihm zu schaden, den in der schwedischen Kolonie am ehesten in Frage kommenden Personen einen Wink geben können, dass er in dieser Beziehung unzuverlässig sein könnte oder etwas Ähnliches, würde ich Dich auch darum bitten. Ich werde jedenfalls keine Schulden begleichen können, die er da draußen macht.

7) Falls alle Pläne scheitern sollten, möchte ich Dich bitten, alles in Deiner Macht Stehende zu tun, um ihn an einer Heimreise zu hindern, und ihm vor allem unter gar keinen Umständen Geld zu leihen oder zu einer Heuer auf einem Schiff oder etwas Ähnlichem zu verhelfen. Sollten sich die australischen Behörden in irgendeiner Form seiner annehmen, wirst Du davon natürlich in Kenntnis gesetzt werden und wirst ihnen daraufhin mitteilen müssen, dass weder sein Vater noch ein anderer Verwandter seine Heimreise bezahlen können; der schwedische Staat bezahlt sie, laut Außenministerium, auch nicht. Ich möchte Dich insbesondere bitten, die Kapitäne auf den Schiffen der Transatlantic aufzufordern, sich nicht weiter mit ihm zu befassen.

8) In diesem extremen Fall – falls alles schiefgeht – möchte ich Dich bitten zu versuchen, ihn an einen Ort zu schaffen, an dem er mit möglichst wenig Geld vegetieren kann; ich habe gehört, dass so etwas auf den französischen Pazifikinseln möglich sein soll, aber den Ort wirst Du natürlich den Umständen entsprechend wählen müssen. Generell wäre es natürlich das Beste, wenn Du ihn schnellstmöglich von Sydney fort aufs Land oder in eine kleinere Stadt lotsen könntest.

9) Ansonsten gilt das Geld betreffend, dass ich absichtlich keine konkrete Summe und keinen genauen Zeitpunkt genannt habe, und dass ich ihm bis auf Weiteres nicht mehr als allerhöchstens 1½ Pfund in der Woche, das heißt ungefähr 125 Kronen im Monat, zukommen lassen kann. Ich möchte Dich bitten, ihm dieses

Geld von einem Deiner Mitarbeiter wöchentlich auszahlen zu lassen. Am besten schicke ich es Dir zu Anfang jedes Quartals. Das Startkapital, 40 Pfund (800 Kronen) sollte ja abzüglich der Reise nach Adelaide oder Melbourne usw. zumindest 2–3 Monate reichen. Dass Amelie ihm auch etwas geben kann, ist eher unwahrscheinlich. Seit er von zu Hause fortgeschickt wurde, hat er mich mehr als 75 000 Kronen gekostet, und jetzt kann ich nicht mehr.

Ich schicke diesen Brief mit normaler Post und in Kopie als Einschreiben, außerdem werde ich ihm ein kurzes, offenes Empfehlungsschreiben an Dich mitgeben. Des Weiteren bekommt er ein Empfehlungsschreiben an einen gewissen Mr. Peters, dem ich ausführlicher direkt schreibe. Da er in Sydney lebt, nehme ich an, dass Du ihn kennst.

Ja, lieber Freund, wie sehr mich das alles mitgenommen hat und was ich in diesen Tagen empfinde, kannst Du Dir wohl denken. Ich selbst und andere, die sich, wie ich hoffe, auf Dinge dieser Art verstehen, glauben zwar, dass zumindest die Aussicht besteht, dass er dadurch gerettet werden kann, nunmehr auf sich selbst gestellt zu sein. Aber die Ungewissheit ist natürlich schrecklich.

Es tut mir selbstverständlich weh, Dich mit ihm belästigen zu müssen. Aber für Dich ist er ja letzten Endes ein fremder Junge, und ich habe Dich ja auch ausschließlich um negative Dinge zu bitten.

Ebenso schwierig wie all das sind meine persönlichen Verhältnisse. Ich habe ungeheure Schulden, von denen 20 000 ohne Sicherheit sind und bloß gestundet werden, weil es sich für die Banken momentan nicht lohnen würde, mich in Konkurs zu versetzen. Und ich habe kein geregeltes Einkommen.

In Dorpat kann ich wegen meiner gesundheitlichen Verfassung nicht bleiben – fünf Lungenentzündungen in drei Jahren. Vorstellbar sind Aufträge, mein Material auszuarbeiten, aber das wäre natürlich befristet und unsicher; die Sache entscheidet sich in diesen Tagen, was mir, wie Du verstehen wirst, ein steter Grund zur Sorge ist.

Am schlimmsten steht es jedoch um meine Gesundheit. Es ist wohl überaus fraglich, ob ich jemals wieder richtig gesund werden kann, zumindest empfinde ich es derzeit so.

Ich hoffe, Dir bald froheren Mutes schreiben zu können. Ich danke Dir jedenfalls für alles, was Du für Sören Christer tun kannst.

Dein ergebener
Andreas

Einar war mulmig zumute, und er ging im Zimmer auf und ab. An manchen Tagen hatte er das Gefühl, dass sich die Stunden dahinschleppten.

Er rückte das Dalapferd gerade, pustete etwas Staub fort und sorgte dafür, dass das Universitätsdiplom gerade hing. Nachdem er regungslos in der Zimmermitte gestanden hatte, ging er zur Wand und betrachtete das gemalte Porträt Gustav V. Der König erwiderte auffordernd Einars Blick. Die kleinere Fotografie von Premierminister Branting hing auch noch an der Wand, aber Einar hatte den Trauerflor abgenommen. Eine Fotografie seines Nachfolgers Sandler war trotz wiederholter Anfragen Einars noch nicht aufgetaucht.

Er beobachtete eine Fliege, die auf der Wand krabbelte. Sie flog auf, landete jedoch sofort wieder an der gleichen Stelle. Plötzlich, wie aus dem Nichts, wurde sie von einer Spinne angegriffen, die sich hinter dem Porträt des Königs versteckt hatte. Mit einem Satz war sie bei der Fliege, die wild mit ihren Flügeln schlug. Dann wurden ihre Bewegungen matter, je stärker das Gift wirkte. Langsam zog sich die Spinne daraufhin, die Fliege fest im Griff, zum Fußboden zurück, wo sie eine Ritze fand und verschwand.

Was für ein seltsamer Anblick, dachte Einar. Er faszinierte ihn wegen seiner Unerbittlichkeit und weil das Ganze so überraschend geschehen war. Etwas Vergleichbares hatte er noch nie gesehen. Binnen weniger Sekunden war alles vorbei gewesen. Ein Leben war ausgelöscht worden. Spinne und Fliege waren gleich groß, trotzdem war das eine Tier Jäger und das andere Beute.

Er setzte sich und überlegte, warum ihn diese Szene so tief berührt hatte.

Natürlich erinnerte er sich an Sören Christer, der damals jedoch noch ganz klein gewesen war. Von Andreas, dem er aus natürlichen Gründen immer sporadischer begegnet war, hatte er nur Schlechtes über den Jungen gehört. Dass er sich in einer Nervenheilanstalt aufgehalten hatte, war ihm bekannt gewesen. Allerdings hatte er angenommen, dass er durch die Folgen von Andreas' aufreibender Scheidung von Amelie und pubertäre Sorgen dort gelandet war. In dem Brief, den Andreas ihm geschickt hatte, klang der Junge jedoch eher wie ein hoffnungsloser Fall, wie jemand, der nach Australien geschickt wurde, um möglichst wenig Schaden anzurichten.

Wie ich, lachte er auf.

Er sah auf die Uhr, stand auf und öffnete die Tür.

»Frau Hamilton, ich kann Herrn Bjerre jetzt empfangen.«

Anschließend kehrte er zu seinem Schreibtisch zurück, setzte sich, faltete den langen Brief zusammen und verstaute das Konvolut in der obersten Schreibtischschublade.

Er stand auf und ging zum Fenster. Der Nachmittagsverkehr war dichter geworden, und er sah die Autos und Karren, die sich unter ihm auf der Straße drängten, die Zeitungsstände, an denen den Passanten die neuesten Schlagzeilen zugerufen wurden. Dann hörte er ein leises Klopfen und drehte sich um.

»Sören Christer, komm rein, komm rein. Setz dich.«

Er zeigte auf den Sessel und war überrascht, wie hübsch der Junge geworden war, gut gekleidet und feingliedrig. Aus irgendeinem Grund hatte er geglaubt, die Dinge, die er hinter sich hatte, hätten ihn grobschlächtiger gemacht. Stattdessen sah er aus wie ein gesunder, auf unverdorbene Art intellektueller Jüngling.

»Danke«, sagte Sören Christer, ließ sich nieder und schlug ein Bein über das andere.

»Tee? In diesem Land trinkt man high tea wie in England.«

»Danke, gern.«

Einar gefiel das Lächeln des Jungen. Er ging zur Tür und bat Frau Hamilton, ihnen Tee zu besorgen. Dann setzte er sich hinter seinen Schreibtisch.

»Herzlich willkommen in Australien.«

Sören Christer lächelte breit und nickte höflich.

»Dann erzähl mal, welche Pläne hast du in deinem neuen Land?«

»Nun ja …«, begann Sören Christer zögernd.

Dann richtete er sich auf seinem Stuhl auf und sagte mit klarer Stimme:

»Vater und ich hofften, dass ich unter Umständen eine Stelle im Konsulat bekommen könnte. Für den Anfang vielleicht nichts Besonderes. Ich kann Botengänge erledigen, wenn es das ist, was es an Arbeit gibt. Ich bin nicht anspruchsvoll. Sprachen sind allerdings meine Stärke.«

»Ich verstehe«, sagte Einar und sah eine Mitarbeiterin mit dem Tee kommen.

Während sie Tassen und Teller verteilte, schwiegen sie und betrachteten die Frau. Einar dachte, dass er eine Wahl hatte und eine Entscheidung treffen musste. Entweder befolgte er Andreas' Anweisungen akribisch, oder er gab Sören Christer eine Chance, die über das hinausging, was in dem Brief stand.

Er beobachtete Sören Christer aufmerksam. Er fand, dass der Junge für sein Alter reif aussah, ganz anders, als Andreas ihn beschrieben hatte. Dann rief er sich jedoch ins Gedächtnis, dass sein Freund an mehreren Stellen seines Briefs betont hatte, der Junge könne sich gut verstellen und sein psychischer Defekt lasse ihn Rollen spielen. Spielte er in diesem Moment vielleicht nur die Rolle des wohlerzogenen Sohns eines guten Freunds?

»Aber bitte, bedien dich«, sagte Einar und lachte gutmütig.

Er sah Frau Hamilton mit den für sie so typischen langsamen Schritten an der Tür vorbeigehen, damit sie möglichst viel von der Unterhaltung mitbekam. Ihr leicht zu durchschauendes Verhalten versetzte ihn stets in gute Laune.

Sören Christer bedankte sich, nahm ein Scone und bestrich es mit einer dicken Schicht Erdbeermarmelade.

Einar beschloss, dem jungen Mann ein benefit of a doubt zu geben. Das australische Motto. Er lehnte sich vor und sah, dass Sören Christer ihn mit vollem Mund anschaute.

Einar sagte mit klarer Stimme:

»In dieses Land kommen Verbrecher und Glücksritter. Viele beginnen ein völlig neues Leben, dafür gibt es hier unzählige Beispiele. Ich denke, du könntest einer von ihnen werden, Sören Christer. Herzlich willkommen in Australien, herzlich willkommen in deinem neuen Leben. Ich hoffe und glaube, dass du etwas Gutes daraus machen wirst.«

V Der Weg nach Vårstavi (1925)

Schon Gätke beobachtete etwa hundert Fälle [...]. Seinen Beobachtungen zufolge sollte der Vogelzug hierzulande Ende September beginnen und den ganzen Oktober andauern. In einzelnen Fällen sind auch noch Anfang November Funde gemacht worden. Wie alle anderen sibirischen Vögel trifft man ihn im Frühling dagegen äußerst selten an, Gätke kann bloß zwei gesicherte Fälle vorweisen. Ein östlicher und speziell südöstlicher Wind bei warmem, sonnigem Wetter wäre erforderlich, damit der Vogel als Durchzügler beobachtet werden könnte [...] Eine ganz gegensätzliche Beobachtung machte jedoch Banzhaf, der während einer längeren Phase mit westlichen Winden im Jahr 1922 eine massive Invasion weißgesäumter Fitisse beobachten konnte.

Fauna und Flora. Zweiundzwanzigster Jahrgang

Lieber Bruder…

Manchmal habe ich über deine Träume und deine Erwartungen an dich selbst nachgedacht. Es muss Momente geben, in denen selbst du an deiner Größe zweifelst.

Ich muss einfach daran denken, wenn ich dich so neben Gunhilds Bett sitzen sehe. Du hockst seltsam geduckt, als wäre alle Luft aus deinem Körper gewichen und du zu müde, um neue zu holen. Du gleichst einem Ausatmen.

Du sitzt an Gunhilds Bett und siehst, dass sie dich in dieser Welt allein zurücklassen wird. Du stellst dich der Tatsache nicht, wagst es noch nicht, den Schmerz zuzulassen.

Aber du weißt es. In deinem tiefsten Inneren weißt du es.

Was bleibt von einem Menschen? Ein wenig Asche, Knochenreste? Oder soll man diesen fantastischen Geschichten Glauben schenken, in denen es heißt, die Seele verlasse den ausgedienten Körper, um im ewigen, paradiesischen Glücksreich aufzugehen?

Ich weiß, es gibt nichts, was du dir jetzt lieber wünschen würdest. Nicht dir, sondern Gunhild zuliebe. Du weißt, dass dein Leben schon bald keinen Sinn mehr haben wird. In ein paar Tagen ist es vorbei. Gleichzeitig weißt du jedoch, wenn du einmal Rückschau hältst, wird eine Trennlinie zwischen diesem Tag und allen anderen verlaufen.

Gunhild hustet. Zunächst ganz leicht, es sieht nicht weiter schlimm aus, sie versucht sogar weiterzusprechen, aber der Husten steigert sich zu einem immer heftigeren Anfall, der kein Ende zu nehmen scheint.

Plötzlich bekommt sie keine Luft mehr, ihr Gesicht läuft feuerrot an, und sie bekommt einen glasigen Blick. Du beugst dich über sie und hilfst ihr, die Atemwege frei zu machen. Als du sie berührst, spürst du, wie ihr Körper darum kämpft, Luft zu bekommen.

Der Anfall dauert mehr als eine Minute – eine der längsten deines Lebens –, aber dann lassen die Konvulsionen nach, und sie wird schwer und hängt in deinen Armen.

Du legst sie wieder in die Kissen.

Es ist vorbei. Für den Moment.

Aber der Anfall hat sie sehr mitgenommen, das siehst du ihr an. Sie ist erschöpft, große Schweißperlen stehen ihr auf der Stirn, die Augen liegen noch tiefer in den Höhlen als sonst, sind rot unterlaufen und schwer.

Es bleibt lange still, bis sie schleppend und atemlos weiterspricht, und sie sieht dir in die Augen, als sie die Worte stoßweise, fast Silbe für Silbe, ausspricht:

»Ich kann nicht mehr … Ich weiß, dass du es verstanden hast, Poul … Geliebter. Ich habe keine Kraft mehr … es ist keine mehr da. So gerne ich auch welche hätte, es ist keine da … es reicht … es reicht jetzt …«

Sprachlos bleibst du sitzen und hast das Gefühl, einen Schlag ins Gesicht bekommen zu haben.

Nie zuvor hast du sie diese Worte aussprechen gehört.

»Ich kann nicht mehr«, wiederholt sie und schüttelt, ohne wegzusehen, den Kopf, obwohl ihr Blick immer feuchter wird und sie immer öfter blinzelt.

Du hast niemals Grund gehabt, an ihren Worten zu zweifeln. Und es zerreißt dir fast das Herz, als du erkennst, dass du auch jetzt keinen Grund dazu hast. Es ist die Ankündigung des Endes.

Des unausweichlichen und schrecklichen, des hoffnungslosen und unwiderruflichen Endes. Insgeheim hast du immer gewusst, dass sie dich eines Tages verlassen wird.

All die Jahre im Wartezimmer des Todes. Und dann passiert es so grauenvoll und unerbittlich.

Du glaubst, dass dich in diesem Moment keiner sieht.

Aber du irrst dich, Bruder. Ich sehe dich.

Aber du siehst nicht das Tier, du behandelst mich wie einen Menschen.

Vårstavi, 27. November 1925

Als sie die Zugtür öffnete, um auf den Bahnsteig zu treten, schlug Madeleine der Wind ins Gesicht. Er traf sie so überraschend und hart, als hätte sie einen Schlag in die Magengrube bekommen. Auf einmal gab es keinen Halt mehr. Es war, als würde man fallen.

Im letzten Moment gelang es ihr, sich mit beiden Händen festzuhalten. Am meisten erschreckte sie, dass niemand etwas bemerkt zu haben schien. Die Leute, die im Waggon hinter ihr standen, blieben stumm und erkundigten sich nicht, ob sie Hilfe benötigte, sondern warteten nur darauf, selbst aussteigen zu können.

Als hätte sie sich das nur eingebildet.

Sie riss sich zusammen und stieg auf den Bahnsteig. Kurz darauf blies der Stationsvorsteher in seine Trillerpfeife, und der Zug sammelte Kraft und rollte langsam davon.

In gewisser Weise war sie erleichtert. Jetzt gab es kein Zurück mehr. Sie befand sich am Bahnhof von Tullinge; der Wagen, der sie nach Vårstavi bringen sollte, wartete auf sie. Wie sie es abgesprochen hatten. Sie hatte einen Auftrag bekommen und gedachte ihn auszuführen.

Im Zug war sie noch einmal alle Details durchgegangen. Sie würde Poul treffen und ihm den Brief übergeben, den Andreas geschrieben hatte. Es würde das Ende des Bruderzwists sein, in den sie in ihren dreizehn Jahren als Ehefrau von Andreas verwickelt gewesen war. Der Brief würde Andreas in Frieden ruhen lassen.

Danach war sie frei. Dann gab es für sie nichts mehr zu tun.

Sie vergewisserte sich wieder, dass der Brief noch lag, wo er liegen sollte. Ja, das tat er. Sie hatte sicher schon hundert Mal nach ihm getastet. Sie zog den Mantel enger um den Hals und spürte den eisigen Novemberwind, der anscheinend durch jeden Spalt in ihren Kleidern dringen wollte. Sie blickte auf. Durch die schweren Wolken sickerte ein wenig Sonnenlicht.

Andreas hatte ihr Leben verändert. Als sie sich verliebten, wusste Madeleine von Anfang an, dass sie bereit sein würde, alles aufzugeben. Viele dachten, es wäre eine schwere Entscheidung gewesen. Das war es nicht. Nichts sonst in ihrem Leben war ihr so selbstverständlich erschienen, so als wäre es von einer höheren Macht vorherbestimmt worden.

Manchmal dachte sie, dass alle, die es nicht verstanden, nie geliebt hatten. Nie *wirklich* geliebt hatten. Nur auf diese praktische und sachliche Art geliebt hatten, die so viele in ihrer Umgebung anscheinend für die einzig wahre hielten, eine Übereinkunft, die zu einer Familie und zu stabilen finanziellen Verhältnissen führte. Mit Andreas war nichts praktisch gewesen. Jeder Tag war ein Kampf gewesen. Doch selbst ihre Freunde, die sie am heftigsten kritisiert hatten, änderten fast alle ihre Meinung, sobald sie ihn kennenlernten. Keiner konnte so lebendig sein wie Andreas, keiner konnte anderen so intensiv das Gefühl vermitteln, gesehen zu werden.

Aber so herrlich es war, zum fünfunddreißigsten Geburtstag fünfunddreißig Rosen und ebenso viele importierte französische Pralinen zu bekommen, so bedrückend war es, einsehen zu müssen, dass sein Geschenk von Geld gekauft worden war, das eigentlich für Miete und andere Ausgaben vorgesehen gewesen war. Das war die Strafe dafür, mit einem Menschen zusammen zu sein, der nur für den Augenblick lebte. Er lieh Freunden Geld, selbst wenn er wusste, dass sie es ihm nie zurückzahlen können würden. Obwohl er selbst auf Pump lebte.

Sie wünschte sich, nur die schönen Erinnerungen an Andreas behalten zu dürfen. Es waren so viele. Sie bezweifelte, dass auch nur eine einzige ihrer Freundinnen genauso viele heitere Augenblicke in ihren Beziehungen erlebt hatte. Aber wenn sie nicht auf der Hut war, schlichen sich auch die düsteren Erinnerungen in ihr Inneres, die so gerne anfingen, an ihr zu zehren und zu nagen.

Wie jetzt. Plötzlich sah sie vor ihrem inneren Auge Andreas über seinen Schreibtisch in Dorpat gebeugt sitzen. Es war nur ein paar Wochen vor ihrer Rückkehr aus Estland gewesen. Sie war zu ihm gegangen, hatte seine Wange gestreichelt und ihn zu überreden versucht, sich auszuruhen und eine Weile hinzulegen. Das Morphium hatte ihn ruhiger werden lassen und seine Schmerzen nach der Gallensteinoperation gelindert, aber das Medikament schien ihn innerlich lahmzulegen, während sein Gehirn pausenlos dagegen ankämpfte. So wie sich ein Kind noch lange nach dem Zubettgehen gegen den Schlaf wehrt.

»Bald«, sagte er. »Ich will nur noch ein Kapitel durchsehen.«

Das sagte er immer. Wenn er das Kapitel durchgearbeitet und Korrektur gelesen hatte, würde er sich als Nächstes auf den Vortrag stürzen, den er später in jener Woche an der Universität halten sollte. Die Blätterstapel auf dem überfüllten Schreibtisch und zu beiden Seiten davon waren wie eine ständige Erinnerung an seine Unzulänglichkeit und Kränklichkeit. Ohne das Morphium wäre er nicht einmal aus dem Bett gekommen.

Wochenlang hatte er nur bewegungslos dagelegen und die Wand angestarrt. Wenn er aufgestanden war, dann nur, um schnurstracks zum Seminarraum zu gehen und ein paar Stunden später als Wrack heimzukehren.

Warum hatte sie nur so lange gebraucht, bis sie erkannt hatte, dass die Professur, die doch seine Rettung hätte sein sollen, in Wahrheit sein Untergang war! Sie konnte nicht fassen, dass sie dies zugelassen hatte. Sie hätte ihn zwingen müssen fortzugehen, bevor es zu spät war.

Sie verstand nicht, wie es ihr möglich gewesen war, ihn so im Stich zu lassen.

Erst als er so krank war, dass er nicht mehr aufstehen konnte, und sich weigerte, einen Arzt zu sehen, begriff sie, dass er die Professur aufgeben und nach Stockholm zurückkehren musste. Bei seinem letzten Hausbesuch hatte der estnische Arzt gesagt, er könne möglicherweise die körperlichen Leiden heilen, für die mentalen sei jedoch sie verantwortlich. Unter Aufbietung seiner letzten Kräfte hatte Andreas den Arzt aus dem Haus gejagt und war anschließend wie ein Sack Kartoffeln, mehr tot als lebendig, auf der Couch zusammengesackt. Sie hatte sich neben ihn gesetzt und seinen Kopf in ihren Schoß gelegt.

»Ich habe solche Angst«, sagte er.

»Ich weiß. Ich habe Poul gebeten, sich zu erkundigen, ob es einen Arzt in Schweden gibt, der herkommen kann.«

»Das ist es nicht. Es ist nicht der Arzt … ich habe *deinetwegen* Angst. Begreifst du denn nicht, dass ich Angst habe, dich zu verletzen? Ich trage etwas Böses in mir, etwas, das mich von innen auffrisst. Wie sollst du das verstehen können, Madeleine? Ich bin ein Tier. Ein wildes Tier, das mordet, um zu überleben. Aber du siehst es nicht, du behandelst mich wie einen Menschen. Davor habe ich solche Angst: dass ich dich in Stücke reißen werde.«

Sie wollte etwas sagen, ihn trösten und ihm versichern, dass er sich irrte. Aber sie brachte keinen Ton heraus. Stattdessen strichen ihre Finger noch einmal durch sein Haar, weil sie wusste, es war das Einzige, was er zulassen würde. Sie hatte furchtbare Angst vor diesem wilden Tier, aber nicht so, wie er es beschrieb. Sie hatte solche Angst davor, was es mit *ihm* anstellte. Sie hatte das Gefühl zuzusehen, wie er, Stück für Stück, Woche für Woche, Monat für Monat weggetrieben wurde.

Und es blieb immer weniger von ihm übrig.

Sie dachte an Kierkegaard, der Andreas so oft vor dem Aufgeben bewahrt zu haben schien, und seine Beschreibung der

Seele, wenn sie sich vom Endlichen ab- und dem Unendlichen zuwandte. Wo die Liebe eine glückliche Liebe war. Und Gott diesen einzigen Wunsch erfüllte, aber dass man ihm gegenüber immer im Unrecht war.

So war Andreas' Liebe, dachte sie, immer überzeugt, das Falsche zu tun, stets im Unrecht zu sein, ob es nun um Gott oder jemand anderen ging. Die wahre Liebe blieb für ihn unerreichbar: entweder war sie wahr und fehlgeleitet oder unwahr und dem richtigen Menschen zugewandt.

Sie wusste, dass er sie im Grunde nicht liebte, wenn er so über seinen Schreibtisch gebeugt saß. In diesem Zustand war er unfähig zu fühlen. Aber sie war auch in diesem Moment die *richtige* Person. Sie war der Mensch, von dem er sich am meisten *wünschte*, ihn lieben zu können. Und das, dachte sie, war das wärmste Gefühl, das sie jemals empfunden hatte.

Sie wusste, dass sie nach Andreas nie wieder jemanden würde lieben können, denn an ihrer Liebe gab es niemals Zweifel: Sie liebte Andreas mehr als alles andere. Jetzt, da er nicht mehr lebte, war ein großer Teil ihrer selbst verlorengegangen.

Aber sie wusste auch, dass ihre Trauer eine Weile zurückstehen musste. Sie war gezwungen, sich zusammenzureißen und Poul zu treffen, den Bruder, der Andreas immer in den schwarzen Brunnen hinabgedrückt hatte, den Bruder, der das wilde Tier in Andreas gefüttert hatte, statt es zu zähmen.

Ja, sie musste Poul treffen. Deshalb war sie nach Vårstavi gefahren. Sie hatte einen Auftrag.

Lieber Bruder …

Es ist vorbei. Du weißt es. Es spielt keine Rolle, dass dir fast schwarz vor Augen wird. Du kannst ohnehin nichts tun.

»Ich bin bereit, Poul.«

Ihre Worte.

Sie schlagen unbeschreiblich abstoßend in dir ein. *Aber ich bin nicht bereit*, willst du laut ausrufen, noch lauter, damit sie es begreift.

Nichts, Poul, macht uns so unglücklich wie das Gefühl, keinen Einfluss nehmen zu können. Und jetzt stehst du da und bist in etwas gefangen, das jenseits deiner Vorstellungskraft liegt. Alles in dir verkrampft sich, und ein Augenwinkel beginnt zu zucken.

Gunhild sieht dich an. Ihr Blick weicht deinem nicht aus.

»Ich habe keine Angst zu sterben, Poul. Das weißt du. Ich hatte weiß Gott reichlich Zeit, alles zu regeln. Die letzten zehn Jahre sind eine einzige große Vorbereitung gewesen.«

»Ich will nicht, dass du mich verlässt. Wie soll ich darüber hinwegkommen?«

»Du Ärmster, du musst so viel ertragen. Andreas … und dann ich. Und deine Mutter ist auch so krank.«

Du lehnst dich weiter zu ihr vor, bis du auf der äußersten Stuhlkante sitzt, nimmst ihre fast flehend zu einer Liebkosung gehobene Hand und küsst sie.

»Doktor Lenmalm hat von einem neuen Medikament gesprochen, ich glaube, es kommt aus Deutschland. Es hat sich gegen Nervenschmerzen hervorragend bewährt.«

»Ich brauche keine neuen Medikamente, Poul.«

Sie seufzt, wirkt aber nicht traurig, nur müde, schrecklich müde. Du lockerst deinen Griff, sodass beide Hände auf die Bettkante sinken, die Finger noch verflochten.

»Ohne dich hätte ich niemals die Kraft gehabt, so lange zu leben, wie ich es getan habe«, sagt Gunhild mit schwacher Stimme. »Du und die Kinder sind die größten Segnungen meines Lebens gewesen.«

Du lächelst, willst das Gleiche sagen, musst erkennen, dass dies nicht geht, und bleibst stattdessen mit zitternder Unterlippe sitzen. Die Kinder – ihre Kinder – werden in deinem Haus immer herzlich willkommen sein, du wirst dich immer für sie verantwortlich fühlen, obwohl sie mittlerweile erwachsen sind. Du musst das nicht aussprechen, sie weiß es auch so.

Aber sind sie die größten Segnungen deines Lebens? Nein, das sind sie nicht. Natürlich nicht. Du findest sie verwöhnt, und ihre vollkommene Unfähigkeit, selbst einmal die Initiative zu ergreifen, treibt dich regelmäßig in den Wahnsinn. Das hast du schon immer gedacht, vor allem von den Söhnen, aber auch von Amelie. Obwohl du vor ihr Respekt hast. Sie hat dich immer durchschaut.

»Poul«, sagt Gunhild und sieht dir fest in die Augen. »Ich will auf Vårstavi liegen. Sollte es Probleme mit der Genehmigung geben, könnte ich mir auch das Familiengrab vorstellen, aber nur, falls es nicht möglich sein sollte, hierzubleiben.«

Du lehnst dich vor und küsst sie.

Sie flüstert:

»Wir müssen für alles dankbar sein, was wir bekommen haben.«

»Ich versuche es«, erwiderst du, »ich versuche es.«

Warum, Poul, kannst du nicht mit uns zusammen stehen, warum müssen wir uns um dich scharen?

Vårstavi, 27. November 1925

Vårstavi thront auf einem Hügel, im Sommer eingebettet in Grün und in den Wintermonaten tief verschneit bildet das Anwesen einen prachtvollen Anblick. Nähert man sich dem Haus, hat man das Gefühl, es stünde abgewandt und richtete den Blick auf den Malmsjön. Man wird scheinbar von der Rückseite des Gebäudes sowie einem hohen Zaun zwischen steinernen Pfeilern empfangen.

Die beiden Häuser könnten schon immer dort gestanden haben, man hat den Eindruck, dass sie der Erde entwachsen sind. In keinem der Zimmer gibt es Deckenlampen, und die einzige Musik, die hier jemals gespielt wird, kommt von dem hübschen Flügel.

Die schöne und beruhigende Atmosphäre, die Vårstavi umweht, sollte eigentlich jedem Menschen Frieden schenken. Aber Madeleine war unfähig, den Schauer zu unterdrücken, der sie durchfuhr, als sie das Anwesen erblickte. Hier, dachte sie, hat Poul also mit dem Geld des Vaters seinen Teil der Welt abgesteckt. Hier ist das Haus, das er selbst entworfen und geplant hat, hier betätigt er sich als Bildhauer, hier schreibt er Gedichte, arbeitet und wohnt er. Das ist sein Königreich. Das ist Vårstavi, wo Andreas und sie nie willkommen gewesen sind, so sehr sie sich auch bemühten.

Aber jetzt, da Andreas nicht mehr war, hatte man sie eingeladen.

Gnadenhalber, dachte sie.

Sie bezahlte den Taxifahrer und sagte ihm, er brauche ihr

beim Tragen nicht zu helfen, es sei ja nur ein kurzes Stück. Der Mann hob seine Mütze, nickte ihr zu und setzte sich wieder in den Wagen. Sie ließ ihn ein Stück fahren, ehe sie sich bückte, um die Tasche anzuheben.

Sie strich ihren Mantel glatt und klopfte an. Um sich zu vergewissern, dass sie pünktlich war, blickte sie hastig auf die Uhr. Wahrscheinlich, dachte sie, hatte Poul bereits den Wagen gehört, also spielte es im Grunde keine Rolle mehr.

Die Haushälterin öffnete ihr die Tür und ließ sie ins Haus. Sie nahm Madeleines Mantel und Tasche und erklärte, Doktor Bjerre erwarte sie im unteren Salon. Madeleine dankte ihr und traf ihn in einem Sessel sitzend in die Lektüre eines Buchs vertieft an. Auf dem Tisch lag aufgeschlagen sein Notizbuch.

Sie klopfte leise an den Türpfosten und betrat anschließend den Raum. Er stand auf und kam ihr mit offenen Armen entgegen.

»Madeleine!«, rief er aus und umarmte sie.

»Es war eine furchtbare Fahrt.«

»Wirklich? Tut mir leid, das zu hören. Soll ich Signhild bitten, uns etwas Tee oder Kaffee zu bringen?«

»Eine Tasse Kaffee täte mir jetzt sicher gut.«

Poul verschwand, um den Kaffee zu ordern. Madeleine hörte Stimmen im Flur. Sie ordnete ihre Frisur und kam sich plötzlich unbeholfen vor. Sie atmete noch einmal tief durch und erkannte dann, dass Poul sie beobachtete. Im ersten Moment wurde sie nervös, aber dann meinte sie zu sehen, dass er sie freundlich anlächelte. Er sah müder aus als bei ihrer letzten Begegnung nach der Beerdigung. In sein Gesicht hatten sich Falten gepflügt. Es sah einem Totenkopf ähnlicher, als sie es in Erinnerung hatte.

»Als Erstes möchte ich dir für deine Unterstützung in dieser furchtbaren Zeit danken, Poul.«

»Das ist doch nicht der Rede wert.«

»Deine Briefe an uns in Dorpat haben uns viel bedeutet. Auch wenn Andreas nur selten in der Lage war, sie selbst zu lesen.«

Sie sah aus dem Fenster. Es herrschte völlige Dunkelheit. In der kurzen Zeit, die sie für den Weg vom Bahnhof nach Vårstavi benötigt hatte, war der letzte Rest Tageslicht verschwunden.

»Seine Vorlesungen wurden sehr geschätzt«, fuhr sie fort. »Das habe ich von verschiedenen Seiten gehört, von Kollegen und Schülern. Aber er war ihren Erwartungen nicht gewachsen.«

»Ich verstehe.«

»Er war immer sehr darauf bedacht, dass die finanziellen Dinge geregelt wurden. Was Sören Christer betrifft, meine ich. Dir sind vielleicht noch nicht alle Auslagen erstattet worden?«

»Mach dir keine Gedanken darüber.«

»Ich sollte wohl nicht klagen, ich durfte glücklich sein. Ja, ehrlich gesagt glücklicher, als man verlangen kann. Irgendwie war es meine Bestimmung, Andreas bei seiner Arbeit zu unterstützen.«

Sie seufzte. *Warum habe ich das gesagt?* Sie war gerade erst angekommen und redete schon in einem fort über Andreas.

»Ah!«, sagte Poul und stand auf. »Da kommt Signhild mit dem Kaffee.

Sie strich ein paar Falten aus ihrem Rock, richtete sich im Sitzen auf und setzte noch einmal neu an:

»Poul, entschuldige bitte, dass ich nur von mir rede. Was ist mit Gunhild? Ich hoffe, es geht ihr besser.«

»Sie liegt leider im Bett. Einen Keks?«

»Danke.«

Sie nahm einen Bissen. Der Keks war knochentrocken auf ihrer Zunge. Sie versuchte zu schlucken, musste aber den Kaffee zur Hilfe nehmen, um die trockenen Krümel hinunterschlingen zu können. Vorsichtig legte sie den restlichen Keks in die

Serviette und lächelte verlegen. Poul erwiderte ihr Lächeln so freundlich wie zuvor.

»Hast du etwas von Sören Christer gehört?«

Poul schüttelte den Kopf.

»Er weiß bestimmt noch nicht, was passiert ist«, fuhr Madeleine mit resignierter Stimme fort. »Der arme Junge. Ich habe gehofft, dass es ihm in Argentinien gut gehen wird … dass sich die Dinge dort für ihn zum Besseren wenden würden. Aber …«

»Australien«, sagte Poul. »Sören Christer ist nach Australien gereist.«

Es wurde still, und Poul füllte ihre Kaffeetassen. Beide tranken einen Schluck. Als Madeleine ihre Tasse abstellte, klapperte sie.

»Ja, natürlich. Nicht Argentinien. Obwohl das Land auch im Gespräch war, stimmt's? Australien, so weit von der Heimat entfernt, wie es nur geht. Auf der anderen Seite der Welt …«

»Richtig«, meinte Poul. »Weiter weg kommt man nicht.«

»Obwohl es natürlich von Vorteil ist, dass er die Sprache beherrscht.«

»Selbstverständlich.«

»Denn Spanisch spricht er ja nicht, oder doch?«

Poul schüttelte den Kopf.

Erneutes Schweigen. Sie betrachtete ihn und sah ihn entspannt, mit übereinandergeschlagenen Beinen, dasitzen.

»Ich möchte dir für deine schöne Rede auf der Beerdigung danken, Poul.«

»Das ist nett von dir.«

»Ich frage mich … du hast sie nicht zufällig schriftlich festgehalten? Einer von Andreas' Schülern stellt ein Buch über ihn und seine Arbeit zusammen. Ich würde ihm die Rede gerne zusammen mit einer Reihe von Zeitungsausschnitten schicken. Sie wollen zu Ehren von Andreas in Dorpat eine Gedenkfeier abhalten.«

»Ich werde dafür sorgen, dass du sie bekommst.«

»Da ist noch etwas, es geht um die Beerdigung. Es war wirklich bedauerlich, dass Mörner, dieser Brudermörder, aufgetaucht ist.«

Poul schüttelte betreten den Kopf.

»Ja, ich weiß«, fuhr Madeleine fort. »Ich habe keine Ahnung, wie es dazu kommen konnte.«

»Ich war sehr erstaunt über seine Anwesenheit.«

»Andreas hat so viel Energie in seine Arbeit an dem Buch gesteckt. Offenbar hat er dabei engen Kontakt zu diesen Mördern bekommen.«

»Ich habe immer das Gefühl gehabt, dass er im Gefängnis eher wohlwollend als scharfsinnig aufgetreten ist.«

Madeleine hatte gerade ihre Kaffeetasse anheben wollen, ließ sie nun jedoch stehen. Sie räusperte sich und achtete sorgsam darauf, sich dabei die Hand vor den Mund zu halten.

»Das halte ich für ausgeschlossen, Poul. So etwas würde Andreas niemals tun. In seiner Forschung suchte er Wahrheit und Klarheit. Sein Ziel waren immer prägnante Ergebnisse. Warum willst du es so aussehen lassen, als wären Andreas und diese Mörder … *Freunde* gewesen? Mörner war doch nur eine Person, die Andreas im Rahmen seiner Forschung studiert hat.«

Sie seufzte und senkte den Blick.

»Entschuldige«, sagte sie. »Da sind so viele Gefühle.«

»Ich verstehe.«

Madeleine spürte, dass sie errötete. Sie hatte beschlossen, nach Vårstavi zu fahren und sachlich zu bleiben. Jetzt war das genaue Gegenteil passiert. Weil sie immer weiterredete, hatte Poul die Oberhand gewonnen. Genau wie Andreas es ihr tausend Mal beschrieben hatte.

Sie biss sich in die Lippe.

»Noch einen Keks?«

Madeleine hob die Hand, schüttelte den Kopf und lächelte.

»Manchmal kommt mir der Gedanke, Poul, dass alles ganz

anders gewesen wäre, wenn Andreas und ich uns kennengelernt hätten, als wir noch jung waren.«

Sie lachte, merkte aber schnell, dass er nicht reagierte, und kratzte sich nervös an der Wange. Sie schwiegen lange. Schließlich sagte Poul:

»Als junger Mann lernte er Amelie kennen. Nicht einmal sie bekam seine Melancholie in den Griff.«

»Es ist schäbig, so etwas zu sagen. Ich begreife wirklich nicht, warum du mich von dir stoßen willst. Wecke ich einen solchen Überdruss bei dir?«

»Aber Madeleine, wie kommst du nur darauf? Wer hat von Überdruss gesprochen? Ich habe meinen Bruder verloren, meine Mutter hat ihren Sohn verloren, Sören Christer seinen Vater. Und du hast deinen Mann verloren. Es ist eine Zeit der Trauer, in der wir zusammenstehen sollten.«

»Aber darum geht es doch. Warum, Poul, kannst du nicht mit *uns* zusammenstehen, warum müssen wir uns um *dich* scharen?«

Im ersten Moment fürchtete sie, er würde einen Wutanfall bekommen. Er sah aus, als könnte er jeden Moment mit der Faust auf den Tisch schlagen.

Aber im Grunde sah sie nur die Röte, die an seinem Hals aufstieg.

Er ließ den Blick durch den Raum schweifen. Sie fand, dass er auf einmal eher verletzt, missverstanden und beleidigt aussah.

Madeleine hoffte, er würde etwas sagen, aber am Ende blieb es ihr überlassen, das Schweigen zu brechen:

»Ich habe im Laufe der Jahre so viel über dich und Andreas gehört. Ich wünsche mir nur, dass jetzt Ruhe einkehrt. Ich glaube, dass ihr euch immer vermisst habt. Das hätte nicht sein müssen.«

Poul sah sie an, als würde er abwägen, ob er ihren Gedankengang kommentieren sollte oder nicht. Dann lächelte er sie an, aber es war ein schwer zu deutendes Lächeln.

»Unsere Beziehung war kompliziert«, sagte er. »Doch du lässt sie wie ein eigenständiges Wesen aussehen. Das ist falsch. Nichts kann wirken, ohne im Verhältnis zur Umgebung zu stehen. Das ist die Definition von Leben. Andreas und ich wirkten sehr verschieden auf unsere Umgebung. Ich würde sagen, dass unser Konflikt größtenteils darauf beruhte, wie Andreas seine Umgebung behandelte.«

Madeleine kniff den Mund zu.

»Nein«, sagte sie und schüttelte leicht den Kopf. »Ich glaube ganz im Gegenteil, dass es eher darum ging, wie er dich behandelte. So lange ihr einer Meinung wart, war alles in Ordnung. Und in Andreas' düsteren Momenten wart ihr das. Ihr wart euch einig, dass er verflucht und nichts wert war, und ihr wart euch einig, dass du fantastisch und ein Erlöser bist. Ich denke, ihr habt angefangen, euch zu hassen, als er mit diesem Bild von dir nicht mehr einverstanden war. Dass er verflucht und nichts wert war, brauchtet ihr nie in Frage zu stellen, keiner von euch. Aber dass du dieser gute und erlösende Mensch warst, als er von dieser Sichtweise abwich, wurde euer Verhältnis kalt und verbittert.«

»Wenn du glaubst, dass ich nur Freunde habe, die mich in den Himmel heben, weißt du herzlich wenig darüber, wie mein Leben aussieht.«

»Freunde sind etwas anderes als die Familie.«

»Genau. Und jetzt sitzen wir beide hier. Zwei Freunde. Andreas war mein Bruder, du bist angeheiratet, in zweiter Ehe. Das scheinst du nicht zu begreifen.«

Ein Gongschlag durchschnitt plötzlich den Raum. Für Madeleine hörte es sich an, als käme er aus dem anderen Haus. Erst durch den seltsamen Laut wurde ihr bewusst, dass sich Vårstavis Lautlosigkeit, die ihr Andreas so oft beschrieben hatte, auf sie herabgesenkt hatte, ohne dass es ihr aufgefallen war.

Sie wusste, dass sie sich im stillen Haus aufhielten. Im lauten

Haus lagen unter anderem die Küche, in der sich Gong befand, und das Badezimmer, wo das Telefon an der Wand hing.

Poul stand abrupt auf.

»Entschuldige mich bitte«, sagte er. »Ich hatte Doktor Lenmalm gebeten, mich anzurufen.«

Er hatte eine grimmige Falte zwischen den Augen bekommen, blätterte in Papieren und legte sie dann wieder ab.

Madeleine fand, dass er verwirrt aussah. Fast tat er ihr ein wenig leid.

»Ich verstehe das nicht«, sagte er und blätterte weiter. »Bei mir herrscht doch sonst immer solche Ordnung.«

Als Poul gegangen war, holte Madeleine eine Fotografie heraus, die sie seit Andreas' Tod bei sich getragen hatte. Es war ein Bild aus Amerika, vom Grand Canyon, und die Aufnahme schien vom höchsten Punkt einer mächtigen Erhebung gemacht worden zu sein, von der aus man direkt in die tiefen Schluchten hinabblicken konnte.

Große Felsblöcke, durch die sich der Fluss einen Weg gebahnt hatte, von unten auseinandergefaltet, entblößt. Ein Canyon, den sie außer auf dieser Fotografie niemals gesehen hatte.

Wenn sie die Aufnahme betrachtete, stellte sich unweigerlich eine Empfindung innerer Ruhe ein, die von der Nähe zum Unendlichen herrührte, aber auch von dem Gefühl, haltlos zu fallen, erst schreiend über die Felskante zu rutschen und dann die Kontrolle über Zeit und Raum, Himmel und Erde, Stein und Wasser zu verlieren, zu verweilen, die Augen zu schließen.

Immer wieder hatte sie sich beim Betrachten des Bildes in den letzten Tagen gefragt, ob man bei Bewusstsein war, wenn man auf der Erde aufschlug oder einen die Schutzmechanismen des Körpers ohnmächtig werden ließen, und ob man versuchte, den Sturz zu steuern, seine Arme auszustrecken und zu flattern wie ein Vogel.

Andreas hatte ihr einmal erzählt, dass Katzen jeden Sturz

überlebten, es sei denn, sie fielen aus dem dritten Stock. Wenn sie aus niedrigerer Höhe fielen, schafften sie es, sich umzudrehen, und überlebten, weil sie nicht so schnell wurden. Fielen sie aus größerer Höhe, hatten sie Zeit, den Sturz abzubremsen, indem sie ihre Beine ausstreckten und auf dem Brustkorb landeten. Bei einem Sturz aus dem dritten Stock blieb der Katze jedoch keine Zeit, den Fall abzubremsen, und sie schlug mit höchster Geschwindigkeit auf.

Der Grand Canyon blieb unvorstellbar. Wie tief mochte er sein? Konnte man ihn in Stockwerken messen, mit einem Haus vergleichen? Eine Antwort in Metern wäre sinnlos, es gäbe nichts, was man zum Vergleich heranziehen könnte. Sie fragte sich, ob Andreas die Antwort gewusst hätte.

Ihr selbst würde es nie einfallen, auf den Eiffelturm oder ein anderes hohes Gebäude zu steigen. Es lag nichts Verlockendes in dem Gefühl, in den Abgrund gezogen zu werden.

Eines Tages waren Andreas und sie über eine Brücke gegangen, wahrscheinlich in Göteborg, obwohl sie sich nicht mehr erinnerte, welche Brücke es gewesen war. Jedenfalls hatte sie sich der Aufgabe nicht gewachsen gefühlt, sie zu überqueren. Sie hatte sich an Andreas geklammert, und es hatte eine ganze Weile gedauert, bis ihm klar geworden war, wie sehr sie sich fürchtete. Sie hatte gewusst, dass die Sinne ihr einen Streich spielten. Ging man mitten auf einer Brücke, konnte man mühelos geradeaus gehen. Nahm man aber die Geländer fort und machte die Brücke schmaler, bis sie nur noch einen Meter breit war, erschien es einem unmöglich, sie zu überqueren, obwohl man eigentlich den nötigen Platz hatte, um wie immer zu gehen.

Auf die Sinne war kein Verlass. Das wusste sie. Sie verführten einen, in völlig normalen Verhältnissen Gefahren zu wittern.

Schlagartig wurde ihr bewusst, dass sie Andreas zuliebe kämpfte, weil es dann so war, als würde es ihn noch geben. Vielleicht sollte sie das Ganze lieber aufgeben und Andreas sich selbst überlassen. Es wurde Zeit, nach Hause zu fahren.

Lieber Bruder …

Beim Lesen von Büchern hat es mich immer fasziniert, *wer* sie geschrieben hat. Das gilt für Romane, aber auch für wissenschaftliche Werke und Biografien.

Es steht immer jemand hinter den Worten. Dieser schwer erklärbare *Jemand.*

Allem, was ich von dir gelesen habe, ist deine unverwechselbare Stimme eigen gewesen. Vor allem, wenn ich wusste, dass du über Menschen geschrieben hast, die ich kannte. Ehrlich gesagt finde ich es ein bisschen rücksichtslos von dir, uns für deine Fallstudien zu benutzen.

Aber es gibt eine andere Stimme, über die ich oft nachgedacht habe.

Wir haben doch einige Freunde, die Biografien geschrieben haben, und wenn es etwas gibt, was mich skeptisch stimmte, dann der Versuch, ihren Werken den Anstrich von Objektivität zu geben. Als ob das möglich wäre. Wenn man einen Menschen beschreibt, deutet man ihn. Jede Biografie ist per se ein Roman. Und warum auch nicht? Das ganze Leben ist doch eine Frage der Deutung.

Ich weiß, dass du einen Entwurf zu deiner Autobiografie geschrieben hast. Irgendjemand wird sie mit Sicherheit als die Wahrheit über dein Leben lesen. Wie du mich darin darstellen wirst, kann ich nicht wissen. Es gibt zwei Möglichkeiten: Entweder beschreibst du mich als Psychopathen, oder du erwähnst mich erst gar nicht.

Im Moment denkst du allerdings nicht an mich.

Gunhild ist das Einzige, was deine Sinne beschäftigt. Natürlich ist es so.

Und plötzlich fällt dir auf, wie sehr sie in den letzten Wochen abgemagert ist. Dass dir das nicht früher aufgefallen ist … ist *unverzeihlich*, denkst du. Wo bist du nur mit deinen Gedanken gewesen? Und warum hat Lenmalm nicht mit dir darüber gesprochen?

Für einen kurzen Moment wandern deine Gedanken in die Zeit nach ihrem Tod, aber da ist nichts, nur Finsternis, unbeschreibliche Finsternis.

Du zwingst dich, klar zu denken und kehrst in das Zimmer zurück.

»Ich wünschte, ich könnte etwas sagen«, wendest du dich mit langsamer und tastender Stimme an sie. »Ich wünschte, ich könnte etwas tun.«

»Du hast in unseren gemeinsamen Jahren so viele gute Dinge gesagt, du musst jetzt nichts sagen. Aber ich möchte, dass meinen Kindern deine Tür immer offen steht. Sie sind erwachsen, aber in gewisser Weise ist es ja auch ihr Zuhause, ein Ort, an den sie zurückkehren können.«

»Sie werden hier immer willkommen sein.«

»Ich möchte auch nicht, dass du dich über Amelie ärgerst, weil sie mir von Andreas erzählt hat. Sie hat nie begriffen, wie du mich in all den Jahren geschützt hast. Sie führt ein völlig anderes Leben. Ich wünschte, ich hätte Madeleine gesehen, als sie hier war. Aber ich wäre zu müde gewesen. Verlief die Begegnung mit ihr trotz allem gut? Armer Poul, die Sache mit Andreas hat dich mitgenommen. Aber du bist ihm gegenüber immer nachsichtiger gewesen als ich.«

»So würde ich es nicht ausdrücken. Es fällt einem nur so schwer, gewisse Dinge abzuschließen, so wie es einem leicht fällt, Neues zu beginnen. Ich wusste natürlich immer, dass Andreas unglücklich war, es wollte mir nur nie in den Kopf, warum er sein Unglück gegen mich und andere wendete. Ich meinte es doch nur gut mit ihm, habe mich immer für ihn eingesetzt, nicht zuletzt bei Mutter und Vater.«

»Weil du ein gütiger Mensch bist, Poul. Vergiss sie nie. Deine Fähigkeit zu verzeihen.«

Aber ihre Worte stimmen dich nur traurig, obwohl sie so tröstlich sind.

»Ich habe immer gewusst, dass du mich verlassen würdest«, hast du gesagt, den Blick dabei auf den Boden gerichtet.

Große Steinblöcke, durch die der Fluss sich einen Weg gebahnt hat, von unten auseinandergefaltet, entblößt.

Vårstavi, 27. November 1925

Madeleine betrachtete den Flügel und den überfüllten Notenschrank. Sie wünschte sich so sehr, etwas Schönes spielen zu können, Brahms vielleicht oder den fantastischen Liszt. Die vielen Menschen, die Gunhilds schönen Gesang beschrieben hatten, der gleichsam zu schweben schien und stets den Raum ausfüllte. Sie selbst hatte Gunhild seit ihrer Kindheit nicht mehr singen gehört. Am ehesten erinnerte sie sich daran, dass Amelie von Gunhilds Gesang wie verzaubert gewesen war und mit aufgerissenen Augen dagesessen und mit ihrer Mutter geatmet hatte, wenn diese sang.

Plötzlich öffnete sich die Tür, und Poul betrat mit zügigen Schritten den Raum.

»Entschuldige bitte, dass es so lange gedauert hat. Ich musste mit Doktor Lenmalm noch über ein zusätzliches Rezept sprechen.«

»Ich verstehe«, sagte Madeleine. »Die arme Gunhild.«

Er ging zu einer Vitrine, holte zwei Gläser heraus und stellte sie auf den Tisch. Ihr fiel auf, dass seine Hände ein wenig zitterten.

Sie beobachtete, wie er Sherry in die beiden Gläser goss und sich anschließend in den Sessel setzte.

Sobald er die Beine übereinandergeschlagen hatte, war seine Unsicherheit verschwunden. Im Gegenteil, jetzt wirkte er entschlossen und autoritär und glich erneut dem Seelenarzt, der einen Patienten empfing.

»Als wir uns für heute verabredet haben, erwähntest du einen Brief«, sagte er und lehnte sich zurück, als hätte er alle Zeit der Welt, um auf ihre Antwort zu warten.

Ja, dachte sie. Jetzt will er nicht länger um den heißen Brei herumreden. Der Brief. Deshalb war sie hergekommen.

Sie räusperte sich.

»Das ist richtig. Ich habe einen Brief von Andreas dabei. Aber vorher muss ich dich etwas fragen, Poul. Es kommt mir ein bisschen seltsam vor, aber wenige Wochen vor seinem Tod bat Andreas mich, dir etwas auszurichten. Es ging um einen anderen Brief, er meinte, er hätte ihn dir vor vielen Jahren geschickt, schon 1913, im Zusammenhang mit einer Reise nach Deutschland.«

»Ein Brief von 1913? Das ist ja über zehn Jahre her.«

»Das habe ich auch gesagt. Aber er beharrte darauf und meinte, du würdest deine gesamte Korrespondenz katalogisieren, weshalb es für dich ein Leichtes sein müsste, ihn herauszusuchen.«

»Das denke ich eigentlich nicht.«

»Er hatte dir einen Brief geschickt und dich gebeten, ihn nicht zu öffnen. Du hättest ihm versprochen, seiner Bitte nachzukommen und abzuwarten, bis er dich bitten würde, das Schreiben zu lesen. Wie gesagt, kurz vor seinem Tod hat er mich gebeten, dir auszurichten, dass du den Brief öffnen sollst.«

»Ich kann diesen Brief jetzt nicht heraussuchen. Ich hoffe, dafür hast du Verständnis.«

»Nun ja, mehr kann ich dazu nicht sagen. Offenbar hat er dir den Brief geschickt, als du auf einem wichtigen Psychoanalytischen Kongress warst.«

»Auf einem Kongress? 1913, sagst du? Ich fahre jedes Jahr zu einer Reihe von Kongressen.«

»Ich verstehe. Der Brief war ihm anscheinend sehr wichtig.«

»Ich habe keine Ahnung, was er meint.«

Jetzt, dachte sie, sieht er nicht mehr aus wie ein Seelenarzt, sondern aggressiv und ungeduldig. Sie merkte, dass sie die Stuhllehne immer fester drückte. Sie wünschte, sie hätte ihr Anliegen besser formuliert, sodass erst gar keine Missverständnisse aufkommen konnten.

»Das ist schade«, sagte sie und senkte den Blick.

»Du weißt nicht, worum es in dem Brief geht?«

Sie schüttelte den Kopf.

»Ich weiß nur, dass es darin um euer… Verhältnis als Brüder ging.«

»Das ist alles so kryptisch. Typisch Andreas.«

»Hast du ihn vielleicht schon geöffnet?«

»Wenn er mich gebeten hat, ihn nicht zu öffnen, habe ich das selbstverständlich auch nicht getan.«

»Entschuldige, so habe ich das nicht gemeint. Es kommt so leicht zu Missverständnissen.«

»Für mich riecht das doch sehr nach dem guten alten Ränkespiel meines Bruders. Wer schickt schon einen Brief, bittet dann den Empfänger, ihn nicht zu öffnen, und lässt einem schließlich, aus dem Grab heraus, ausrichten, dass der Brief nun doch geöffnet werden kann, zwölf Jahre, nachdem er abgeschickt wurde? Das ist doch absurd.«

»Du erinnerst dich wirklich nicht?«

»Nein, das habe ich doch schon gesagt. Begreifst du denn nicht, Madeleine, dass du und ich nur Figuren in seinem Spiel sind? Ich habe es herzlich satt, bei diesem Spiel mitzumachen. Wenn ich einen Brief verloren habe, entschuldige ich mich dafür. Vielleicht ist das der Grund für diese merkwürdige Aufforderung, einen alten Brief zu öffnen. Es klingt wie aus einem dieser alten Abenteuerromane, die man als Kind gelesen hat. Es hat nichts mit der Wirklichkeit zu tun. Es ist nichts als eine verzerrte Wahrnehmung der Wirklichkeit.«

Er verstummte abrupt, als Signhild das Zimmer betrat. Sie knickste und räumte den Tisch ab.

»Bleibt die gnädige Frau zum Abendessen?«, fragte sie, ohne

dass ersichtlich gewesen wäre, ob die Frage an Poul oder Madeleine gerichtet war. Es entstand ein peinliches Schweigen.

»Es wäre natürlich ausgesprochen nett, wenn du zum Essen bleiben könntest«, sagte Poul schließlich. »Gunhild dürfte leider zu schwach sein, um mit uns zu essen.«

»Das ist schade. Ich meine, das mit Gunhild. Wenn du möchtest, bleibe ich natürlich gern zum Essen.«

Die Zeit verstrich so seltsam, wenn man in seinen Gedanken verschwand. Mal ging es um einen Moment, der so kurz war, dass er sich mit keiner Uhr messen ließ, ein anderes Mal hielt dieser Zustand minutenlang an. Hinterher konnte man nicht begreifen, dass man so lange an etwas anderes gedacht hatte.

Madeleine passierte das dauernd, was sie sehr verunsicherte. Sie wusste nie, ob sie nachfragen sollte, wenn sie etwas nicht verstand. Vielleicht, überlegte sie, wirkte sie dann dumm, da die Sache kurz vorher erklärt worden war.

Sie war sich so unsicher, was sie gehört und was sie nicht gehört hatte.

In diesen Augenblicken und Minuten, während derer sie aus dem Gespräch verschwand, gab es nichts, worauf Verlass war. Wie jetzt. Sie sah, dass Poul sich auf seinem Stuhl zurücklehnte und das Besteck weglegte.

Hier sitzt er, dachte sie, in seinem wohlgeordneten Dasein, ein Fürst, der sein Reich in Luft aufgehen sieht, während er eine kleine unterhaltsame Soiree vorbereitet.

Sie fand es ziemlich geschmacklos. Verborgen in der Burg seiner Einsamkeit, sprach er über seine Lieben. Als befände er sich in einer Scheinwelt.

Sie sah ihn einen Moment zur Decke schauen. Anschließend ergriff er mit seiner ausdruckslosen Stimme das Wort und befingerte sein Kinn, als wollte er so seinen Einfallsreichtum stimulieren.

Sie kaute, schluckte und lauschte seiner predigenden Stimme.

»Es ist einmal eine junge Frau zu mir gekommen. Ich habe über sie geschrieben. Anfangs konnte sie mir nicht erklären, warum sie mich aufgesucht hatte. Sie sprach über ganz alltägliche Dinge, nichts als belangloser Tratsch aus einem bürgerlichen Familienleben. Nichts von dem, was sie mir erzählte, deutete auf einen Konflikt oder auch nur auf ein Problem hin …«

Madeleine sah, dass sich sein Blick beim Sprechen von der Decke löste und die Wand hinabglitt.

Sie sah, wie sich sein Mund bewegte.

Aber sie fühlte nichts und begriff nicht, wie die Worte mit dem Gesicht zusammenhingen, das sie betrachtete.

Als wäre der Mund ein völlig autonomer Teil seines Körpers.

Er fühlt nichts, dachte sie. Das waren alles nur Worte. Als lauschte man dem immer gleichen Rhythmus des Zugs auf den Gleisen. Du-dunk, du-dunk. Er saß an diesem Esstisch und sprach allen Ernstes von einer Frau, einer Person, die ihm außer als Objekt nicht das Geringste bedeutete. Wie sollte sie es sonst deuten? Eine Nichtperson, die so ausführlich wie inhaltsleer über eine andere Nichtperson sprach. Ein intellektualisiertes und frei erfundenes Nichts.

Und sie saß ihm gegenüber und wurde selbst zu einer Nichtperson.

Sie nickte, um zu zeigen, dass sie ihm zuhörte, sagte »aha«, um interessiert zu klingen. Aber sie begriff nicht, was er ihr sagen wollte. Plötzlich überkam sie unbändige Lust, zu ihm zu gehen, die Daumen auf seine Augen zu legen und zuzudrücken. Fest. Seine Augen bis in den Schädel zu pressen.

Sie sah ihn als riesigen Schokoladenweihnachtsmann, den sie mit bloßen Händen zerdrücken wollte. Sie musste das alles wirklich werden lassen, zu einem Schmerz, der greifbar war, sie musste ein Teil der Pein sein, die Worte aus der Harmlosigkeit zu etwas Greifbarem führen.

»… als sie sich zu unserem dritten Gespräch niederließ, fiel ihr versehentlich etwas aus der Handtasche auf den Boden.

Sie bückte sich instinktiv, um den Gegenstand aufzuheben – ich glaube, es war eine Haarnadel, möglicherweise auch ein kleiner Stift –, schien stattdessen jedoch auf ihrem Stuhl zu erstarren. Sie blieb sitzen und stierte auf den Fußboden, wo der Gegenstand lag. Sie sagte kein Wort, ihr Mund stand halb offen …«

Das klingt so seltsam, dachte Madeleine. Als würde es rauschen. Nein, kein Rauschen, es war eher so, als wäre man im Wasser. Alles tönte dumpf und verzerrt, fast hätte man meinen können, dass der Ton abgewürgt wurde, als befände man sich in einem kleinen Raum, aus dem langsam, aber sicher die Luft gesogen wurde. Und gleichzeitig dieses Weiche, als wäre alles in mehrere Schichten Baumwollstoff gebettet.

»Darf ich Ihnen noch etwas einschenken, gnädige Frau?«, hörte sie plötzlich.

Sie erstarrte. Einschenken? Eine seltsame Frage.

Langsam drehte sie den Kopf nach rechts, von wo die Stimme gekommen war, und erblickte Signhilds lächelndes Gesicht.

Doch das Lächeln erstarrte.

Als hätte sie etwas Alarmierendes erblickt. Was hat sie nur gesehen, dachte Madeleine, warum hat sie aufgehört, mich so freundlich anzulächeln? Weil es so lange dauerte, bis sie eine Antwort bekam?

Dann veränderte sich Signhilds Gesichtsausdruck von Neuem und wurde freundlich. Kein Lächeln. Aber freundlich.

Ein mütterliches Lächeln.

Und Signhild nahm das Handtuch, das über ihrem Arm lag, und hob es zu Madeleines Gesicht.

Warum tut sie das?, dachte Madeleine. Warum hebt sie das Handtuch an mein Gesicht?

Sie spürte den warmen Stoff auf ihrer Wange, sah das freundliche, das mütterliche Lächeln in Signhilds Gesicht, und spürte, dass die Frau fast entschuldigend ihre Wangen abwischte.

Madeleine fühlte, dass ihre Wangen getrocknet wurden, und

erkannte, dass sie geweint haben musste. Unmöglich, dachte sie. Warum sollte ich das getan haben?

Allerdings fehlte ihr jede Erinnerung an die letzten Minuten. Sie hatten sich eben erst an den Esstisch gesetzt, und danach ... sie hatte keine Ahnung, woran sie gedacht hatte. Dann sah sie Poul, der ihr gegenübersaß.

Er sah sie so seltsam an. Mit Ekel oder Verachtung? Sah er eine schwache und lebensunfähige Frau vor sich? Sie schluckte schwer, sah Signhild knicksen, sich Poul zuwenden und wieder knicksen.

Jetzt begriff sie, dass Pouls Verärgerung Signhild galt, der Haushälterin. Sie hatte eine Grenze überschritten, die nicht passiert werden durfte, war einem Gast zu nahe getreten, hatte sich aufgedrängt. Signhild drehte sich um und wollte gehen, aber Madeleine gelang es, sie an dem Arm festzuhalten, der die Wasserkaraffe hielt. Sie schien sich frei machen zu wollen, aber Madeleine zog sie, so sanft es eben ging, näher an sich heran.

Sie sah Signhild in die Augen und sagte:

»Danke, das war sehr freundlich von Ihnen.«

Aber Signhild sah sie nur verständnislos an.

»Danke, gnädige Frau«, erwiderte sie, ehe es ihr gelang, sich frei zu winden und das Zimmer zu verlassen.

Madeleine spürte jähen Zorn in sich aufwallen. Sie wandte sich Poul zu, der nachsichtig den Kopf schüttelte.

»Dass du es wagst«, zischte Madeleine zwischen den Zähnen hervor.

Poul sah sie verständnislos an.

Jetzt rollte der Zorn durch ihren Körper, sie war ganz und gar erfüllt von ihm, war wie berauscht von ihm.

»... eine Frau zu demütigen, nur weil sie freundlich ist. Was ist daran denn so bedrohlich? Du sitzt da und ... redest nur über etwas, das ... *redest* nur ...«

Sie hatte keine Worte mehr.

Sie spürte es im Augenwinkel zucken.

Jetzt wollte sie weinen. Nicht wie eben, als sie geweint hatte, ohne es zu wissen. Wie ein billiges Sieb. Das hier war etwas ganz anderes. Es war Wut unter Tränen.

Sie sah Andreas' Gesicht vor sich. Poul, der ihr gegenübersaß, existierte in ihrer Welt nicht mehr. Er war ein Wesen, auf das sich ihr Zorn richtete, aber er bedeutete ihr nichts mehr. Er war irrelevant, eine Nichtperson, genauso tot wie die Menschen, von denen er erzählte. Sie musste ein Schluchzen unterdrücken, dann noch eins, es zurückhalten, in die Magengrube zurückpressen. Sie betrachtete Andreas' Gesicht: *Warum hast du mich verlassen?*

Aus dem Augenwinkel sah sie Poul von seinem Stuhl aufstehen, sah seine Stirn und seinen Hals, die sich, rötlich verfärbt, deutlich von seinem ergrauenden Haar absetzten. Aber sie fühlte sich von ihm nicht länger bedroht.

»Geht es dir nicht gut, Madeleine?«, sagte er.

»Du verstehst überhaupt nichts«, sagte sie und bemühte sich, nicht die Stimme zu erheben. »Nichts verstehst du, und nichts hast du jemals verstanden.«

Auf einmal sah er mitgenommen aus. Er verschränkte die Arme, betrachtete sie.

»Wenn du mich beleidigen willst, bitte, nur zu«, sagte er mit sachlicher Stimme. »Du hast einen guten Lehrmeister gehabt. Mein Bruder beherrschte diese Kunst wie die Chinesen ihre Schriftzeichen. Keiner war ausgefuchster als er, wenn es um die Kunst der Erniedrigung ging.«

»Kannst du nicht einfach mal aufhören, Poul? Aufhören mit diesen … *Messerstichen*. Ich ertrage das nicht. Kannst du nicht einfach aufhören, auf Andreas herumzuhacken, jetzt, da er nicht mehr unter uns ist? Deine eiskalte, berechnende Art geht mir durch Mark und Bein. Sie ist grauenvoll. Aber sie ist auch vollkommen weltfremd. Du sitzt hier und redest von … redest von chinesischen Schriftzeichen!«

»Pass gut auf, was du sagst, Madeleine. Sonst geht es hier

nicht mehr darum, dass du in Trauer bist. Sonst geht es um Revanche und Vendetta. Ich habe eigentlich gedacht, dass wir über so etwas stehen.«

»Nenn es, wie du willst.«

»Andreas' Tod war für uns alle ein schwerer Schlag.«

»Er wollte sterben!«

Auf einmal wurde es still im Raum. Als schwiege plötzlich selbst die Lautlosigkeit. Der Wind heulte nicht mehr in den Bäumen vor dem Haus, die Wände knackten nicht, das Service stand reglos auf dem Tisch.

In und um das Haus herrschte Totenstille.

Nie zuvor hatte sie solch eine eisige Stille gespürt. Denn jetzt lag die Stummheit überall und wartete so beängstigend wie erwartungsvoll.

»Er wollte sterben …«, wiederholte sie.

Ihre Stimme war jetzt schwächer, und sie musste sich konzentrieren, um weitersprechen zu können.

»Keiner weiß das besser als ich. Diese Todessehnsucht, ich wusste, wie sie sich ausdrückte. Er wurde langsam, ganz langsam erstickt. Man könnte sagen, dass er jahrelang erstickt wurde oder während der Minuten, in denen die Medikamente wirkten.«

Poul wischte sich mit der Serviette über den Mund, legte sie auf den Tisch und schob den Teller von sich.

»Wenn man unter großem Druck steht, passiert es einem leicht, dass man eine zu hohe Dosis einnimmt.«

»Aber lieber Poul, hast du es dir etwa so zurechtgelegt? Eine zu hohe Dosis? Will es dir denn gar nicht in den Kopf, dass Andreas sich das Leben genommen hat? Kannst du das nicht akzeptieren? Er wollte sterben.«

»Er ist ja leider nicht hier und kann sich folglich nicht dazu äußern, nicht wahr?«

»Ich werde dir etwas erzählen«, sagte Madeleine und lehnte sich vor.

Sie spürte die Glut an ihrem Hals aufsteigen und wusste, dass sie eher vor Wut als aus Schüchternheit feuerrot anlief. Jetzt gab es kein Zurück mehr, und es war ein schönes Gefühl, endlich sprechen zu dürfen.

»Jetzt hör mir mal gut zu, Poul Bjerre. Es gibt etwas, das ich dir erzählen will. Das ich dir erzählen muss.«

Ich liebe dich, Poul.

Das stand in dem Brief, den du nie gelesen hast. Ich schrieb es in meinem letzten Versuch, dich zu erreichen. Es tat körperlich weh, den kurzen Satz zu Papier zu bringen.

Es gibt so wenige Menschen, zu denen man diese Worte sagen kann. Vater habe ich sie gesagt, aber zu spät. Er lag in seinem Sarg, und ich verstreute eine Handvoll Erde und flüsterte die Worte. Ich sagte sie oft zu Amelie und ebenso oft zu Madeleine.

Aber ich sagte sie nie zu dir.

Es fiel mir so viel leichter, dich zu hassen. Und ich hasste dich von ganzem Herzen.

Ich dachte an damals im September 1913: Ich löste bei dir etwas aus, das dich die Kontrolle verlieren ließ. Wahrscheinlich bin ich der einzige Mensch, der dich jemals so weit gebracht hat.

Gibt es dafür ein anderes Wort als Liebe?

Als ich in Dorpat an einer doppelseitigen Lungenentzündung erkrankte und kaum noch Hoffnung hatte, sie zu überleben, warst du Madeleines Stütze. Als ich zum ersten Mal wieder aufstehen konnte, fiel mein Blick auf einen Brief, den du ihr geschrieben hattest. Ich begriff, dass er mit Bedacht an sie adressiert worden war. Ich sollte ihn nicht sehen.

Du schriebst ihr, Sören Christer sei aus der Anstalt in Deutschland weggelaufen, und du würdest an einer Lösung des Problems arbeiten und wolltest ihn nach Schweden zurückholen. Er könne bei dir wohnen. Schlimmstenfalls würdest du

Vårstavi um einen zusätzlichen Gebäudeflügel erweitern. Sören Christer könne gerettet werden, wenn er in diesen sensibelsten Jahren genug Unterstützung bekomme. Du schriebst, du seist mit den Diagnosen der Ärzte nicht einverstanden, ihnen sei mehr daran gelegen, einen Menschen einzusperren, als ihn zu heilen.

Einen Satz hattest du in deinem Brief unterstrichen. Ich dürfe unter keinen Umständen erfahren, dass Sören Christer weggelaufen war. Andernfalls bestehe die Gefahr, dass ich nie mehr genesen werde. Du würdest dich um die Angelegenheit kümmern und mich zu gegebener Zeit wissen lassen, was vorgefallen war.

Du schriebst, Madeleine solle versuchen, für meine Genesung zu sorgen, und mir helfen, mein Buch zu beenden und so weit wie möglich meinen Unterrichtsverpflichtungen nachzukommen. Nichts sei wichtiger als das. Mit vereinten Kräften würdet ihr mich ins Leben zurückholen.

Darüber hinaus erklärtest du dich bereit, zwischen mir und Amelie zu vermitteln, damit Sören Christer eine neue Chance bekommen könne.

Ich las den Brief und legte ihn in den Umschlag zurück. Anschließend ging ich wieder zu Bett, wo ich weitere vier Tage verbrachte. Er vermengte sich mit meinen Fieberträumen, und es war unklar, ob ich ihn wirklich gelesen oder im Zustand der Verzweiflung erfunden hatte. Aber ich hatte ihn gesehen. Und ich weiß, dass du Madeleine weitere Briefe geschickt hast, deren Inhalt ich nicht kenne.

Du wolltest mich retten, am Leben erhalten, Poul. Fandest du deshalb, dass ich dich in Tyringe verriet, als ich aufgab?

Und ganz unten gibt es präkambrische Felsarten,
die über zwei Milliarden Jahre alt sein sollen.

Vårstavi, 27. November 1925

Der große Canyon im Nordwesten Arizonas, der Grand Canyon, ist über vierhundert Kilometer lang. Sechs Millionen Jahre hat sich der Colorado in den Felsgrund gegraben, wodurch eine fast zwei Kilometer tiefe Schlucht entstanden ist.

Sechs Millionen Jahre …

Und ganz unten gibt es präkambrische Felsarten, die die über zwei Millionen Jahre alt sein sollen. Weiter oben funkeln an den Wänden Sandstein, Schiefer und Kalkstein aus paläozoischer und mesozoischer Zeit. Im Morgengrauen erschaffen die Steine ein fantastisches Lichtspiel, das mit nichts anderem vergleichbar ist – der Fels hat sein eigenes Nordlicht.

Die vielen Tage und Nächte, an denen Madeleine und Andreas mit dem Gedanken spielten, dorthin zu fahren, um die Steine in all ihren unbeschreiblichen Farben leuchten zu sehen. Ein Traum, natürlich, aber trotzdem. Endlos hatten sie darüber gesprochen, wie verblüffend es war, sich eine Welt sechs Millionen Jahre vor unserer Zeit vorzustellen und sich auszumalen, wie die Welt erschaffen wurde, die wir heute kennen. Zahlen, die sich in ihren Kopf eingebrannt hatten.

Welche Rolle spielte es, ob ein Canyon eine Million oder sechs Millionen Jahre alt war?

Der Unterschied entzog sich ohnehin dem menschlichen Fassungsvermögen, dachte Madeleine.

Es waren Ziffern, unfassbare Zahlen und Werte, die ihre Bedeutung verloren hatten, als sie sie nicht mehr mit Andreas betrachten und bestaunen konnte.

Nichts bedeuteten sie, nichts.

Sie waren tote Gegenstände.

Hatten, außer in ihrem Kopf, niemals existiert.

Als würde man in den Weltraum starren und sich beim Anblick einer Sternschnuppe etwas wünschen. Man sah in der pechschwarzen Unendlichkeit etwas funkeln und nahm sich das Recht, einen Wunsch zu äußern. Aber *warum* funkelte es? Es mochte ebenso gut ein Planet wie die Erde gewesen sein, der ins Nichts explodierte.

Unter Umständen waren Millionen Menschen gestorben oder Hunderte Millionen.

Ja, oder andersartige Menschen, dachte sie, die womöglich ganz anders waren als wir selbst, aber trotz allem *Lebewesen*.

Fort. In weniger als einer Sekunde.

Der kurze letzte Atemzug.

Es fiel ihr schwer, sich zu sammeln. Und Poul starrte sie an. Immer wieder musste sie schlucken, damit ihr Mund nicht zu trocken wurde.

Sie versuchte es noch einmal, setzte noch einmal an.

»Hör mir gut zu, Poul Bjerre. Es gibt etwas, das ich dir erzählen will. Das ich dir erzählen muss.«

Sie trank einen Schluck Wasser und sah, dass ihre Hand zitterte, als sie das Glas auf den Tisch setzte.

»Hedvig und ich standen in der winzigen Küche in der Pension in Tyringe. Du kennst doch Hedvig af Petersen, oder? Ich kann dir sogar noch sagen, was wir gekocht haben. Dillfleisch mit Kartoffeln. Andreas hatte das Gericht vorgeschlagen, und wir hatten beide die Nase gerümpft, Hedvig und ich mögen Dillfleisch nicht besonders. Aber gut. Da standen wir also und kochten Fleisch und Kartoffeln, rührten ab und zu ein bisschen in den Töpfen, tratschten über unsere Freunde, wie man das eben so macht. Andreas saß im Schlafzimmer und arbeitete, was er seit dem Frühstück getan hatte. Wir hatten ihm versprochen, ihn nicht zu stören, bis das Essen fertig sein würde. Es war ziemlich genau halb fünf. Ich wollte ihn holen gehen, klopfte an die Tür, bekam aber keine Antwort, was allerdings nicht weiter ungewöhnlich war, wenn er sich in seine Arbeit vertieft hatte. Als ich eingetreten war, sah ich, dass er nicht am Schreibtisch saß, sondern in seinem schmalen Bett lag. Auch das war nicht besonders ungewöhnlich, manchmal arbeitete er so intensiv, dass er sich hinlegen und einen Moment ausruhen musste. Aber ich sah sofort, dass er ein bisschen verquer lag, nicht auf der linken Seite wie sonst. Vielleicht wusste ich da schon Bescheid. Jedenfalls ging ich zu ihm, um ihn vorsichtig zu wecken und ihm zu sagen, dass das Essen fertig war. Ich machte mir Sorgen, dass er vielleicht gar nichts essen wollte. Er litt ja seit langem an Appetitlosigkeit, und wegen seiner Bauchspeicheldrüsenentzündung konnte er längst nicht mehr alles essen. Also ging ich zu ihm und rüttelte sanft an seiner Schulter, aber er reagierte nicht. Vielleicht hätte ich da schon Bescheid wissen müssen. Aber ich bin manchmal einfach so dumm. Ich streichelte seine Wange mit dem Handrücken, um ihn zu wecken, und merkte im selben Moment, dass etwas nicht stimmte. Ja, ernstlich nicht stimmte. Aber trotzdem … erst als ich die ordentlich aufgestellten Briefe auf dem Nachttisch sah, begriff ich, was los war. Er hatte sich das Leben genommen.«

Poul schwieg und sah sie unergründlich an. Er saß da, als wäre sein Blick in weite Ferne gerichtet, er schien kaum anwesend zu sein.

»Welches Medikament hatte er genommen?«, fragte er nach einer langen Pause, die sie fast unerträglich fand.

»Veronal.«

»Und seine Wange war kalt, als du sie berührt hast?«

»Nein, sie war nicht kalt.«

»Willst du damit sagen, dass er noch lebte?«

»Nein, das würde ich so nicht sagen.«

»Aber ein Mensch wird kalt, wenn er stirbt.«

»Gut, technisch gesehen war er vielleicht noch nicht tot. Aber er wollte sterben.«

»Du sagst also, dass er noch am Leben war?«

Jetzt war seine Stimme schneidend. Am liebsten hätte sie noch einmal von vorne begonnen. Vielleicht hatte sie sich falsch ausgedrückt, dachte sie, vielleicht hatte sie am falschen Ende angefangen.

»Als ich erkannte, was passiert war, geriet ich natürlich in Panik. Ich lief nach draußen, um nach Hedvig zu rufen. Sie kam angerannt, ließ wegen meines irren Geschreis einen Teller fallen, machte kehrt, um ihn aufzuheben ... du weißt schon, diese verrückten Dinge, die man dann macht ... überlegte es sich wieder anders und lief zu mir. Hedvig ist in solchen Situationen geistesgegenwärtig. Sie rüttelte Andreas und erkannte sofort, dass er eine Überdosis genommen hatte. Außerdem hatte er getrunken, was mir anfangs nicht klar gewesen war. Er war ... er war fort.«

»Aber euch beiden muss doch bewusst gewesen sein, dass man in solchen Situationen handeln kann? Es ist durchaus möglich, einen Menschen zu wecken, der Schlafmittel genommen hat, und für ärztliche Hilfe zu sorgen. Das wusstet ihr selbstverständlich, oder?«

»Wir beschlossen, davon abzusehen.«

»Wie meinst du das?«

Sie griff wieder nach dem Glas und trank einen Schluck. Ihre Hand zitterte jetzt noch mehr, als sie es auf den Tisch zurückstellte. Nein, so hatte sie sich das nun wirklich nicht vorgestellt.

»Poul, du musst versuchen, das zu verstehen. Andreas wollte sterben. Er war schwerkrank und hatte keine Kraft mehr. Er hatte Abschiedsbriefe geschrieben und sich entschieden. Sollten wir ihn da aufwecken? Gegen seinen letzten Willen?«

»Das ... das ist doch nicht zu fassen! Begreifst du eigentlich, was du da sagst? In einer solchen Situation hast du einem anderen Menschen gegenüber Pflichten! Es war ein Missgeschick!

Begreifst du nicht, er *wollte*, dass du ihn weckst! Begreifst du denn rein gar nichts, Mensch!«

Sein Blick bohrte sich förmlich in sie hinein. Er war vernichtend. Wie seltsam, dachte sie, dass ich auf diesen Wutanfall nicht vorbereitet gewesen bin. Sie hatte das Gefühl, von einem Menschen beschuldigt zu werden, der Andreas im Grunde nie gekannt hatte.

Plötzlich dachte sie auch an die vielen Wutanfälle von Andreas, die für sie ebenso schwer zu deuten gewesen waren. Sie schienen durch etwas ausgelöst zu werden, das jenseits ihre Fassungsvermögens lag.

Jetzt war es genauso. Der gleiche durchdringende, kalte Blick. Andreas' Schmerz hatte sie immer wie ihren eigenen getragen, weil sie hoffte, dies würde ihm helfen. Wenn sein Zorn aufwallte, kümmerte sie sich um ihn und nahm seine Trauer so auf sich, dass er seine Arbeit fortsetzen konnte. Das war ihre Aufgabe. Nicht weil sie es gemusst hätte, sondern weil sie es wollte. Natürlich hatte sie ihn sterben lassen. Es war sein letzter Wille. Sie hätte alles für ihn getan, ihre Liebe hatte keine Grenzen.

Plötzlich erkannte sie, dass sie ein Idiot gewesen war. Wie sollte ein anderer ihre grenzenlose Liebe verstehen können? Und dann ausgerechnet Poul? Wie hatte sie nur so dumm sein können? Wäre doch nur Hedvig dabeigewesen. Sie hätte es so erklären können, dass Poul ein klares Bild davon bekommen hätte, was an jenem Tag in Tyringe geschehen war. Hedvig hatte Madeleine auf die Wange geküsst und leise das Zimmer verlassen. Danach war Madeleine mit Andreas allein geblieben, hatte sich zu ihm gelegt, die Arme um ihn geschlungen, seinen tiefen Atemzügen gelauscht, die in immer größeren Abständen kamen, seinen Nacken geküsst, in sein Ohr geflüstert.

So hatte sie dort gelegen, und seinen letzten Atemzug würde sie niemals vergessen. Er war so lang, so gedehnt und endete mit einem kurzen Einatmen, das weniger als eine Sekunde währte. Dann war er fort.

Sie hatte es sofort gewusst.

Sie hatte ihn noch etwas fester umarmt. Sie wollte ihn niemals loslassen, wusste jedoch, das war es, was er getan hatte. Er hatte sie verlassen und sie ihm schon verziehen. Jeder Mensch sollte jemanden haben, der ihn in den letzten Minuten seines Lebens in den Armen hielt.

Wenn sie daran dachte, wurde ihr warm.

Sie lag noch hinter ihm, als sie seine Augen schloss.

Sein Gesicht erkaltete bereits.

Ja, er hatte sie verlassen, und sie hatte immer gewusst, dass er es eines Tages tun würde.

Sie hörte die wutentbrannte Stimme, die immer und immer wieder das gleiche Wort brüllte: Mörderin!

Sie war sprachlos, als er die Stimme erhob. Dann schrie er das Wort mehrmals hintereinander.

Völlig unvorbereitet schreckte sie auf ihrem Stuhl zurück.

Anfangs versuchte sie noch, ihm zu widersprechen, aber es hatte keinen Sinn, stattdessen begann er auch noch zu gestikulieren, mit den Armen zu fuchteln und ihr mit der geballten Faust zu drohen.

Mörderin!

Am Ende setzte Poul sich an den Schreibtisch. Er wirkte erschöpft, so als wäre alle Kraft aus ihm gewichen. Ihr fiel auf, dass er sich die Hand vor die Augen hielt, aber man konnte nicht sehen, warum. Entweder, um seine Tränen zu verbergen, oder um den Druck auf die Schläfen zu lindern.

Großer Gott, dachte sie, er scheint am ganzen Leib zu zittern.

»Ich kann nicht glauben, dass das wahr ist!«, brüllte er plötzlich mit frisch erwachter Kraft. »Ja, begreifst du denn nicht, dass das ein Fall für die Polizei ist? Du hast gegen jede Vernunft gehandelt. Dafür kommst du ins Gefängnis, und wenn es das Letzte ist, was ich tue! Das ist Mord, und sonst nichts. Mord!«

Danach wurde es still, nur seine schweren Atemzüge waren noch zu hören.

Schließlich erkannte Madeleine, dass sie sprechen musste.

»Du übersiehst etwas. Und zwar, warum ich dich treffen wollte. Es ist die Wahrheit. Begreifst du nicht, dass ich es genauso gut hätte lassen können?«

Sie sprach betont sachlich, wollte es ihm nicht mit einem ebenso hasserfüllten Ton gleichtun.

»Es nicht zu erzählen«, fuhr sie fort, »die Wahrheit zu verheimlichen, sie diktatorisch zu behandeln, das muss aufhören. Deshalb bin ich hergekommen.«

»Ich habe keine Ahnung, wovon du redest.«

»Dreizehn Jahre habe ich das Leiden meines Mannes begleitet. Ich weiß, welche Konsequenzen das Schweigen haben kann. Ich war dabei, als ihr eure Mutter mit Schuldvorwürfen überzogen habt, wie jeder erwachsene Mann es tut. Aber wer soll denn diese Unfähigkeit, Verständnis zu zeigen, durchbrechen? Kannst du mir das beantworten, Poul?«

Sie redete so schnell, dass sie außer Atem geriet.

»Und deshalb«, fuhr sie hastig fort, damit er sie nicht unterbrechen konnte, »wollte ich dir erzählen, wie Andreas gestorben ist. Ich hätte es *lassen können*, um es mir leichter zu machen. Und vielleicht auch dir. Aber so ist es nun einmal gewesen. Wenn du nicht meiner Meinung bist, muss ich das akzeptieren. Aber ich will nicht lügen, will dir nichts vorenthalten, nur weil es dir nicht passt.«

Im ersten Moment sah er aus, als hätte er sie verstanden. Vielleicht hatte er sie tatsächlich verstanden, vielleicht hatten ihre Worte ihn erreicht. Sie spürte, dass ihr Körper, der aufs Äußerste angespannt gewesen war, sich langsam entspannte.

Dann aber sagte er mit gepresster Stimme:

»Du findest also, dass Entscheidungen über Leben und Tod immer Privatsache sind? Du hast dich hier zur stellvertretenden Person aufgeschwungen. Bist du dir dessen bewusst? Wenn ich als Arzt der Auffassung wäre, einem Patienten erginge es ohne meine Behandlung besser, findest du dann, ich sollte ihm diese Behandlung vorenthalten? Weißt du, Madeleine, ich denke, du sprichst hier über Ethik, und damit über ein Thema, von dem du ganz offensichtlich keine Ahnung hast.«

»Du weißt sicher mehr über Patienten als ich. Das bezweifle ich nicht. Aber denkst du wirklich, dass du Andreas besser gekannt hast als ich?«

Er schnaubte und breitete die Arme aus.

»In Fragen der Ethik geht es nicht darum, ob man einen Menschen kennt oder nicht. Das versuche ich dir gerade klarzumachen.«

»Aber er wollte sterben! War es da nicht richtig, ihn in Würde sterben zu lassen?«

»Wenn du dich hören könntest, würdest du begreifen, wie lächerlich du klingst.«

»Aber du wusstest doch auch über seine Krankheiten Bescheid. Er hatte nicht mehr lange zu leben. Das wussten wir doch alle, Andreas so gut wie du und ich. Wir wussten … dass er ein sterbenskranker Mensch war.«

»Mit einer strengen Diät kann man Probleme mit der Bauchspeicheldrüse überleben.«

»Und die Schmerzen? Kann man die auch überleben?«

»Hast du dir diese Frage nicht schon selbst gestellt?«

»Doch …«

»Und wie hast du sie beantwortet?«

Sie sah fort, schloss die Augen.

»Dass man gegen sie ankämpfen muss. Aber … aber irgendwann geht es vielleicht nicht mehr. Manchmal habe ich gedacht, die einzige Art zu leben, ist so zu tun, als wäre man unsterblich. Ich meine, wir wissen natürlich alle, dass wir sterben müssen … aber es muss so unerträglich sein, mit diesem Wissen zu leben. Kann man dann wirklich noch *leben*? Andreas hatte aufgehört zu leben. Es sah vielleicht aus, als würde er noch leben, und ich hätte es nur zu gerne geglaubt, aber er tat es nicht. Er hatte schon …«

»Ich werde dir mal was erklären, Madeleine.«

Poul stand auf, streckte sich und schob einen Daumen in die Westentasche. Er begann, langsam im Zimmer auf und ab zu gehen, spitzte mehrmals die Lippen, als wollte er sichergehen, sich richtig auszudrücken und ihre volle Aufmerksamkeit zu haben.

Aber sie sah, dass die Röte noch nicht aus seinem Gesicht gewichen war, ebenso wenig wie die dunklen Ringe um seine Augen.

Er sprach mit gebieterischer Stimme, in gleicher Lautstärke wie zuvor, jedoch bedeutend langsamer.

»Ich hatte einmal eine Patientin, die träumte, dass drei Mädchen ein winterliches Bad genommen hatten und unter das Eis getaucht waren, aber nicht mehr zum Eisloch zurückfinden konnten und folglich kurz vor dem Ertrinken standen. Sie lief daraufhin zu dem Eisloch, streckte die Hand ins Wasser und zog die Mädchen nacheinander an den Haaren heraus. Das letzte war in einem derart schlechten Zustand, dass es einer geleeartigen Masse glich. Als sie das Mädchen jedoch wiederbelebte, nahm es immer menschlichere Formen an. Am Ende konnte es eigenständig atmen. Man kann sich nicht selbst an den Haaren herausziehen, Madeleine. Man sucht jemanden, der einem eine helfende Hand reicht. Wenn man in einem lebensuntauglichen Zustand ist, braucht man Hilfe.«

»Ich weiß nicht, wovon du redest, Poul. Du sprichst immer über deine Patienten, aber das sind alles nur Worte, Worte, Worte.«

»Man hat die Pflicht, seinem Nächsten zu helfen. Sind das auch nur Worte in deinen Ohren?«

»Willst du mir damit sagen, dass ich nicht genug für Andreas getan habe? Meinst du das?«

»Du hast dir eingebildet, er hätte aus triftigen Gründen

eine Entscheidung getroffen. Das ist wahrlich verblüffend. Ein Mensch, der so nah am Abgrund lebt, ist nicht in der Lage, Entscheidungen über Leben und Tod zu treffen. Er wollte den Schmerz betäuben, da sind wir uns einig – aber er brauchte ärztliche Hilfe, keine barmherzige Mörderin!«

»Unverzeihlich ist es, jemanden in ein Eisloch zu drücken und anschließend das Loch zuzuschaufeln.«

Sie konnte es sich nicht verkneifen, mit fauchender Stimme hinzuzufügen:

»Was ganz der Bjerreschen Familientradition entsprochen hätte.«

»Du spielst Theater, Madeleine. Wahrscheinlich, weil du nie deinen Platz im Leben gefunden hast. Aber das Stück, in dem du dich jetzt befindest, ist ein pathetischer Versuch, einen Mord zu rechtfertigen.«

»Das ist kein Theater. Es ist die Wirklichkeit, *die Wahrheit*. Und die Wahrheit macht es für dich so unerträglich. Sie lässt sich nicht verbiegen und an irgendwelche Deutungen oder Analysen anpassen, keine Therapie oder Hypnose wird ihrer Herr. Theater! Wo hast du denn das her? Die Wahrheit ist einfach da, vor deinen Augen. Wenn du den Blick hebst, bekommst du sie zu Gesicht, Mensch! Ich begreife nicht, warum du sie als etwas Bedrohliches behandeln musst.«

»Oh, Madeleine, Madeleine …«

Er seufzte schwer und schüttelte langsam den Kopf.

»Du und deine korrupte Nähe, die du den Leuten immer aufzwingst. Die Wahrheit. Du willst, dass ich ehrlich bin?«

Er lächelte und holte tief Luft, ehe er weitersprach:

»Ich habe dich immer als einen Menschen betrachtet, der versucht hat, aus dem Intellekt und Denkvermögen anderer Vorteile zu ziehen. Vermutlich, weil du selbst weder das eine noch das andere besitzt. Meinst du solche Wahrheiten? Die Art und Weise, in der du Amelie hintergangen hast, um dich an Andreas heranzumachen, damit ein geschwächter Mann dir zu

Füßen liegt und eine ganze Familie in Unglück und Schande gezogen wird? Und das hinter dem Rücken deiner Jugendfreundin? Die Ehebrecherin, wie passt dir diese Wahrheit? Dass du wie eine Person dazustehen versuchst, die sich selber aufopfert, obwohl du immer in eigener Sache tätig bist? Dass du dich als *Opfer* siehst, um dich nicht im wahren Licht sehen zu müssen: als ein Mensch, der die Kreativität und Kraft anderer auffrisst, bis nichts mehr da ist? Ist es wirklich das, was du mit *Wahrheit* meinst? Es fragt sich, Madeleine, wie viel Wahrheit du selbst eigentlich verträgst.«

»Ich kann nicht glauben …«

Weiter kam sie nicht, ehe die Tränen sie überfielen.

Diese verdammten, *verdammten* Tränen.

Die Anschuldigungen, die er ihr an den Kopf warf, waren so furchtbar.

Sie schluckte schwer, denn sie hatte nicht vor zurückzuweichen! Weiß Gott, sie würde ihm antworten, mit solchen Vorwürfen würde er ihr nicht davonkommen.

Es ging nicht um sie, hämmerte sie sich ins Bewusstsein. Sie war nur eine Botin, die einen Auftrag erhalten hatte. Sie hatte auch eine Reihe von Wahrheiten im Gepäck.

Aber nichts von all dem kam nun über ihre Lippen, nur leises Schluchzen, das jeden Ansatz, Worte zu formen, verhinderte. Ihre Zunge war wie ein großer Wattebausch, trocken und klobig, in die Kehle zurückgedrängt.

Sie sah, dass er sie mit seinen Reptilaugen beobachtete, ohne etwas zu sagen.

Eins wusste sie nun genau, sie musste fort. Doch als sie den ersten Schritt machte, um das Zimmer zu verlassen, war es, als wüsste sie nicht mehr, wo sie sich befand und wo die Tür war.

Aber sie wollte, sie musste hinaus, an die frische Luft, musste fort aus dieser stickigen Enge.

Es fiel ihr zunehmend schwer, klar zu sehen, dennoch gelang es ihr, die Tür zu öffnen. Ihre Schritte wurden schneller, sie versuchte, möglichst nicht zu laufen, denn sie wusste nicht, ob ihre Beine sie tragen würden.

Diese vermaledeiten, sturzflutartig strömenden Tränen, die förmlich aus ihr herausspritzten. Der Kloß im Bauch und die Atemnot, als bekäme sie nicht genug Luft.

Zur Tür, pochte es in ihrem Kopf, und auf mit der Tür, die so schwer war.

Zwei Schritte auf die Veranda hinaus.

Sie musste hier weg, schrie es in ihr, und die Schritte schoben sie auf die Eingangstreppe, und sie merkte, dass sie lief. Die kalte Luft, die sie erfrischte, Gesicht und Atemzüge kühlte. Sie sah den Atem, der vor ihrem Gesicht zu Dampf wurde. Das Ganze war so idiotisch, sie hätte von Anfang an wissen müssen, dass es nicht gehen würde. Auf Vårstavi konnte man keine Vergebung erlangen.

Warum will man die Welt verändern, wenn man nicht einmal weiß, ob man ein Teil von ihr ist?

Aber sie atmete ja, das sah sie doch mit bloßem Auge.

Fort musste sie, weit weg von diesem Ort, von Vårstavi, fort von Poul und seiner Trauer, die er nur als unversöhnlichen Hass ausleben konnte.

Dich soll der Teufel holen, Andreas, weil du mich gezwungen hast, hierherzukommen!

Auf Vårstavi gab es nur Tod und Verwesung.

Lieber Bruder…

Der Abschied rückt näher. Es gibt nicht mehr viel zu sagen. Gunhild wird allmählich müde, und ihre Lider sind öfter geschlossen als offen. Alle Kraft ist aus ihr gewichen. Kein Mensch kann die Zeit zurückdrehen.

Ein bisschen dumm kommst du dir vor, weil du sie so lange gebeten hast, dir zuliebe zu kämpfen, damit du sie nicht verlierst.

Du bleibst mit halb offenem Mund sitzen, als wolltest du etwas sagen.

Wahrscheinlich, denkst du, hat sie sich heute von Amelie verabschiedet. Ein schreckliches Lebewohl, das du falsch interpretiert und für ein Ränkespiel auf deine Kosten gehalten hast.

Du redest dir ein, dass du dir Zurückhaltung auferlegen musst, trotz all der furchtbaren Dinge, trotz all der Bösartigkeit, die sich dir aufdrängt und dich in eine Verteidigungshaltung zwingt. Du musst stark sein.

Du wirst dich Gunhild zuliebe zusammenreißen. Du wirst alles andere beiseite schieben und ihr all deine Zeit widmen. Nicht eine Sekunde wirst du von ihrer Seite weichen. Jetzt wird keine Zeit mehr mit Nebensächlichkeiten vergeudet, alles wirst du ihr geben, dem einzigen Menschen, der dich je verstanden hat.

Jetzt ist sie eingeschlafen, jetzt atmet sie tief. Du siehst sie so still, so friedvoll im Bett liegen. Auf einmal verspürst du den Wunsch, dich neben sie zu legen, und schiebst dich vorsichtig ins Bett. Du bewegst dich behutsam, um sie nicht zu wecken.

Aber sie schläft so fest, dass sie deine vorsichtigen Bewegungen nicht bemerkt, als du dich hinter sie legst.

Dann hörst du sie etwas murmeln, rückst näher an sie heran, legst das Ohr dicht an ihre Wange.

Du hörst ihre schwache Stimme:

»Jetzt lasse ich die Augen los …«

Zunächst läuft ein Schauer durch deinen Körper. Du streichelst ihre Wange. Dann verstummt sie, und ihr Murmeln löst sich in den tiefen Atemzügen auf.

Du legst dich hinter ihr auf die Seite, schiebst dich näher an sie heran, spürst die Wärme ihres Körpers, legst den Arm um sie, schließt die Augen. Du kannst ihr Atmen noch hören – es ist fast wie ein Schnarchen – und versuchst im gleichen Takt, Luft zu holen. Aber es ist schwer, den Atemzügen zu folgen, sie werden immer gedehnter und hören manchmal fast völlig auf. Sie ist so still, denkst du, es ist so erholsam, ihren Atemzügen zu lauschen.

Und du spürst, dass dich die Müdigkeit übermannt und du sachte mit ihr in den Schlaf sinkst. Ein ganzes Leben habt ihr miteinander geteilt, aber nie zuvor hast du dich ihr so nahe gefühlt wie in diesem Moment.

Ganz Vårstavi liegt im Dunkeln, als du leise aufstehst. Gunhild schläft tief und fest, und du breitest eine Decke über sie, ehe du gehst. Schon bald wirst du wieder nach ihr sehen.

Du hast keine Ahnung, wie spät es ist, man hört keinen Laut, nicht aus der Küche, nirgendwoher. Abgesehen von einem gedämpften Pfeifen draußen ist alles still.

Du gehst in dein Arbeitszimmer, zündest im Kamin ein kleines Feuer an, etwas, das dich immer sehr beruhigt hat. Es dauert einen Moment, aber dann fängt das Brennholz Feuer.

Es hat angefangen zu schneien, besser gesagt, es fällt Schneeregen. Deprimierende Dunkelheit hat sich wie eine Decke auf Vårstavi gesenkt. Du schauderst.

Viele Dinge, überlegst du, hätten anders sein können. Wie viel Arbeit hätte nicht getan werden können, wenn mehr Zeit, wenn tief in dir mehr Energie gewesen wäre. Du hast immer gearbeitet, aber was soll werden, wenn Gunhild dich verlässt? Es ist immer dein größter Lohn gewesen, wenn du ihr dein neuestes Buch gezeigt, ein neues Gedicht vorgelesen, eine Skulptur präsentiert hast. Nun bist du Kollegen und anderen Parasiten ausgeliefert. Keiner von denen hat auch nur das geringste Interesse an dir, sie denken alle nur an ihre eigenen Sachen und wie sie dich ausnutzen können.

So ist es immer gewesen, so wird es immer sein.

Wer, denkst du, wer in aller Welt wird sich jetzt noch für dich interessieren?

Du zitterst. Es ist kalt im Zimmer, kälter als es sein sollte, und du überlegst, ob du nach Signhild klingeln sollst. Aber das Feuer beginnt zu knistern und wird dir sicher gleich ein wenig Wärme spenden.

Vårstavis Wände, die dich umschließen und vor allem Bösen behüten. Hier kannst du die Augen schließen und dir sicher sein, was du sehen wirst, wenn du sie wieder öffnest.

Du kommst alleine zurecht, denkst du. Das Feuer wird dich bald wärmen.

Du siehst, wie sich die Flammen umspielen, wie sie wachsen, in sich zusammenfallen und die Farbe ändern. Es ist ein schönes Schauspiel, so schmeichelnd wie unerbittlich und unheimlich. In der Feuergarbe erblickst du verschiedene Gesichter, die Gestalt annehmen und lebendig werden. Da ist Gunhilds, da ist meins, Madeleines, Mutters, da sind Amelies und Sören Christers. Du siehst die Gesichter kommen und gehen, sie lächeln dich unterschiedlich alt an, lächeln liebevoll, bevor sie wieder verschwinden und von neuen ersetzt werden. Wenn du könntest, würdest du dich vorbeugen und sie umarmen, ihre Wärme in deinen steifgefrorenen Körper ziehen.

Stattdessen streckst du den Arm zum Schreibtisch aus.

Du weißt, wo er liegt, der Brief.

Dann hältst du ihn in der Hand und siehst meine Schrift auf dem cremeweißen Kuvert. *Für Mutter.*

Du überlegst nicht einmal, ob du ihn öffnen und lesen sollst. Du hältst einfach die Hand über das Feuer und lässt ihn fallen. Wenige Sekunden später ist er vernichtet. Fort. Als hätte er nie existiert.

Dass die Erde und der Himmel einander so fern und doch stets nah sein können.

Vårstavi, 27. November 1925

Die Stimme war so ruhig, so lindernd.

»Ist ja gut, Kleine.«

Hätte ihre Mutter sie doch nur auf diese Weise beruhigen können, als sie noch ein kleines Mädchen war.

Ein Kind muss so oft getröstet werden, Erinnerungen an Schulhöfe und schlaflose Nächte.

In unserem tiefsten Inneren, dachte Madeleine, sind wir alle das Kind, das nicht mitspielen darf. Wir stehen auf dem Schulhof und sehen die anderen johlen und jauchzen, ohne zu verstehen, warum uns der Eintritt in ihre lustvolle Welt verwehrt bleibt, sehen sie Seil springen, flüstern und lachen, Tanzschritte machen und Pausenbrote vergleichen.

Die ruhige Stimme und das Streicheln, die Hand, mit der sie behutsam über Madeleines Haare strich.

»Ist ja gut, Kleine«, sagte sie.

Wie ein trotzköpfiges Kind habe ich mich benommen, dachte Madeleine und schüttelte leicht den Kopf. Einfach wegzulaufen, geradewegs in den Wald hinein, und das bei diesem Schnee und dieser Kälte. Ausgerutscht war sie auch noch und in eine Schneewehe geplumpst. Die Hand, mit der sie sich abgestützt hatte, schmerzte immer noch.

Sie schloss die Augen, schämte sich und spürte die roten Flecken am Hals größer werden. Wie ein Ausschlag, wie der, den ihre Mutter immer bekam, wenn sie sich wegen etwas, das sie getan oder vergessen hatte, schämte, oder wegen etwas, das Vater getan oder vergessen hatte, wütend war.

Entweder oder.

Man erbt mehr, als man sich wünscht, hat sein Leben lang daran zu tragen und verachtet das Verhalten seiner Eltern, bis man selber wird wie sie. Ein ewiger Kreislauf, ohne Umkehr.

Wenn sie diese sanfte Liebkosung nur noch eine Weile würde spüren dürfen.

Sie hatte das Gefühl, seit Andreas' Tod keinen Menschen mehr berührt zu haben.

»Ich träume nicht mehr«, sagte sie mit schleppender Stimme. »Ist das nicht merkwürdig? Es ist, als nähme jemand mir meine Träume.«

Sie bekam keine Antwort, nur ein Lächeln.

Und dann fuhr die Frau fort, sie zu streicheln.

Danke, lieber Gott, dass sie nicht aufhört, dachte Madeleine.

»Ich habe vergessen, wie Sie heißen«, sagte sie. »Entschuldigen Sie bitte.«

»Schwester Lisa, heiße ich. Ich bin seit einem Jahr beim Herrn Doktor, um Frau Gunhild zu pflegen.«

Ihr schien noch etwas auf der Zunge zu liegen und Madeleine wollte, wollte so sehr, dass sie weitersprach. Sie hatte so eine warme Stimme.

»Vielen Dank für Ihre Freundlichkeit, Schwester Lisa.«

»Frau Bjerre sollte sich über den Herrn Doktor nicht so aufregen. Er ...«

»Ich ...«

Nein, es kamen keine Worte.

Beide schwiegen.

Und dann hörte Lisa auf, ihr übers Haar zu streichen. War sie jetzt genug getröstet worden? – Nein, sie hatte wirklich nicht das Gefühl, dass man ihr genug Trost gespendet hatte, sie fror noch immer, tief in ihrem Inneren war alles erfroren und gähnend leer.

»Haben Sie Kinder, Schwester Lisa?«

Sie antwortete mit einem Kopfnicken.

»Ja, zwei Stück. Richtige kleine Taugenichtse.«

»Das glaube ich Ihnen nicht. Ich habe selber zwei Kinder, aber in den letzten Jahren … Liss und Lena … ich habe sie kaum gesehen, Andreas ertrug keine Kinder. Ich begreife nicht, wie es dazu kommen konnte, ich meine … es sind meine Kinder, ich … eine Frau ist dazu bestimmt, Kinder zu haben, so ist es doch trotz allem. Man hat die Aufgabe, für den Fortbestand der Familie zu sorgen. Jetzt habe ich niemanden mehr. Wenn ich jemals eine Familie hatte, so ist sie jetzt jedenfalls fort. Und Andreas und ich, wir …«

»Es ist so traurig, was da passiert ist. Herr Andreas war ein feiner Mensch. Ich habe so viel Gutes über ihn gehört.«

»Haben Sie? Wirklich?«

»Sie haben in diesem Leben noch viel zu tun.«

In der kleinen Pause, die entstand, war er plötzlich da. Es war ein Name, den Madeleine bisher nur zusammen mit Andreas ausgesprochen hatte.

»Sven«, sagte sie.

Es folgte verständnislose Stille. Lisa sah sie fragend an.

»Er sollte unsere Rettung sein«, erläuterte Madeleine mit langsamer Stimme. »Obwohl wir das damals natürlich noch nicht wussten. Dass es ein Junge sein würde, meine ich. Wir hatten uns so darauf gefreut, ein gemeinsames Kind zu haben, all unsere Wünsche schienen sich erfüllt zu haben. Er würde unsere Rettung sein und dafür sorgen, dass unser Leben eine Richtung bekam, etwas Gemeinsames, was nichts mit Andreas' Arbeit zu tun hatte. Ein Kind der Liebe …«

Sie blickte zu Boden.

Es fiel ihr furchtbar schwer, darüber zu sprechen, selbst jetzt noch, nach Jahren. Es war eine Trauer, die nie schwächer zu werden schien. Die einzige Chance hieß verdrängen, verdrängen.

»Wir sind nie dazu gekommen, ihn taufen zu lassen. Er lebte nur wenige Minuten. Aber als Andreas ihn in den Armen hielt, beschlossen wir noch, dass er Sven heißen sollte.

»Meine Liebe.«

Lisa strich die Haare fort, die Madeleine ins Gesicht gefallen waren, und küsste sie auf die Wange.

»Sie müssen zu Ihren Kindern fahren.«

»Ja, Sie haben sicher Recht. Ich würde mir wünschen, Ihre Kinder kennen zu lernen. Wie alt sind sie?«

»Oh, sie sind vier und sieben. Ich kann Ihnen Fotos von ihnen zeigen.«

»Ja, die würde ich wirklich gerne sehen. Ich liebe Fotografien. Ich habe hier eine, die ich immer bei mir trage.«

Madeleine holte das Bild vom Grand Canyon heraus, das wie immer in ihrer Jacke lag. Sie zog auch den Brief hervor, der sie nach Vårstavi geführt hatte.

Sie betrachtete ihn. *Für Mutter* stand in Andreas' charakteristischer Handschrift auf dem Umschlag.

»Das ist ein Brief von Andreas an seine Mutter. Er schrieb ihn …«

Madeleine hatte das Gefühl, dass die Stille im Raum sie beruhigte. Lisa drehte sich um und betrachtete sie so zärtlich wie zuvor, obwohl sie inzwischen aufgehört hatte, Madeleine zu streicheln.

Sie saßen beide aufrecht, ihre Schultern stießen aneinander.

»Ich wollte nur, dass er versteht«, sagte Madeleine. »Aber er will nicht. Es ist wie ein unergründlicher Hass. Deshalb fauchen und schreien wir uns an. Ausgerechnet ich, die ich sonst niemals laut werde.«

»Ich …«

Lisa verstummte.

Sie war verzagt und wollte nicht weitersprechen, nur Madeleines flehender Blick veranlasste sie, den Satz zu beenden.

»… ich habe einige Leute gesehen, die sich über den Herrn Doktor aufgeregt haben. Manchmal sind sie bis nach Vårstavi gekommen, um ihm die Meinung zu sagen. Ich verstehe nichts von diesen Dingen, ich meine, wie man kranke Menschen heilt, oder vielleicht nicht so sehr kranke, eher traurige. Mir ist klar geworden, dass es manchmal zu Konflikten zwischen Arzt und Patient kommt. Der Herr Doktor hat mir erklärt, dass es wichtig ist, nicht nur zuzuhören, sondern auch zum Angriff überzugehen, vielleicht, um den Knoten platzen zu lassen. Gut möglich, dass ich es falsch verstanden habe. Aber der Herr Doktor ist ein feiner Mensch, gegenüber mir und allen anderen, die hier arbeiten, wird er niemals laut. Könnte es nicht sein, dass er sich einfach verhält wie in seiner Praxis?«

»Doch, das tut er mit Sicherheit«, erwiderte Madeleine. »Aber ich bin seine Schwägerin, nicht seine Patientin.«

»Ja, da haben Sie natürlich Recht.«

Madeleine legte den Kopf auf Lisas Schulter.

Hier fühle ich mich geborgen, dachte sie. Sie fror nicht mehr, legte ihre Hand in Lisas, hob beide an. Man sah so deutlich, wie zart ihre eigene und wie grob Lisas war. Wie unterschiedlich doch die Verhältnisse waren, in denen sie lebten und vermutlich immer leben würden. Sie selbst hatte sich nie eine Stelle suchen müssen, um ihren Lebensunterhalt zu sichern, hatte sich immer helfen lassen können, wenn ihr die Arbeit zu viel wurde. Sie hatte nie das Geschirr anderer Leute gespült oder ihre Wäsche aufgehängt. Ihre Hände waren zart, aber tief in ihr, in ihrem Inneren, brannte und schmerzte es.

»Ich muss Ihnen etwas gestehen«, sagte Lisa und wandte ihr Gesicht Madeleine zu. »Ich werde kündigen. Frau Gunhild braucht mittlerweile mehr Hilfe, als ich ihr geben kann, und dadurch gibt es hier für mich nichts mehr zu tun. Außerdem will der Herr Doktor noch eine Krankenschwester und eine Krankengymnastin einstellen. Ich habe schon eine andere Stelle angenommen. Aber bis jetzt habe ich nicht den Mut gehabt, dem Herrn Doktor davon zu erzählen. Es kommt mir vor, als würde ich ihn im Stich lassen. Ich kann mir nicht vorstellen, dass er wirklich so stark ist, wie er sich gibt.«

Sie sah weg und rieb ihre Hände in rollenden Bewegungen aneinander.

»Ich bin natürlich«, fuhr sie fort, »nur eine Angestellte, Leute wie ich kommen und gehen. Aber er ist ein guter Mensch. Ich will eigentlich gar nicht aufhören, aber mein Mann hat eine Stelle angeboten bekommen, die er nicht ablehnen kann. Außerdem ist es besser für die Kinder. Wissen Sie, mein Mann kommt aus Norrtälje, und für die Kleinen ist es von Vorteil, wenn sie dort aufwachsen. Mit der Familie, Großvater und Großmutter, meine ich. Oh, es kommt einem so … man kommt sich so dumm vor.«

Madeleine ging vor Lisa auf die Knie, sah ihr ins Gesicht und nahm ihre Hände.

»So dürfen Sie das nicht sehen. Sie müssen an sich denken.«

»Ich habe noch nie an mich gedacht. Wann hätte ich das tun sollen?«

»Jetzt sollten Sie es tun.«

»Aber …«

Lisa versuchte zu lächeln, brachte aber nur eine Grimasse zustande. Dann stand sie plötzlich auf.

»Ich werde das Foto holen. Es liegt mir sehr viel daran, dass Sie es sehen.«

Sie ging zur Tür und drehte sich um. Bevor sie den Raum verließ, knickste sie, schien es jedoch im nächsten Moment zu bereuen, so als wäre es falsch gewesen. Dann aber nickte sie gleichsam aufgekratzt, wie um zu zeigen, dass sie das Foto holte, weil sie dies unbedingt wollte, und nicht, weil man es ihr befahl.

Madeleine blieb auf den Knien. Wieder wurde sie von unendlicher Müdigkeit übermannt, die sich auf ihre Brust legte und ihr das Atmen schwer machte.

»Man muss an sich selbst denken«, flüsterte sie leise.

Jetzt klangen die Worte falsch und überhaupt nicht mehr, wie sie gemeint gewesen waren.

Statt aufzustehen, setzte sie sich auf den Fußboden.

Nur kurz, dachte sie. Es ging natürlich nicht, wie ein kleines Kind auf dem Fußboden zu sitzen. Aber bald würde sie bestimmt genügend Kraft gesammelt haben, um aufzustehen oder sich zumindest auf die Couch zu setzen.

Madeleine hatte sich gerade erst aufgerappelt, als Lisa das Zimmer betrat und stolz die Fotografie hochhielt und wie eine ehrenvolle Trophäe überreichte.

Madeleines Miene erhellte sich.

»Was für eine schöne Aufnahme! Sie sind bezaubernd. Ein Junge und ein Mädchen. Wie heißen sie?«

»Greta und Åke.«

»Sie müssen sehr stolz sein.«

»Ja, ich … Sie sind blass. Möchten Sie sich nicht setzen?«

»Nein, nein. Es ist alles in Ordnung.«

Lisa legte trotzdem den Arm um sie und half ihr auf die Couch.

Es ist schön, sich ausruhen zu dürfen, dachte Madeleine. So schön, sich endlich setzen zu dürfen.

»Ich habe solche Angst«, flüsterte sie.

Lisa strich ihr wieder übers Haar.

»Ich weiß.«

»Ich will nicht so sein.«

Sie wusste, dass sie nicht sitzen bleiben konnte, dass ihr Besuch enden musste. Sie musste Vårstavi verlassen, nach Hause fahren.

Sie hatte keine Ahnung, wie viel Uhr es war, aber sie musste jetzt einen Zug nach Hause nehmen, denn eine Nacht auf Vårstavi würde sie niemals überstehen.

Das Einzige, was von ihrem Auftrag noch geblieben war: den Brief zu übergeben.

Eine einzige Aufgabe hatte sie noch, dann durfte sie sich ausruhen.

So einfach war das.

»Ich muss nach Hause fahren. Liebe Lisa, könnten Sie mir bitte ein Taxi rufen? Und vielleicht herausfinden, wann der Zug geht?«

»Das mache ich doch gern.«

»Danke. Sie sind sehr nett.«

»Ich möchte, dass Sie die Fotografie behalten.«

»Das geht doch nicht!«

»Aber ja, ich will es. Ich bestehe darauf.«

»Das ist ganz undenkbar. Ich weiß, was es kostet, eine …«

Aber Lisa legte das Bild in ihre offene Hand und krümmte ihre Finger darüber. Sie errötete leicht.

Was für eine schöne Geste, dachte Madeleine, eine Fotografie von dem zu verschenken, was man am meisten liebt. Einem wildfremden Menschen. Einer solchen Freundlichkeit begegnet man nicht oft. Man hat die Pflicht, ein solches Geschenk anzunehmen.

Sie achtete darauf, nicht zu fest anzuklopfen. Pouls Stimme klang freundlich und bat sie herein. Als Erstes fiel ihr auf, dass im Zimmer fast völlige Dunkelheit herrschte. Die einzige schwache Lichtquelle war eine Lampe auf dem Schreibtisch.

»Ich werde jetzt fahren, Poul. Aber ich möchte nicht, dass wir im Streit auseinandergehen.«

Er antwortete zunächst nicht, schien nachzudenken, als erreichten ihn die Worte nicht richtig, obwohl sie sich wirklich große Mühe gab, sachlich und nicht allzu sentimental zu klingen.

Dann nickte er, langsam, mehrmals.

Sie trat ein paar Schritte weiter in das Zimmer und blieb stehen. Er saß hinter seinem Schreibtisch. Sie sahen sich wortlos an.

Schließlich zog Madeleine den Brief aus der Manteltasche.

»Als wir uns verabredet haben, sagte ich dir, ich hätte dir etwas zu übergeben.«

Sie stand da, er blieb sitzen.

Also machte sie die wenigen Schritte zu seinem Schreibtisch und legte den Brief darauf.

Für Mutter.

»Dieser Brief stand auf dem Nachttisch, als Andreas … Es war das Letzte, was er schrieb. Ich wollte dich bitten, ihn deiner Mutter zu übergeben.«

»Hat er nur diesen Brief hinterlassen?«

»Ja, und einen an mich.«

Er nickte.

»Ich verstehe. Und du willst, dass ich ihn Mutter überbringe? Obwohl sie alt und krank ist, obwohl es sie in Verzweiflung stürzen wird?«

»Es war Andreas' letzter Wille.«

Er nickte nochmals, so schwerfällig wie zuvor und mit verkniffenem Gesicht.

»Wir gehen nicht im Streit auseinander, Madeleine.«

»Es tut gut, das zu wissen.«

Diese Stille ist unerträglich, dachte sie. Es kam ihr vor, als scheuerte es im ganzen Körper.

»Ich habe Schwester Lisa gebeten, mir ein Taxi zum Bahnhof zu rufen.«

»Schön.«

»Grüße Gunhild bitte ganz herzlich von mir.«

Sie ging auf die Tür zu, drehte sich dann aber noch einmal um. Poul sah sie an und wartete darauf, dass sie etwas sagte. Schließlich ergriff sie mit seltsam abwesender Stimme das Wort:

»Ich weiß, dass du Andreas immer geliebt hast. Aber vielleicht hast du ihn mehr geliebt, als dir selbst bewusst gewesen ist.«

Aus Andreas Bjerres Tagebuch, den 12. November 1913:

Aber ist es nicht allzu unfassbar – allzu absurd glücklich und allzu fantastisch absurd –, was nun geschehen ist?

Es ist jetzt mindestens 25, vielleicht auch 28 oder 29 Jahre her, seit das »Krankhafte« in meinem sexuellen Gefühlsleben auftauchte. Ich weiß mit vollkommener Sicherheit, dass es bereits in meinen allerersten Schuljahren in meinen Fantasien war, und seither hat es mich nie mehr verlassen.

Und zu welcher Verzweiflung hat es in meinem Leben geführt – oder richtiger: Zu welcher Zerstörung hat es geführt, von der dieses Krankhafte ein Ausfluss, ein Symptom war; für die es ein Ausdruck war.

Welch wahnsinnige Zerstörung!

Ich weiß kaum zu sagen, ob es am verheerendsten in den ganz und gar geisteskranken Fantasien wütete, die sich aus mir ergossen, oder in den verabscheuungswürdigen Höllenorgien, in denen es zeitweise zum Ausbruch kam.

Und jetzt ist dieses »Krankhafte« in einem Maße aus meinem Leben verschwunden, dass ich es beim besten Willen selbst für einen kurzen Moment nicht greifen kann – dass ich kaum fassen kann, wie es überhaupt möglich war.

»Meine Geliebte, was hast du mir geschenkt? Welche Wunder hat meine Liebe zu dir in meiner Seele gewirkt? Ach, Geliebte, du hast ja keine Ahnung, was du getan hast! Du ahnst ja nichts von dem, was nun kommen wird!«

Doch, du ahnst es schon, aber was du erahnst, ist nichts gegen die Wirklichkeit, die uns erwartet.

Denn nun ist das Wunder vollbracht, und nun kann das Leben jeden Tag losgehen, in rasender Fahrt, vorwärts, vorwärts!

Wie ist es möglich, dass ich, ich, ich es bin? – der sich so himmelsstürmend gesund und stark fühlt?

Findest du, dass ich ebenso gut mit dir darüber sprechen könnte, statt hier zu sitzen und darüber zu schreiben?

Ja, aber ich kann in diesen Tagen über nichts Ernstes sprechen, ich wage es nicht, an etwas Wirkliches in mir zu rühren, um nicht von dem in Stücke gerissen zu werden, was ich nun so gerne aus mir heraus schreiben wollte – ich wage es nicht einmal, hierüber zu schreiben.

Madeleine hatte seine Stimme noch im Ohr, wie sie damals war, als sie sich gerade kennengelernt hatten. Jene heile, wundervolle Zeit weckte eine solche Freude in ihr, die Stimme, der sie überall in seinen Briefen und den kleinen, verstreuten Notizen begegnete, die er wahllos zurückließ.

Oft gab es natürlich einen unterschwelligen Ernst, das *Unaussprechliche*, aber trotzdem, welche Ausgelassenheit!

Sein Scharfsinn war möglicherweise einzigartig, was man mit der Zeit vielleicht entdecken würde. Wer wusste das schon, andere brillante Talente waren auch erst nach Hunderten von Jahren entdeckt worden!

Wenn sie die nötige Kraft fand, würde sie sich hinsetzen und seine Briefe, Tagebücher, Aufzeichnungen ordnen. Sobald sie zu Hause war, würde sie anfangen, es gab keinen Grund, nicht sofort damit zu beginnen.

Sie würde sortieren und datieren, sammeln und ordnen.

Vielleicht konnte diese Arbeit ihr den Weg weisen und ihr die nötige Kraft zum Weiterleben geben.

Sie hatte Andreas nie um seine Sehnsucht beneidet, sich dem Leben zu entziehen, diese Sehnsucht, die ihn Jahr für Jahr stärker heimsuchte, je mehr Krankheiten ihn ereilten. Es war ein Gefühl, mit dem sie zunächst nichts anfangen konnte. Sie hatte nur ihre Großmutter sterben sehen, die sich selbst dann noch an das Leben geklammert hatte, als ihre Zeit unter den Lebenden längst abgelaufen war.

Ihr Todeskampf hatte nichts Gutes gehabt.

Trotzdem kämpfte sie hartnäckig gegen die Schmerzen und Todesqualen. Ihr letztes Wort war *Jesus* gewesen. Wer immer ihren Blick in diesem Moment sah, der wusste, dass sie den Namen voller Grauen ausgesprochen hatte.

Ihr ganzes Leben hatte sie davon gesprochen, vor ihren Schöpfer treten zu dürfen, und als Witwe hatte sie oft über ihren Wunsch gesprochen, ihren Gatten wiedersehen zu dürfen. Trotzdem kämpfte sie bis zuletzt dagegen an.

So merkwürdig war das im Grunde nicht – man konnte ja nicht wissen, was einen nach dem Tod erwartete. Aber dass ein Mensch, der all die Jahre voller Gottvertrauen zu leben schien, ausgerechnet dann Zweifel hegen musste, wenn er kurz davor stand, die Antwort zu bekommen?

Das war so herzzerreißend. Andreas glaubte nie an etwas anderes als eine Dunkelheit, die aufziehen würde, wenn das Leben vorbei war und man in ewiger Finsternis versenkt wurde.

Nicht mehr und nicht weniger.

Eventuell auch, dass man der Natur zurückgegeben wurde. Ein schöner Gedanke, dass aus der Asche entsprungen ein Baum wachsen konnte. Das Vergängliche, das so viel Schönheit in sich barg, so viel, was man in der kurzen Zeit, in der man es erleben durfte, behüten musste.

Andreas und sein fortwährender Kampf ums Überleben.

Das Buch, das ihn in all ihren gemeinsamen Jahren verfolgt hatte. Das Mörderbuch. Als sie sich kennenlernten, war es im Grunde fertig, es fehlten nur noch ein paar Interviews und ein kurzes Vorwort.

Das Vorwort, für das er dreizehn Jahre benötigte.

Ihr ganzes gemeinsames Leben verteilt auf vierundzwanzig Seiten. Aber das Buch wurde fertig, und dann kam der Erfolg, kamen die Übersetzungen ins Deutsche und Englische, die Bitten um Artikel und Vorlesungen. Alles, wovon er geträumt hatte, ging in Erfüllung. Bekannte Persönlichkeiten verfassten Diskussionsbeiträge, man sprach von neuen Gesetzen für den Strafvollzug. Er erhielt den ersehnten Ruf auf eine Professur in Stockholm.

Endlich: der Erfolg.

Wenige Monate später war er tot.

Aber als ihr Zweifel kamen, als sie bezweifelte, dass die harten Jahre von irgendeinem Nutzen gewesen waren, hatte sie noch seine Stimme im Ohr. Die ihr sagte, dass er sie liebte. Andreas' Todeskampf war so anders, dachte sie, wenn auch auf seine Art genauso grauenvoll wie der ihrer Großmutter. Sie hatte sich geirrt, als sie glaubte, dass ein anderer Mensch es verstehen würde.

Als sie auf Vårstavis Veranda stand – sie hörte bereits das Auto, es war schon ganz nah, nur noch ein oder zwei Kurven entfernt –, erkannte sie, dass sein Kampf in Wahrheit nicht so gewesen war, wie sie ihn sich vorgestellt hatte: ein Ringen um sich selbst, um weiterzuleben.

Es war ein Kampf *ihr* zuliebe gewesen, um noch etwas Zeit mit ihr verbringen zu dürfen.

So hatte sie es noch nie gesehen, nicht mit dieser Klarheit. Sie spürte den Wind, der sie umwehte, und schloss die Augen.

Und sie wusste es genau. Die Kraft, die sie hatte, als sie ihn sterben ließ, konnte ihr keiner nehmen, niemals. Sie hatte ihre Hand auf seine Stirn gelegt und ihm gesagt, wie sehr sie ihn liebte. Er verließ die Welt mit diesen letzten, ins Ohr gehauchten Worten.

Wie hätte es schöner geschehen können?

Zurück blieb der Rest ihres Lebens. Andreas war fort, und sie lebte. Sie war jung und hatte noch ein langes Leben vor sich. Das waren die Gedanken, aus denen sie Kraft schöpfen würde.

Sie hatte ihren Auftrag erfüllt und wurde von einer unerwarteten Wärme übermannt. Ja, der Brief war übergeben worden, aber dafür lag nun in ihrer Jacke Lisas Fotografie von ihren niedlichen, kleinen Kindern, die noch so unberührt, so voller Leben waren.

Sie machte einen Schritt. Seltsamerweise verharrte ihr Fuß

fast schwebend in der Luft. Vielleicht, schoss es ihr durch den Kopf, weil sie beinahe die Tasche fallen gelassen hätte und ausgleichen musste. Sie war sicher, hätte sie jemand in diesem Moment fotografiert, so hätte es ausgesehen, als würde sie über dem Erdboden schweben.

Ja, dachte sie, für einen sehr kurzen Moment gab es nichts, was mich auf dieser Erde festhielt!

Wieder dachte sie an das Bild vom Grand Canyon. Vielleicht sollte ich dorthin fahren, dachte sie. Zum Grand Canyon. Auf der anderen Seite der Welt.

Es gibt nichts, wovor man sich fürchten muss, Andreas.

Es gibt nichts, was wir Menschen nicht aushalten können.

Die Natur trägt Stein für Stein ganze Berge ab, der Fluss bahnt sich rücksichtslos seinen Weg, Tropfen für Tropfen gegen den Felsblock.

Kein Wunder hat Bestand, nichts währt ewig.

Wenn du dich dort auf den höchsten Punkt einer Erhebung stellst, kannst du zwar hinabschauen, aber nie das wahre Wunderwerk der Geschichte erfassen, das Ausschachten, das Suchen, das unablässig weitergeht, aber in einer anderen Zeitspanne geschieht, so langsam, dass du es nicht wahrnimmst, jedoch so beharrlich, dass du bloß eine kleine, winzig kleine Scherbe siehst und sie für das große Ganze, die Wahrheit hältst.

Auch der Grand Canyon wird Verwandlungen durchlaufen, die du dir niemals vorstellen können wirst, wenn du dort oben stehst und in die Unendlichkeit blickst – die nur für unsere beschränkten Sinne unendlich ist. Und wenn du fällst, gibt es immer jemanden, der dich auffängt.

Daran müssen wir glauben, Andreas.

Es ist nur so, dass uns die Worte fehlen, um zu beschreiben, wer oder was es ist.

Aber jemand steht da und fängt dich auf.

Wieder flüsterte sie die Worte:

Du brauchst keine Angst haben. Lass mich los. Meine Liebe fängt dich auf, und du wirst nie mehr fallen.

Sie schloss die Augen und hob das Gesicht.

War es nicht seltsam … sie hätte schwören können, dass sie einen Fitis gehört hatte. Der mitten im Winter sang! Ein Fitis, dachte sie, der sonst nur im Frühling singt, wenn er eine Partnerin sucht, um mit ihr ein Nest zu bauen. Und nun war niemand da, der ihn hören konnte, seine Artgenossen waren Tausende Kilometer entfernt, in einem anderen Teil der Welt, wohin keine Stimmen reichten, so schön er auch singen mochte.

Das ist wirklich tragisch, dachte sie. Aber es gibt immer welche, die wider alle Erwartungen überleben. Die fliegen, wenn andere bleiben, und bleiben, wenn andere fortgehen.

Das darf man niemals vergessen.

Dieses Buch basiert zum großen Teil auf Tagebüchern und Briefen. Trotzdem ist es ein Roman und erhebt keine anderen Ansprüche. Manche Ereignisse wurden zeitlich verschoben, um Platz in der Geschichte zu finden, manche Szenen und Charaktere sind frei erfunden. Ein großes Dankeschön an alle, die mich bei der Arbeit unterstützt haben, vor allem an Fredrik Tyskling, der mich auf die Idee brachte und mich immer wieder zum Weitermachen ermunterte.

Für meine Mutter, Ann-Margret, unendlich vermisst.

HB
Burgsvik, August 2007